21世纪年度报告文学选

2013报告文学

人民文学出版社编辑部　编选

人民文学出版社

图书在版编目（CIP）数据

2013报告文学/李炳银主编.—北京：人民文学出版社,2014
（21世纪年度报告文学选）
ISBN 978-7-02-010300-3

Ⅰ.①2… Ⅱ.①李… Ⅲ.①报告文学—作品集—中国—当代 Ⅳ.①I25

中国版本图书馆CIP数据核字（2014）第037806号

责任编辑　王永洪
责任印制　王景林

出版发行　人民文学出版社
社　　址　北京市朝内大街166号
邮政编码　100705
网　　址　http://www.rw-cn.com

印　　刷　北京季蜂印刷有限公司
经　　销　全国新华书店等

字　　数　426千字
开　　本　毫米×毫米　1/32
印　　张　16 插页2
印　　数　1—5000
版　　次　2014年6月北京第1版
印　　次　2014年6月第1次印刷

书　　号　978-7-02-010300-3
定　　价　36.00元

如有印装质量问题，请与本社图书销售中心调换。电话：01065233595

出 版 说 明

上个世纪八九十年代,我社曾编辑出版过小说、散文、诗歌、报告文学等各种文学体裁的年选本,其后,这项工作一度中断。进入新的世纪,我社陆续恢复编辑出版短篇小说年选、中篇小说年选、散文年选,对当年我国中短篇小说及散文创作实绩进行梳理、总结,向读者集中推荐,取得了良好效果,也为新世纪的文学积累做出了贡献。

报告文学敏锐及时地把握时代脉搏,反映社会生活。根据文学界人士和读者的建议,同时与小说年选、散文年选形成系列,我社又恢复编辑出版报告文学年选,于次年元月出版;编选范围原则上为当年全国各报刊上发表的报告文学作品,入选篇目的排列以作品发表时间先后为序。

我们希望年度报告文学选能够反映当年报告文学的创作概况,使读者集中阅读欣赏当年最优秀的报告文学作品。我们的努力是否达到了这样的效果,期望得到文学界和读者的批评和建议。

人民文学出版社编辑部

目　录

毛泽东正值神州有事时　　　　顾保孜 钱嗣杰 / 1
板仓绝唱　　　　余艳 / 59
我的中国梦　　　李春雷 / 141
罗稷南:驽马,理想主义者的
　悲剧形象　　　楚泽涵 / 155
宣传队　　　林那北 / 163
探海蛟龙　　　陈新 / 180
南海九章　　　刘汉俊 / 239
一枚铺路的石子　　　王国平 / 261
低天空:珠三角女工的痛与爱　　　丁燕 / 282
漫天风雪中的志愿者　　　汪浙成 / 325
艰难重生路　　　贺小晴 / 360
在水一方　　　秦岭 / 398
玉米人　　　刘先琴 / 442
放下屠刀能成佛?　　　董保存 丁一鹤 / 476

毛泽东正值神州有事时
——犹记烽火

顾保孜　钱嗣杰

进入上世纪六十年代，毛泽东与刘少奇之间矛盾逐渐凸显，在对三年困难成因及其解决途径的看法上产生了严重分歧。"包产到户"打碎了毛泽东的"理想"。

钱嗣杰成为毛泽东专职摄影记者后，在拍摄毛泽东各种活动时，进入他镜头最多的除毛泽东、周恩来之外便是刘少奇了。刘少奇给钱嗣杰的印象是话不多，表情比较严肃。在摄影记者镜头中，他只有在节日与群众联欢的一些场合才会露出有说有笑的表情。平时开会，他不是埋头看材料，就是讲话，而且一讲时间都比较长。钱嗣杰作为摄影记者，在领导人活动时注意力都集中在每一个画面的捕捉，每一种情绪的提炼；即使会议进程期间，他也很少去关心领导人在说些什么，很长时间，他都没有察觉毛泽东与刘少奇之间有什么隔膜。从照片上看，两人表情都还不错。"文革"爆发后，钱嗣杰发现刘少奇的表情十分沉重，脸部浮肿，好像生了大病一般，那时距离刘被彻底打倒仅一步之遥了。

今天的钱嗣杰再次回忆起毛泽东与刘少奇时，也无法准确说出他们矛盾公开化的具体场景。但事实上，当他1964年夏天来到毛泽东身边时，毛、刘已经有了很深的芥蒂，两人之间至少出现过两次以上的"交锋"。

第一次发生在1961年八届九中全会之后。

八届九中全会上毛泽东提出要大兴调查研究之风,刘少奇便积极响应。他回到湖南老家宁乡县炭子冲搞调研;这次调研可以说是他们之间产生分歧的开端,也是长期潜伏的各种问题的集中暴露。

众所周知,自1958年5月,中共八大二次会议正式通过了"鼓足干劲、力争上游、多快好省地建设社会主义"的总路线后,几年里,因为总路线的要求而制定了一系列经济发展的高指标,这些似乎难以完成的高指标,成为六亿人民摩拳擦掌的追求,一时间出现了人山人海"参战"的大跃进局面。人民公社是1958年提出的,这种社会主义新型的集体经济形式得到毛泽东的赞扬。截至1962年,全国农村基本实行了人民公社化。"总路线、大跃进、人民公社"这三项内容在同一时期内存在,它们被称为"三面红旗"。当时在党内,一致认为"三面红旗"代表了毛泽东对中国社会主义建设的成功探索,"三面红旗"由此也被看做是对马列主义的创造性发展,完全正确,无人对此提出异议。

也正是这高高飘扬的"三面红旗",不仅令全国人民热血沸腾,也让毛泽东看到了一条高速发展社会主义的道路。所有的中国人都恨不得大干几年一起跑步进入共产主义。刘少奇就是在这种热腾腾的情况下走出去的,他要看看热腾腾的下面"煮"的都是些什么。

刘少奇的老家湖南省宁乡县是他便于调查真实情况的地方。

这次接触农村,使他的心灵受到了很大震撼。他看到的是荒凉的田野、饥饿的人群……这与在北京中南海里听到的汇报差之甚远。作为国家主席,他的内心经受着煎熬。他因老乡依旧在过苦日子而难过,更感到自己受到了欺骗和蒙蔽,在心里对"三面红旗"打起了问号——这样搞社会主义建设到底行不行?对不对?

心里有了疑问,必然会反映在言行中。刘少奇返回北京不久,就在中央政治局会议上严厉批评党的工作问题。平时不苟言笑,说话办事都很严肃的他,如果遇到批评人,更是口气严厉。"这几年党成为执政党是好事情,是成绩,乱指挥人家也听你的。但是,继续这样搞下去要跌下台的,再不能这样搞了。"

"跌下台"从刘少奇口中说出,勾起了毛泽东内心敏感的神经。

1962年1月21日至27日的"七千人大会"(中央扩大会议,因有近七千人参加,故名)上,刘少奇更进一步指出:全国有一部分地区错误是主要的,成绩不是主要的;他提出了"三分天灾,七分人祸"的判断,认为错误原因是经验不足,但也有不少领导同志不够谦虚谨慎,有骄傲自满情绪,违反实事求是的优良传统和作风。中央应该对这些错误负主要责任。

刘少奇的观点显然涉及"三面红旗",甚至涉及毛泽东的大政方针,无疑也触及了毛泽东的权威。

"七千人大会"统一了全党的思想,却没有统一领袖们的思想,对如何克服困难,党的高层并没有取得共识。大会一结束,毛泽东随即去了武汉。

第二次分歧发生在"七千人大会"之后,毛泽东与刘少奇的矛盾进一步加深。

1962年初,毛泽东的秘书田家英从湖南农村调查回京,他向刘少奇汇报工作,提出了自己的想法,觉得在农村实行包产到户,可能更符合生产力与生产关系,更符合农民的意愿。此时的刘少奇正为农村疾苦深感不安,认为田家英送来了解决困难的"良药"。两人一拍即合,刘少奇表示支持,并同意田家英向毛主席汇报。出乎刘少奇的意料,毛泽东没有同意包产到户的意见,还严厉批评了田家英等人。尽管田的汇报说仅仅是个人意见,但毛泽东还是将账算在了刘少奇的头上。毛对刘前一阶段在京主持工作表示不满,指责刘在包产到户问题上没有顶住,偏离了方向,是右倾抬头的表现。

毛泽东的批评是严厉的,刘少奇感到委屈与不解。

当时的刘少奇处于一种两难的境地。他的肩上一头担着最高统帅,一头担着亿万人民,哪头都不能偏倚。他既要纠正毛泽东的错误,又不能损害毛泽东的威望;既要将经济调整工作放在第一位,又不能反对阶级斗争。这分寸如何把握,令刘少奇寝食难安,一夜一夜难以入眠。他吃安眠药吃到夜间入厕走路不稳,多次摔倒在地。

毛泽东带着气愤与不满,约刘少奇到中南海他常去游泳的"游泳池"一谈。

尽管刘少奇就如何处理好复杂而又必须面对的关系,精神与身体上都付出了巨大代价,他还是决定要与毛泽东据理力争,试图说服领袖。这既是他无法回避的领导职责,也是他倔强固执性格的体现。

这次交谈,双方都带着情绪,冲突在所难免。

毛泽东将长期郁积内心的不满,倾泻而出。

刘少奇也将人民对现实的不满一一道来:"饿死这么多人,历史要写上你我的名字,人相食,要上书的!"

说到最后,毛泽东深感悲凉:"'三面红旗'也否了,地也分了,你不顶住?我死了以后怎么办?"

毛泽东的话讲到这个份上,刘少奇作为党的接班人,不得不冷静下来。他稳住自己的情绪,慢慢地讲了自己的想法,大意是:"三面红旗"不倒,人民公社不散,但是高指标不搞,公共食堂不办。

肯定两条,否定两条,刘少奇的态度毛泽东接受了。他也慢慢地平静下来,点头同意经济调整还得继续搞,不中断。

毛泽东的态度,刘少奇也较为满意。但他有了不祥之感,体味到政治上的巨大压力。

社会主义集体经济是毛泽东区别社会主义社会与资本主义社会的一个重要标志。他毕生致力于创造一个无产阶级联合起来当家做主、人人平等、没有贫富差别的理想国。包产到户——这简直就是一个要彻底打碎毛泽东理想的馊主意。它竟然得到党和国家主持一线工作的刘少奇认可!这同1959年庐山会议上彭德怀批评毛泽东是"小资产阶级狂热性"一样,深深地刺伤了毛泽东。

毛泽东是农民的儿子,他和农民天然地血脉相通。从最初领导的秋收起义,再到十年的土地革命、八年抗击日寇,再到解放全中国,他为的是中国工农大众的翻身解放。身为国家的统帅,他的思维从没有离开过农民这个群体。在他漫长的一生中,只是阶段性地对农民有轻重缓急之分,骨子里却从没有忽视过这个阶层。

毛泽东曾对身边的护士长吴旭君动情地说:"我多次提出主要问题,他们接受不了,阻力很大。我的话他们可以不听,这不是为我个人,是为将来这个国家、这个党,将来改变不改变颜色、走不走社会主义道路的问题。我很担心,这个班交给谁我能放心。我现在还活着呢,他们就这样!要是按照他们的做法,我以及许多先烈们毕生付出的精力就付诸东流了。""我没有私心!我想到中国的老百姓受苦受难,他们是想走社会主义道路的。所以我依靠群众,不能让他们再走回头路!"

在毛泽东看来,高举"三面红旗",就是为了农业的尽快翻身,让底层的人民尽快过上好日子。他空想、急躁、不切实际,但毋庸置疑的是,他心里始终惦记着底层广大人民的利益。包产到户的设想,被毛泽东扣上了许多帽子——"单干风""黑暗风""翻案风"……一个比一个大,一个比一个重。可见,毛泽东对要让农民们走回头路的人恨之入骨。

按理,毛泽东与刘少奇都是湖南人,两人的家乡相距很近,而且两个人都属于"故土能离,乡音难改"的"顽固"人,他们的关系应该更亲近一层。其实不然。毛泽东是一个认事不认人的人。也是湖南人的彭德怀,1959年庐山会议上就倒了。到1964年与1965年交替之时,毛与刘逐渐在三年困难的成因以及解决途径的看法上产生了一系列的冲突分歧,直到矛盾激化无法调和。

刘少奇从1943年3月第一次担任书记处书记、军委副主席时起,就成了毛泽东的得力助手。他们从1922年相识相知到1964年,一直默契配合,并肩战斗了整整四十年。

1953年,党中央的工作分为"一线"与"二线"后,刘少奇开始主持一线工作,并被党内公认为毛泽东的理想接班人。毛泽东自己本人也认可这一说法。

"文革"前,"一线二线"是中央最高领导层实际存在的一种分工。

长期担任毛泽东机要秘书的叶子龙回忆:记得斯大林去世前后,毛泽东曾当着他的面说过:"斯大林太累了,高处不胜寒啊!我也不想当主席了。"

斯大林去世是在1953年3月,毛泽东在1953年下半年提出了中央分为一线二线的问题。他将自己置于二线的位置上,不主持中央日常工作,其初衷是想吸取斯大林的教训,提前培养接班人,让他们树立威信,以便在自己逝世后,党和国家最高权力发生交接时,能减少震动,有利于国家的安全。毛泽东同意中央日常工作交由政治局常委刘少奇和邓小平主持,历史上所说的一线,就是由此而来。

可是,中央从来没有对一线二线制度做出过正式的成文规定,对刘少奇从什么时候开始主持中央一线工作也从没行文,这一制度始终只是一个非正式的制度。它的内容、它开始实施的时间,甚至它的职权分工都是模糊的。

1962年"七千人大会"之后,刘少奇实际上开始全面主持中央的党政领导工作。一线二线分工逐渐清晰。

毛泽东在"七千人大会"后的一个举措,促使了这种非正式的制度更为明确。

1962年2月8日是"七千人大会"闭幕的第二天,毛泽东来了个大撒把,将所有会后需要落实的事情都交给了刘少奇等人,自己离开北京前往外地巡视。他有意识地摆出自己退居二线,放手让刘少奇主持国民经济调整工作的姿态。但也有人认为,这是毛泽东对刘少奇持有意见的一种表现。

直到1964年8月5日,中共中央"四清""五反"运动指挥部的成立,毛泽东还一直给予密切的关注和指导。尽管对刘少奇很多意见并不认同,但他依然认可由刘少奇挂帅。至少此时,他还是不想打破一线二线的分工模式。

由于中央对一线二线的领导分工没有形成正式制度,也没有明确的权责划分,很多时候,毛泽东把在第一线主持工作的领导人正常范围内行使职权当成搞独立王国。第一线主持工作的领导人也很难区分正常职权与搞"独立王国"的界限。这种误解导致毛泽东与刘少奇矛盾的不断升级,很大程度上也是毛泽东发动"文革"的一个重要诱因。

毛与刘就包产到户问题争执后不久,1962年7月、8月,在北戴河召开了扩大的中央工作会议。这之前开了十天的预备会,和以往一样还是由刘少奇主持。预备会上讨论了农村工作、生产、粮食、商业等问题,讨论气氛十分热烈,也卓有成效。

多日凝结在刘少奇眉间的疙瘩舒展了不少。

8月初,预备会顺利结束,接着中央工作会议拉开序幕。

8月6日这天,毛泽东带着他特有的威严神态走进会场。一落座,便是一番嬉笑怒骂皆成文章的讲话。他在这次会议上提出了阶级、形势与矛盾问题,特别提出"中国有没有阶级,这是个基本问题","承认阶级存在,就应承认社会主义与资本主义矛盾的存在"。他进而提出:"如果无产阶级不注意领导,不做工作,就无法巩固集体经济,就可能搞资本主义。"

会议中间,毛泽东吸着烟,仔细听着大家的发言,遇到一些有兴趣的问题,他会积极地参与发言。当说到农村有的地方出现了包产到户状况时,毛泽东马上对大家说:"一搞包产到户,一搞单干,半年时间就看出农村的阶级分化很厉害,有的人很穷,没法生活。有卖地的,有买地的,有放高利贷的,有娶小老婆的……这是搞无产阶级专政,还是搞资产阶级专政?"很明显,毛泽东要告诉大家一个不争的事实——那就是包产到户最后结果又将农民拉回到了过去。

毛泽东的讲话石破天惊,陡然提升了人们反"复辟"的警惕,刚刚放松的神经再次被拉紧,原定的议程也被打乱。原来关于经济调整的紧急事务,根本无法再行讨论。大家的思路转向了讨论毛泽东提出的阶级斗争问题。

正值此时,彭德怀给毛泽东和党中央写了"万言书",为自己申辩。这本是一个党员维护自我最起码权利的行为,却被误认为是向党挑战,被冠以"翻案",遭到严厉批判。

8月中旬,扩大的中央工作会议在炎热的季节里,在毛泽东危言耸听的"三分之一的政权不在我们手里!""以阶级斗争为纲"要"年年讲,月月讲,天天讲"的主题中结束。

刘少奇经过短暂几日考虑,在接下来的党的八届十中全会上做了自我批评,承认自己对困难估计得多,同意毛泽东"以阶级斗争为纲""反修防修"的观点。

从此,经济调整成了阶级斗争的附属工作。阶级斗争成了纲,经济调整成了目;纲举目张,刘少奇并不以为然——纲举,目不见得能张。

需特别说明的是:此时,林彪正在军队内部大搞"三突出"政治运动——即突出政治、突出毛泽东思想、突出学习毛泽东著作。

刘少奇的反思与林彪的"突出",形成了鲜明对比。也给党内外、军内外造成了一种看法:林彪是突出政治的,是紧跟毛主席的,而刘少奇做得不够。从党内外的职位讲,刘少奇的地位仅在毛泽东之下,而林彪的地位则不及刘少奇高,这就形成了毛、刘以及林、刘之间的矛盾纠葛。

毛泽东为"反修防修",决定在全国城乡发动一场普遍的社会主义教育运动,即"四清"运动。随着运动的推进,毛泽东与刘少奇的矛盾逐渐激化。

中共八届十中全会重提阶级斗争以后,毛泽东从"反修防修"的战略出发,决定在全国城乡发动一场普遍的社会主义教育运动,也就是后来人们熟知的"四清"运动。(包括农村的"四清":清账目、清仓库、清财物、清工分;城市的"五反":反贪污盗窃、反投机倒把、反铺张浪费、反分散主义、反官僚主义。开始,基本限制在经济领域,后期则上升到清政治、清经济、清组织、清队伍。)

当时,干部中的官僚主义作风和脱离群众的倾向日益严重,尤其是三年困难时期,腐败丛生,愈演愈烈,加之国际上中共与苏共论战激烈,唇枪舌剑,各不相让,局势十分紧张。如果说毛泽东为避免苏联和平演变在中国发生,试图通过阶级斗争来达到"反修防修"的目的,那么"四清"运动则是毛泽东阶级斗争理论指导下的一种具体的产物。

毛泽东提出"阶级斗争"这一课题,众人举手赞同,大声叫好。因为这个浅显的道理关系到党和国家变不变颜色的重大命题。

当时高层领导者对腐败现象"杀"声一片的情绪,正如毛泽东1945年8月13日在《抗日战争胜利后的时局和我们的方针》一文中所讲:"人民靠我们去组织。中国的反动分子,靠我们组织起人民去把他打倒。凡是反动的东西,你不打,他就不倒。这也和扫地一样,扫帚不到,灰尘照例不会自己跑掉。"

运动开始时,毛泽东和刘少奇的步调基本一致,一样的目标,一样的积极,一样的感情基础。运动中期,呼应烘托相当默契,彼此非常满意。但到后期,潜在的矛盾再次浮出水面,而且激起了千层巨浪。

这场社会主义教育运动的指导思想是"以阶级斗争为纲",运动越往后"左"倾色彩就越浓,关于其性质、目的和方法,两位主席各有各的思路,两人越走距离越远……

到了1963年11月,刘少奇的夫人王光美开始在河北抚宁县卢王庄公社桃园大队蹲点搞"四清"运动,使得毛、刘关系出现了明显的变化,也为以后矛盾爆发埋下了祸根。善于无风也起浪的江青借题发挥,说王光美开了夫人参政的先例,为她自己政治登场找到了一个实实在在的借口。

从刘少奇之子刘源的回忆中也可看出王光美下去蹲点的勉

为其难:

> 1963年10月,中南海里刘少奇所在的党支部对他进行了一次批评,大家担心王光美下乡后,刘少奇的健康。因为刘少奇有失眠症,服安眠药才能入睡。如果夜间无人照料,药劲来得猛,极易摔倒。党支部反对王下去,严肃地要求他接受。刘认真地表示"同意支部意见,但工作任务又必须完成"。怎么办呢?他想出了主意:在地板上打地铺,以解众忧。……一直到1968年病危,刘少奇睡了5年地铺。
>
> 王光美第一次下乡是1963年11月,历时五个月。地点是河北抚宁县卢王庄公社桃园大队。她离京前问刘,应该注意什么?刘只简单地讲了一句:"不要有框框,一切从实际出发,有什么问题解决什么问题。"王每月回来一次,都向毛泽东汇报,毛不止一次提示:"根子在上边。"她并不理解这话的含意。王光美说,她是真心实意接受"以阶级斗争为纲"这个指导思想的,但也仅限于对多吃多占、贪污浪费的干部经济退赔从严要求,或对基层干部工作的难处不够体谅。至于如何挖上边的根子,就非她所知了。
>
> 7月5日,王光美向河北省委工作会议汇报,即《桃园经验》报告。报告的用语十分尖锐,甚至激烈地指斥桃园党支部"基本上不是共产党","是一个两面政权"。但是,直到工作组完成任务撤出,没有开过一次斗争会斗过谁,更没有打过人,也没有抓捕一人,只撤了原支部书记的职,仍以人民内部矛盾对待。其他犯错误的干部,检讨退赔后,取得了群众谅解,都恢复了工作。证明桃园的运动,并没有上升到对敌斗争的高度,确实是一场教育。

从这段文字可以看出,刘少奇十分看重基层第一手调查材料的真实性。为了掌握基层真实情况,他不惜自己多病的身体睡在家里的地板上,也要让妻子去替他完成搞调查的任务,国家主席这种求真求实的态度的确让人动容。

王光美毕竟不在中央高层,无法理解毛泽东的心思。她的《桃园经验》肯定不会符合毛泽东"根子在上面"的要求;所以越到后面,毛泽东就越不满意,大家也就愈加地感到左右为难,无所适从。整个运动是以阶级斗争为纲,过激语言在王光美的《桃园经验》中十分明显。不仅伤害了一些基层干部的感情,也使得各级负责人的神经变得相当敏感。

起初,毛泽东很欣赏《桃园经验》,还将这份总结批转全国,以示推广。于是这个《桃园经验》也成为刘少奇开展"社会主义教育运动"的思路,实际上成了他"抓点带面"指导运动的蓝本,在各种场合大力推广,要求全国学习。

1964年夏天,刘少奇与夫人王光美去了十四个省市巡回演讲《桃园经验》,在中共党内,陪夫人巡回作报告,刘少奇是第一人。毛泽东从没有这样做过,"文革"前夕,他最多出席观看过几个由江青指导的"革命现代京剧";周恩来则更不可能坐镇现场让邓颖超作报告了。

一次,刘少奇在大热天将许多高级干部集中到人民大会堂讲话,虽然桌上有扩音器,但他并未坐下来,而是背着双手,在台上走来走去地讲,讲了一通干部"蹲点"的必要性、重要性后,便要求大家向王光美学习:"王光美下去了,不是就发现了许多新问题吗?她还写出东西来了,总结了许多新经验,很有意思。我看大家还是下去吧,赶快下去吧!"说到这儿,刘少奇看了一眼身边的周恩来,然后又对大家说:"谁要是不下去,就把他赶下去!"随后,他又讲了一些更重的"犯忌"的话:"不蹲点不能做中央委员""开调查会过时了""基层干部不会在会上讲真话"等等。"开调查会"是毛泽东在革命年代常用的一种工作方法,党内干部都知道;如今,刘少奇却直言毛泽东的这一套"过时"。尽管他讲这些话不一定具有针对性,但极容易造成误会,被大家误以为是"贬低毛主席"。王力回忆:当刘少奇在1964年8月初的北京干部大会上说了那些"犯忌"的话之后,江青跑到毛面前哭诉告状:"斯大林死后赫鲁晓夫才作秘密报告,现在你还没死,人家就作公开报告了。"

无疑,江青的这番话对毛泽东是有很大触动的。

刘少奇如此"号令天下",也让很多高层干部非常不满。军队方面意见最大,认为刘少奇在树立自己和夫人的威望,而不是树立毛泽东的威望。

1964年8月5日,中央书记处在北戴河会议上,决定由刘少奇负责《后十条》的修改,同时成立"四清"和"五反"指挥部。刘少奇在这次会议上主持起草了《关于农村社会主义教育运动中一些具体政策的规定(修正草案)》。《后十条修正草案》是对《后十条》的修正。

这一次毛泽东与刘少奇在"四清"问题上依然没有达成共识,分歧严重。但毛泽东还是同意刘少奇担任"四清"和"五反"指挥部的总指挥。当然,这并不说明毛泽东内心同意刘少奇的所作所为。

这年夏天,钱嗣杰第一次跟随毛泽东到被海内外人士称为中国"夏都"的北戴河。由于每年夏季中央高层在此办公,这一带海边游泳的人不多,显得格外幽静。而相隔不远的海岸线却十分喧闹,浅海里游泳的人密布,沙滩上躺满了晒太阳的人与各种颜色的凉棚。

事实上,中央领导人在北戴河工作和在北京中南海工作并没有什么本质区别。只不过由于北戴河环境优美,气候宜人,且中央领导多喜欢游泳,那里提供了领导人紧张工作后的休养条件。

每年7、8月份中央领导人基本都是带着全家老小一起去北戴河。大人们开会,家属和孩子们却在海边玩耍、交际。

一般炎暑的日子,江青也来北戴河,只是不同毛泽东住在一起。她的住所在中浴场一号平房。她喜欢在那里和工作人员打扑克,傍晚散步,下午游泳。她的泳姿不规范,不属于国标式。有一回,她在海边见到王光美游泳,时而侧泳,时而仰泳、蛙泳,动作十分娴熟而自如。这以后,江青游泳的兴趣顿减,把更多的时间消磨在打扑克牌上。

因为毛泽东与江青作息时间不一样,他们很少一起出现在海滩,钱嗣杰的镜头里他们夫妇在一起的镜头不多。越往后,他们在一起的镜头就越少,常常是毛泽东到了,江青走了;江青到了,毛泽东走了,几乎形同陌路。即使两人在一个镜头里,那也是公众场合,"文革"期间,他们从生活夫妻走向了政治夫妻。

钱嗣杰带着照相机经常跟在主席身后,有时随他一起骑马,有时则随他一起在海边游泳。更多的时间,毛泽东喜欢一人坐在海边,静静地望着天海一线的远际。钱嗣杰那时就感到:毛泽东有时很孤独,甚至是寂寞的。

和女儿们一起在海边游泳时,毛泽东总会很开心。这样的时刻对于毛泽东来说就显得太少太少。

相比之下,刘少奇一家给人的感觉其乐融融,温文尔雅。孩子们极有修养与礼貌,一见大人便会鞠躬问候。刘少奇与王光美虽然年纪相差不小,但两人看上去十分和谐,他们下海游泳时,排成一排,由爸爸妈妈一头一个,拉着三个不大的孩子一起往大海走,给人感觉这个家庭恩爱有加,很有协作意识。

1964年夏季的炎热在进进退退的潮汐中淡去,可是"四清"运动的温度却在避暑胜地被炙烤得越来越高。

此时的刘少奇已经无法号准毛泽东的"脉搏",越是想顺着毛泽东的思路,就越是走错方向。结果物极必反,他甚至在毛泽东提出的阶级斗争问题上做出了更为激进的演绎和实践。在《后十条修正草案》和《桃园经验》的指导和影响下,从1964年秋铺开的农村社会主义教育运动急转直下,"左"的倾向更为明显和突出。各个试点县都集中了上万人的工作队,完全撇开农村基层干部,在许多地方进行错误的"夺权",使不少农村基层干部受到不应有的打击……城市社教和工交领域的"五反"运动也严重偏"左"。

这一年刘少奇"挂帅"领导"四清"运动,一声号令,一百五十万干部下乡蹲点。刘少奇威望之高,动员能力之大,使毛泽东产生了微妙的感受。

毛泽东邀请部分中央领导同志、各大区主要负责同志及劳模、科学家在人民大会堂过生日。他的一席话为1964年做了总结,也为来年埋下了伏笔。

原子弹爆炸的热浪未平,"四清"运动如火如荼之际,1964年12月15日至1965年1月14日在人民大会堂又召开了第三届全国人民代表大会第一次会议。

开幕那天,三千多名代表走进神圣的殿堂,以自己的参与表达全国人民的心声。

农民也好工人也好军人也好,每一个人都全心全意地为自己的祖国出谋划策,都衷心地拥护国家领导人的意见。而刘少奇因为处于一线的领导位置,"一竿子到底",与各省市关系相对比较紧密,这次人代会人们将热爱毛泽东主席的感情也同样倾注在刘少奇主席身上。大家认为,拥护刘少奇自然就是拥护毛泽东,就是拥护党中央。这次会议上,广大代表看到了刘少奇与日俱增的威望与权力。

借此机会,中共中央政治局在北京召开中央工作会议。时间也是1964年12月15日至1965年1月14日,正好与人代会同步。

钱嗣杰作为毛泽东的摄影记者,为了拍摄好这次"革命的大会,民主的大会,团结的大会",他几乎就吃住在会议上。目光所及,到处令人神清气爽,他自己也发自内心地对祖国的巨大变化感到由衷的自豪。会场内外气氛十分高昂,从高层领导到普通基层代表,个个都显得喜气洋洋。毕竟人民共和国成立十五年,新中国蒸蒸日上的感觉尤为突出。这次会议也是他拍摄新闻照片最多的一次会议。

但是,走出人代会会场来到中央工作会议会场时,钱嗣杰发现了毛泽东情绪的变化。毛泽东与在人代会上判若两人。两个会议两种表情,前者笑容满面,和善慈祥;后者板着脸孔,隐含不快。

毛泽东与刘少奇两人一来一回,一句接一句,语势激烈,就像在吵架一样……

两位领导人到底为什么争执?钱嗣杰不得而知,也不敢做任何猜想。他按动快门的手有些抖动,拍完几张后就急忙离开,不敢在会议室过多逗留。

后来钱嗣杰才知道,这次会议期间,毛泽东与刘少奇在"四清"问题上发生了严重的意见分歧。这是继1959年庐山会议批判彭德怀以来党的主要领导人之间一次最严重的争论和斗争。

这次中央工作会议竟然开了一个月,戏剧般地被分为两个阶段。前半段会议是由刘少奇主持的,主要是讨论农村社会主义教育运动问题。根据汇报情况与"四清"中提出的问题,会议制定了一份《农村社会主义教育运动中目前提出的一些问题》。这个文件共有十七条,故简称《十七条》。会议后半段是毛泽东将散会人员召回来继续补开的会。毛泽东亲自主持,重新制定《农村社会主义教育运动中目前提出的一些问题》。文件标题与刘少奇指定的那个一字不差,但内容却有二十三条,简称《二十三条》。打开文件就不难发现,这不是简单地增加了六条,而是基本针对刘少奇的《十七条》而制定的《二十三条》,很多内容与刘的版本都是针锋相对,彻底推翻重来的。

先说刘少奇主持的前半段会议。

对于刘少奇来说,他抓了"四清"的工作,又蹲了点,觉得是有发言权的,他对"四清"运动中的问题提出了自己的见解。当时到1964年底,全国已有一百万以上的干部参加"四清"运动;但是,人们普遍地反映"四清"运动搞不下去,对此提出了种种意见和看法。会议在听取汇报后就开始讨论"四清"运动的性质问题,与会者纷纷发表了各自的意见与看法。

刘少奇根据大家意见与看法,认为还是"四清"和"四不清"的矛盾,既在党内,也在党外,既有敌我矛盾,又有人民内部矛盾,并且是相互交叉着。

而刘少奇这些"四清"和"四不清"的矛盾分析,毛泽东之前就根本不同意,并把它们视为原则分歧,两条路线的斗争。毛泽东在"四清"运动中没有得到主导权,全国"四清"运动基本是按照刘少奇的路子进行的,在毛泽东看来,他似乎被架空了。中央工作会议开幕前,邓小平对毛泽东说:"这会不重要,您老人家不用参加了。"本意是想说,这样的会议应该是主持一线工作的刘少奇的事情。

说者无意,听者有心,毛泽东很介意。邓的话反而激起了他的逆反情绪,他坚持要参加。到此为止或可作罢,偏偏刘少奇又加了一句:"参加可以,但不要发言了。"

一个不让参加,一个让参加却不让说话。毛泽东是一个自尊心极强的人,新中国成立以后,他从未受到过这样的对待,心理上无法接受。

毛泽东反问:"我为什么不参加?为什么不能说话?"

刘少奇和邓小平看毛泽东真的生气了,没有再行阻止。

1964年12月15日第一天的中央工作会议毛泽东是参加了,但两位主席话分两头,各说各的,这让很多不知情的大区和省部级领导们一时思路跟不上趟,满腹疑惑,不得其解。

28日下午是中央常委会议,两位主席依然是相互插话,随意打断,各不相让。

刘少奇总在谈"四清"的主要矛盾既在党内,也在党外,既有敌我矛盾,又有人民内部矛盾,并且是相互交叉着。

毛泽东也不相让,说"四清"主要矛盾是群众与走资派的矛盾……刘少奇马上插话:"我个人认为是'四清''四不清'的矛盾。"

当局者迷,旁观者清,参加会议的其他常委暗暗为刘少奇捏着一把汗。大家看得出来,刘少奇总是打断毛泽东的话头,此举一定会让毛泽东动怒。

果不其然,毛泽东动了大气。第二天,他早早拿着党章和宪法坐到会场上,以示抗议。一开场就申明:第一我是中国共产党党员,第二我是中华人民共和国公民,大家说有人不让我参加会,也不让我讲话,对不对?毛泽东的话震动很大,全场气氛紧张,据说在场的许多军队将领都站出来为毛泽东撑腰。

毛泽东看看会场的架势,也不愿意闹大,就没有点名。会是不参加了,他转身离开了会场。

事后中央组织部部长安子文找到刘少奇谈话,他善意地提醒:"刘少奇同志你要顾大局,你要认真地检讨,你为什么打断主席的话?要尊重毛主席啊。"

刘少奇似乎感到自己的问题,做了检讨。

开会时正值毛泽东七十一岁生日到来。新中国成立之后,毛泽东没有公开为自己做过生日,但这一次,他竟然高调提出要请一些人吃饭,并亲自审定了请客名单。

中央办公厅汪东兴和江青在人民大会堂操办了这个寿宴,邀请了一些参加中央工作会议的同志与几位会议代表出席生日宴会。

刘少奇、周恩来、邓小平和部分中央领导人、各中央局负责人都在受邀名单。另外,还有四位正在参加人代会的代表——中国的导弹之父钱学森、知识青年上山下乡的带头人邢燕子、山西昔阳县大寨大队党支部书记陈永贵和江苏劳模董加耕以及毛泽东身边的工作人员共四十多人。

这一天,陈永贵在黑棉袄外面套了一件家里最好的黑布对襟夹衣,头上裹着白毛巾。邢燕子、董加耕也是一身农民打扮,他们显得有些紧张、不安和激动。周恩来先带着陈永贵等人去拜访刘少奇。刘少奇当时正在另一房间里埋头阅读关于"四清"工作的材料。陈永贵一行走到国家主席面前,刘少奇一时竟没有抬起头看他们。

刘少奇埋头阅读材料的形象给陈永贵留下的印象很深,他后来回忆:"我们到了以后,刘少奇眼都不抬。但那时根本没有考虑中央有两个司令部。我们到了主席那里,对我就十分亲热。"

陈永贵见到毛泽东的时候,一时紧张得说不出话,两只手紧紧握着毛泽东的手。毛泽东笑道:"你是农业专家噢。"陈永贵听不懂毛泽东的湖南话,只是一个劲儿地连连点头,咧着嘴使劲儿笑。周恩来在一旁笑着翻译道:"主席说你是农业专家。"这回陈永贵听懂了,立刻摇起头:"不,不,我不是农业专家,不是农业专家。"

毛泽东请他的客人们落座,抽烟,吃糖。当问起陈永贵的年龄,陈永贵答道:"五十啦。"毛泽东笑道:"五十而知天命哟。"不知是听不懂湖南口音,还是不明白孔夫子这句话的意思,陈永贵点点头,没有否认他"知天命"。

毛泽东坐在上方的一桌,陈永贵极荣幸地被安排在毛泽东的身边。桌旁就座的还有董加耕、钱学森、邢燕子、陶铸夫妇、罗瑞卿、谢富治和汪东兴,而江青、刘少奇、胡耀邦、李富春及各大区书记,则分坐另外两桌。

生日宴席上有葡萄酒和茅台酒。毛泽东喝下三杯茅台,大声称赞了钱学森:"钱学森不要稿费,私事不坐公车,很好!"毛泽东侃侃而谈时,众人都聚精会神地听着,谁也不敢大口吃东西,尽管桌上摆放的都是可口的饭菜。

毛泽东似乎觉察到了拘谨的气氛,于是让大家吃菜,他问身边的陈永贵:"湖南菜,辣啊,习惯吗?"陈永贵这回听懂了,赶紧频频点头说:"习惯习惯……"

毛泽东一边喝酒,一边谈话,这一晚他的话显得格外多,很多话是"话中有话",有些话大家至今记忆犹新。"有人搞独立王国,尾巴翘得很高。"大家听罢都很紧张,心里直打鼓:"老寿星"今晚这是怎么了?

陈永贵这些从基层上来的人蒙在鼓里,也不可能想象敬爱的毛主席还有不顺心的事情。但在座的其他领导人,包括刘少奇,都知道毛泽东讲话有所指向,绝不是空穴来风。缘以何故,只是不讲出来罢了。

这一餐饭吃了大约两个小时。餐桌边除了毛泽东一个人嬉笑怒骂和人们敲打碗碟的声响外,感觉不到很多喜庆热烈的气氛。

仅就过程而言,这似乎只是一次普通的生日宴会,然而,它蕴含的政治意义却是深远的。一年多后,即1966年的夏天,史无前例的"无产阶级文化大革命"爆发了……

毛泽东过完七十一岁生日后,又发生的两件让他无法忍受的事情,给他不满的情绪火上浇油。

第一件事情,会议期间,刘少奇要陶铸跟李雪峰讲,由李雪峰出面召集会议,请王光美宣讲《桃园经验》。与会者大多去听了,江青则在会场屏风后面走来走去,一脸不屑。她对此感到很不自在,也不满意。

第二件事情,原定中央工作会议在12月28日印发《十七条》后,就准备结束。而这次结束会议竟没有通知毛泽东参加。当天会后,江青请陶铸夫妇在人大小礼堂观看《红灯记》。开演前,他们在休息室见到了毛泽东。毛泽东问陶铸:"你们的会开完了吗?"当毛泽东知道会议开完了,顿时脸色沉了下来,火气很大地说:"我还没参加呢就散会啦?有人就是往我的头上拉屎!我虽退到二线,还是可以讲讲话的嘛!"

毛泽东又问陶铸:"你们开会的人是不是都已经走了?"

陶铸不得不告诉毛泽东:"有的已经走了。"

毛泽东毫不犹豫,斩钉截铁地命令道:"告诉他们,走了的赶快回来!"

观看《红灯记》时,江青悄声对陶铸说:"有人反对京剧改革,我就是要搞京剧改革!"又是一个"有人"!她又是指谁呢?陶铸夫妇不敢插言,但心里颤颤的,舞台上表演的什么,全都不记得,满心都是困惑。

三天后,12月31日,中办通知各地停止下发、自行销毁《十七条》。

第二天正逢1965年元旦。刘少奇和王光美照例出席了中央办公厅的迎新晚会,但他们心情沉重,仅是来应酬一下,已没有心情像往常一样结伴下场跳舞了。

毛泽东与刘少奇闹到如此地步,人人焦急。安子文请出开国元勋们从中调解。陶铸、安子文也到刘少奇住处给他提意见。刘少奇意识到问题的严重性。他顾全大局,主动向朱德、贺龙、陈毅、林彪等征求意见,并召开了党的生活会,征求和听取批评意见。

政治局开会时,刘少奇真诚地向毛泽东做了检讨,表示:"我对主席不够尊重。"

毛泽东不以为然,回敬说:"这不是尊重不尊重的问题,而是马克思主义同修正主义的问题。在原则问题上,我是从来不让步的。"

的确,毛泽东心里已经将他与刘少奇之间的分歧定了性,那已不是一般的分歧,而是原则性的分歧。

元旦一过,参加中央工作会议的成员们又都被毛泽东召了回来。他要主持后阶段的中央政治局常委扩大会议!

1965年1月3日,毛泽东主持会议的第一天,三届全国人大一次会议选举国家主席与领导人。最终,刘少奇继续当选为中华人民共和国主席。

连任国家主席的刘少奇不等代表们掌声结束,就赶忙参加毛泽东主持的中央政治局常委扩大会议。

会场里没有了掌声,响彻大厅里的是毛泽东严肃的声音。

毛泽东亲自主持会议,主题就是一个:社教员讲"四清",要有阶级立场,要有阶级分析。关键是要清查新生的资产阶级。新生资产阶级有的在党内,也有的在党外;有在台上的,也有在台下的;有前台的,也有后台的……

新生资产阶级?大家四下张望,都感到跟不上毛泽东的思路。

毛泽东讲到矛盾的性质问题。他说:"七届二中全会提出,国内主要矛盾是资产阶级同无产阶级、资本主义同社会主义的矛盾。那个时候还没有修正主义。八大一次会议、二次会议都是那样说的。杭州会议制定十条(即"前十条),一直都是搞社会主义,整个运动是搞社会主义教育。怎么来了个'四清'与'四不清'的矛盾,敌我矛盾与人民内部矛盾交叉?哪里的那么多交叉?这是一种形式,性质是反社会主义的嘛!重点是整党内走资本主义道路的当权派。"

毛泽东的话讲到这个份上,刘少奇反问他:"对于这个

'派',我总是理解不了。走资本主义道路的人有,但是资产阶级都要消亡了,怎么能有什么'派'?一讲到'派',人就太多了。不是到处都有敌我矛盾。像煤炭部、冶金部,哪个是走资本主义道路的当权派?"

毛泽东当即回答:"怎么没有?张霖之就是。"张霖之时任煤炭部部长。毛泽东这么一讲,刘少奇就不敢再提什么了。

1965年元旦之后的中央工作会议,主要内容是修改《十七条》,这项工作由邓小平、彭真、陈伯达负责。经过一个星期的讨论、修改,原来的《十七条》变成了《二十三条》,文件仍定名为《农村社会主义教育运动中目前提出的一些问题》。不仅条文有了增加,更重要的是内容有了很大的变化。

文件去掉了原来刘少奇主持制定的《农村社会主义教育运动中目前提出的一些问题》里的"扎根串联"的刘式语言,代之以"在整个运动中,省、地、县级党委和工作队,必须逐步做到,依靠群众大多数,依靠干部大多数(包括放了包袱的干部),实行群众、干部、工作队'三结合'"等规定,提出运动的性质是社会主义同资本主义的矛盾,运动的重点是"整党内走资本主义道路的当权派"的说法。

这一新观点不幸地成为"文革"中的主流观点,被毛泽东点名的张霖之,首当其冲被造反派打倒,最终被迫害致死。

正如古人所说:冰冻三尺非一日之寒。毛泽东与刘少奇的矛盾也有一个由小到大、由少到多"滚雪球"似的发展过程。到了此刻,毛泽东才真正横下心——决不做任何让步。他坚持自己所理解的社会主义,反对他所认为的资本主义复辟。

从"四清"运动下发的四份重要文件,可以看出毛泽东与刘少奇分歧加深的过程。

第一份文件。

1963年5月20日下发的"前十条"(即《关于目前农村工作中若干问题的决定(草案)》),中心内容认为"当前中国社会中出现了严重的尖锐的阶级斗争",要依靠贫农、下中农,以"四清"(清理账目、清理仓库、清理财物、清理工分,简称"小四清")

的方式解决干群矛盾,并组织革命的阶级队伍,"向着正在对我们猖狂进攻的资本主义势力和封建势力作尖锐的针锋相对的斗争"。

这时毛泽东与刘少奇处于一个战壕中,目的方向是一致的。

第二份文件。

1963年11月14日下发的"后十条"(《关于农村社会主义教育运动中一些具体政策的规定(草案)》)。"后十条"进一步指出运动的基本方针是"以阶级斗争为纲""挖修正主义的根子"的同时,对前一阶段运动中出现的过火行为做了纠偏,强调要团结百分之九十五以上的干部,防止扩大打击面。

这时的毛泽东与刘少奇已经有了分歧——毛泽东认为重点是整党内走资本主义道路的当权派,说白了,就是清理当官的。刘少奇不同意,他主张整下边"四不清"问题,是清查经济上有污点的会计、出纳等人。刘少奇认为的"四不清"是党内外矛盾交叉的表现。而毛泽东认为"党内外矛盾交叉"实际上忽略了主要矛盾,走资派被"小人物"掩盖了。

第三份文件。

1964年夏,刘少奇主持起草《后十条修正草案》(《关于农村社会主义教育运动中一些具体政策的规定(修正草案)》)。这份文件是对《后十条》的修正。9月18日,《后十条修正草案》与王光美的《桃园经验》同时下发全国。

在《后十条修正草案》即将下发的十多天里,再次发生两件令毛泽东不快的事情,他感到自己的权威受到了威胁。

毛泽东原来就对《后十条修正草案》和《桃园经验》有所保留,1964年8月20日,当华北局几位大员表达了对《后十条修正草案》的意见后,他立即下令"文件缓发",并召开中央局书记会议重议这两份文件。毛泽东没有料到,刘少奇不顾他的情绪,在会上进一步阐述自己的意见,就连几位深得毛泽东重用的爱将——那些拥护大跃进的先锋们,如陶铸、王任重、李井泉、柯庆施等人,都纷纷支持刘少奇的主张。结果有意见的华北大员们只好在会上作了检讨性发言。

1964年8月30日,毛泽东对派一万多人工作队下去等做法提了意见,指出:"王光美在河北桃园大队实际上是少奇同志亲自指挥,王光美每月汇报一次,河北省就没有一个人能指挥。"即使如此,与会者仍然同意刘少奇的部署,于9月18日将《后十条修正草案》与王光美的《桃园经验》两份文件下发。

第四份文件。

毛泽东将各位高层领导召回来重新制定了"二十三条"(即1965年1月14日通过下发的《农村社会主义教育运动中目前提出的一些问题》)。这次,毛泽东不是来听讲,而是亲自主持会议,对刘少奇一系列"错误观点"进行了全面否定后,最后将指责刘少奇的观点纳入《二十三条》,以文件的形式固定下来,并明确规定:"中央过去发出的关于社会主义教育运动的文件,如有同这个文件抵触的,一律以这个文件为准。"

从《十七条》到《二十三条》,毛泽东与刘少奇的分歧终于公开化,这两份文件日后也被史学家们认为是毛泽东与刘少奇矛盾分歧落在文字上的证明。

毛泽东认为他和刘少奇的分歧,是关系到党将来改变不改变颜色、中国走不走社会主义道路的重大问题,仅仅"四清"已经不能承载这个重大问题的解决,他转而酝酿与发动新的运动,这就是后来的"无产阶级文化大革命"。

刘少奇在毛泽东连续的"进攻"下,虽多次作过自我批评和检讨,但都没有改变毛泽东对他的看法,他最终没有得到毛泽东的原谅。

跟随毛泽东去南巡,长焦镜头似乎透视了伟人的内心波澜。毛泽东终又踏上了井冈山,这里的一草一木都令他思绪万千,心潮激荡。

进入1965年,经历了由《十七条》到《二十三条》后,毛泽东下决心拿掉刘少奇。1970年12月18日,当斯诺问毛泽东从何时明显感觉到必须把刘少奇从政治上搞掉,毛明确回答:是制定《二十三条》那个时候。他认为刘少奇不能当接班人,刘要走资本主义道路。

然而,毛泽东没有再与刘少奇正面交锋。

1965年3月14日,他乘专列离开了北京。

主席选择在春天离开北京,让大家有些意外;因为毛泽东通常在国庆节后,10月底或11月初才离开北京到相对温暖的南方,一般去武汉和杭州住得多一些,过了冬天再回北京。

钱嗣杰估计了一下,这一走大概到夏天才能返回北京。他赶紧准备相对充足的胶卷,在外地进口胶卷不如在北京买起来方便。当时新华社有规定,每个摄影记者出去带两部相机,一部是一二〇,一部是一三五,所以两种胶卷他都要准备。对于摄影记者来说,照相机就是枪支,而胶卷就如同子弹,两者缺一不可。

毛泽东专列时称一号列车,它由前驱车、主车和警卫车三部分组成。

前驱车车厢全部是警卫人员,主车分为会议室、毛泽东工作和生活的车厢、汪东兴等中央办公厅领导同志车厢和工作人员车厢,最后警卫车是八三四一部队的车厢。

钱嗣杰登上专列时,看到毛泽东身边的工作人员还在忙着整理带出来的五六个大箱子,里面全是书。毛泽东有个习惯,只要外出,不管时间长短,书是不能少的,古今中外的书都要带上,反正是专列,有的是地方放书;每次外出,毛泽东最大的行李就是书籍。

火车开动后,钱嗣杰走进毛泽东乘坐的车厢,他见毛泽东穿着睡衣,嘴里叼着烟,凝神望着窗外,于是悄悄在一旁为他拍了几张照片,结果,跟随主席出来的工作人员看见后,他们也争着要与主席合影。钱嗣杰见主席注意力放在思索上,就让他们一个个悄悄凑上前去,站在主席的身后,然后由他赶紧按下快门。

当时钱嗣杰的心情是紧张的,给中央领导拍照需要掌握每位领导的性格特点。给周恩来拍照,钱嗣杰就比较放松。因为周总理比较随意,而且对记者的工作很熟悉,知道记者需要什么。记者们都把他看做长辈,就像是普通单位的领导一样。在大家眼里,最好拍的也是总理,他不仅性格随和,长得帅气,又有风度,不管笑不笑,都上相。有时候,钱嗣杰会对他说:"总理,再过那边一点儿。"通常,周恩来都会照顾记者的意见,换换角度,尽可能满足大家的需求。

来到毛泽东身边后,钱嗣杰发现主席最不喜欢摆拍,更何况那个时候的照相机都是手动,光圈焦距快门全部靠手来调整,拍摄一张照片的全套动作下来要好几秒,而且又不能总是将镜头对着主席照。毛泽东一个姿势最多也就拍两三张,如果遇到他不给拍摄的角度,那么摄影记者只能自己找角度,想办法。这次还算不错,主席大概心情好,他跟大家合了好一会儿影也没有反感情绪,钱嗣杰踏实地拍了好一阵。

毛泽东专列出发的第一天晚上到了邯郸,他没有下车,在车上睡了一觉,第二天下午继续前行。一天后即3月16日,毛泽东抵达武汉。

那天下午,他的专列悄悄停靠在余家头一所战备物资仓库里。这所仓库很大,当时叫一〇二仓库,里面铺有军用铁轨;主席专列全部开进去,外面一点儿都看不出来。省委第一书记王任重、省长张体学早已在此恭候。他们看见毛泽东下车,一道大步迎上去,说了声:"主席好!"毛泽东笑着和他们握了握手,没有几多寒暄。除王、张二人外,当时并无他人迎接。因为毛泽东不喜欢迎来送往的那一套。

王任重快速为毛泽东打开了"吉斯一一〇"三排座轿车的后车门。每次来武汉,毛泽东坐的都是这辆车。

几辆小车轻车简从,毫不张扬,从东湖路驶进湖北省委东湖客舍大院,过"百花""南山",最后停在东湖边上的梅岭一号。梅岭一号是上世纪六十年代初期湖北省委修建的一处平房,内有十间大小不等的房间,空间比较高大,内部装饰朴实无华。毛泽东、刘少奇、董必武到武汉,都在此下榻过。一跨下车,迎面几张熟悉的脸孔,令毛泽东十分愉快。那几年,他年年来武汉,都习惯住在东湖客舍(今东湖宾馆)梅岭一号,梅岭的工作人员每次都像迎接亲人一样迎接领袖。看到大家,毛泽东高兴地伸出右手,亲切地招呼:"同志们好啊!"

"主席好!""主席好!"几个青年人纷纷握住主席的大手,笑得那么灿烂。王任重、张体学等省委领导向毛泽东汇报后随即离开,对主席,既没有"接风酒宴",也没有联欢晚会。毛泽东一直反对地方搞迎送接风,他认为这是铺张浪费。因此,谁也不敢多献一点儿"殷勤"。

钱嗣杰知道,武汉东湖是毛泽东的最爱。每一回他都要在湖边住上一阵子。这回也不例外,毛泽东一住就是一个半月,直到4月29日晚上才离开。

专列载着毛泽东驶向湖南长沙。众所周知,毛泽东青少年时代是在长沙度过的,这里记载着他的理想他的奋斗。他与杨开慧也在这里留下了不可磨灭的爱情记忆。

每次来这里,省委第九招待所就成了专门接待毛泽东的地方。

毛泽东在长沙住了不到一个月,5月中旬,出席越南胡志明主席请求中国援越抗美的外事活动后,他忽然提出了顺道重上革命摇篮井冈山、亲自看看老区人民的愿望。

这个消息让大家太感意外——毛主席真的要重上井冈山了!

新中国成立后,他日理万机,一直无法重来故地。而这次,他是有闲情来当"徐霞客"的吗?

毛泽东此次离京,表面是离开了政治中心,可他无心来游山玩水。很多时间,他都在思考问题,他在思索采用什么办法解决中国的问题。整风社教在毛泽东眼里都失败了,那么只能发动一个符合他的愿望的群众运动,自下向上揭露党的黑暗面,打倒那些走资本主义道路、变修蜕化的变质分子……一贯相信群众、依靠群众的毛泽东,似乎看到了让党保持永不变色的希望。

重上井冈山,某种程度上可以说是毛泽东寻找当年记忆与斗志的努力——犹记烽火,更难忘烽火。井冈山成全了毛泽东的斗志，也铸就了毛泽东的意志。这片土地曾是毛泽东武装夺取政权的起点，如今又将成为他捍卫红色政权永不改色的新的起点。他要在和平年代里迎接暴风骤雨的到来，一场看不见烽火的战斗即将拉开序幕……

这年毛泽东七十二岁，阔别井冈山三十六年。三十六载春秋，正好是他人生岁月的一半时光。

从1927年10月率领秋收起义部队到达井冈山，到1929年2月与朱德率红四军主力离开井冈山，转入江西、福建作战，毛泽东在井冈山只有一年多的时间，但他由此带领共产党的第一支军队走上了"工农武装割据"的道路。尽管这条道路艰难曲折，但无论环境怎样艰险，他始终没有放弃过"枪杆子里面出政权"的信念。漫长的革命生涯中，毛泽东在政治上和精神上都遭受了常人难以承受的打击与挫折；为革命，他还先后失去了六位至亲最爱。伤痕累累的他，抱着坚定的信念，直到迎来全国的解放。

井冈山，在毛泽东心里决然不是一个地理名称——那是他的精神支柱，也是融进他生命中充满活力的新鲜血液。

5月19日，江西省委并井冈山管理局接到了汪东兴打来的电话，通知他们准备22日接待毛泽东上山。这可是国字第一号接待任务，大家马上行动起来，尽快做好宾馆附近的安全保卫和环境卫生工作；同时决定，暂不对外公开毛泽东秘密上山的消息。

5月21日上午，毛泽东离开湖南省委第九招待所三号楼，当晚到了与江西交界的茶陵县。为了保证安全，茶陵县委决定不让毛泽东出县委大院，就住在县委办公室。大家七手八脚在办公室里临时架设了一张酷似中南海毛泽东住地的大木床。因为是临时住一晚，跟随左右的汪东兴就决定不再卸载装书的樟木箱。谁知，手不释卷的毛泽东不管临时不临时，一住下就伸手找书看。县委书记灵机一动，马上找来一本《茶陵州志》。茶陵因始于中华民族始祖炎帝神农氏"崩葬于茶乡之尾"而得名，酷爱读史的毛泽东躺在县委办公室的临时大床上阅读《茶陵州志》,一直读到凌晨三点才睡去。

第二天,车队进入了井冈山区域,第一站便是永新县。对于这个地名,毛泽东内心有着独特的感受。这里是贺子珍的故乡,贺子珍也是毛泽东走进武装革命生涯的第一个陪伴者,两人相携走过了中国革命历史上最为艰难的十年岁月,这位坚强且倔强的革命女性在毛泽东心中留下了深刻的印记。遗憾的是,个性刚强的他们都很倔强,最终分手,一段色彩斑斓的战地爱情最后以断肠人在天涯的结局而落幕。

江西省委书记刘俊秀和副省长王卓超早已在永新迎候,毛泽东没有在永新住下,而是接着前往宁冈县茅坪。井冈山斗争时期,湘赣边界党、政、军领导机关和红军后勤机关曾设立于茅坪,它成为湘赣边界工农武装割据斗争的指挥中心。这里的谢氏慎公祠和八角楼是毛泽东从事革命活动的重要纪念地。1927年10月至1929年2月,毛泽东曾居住这里,在八角楼的油灯下,写下了《中国的红色政权为什么能够存在》《井冈山的斗争》《宁冈调查》《永新调查》等著作,总结了井冈山革命根据地斗争经验,阐明了中国革命发展的规律,分析了红色政权能够存在和发展的基本条件,提出了"工农武装割据""从农村包围城市"等著名论点,为中国革命道路指明了方向。

前头开道的汽车来到茅坪,警卫人员和工作人员都下了车。钱嗣杰背着相机坐在前面的车上。他一见有人下车也紧随其后下来,和大家一样,他认为这个地点对于毛泽东很重要,老人家一定会下车看看的。可是大家猜错了,车子开到这里,毛泽东却对开车的司机摆摆手,示意他不再下车。开车的师傅很善解人意,他想毛泽东不下车并不意味不想看看。他没有马上将汽车开走,而是开着车在八角楼前的地坪上徐徐兜了个大圈。毛泽东撩开窗帘,目光专注,浏览了没有任何改变的谢氏慎公祠和八角楼,随后车子乘势掉了个头,直奔通往黄洋界的盘山公路。

已经下车的警卫人员见此情景,赶紧登车,钱嗣杰也没有拍上照片,跟车继续前行。大家纷纷猜测:主席是不是要保存体力,登上更高的地方?

下一个要去的地方便是距茨坪西北面十七公里,海拔一千三百四十三米的黄洋界。

车队穿越崇山峻岭,平稳且快速地驶向黄洋界山顶。

井冈山党委和管理局的领导已赶在毛泽东到达之前在黄洋界迎接。

虽然毛泽东已经七十二岁,但身体很好,步履矫健。工作人员为了毛泽东登山省劲,在北京就为他准备了一根竹拐杖。毛泽东下车与井冈山领导同志握手后,工作人员赶紧将拐杖递给他,他就这样手持竹拐杖,大步走向山顶,站在高处,极目远眺。

由此放眼望去,只见峰峦叠嶂,地势险峻,真是气象万千。

钱嗣杰已经选好了拍摄的位置,站在毛泽东身边按下了快门。

很长时间,毛泽东才从远处收回目光,转身走到当年曾经烽火弥漫的哨口。这处遗址经过三十六年的风风雨雨,依然保存十分完好;那门令"黄洋界上炮声隆"的大炮也忠于职守,静静地矗立在哨口上。

毛泽东带着岁月的记忆与深情,用手轻轻地抚摸着大炮的炮身。他像看望一位久违的老战友,将内心的倾诉都放在了手指的移动上。安静的大炮与沉默的毛泽东一起感受着并没有走远的烽火岁月。

毛泽东又来到一座木制纪念碑前,碑南面是朱德题写的"黄洋界纪念碑"五个大字,北面则是印刷体毛泽东词作《西江月·井冈山》。湖南省委书记张平化仰视着碑文,充满激情地读了起来:

　　山下旌旗在望,山头鼓角相闻。
　　敌军围困万千重,我自岿然不动。

　　早已森严壁垒,更加众志成城。
　　黄洋界上炮声隆,报道敌军宵遁。

昂扬的词章,更令毛泽东心潮澎湃。他向大家聊及往事:

"1928年8月30日,敌湘赣两军各一部趁我军欲归未归之际攻击井冈山,我守军不足一营,凭险抵抗,将敌击溃,保存了这个根据地。这门大炮是南昌起义军带上井冈山的,至于黄洋界上的三发炮弹,人们都说前两发受潮,第三发没有受潮,所以'炮声隆'。其实第三发也受潮了,只是打前两发时,使炮筒加热,为打响第三发提供了条件。从这点说,前两发的功劳不能抹杀哟!这就是事物的辩证法。"

大家听后由衷地折服,觉得毛主席真的很伟大,什么事情经过他一讲述,就鲜活了、生动了,道理不仅深刻而且通俗易懂。

井冈山党委领导见毛泽东谈兴正浓,便将随身带来的黄洋界讲解词呈给他审阅。

毛泽东看到其中有首当年红军新编的《空山计》唱词,禁不住笑了起来。

这段唱词勾起了毛泽东一段埋藏记忆深处的回忆。

那是1928年夏天,毛泽东率领三十一团(秋收起义部队与南昌起义部队会师后改称三十一团)在永新西乡塘边一带坚持游击斗争。一天,毛泽东带着贺子珍和十八名红军战士来到塘边村搞调查。大家分散之后,只有贺子珍等几人留下在毛泽东身边做警卫工作。突然,村外枪声骤起。一位赤卫队员急促跑来报告,地主保安队打来了,领头的还大喊大叫:"蒋委员长悬赏五万大洋,抓住毛泽东有重赏!"面对穷凶极恶的敌人,贺子珍异常焦急,她紧握手枪,不断督促毛泽东赶快离开这里。毛泽东却不慌不忙,神情自若地抽着烟。他环视四周后,对村干部下达命令:"通知群众,马上撤出村子,都到山上去!"不一会儿,村里人去屋空,静得可怕。

敌人进村见状,也不敢轻举妄动,只是靠放空枪壮胆。

乡亲们按照毛泽东的安排,在山上搞得锣鼓喧天,冲杀声响成一片。立时,敌人惊恐万状,急喊:"空城计,空城计,中了毛泽东的空城计,快跑啊!"毛泽东和乡亲们居高临下,目睹着敌人一哄而散、弃甲逃命的狼狈相,不由得欢呼跳跃起来。

塘边村的乡亲们称赞毛委员急中生智,料事如神,胜敌有方。

事后,红军按照京剧的二六板新编了《空山计》唱词,将诸葛亮的"我正在城楼观山景,……"的唱词改为了"我站在黄洋界上观山景,……";而毛泽东正好是一个京剧迷,而且偏爱《空城计》,非常喜欢节奏较快的二六板。很快新编《空城计》就在红军里传唱开来了。

毛泽东望着讲解词,情不自禁哼出了声:"我站在黄洋界上观山景,忽听得山下人马乱纷纷,举目抬头来观看,原来是蒋贼发来的兵……"

大家被毛泽东这一举动逗得直乐,真想不到毛泽东还会有板有眼地唱京剧。

毛泽东唱罢,意味深长地说:"看来井冈山时期就开始了京剧改革啰,旧瓶装新酒,用革命斗争内容,便成了革命戏曲了。实践证明,只有广大群众听得懂,京剧才有生命力。"

毛泽东此时提京剧改革,大家并没有想得太多,也没有意识到他内心最大的忧虑何在,更不可能想象以后"文革"岁月里"一花独放",只剩下了"旧瓶装新酒"的革命现代京剧。

就在此时,钱嗣杰将张平化夫妇与毛泽东拉入一个镜头,为他们在黄洋界纪念碑前拍了张照片。张平化是这一行人中间唯一的井冈山老战士,他全家有七口人为革命献身。

山区太阳西沉早,等拍完照片,天色渐暗,大家请毛泽东登车,准备前去茨坪。当晚要在茨坪的井冈山宾馆住下。

司机师傅去开车,却不料发生了一件意想不到的事情:毛泽东乘坐的吉姆车竟然发动不起来,"突突"响几下就熄火,再发动,依然如此,发动了几次,都告失败。这一下让所有在场的人都很紧张。毛泽东是中国第一号人物,他的外出,安全必须万无一失、毫发不损,就连有惊无险的事情也不允许发生。大家在北京谁见过一号车会有发动不起来的时候?在场的领导吓得脸变了色,司机更是一头大汗。他深知自己责任重大,于是赶紧查找原因。后来发现,原来是水箱缺水,只要加一些水就没问题了,大家这才稍微放下了心。可是环顾四周,山上并没有水源,这水从哪儿来呢?

陪同的领导建议毛主席坐另一辆汽车下山。但汪东兴了解毛泽东外出的习惯——不换车。只要坐上这辆车,无论是火车还是汽车,也无论是坦途还是坎坷,一路就坐这辆车。他估计毛泽东不会同意。

果然,当汪东兴将大家的想法一说,毛泽东连连摇头说:"不要换车,这位司机很好,车也很好,我不赞成换。"他走到司机跟前安慰说,"不要着急,水箱开锅不要紧,加点冷水就好了。我带的有水,是准备路上喝的,你就把我喝的水先给汽车喝吧!"

毛泽东用这样风趣的方式拒绝换车,大家都禁不住想笑,也就不再坚持。司机没有更好的办法搞到水,便恭敬不如从命,将毛泽东带的凉开水全部倒进了汽车的水箱。再次发动,车子果然"突突突……"地轰鸣了起来。

终于,在太阳落山前,十多辆车组成的车队依次下了黄洋界,安全护送毛泽东抵达茨坪,住进了井冈山宾馆一一五号房间,这一住就是八天。

宾馆为毛泽东准备了不少好菜,但汪东兴一再叮嘱:"主席吃得很简单,他不准铺张。"于是,每餐只是四小碟菜,外加一小碗汤。毛泽东吃的是家常便饭,尤其是辣椒、青菜不能少,他还喜欢吃泥鳅、小鲫鱼。敬老院有一位革命老人,知道主席爱吃小竹笋,特地拔了一点儿送来,毛泽东吃得津津有味,高兴地说:"很久没有吃过小竹笋了。小竹笋味道好,我有这个菜就行了。"

井冈山宾馆坐落位置比较高,楼顶上能环视三平方公里的茨坪镇。有时,毛泽东就到宾馆楼上眺望四周,他看见镇子上有了高楼,有了笔直的马路,路旁绿树成荫。老百姓过去住的泥土墙屋也变成了砖瓦建筑,一排排整齐有序地列在路边。毛泽东抑制不住内心的兴奋。他对汪东兴说:"今天的井冈山与当年大不一样了。那时敌人前堵后追,我们靠两条腿拼命走,从文家市奔上井冈山,一千里路走了半个多月。此次我们坐汽车,两天就到了,还是机械化好啊。"

毛泽东实现了"千里来寻故地"的心愿,情绪一直处于亢奋之中,这里的一草一木都让他感到兴奋,思忆感悟与性情灵感如泉水一般涌现,冲击着毛泽东诗人的心灵。他打开了诗意澎湃的心扉,让所有的感受与情绪奔向天宇,化为字里行间的心灵见证。

众所周知,毛泽东在炮火纷飞的征战岁月里写过不少诗作,他经历的战争、动荡、困苦与坎坷是作诗灵感的源泉,更是他心灵活动的真实记录。

这一次,相隔了三十六年,毛泽东再次寻找逝去的革命岁月,"犹记当时烽火里,九死一生如昨"。他觉得往事并不如烟,当年的一幕幕依然令他心潮难平。

毛泽东不由诗兴再起,"久有凌云志"——一首词就这么以铿锵有力的五个大字开了头……

5月25日,毛泽东上井冈山的第三天,一气呵成写下了《水调歌头·重上井冈山》。

词作写就不久,正巧汪东兴递送文件走进毛泽东房间。他看到主席正在对初稿进行推敲,于是忍不住问道:"主席,这首词发不发表?"

毛泽东虽然诗兴甚浓,但明确回答:"再放一放。"并不急于发表。

谁也没有想到,毛泽东这"放一放",就是十一年!这首词从1965年5月写成初稿到1976年元旦才正式对外发表。这期间,毛泽东对初稿又做过几处修改。

他不只是浪漫的诗人,更是一个改造社会和自然的革命家。

是啊,写诗和建设毕竟是两回事。

今天再看毛泽东当年所作的这两首词,我们会发现,它们所蕴含的已不是单纯的对历历往事的怀念和岁月如梭的感慨,而是包含了一种要迎接"山雨欲来风满楼"的政治气候的准备。毛泽东用超前的战斗的眼光来看待这次重上井冈山,通过怀念革命事业的历程,赞扬了井冈山革命精神与武装夺取政权的正确道路。他是带着"凌云志"重来故地的。而这个"凌云志"在他胸中已经酝酿多时,他一定要将其付诸实践……

一次,他曾深有感触、不无忧虑地说:"我这次重上井冈山,真是弹指一挥间。千百万革命先烈用鲜血换来的人民江山,会不会因为我们队伍里滋长特权思想而改变颜色呢?我一想到建立红色政权牺牲了那么多的好青年、好同志,我就担心今天的政权。你们看,苏联党内特权、官僚集团占据了国家要害部门,捞取大量政治、经济利益,一般党员和老百姓没有什么权利,你提意见,他们不听,还要打击迫害。我们国家也有这种危险啊!官僚主义作风反过多次,仍然存在,甚至还很严重。你们比我知道得多,但报喜不报忧。做官有特权,有政治需要,有人情关系。县官不如现管,假话满天飞,这些很容易导致干部腐化、蜕化和变质,苏联就是教训。我很担心高级干部出现修正主义,担心有没有制度管住他们,所以我强调井冈山革命精神不能丢,不能从我们的第三代和第四代身上丢掉。"

决不能在我们的第三代和第四代身上看到井冈山革命精神的失落!这是毛泽东内心深处真正的隐忧。

毛泽东在诗兴盎然与忧患深沉中,思路沿着当年的历史与今天的现实交叉前行着。上山后的几天里,他对往事一一回忆,对现实一一点评,让历史照进现实。特别是对苏联变修、中国也在变修的担忧,他谈得最多。此前,人们都感到苏共出修正主义这样的事情离中共很远,但经过毛泽东如此尖锐指出并透彻分析后,才觉得是那么一回事。有人当时就慷慨激昂地表态:"我们国家谁走资本主义道路,全党全国都不会答应!"

毛泽东对大家的表态不以为然,他认为事情不是那么简单:"人家资本主义制度发展了几百年,比社会主义制度成熟得多,但中国走资本主义道路走不通。中国的人口多、民族多,封建社会历史长,地域发展不平衡,近代又被帝国主义弱肉强食,搞得民不聊生,实际四分五裂。我们这样的条件搞资本主义,只能是别人的附庸。帝国主义在能源、资金许多方面都有优势,美国对西欧资本主义国家既合作又排挤,怎么可能让落后的中国独立发展,后来居上?过去中国走资本主义道路走不通,今天走资本主义道路,我看还是走不通。要走,我们就要牺牲劳动人民的根本利益,这就违背了共产党的宗旨和井冈山的追求。国内的阶级矛盾、民族矛盾都会激化,搞不好,还会被敌人所利用。四分五裂,危险得很啊……"

那么如何防修反修呢?毛泽东深思熟虑后终于说出了他的"良方"——"我们要摸索出中国的社会主义道路,避免走资本主义道路,防止修正主义,要继承和发扬井冈山的一些好制度、好作风。"

在座的人眼睛一亮,频频点头。

所谓井冈山的好制度、好作风指的是什么呢?

有人回答:"艰苦奋斗。"

毛泽东对这答案显然不满意,他让大家从制度方面去想。汪东兴一拍前额,说:"支部建在连上。"

这个答案毛泽东满意了,但在解释这个观点时,他强调了大家平时很少注意的方面——士兵委员会的作用。毛泽东认为全国性的政治民主没有形成一种制度、一种有效的方式。现在掌权的共产党在自觉接受群众监督,实行政治民主,保证我们党不脱离群众方面,比井冈山时士兵委员会就要差多了。

关于中央出修正主义的定论,毛泽东是经过很长一段时间的酝酿才形成的。他认为这些人官做大了,政治思想开始变了,同修正主义越来越近了。他将自己与刘少奇的严重分歧看做是马克思主义与修正主义的斗争,是原则问题、路线问题。他认定刘少奇就是中国修正主义的代表。另一方面,他正在寻找一个新的方法,力图解决中国出现修正主义的问题。

毛泽东重上井冈山,是他下定决心发动群众同他一道"反修防修"的一次思考之旅,更是一次探索的破题之旅。

5月28日下午,毛泽东找汪东兴做出部署:"明天我们要下山了,做些准备,我要会见老红军、井冈山干部和群众,同他们合影。"于是,汪东兴与管理局同志商量,做了如下安排:先接见老红军、老赤卫队队员和党政军中层以上干部及宁冈县委成员,同他们合影留念;后接见工人、农民和居民,分几批照相。要求大家见到主席后,不要抢着去同主席握手,只恭立鼓掌。

5月29日下午,井冈山广播站正在反复播送着一条大会通知:"全山革命同志请注意!全山革命同志请注意!今天下午四点钟在茨坪宾馆门前召开广播大会,请相互转告。"就这样,人们从四面八方拥来。钱嗣杰背着两部相机来到宾馆餐厅前,发现餐厅门前已被数十名老赤卫队队员、暴动队队员、烈士遗孀里三层外三层站满了。

还有两千多名其他干部、职工及农民也在茨坪镇的公路两旁等候着。

不一会儿,毛泽东健步走出宾馆,带着那人们熟悉的笑容。
"毛主席来了!"所有的人在那一瞬间都愣住了。
毛主席真的来看大家了!人们反应过来后便使劲地鼓掌。
毛泽东来到大家面前,等待多时的老人们,此时觉得自己像是在做梦,激动得都忘记了说话。毛泽东不紧不慢地上前,依次握住了当年给红军雪中送炭的那一双双粗糙的手。

来到革命烈士袁文才的发妻谢梅香跟前,井冈山管理局局长还未及介绍,毛泽东一眼就认出了故人。他紧握着谢梅香的手,唤一声:"袁嫂子……"

还是三十八年前在井冈山大仓村第一次见面的称呼啊!谢梅香的眼泪"哗"地流了出来。整整三十八年了,天翻地覆,毛委员成了党和国家的最高领袖,还是这样亲切地称呼自己。谢梅香只顾抹泪,呆呆地仰望着毛泽东,很久才喊了一声:"毛主席……你真的回来了?!"毛泽东轻轻地点了点头,嘱咐她保重身体。这感人的一幕被一边的钱嗣杰定格了下来。

与大家握手之后,管理局的同志请毛泽东站在前排中央,井冈山各级领导站在两边,井冈山新老同志、烈士遗孀同他一起合影留念。

随后,毛泽东又在宾馆门前分别与四批干部、群众代表合影;合完影,他又走向公路,挥手接见道路两旁的乡亲们……霎时间,"毛主席万岁!"的口号声此起彼伏,万山呼应。

此时的钱嗣杰也是激动不已,连连按动手中的快门。

人们簇拥着毛泽东一步步走近轿车。此时,毛泽东情绪难平,对乡亲们难以割舍。他在沙石路上走得很慢,频频地向两旁的群众招呼。因为有警卫人员阻拦,大家在距离毛泽东十多米的地方停了下来。毛泽东走近汽车,没有马上上车,而是微笑地站住了。他扭过头,再次向为他送行的井冈山人致意。大家见状,激情四溢,还是拼命地鼓掌,有的禁不住扯开嗓子高喊:"再见了,敬爱的毛主席!"

毛泽东转过身,望了望脚下这片深情的土地,然后踏上汽车。他坐稳后,摇下车窗,就此离开。

轿车在人们依依不舍的目光中徐徐向前行驶,汽车转弯,从人们的视线里最终消失。许多人依旧不肯离去,他们跑向更高的地方,望着远方的公路,希望能再送主席一程。

这次毛泽东重上井冈山,钱嗣杰为毛泽东照了一百多幅照片。从照片上能感到,毛泽东上井冈山后的心情一直很兴奋。

离开井冈山宾馆前,还有一个小小的插曲。

临别,毛泽东生活管理员提前与宾馆结清住宿、用餐账款。按以往规定,毛泽东的伙食标准,除按定量交全国粮票外,每天伙食费交两块五毛,七天合计十七块五毛。但是宾馆会计坚决不肯收,他说:"三十八年前,毛委员在井冈山吃红米饭、南瓜汤,为穷人打天下,如今他老人家故地重游,是对我们井冈山人民的最大关怀。我们没有拿出好东西来招待毛主席,连酒都未喝一次,仅仅严格按你们的规定为他做点普通饭菜,才十几块钱,叫我们怎么忍心收下?"生活管理员解释道:"你说得在理,但主席有严格的规定,这是纪律,我必须遵守。"会计还是摇头不肯收。管理员又解释道:"毛主席最反对搞特殊化,认为'吃饭给钱,天经地义'。"他举例说明,"前几年主席身边的个别工作人员随他外出巡视时,曾向一些地方无偿索取东西,后来我们院内整风,对这位工作人员进行了批评教育。主席知道这事后非常气愤,不顾这人在他身边工作多年,仍果断决定将其调离中南海,另行分配工作,随后主席从自己的稿费中拿出近两万元,派人到各地一一退赔并道歉,以挽回造成的不良影响。你说,我能不交清钱、粮票离开井冈山吗?"会计听了这番话,不能再说些什么,他随后开出了编号为0006484的发票。

> **上井冈山前,毛泽东做出了一件重大决策——撤销军衔制。军人不分职务高低,由此统一着装。毛泽东希望在军队中率先取消等级制度。**

1965年5月31日清晨6时,毛泽东的专列正点从江西省会南昌发车,经向塘、鹰潭、上饶,一路呼啸向杭州进发。江西和浙江两省公安厅早已在所辖地段做了秘密警卫安排,在万无一失的一级警卫中,专列相继停靠鹰潭、上饶加水,毛泽东在这两站都下了车。他在站台上背着两只手,缓缓散步。此时,他的目光里带着一层忧虑。

从井冈山归来的他对国内外斗争形势和党内存在的问题的估计已十分严重。毛泽东在思考,是否可将反修正主义和反修正主义的一切基础作为国内工作的下一步目标。

6月1日,怀着深深的思虑,毛泽东来到浙江省会杭州。和以前一样,他下榻在杭州西湖边一个叫做汪庄的园林宾馆。

这天,中国军队取消了十年之久的军衔制,无论官职大小,着装都改为一样,任何军衔、资历的标志都从军装上消失。

杭州的6月,杨柳依依,暖风习习,随处可见江南美色的飘逸与清秀。它与井冈山的巍峨刚毅,有着截然不同的自然风格。在毛泽东的心目中,这是各自不同的风采与情愫。

1965年,中国周边环境出现了日趋严重的局势,战争似乎一触即发。毛泽东不得不为此消耗极大精力去认真应对。1965

年2月,美国开始大规模轰炸与中国西南接壤的越南北方。3月8日,美国海军陆战队在越南南方岘港登陆。美军在越人数短短数月之后已达二十二万(1966年达三十八万,1967年达四十二万,1968年高达五十二万)。"特种战争"就这样变为了"局部战争"。

美国在越采取扩大战争的步骤,大规模轰炸越南北方,并派遣大量军队直接参战,自然对中国南方安全构成了严重的威胁;而此时与中国东北接壤的苏联召开了苏共三月会议,使得中苏关系进一步恶化;中国西南方向的中印边界地区也出现一些不稳定的迹象。为了应付可能发生的战争危险,保证国家安全,毛泽东同其他领导人反复商议对策。4月14日,中共中央发出了经他审阅同意的《关于加强备战工作的指示》。

毛泽东在1965年大部分时间里,谈得最多的第一是防修反修,第二就是备战备荒。4月28日、29日,贺龙、罗瑞卿、杨成武到武汉向毛泽东汇报备战计划。毛泽东在同他们谈话时指出:"战争仍有发生和不发生两种可能性,但我们必须做到有备无患。世界上的事情总是那样,你准备不好,敌人就来了;准备好了,敌人反而不敢来。现在蒋介石是想保住老本钱,什么反攻大陆都是假的。不仅蒋介石是机会主义,美国也是机会主义,它才不那么冒险哩!第一次、第二次世界大战,它都是等人家打得差不多了才出兵。当然,我们要准备他们冒险。"

这次谈话,毛泽东对取消军衔制,改变人民解放军的帽徽、领章问题表达了明确的态度。毛泽东说:"我赞成走回头路,恢复到老红军的样子,只要一颗红星、一面红旗,其他的统统都去了。过去搞什么将、校、尉那一套,我是不感兴趣的。"

历史上我军简单明快的军装在毛泽东脑海里留下了深刻的印象与好感。其中蕴含的深层含义,还是巩固党对军队的绝对领导。我军从成立的第一天,严格地说从三湾改编起,一直将军队置于党的绝对领导之下。"枪杆子里面出政权","党指挥枪,而不是枪指挥党"的建军原则是毛泽东毕生强调的。他历来将"钢铁长城"看得非常重要。与刘少奇在政治上发生了严重的分歧后,他不愿国家主席直接控制军队;但是按照国际军衔制的要求,国防部长又属于国家主席直接领导之下。怎么办呢? 只有取消军衔制度,如此才能保证毛泽东对军队的指挥和控制。

军队着装上官兵一致的作风又回来了。就像井冈山时期那样,领导干部只是在"军事指挥上有话语权",没有其他特权,亦官亦民,官兵一致,自觉接受类似"士兵委员会"组织的群众监督。

毛泽东被崇高的理想所激励,又对党内、军内某些现象忧虑。

井冈山的革命精神能不能够在全军全党重新焕发出"过去战争时期那股劲,那股革命热情,那股拼命精神"? 能不能团结一心严阵以待帝国主义和修正主义对我党我国的挑战? 党内军内各级干部,特别是高级干部今天地位不同了,能真心拥护取消军衔制,自觉放弃各种政治特权吗?

毛泽东到达杭州后,用了较多的时间了解取消军衔后各界的反应。结果正如他所期待的那样——老红军、老八路纷纷表示拥护,大报小报也是一概称赞此举英明。

他在杭州还召开了一系列的会议,几乎一两天就是一个会。

1965年6月11日,毛泽东在杭州召集了有上海、安徽、福建、山东等省市的书记及南京军区司令员、政委参加的联席会议。过去他召开会议,一般区分很清楚,要不都是地方大员参加,要不就专门召集军队领导开会,很少党政军混合一起开会。这次他特别邀请了南京军区司令员许世友和政委肖望东参加,一是想就此听听南京军区对军衔制取消后的各种反应,二是他觉得有必要向地方党政军吹吹风,让大家体味到中央出了修正主义。

6月15日中午,周恩来也抵达杭州,向毛泽东汇报他和陈毅准备前往阿尔及利亚出席第二次亚非会议之事。亚非会议是当时大多数被压迫民族和国家反对世界霸权的重要国际性会议,毛泽东一直极为关注。他叮嘱周恩来:"对这次亚非会议,我们要做好两种准备:一个是如期召开,当然很好;一个是会议被霸权国家破坏,开不成。"

果然,毛泽东的顾虑不是空穴来风。由于美国实行全面遏制,加之开会前十天主办国阿尔及利亚突然发生政变,第二次亚非会议被无限地延期了。

周恩来汇报工作的当天下午至次日凌晨,毛泽东在汪庄听取了余秋里等人关于编制第三个五年计划相关事宜的汇报,周恩来、彭真、李先念、陈毅、罗瑞卿等人参加了会议。

第三个五年计划是经济工作的一件大事。毛泽东对此很是关心。他对这个计划的某些指标非常敏感,和大跃进那几年相比,毛泽东理性了许多。比如,他就不赞同三线建设项目搞大投入,认为三线建设要压缩,要从四五百亿压到三百多个亿;而且三线建设战线不要拉得太长,项目不要搞得那么多。建设就像打仗,少搞些项目就能打歼灭战。内地建设鉴于过去的经验,欲速则不达,还不如慢一点儿,慢一点儿能达到。

余秋里汇报:"1970年粮食搞到四千八百亿斤。"对计划中提出的粮食指标,毛泽东表示怀疑:"粮食四千八百亿斤能达到吗?订计划要留有余地。"和大跃进时期"人有多大胆地有多大产"动不动就是万斤高产田相比,毛泽东已经不再为粮食产量高指标热血澎湃。三年自然灾害的教训在他脑海里打下深深的烙印。

毛泽东告诉余秋里:"工业布局不能太分散了。农轻重的次序要违反一下,吃、穿、用每年略有增加就好。钢的产量能达到一千万吨就可以了。要根据客观可能办事,绝不能超过。按客观可能,还要留有余地。留有余地要大,不要太小。要留有余地在老百姓那里,对老百姓不能搞得太紧。这是个原则问题。总之,第一是老百姓,不要丧失民心;第二是打仗;第三是灾荒。计划要考虑这三个因素。"

毛泽东说着说着,话题又转到了井冈山上。

"订计划第一是老百姓,是我党我军的一贯宗旨。上个月我去了井冈山,井冈山精神说到底,第一还是老百姓,全心全意为人民服务,全心全意为老百姓办事,不是半心半意,假心假意。

这是我党我军的宗旨,是井冈山精神的宗旨,也应该成为我们订一切计划的宗旨。"

毛泽东不满意一些计划指标,一直在批评大家,搞得与会人员都有些紧张。大家谁也不说话,气氛很压抑。

毛泽东感觉到了这一点,为了缓和气氛,便转换话头,说了一个题外话:"1927年冬在井冈山,我们没有吃的,吃点儿野菇子明确规定不能采大的,要把大的留给群众。1961年我上庐山开中央工作会议,那里小菇子我很喜欢吃,厨师可能觉得稍微大一点儿的菇子有营养,给我换了换,我说,我还是吃小的。为什么?小菇子有特殊记忆嘛。"

大家不由得笑了,刚才挨毛泽东批评的紧张空气缓和了许多。但细心一想,毛泽东的题外话,还是涉及国家制定经济计划如何关照民生的主题。

这个关于编制第三个五年计划的会议一直进行到第二天的凌晨,此时时针也已经指向午夜。大家都觉得坐得时间太长了,更担心毛泽东的休息。于是,周恩来便提议会议暂时到此为止。

毫无睡意的毛泽东见大家都面带倦容,就同意会议先到这里。这时他的目光扫向坐在一边认真记笔记的罗瑞卿,毛泽东是被罗瑞卿一身新军装吸引了,他喊着罗瑞卿的绰号笑道:"罗长子的新军装是特制的吧?"

罗瑞卿抬起头,点头承认是特制的。

下属这身新军装勾起了毛泽东的一段回忆。他问:"你还记得1929年打下长汀,收缴了一大批灰布,红四军每人做了一套灰军装,也是像今天一样的红领章红五星,穿起来好神气。你在龙岩听到了,专门跑过来,要军装穿。贺子珍对你说,只要有你穿得的,我打报告送你两套。你将大号军装都试了试,穿不得,又要试我身上的那一套,要扒我的衣服哎……"

陈毅第一个哈哈大笑起来,因为他也是当年的知情人。他接过毛泽东的话头,继续往下讲:"罗长子真的试穿了主席那一套,一试还嫌小啰,个子太高啰……"

大家目光都转向了罗瑞卿,哈哈笑了起来。罗闹了个大红脸,望了望毛泽东,不服气地回了句:"主席你今天要穿新军装,还不是要特制的,怕是特一号都要小呢。"

毛泽东点点头,坦然地说:"我胖多了,也老多了,只有这里不服老,不敢老。"

毛泽东指指自己的心窝。

他一语落地,大家颇有些沉重感。这几年,毛泽东的确越年迈越不服老,一旦不服老,很多行为就有些反常。他内心不服老,错综复杂的国内外形势,让他也不敢老。

沉思了一会儿,毛泽东又问罗瑞卿:"你还记得早几年我讲'北京空气有时候不是那么好'这句话吗?"

罗瑞卿"嘿嘿"一笑,没有直接回答。

1959年9月24日公安部欢送他到总参谋部任职的大会上,罗瑞卿曾煞有介事地传达过主席的这句话,并谈了自己的理解体会:"按照主席的说法,北京这个地方是有若干'危险性'的,北京的空气有时候不是那么好的。当然这只是就我们这些人某种精神状态来说的,不是指北京不好,不是讲中央在北京也不好,那样理解就不对了。毛主席不是有一次在下面讲,北京一不产粮食,二不产棉花,三不产钢铁,有个同志回答得好,北京产总路线!这句话很对,北京就是把各个地方的粮食、钢铁,各种建设、斗争经验总结起来,产生总路线。没有北京还行?没有北京的党中央还行?没有总路线还行?不过像我们这些人,在北京住长了,不到下面去呼吸一点儿新鲜空气,那就糟糕了,就是说会脱离实际,脱离群众。"

至于1965年6月在杭州,毛泽东为什么要旧话重提,罗瑞卿当时没有想太多。其他不知情的人或是不了解毛泽东性格的人在听到毛泽东这句问话后,更容易理解为它仅与天气有关,毕竟,杭州要比北京的空气清新湿润许多。而与毛泽东共事很久的战友们,都了解主席讲话总会有别样的含义或所指。从1959年走到1965年,毛泽东再次重申这一句话,肯定不是清谈天气,也不会是随口而言;更何况,他与刘少奇矛盾已经公开化。那么,北京的空气不好又是指谁呢?大家不敢深想,也不愿深想。

毛泽东内心最隐秘的感受，是常人难以触摸与猜测的。就连多年负责毛泽东安全、也是毛泽东最信任的"侍卫官"罗瑞卿，也无法准确体会毛泽东这句话潜台词的具体意义。到了这年年底，他也由毛泽东最信任的人变为最不信任的人，成了林彪陷害与阴谋中的"牺牲品"，倒在了"文革"的前夜。

会议快要结束时，罗瑞卿借机向毛泽东汇报了井冈山热正在全国兴起的情况。

自从毛泽东重上井冈山后，中央高层掀起了重上井冈山的热潮。罗瑞卿自己也在6月初故地重游，上了一趟山。他之前，李富春也去访问了井冈山。罗瑞卿下山不久，郭沫若偕夫人于立群在井冈山流连忘返，作诗写赋，好不热闹。郭沫若前脚走，后脚跟来了李立三偕夫人李莎和两个女儿。李立三是第一次登上井冈山，他却像重归故地一样兴奋。他在山顶上，用俄文唱起了《国际歌》，那悲怆雄壮的旋律，令所有人无比感慨。当晚，李立三夜不能寐，挥毫落笔，一首脍炙人口的诗歌《井冈好》就这样诞生在井冈山上。

毛泽东静静听完汇报，脸上并没有笑容，他没有为此感到欣慰。他不太看重这种形式上的热闹，上述登山者与毛泽东的心境相比，相去万里。

没有井冈山的艰苦卓绝，就没有毛泽东思想之魂；没有井冈山的烽火连天，就没有中国共产党武装夺取政权之基。

会议结束了。大家离开不久，天色放亮，毛泽东略微休息了一下，又起身登上专列。那天，他准备离开住了半个月的杭州前往上海与夫人江青会合。

自从头一年全国京剧现代戏观摩演出后，江青像打了一针强心剂，情绪一直处于亢奋之中。为将毛泽东1963年12月12日和1964年6月27日两次极为严厉的指示落实到现代戏的改革中，江青"冲锋陷阵"定点在华东地区，更确切地说是坐镇上海指挥华东地区的现代戏改革。

这一次，华东区六省一市京剧现代戏观摩演出就是在江青"精心"组织下，于1965年5月25日在上海拉开序幕的。也是这一天,毛泽东落笔写下了那首《水调歌头·重上井冈山》的词作。

一个在井冈山上犹记当年烽火,一个在大上海大搞现代戏剧革命,看似风马牛不相及的两件事,却有了共同的机缘:和平年代的"反修防修"需要什么形式——"风雷磅礴"的文艺形式。这不正是一种井冈山精神的延续与再现吗?

毛泽东此时也十分看好这场文化革命带来的推动与收获。

他的专列在6月16日晚到达了上海。

此时观摩会已经进行十一天,山东、江苏、安徽、浙江、福建、江西和上海六省一市共准备了二十四个剧目,京剧工作者及有关人员两千多人参加。

这些剧目主要宣传了"大写十三年"的初步成绩,一色的革命传统教育和歌颂英雄人物。

毛泽东到上海后,没有正式出面观看华东区京剧现代戏观摩演出;而是约见了复旦大学的两位知名教授,与他们漫谈,了解文艺界整风的一些情况。

1964年,随着文艺界整风的进行,全国各大报刊对《早春二月》《林家铺子》《舞台姐妹》《谢瑶环》《怒潮》《红日》等小说和电影进行点名批评和政治性批判。文艺界比较流行的"写中间人物论""时代精神汇合论"也作为资产阶级和修正主义的文艺思想观点遭到了公开的反对和否定。这种风潮又逐步扩大到哲学、经济学和历史学各个学术领域。

毛泽东座谈时,江青一直在场,她虽然没有插言,但都将其一一记录在案。

毛泽东谈道:"不要怕批评,不要紧张,经过一次批评,虽然自己不觉得,总要比过去有所提高。每次提高一点点就好,提高就是螺旋式上升,不可能是直线上升。现在发表的文章虽然有毛病,但是比解放初期的文章总是大大的不同了,思想观念不同了。你们不要怕批评,有批评才能进步。"这个观点,他讲得很明确。

经过一百天的踏青与思考,他脑海里的政治谋略越加成熟。一个全民参与的大革命运动框架渐渐形成,下一步需要他做的则是回到北京——"启动"。

6月22日,毛泽东结束了近三个月的"旅行",带着他的思考也带着他的诗作回到了北京。

返京后,一次在人民大会堂会见外宾,邓颖超正好也参加陪同。活动结束后,邓颖超告诉毛泽东:"很久没有读到主席的新作品,很希望能读到主席的新作品。"

毛泽东回去后,觉得可以先将井冈山上写的两首词给邓颖超看看,于是他写了一封信,一并附上了他修改后的两首长调词:

水调歌头·重上井冈山

久有凌云志,重上井冈山。
千里来寻故地,旧貌变新颜。
到处莺歌燕舞,更有潺潺流水,高路入云端。
过了黄洋界,险处不须看。

风雷动,旌旗奋,是人寰。
三十八年过去,弹指一挥间。
可上九天揽月,可下五洋捉鳖,谈笑凯歌还。
世上无难事,只要肯登攀。

念奴娇·井冈山

参天万木,千百里,飞上南天奇岳。
故地重来何所见,多了楼台亭阁。
五井碑前,黄洋界上,车子飞如跃。
江山如画,古代曾云海绿。

弹指三十八年,人间变了,似天渊翻覆。
犹记当时烽火里,九死一生如昨。
独有豪情,天际悬明月,风雷磅礴。
一声鸡唱,万怪烟消云落。

毛泽东的信是这样写的:

邓大姐：

　　自从你压迫我写诗以后，没有办法，只得从命，花了两夜未睡，写了两首词。改了几次，还未改好，现在送上请教。如有不妥，请予痛改为盼！

　　　　　　　　　　　　　　毛泽东
　　　　　　　　　　　　　　九月二十五日

今天重读这封不足六十字的"短信"，我们不仅可以从毛泽东对邓颖超"没有办法，只得从命"的潇洒幽默语气中，感受到他们在战争年代结下的深厚友情，也可从中体味到毛泽东谦虚、亲和的人格魅力。

邓颖超比毛泽东年纪小很多，因为她参加革命资历老，加之与周恩来是结发夫妻，党内外人士都喜欢尊称她为邓大姐，就连周恩来在家里也是用工作人员的口吻称妻子为"大姐"。久而久之，"邓大姐"便成了中南海里家喻户晓的称呼。毛泽东也顺其自然，习惯地使用了"邓大姐"这一亲切的称呼。

给邓颖超写信十年后的1975年底，毛泽东决定1976年元旦发表两首词，其一就是1965年夏给邓颖超看过的《水调歌头·重上井冈山》。

这首词作发表之际，周恩来已生命垂危。工作人员在床前为他诵念这首词作时，他的脸上露出了久违的笑容。最后几天进入弥留的他，在病榻上轻声吟诵的还是毛泽东的作品。

毛泽东的诗词，正是他与周恩来、邓颖超这一代革命者共同的信仰与理想的表达。

　　1965年7月，在最炎热的夏天，李宗仁踏上了回国的旅途。他一下飞机，首先向毛泽东的塑像鞠躬。毛泽东在人民大会堂与这位前中华民国代总统会面，彼此一谈就是四个小时。

1964年10月，中国原子弹的一声巨响，震撼了世界。

海外华人闻之更是欢欣鼓舞,感到扬眉吐气。中华民族任人凌辱、任人宰割的年代,已经一去不复返了!

这声震撼世界的巨响,也使居住在美国的前中华民国代总统李宗仁兴奋不已。

十六年前,中国共产党取得了辽沈、淮海战役的胜利后,又力克天津,和平解放北平,取得了人民解放战争的决定性胜利。国民党的军队被打得落花流水,丢城失地,难以支撑。李宗仁这位被蒋家王朝请出来临时"顶天"的代总统不得不逃亡美国,开始了寄人篱下的流亡生涯。

但李宗仁终究是中国人,虽然远离故土,却一直关心着生他养他的祖国,关心着台湾海峡两岸的动向。中国原子弹爆炸成功后,他在美国《先驱论坛报》发表了一封公开信,劝告美国政府不要再沿着错误的政策走下去,应该仿效戴高乐的法国政府,迅速调整对华政策。

李宗仁这一政治上的变化很快就引起周恩来的密切关注。

1965年3月,李宗仁给住在香港的老秘书程思远写信,表示愿意参加祖国的社会主义革命和建设,不愿在美国碌碌无为虚度残年。程思远立刻把李宗仁的愿望向周恩来汇报,周恩来觉得时机已经成熟,立即果断地做出决定:李宗仁先生多年的宿愿,可以如愿以偿了!

1965年7月18日清晨,一架波音七○七客机迎着火红的旭日,进入祖国南部边境的苍山云海中。七十多岁的李宗仁一直伏在舷窗前向外俯瞰。崇山峻岭,绵延不绝,滔滔江河,川流不息。这就是故土,他激动得情绪难以抑制……

为隆重迎接李宗仁归国,周恩来总理与陈毅副总理乘坐专机亲自前往李宗仁抵达祖国的第一站——上海虹桥机场迎接。

他们一到上海,便守候在上海东湖宾馆的客房电话机旁。周恩来直接指挥空军及有关部门,密切注意这架巴航波音七○七客机的飞行动态,并且随时准备为保证李宗仁先生一行和客机的安全,采取必要的措施。当上海黄浦江映出一缕朝霞时,电话里终于传来消息:"李先生一行所乘的客机,已经安全进入我国领空。"周、陈两人听罢,脸上露出了轻松的笑容,放下心来分别回到房间去小睡了一觉。

7月19日11时,李宗仁与夫人郭德洁一行安全抵达上海虹桥国际机场。

走出机舱的李宗仁,一眼便看到周恩来微笑着站在候机室门前,亲切和蔼地注视着他。他连忙快步上前,伸出双手紧紧抱住了周恩来。

周恩来也非常激动,紧拥着李宗仁呼唤道:"你回来了,我们欢迎你!"

李宗仁激动得难以自禁,连声说:"我回来了,回来了。总理你好,总理你好啊!"

和周恩来一起迎接李宗仁的除了陈毅,还有全国政协副主席叶剑英、上海市委第一书记陈丕显和市长曹荻秋等领导,他们都满面笑容地纷纷前来和李宗仁握手。

当晚,周恩来总理在上海文化俱乐部设宴招待李宗仁夫妇。

入席前,陈毅对李宗仁说:"第一次国共合作,国民革命军出师北伐,当时北伐军一共有八个军长。现在先生回来,我们就有四个军长在祖国大陆了。"这四个军长指的是第四军军长李济深、第六军军长程潜、第七军军长李宗仁和第八军军长唐生智。

席间,有几位解放军三军首长过来向李宗仁敬酒。周恩来在一边风趣地说:"你们从前是打过仗的啊!现在你回来了,大家欢迎你。"

李宗仁添酒回敬,一饮而尽。

第二天上午,为在北京更隆重地迎接李宗仁回国,周恩来的专机先行起飞,提前二十分钟到达北京机场。

同日上午11时,李宗仁先生一行乘坐专机,由上海飞抵北京。

海外飘零十多载,一朝归来泪满巾。李宗仁走出机舱,看到北京湛蓝的天空,望见机场上彩旗猎猎、人头攒动的热烈欢迎的场面,他竟一时无语凝咽,热泪盈眶。

前来欢迎他的政府和各界领导人规格之高、方面之广实属空前。

李宗仁走下飞机,迎面看见了一尊毛泽东的塑像。他先是一愣,很快明白过来,这意味着毛泽东主席也在迎接他回国。李宗仁对着毛泽东的塑像深鞠了一躬。

这个场面让大家十分感动,欢迎的掌声与欢呼声一浪高过一浪。

原来,摆放毛泽东塑像是周恩来的主意。

周恩来认为李宗仁回国算是震惊中外的一件大事。他明确指示,欢迎仪式就在机场的毛泽东塑像下举行。机场跑道上原没有毛泽东塑像。最后大家想办法,将机场一尊闲置的毛泽东塑像抬了过来,于是出现了前面所说的感人一幕。

李宗仁鞠躬后,来到欢迎的人群中。他没想到,在这里会见到这么多熟悉又久违的老部下和老朋友……王昆仑、朱蕴山、卢汉、刘仲容、邵力子、刘斐、屈武及他的旧部杜聿明、宋希濂、范汉杰、廖耀湘等都亲赴机场迎接他的归来。

往日深情厚谊,今日阔别重逢,李宗仁激动得真不知道说什么才好。他不停地紧握着一双又一双温暖的手,惊呼着故人的名字,传达着久别重逢的惊喜与激动。

当李宗仁来到"末代皇帝"面前时,周恩来特别向他做了介绍。溥仪很有礼貌地说:"欢迎你回到我们伟大祖国的怀抱里来。"李宗仁也紧紧地握着溥仪的手说:"我多年的梦想终于实现了!"

这真是难得的历史性的镜头,"末代皇帝"同"末代总统"握了手。

周恩来看着溥仪对李宗仁说:"溥仪先生新生了。你看他五十多岁了,不像吧?"

当时在身旁目睹这个场面的程思远每逢谈起此情此景,总是感慨万端地说:"纵观上下几千年,纵横五大洲,历史上有哪一个国家,哪一个政权能够这样?不但把一位末代皇帝保存下来,改造成了新人,而且,末代的总统也万里来归。这只有中国共产党创立的新中国才能做到!"

李宗仁夫妇返回北京之后没有多久,毛泽东便在人民大会堂亲自接见了他。

毛泽东会见重要客人,往往是临时安排,即刻通知,即刻会见。突如其来的会见通知使李宗仁惊喜不已,格外兴奋,他甚至还感到一种神秘的色彩。

1965年7月26日上午,李宗仁与夫人在人民大会堂见到了神交已久的毛泽东。

他们刚刚坐定,毛泽东幽默地以浓重的湖南乡音喊着李宗仁的号:"嘛!嘛!德邻先生,你这一次归国,是误上贼船了。台湾当局口口声声叫我们作'匪',还叫祖国大陆作'匪区',你不是误上贼船是什么呢?"

大家忍不住哈哈大笑。

不等李宗仁回应,老秘书程思远忙替李宗仁答道:"我们搭上的是一艘慈航,已登彼岸。"

毛泽东说:"跑到海外的,凡是愿意回来,我们都欢迎。他们回来,我们都以礼相待。"

李宗仁在谈话中深以台湾问题久悬不决为虑,对此,毛泽东说:"德邻先生,不要急,台湾总有一天会回到祖国来的,这是不可逆转的历史潮流。"

这次会见,给李宗仁留下了深刻印象,更增添了他对毛泽东的景仰。

当天下午3时,李宗仁又来到全国政协礼堂三楼,他要在这里举行盛大的中外记者招待会。

招待会上,李宗仁深情地讲述了回国后的观感,并且发表了对当前时局的看法:"1949年1月美国驻华大使司徒雷登曾派人对我说,蒋介石挟军队逃往台湾,台湾地位尚未确定,因此对蒋介石很不满。1955年美国共和党派人找我,要我出山,取蒋介石而代之。我告诫台湾当局要小心,以免步南朝鲜李承晚后尘。我与蒋先生共事几十年,意见相左,但并无仇恨,如果蒋先生愿意和平解决台湾问题,我宗仁赴汤蹈火在所不辞。蒋先生目前处境尴尬,望国民党同仁好自为之,望台湾同仁和海外各方人士认清民族大义和大势所趋,不要一误再误,毅然奋起,率相来归,为祖国最后统一做出贡献!"

回国不久,毛泽东的生日临近,李宗仁非常有心,记住了这个日子。他找来身边的工作人员商量:"12月26日是毛主席的寿辰,请你替我准备一份寿礼,送给毛主席,你考虑一下买什么东西,花多少钱没什么关系。"

工作人员笑着告诉他:"中共中央有规定,不搞个人祝寿,不以个人的名义命名街道,毛主席是不会接受寿礼的。"

李宗仁觉得还是不妥,又说:"那么这样好了,我就在26号这天晚上设便宴,请几个人吃饭,就算为毛主席祝寿好了。"这天,李宗仁真的准备了一桌饭菜,找来几个至好的朋友到他家里吃饭,算是为毛泽东祝贺生日。

李宗仁归国不久,就爆发了文化大革命。这场狂风恶浪,加上红卫兵小将们的造反行动,也给他造成了不小的麻烦。

当时日夜操劳的周恩来没有忘记像李宗仁这些统一战线中的党外民主人士。为了保护他们,周恩来于1966年8月30日夜间,草拟了一份应予保护的干部名单,其中就有李宗仁。

后来在天安门城楼上,周恩来遇到了李宗仁。周赶紧问:"红卫兵找你的麻烦了没有?"李宗仁笑着摆手:"总理,没有,没有。谢谢总理。"他望着周总理明显清瘦的面庞、疲惫的神情,倒是替周恩来担心起来:"总理,你千万要保重!"

就这样,在周恩来的保护下,李公馆始终平静无事,李宗仁也从来没有讲过"后悔"二字。

1968年9月30日,他应邀出席了庆祝国庆十九周年的人民大会堂国宴,在宴会厅待了两个小时。回家以后,体力不支,次日又因病住院。关于此事,周总理曾对程思远说:"当时发给李先生两张请柬,一是出席宴会,一是上天安门。我的意思是要他不参加国宴而上天安门城楼亮一下相,即回家休息。但这一决定没有能够贯彻下去,以致出事。"

后来,中央又请出中医国手诊治,但李宗仁身体太差,已经虚不受补,成效甚微。

病危中,他对陪伴在病床边的第二位夫人胡友松说:"我的日子不会再有多久了。我能够回来死在自己的国家里,这是了我一件最大的心愿。"他气喘吁吁,说话很困难,停了一会儿又说,"回来以后,本想在台湾问题上做点工作——我的那些想法,曾对你讲过,还没来得及向周总理提出,现在什么都来不及了。台湾总是要统一的,可惜我是看不见了。这是我没有了却的一桩心事。那些书,送给广西图书馆。书画送给政府。那几瓶酒送给毛主席、周总理吧!"

李宗仁在病榻弥留之际,口授了一封信给毛泽东和周恩来,表示感谢之意。他在信中写道:"我在1965年毅然从海外回到祖国,所走的这一条路是走对了的。在这个伟大的时代,我深深地感到能成为中国人民的一分子而无比地光荣。在我快要离开人世的最后一刻,我还深以留在台湾和海外的国民党人和一切爱国的知识分子的前途为念。他们目前只有一条路,就是同我一样回到祖国怀抱……"

不久,李宗仁先生逝世。

周恩来亲自参加了1969年2月1日在北京八宝山公墓礼堂举行的李宗仁遗体告别仪式,他在仪式上对李宗仁的逝世表示了深切的哀悼,对李宗仁人生的最后一封书信表示十分称赞,他说:"李宗仁先生临终前写的这封信,是一个'历史文件'。"

"修正主义也是一种瘟疫。"毛泽东内心的忧患越来越重。与法国总统戴高乐特使的一席谈话道出了他的心声。

1965年8月3日,毛泽东同刘少奇一同会见了法国总统戴高乐将军的特使、文化事务国务部长安德烈·马尔罗。

毛泽东与马尔罗交谈时讲的一番话,透露了他重上井冈山后的战略思维。

刘少奇那天参加会见,没有怎样插话。

马尔罗是法国第二次世界大战中著名的反法西斯老战士,也是一个中国通,早在中国大革命时期,他就曾来过中国。他向毛泽东讲到参观延安后的一些感悟。

马尔罗问毛泽东:"我认为在毛主席之前没有任何人领导过农民革命获得胜利。你们是如何启发农民这么勇敢的?"

毛泽东回答:"这问题很简单。我们同农民吃一样的饭,穿一样的衣,使战士们感觉我们不是一个特殊阶层。我们调查农村阶级关系,没收地主阶级的土地,把土地分给农民。"

马尔罗谈到苏联时说:"我感到赫鲁晓夫和柯西金使人想到的似乎不是过去所理解的苏联了。"

马尔罗谈及苏联的话,这无疑又触动毛泽东的心怀,马上引出了他关于中国出不出修正主义的一大篇论断:"它是代表一个阶层的利益,不是代表广大人民的利益。""党是可以变化的。普列汉诺夫和孟什维克过去都是马克思主义者,后来就反对列宁,反对布尔什维克,脱离了人民。现在是在布尔什维克内部发生了变化。中国也有两个前途,一种是坚决走马列主义的道路、社会主义的道路,一种是走修正主义的道路。我们有要走修正主义道路的社会阶层。我们采取了一些措施,避免走修正主义道路。但谁也不能担保,几十年后会走什么道路。"

"现在中国修正主义阶层是否广泛存在?"马尔罗不免有些惊讶。

"相当广泛,人数不多,但有影响。"毛泽东点头,语气肯定。

毛泽东借机向他表示:中国共产党已经将防止国内出"修正主义"的问题提到了更重要的位置上来,那就是反对修正主义,没有别的目标。"我们反对贪污、盗窃、投机商人,反对修正主义的一切基础。不只是党外,党内也有。"

这次谈话没有几天,罗瑞卿向毛泽东和中央政治局常委汇报备战问题。毛泽东在插话中又谈到了防止出修正主义的问题，并且着重谈到中央领导集团所持态度的极端重要性。

"修正主义也是一种瘟疫。""领导人、领导集团很重要。我曾经说过，人长了个头，头上有块皮。因此，歪风来了，就要硬着头皮顶住。1962年刮歪风，如果我和几个常委不顶住，点了头，不用好久，只要熏上半年，就会变颜色。许多事情都是这样：领导人一变就都变了。那一次，如果我们点头了，你们在座的其他人，当时可能反对，也可能不一定。这样的经验很多，国内国外，正面反面的都有。这些经验，我总是要讲的，或者在全会上，或者在明年社教运动搞完了开'九大'时，我要正式讲一次。"

毛这里说的"62年刮歪风"，就是指他当时讲的"单干风"。他这段讲话中最重要的一句话是："许多事情都是这样：领导人一变就都变了。"

毛泽东正在考虑解决的是中央"领导人、领导集团"中出修正主义的问题，并且直接同"62年刮歪风"的事件关联。这是一个全局性的极其重大的判断。

尽管毛泽东并没有一锤定音，讲得比较含蓄，表示需要过些日子才能"正式讲一次"；但他有着"咬定青山不放松"的性格特点，日子不会拖得太久。果然，没隔几天，9月18日至10月12日，在中共中央工作会议上，他挑明了"中央出修正主义"的话题。

这次长达二十四天的中央工作会议议程主要是讨论对第三个五年计划和1966年计划的建议，并批准国家计委提出的1966年国民经济计划纲要。各大区的主要领导们的思路都集中在了讨论计划上，几乎忘却了毛泽东耿耿于怀的"修正主义"。

然而，毛泽东没有忘记，更没有放弃。

会议进行到后期，即10月10日，距离结束还有两天。毛泽东在颐年堂同各大区的第一书记进行了一次谈话，一开始他就发问："会开得怎么样？"

有人回答:"会上谈了关于备战的问题,很好,大家思想都通了,比较统一了。"

毛泽东又问:"就讨论这个问题吗?"

有人回答:"讨论了计划、粮食、干部整党、四清等四个问题。"

"还讨论了了什么?"

"小三线建设相当快。"

毛泽东望望大家,叹了一口气,他发现,这些大区书记答来答去都没有答到要害上。

于是,他只好点题,将话题引导到"正题"上来。

他借"小三线建设"把话说开去:"小三线很重要。有人说分散了怕造反。我看两条:准备化为水,不怕造反。""我现在说造反问题了。如果中央出了修正主义,应该造反。英国革命、巴黎公社都是在中央搞起的。至于美国是在地方搞起的,日本也是地方搞起的……如果中央搞得不对,所谓不对,不是讲小不对,而是讲大的不对。如果出了赫鲁晓夫,那有小三线就好造反。中国人好造反,我们这些人还不是造反?跟宋江差不多。……那时有些人那么迷信,凡是国际的、中央的都迷信。现在也要提倡破除迷信,不管是中央的、中央局的、省的都要看对不对,小的迷信要破,大的更要破,比如修正主义。总之,要按实际情况办事。"

毛泽东的讲话古今中外,旁征博引。讲话中夹杂着汉、唐、宋、明造反的历史,也穿插着十年内战时期中国共产党的路线错误。这些内容使得他讲述的话题有了厚重感与历史感。

当大家感到必须郑重其事地对待修正主义这个问题时,毛泽东却结束了这些尖锐的政治话题,峰回路转,调换方向,对正在讨论计划问题的余秋里说:"谈你的,我们插乱了。我就注意这个小钢铁厂,打起仗来要靠它。"

从毛泽东提出"如果中央出了修正主义,应该造反"如此重大问题的时间上看,他还是采取了比较审慎的态度。在提出问题时看似漫不经心地随便说说,其实是尝试了解参加会议的高级干部对提出这个问题有无足够思想准备的策略。

很快就要散会,大家似乎没有时间更多去考虑"造反"的问题。听者在心里都留下了问号:这个造反是何意思?谁是修正主义?要造谁的反?

两天后,中央工作会议在人民大会堂河南厅举行最后一次会议。会上,余秋里、李先念、彭真、朱德、周恩来分别就计划工作、财贸工作、党的建设、学习毛泽东思想和国际形势作了大会发言。

这一天,刘少奇正巧到东北去接西哈努克亲王,会议由毛泽东主持。当余秋里谈到赞成各省搞些小钢铁厂时,毛泽东插话说:"我对这一条比较积极,我支持地方要搞五万吨左右的钢铁厂。左右者,可大可小。""我不怕你们造反。你们制造机器,制造武器,你们就造嘛!我提倡造反,是反对袁世凯称皇帝的那种反。""中央如果出了军阀也好,修正主义也好,总而言之,不是马克思主义,不造反就犯错误,要准备造反。你们不要年年造反哟,如果是马克思列宁主义,你们造反,那就吃亏哟。中央是马克思列宁主义,你造反,那你还不是修正主义吗?而一个省也造不起来。"

彭真在大会发言中谈到党的问题说:"恐怕我们的各级党委就要把党一直抓下去。因为出不出修正主义,还是在党。党里面不出修正主义,别处出了也不大要紧。"

毛泽东插话:"中央出了,你们地方不出,不要紧。""中央几个大人,把他一革,就完了。至于地方出了,中央照样出,那就不好了。"

当彭真讲到党的基层组织时,毛泽东又插话:"靠老爷,不靠人民,你有饭吃呀?你有衣穿呀?而百分之七十是贫下中农。工厂里也有这个问题。"

在王任重所记录的毛泽东这次会议上的插话中,还有几句分量很重的话,诸如:"我快要去见马克思了,怎么交代?你给我留个修正主义尾巴,我不干!"

毛泽东插话的中心是:"如果中央出了修正主义,应该造反。"在他看来,现在是必须把这个问题告诉党的高级干部,并且是准备采取行动的时候了。

频率越来越密集,语调越来越高昂地强调"中央出了修正主义怎么办",意味着下一步更为激烈的行动将随之展开……

(选自顾保孜、钱嗣杰《毛泽东正值神州有事时》
人民文学出版社 2013 年版)

板仓绝唱

——杨开慧手稿还原毛泽东爱情

余 艳

引 言

我对杨开慧的探究最初是从一个墙洞开始的。

这"墙洞"在湖南板仓,在板仓坐西朝东的杨家老宅里,在杨家老宅的西北角杨开慧卧室的床帐后。

杨开慧把洋洋万言的手稿封存在这墙洞里,应该没想到,半个多世纪后,她的这些心灵笔记就是一代共和国领袖的情感秘密!又是他的夫君毛泽东盼了好久、寻了好久、等了好久,却遗憾又残酷地最终没有看到的秘密。

这是怎样一堵墙,能承载这段千古绝唱;

又是怎样一处洞,能装下一腔博爱深情!

其实,世界各地都有秘藏私信、封存秘密的风俗。

世上的秘密,只要你曾经告诉过一个人,就不能再称之为秘密。真正的秘密只能烂在自己肚子里,实在憋不住了,告诉墙洞,或者树洞、山洞,只有它们,也许会始终沉默。

又当这秘密无处可藏,不想被人知道,就下决心埋葬这段揪心的牵挂。找一处墙洞,或者树洞、山洞,悄悄装进去,这秘密就死了、埋葬了,可能永远不再被人发现,不被人知道。也告诫自己,永远放下、终身不念了……

杨开慧是这样吗？

当年，杨开慧把日积月累、三年中写就的心灵笔记用油纸包好扎紧，塞进墙洞，再用相近的泥浆封堵洞口。这处秘密没被敌人发现，也没被亲人发觉。如果不是1982年和1991年两次修缮故居，那沓尘封在板仓杨家老宅的心灵笔记将永远沉睡在那堵旧墙中。

字！

2011年2月的最后一天，是早春二月一个难得的艳阳天，我从湖南省委宣传部提回一大袋子书籍和资料，都是有关杨开慧的，诸如手迹复印件之类的史料。

初春的阳光下，我首先读到的是那篇《追忆》。

追忆？依常理，一个正值韶华的年轻女子，该是更多的憧憬未来。她的从前毕竟太短，而她的未来正长。未来正长的人却偏偏要追忆并不太长的从前。她是不是感觉到从前已经太长，而未来已经太短？

一字一句，字字像滴落的泪，句句如伤感的情。娟秀的字，温软的心，凝于笔端流淌在毛边纸上的字啊，全是深深的痛和深深的爱。我突然感觉到，这些在老墙中尘封了几十年的心灵文字，与其说是写在纸上，倒不如说是字字刻在笔者滴血的心坎上。

再去板仓！记不清是第十几次去了，2012年1月28日这天，我只想在杨开慧当年的卧室，她当年写就《追忆》的这天晚上，当年凄风冷雨的这个季节，陪杨开慧坐一晚，从傍晚到天明，去熬一个杨开慧千百个彻夜难眠中的一个通宵……

这夜，我读着手稿，漫漫长夜一分一秒地过。在八十三年前的今天，杨开慧就在这屋，这桌，这飘风的寒夜，写着，纠结着，煎熬着。

八十三年，这字没有逝去；像到永远，这个人还活着！

死？

我一字一句地通读手稿，每读完一遍，掩卷闭目，试图回忆手稿中给我印象最深的句子。

"说到死，我并不惧怕，且可以说是我喜欢的事。"

天啦，我怎会清晰地记下这段文字？但千真万确，伴随初看时心里猛烈地"咯噔"那一下，到掩卷而思反复回味，这句话总在眼前不停地晃悠。

死是杨开慧喜欢的事？一个正当华年的女人，究竟要到什么时候什么地步什么心境才会认定，死是她喜欢的事？

我不敢胡乱猜测藏在这句话背后的惊悚答案。

一个年轻女子，独自一人带着三个梯形大的孩子，与年迈的老母在家乡艰难度日。三年时间遵从丈夫的嘱托，就地参加地下斗争，面对大革命失败后的白色恐怖，她文弱的双肩既担着三个孩子的重担，又要躲避敌人的捕杀，更撕心裂肺地牵挂生死不知的丈夫。夜雨婆娑，一灯如豆，娇小玲珑的身影，孤寂地投在板仓土屋的泥墙上，娟秀的字体流泻在纸上，字字句句道不尽的思念和苦痛。为了丈夫毛泽东的事业，学贯中西的名门之秀，选择了一条忧愁痛苦、险恶丛生的路……

更为揪心的是，杨开慧身边的战友、朋友、亲人、闺密一个个倒下，激起仇恨的同时，也激起她非常的革命斗志，而让她义无反顾——赴死？还是焦虑、担忧、疲惫、躲藏，一个女子，柔弱的身躯，想尽快结束这马拉松式的折磨？

还是，有别的原因？

墙？

杨开慧的手稿句句肺腑之言，谁都不怀疑它们的真实。因为我感觉，烈士的这些心灵笔记不是写给世人看的，而是写给她自己看的，甚至就是她自己跟自己说的悄悄话。否则，她就不必把她藏在老墙中。

腥风血雨、生死无常的年代,喘不过气来的杨开慧带着三个小儿,躲避敌人,保藏自己,牵挂爱人,坚持斗争。她的那些泣血的文字、真实的心声,一半是刻意的隐藏,一半是希望有个地方可以代为存放。就这样,墙洞成了她精神的闺房,将她的所思所想点滴安放;墙洞又作为消减痛苦的心灵邮箱,为焦虑无奈的女子做了有效的储藏和有力的分担。

怎么会藏在墙洞里,是不想让任何人知道、看见,是想永远尘封这个秘密?

自藏在墙洞中的这些文字曝光后,人们对这些手稿有各种猜想与各种理解。有人说,这是"墙洞里的情书""藏在墙洞里的绝唱",也有人说,那个墙洞是杨开慧选定的心灵坟墓。因为——

她根本没想让人知道那个地方,更不想有人揭开那个秘密。否则,她完全来得及把墙洞里的秘密告诉她应该告诉的人。

比如她的母亲;

比如跟她一起坐牢的保姆孙嫂和儿子岸英。

但是,她没有说。

果!

对墙洞里的那段秘密,杨开慧谁也没有告诉。

是已然顿悟,那些文字,只不过是她心路上一度迷乱的心灵碎片。那些特定时候从心中飞扬出来,定格为稿纸上的文字,可能连她自己都不明白,是为了纪念一段心路,还是咀嚼一段寂寞,或是想叫家人有一天能把那些心灵文字转交给心中喊了千万次的人?

然而,大牢中的炼狱,杨开慧已经不是手稿上的杨开慧了。手稿上的心音不过是秋虫般的呢喃,期期艾艾顾影自怜的家妇,而大牢中的杨开慧已亮丽于信仰的高山,这时的她才是毛泽东当之无愧的爱人!

两个完全不同的自己啊,别让世人混淆,更别让夫君看见。就让那段寂寞的文字永远寂寞在墙洞之中,永不示人。

但是——

历史有如河底的沉沙,看起来粒粒相似,其实每一粒沙都有各自不同的故事。但那些河沙以及河沙里藏着的故事不会再说话。因而,活着的人们就特别喜欢评说历史,似乎只要一评说,评说者就变得聪明。因为无论活人怎样评说,历史都无法反驳。正如河底的沉沙,你说它粒粒相同,或者各有各的不同,或者各有什么不同,全都任人评说,那些河底的沉沙是不会说话的。正由于此,活人对历史的评说便远远多于对历史的思考。

有感于此,我告诫自己,我无意于评说过去的故事,也不敢对过去的故事作什么聪明的解读。因为,在历史面前,根本就没有聪明的活人。我只想,以杨开慧的心灵笔记为指引,并顺此指引再重走一遍那些与之相关的足迹,试图寻找出被历史迷雾所遮盖的历史真相。

第一章 手稿上的井冈山

(1)无论怎样都睡不着……总是不见来信

这是一个月淡星稀的夜晚,毛泽东把杨开慧母子几人悄悄送回了板仓老家。

即便是在晚上悄然回家,毛泽东也是在冒极大的风险。

那正是白色恐怖风行城乡的非常时期。自1927年"四一二"反革命政变后,以蒋介石为首的国民党右派对共产党人的捕杀,似乎越杀越红眼。李大钊、罗亦农、赵世炎、陈延年等著名共产党人相继遇害。在当时的中国,连乡下都知道,抓一个"红脑壳",政府就奖十块大洋。像毛泽东这样著名的"红脑壳",自然是反动派枪口随时瞄准的对象。

1927年,是中国历史风云变幻的一年,也是中国共产党死中求生的一年。

这一年的湖南长沙更是惨烈。

猝不及防的共产党人纷纷倒毙于敌人的枪口与屠刀之下。当时的长沙,从南门口一直连向天心阁,城墙上皆挂满了革命者的头颅。有的甚至还不是革命者,只是被那场疯狂屠杀而误杀的普通百姓。据说连当时的狗,也因为吃惯了人肉而吃人成性,见到活人就一顿乱咬。到6月底,共产党员、工会农会干部以及国民党左派被杀者已达五百人以上,三湘大地有"死地"之称。

这一年,也是毛泽东动荡徘徊、忧心忡忡的一年。

这一年,中国共产党在汉口召开中共五大,毛泽东关于"开展土地革命、迅速发展农民武装"的提案,没有引起大会重视。

这一年,眼看着一个个共产党员和革命志士在国民党右派的屠刀下纷纷倒下,党中央总书记陈独秀还在忍耐、迁就、让步,观望……

这一年,曾经在毛泽东心中沉思日久的一个思想越来越明朗坚定:拿起枪,组织自己的工农武装。

可是,要完成"武装斗争"这一大步的跨越,毛泽东知道,先要走出1927年最关键的一步:巧妙"摆脱"老拧巴的陈独秀。

这一步,毛泽东没按常规出牌。他避虚就实、扬长避短地睿智了一把。1927年8月初,毛泽东和他的心有灵犀的共产党员们在九江举行紧急会议。巧妙设计,让陈独秀未能出席。结果,瞿秋白接任党的总书记,陈独秀就被排除中央领导层,毛泽东再次顺利进入中央委员会。他抓住来之不易的话语权,让会议接受他的建议:继南昌起义之后,马上在中国农村发起秋收起义。毛泽东在会议上特别提出:"须知政权是由枪杆子中取得的"。

这句话,后来演变成一个真理:"枪杆子里面出政权"。

这次会议,毛泽东被党中央任命为中央特派员,回湘组织秋收起义。作为秋收起义的建议者,毛泽东自然也成了这次起义的主要领导者。他明白,秋收起义的枪声一旦惊响在湖湘大地,斗争的方式将由暗变明。那一声枪响后,无论是他还是他的起义部队,都将会引来敌人疯狂的围剿。从此以后,夫妻恩爱与儿女天伦肯定将从他生命中淡出。等待他的,定是枪林弹雨中的残酷搏杀。

就在板仓,就在杨开慧简陋的卧室,毛泽东夫妻一别,就再也没有相见。

那天,黑夜中的告别,虽然比从前任何一次告别都要匆忙。但毛泽东却一反常态地显得重复啰唆,老是反复叮嘱妻子要注意安全注意安全。

杨开慧后来对堂妹杨开英说,从前,她跟毛泽东的任何一次分别都没有那种掏心掏肺的感觉。可那一次偏偏那么奇怪,那个人一融进夜色中,她的心就空了。

事实上,杨开慧的直觉没有错。那黑夜中的匆匆一别,竟成夫妻永别。那煤油灯下的最后一眼对视,竟成了后来岁月中回味不尽的终极影像。

这以后,杨开慧就开始了彻夜难眠苦度时日。

无论怎样都睡不着,虽然是倒在床上。一连几晚都是这样,合起来还睡不到一晚的时晨(辰),十多天了,总是不见来信……

(2)我简直要疯了……人越见枯瘦了

也许是一种莫名的预感在作怪,与毛泽东别过多次的杨开慧,从来没有像这一次分别那样令她心神不定:

我检(简)直要疯了!我设一些假想,恼(脑)子像戏台一样,还睡什么觉?人越见枯瘦了。

手稿中诸如此类的文字比比皆是,但这绝不是简单意义上的少妇思夫。那段时间,在杨开慧的那些思梦中,肯定多是噩梦。国共两党越来越激烈的武装对抗,她当然明白,身处对抗前沿的毛泽东,每时每刻将会面临着什么。

在那些寝食不安的日子里,看报成了杨开慧每天必不可少的重要生活。

杨开慧总是千方百计地找报纸看,就连已经看过的报纸,都是看了一遍又一遍。虽然那些消息让她感到虐心,但她还是忍不住想看。就好像不得不看的病中亲人,不看不放心,看了又虐心。

报纸上的"赤匪"被描绘成惶惶不可终日的走寇。在各路武装的围追堵截中,那些"赤匪"似乎只有挨打逃窜,而无还手之力。杨开慧从报纸上得知,丈夫毛泽东领导的秋收起义部队,似乎天天在敌人的追杀中东躲西藏,已陷入走投无路的绝境,并随时面临全军覆没的危险。丈夫的队伍越打越少,最后一小股赤匪流窜到了井冈山,苟延残喘,惶惶不可终日……

杨开慧虽然不完全相信报纸上的说法,但同时她也明白,在围追堵截的险恶环境里,丈夫毛泽东和他的起义部队,会遭遇怎样的困境。

其实,秋收起义后的毛泽东和他的起义军,要比杨开慧想象的境遇更糟更难。

1927年9月9日,毛泽东领导的秋收起义爆发。开始,枪声打响之后,起义部队曾一度势如破竹,所向披靡。起义进入高潮时,毛泽东曾写下一首词,记下了当时的情形:

> 军叫工农革命,旗号镰刀斧头。匡庐一带不停留,要向潇湘直进。
> 地主重重压迫。农民个个同仇。秋收时节暮云愁,霹雳一声暴动。

然而,秋收暴动像霹雳一样出现,也像霹雳一样从空中划过去了。

初战胜利的喜悦还没从战士的脸上消失,起义部队便遭到了敌人的疯狂反扑。于是,部队中那股被胜利燃烧起来的激情马上低落下来。在这个兵源来路不一的起义部队中,悲观丧气的情绪就像瘟疫一样在部队中传播蔓延。

偏偏这个时候,远在上海的党中央领导人却遥遥发来指令,要起义部队继续攻打长沙。而起义军内部,憋了一肚子气的个别将领也主张继续攻打长沙。毛泽东权衡再三,认为这无异于飞蛾扑火,自取灭亡。最终,毛泽东毫不犹豫地做出了一个重要决定:走。

起义部队在转移过程中,毛泽东顺势完成了两个重自选动作:一是浏阳文家市的会师转兵,二是三湾村的"三湾改编"。前者成为中国土地革命战争初期的重要转折点,后者奠定了中国共产党领导人民军队的基本治军思想:党指挥枪。

在"三湾改编"中,毛泽东亲自起草了"三大纪律六项注意"。其中的一条"注意"是:不拿群众一个红薯。规定细到了红薯,可见当时的起义部队军纪之涣散,已到了何等令人担忧的程度。

但是,把中国工农武装引向正确方向的毛泽东,这一保留革命火种的撤退,却被当作违抗党中央指令而受到严厉处分。"右倾逃跑主义""可耻的退缩者",甚至被传令者误传为开除党籍。就连毛泽东提出的"枪杆子里面出政权"的论断,都要毛泽东做出自我反省⋯⋯

在板仓,与毛泽东魂系梦绕的杨开慧像有一种生命感应。

站在门前,心里跑到他那里去了。好像看见他带着一种凄黯的神色在那里。

杨开慧当然不可能想象丈夫受什么处分,她只是心忧与心疼地想象着他的艰难。带着一种凄凉神色的毛泽东要有多糟糕就有多糟糕:山上的部队可能没有粮食,可能没有医药,可能没有衣服,可能没有子弹,可能有很多糟糕的可能。

在杨开慧眼中,曾经毫不起眼的那个井冈山,当时已成为她心目中最要命的山。夜里梦见那座山,醒来想着的还是那座山。

(3) 我不能忍了,我要跑到他那里去

不能忍的原因绝不仅仅是因为思念,而更多的是因为牵挂与担忧。

杨开慧非常明白,在那时那刻,她就算寻到井冈山,等待她

的并不是夫妻团聚的喜悦与浪漫,而是同甘共苦的艰难,是生死与共的命运。甚至,就是死亡。

没有我在身边,他不会注意的。

已经给毛泽东生了三个孩子的杨开慧,这句话绝不是自以为是之言。在杨开慧那些伴夫走天涯的日子里,她知道,生活中的毛泽东是不屑于生活琐事的。甚至面对危险也仍然没有应有的警觉。

杨开慧不会忘记,当年她陪毛泽东回韶山,得悉省长赵恒惕要派兵抓捕毛泽东,而且抓捕的部队已经向韶山奔来。得此消息的毛泽东竟然从容不迫地要带着杨开慧母子几人一块走。要不是杨开慧一反常态的暴怒催促,后果还真不敢想象。虽然,杨开慧也明白,毛泽东要带妻儿一块走,是不放心把他们母子丢在韶山。抓不到毛泽东的那些捕兵,极有可能把他们母子抓走。但是,当时的杨开慧心里只有毛泽东的安危,根本没考虑自己将会面临什么……

毫无疑问,那时那刻的杨开慧决意要上井冈山,明显带着共赴危难的强烈意识。在杨开慧貌似纤弱的身躯里,多愁善感的情怀与刚烈倔强的个性同时并存。即使没有杨开慧英勇就义的那一幕,单看杨开慧的手稿,就不能不让人坚信:如果需要,杨开慧随时准备为毛泽东去死。

我觉得我为母亲而生之外,是为他而生的。我想象着假如一天他死去了,我母亲也不在了,我一定要跟着他去死,假如他被人捉着去杀,我一定要同他去共这一个运命!

藏在墙洞里的这些心语,可不是杨开慧的自夸自的人前之语,而是她真实的心声。

中国历史从来不乏贞妇烈女的故事。中国女性漫长的人生中,嫁给了一个男人,也就嫁给了一种命运。像王宝钏,十八年守成一座活的望夫石……

但杨开慧显然不是王宝钏。她是一个女人,同时还是一名共产党员。在杨开慧意欲奔赴井冈山的冲动中,无疑包含了激情燃烧的信仰与舍生取义的大气。革命有难,此时不出,更待何时?!但是,如果把杨开慧按捺不住的冲动仅仅理解为共产党员的本能反应,恐怕也嫌简单。历史地看,我们不得不注意到一种事实:在那些令人唏嘘的故事中,只见女人为男人而死,却少有男人为女人舍命。正如那些被捕的革命者们,只见变节的男性,而少见叛变的女人。

其实,在那些贞妇烈女的故事中,传承着我们这个民族永远不敢漠视的精神特质:忠贞与坚守。漂流在民族文化之河上的那本《女儿经》虽然已经渐行渐远,但历史的轻风仍然会把书中的碎片吹到人们面前,并散发出令人难以抗拒的余香。

作为著名伦理学家的女儿,杨开慧自然有机会接受中国传统伦理文化的熏陶与浸润,并把它们化为中华女性共同的某种姿态,在历史的原野摇曳出一个大写的花名:中国女人。

也许正是这些因素,造成了杨开慧当时的去意彷徨:

作为革命者,在革命遭受挫折之时,理应挺身而出,与战友们一道并肩;

作为一个妻子,在丈夫遭遇厄运之时,理应相行相伴,与丈夫共渡难关;

作为一位母亲,杨开慧却又不能无视三个儿子的存在……

革命需要战友,丈夫需要妻子,但儿子需要母亲。也许正是这多重身份增加了杨开慧选择上的两难。

杨开慧肯定也曾经想过要把三个儿子一并带到井冈山。但那种念头恐怕也只能随着一声叹息而自然消失。在东躲西逃的艰难困境中,真带孩子走,无异是把三个孩子送上杀场,又同时给革命添累赘。可是,把孩子留在家,自己一人前往?那孩子谁管?母亲年迈,一人带三个孩子,显然不现实。托付他人带养?杨开慧不忍,何况毛泽东知道也绝不会赞同,甚至会极为不悦。

爱夫爱到骨子里的杨开慧,自然不愿意惹丈夫不快。一头丈夫一头儿,杨开慧能怎么样?会怎么样?

天地没有回应,命运闭着眼睛……

第二章　我是真的爱他呀

（1）幸喜天保佑我接到了那贵重的信

那段时间里,杨开慧每天最重要的心思就是盼信。

太难过了,太寂寞了,太伤心了！这个日子我检（简）直想逃避它。但为着这几个小宝,我终于不能去逃避。他终于有信来了,我接着喜欢得眼泪滚下来了……只有五十天,幸喜天保佑我接到了那贵重的信。

杨开慧说的那封贵重的信,是毛泽东用暗语写来的,信中说:"开始生意不好,亏了本,现在生意好了,兴旺起来了。"接到来信的开慧禁不住喜极而泣。

其实,这封只有寥寥数语的信并没有告诉杨开慧太多。她更不知道,在收到这封贵重的信时,井冈山上的毛泽东,生活正在悄悄地发生变化。

初上井冈山的毛泽东,可能是他政治生涯中最失意的一次。他不但被撤去了党内要职,竟然还被传言"开除了党籍"。于是,毛泽东病了。当他孤独的身影一瘸一瘸地走在山道上时,那情形看上去已经没有"霹雳一声暴动"的气概了。

就在毛泽东身心疲惫情绪低迷之时,有一位十九岁的少女及时在毛泽东身边出现了。

少女名叫贺子珍,在当时当地被称为"永兴一枝花"。这位能骑善战的年轻女战士,对来自山外的青年毛委员似乎特别关注。尽管,眼前的他体弱多病,头发过长越发显得单废,但是,年轻女战士贺子珍却仍然强烈地感觉到,在青年毛委员落魄的外表下,在那双忧郁的眼睛里,似乎藏着一个深不可测的世界。甚至连那瘦削却不失挺拔的身影,都彰显一种男人的孤独与倔强。

要说毛泽东对女战士的那双明眸视而不见,那有点不现实。更何况,体弱多病的毛泽东还时不时地享用着贺子珍为他弄来的那些可以补身子的山雀、泥鳅等美味。不难想象,当身心俱糟的毛泽东在品尝着那些美味时,也无意间品味出了一位少女弯弯曲曲的心事。

腿伤稍见好,毛泽东便忍不住想出去转悠了。他当然清楚,脚下的这块土地,将是他和他的起义部队长期立足的地方。对这么个命运攸关的地方,不熟悉地貌、不了解情况的毛泽东,自然要深入调研的。于是,年轻的女战士贺子珍自然而然成了毛泽东的向导,甚至还是拐杖。

在两个人的山间小路上,话题涉及革命和工作,也涉及日常生活。他们的话题自然而然跳出了弯弯曲曲的山道,飞到了更广阔的空间。偏偏毛泽东不张口则已,一张口便是妙语连珠落玉盘的美妙,话中的世界便是贺子珍备感新鲜的另一个世界。也许连毛泽东自己都没有意识到,在他进行社会调查时,他自己也正被一位女战士悄悄认识。

其实,在见到毛泽东之前,贺子珍对毛泽东的名字并不陌生。读书时候,她就早已读过毛泽东的文章。比如毛泽东发表在《湘江评论》和《政治周刊》上的文章,那些一气呵成的排比句让你一看就停不下来。面对那些美文,贺子珍曾经猜想,能写出这种锦绣文章的人,一定是个长得很丑的人。因为公平的造物主不会让一个人把好事占全。在让他拥有深刻透辟的思想的同时,还让他拥有赏心悦目的容颜。可等贺子珍知道来井冈山的这个人,就是写出那些美文的人,贺子珍才知道,造物主也有不公平的时候。

然而,无论山道上的脚步挨得多近,两颗心却似乎挣扎着不敢靠得太近。因为毛泽东告诉过贺子珍,在湖南老家,他早有妻子和孩子。

井冈山之外的杨开慧自然不知道,她日夜牵挂的爱人正面对一位少女的深情而苦苦挣扎。此时的杨开慧,仍然在思念的迷途上越走越远:

……连那他写的字,只要是他的,一概变了比珍宝囊还要要紧些。太难过了,我疑惑我的肚子里已经有了小毛。在这时,我感到一种爱惜了,连那几个。太寂寞了,太伤心了!

杨开慧笔记中,提到肚子里的"小毛",虽然很快被确诊是一种假孕。但从这些文字中可以看出,杨开慧在思夫的心路上,已经把自己给丢失了。

(2) 我总是要带着痛苦度日

1928年5月,朱德、陈毅所部与井冈山的部队会师于宁冈龙市。自此,"人不过千户,粮不过万担"的井冈山呈现出了异常兴旺的景象。

一时间,那些来自四面八方的年轻共产党人,操着各自的湘音、川调、粤语、赣声以及客家方言,碰响在罗霄山脉的中段,汇成了一曲不同凡响的井冈山革命大合唱。

从此,"朱毛"红军成了当时中国社会日日更新的民间传说。并在那些传说中,把朱毛传成了不同版本的神话。

从此,小小的宁冈龙市仿佛在一梦之间变成了中国举足轻重的政治要地。

也在此时,毛泽东终于走出了政治上的低谷。首先是朱德、陈毅证实,党中央开除毛泽东党籍的所谓决议是误传。然后,他们又带来了党中央对井冈山斗争的充分肯定。朱毛会师之后,两部合为第四军。朱德为军长,毛泽东为党代表兼军委书记。

朱德、陈毅等人很快发现了毛泽东与贺子珍之间那不一般的眼神。这两位喝过洋墨水的青年将军,在此时此刻此山此地说出的话,可没有半点的起承转合。他们直截了当的几句话就把那层窗户纸给捅穿了。

1928年5月28日,毛泽东与贺子珍以吃顿饭的形式结为了革命伴侣。

然而,他那生活终归是要使我忧念的。我总是要带着痛苦度日。又许久没有信了,不眠症依然来到。

在毛贺结合后不久,远在长沙的杨开慧见到了一个重要的人,这人就是杨开慧的堂弟杨开明。此时的杨开明已被任命为湘赣特委书记,即将到井冈山的永新赴任。杨开明此行前来与堂姐见面,一是与杨开慧辞行,二是问杨开慧有没东西捎到井冈山。

见到堂弟的杨开慧,几乎就把堂弟杨开明当成了活生生的井冈山。那极端细节琐碎的询问,恐怕除了杨开明能耐心作答,再没有别人能认真听认真答。

其实,对井冈山上的情况,杨开明早已知道个大概。但杨开明没有告诉姐姐杨开慧井冈山上的实情。

没有把这事及时告诉姐姐,杨开明出于某种善意,虽然可以理解,但应该也是一种残酷?或者叫善意的残酷?残酷的善意?

偏偏这次,杨开慧托堂弟杨开明带去了两坛豆豉辣椒和两双亲手做的布鞋。

可以肯定的是,那两双布鞋不是赶做的,那是杨开慧于极端寂寞时的排遣。甚至可以说,那鞋底上的一针一线,就是杨开慧写在鞋上的另一行行思念的文字。

当毛泽东看到杨开明捎来的那两双布鞋,一向妙语连珠的毛泽东沉默了。

当时的杨开明恐怕也是此时无声胜有声。面对那两双布鞋,也许两个男人说话也尴尬,不说话也尴尬。好在那种尴尬并不伤及某种默契。那不是男人之间的默契,那是革命者之间的默契。因为,在毛泽东和杨开明心中,有一杆铁秤是永远不会失衡也永远不会弯曲的。那就是——革命利益的天平。

但人的心中不可能只有一杆秤。当革命暂时淡出心中的某些时候,情感的天平便会不失时机地潜入人的心底,并不怀好意地把人心钩在秤杆上不停地荡秋千。当时的湘赣特委书记杨开明,就在堂姐杨开慧和曾经的堂姐夫毛泽东之间来回摇摆,在理智与情感的两头时高时低、时重时轻。

对于远在故乡的那位堂姐,杨开明可是再熟悉不过了。那是一位清纯得不惹一丝尘埃的女人。而且在杨开明的心目中,堂姐杨开慧甚至比亲姐还要亲。在长沙读书的那段时间,住在长沙的他们一家对他无微不至的关爱仍然历历在目,姐姐是把他视为至亲啊。后来的杨开慧在料定生命无多之时,把自己的三个孩子托付给杨开明,足见姐弟之间的那种亲情非同一般。杨开明不敢想象,一旦得知毛泽东生活变化的真相,清纯如透明人一般的姐姐将会出现怎样的状况?

最让杨开明纠结不已的是,在天平另一头的毛泽东也是让他难以释怀的人。在杨开明的心目中,毛泽东不仅仅是他曾经的堂姐夫,也是他的同志和战友。毛泽东还是他走上革命道路的引路人,是他学生时代所崇拜的偶像。

可以想象,杨开明见毛泽东无疑是理性的。那种理性可能不仅仅来自于革命利益的原则,也许还来自于毛泽东身边的那个女人贺子珍。

身在井冈山上的杨开明,自然有机会耳闻目睹贺子珍的处事与为人。在井冈山根据地,那是个有口皆碑的女人。

杨开明就亲眼见识过贺子珍让人为之一动的另一面。那次,杨开明正与井冈山的几位领导开会研究工作,突然得报敌人的部队正向这边摸来。已有身孕的贺子珍一听,想都没想便摸出双枪冲了出去,竟凭两支手枪逗着敌人追着自己满山跑;杨开明自然也听说,贺子珍与毛泽东结合后,备有个随时准备离开的行包。说是一旦开慧姐姐上山来,她就背上行包让位走人。取代堂姐的竟然是这么一位有胆有识、有情有义的女人,杨开明还能怎样?他除了沉默只能还是沉默。

身在井冈山的杨开明自然也发现了毛泽东与贺子珍在众人面前的避嫌和收敛。对此,著名作家王行娟在她的《贺子珍的路》一书中,曾对毛泽东的心理负重有过细腻的描述:

有一次,毛泽东要到下面视察工作。临行前,他深情地看了看刚刚给自己收拾好行李的贺子珍,柔声地提出了一个要求:

"我要走了,你送送我好吗?"

贺子珍答应了。马夫牵着马在前面走,他们两人在后面慢慢地跟着,一面走,一面聊。僻静的山路上没有行人,走了一段路以后,毛泽东忽然说:

"我先走一步,在前边等着你。"

他上马走了。贺子珍莫名其妙,不知发生了什么事,只能按他的意思,继续往前走。好一会儿,她看到毛泽东果然在前边等着。毛泽东迎上来解释说:

"刚才要经过红军医院,我们走在一起,怕影响不好,所以我先走一步。"

贺子珍理解地点点头……

从这段描述中可以看出,这时的毛泽东已经不像正常状态下的那个毛泽东。但正是这种看似不合毛泽东性格的拘谨与避讳,让人感觉到了毛泽东内心深处那种难以言状的心理负重。

对毛贺之恋,《毛泽东传》的作者特里尔对此作了一种中国式的解读:

"这一点很合毛的脾气,他笃信诚实的乡土美德。他不同于那些'五四'型的知识分子,在他们看来,大胆的社会实践有其自身的合理性。他和开慧及子珍的婚姻在当时的环境中都是稳定的。确实,毛泽东并不看重结婚的仪式。然而,一旦确定这种关系就会稳固地保持下去,直到因外部因素而发生突变。"

我由此想起了井冈山上的另一位年轻女战士曾志。这位后来拥有三座雕像的红色夫人,晚年在接受记者采访时说:"那个时候我们有今天没明天,我们没有时间卿卿我我,我们是大情大爱,爱得更热烈,也只能爱得更直接,爱和生命每时每刻都连作一起,如果说男人革命是用生命,那女革命者是带着情和爱投身革命,直至献出生命在所不惜。因为,女人的生命和爱是同时存在的,一方面消亡,另一个必定跟着去了。"

第三章 伤心的日子依然来了

(1)毛泽东托吴福寿长沙找寻杨开慧

这一回,我是第三次到井冈山,专为毛泽东与贺子珍的情路探访。

在向导的带领下,我们几经周折找到了一个健在的知情人谢美华。但是,很快我就发现,这是一次毫无发现的探访。不管我多么用心良苦地启发诱导,上了年纪的谢美华仍然像背书一样地给我们讲述了一个众人皆知的老故事:

谢美华的姑父吴福寿,当时跟井冈山上的毛泽东住得很近,一来二去,比毛泽东大29岁的吴福寿,与毛泽东成了忘年交。

许久得不到妻子音讯的毛泽东,想派人去长沙寻找妻子,探实情况。思来想去,"闯荡江湖"的银匠吴福寿成了他物色的合适人选。

吴福寿受毛委员之托向湖南方向去了。没过多少时日,他回到茅坪,当夜来到八角楼向毛泽东复命。在毛泽东几次急迫询问下,吴福寿才说了一句:"毛委员,看来你们很难相见了。"毛泽东闻言大惊,问到底怎么回事,吴福寿只是难过地摇头,并不言语。

毛泽东明白了,当时呆若木鸡,痛苦地流下双行泪水……

谢美华老人讲这个故事时讲得很流畅。不难想象老人已经无数次地对人讲过这个故事。在老人的讲述中,我几次想插话提出我的质疑都不被老人理睬。老人只是执著地按照她的故事走向讲下去,直到故事结束,老人不回答任何质疑。

我没有再为难老人。告别老人之后,一个久已在心里的疑问再次冒出来:毛泽东既然委托吴福寿寻找杨开慧,那么吴福寿回来之后,不管结果如何,是不是应该把寻找的过程与结果认真告诉毛泽东才对?但是我发现,到处传扬的这个故事,都无一例外地忽略了吴福寿寻找杨开慧的过程和结果。吴福寿究竟找了杨开慧没有?怎么找的?过程怎样?结果如何?所有类似的故事都避而不谈。吴福寿只对毛泽东说了一句话:"毛委员,看来你们很难相见了。"就这么一句话,吴福寿就把寻找之行对毛泽东交代了?

按照常理,毛泽东既然要吴福寿去找杨开慧,就不可能不告诉吴福寿去哪里找。既然告诉了,吴福寿就不可能不去板仓。既然去了板仓,就不可能找不到杨家老宅。既然找到了杨家,就不可能找不到杨开慧的家人。因为当时的杨家老宅从来就没有空过人。杨开慧的母亲就一直住在家里,杨开慧的堂妹也经常过来。杨开慧的哥哥嫂嫂也经常回家看望老母。杨开慧本人也偶尔回家看望儿郎。找到了杨开慧的家人,吴福寿不可能打探不到杨开慧的行踪。吴福寿找到杨家人,更不可能无法取信杨家人,因为取信于杨家的办法应该早已经想好。

但是,吴福寿回来的复命却只有极为简单的一句话:"毛委员,看来你们很难相见了。"那言外之意无疑是说,杨开慧已经不在人世。但是,如果吴福寿真的到了板仓,他绝不可能得到杨开慧已不在人世的误传。

因为这一连串的不合情理,让我禁不住做出一种自以为是的推断:吴福寿有可能根本就没有去找杨开慧,或是去了,回来也是善意"撒谎"。

作为毛泽东的近邻,也作为贺子珍的远亲,吴福寿不可能对毛贺之间的暗恋甚至明恋视而不见。吴福寿也不可能不明白,毛贺之间那种退不得进不得的恋情,全因为在毛贺之间还隔着一个杨开慧。于是,善解人意的吴福寿假意受命去找杨开慧,在外面虚走一趟后即回来向毛泽东复命。也许,望着毛泽东黯然神伤的样子,用心良苦的吴福寿想着,先为眼面前的两个有情人做件好事再说。

不必讳言,毛贺之恋一直是井冈山历史研究中绕不过去的节点。也是世人众说纷纭的敏感处。对毛贺之恋的各种看法与见解,甚至早已跳出了历史的范畴,而直接指向伦理道德的层面。

(2)井冈山的政治联姻?

我注意到,一些研究资料都为毛贺之恋找出了严肃的背景铺垫,甚至挖掘出了毛贺联姻的现实无奈与历史必然。那些用心良苦的解读与诠释,皆为了明白无误地告诉人们,井冈山上的毛贺之恋,不只是情感使然,也是政治的必然。

关于那些解读,下面的说法恐怕是人们最熟悉的:

自工农革命军进驻茅坪以来,井冈山上的两个山大王跟毛泽东一近一远,一亲一疏。袁文才认定毛泽东的确是个"中央才",很想将他长久地留在井冈山。而一向疑心很重的王佐,却担心毛泽东想吃掉他的队伍当山大王,一直对毛泽东若即若离,心存戒备。而势单力薄的毛泽东如不能尽快与王佐的部队联手对付敌人的围追堵截,井冈山这块根据地将朝不保夕。要想让心存戒备的王佐放心,最好的办法就是他们提出的让毛泽东成为井冈山的女婿。于是,一个联姻妙计似乎是顺其自然的出笼了。这条妙计的始作俑者自然是王佐和袁文才,主角自然是毛泽东与贺子珍,而与工农革命军刚刚会师的朱德与陈毅则成了这段婚姻的推波助澜者。

那些众所周知的说法还告诉我们,毛泽东开始自然是本能地推挡着这桩婚事。推挡的理由自然也合情合理。因为山外还有毛泽东割舍不下的妻儿。然后井冈山上的几个婚姻说客继续对毛泽东晓之以理、动之以情,最后把毛贺婚姻与革命前途联在了一起。于是毛泽东在犹豫再三之后,为了联手王佐,为了巩固井冈山根据地,为了井冈山的发展出路,毛泽东与贺子珍结合了。

但是,这个故事中的毛泽东,真的是世人所了解的那个毛泽东吗?

单看毛泽东在党内地位中的那些起起落落,我们不难发现,每当毛泽东的思路决策与党中央领导的思想相左相背之时,毛泽东的思想坚持与行为坚定从来没有动摇过妥协过,哪怕毛泽东深知自己的坚持会给自己的政治生涯带来什么后果。毛泽东素来反对没有爱情的结合,以他决不屈从的性格,他会为了两个山大王而让自己的婚姻打上政治功利的烙印?

其实,对毛贺之间的这段姻缘,完全没有必要去刻意放大或刻意缩小或刻意遮掩。在毛贺之恋的故事中,我们可能无法淡化一个特定的历史背景:当时的井冈山根据地,正处于革命的低迷阶段。当时的工农革命军,并不是从一个胜利走向另一个胜利,而是从一个挫折走向另一个挫折。在前有豺狼后有虎豹的险恶环境里,同志之间的相帮相扶已成最后的生之希望。在那艰苦卓绝的岁月中,在毛泽东身体衰弱情绪低迷之时,一位纯洁深情的女战士来到了被开除党籍的毛泽东身边,对落魄的毛泽东给予了无微不至的关爱。对当时的毛泽东而言,贺子珍的出现,犹如沙漠旅人在干渴之时看见了一泓清泉。其实这就够了。毛贺结合完全没有必要再去寻找爱情之外的理由。

其实,在当时的共产党人中,类似毛贺之恋的情感故事并不鲜见。历史地看,如果用移情别恋或另结新欢来表述这类故事,显然是片面的。在共产党人艰难而漫长的革命生涯中,曾经离得很近的人走远了,曾经相隔很远的人走近了。在一远一近的情感困惑中,如果苛求他们为痴等远水而忍受近渴,恐怕也是某种矫情的诗歌。其实,浏览那些已成过去的情感故事以及故事后面的故事,人们不难发现,在共产党人的情感世界里,情感的负重与情感的洒脱总是那样如影随形,难以剥离。在那特定的年代,他们的情感故事已然成为那段历史的一部分。不管人们怎样看待那些故事,都无法忽视一个事实:那些看似有违传统道德的情感故事,不但滋润了故事主角的精神与生命,甚至可以说,那些故事滋润了一段历史。

又何况,当时并不是一夫一妻的婚姻制,"家里一个顾老小,身边一个知冷暖"更是普遍。

类似情形也发生在毛泽东在井冈山上的战友朱德将军身上,他在跟第四任妻子伍若兰结婚时说:"这不是常规的婚姻。我在四川有妻子,自从1922年以来没有见过面。我们有时通信,她早就明白我的生命是属于革命,我不可能再回到家里去了。"伍若兰和她的家庭对此是全部知道的,但他们并不受传统礼教的束缚。当然,像其他妇女一样,她还保持自己的姓名,在政治部做自己的工作,她大部分时间是在村子里。

前中央文革的戚本禹说:

"一九六六年夏天我曾向周恩来询问过这一段历史,周恩来的答复是,当时井冈山的人听说杨开慧已经被国民党反动派杀害了。朱德将军也有过类似的情况,当时中央对这些问题已有过解释。"

贺子珍晚年时,曾这样回忆井冈山的那段时光:"物质生活虽然贫困,但我们的精神生活却是富有的。毛泽东博览群书,夜深人静,他写累了,就给我讲他读过的故事,讲他的诗文。他的话,把我带入一个五光十色的世界。常常是一个讲着,一个听着,不知不觉迎来新的一天。"

我想,读到晚年贺子珍这段朴实无华的追忆,那些聚光在毛贺之恋的一双双眼睛,会不会突然收回追光,在沉默中设身处地、将心比心……

第四章 最美丽无上的爱

(1)自从听到他的许多的事,看了他许多文章,我就爱了他

漫漫等待中,回忆,就成了杨开慧时间大餐中的最精美的主食。

"自从听到他的许多的事,看了他许多文章,我就爱了他。"

手稿里的这句话,背景是 1917 年。那年,杨开慧正好十六岁。

十六岁少女的眼睛正是极端敏感的时候。月亮可以照出她的忧伤,太阳可以点燃她的灿烂。甚至,在十六岁杨开慧的眼中,太阳可能被她读成月亮,月亮也可能被她读成太阳。

这一年,毛泽东已是湖南第一师范三年级学生。

在长沙浏正街曾经赫赫有名的李氏芋园内,住着湖南第一师范学校的几位名师。学校伦理学教员杨昌济的家也在其中。

毛泽东早已是李氏芋园的常客。他和蔡和森萧子升的哲学小组就跻身其中。李氏芋园中的几位名师对这三个不太安分的学生似乎带有一种难以言状的偏爱与放任。老师们有空的时候,甚至会有意无意地参与到他们的讨论当中,陪着三个学子深刻一番或者幼稚一番,竟然感到别有一番意趣。

那段时间,杨昌济一拨弟子们经常在他的饭桌上口若悬河

慷慨激昂。从弟子们口中跳出来的话题不外是国家民族或是国运民生,以及那些与此相关的各种各样的主义。他发现:弟子们口中的各种主义就像三月的春草,比着劲地在他这间陋室中疯长,且互不相让互相争风。每当这个时候,杨昌济总是静静地在旁听着,很少评点,更不轻易裁判。每当这个时候,杨昌济都会得意于自己当初的一个重大决定:放下省教育厅厅长不做,而做了湖南省第一师范学校的一名教员。

这位游学四国的杰出教育家,从来就不反对教育救国。但他同时也冷静地看到,教育家不可能直接救国,可以直接救国的是教育家培养出来的国之栋梁。这位学贯中西的学者,总是时不时请弟子们到家中一坐。名义上是请弟子们吃饭,但最享受的是他自己。因为弟子们的慷慨激昂,就是他最好的精神大餐。

书生们在先生家的高谈阔论,先生的女儿不可能视而不见。少女杨开慧发现,那个经常出入杨家的书生毛润之,简直就是父亲杨昌济脸上开不败的笑容。崇拜父亲的杨开慧当然相信,学贯中西的父亲所喜欢的得意门生自然是非同一般的青年俊才。

于是,情窦初开的杨家少女开始自觉不自觉地关注着有关毛润之的一切。不管是在家里还是在家外,只要碰到毛润之的文章,杨家少女的眼睛就会闪闪发亮。只要听到毛润之的逸闻轶事,世上所有声音便不再美妙。

"天下者,我们的天下;国家者,我们的国家;社会者,我们的社会;我们不说,谁说?我们不干,谁干?"

寥寥数语,不是社会就是国家,不是国家就是天下。要是换了一般的少女,也许听一听笑一笑就过去了。但那些激扬的文字跳进杨开慧的眼里,就过目不忘。

偏偏诸如此类的句子在青年毛泽东的文章中比比皆是。于是十八岁的杨开慧总有看不完的激扬文字,总有静不下来的少女心事。

那个时候,大约是十七八岁的时候,我对于结婚也已有了我自己的见解。我反对一切用仪式的结婚,并且我认为,有心去求爱,是容易而且必然地要失掉真正神圣的不可思议的最高级最美丽无上的爱的!

不知道究竟是先注意上那些文章,才注意上了写文章的书生,还是先注意上了那个书生,而后注意上了那些文章。总之,那些文章和文章背后的书生,不知不觉间已在情窦初开的杨家少女心中挥之不去。

最要命的是,有关毛润之的那些逸闻轶事,总能在杨家少女的心中乐出会心的一笑:

毛泽东可以跟人打赌,一餐吃下三碗红烧肉;

毛泽东可以不带一分钱就优哉游哉地走访民间,一走就是一个月。回来时,那带回来的一大袋社会调查笔记,让杨家少女的父亲看后赞不绝口;

毛泽东可以在冰天雪地的冬天跳进河里,并在冰凉的水里游出响当当的毛氏格言:文明其精神,野蛮其体魄!

而他一次次慷慨激昂的论述,更是多了一个不引人注目的听众。

"俄国革命成功后我在思考:究竟怎样才能改变千疮百孔的社会、拯救这个内忧外患的国家? 过去,是读书、求学。现在,俄国革命的经验是走进工农中间,团结他们、影响他们,甚至改造他们! 暑假那次游学,给我的触动很大,一个资本家,就能让多少穷工人几代人给他卖命;一个土财主,能骑在那么多佃户头上为所欲为。为什么? 因为他们手上有权有钱,还依仗着没落的政府、混乱的社会,欺世盗名。老百姓没文化,愚昧到只相信自己苦命,他们老实,他们动不起来。读书人能明白,可读书人才几个? 何况,你书读得再多,一帮学生翻不了天。你读一万本书,挡不住汤芗铭的那一营兵。真正多的,是农民工人老百姓。那么,走进工农中间,让他们觉悟,唤他们觉醒。一个人不行,我们结交朋友,我们组成团体。要解决中国的问题,唤醒民众,肯定是件非搞不可的事。我们这些热血青年,也只有眼睛向下,盯着最广大、最底层的民众,团结他们才能真正成就一点事情。"

在这个忧国忧民的书生身上,究竟还藏着多少秘密? 不知不觉间,喜欢读书的杨开慧把眼中的书生当成了一本从未读过的圣书,虽然眼中看不懂,但心中已经放不下。

(2)我虽然爱他,却决不表示

那时,杨家少女对毛泽东的这种关注,充其量不过是怀春少女的一首朦胧诗。

直到1917年年底,发生在毛泽东身上的一件事情,让杨家少女心中的那首朦胧诗不再朦胧。

这年年底,命运似乎有意给青年毛泽东提供了一次豪赌的机会,而且,那机会似乎是专门为毛泽东而准备的。

在护法战争中被击溃的三千北洋残兵败逃长沙。败兵临近长沙城外时,城中却空无一兵可资防守。似乎一场灭顶之灾将从天而降。消息传开,整个城区陷入一片恐慌。

就在人们争相逃命的慌乱时刻,毛泽东仿佛从天而降。只见他登高一呼,满场为之震撼:"不能撤!难道三千败兵就吓坏了偌大一个长沙城吗?!难道三千败兵就吓坏了岳麓山下成百上千的热血男儿吗?!我中华之病根,民族之悲哀,就是千人怕一个!万人怕一人!面对区区一群残兵败将,人人丧胆,全城变色!这是岳麓山下千万学子的耻辱!这是长沙全城的悲哀!我毛润之在此毒誓:这条命,我赌定了!不怕死的,站出来!跟我走!"

所有在场的听者都被那阵气急败坏的狂吼烧得热血沸腾。人们很快站到了毛泽东身边。

那场战斗似乎解决得过于简单。简单得让那些准备赴死一战的学子们觉得很扫兴很不过瘾。在长沙郊外一个名叫猴子石的地方,那一拨残兵正在山洼里心灰意冷地似睡非睡。突听一阵枪响,然后就有人喊他们投降。那些残兵一看,见暮色中的四面山上,全是拿着枪的围兵。又有枪声大作,火光冲天。早已没有斗志的那些残兵马上意识到,他们的气数是真的尽了。于是,他们按照职业军人的投降惯例,以最快的速度交枪。

这次战例,成为湖南第一师范引以为豪的校史佳话。在湖南第一师范的陈列室里,至今存有详细的记载。

毛泽东当然不知道,他那次气冲云天的冒险胜利与豪赌险赢,在杨家少女心中激起了怎样的波浪……

然而,为之震撼的杨开慧是心里爱了,嘴上却决不说。像她手稿上说的:

我虽然爱他,却决不表示。

哦,决不表示?这的确像是杨开慧的性格。但是,决不表示的杨开慧却差点在爱情上让别的少女捷足先登。

那位少女名叫陶斯咏。这位比杨开慧大五岁的学姐,当时已是湖南学界鼎鼎有名的"江南才女"。才女偏偏还兼得一面如花的容貌,加上富甲一方的家庭身世,陶的丽影便免不了常常飘逸在精神的高坡上,让人只能望之,不能近之。

当时的毛泽东与当时的陶斯咏并不在一个学校。但是,作为湖南学界有名的活跃分子,两人见面的机会却多之又多。两人同为湖南学界的灵魂人物,在众多联手组织的活动中,他们彼此之间的熟悉程度,甚至不用睁眼看,只用鼻子闻就能把对方闻出来。

出色的男女对爱情的态度从来都是从容不迫的。当时的毛泽东与当时的陶斯咏恐怕就是这种心态。在密切的接触中,也许两人之间的相互欣赏常常潜入梦中,但是一梦醒来,毛泽东还是那个高傲的毛泽东,陶斯咏还是那个高傲的陶斯咏。

毛陶之恋的公开化,那位"决不表示"的杨家少女自然有所耳闻。但杨开慧对这一次的毛陶之恋并无太多的失落。因为杨开慧并没有对毛泽东表示什么,毛泽东也没有意识到什么。在毛泽东心目中,先生的女儿杨开慧是个永远长不大的小师妹。杨开慧对毛陶之恋的另一个无奈的感觉又是:那个陶斯咏太出色了。她明白,要是站在比她大五岁的陶斯咏面前,那她杨开慧只能算是一枚涩涩的青果。

青涩少女的这种短暂暗恋还来不及在心中刻下很痛的痕迹,杨开慧就随父母到了北京。时空阻隔让少女杨开慧渐渐弱化了对湘江岸边那位青年才子的依恋。如果命运的瓜葛到此终结,那么,毛泽东可能还是毛泽东,但杨开慧肯定不是后来的杨开慧了。

第五章　北京之恋

(1) 他那生活终归是要使我忧念的

杨开慧随父母到北京之后不久,命运的推手就再次把毛泽东从千里之外推到了杨开慧面前。

1918年8月,毛泽东千里迢迢来到北京,只为一件事:为湖南学子赴法勤工俭学争取经费资助。

对毛泽东的到来,素来自尊的杨开慧开始并没有想得太多。自从得知父亲的得意门生跟那个出类拔萃的陶斯咏好上之后,杨开慧早已把那段青涩的暗恋埋在了无人知晓的角落。然而毛泽东无意中对父亲说出的一个情况,却让心如止水的杨开慧又荡起了心之涟漪。

毛泽东无意中告诉恩师,他跟陶斯咏闹翻了。闹翻的直接原因与感情无关,却把感情伤得鲜血淋漓。两人闹翻的直接原因缘自信仰的分歧。陶斯咏主张教育救国,她对毛泽东改造社会的暴力主张素来嗤之以鼻。恋爱之后,当初恋的狂潮归于平静,思想的交锋便成了家常便饭。两个出类拔萃的有志青年在信仰的分歧上要想一方说服另一方,恐怕不是一件很容易的事情。更何况,两人的个性都没有迁就别人的习惯。在毛泽东这边,信仰的坚守是任何人都无法撼动的泰山。陶斯咏的那张利口自然不会老是吃素。当这对恋人为信仰之争互不相让的时候,陶斯咏口中的那些犀利的言词就像一枚枚锋利的钢针,直刺毛泽东最要命的地方。

毛陶情变的故事在杨家少女的心中再次激起了莫名的涟漪。本来,对曾经朦胧在心中的那段青涩的暗恋,杨开慧早已把它当成了断线的风筝,并确信那只风筝已然飘到了她找不到的地方。理性告诉她,她没有必要再痴望那风筝消失的天空,并傻傻地等着那断线的风筝再度飘回来。

但是,曾经让她惆怅不已的那只飘远的风筝竟然又飘回来了,还就落在她身边。这究竟是命运恩赐还是命运捉弄?杨开慧再次陷入了少女的烦恼之中。

好在杨家少女不会在湘江才子面前失态。北方的冬天让这位南国的少女在一年之间仿佛长大了十岁。面对从天而降的爱情机会,"决不表示"的杨家少女仍然在嘴上决不表示,但在行动中却不失时机地表示着她想表示的一切。

杨开慧开始掺和毛泽东为赴法勤工俭学而进行的"化缘"活动。说到这"化缘",自然不是毛泽东和他的学友们的拿手好戏。毛泽东和他的学友们很快发现,筹资的难度远远超出了他们的想象。他们拜会的那些达官贵人社会名流们,对他们说起赴法勤工俭学的意义来,比他们这些即将赴法的学子们还要谈得深刻。可一谈到钱,就开始环顾左右而言他了。

为了省钱,几个学子们挤在一个顶上漏雨四面漏风的破房子里,八九个人挤在两张床上,只好长床短睡,并排横躺在床上。八九个年轻人的脚便露出一大截在冷风中。杨开慧知道后,只在那间破屋里忙活了一天,那间破屋床也有了,屋也不漏了,窗也不进风了。不仅如此,杨开慧每次一来,总会带来大包小包好吃的。这对于餐餐吃窝头就酸菜的学子们而言,杨开慧带来的无异于美味佳肴。只要杨开慧隔一天未到,学子们就会问:小师妹今天没来,是不是病了?听到学友们对小师妹的赞誉,毛泽东似乎这才突然发现,他的小师妹长大了。从前那个蹦蹦跳跳的青涩少女已然出落成一位楚楚动人的大家闺秀。

然而,他那生活终归是要使我忧念的。

像杨开慧手稿里所说,她总是默默地担忧着毛泽东,悄悄地关注他、暗暗地帮助他。在此期间,杨开慧不经意间一次断言,在毛泽东心中唤起难以言状的触动。

那是湖南学子准备动身赴法留学的前夕。按照事先的约定,毛泽东也是准备与学友们一同赴法留学的。眼看着启程的日期一天天临近,杨开慧竟然非常肯定地对父亲说,毛泽东绝不会出国,他一定会留在国内。随后的变化果然被杨开慧言中:在学友们即将出行之时,毛泽东突然宣布:他不出国留学了。

而且,毛泽东并没有对学友们作过让人信服的解释。

一种难以言状的失望与落寞写在几个好友脸上。他们突然想到,该找个什么人劝劝毛泽东。这么一想,就自然想到杨昌济。要劝毛泽东回心转意,除了他的恩师杨昌济,没有什么人更合适了。

让大家备感意外的是,杨昌济一点也不感到意外。

杨昌济笑着说:"赴法勤工俭学,是一条路,有和森、子升和你们大家去探索,很好了。但是,它并不是寻求真理、改造中国的唯一出路。润之决定留下,一定有他深刻的考虑。我深以为然,非常赞同。新民学会让一些人留在国内,让一些人走向世界,蓄才积能,多方求索,将来两股力量合在一起,中西合璧,如虎添翼,这实在是一件令人欣慰的事。"

如果这些让大家吃惊,更让毛泽东吃惊的是小师妹早就断定他不会出国,毛泽东这才真正注意上杨开慧,这位从前忽略了的难得的知音。

后来,党史专家对毛泽东留在国内有许多的说法,但不愿对外详说心底秘密的毛泽东还是有说法的。当时,毛泽东只对他的另一位恩师黎锦熙写信详说过个中缘由。毛泽东在给黎锦熙的信中写道:

"……因此我想暂不出国去,暂时在国内研究各种学问的纲要……老实说,现在我于种种主义、种种学说,都还没有得到一个比较明了的概念,想从译本及时贤所作的报章杂志,将中外古今的学说刺取精华,使它们各构成一个明了的概念。有工夫能将所刺取的编成一本书,更好。所以我对于上列三条的第一条,认为更属紧要。"

如此复杂隐秘的心底秘密,连熟悉他的学友们都看不透,而杨开慧却能一语道破天机。知己深到入骨,那个曾经不起眼的小师妹突然让毛泽东刮目相看了。

（2）我遇见且爱上了杨开慧

杨开慧可能没有料到,她无意间的一句断言,竟在毛泽东心中引起了特别的震动。从那以后,毛泽东眼中的杨开慧不再是从前的那个熟视无睹的少女了。面对难得一遇的知音,毛泽东开始有意无意地主动找杨开慧,而每次交流的内容,都是毛泽东不常与人探讨却又很想与人探讨的问题。

对毛泽东一反常态的态度变化,敏感的杨开慧自然不缺少敏感。她明白,眼前的润之哥哥再也不会仅当她是小师妹了。而在杨开慧心目中,父亲的这位得意门生似乎也越来越神秘:并不打算出国留学的毛泽东,却是那样投入地为勤工俭学的学子们四处游说,逢人化缘。这个人心中究竟藏着一个怎样的世界?

毛杨之间的北京之恋虽然还没有浮出水面,但是杨开慧的父母却已经看在眼里,动在心里。

作为毛泽东的恩师,杨昌济对毛泽东这位得意门生的心志与才华自然观察得入木三分。但是,如果要让这位得意门生成为自己的女婿,杨昌济却是喜忧参半。其中之喜自不必说,而其中之忧也实实在在:杨昌济虽然早就认定这位得意门生以后将是不可多得的济世之才。但忧虑也缘于此,既为济世才,毛泽东以后的生活自然免不了浪迹天涯,一生漂泊。这种漂泊不定的生存状态自然无法给家人带来安宁的生活。女儿一旦嫁上这种人,也就等于嫁给了漂泊一生的命运。作为伦理学家的杨昌济非常明白,一个好学生不见得就是个好女婿。最让杨开慧父母放心不下的是,小女杨开慧从小身体就不好,甚至哭得厉害点也会闭气晕倒。凭女儿如此纤弱的身体,怎么敢想象她能伴夫走天涯?

也许正是基于这种矛盾心态,杨开慧父母对两个年轻人的恋情,既没有明确反对,也没有明确支持。换言之,杨开慧父母对毛杨之恋的态度是顺其自然的,甚至可以说是放任的。

这种放任似乎不合那个年代的家长做派。但是,在特定的家长群落中,却是一种常态。一个有趣的事实是,杨昌济那几个留学归国的好友,皆无一例外地对他们的子女给予了非常宽松自由的人生选择。更有趣的是,那些好友们的孩子,长大后都无一例外地跟中国共产党生发了难分难解的关系。比如柳直荀、李淑一、李一纯等人的父辈,皆是留学国外,与杨昌济是交情甚深的好友。

在北京的那段时间里,毛泽东与杨开慧的恋情还来不及浮出水面,毛泽东就接到家信:母亲病危。于是毛泽东以最快的速度赶回了湖南。

毛泽东回湖南不久,北京就爆发了"五四"运动。那突如其来的运动狂潮让惊慌失措的政府对此做出惊慌失措的反应。陈独秀被捕,很多学生被抓。政府的镇压行动很快引起学生运动新一轮反弹。革命的浪潮由北京迅速蔓延到全国各地。

身在北京的杨开慧,心又情不自禁地飞到了千里之外的长沙。

那个人还好吗?那个人不会出什么事吧?杨开慧知道,在这场迅猛翻卷的洪波中,那个人是绝对不会袖手旁观的。他不但会积极参与,还会走在最前列。但是,枪打出头鸟啊,政府连陈独秀都敢抓,难道不敢抓他?

偏偏见不到那个人的只言片语。就忙得连写封信的时间都没有吗?天天说北京有他一个家,既然是家,为什么就不能寄一纸家书报报平安呢?可见那个人也就是说说而已,其实他心里并没有把杨家当成他的家。杨开慧这么一想,就忍不住在父亲面前抱怨开了。

杨昌济平静地说,他现在还没有平安,他又怎么报平安?再说,他现在事情又多又杂,要办《湘江评论》,要领导湖南的"驱张"运动,那个被湖南人驱赶的张敬尧到处在找他抓他。这个时候你还要他写信?我亲爱的女儿,你什么时候变得蛮不讲理了?你看看这篇文章,你就会明白,他那支笔是给你写信重要,还是给千千万万的民众写文章重要?

一本新收到的《湘江评论》放到杨开慧面前。

杨开慧打开一看,第一眼就看到了她熟悉的文笔:"……国家坏到了极处,人类苦到了极处,社会黑暗到了极处。补救的办法,改造的办法,就是民众的大联合……"

仍然是她熟悉的那种排比句,仍然是那排山倒海雷霆万钧的气势。也许那一刻,杨开慧突然明白:指望这样的一支笔给她写点小诗小信,的确是暴殄天物!

果然,毛泽东再次来到北京,为的是湖南的"驱张"运动。

驱张,即驱逐湖南最高行政与军事长官张敬尧。那个湖南最高行政与军事长官,在那块土地上,没有什么他不能、不敢做的,可湖南的老百姓不答应。在湖南人民的一致声讨中,青年毛泽东恰当其时地站出来,并成为这次驱张运动的发起者和组织者。毛泽东此次来京,就是要争取北京各界对驱张运动的支持和声援。

与毛泽东一同前来北京的是一个浩浩荡荡的百多人的请愿团。

杨开慧弄不明白,这位普通农家出身的穷书生,究竟用了什么魔法,能让湖南上百名社会名流跟着他上京请愿?对毛泽东的这一壮举,杨开慧的反应是疑问多于欣赏:在这个人身上,究竟还有多少事情是在她意料之外的?

可现实中,杨开慧没有时间去细想这个问题。因为她的父亲杨昌济已病重住院。从医生那隐晦的口气中,杨开慧隐隐感觉到,父亲的时间不多了。

来到北京的那段时间,毛泽东只要有空,就马上赶到医院陪护恩师。

重病在身的杨昌济似乎也感觉到,他已经没有太多的时间静观两个年轻人的未来。在病重之时,杨昌济致函章士钊,拜托他以后多关怀和提携毛泽东、蔡和森。遗言虽短,但字字郑重:"吾郑重语君:二子海内人才,前程远大,君不言救国则已,救国必先重二子。"

弥留之际,杨昌济终于将海内二子中的一子与爱女杨开慧的手拉在了一起。

杨昌济过世后,毛泽东以亲人身份在恩师的灵柩前守灵三天三夜。

埃德加·斯诺在《西行漫记》中记录了毛泽东这么一段回忆:

"在北大图书馆工作的时候……我遇见而且爱上了杨开慧,她是我以前的伦理学教员杨昌济的女儿。"

第六章 爱情再起波澜

(1)我不要人家被动的爱

过了差不多两年的恋爱生活,忽然一天一个炸弹跌在我的头上,微弱的生命,猛然被这一声几乎毁了!但这是初听这一声时的感觉。他究竟不是平常的男子,她爱他,简直有不顾一切的神气;他也爱她,但他不能背叛我,他终究没有背叛我……

杨开慧手稿中的这段话,其故事背景是1920年。

那一年,已经先行回湘的杨开慧在长沙静候着流亡上海的毛泽东。"驱张"运动胜利后,毛泽东不用再为躲避张敬尧的抓捕而四处流亡。毛泽东终于回到了长沙。

偏偏这个大名鼎鼎的"驱张英雄"回来后,毛泽东成了记者包围的目标,更具体的是,毛泽东回到长沙到一师附小做主事,一些漂亮的女老师、女学生争先恐后围着他转,其中不乏长得漂亮、性格活泼、家境富有、主动示意的。杨开慧好不容易等来了日思夜想的恋人毛泽东,却没想到这么多"蝴蝶"蜂拥而至。

开慧特别自尊的性格让她干脆先"退"出来。于是,她哪儿也不去,更不跟毛泽东见面。任凭毛泽东多次约她,她都编出理由不肯出校园一步。

毛泽东、杨开慧的爱情出现了波澜。可这时的开慧发现自己真爱了,挡都挡不住地日夜揪心着毛泽东。像后来她在手稿中承认的:

"我是十分爱他……不过我没有想过会同他结婚","因为我不要人家被动的爱,我虽然爱他,我决不表示,我认定爱的权柄是操在自然的手里,我决不妄去希求。我也知道都像我这样,爱不都会埋没尽了么?"

开慧是在深深的回忆里找到了自己的答案。

在北京,他们十指相扣漫步在北国的雪地上……这些还不说,开慧记得那是1920年过完年,爸爸杨昌济的身体一天不如一天,他抓紧跟女儿长谈了一次,提示她选择毛泽东就等于选择一生的磨难和坎坷。开慧当然知道爸爸说话的分量,认真地拿出一沓毛泽东送她的书、日记和文章,告诉爸爸。从这个男人用心血凝结成的日记和文章里,看那跳跃的人生火花;在他雄才大略、卓尔超群的闯荡中,谈他的宏愿大业。开慧坚定:能与他融为一体,助他、成就他,就是自己的理想! 其实,她何尝不知道这个男人是心骛八级、身游四海,以天下为己任的有大抱负之人。她不期望富贵荣华,甚至不奢望鲜花蜜语,以后的生活也不会是花前月下、卿卿我我,而是对人生崇高境界共同的渴望和追求。这些,看起来普通的养料更能营养自己、营养她一辈子!

爸爸去世后,开慧跟着母亲回到湖南。家境突变,母亲向振熙为女儿的婚事又有所顾虑。没有父亲照料的女儿该有个知冷知热、生活殷实的男人照顾。毛泽东不富没关系,动荡、危险,今后的日子能安稳吗? 杨母怕女儿委屈。但开慧向母亲表白:

"我为母而生之外,是为他而生的。"

明了女儿的心迹,母亲终于放心,最终依从了开慧的选择。……

这些,难道你都忘了? 初时的认定都坚如磐石,轮到现在还犹豫不定? 杨开慧一遍遍地自己问自己。

(2) 我为母亲而生之外,是为他而生的

我好像生性如此,不能够随便,一句恰好的话可以表现我的态度出来:"不完全则宁无"。

对杨开慧突然变冷的脸,毛泽东又从另一角度读出问题。毛泽东毕竟是毛泽东,他素来喜欢把复杂的事情简单化。

毛泽东首先给杨开慧看了一首词。并告之,这首词是他在上海时因为思念一个女人而作。杨开慧展开诗稿,那首《虞美人·枕上》一下就把她抓住了:

> 堆来枕上愁何状,江海翻波浪。
> 夜长天色总难明,寂寞披衣起坐数寒星。
> 晓来百念皆灰尽,剩有离人影。
> 一钩残月向西流,对此不抛眼泪也无由。

这是他写的吗?杨开慧欣喜若狂。想不到这个人还能写出如此缠绵悱恻的艳词。他那些惯于用排比句的文章她至今都能背出许多篇章。那些文章的气势跟这首绵绵长长的小词相比,可真是判若两人。虽然这小词中的句子看起来有点过于幽怨绵长,对这个惯写排山倒海诗句的男人,倒也是难为他了。

可是,这时的毛泽东还在犹豫,不进不退的毛泽东还是不进不退。只是,他绝非是有别的想法,毛泽东是站在开慧的位置上反复犹豫和彷徨。六年了,守着一朵花开,该是采摘的时候了,为何驻足不前?人道是,成就事业仗内助,自古豪杰谁无情?自从走上这条路,也想学壮士绝柔肠。却两难,红粉好遇知音难求。几多心思,揪心缠人,罢罢罢。既无神仙缘,还宜报知音。偏又生在乱世斗巨浪,难得给她避风港,无力护爱就得放手给她平安,艰难险阻拉上一个好女子,实在是不忍不安……

开慧这段时间的避而不见,是不是真犹豫了、害怕了?记得那个周末,在文化书社没等来开慧,他第一次没心思做工作,冲进雨水里就往福湘学校跑。站在大门口,他又犹豫了。开慧也许真在游移动摇之中,毛泽东你是个男人,不能太自私,你应该给弱女子足够的空间选择。毕竟,她一个名教授的女儿,我一个穷书生,无财无权无产业。更致命的是,你日后的生活全是动荡、艰险、坎坷,甚至牺牲。就你一个人受吧,别牵一个垫背的,会害她。

毛泽东想象着、回忆着,也犹豫着、纠结着……

另一头的开慧,整天待在寝室睡觉,偏偏眼都合不上,望着单色的天花板和空荡荡的寝室,发呆或数羊。再后来,她就睡也不是,坐也不是。起身,站也不是,走也不是。天啊,这怎么熬呀。

性格都要强,给这对恋人带来了感情的波折。开慧固执地等毛泽东追求。可毛泽东的不进不退算怎么回事?既然有苦难言,素来自尊的杨开慧以她沉默的方式对毛泽东表示出一种刻意的冷漠与疏远。这里,有开慧手稿为证:

"我们彼此都有一个骄傲脾气,那时我唯恐他看见我的心……他因此怀了鬼胎,以为我是不爱他。但他的骄傲脾气使他瞒着我一点都没有表现……"

一个外表文静、谦和,内质里却是有思想、有个性、非常解放的新女性,杨开慧不愿将就,可她又太知道,毛泽东更是心高气傲不将就任何人的主儿。于是,很长一段时间,两个人心热口紧,互相爱恋就是不说,让爱情僵持了很长一段时间。加之开慧对爱要求太高、甚至苛求完美,开慧等于给自己再设了一道"门槛"。

最终越过这道门槛,是嫂子李一纯的功劳,她带来毛泽东明确的态度:"心爱的人只有霞姑(开慧的乳名)"。而杨开慧一句简单的却透亮的回话也表明了心境,让毛泽东最后释怀:"不怕穷苦只怕离,不图享乐和安逸,只图恩爱夫与妻。"

这天,毛泽东来到福湘女中。

开慧一个人在寝室。突然,门被推开了,毛泽东一大步跨上前张开双臂就抱住了日思夜想的女人。看着开慧用一双布满血丝的眼睛望着他,毛泽东动情地说:"你为何要折磨自己?"开慧柔在他的臂弯里,半天才说出她的忧虑:

"我不如别人能干富有,我不如女生们漂亮活泼……"

"可你比任何人都让我依赖和离不开……"毛泽东打断了她的话。

"不,我原来就说要独身的,莫打乱我的宁静。"

"开慧,我需要你,我们的信仰多么一致。你知道的,我早把革命事业当成今生唯一追求,在我今后漫长艰辛的求索路上,困苦艰难,甚至砍头牺牲都可能面对。谁能跟我同行?谁能与我相知?只有霞妹你。共患难、同生死,我们牵手走未来。"毛泽东终于说出了他的肺腑之言……

含情脉脉的开慧终于点点头,柔在他怀里说:"其实,我从来没有犹豫过,一生都会跟定你毛泽东。这次只是个考验,我想探探你爱我到底有多深……"

"一直到他有许多的信给我,表示他的爱意,我还不敢相信我有这样的幸运!是一位朋友,知道他的情形的朋友,把他的情形告诉我——他为我非常烦闷……"

到此,两人才算走出爱情低谷,一对痴情人终于变成一对比翼双飞的同林鸟。这条九曲十八弯的情路啊,再也没有拐弯。纯净、不掺杂质的开慧,最后,终于等候来完美无瑕的爱情。

第七章　伴君走天涯

(1) 王春和那样爱我,我连理也不想理他

1920 年下半年,毛泽东与杨开慧终于结合了。但是,初为人妻的杨开慧却没有料到,现实中的家庭生活与想象中的二人浪漫相去甚远。

如果没有那些进进出出的朋友,他们这个小家的开销还是从容宽松的。毕竟两个人都喜欢简单的生活。但这个小家每天来人不断,成为一个免费餐馆,杨开慧就很难再做一个巧妇。而丈夫毛泽东好像是没有钱米概念的,好像一个人只要生有一张嘴,就必定有饭吃。至于那饭怎么来,他是不屑去想的。因为他要想的事情太多,要忙的事情也太多:

毛泽东忙于湖南一师附小的管理,因为他是附小的主事,这是他的饭碗;

他要忙于文化书社的部分事务,因为他是发起人之一;

他要忙于湖南自修大学的工作,因为他是这所大学的教务长;

他还要忙于湖南通俗报社的指导,因为他被何叔衡聘为该报编导;

他又要忙于马克思主义研究会和俄罗斯研究会,因为他是发起人;

而最让毛泽东忙得心潮澎湃的,是为湖南共产主义小组的成立做准备;

……

对毛泽东的忙碌,杨开慧是有思想准备的。她知道,她的毛润之先生要是不忙,那就不是毛润之了。至于家务之内的芝麻小事,他不理也就不理吧。

那些芝麻小事在丈夫毛泽东那头变得越轻,在杨开慧这头就变得越重。越来越多的朋友造访,费力还贴补。于是,杨开慧在承担繁重接待和家务的同时,不得不去外面找一份工作,以补贴家中越来越大的开销。

如果杨开慧仅仅满足于做一个贤妻良母,杨开慧也许会让自己就这么融化在家事中,并像当时的众多女人那样,生儿育女,然后看着儿女慢慢长大,自己慢慢变老。杨开慧二十多年来亲眼看见母亲就这么过来的。但她显然不是这种类型。否则她就不会嫁给毛泽东,而会嫁给另一个年轻人。

那个年轻人叫王春和。

王春和的父亲是长沙有名的食品大王。难能可贵的是,这位富家公子却没有那种见怪不怪的骄奢之气。这,还不是王春和经常出入杨家大门的真正理由。真正理由是杨昌济很快发现王春和在伦理学方面的独特悟性。很多伦理学的经典著作,这个年轻人都看过,并能对经典提出很多有理有据的质疑。于是,那个天资非凡的高材生自然就成了杨昌济的得意门生兼得力助手。

有趣的是,王春和不但深得杨昌济的喜爱,连杨开慧的母亲向振熙也自觉不自觉地把这个谦和的富家公子当成了未来女婿的不二人选。毫无半点纨绔子弟气息与大富人家骄横的年轻人,那张英气勃勃的脸上,有的是儒雅、聪慧与谦逊。向振熙感觉,那个年轻人好像就是专为女儿而生的。最让向振熙高兴的是,年轻人对女儿的感觉非同一般,他在女儿面前竟然有几分胆怯、几分羞涩。

越来越熟之后,向振熙曾问过王春和究竟喜欢女儿什么。王春和的回答恐怕让世上任何一个少女听了都会为之一动。他说:开慧不像普通女孩是吃饭长大的。她像是吃月亮长大的,吃天上星星长大的,吃冰山雪莲,喝天山之水长大的。

当母亲把王春和的这番话转告给杨开慧时,她瞪眼望望,啥都没说。

人的感情真是奇怪,王春和那样爱我,我连理也不想理他。我真爱他呀,天,给我一个完美的答案吧!

这段话的前句是没看重王春和,后句真爱的"他"指的是毛泽东。为什么?其实,这其中早有答案,答案就在杨开慧自己身上。

从学生时代开始,貌似文弱的杨开慧可不是一个乖乖猫。在学校,她是经常让那个教会学校头疼不已的角色。在那个教会学校,最早违反校规留短发的是她;拒不参加学校唱诗班的是她;拒不参加早晚祷告的是她;最积极参加社会示威活动的还是她。到最后,杨开慧干脆从那个教会中学退学,转到长沙岳云中学。

岳云中学是长沙第一所男女生同校的中学。由近代著名教育家何炳麟先生创办。学校破例招收女生时,有勇气进入该校学习的女生寥寥无几。当时,与杨开慧一同进入该校的女生只有蒋玮等为数不多的几个女同学。其中,与杨开慧同时入校的蒋玮成为中国著名的女作家,也就是后来被毛泽东赞为"昨日文小姐,今日女将军"的丁玲。

在岳云中学的校史展览室里可以看到一长串校友的名字:革命志士杨开慧、李启汉、何孟雄、潘心源,文学家丁玲、叶紫,音乐家贺绿汀,两院院士孟少农、曹建猷、钟训正,开国上将邓华,抗日名将廖耀湘,原中组部副部长、毛泽东秘书李锐,国民党陆军部长刘咏尧上将……甚至连马英九之父马鹤凌也曾是岳云中学的学生。

性格即命运,杨开慧有别于传统女性的人生走向,从那种对传统反叛和对社会关注的少女时代走过来的女人,如果要她仅仅做一个贤妻良母,无异于一种精神苦刑。

我要一个信仰！我要一个信仰！来一个信仰吧！！

杨开慧手稿中的这句话和每句话后面的惊叹号,几乎就是一种心底的呐喊。

挣扎在杨开慧心中的那种呼唤和呐喊很快有了回音壁。

1927年7月,中国社会发生了一件具有深远历史意义的大事:中国共产党成立了。

我党成立以后,毛泽东担任了中国共产党湘区委的书记。并从此开始了职业革命家的生涯。区委办公场所就设在杨开慧与毛泽东的小家中。杨开慧自然成为了湘区委的秘书兼湘区委联络员,甚至还是湘区委的后勤管理员兼厨师。不难想象,数职兼于一身的女人在当时有多么劳累。

奇怪的是,面对如此繁重工作和劳累,杨开慧却累得两脚生风笑容满面。仿佛那累的本身就是一种美妙的享受。

这个积极奉献、用行动书写自己承诺的优秀青年,那一年,光荣地加入了中国共产党。杨开慧成为中国共产党早期的第二位女党员。

细读杨开慧的手稿,我们不难发现,呼唤信仰的杨开慧,选择共产党人的主义作为自己一生的信仰,是与杨开慧少女时代的某种精神特质极其吻合的。

那时我同情下层生活的同胞,我忌(嫉)恨那些穿华服只顾自己快活的人。我热天和下层生活的人一样,穿大布衣。

一个生于名门世家的大家闺秀,在这种简朴的生活习惯背后,无疑蕴含着与下层劳动者的情感亲切。也许,正是从共产党人的主义中,杨开慧找到了情感与思想上的默契与共鸣。

(2)我一定要同他去共这一个运命！

婚后的杨开慧伴随丈夫毛泽东四处漂泊。

有趣的是,已是职业革命家的毛泽东,起初并不觉得妻子杨开慧的伴随有什么必要,甚至在心底认为是一种累赘或羁绊。毛泽东第一次被党中央机关调到上海,杨开慧就想跟着去,毛泽东不答应,还有意给杨开慧抄录了元稹的《菟丝》以提醒妻子摆正位置:

> 人生莫依倚,依倚事不成。
> 君看菟丝蔓,依倚榛与荆。
> 下有狐兔穴,奔走亦纵横。
> 樵童砍将去,柔蔓与之并。

杨开慧一看就明白了:丈夫在借这首元稹的《菟丝》来委婉地暗指她像一根缠树的菟丝蔓。杨开慧自然要讨个说法,讨来讨去却讨出了毛泽东一首即兴而就的《贺新郎·别友》:

> 挥手从兹去,更那堪凄然相向,苦情重诉。眼角眉梢都似恨,热泪欲零还住。知误会前番书语。过眼滔滔云共雾,算人间知己吾和汝。重感慨,泪如雨。
> 今宵霜重东门路,照横塘半天残月,凄清如许。汽笛一声肠已断,从此天涯孤旅。怎割断愁思恨缕。我自欲为江海客,更不为昵昵儿女语。山欲堕,云横翥。

毛泽东把心中想说的话浓缩在短短的词句中——虽有断肠的汽笛撩拨起天涯孤旅的伤感,但无法改变职业革命者的宿命——我自欲为江海客,更不为昵昵儿女语。

一点就透的杨开慧自然无须说太多。特别是那句"算人间知己吾和汝",已经让杨开慧满足得不能再满足。

据说当时的杨开慧特别问了一句:为什么不题别妻?而题别友?

毛泽东的回答轻得像是自言自语:革命伉俪,既是夫妻,又是战友。如果二者相冲,夫妻轻于战友,战友重于夫妻。

毛泽东没有想到,这句不经意间的感慨,成了杨开慧后来的人生指路牌。

毛泽东去上海不久,杨开慧接到了组织通知:命她速去上海工作。

杨开慧一到上海,便很快发现丈夫不对劲。不但精神落寞沉郁,连说话都有气无力。最让杨开慧束手无策的是,连医生都说不准毛泽东究竟生了什么病。

杨开慧突然想起了母亲的一句话:妻子是丈夫最好的医生。很快,杨开慧从向警予那里摸清了丈夫的病因:原来党内高层人物中,不止一人对毛泽东所执著的农民运动不屑一顾。思想的孤独给毛泽东带来一连串的冷寂。杨开慧知道,对丈夫毛泽东而言,那种孤独无异于一剂毒药,难怪丈夫出状况了。

等到两人独处的时候,杨开慧给毛泽东开出了一个治病良方:回故乡韶山去,那里的一山一水一草一木,还有那里的乡亲,都是我夫君的补药。毛泽东听后豁然开朗。杨开慧继续说:你的病不在身体在精神,别人对你的思想不以为然,何不丢开这些不快与失落,去看看你难以释怀的土地和土地上的农民。那是你思想与智慧的土壤,是你指点江山的灵感源泉,当然是你养病的最好地方……

也许从那以后,毛泽东再不把相伴同行的妻子当一种累赘或羁绊。

(3)他爱我的时候,他真是个有福的人

偕夫回乡的杨开慧虽然明白此行的目的是陪伴丈夫回乡调养身心。但是杨开慧更明白,回到故乡的毛泽东,还没有从上海的政治失落中走出来。对生病的丈夫而言,最好的灵丹妙药不是药片,而是心疗。向来执著于农民运动的毛泽东,如果能在故乡的土地上,看到一出农民运动的乡土大戏,这对毛泽东而言,无疑是最好的心灵鸡汤、最好的灵丹妙药。

于是,毛泽东为农民运动跳跃出来的任何一个想法和主意,都成了杨开慧为之奔忙的理由。而毛泽东似乎总有出不完的主意,于是杨开慧总有停不下来的奔波。初回韶山的毛家媳妇,杨开慧以"走人家"为借口在韶山冲里来回走访。就是这奔忙中,韶山农民夜校成立了,雪耻会成立了,秘密农会和改进教育会成

立了,韶山党支部秘密成立了。

党支部成立不久,韶山因干旱而陷入了夏荒。市面上六十文一升的米涨到一百二十文,见利忘义的财主们眼见乡亲饿着,就是不肯出仓卖米,一心想等米价再涨。

对此情况,韶山党支部自然不会坐视不管。

因为毛泽东与杨开慧的参与,这场较量自然融进了更多的智慧含量。心领神会的杨开慧把毛泽东的斗争智慧细化成详尽缜密的行动方案。因为斗争背后那两双智慧的推手,韶山平粜救灾的斗争,没流一滴血,没抓一个人,以广大农民的全胜而告终。

杨开慧发现,那天似乎是毛泽东来韶山后最为高兴的一天。杨开慧还发现,来韶山养病的毛泽东已然不见半点病态。

也许不能绝对地说,杨开慧所执导的那一幕幕乡土大戏,完全是为了丈夫毛泽东。因为杨开慧也是共产党员。对下层劳苦大众的命运关注与觉悟启发,也是她之责任。但是,农民运动并不是杨开慧熟悉的工作范围。如果不是为了给毛泽东制作一道精神大餐,杨开慧恐怕不可能在农民运动中奔走忙碌。

在韶山宗祠的墙上有一幅画,画作取材于杨开慧跟毛泽东回韶山。

画面上,毛泽东手牵岸英,身形飘逸地走在故乡的山道上。并肩而行的杨开慧,抱着岸青,面如朝霞。身后,头缠布巾的韶山冲农民,挑着箩筐,脸上满是纯朴的笑。画面上的开慧,明媚的脸上春光灿烂,宛如韶山冲里那遍地燃烧的映山红。在有关杨开慧题材的画作中,这幅画似乎是唯一没有忧郁色彩的画。韶山人民对这位唯一回过婆家的毛家媳妇,给予了中国民间最高的礼遇:画像放入毛家宗祠。

他爱我的时候,他真是个有福的人。

手稿中这句貌似自夸的话,其实含着一位贤妻良母自鸣得意的欣慰与幸福。事实上,在爱情上"绝不表示"的杨开慧并非没有表示,更不是不会表示。只是,她的表示不是用她的语言,而是用她的行动,甚至用她的生命。

韶山之行以后,毛泽东不管到任何地方,稍事安顿之后,便会马上把杨开慧母子几人接过去。在毛泽东的心目中,妻子杨开慧再也不是那个缠人的菟丝蔓了。

在毛泽东以后的漂泊岁月中,杨开慧就像丈夫人生之船上的一只铁锚,毛泽东停在哪,杨开慧就抛在哪。两人相互之间那种须臾难离的感觉,已经跳出了一般意义上的夫妻之情,而更丰富地指向革命伉俪的事业默契。

杨开慧常常不动声色的一些举动,让毛泽东耳目一新刮目相看。

1926年,杨开慧随毛泽东辗转几地之后来到了中共中央的总部机关武汉。来到武汉后的毛泽东更忙了。杨开慧注意到,毛泽东经常拿起又放下的那几本厚厚的笔记,是毛泽东来武汉之前,在湖南五县考察农民运动时记下的。那次考察历时六个月,行程千余里,可以想见毛泽东对那次考察的重视程度。毛泽东工作繁重分身乏术,他每天回家都已是深夜。于是,已到临产期的杨开慧不动声色地接过了整理工作。

杨开慧发现,丈夫的那些笔记写得极为简洁又极为细腻。简洁处一字带出许多思想的飞白。细腻处洋洋洒洒极尽思想的开阔与深刻。杨开慧看着看着,突然起了一种冲动,她要让这些思想的金矿石闪出它夺目的光芒。

在经过了不长不短的白天黑夜之后,一篇字迹工整的文稿就摆在了毛泽东的面前。这时,只有近在咫尺的毛泽东,才能明显感觉到身边的妻子不仅仅是一位贤妻良母,同时也是一位非常默契的战友。

很快,中央政治局委员瞿秋白看后大为赞赏,并表示要为此文作序;

很快,中共中央宣传部把《湖南农民运动考察报告》印成小册子在党内发行;

很快,瞿秋白的序言里,称毛泽东、彭湃为"农民运动之王";

很快,《共产国际》先后用俄文和英文发表了《湖南农民运动考察报告》。

难怪,后人说,毛泽东的早期思想,都有杨开慧的思想在闪光。

《湖南农民运动考察报告》问世不久,杨开慧到医院生下第三个孩子岸龙。妻子产后三天,毛泽东才赶来探视,一声长叹又似乎含着无边无际的心事。

杨开慧明白,当时的国共合作已像开了条条裂缝的玻璃,一碰即碎。党内一些明智之士,已经有了山雨欲来风满楼的不安感觉。

果然,接踵而至的一连串政治突变,让中国共产党人猝不及防。

1926年3月18日,蒋介石策动震惊中外的中山舰事件,并以莫须有的罪名,逮捕了中山舰舰长、共产党员李之龙。至此,蒋介石排共反共的真实面目大白于天下。

1927年4月12日,蒋介石在上海发动了"四一二"反革命政变。

4月15日,广州发生反革命政变,逮捕杀害共产党员和国民党左派两千多人。不久,李大钊也在北平惨遭杀害。

自此以后,国民党右派的反共恶浪在血雨腥风中愈演愈烈。昔日的政治盟友瞬间成为政治死敌。中国第一次国共合作宣告破裂。

在这危急关头,党中央的主要负责人陈独秀与国民党的合作幻想仍然挥之不去,而应有的危机意识却老也呼之不来。

那天,杨开慧把毛泽东带到了黄鹤楼附近一个临江的酒楼,杨开慧告诉毛泽东一个决定:目前形势下,她想带着孩子离开此地回到老家,免得毛泽东牵绊太多。

毛泽东以难言的沉默表示了认同,只是这种选择从杨开慧的口中说出来,自然让毛泽东平添了几分感动。临江楼上,相对无言的这对革命伉俪都似乎预感到前路漫漫,命运难测。

仿佛是为了回应夫妻俩那无边无际的心事,窗外的天空突然雨声哗哗。

此刻,司空见惯的江景被濛濛细雨一罩,仿佛一下就罩住了人间千般感慨万种心情。窗外的那山那水那楼,被如烟如雾的雨幕一罩,顿然苍茫一片。苍茫得让人不想分辨,而只想融进那苍茫一片。就连朦胧在烟雨之中的黄鹤楼,此时此刻也淡然在烟雨之后,似楼非楼,与那些苍茫淡成了一片虚无。

望着毛泽东满眼的迷蒙,杨开慧知道,那位久违的青年诗人又回来了。于是杨开慧把点菜单推到了诗人面前。菜单上,龙飞凤舞的狂草顿时狂泻出毛泽东按捺不住的诗情:

茫茫九派流中国,沉沉一线穿南北。烟雨莽苍苍,龟蛇锁大江。黄鹤知何去,剩有游人处。把酒酹滔滔,心潮逐浪高!

这首《菩萨蛮·黄鹤楼》,应该是毛泽东政治诗中,写得最压抑最凝重的一首。

他后来在解释这首词的时候,毫不掩饰地说:"1927年,大革命失败的前夕,心情苍凉,一时不知如何是好。这是那年的春季。"

幸好啊,毛泽东有善解人意的杨开慧陪伴左右,总算给他苍凉的心境平添了几分温暖。

1927年无疑是中国共产党的多事之秋。风云突变的政治迷局迫使中国共产党不得不认真反思党的从前与未来。

这年的"八七"会议之后,总书记陈独秀让位,主持中央工作的瞿秋白,希望中央政治局候补委员的毛泽东到上海当他的左右手,被毛泽东拒绝。他坚持做中央特派员,返湘发动秋收起义。

关于毛泽东为什么没有去中央机关工作,毛泽东还就此试探过妻子,杨开慧的回答让毛泽东再次对她刮目相看。杨开慧说,你如果跟瞿秋白到上海中央机关,充其量是个高级幕僚。你对中国革命的思考与见地,要是能跟他对接还好,要是对接不上,你就只能在一旁干着急。但是一旦离开中央机关,你就像龙游大海,虎归南山。更何况,中央已经看到了武装斗争的必要性与紧迫性。其实你早已看透,在中国革命的前途问题上,笔杆子说话说不响,枪杆子说话才灵。

杨开慧的一席话,让毛泽东半天没做声。他曾经做出的几次人生选择,每一次都难逃妻子的法眼。藏在背后的深层原因可以说知者无几,而妻子杨开慧却常常能一语道破天机。毛泽东只能在心中感慨,继而倍加珍惜。

其实,杨开慧对毛泽东内心深处的那种洞悉之所以入木三分,原因也并不那么玄奥。以杨开慧做女人的悟性,她不可能对自己的爱人漠不关心视而不见。从她的手稿中可以看出,她敏感的特质几乎渗透在每一行文字中。而杨开慧对毛泽东的痴爱程度就像恨不得让自己融化在毛泽东身上。爱夫至此,对丈夫的关切自不必说。对善解人意的杨开慧而言,拿准丈夫的思想脉搏与情感脉搏,自然是杨开慧不能不重视的功课。

更何况,对杨开慧而言,毛泽东就像一本她翻读了无数遍的书。杨开慧从少女时代就已经开始偷窥那本书,到后来从容不迫地研读。就算那本书是世上最伟大的经典,也早已被杨开慧读懂了十之八九。所以,要杨开慧说出那本书上某页某段某句写的什么内容,已经不是什么难事。

第八章 我在做一个噩梦?

(1)我疑惑他已把我丢弃……

我疑惑他已把我丢弃……我真的在做一个噩梦呀!

杨开慧的这段文字,看似来自女人的直觉,但又绝不仅仅是一种直觉。

从史料上看,这个时期的杨开明给堂姐杨开慧通过两封信。对此,杨开慧不可能不冒出一个问号:丈夫与堂弟同在井冈山,既然堂弟杨开明可以想法给她来信,为什么丈夫毛泽东就没有信来?

好在杨开明给杨开慧的第二封信提到三件事:一、毛泽东近况有好转,知道你们母子都平安后非常高兴,但他的双脚因只穿草鞋,又烂了,久治不愈;二、毛泽东生活已有人照顾,请姐不要挂念;三、自己正在努力工作,也告诉姐姐及家人不要牵挂……信是从井冈山茅坪寄出的,两个月后杨开慧才收到。

毛泽东生活已有人照顾?对冰雪聪明的杨开慧,堂弟的这句暗示几乎不算暗示。更何况,来自井冈山的信中,只见堂弟杨开明的文字,却看不到丈夫毛泽东的只言片语,这事实本身已然说明问题。更何况,作为井冈山上的灵魂人物,毛泽东的一举一动,无论是他的敌人还是他的朋友,都会备受关注。毛泽东有妻室儿女早已不是秘密。那么井冈山上毛泽东的变化也就自然成为不胫而走的传闻。对此,杨开慧不可能一点没有耳闻。

不至于丢弃我罢……或许有他不寄信给我的道理。

不寄信有不寄信的道理?手稿中的这句话,寥寥几字却透出难言的疑惑与迷惘。毛泽东不是无法写信寄信,而是有其他原因。

可关山远隔独步难行啊。收不到信的杨开慧开始自己给自己写信。写信人是她,收信人也是她。每当夜深人静时,那些寂寞的心语挤在她的喉咙口,欲说无声。无声的心音便从笔下流出,变成了一个个沉默的文字,在稿纸上时走时停。

在文字寂寞行走之间,那并不久远的时光好像有一种恍如隔世的遥远。

他会丢弃我吗?回望曾经相伴的那些岁月,那曾经的浪漫,那曾经的默契,那曾经的难分难舍……那曾经发生过的一切难道只是一帘幽梦?当回忆的碎片在脑海中纷纷飘舞,惯于自省的杨开慧仿佛觉得每张碎片上都画着一个个问号。

杨开慧就先问自己:在那些相恋相伴的日子里,她曾经有过不当之处或者失职之处或者令人讨厌之处吗?

也许,初恋时的她,爱得过于被动?绝不表示的她,会不会让他以为自己不在乎他?

也许,结婚后的她,又爱得过于放任?杨开慧记得,结婚后的第二年,毛泽东去上海时,曾经有意去南京看过他的女同学。但她真认为那是顺其自然的自然之事,没有多说半句酸话。他是不是以为自己不懂嫉妒？都说女人没有嫉妒就没有爱,他是不是以为自己不爱他？

也许,在他面前,自己是不是显得有些自作聪明？自以为是地断定,他不会出国留学,自以为是地认定他不会到中央机关工作。虽然那些断定都成为了事实,但是他会不会以为自己太自以为是太自作聪明了？都说聪明的女人最善于装傻。世上有哪个男人愿意自己在女人面前一览无遗、无可隐藏呢？

也许,自己对他的关心显得过于琐屑,以至于让他生出了某种厌烦？他喜欢吃的红烧肉和辣椒总是经常可以在桌上看到;他不喜欢吃的酱油在桌上总是看不到;他出门前总要过一下她这面活镜子,他回家后总有擦脸的湿毛巾;他不回家,再晚她都不会睡,他还来不及敲门,她已经给那阵熟悉的脚步打开了家门……这些过于琐碎的关爱是不是让那个人觉得烦不胜烦？都说男人不喜欢被管得太细,自己是不是管得太细了？

也许,自己对那个人过于宽容了？为他生了三个孩子,每到临产时,他都不在身边,但是自己却毫无半句怨言。据说适当的时候,妻子是应该对丈夫发发牢骚,这样才能让对方经常感觉到妻子的存在,也让对方感觉到做丈夫的职责。自己把什么都做完了,他是不是觉得,就不用他理解什么了？

也许,自己为了他,早已把自己弄丢了。在那些相恋相伴的日子里,他的得意就是自己的得意,他的失意就是自己的失意,他的烦恼就是自己的烦恼,他的快乐就是自己的快乐,他的成功就是自己的成功,他的失败就是自己的失败。连母亲都曾经提醒过自己,一个女人不要融化在男人身上。记得那次,他办文化书社缺钱,她竟然要母亲把父亲的奠仪费拿出来,实在不行把自己的嫁妆提前支出来,给他办文化书社。从小到大很少挨骂的她,那次被亲爱的母亲臭骂了一顿。也许,母亲骂的那些话是对的？她的确是融化在那个人身上了。既然融化成了一体,他又怎么能够看见她呢？

杨开慧就在那一个个问号中反思出一个个的"也许",但她思来想去却仍然想不出确切的答案。

于是，杨开慧又把问号推到毛泽东面前。他真是个无情无义的人吗？

杨开慧想起了相恋时的一件小事。那一年，毛泽东得知韶山的母亲病得不轻，却死活不愿意到省城医院治病。最后被毛泽东左说右劝请到了长沙医院。杨开慧现在还记得那个人对她说的那番话："太多的下层的百姓，都像我娘一样，从早累到晚，日复一日年复一年。中国最苦的莫过于我娘这样的穷人家的妇女，一辈子不会为自己清闲，就是苦熬苦做，省吃俭用。一直做到累出一身病痛，都还不舍得看医生……"

毛泽东的母亲过世后，杨开慧看过毛泽东为母亲写的那篇《祭母文》。那篇长长的极为工整的四字祭文，让杨开慧读后泪流不止。

杨开慧还记得，毛泽东回乡后做的第一件事情，就是去父母的坟上扫墓。作为毛家媳妇的杨开慧自然陪同前往。可毛泽东在扫墓时所做的一件事，却让杨开慧感慨万千感动不已。

在毛泽东父母坟茔的旁边，紧挨着还有另一座坟茔。毛泽东告诉杨开慧，说这是我的原配罗文秀的坟。

毛泽东说完，就开始给罗文秀的坟上清理杂草杂树。杨开慧发现，毛泽东清理杂草的动作很慢很细心。那样子看起来，既像是在清理杂草，又像是在清理他内心深处的某些东西。毛泽东一边清理一边像是在喃喃自语："文秀呀，你是个好女人，你也是个可怜的女人。婚娶婚嫁本来是件好事，没想到这件好事却把你我给害了。但不管怎么说，是我对不住你。你空守毛家那么多年，是我让你有夫妻之名而无夫妻之实。我今天看你来了。我来向你赔罪来了。过几天，我去看看二老一家人。我只能做这些了。"

……

就是这些不经意间的小细节，让杨开慧看见了丈夫内心深处那难以言状的情感负重。如果不是一个有良知的人，那些言行能装出来吗？

杨开慧还记得，1927年8月底他们最后一次分别。丈夫连夜把他们母子几人送回板仓老家。那正是到处抓杀"红脑壳"的非常时期，丈夫那是"红脑壳"之王啊，那次相送他是冒了多大的风险。当时，她曾劝说丈夫不要送，可他坚持要送，说不送不放心。可以用生命相送的丈夫，他可能是个无情无义的人吗？

更何况，杨开慧知道，在她与毛泽东之间，既是知心知音，也是知交知己。如此多的相知，含着的不是一天两天、一年两年的了解，而是相知后才意识到的无数的相似和相同：

她与他对弱势群体都有一种深长的恻隐之心。杨开慧小时候就常常帮助寡居阿婆做家务，还常常把家里好吃的东西拿给那个可怜的阿婆过年过节，而毛泽东小时候也经常帮助邻居的毛四阿婆干重活。甚至下雨时，毛泽东丢开自己家的谷子不收，先帮毛四阿婆抢收谷。

她与他的生活习惯那般相似，都喜欢简朴简单。杨开慧的一件粗布衣服可以穿几年，毛泽东的一件长衫可以成为他年年不变的礼服。两人对生活各个方面都简而又简。缸中有米即为满足，屋顶不漏即是安康。

她与他对知识都充满着永远追求的热望。哪怕是双双为妻为夫为人父母的时候，两人的手头总也放不下书本。

她与他对婚姻都有相同的认知。都"反对一切用仪式的结婚"，他们结婚，杨开慧仅提个简单的文件箱，叫了一辆人力车，就把自己送给了新郎。

她与他都认为对方是自己生命中的唯一。她婉拒了富家公子王春和的痴情，他告别了江南才女陶斯咏的一往情深。

她与他都有共同的信仰共同的理想，并抱定为此奋斗一生，生死早已置之度外⋯⋯

正忧郁时，杨开慧遇见自己的好友李淑一，她问：如果设身处地，你作何感想？没想到李淑一的一番话又让杨开慧惊为仙语。她说，如果她的那位在外面有人代她尽人妻之劳，她不认为是坏事。在天各一方的特殊日子里，在丈夫的部队天天被打得屁滚尿流的时候，作为爱莫能助的妻子，有个女人能替自己在丈夫身边代为照顾，也省去她很多心疼的牵挂。夫妻之间的善待，无论聚时别时,都应该是一致的。

李淑一的一番话,如醍醐灌顶,久久回响在杨开慧的耳边。

(2) 只要他是好好的,属我不属我倒在其次

"只要他是好好的,属我不属我倒在其次。"

这句话告诉我们,在情感的心路上迷不知返的杨开慧,已经找到了心灵的归途。其实,人生的走向永远摆脱不了心灵的暗示,而心路的历程永远走不出人生的河床。

在杨开慧的精神特质中,善良是杨开慧从小到大难以改变的情怀。心中有爱天地宽,爱与宽容从来都是人间如影随形的精神天使。正是杨开慧心中那挥之不去的悲悯情结,让她面对情感的变故表现出有悖常理的宽容与善意。

如果把杨开慧面对情感变故而表现出来的宽容与恻隐,仅仅归因于天性的善良,当然有嫌简单。其实,在杨开慧的人生阅历中,她亲眼目睹的情感故事不可能没引发她对人生、对爱情的深层思考,并在思考中领悟到人生的某种境界。

杨开慧的好友向警予和李一纯的情感故事,就曾经在杨开慧心中产生过不小的冲击,并让杨开慧思绪万千感慨非常。

1925年年末,向警予跳跃式地给杨开慧讲述了"她出事了"的大致经过。

原来,身为党中央宣传部部长的蔡和森因病离开上海到外地休养,一个与蔡和森完全不同风格的男人闯进她的生活。向警予终于不能把持地跟他好上了。

可不久,向警予就深深地愧疚与后悔。

偏偏,向蔡婚姻破裂后,两人的关系并非形同陌路。

1928年3月,当蔡和森听到向警予被捕的消息时,已经与李一纯结婚的蔡和森心急如焚,情急之下,竟然恳求已经闹翻的老同学萧子升,望其营救。得知向警予牺牲的消息,蔡和森含泪亲撰《向警予同志传》。篇末悲呼:"伟大的警予,英勇的警予,你没有死,你永远没有死。你不是和森个人的爱人,你是中国无产阶级永远的爱人!"泣血之辞,读后令人为之动容。

蔡和森与向警予的情感变故,曾对杨开慧产生过不小的冲击。偏偏这时候,另一位闺密的故事令杨开慧瞠目结舌,感慨万千。那就是她曾经的嫂子李一纯。

仅因共同的一段旅途,嫂子李一纯就跟当时的工人领袖李立三好上了。李一纯再没回夫家板仓,而跟着李立三双双到了安源参加革命,成为一对事实夫妻。

从前的闺密后来的嫂子突然变成了他人妇,杨开慧发誓今生今世永不再见李一纯。可偶然中的必然,她们还是见面了。

貌似尴尬的见面被李一纯几句淡淡的心语柔化为如烟如雾的回忆。杨开慧终于明白,她这位曾经的闺密和曾经的嫂子,仿佛又是她永远挥之不去的精神伴旅。但是,杨开慧万万没有料到,李一纯后来竟然又爱上了蔡和森,也正式结为夫妻。

两人再次见面,杨开慧毫不客气地对李一纯问了无数个为什么。

李一纯告诉杨开慧,蔡、向婚姻出现裂痕后,组织为挽救这段婚姻,有意安排他们去莫斯科工作,与李立三夫妇在一起。可两人常大吵,向警予伤心之余先行回国,蔡和森一人留在莫斯科。蔡和森后来病倒了,李立三叫李一纯抽空多去照顾自己的同志。一来二去,蔡和森的依赖,让李一纯无法分离……

当李一纯把真实感觉告诉李立三,说蔡和森像个孩子,他一天不见她,就生气,甚至不吃药不吃饭。李立三反问她的感受,李一纯就坦白承认,她被一个优秀男人依恋,很受用、很幸福,她感觉才真正活出一个女人……偏偏,这事得到李立三匪夷所思的理解与支持。李立三说,革命者不滥情,但革命者也不会为情所困。和森同志是我党不可多得的栋梁材,在他情绪低迷时,你能把他带出来,也实属一件善事好事。

当时的杨开慧听完李一纯的讲述,久久没吭声,她陷入深深的思索之中。

也许,正是几位好友的情感纠葛,触动了杨开慧对人生与爱情的再度思考。流转在几位好友之间的情感故事,貌似随意随性,但那些故事和故事背后的故事,却远远不像故事的表面那样浅俗。特别是她的前嫂子李一纯,在她几度移情的背后皆含着一个女人对完美爱情的不倦追求。正因为如此,杨开慧对这位背叛了哥哥的前嫂子不但敬意有加,而且亲密无间。那种知己般的亲近在杨开慧的手稿中有着明明白白的文字流露:

沪有一纯姊,思伊展我怀。能识我衷肠,能别我贤愚。

杨开慧当然也不会忘记,李一纯当年与哥哥分手以后,李一纯把自己的亲妹妹介绍给哥哥做了妻子。与李立三分手以后,李一纯又把她另外一个亲妹妹介绍给了李立三。在这个女人迷一样的情感世界里,又怎是一个情字了得?

在耳闻目睹了几位好友的爱情故事之后,从小喜欢思考的杨开慧,不可能没有新的感悟。

"只要他是好好的,属我不属我倒在其次。"其实,在这句看似豁达仁厚的话里,同时还隐隐流露出杨开慧对这段感情的释然与淡然。

因为,杨开慧始终是个完美主义者。

杨开慧的手稿上,完美主义情结总是在字里行间时明时暗时隐时现。

杨开慧天生病弱,为了摆脱身体的病弱,杨开慧竟然从少女时代就开始在冬天洗冷水浴。以病弱之躯在大冷的冬天面对刺骨的冰凉,如果不是追求生命的尽善尽美,恐怕不是每个病弱的少女都能做到的。

事实上,杨开慧对生命的完美追求远不只是强身健体,而是更广地指向她所承担的一切社会角色。为人女,为人母,为人妻,为人友……杨开慧似乎想把每一个角色都做到尽善尽美。

我觉得我为母亲而生之外,是为他而生的。

我必定要打起精神,把一切烦恼丢开。不然,将来小孩怎样生活?并且,母亲跟着受苦。

小孩,可怜的小孩,又把我拖住了。

我的心挑了一个重担,一头是他,一头是小孩,谁都拿不开。

很明显,为人女,为人母,为人妻……杨开慧对落在头上的每个角色都难以轻放,都倾尽全力将每一个角色做到位,做到尽善尽美。

从前,杨开慧曾经"挑了一个重担,一头是他,一头是小孩",而现在,杨开慧似乎不用再心挑两头,因为,有一头已经有人替她挑上了。

"天保佑他罢",她仍然遥祝远方的爱人,但是,从语感上感觉,那种祈祷与祝愿没有从前牵肠挂肚愁肠百结的要命感觉。但这句良好的祝语背后,还牵着杨开慧割舍不下的浓浓的夫妻情。

完成了一次心灵涅槃、精神洗礼的杨开慧,在情感上,仿佛重获新生。杨开慧,会用新的手笔浓墨重彩描画生命的另一个高处吗?

第九章 听见死神在呼唤

(1)杀!杀!杀!人为什么这样狞恶

在杨开慧的手稿中,爱与死的字眼俯拾皆是。

爱的字眼频频出现在一个春花怒放的少妇心中,可能不足为怪。但死的字眼频频出现在一个正当华年的女人心里,难免令人诧异。

其实,那种死亡的阴影不只是罩在杨开慧的成年,也早早地罩在了杨开慧的童年。

……那时候,我还不大知道人的事,但我已知道人是要死的……

这段文字忆及的是童年的杨开慧。从文字中可以看出,死亡的阴影是如此浓重地罩在杨开慧幼小的生命中。

我的身体生下来就弱得非常,一哭就要晕的,一切和平常小孩不同,小孩是好活动的,我不爱活动,小孩是不能深思的,我能够深思。

思想是人间最痛的精神苦旅。生来因羸弱的小开慧不喜多动却喜多思,那种敏感的精神特质注定会赐给她如影随形的精神孤独。

到了和毛泽东这样的济世之才相识、相知,情窦初开的杨开慧对于死亡的认识发生了变化,也导致她人生观和价值观的根本转变。还记得在一师的教室旁听的那堂关于"大我""小我"的讨论课……

毛泽东回答提问:"古圣贤们舍生取义而不悔,至今是我们的榜样。像孔子困于陈匡、耶稣钉死在十字架上、苏格拉底被毒死……圣贤们不惜牺牲自己肉体的小我,而取以天下苍生利益的大我为己任,圣贤们舍生取义、舍己殉国,至高至美的境界,应该是我们的楷模。"

记得开慧回到家告诉父亲自己的体会:"'小我'不是我、'大我'才是我。一个有抱负的人,要牺牲小我,成全大我。女人也一样!"博得大教授的爸爸赞许。

这个大境界再一次升华是爸爸杨昌济病危的时候,杨开慧的一番话,让毛泽东吃惊不小。"每个人总有一死,这没有区别。区别在于死的价值不同,有的人死后无声无息,有的人死得别人拍手称快,有的人死得被人无限怀念。几十年,上百年,千秋万代,人们都怀念他。他是永生的。因为,他永远活在人们心里!"

死亡,如此沉重的话题,只有对世界大慈悲、对人世至深眷恋、对亲人怀有感恩之情、内心又格外细腻多情的人,才会有这番深刻的感触。开慧不是一个平凡的女子,敏锐的内心从一开始就在替自己规划未来,做最重大的抉择——

生与死的意义!

毛泽东清醒地看到这一点,这又是否毛泽东最终选择杨开慧做终身伴侣的一个重要缘由?因为,他看清了、认定了,在他毛泽东充满艰险的革命征程中,只有这个女子会不怕牺牲,与他荣辱同担、生死与共。

杀!杀!杀!人为什么这样狞恶。

这明显是成年杨开慧无奈的困惑。可能还有她对人间暴行的反感与厌恶。事实上,在这段文字形成之前,杨开慧已经耳闻目睹了太多的杀戮与血腥。特别是那些惨死的好友们的影子,无论醒着还是梦着,都令她难以忘怀。

从黄爱、庞人铨被枪杀,尤其黄爱被砍三刀后仍奋力高呼"大牺牲,大成功!"她第一次亲历革命斗争伴随着付出生命和血的代价,这种死亡,让她悲痛、震撼,也让她开始把革命、生命与死亡联系起来,久久地思索着……

随着斗争的深入和惨烈,一大批战友、同志甚至亲人被敌人杀害。

1928年3月29日,毛泽东与杨开慧的好友郭亮被杀害于长沙司门口,刽子手将他的头颅挂在长沙定王台的高墙上示众,再把人头运往不同的城市巡回"展演"。

1928年5月,杨开慧的好友向警予在历尽种种酷刑后被押赴刑场。在赴死的路上,向警予试图完成她生命中最后的一次演讲。极端恼怒的宪兵们在她嘴里塞满了尖利的小石子,并用皮带缚住她的双颊,向警予的脸立刻变形紫涨。目睹惨状的市民们一个个都含泪低首,不忍多看。

1928年8月,杨开慧的闺密郑家奕在经受种种酷刑后,敌人把已经不成人形的郑家奕用箩筐抬到刑场,再一排枪口对着箩筐频频点射……

杨开慧从流泪痛哭到化痛苦为仇恨,化仇恨为燃烧烈火。她开始对死亡没了恐惧,而是一种英勇的敬仰、高尚的重生。

像她对战友张琼说的:有思想的人执著于自己的理想,对于死亡也有充分准备。像牺牲的我们的战友我们的英雄,他们已经觉悟到生之价值与死之玄妙,从而能坦然地笑望新生。

人们面对死亡的正常反应是恐惧,仇恨和愤怒的杨开慧却明显对死亡抱有一种莫名的淡定,甚至期盼。这不仅仅缘于她年少时的敏感特质,更缘于革命者生死难料的人生宿命。因为她绝不会忘记,她是一位共产党员,是一位随时准备为信仰而献身的革命者。

有了对理想生命的大彻大悟,一如理智提前穿透时间和肉体,预先规划自己的未来。杨开慧对人生清晰认识和坚定判断之后,无所畏惧地面对随时而来的死亡。

(2) 我好像已经看到了死神

我好像已经看到了死神——唉!它那冷酷严肃的面孔,说到死,本来,我并不惧怕,且可以说是我喜欢的事。

死是杨开慧喜欢的事?这句看似匪夷所思的妄语,到这里,我们也明白了藏在杨开慧思想背后实实在在的心路走向。

当时的杨开慧,面对一个个倒下的战友,心中所引发的绝不仅仅是悲伤,应该更多的是仇恨、愤怒与抗争。

杨开慧初闻向警予牺牲是在平江舅舅家躲避时,当时她把自己关在房中半天不出来。等她再开门出来,行装已经带在身上。舅舅向明卿一看就吓住:外甥女变了一个人,完全变了一个人。可变在哪儿,向明卿说不清楚。但可以肯定,顿生出一种不祥的预感:外甥女从此一别,可能不会再回来。

杨开慧一回到板仓,就开始向地下县委讨要工作任务。

县委杨书记一下就犯难了。这位女共产党员,是有着特殊身份的同志。记得湖南省委的领导同志早就提醒过他,不要给她安排工作任务。开慧同志最大的任务就是保护好自己和孩子,平平安安等着毛泽东回来。

当杨书记说出这个意思,杨开慧就火了,毫不客气地顶上杨书记:我的工作就是保护自己?那郭亮呢,向警予呢?有谁告诉过他们,他们都只要保护好自己?那么多的好同志为了党的事业前赴后继,英勇牺牲……如果大家的任务都是保护好自己,党的工作谁来做?!只要开展工作,就会有危险和牺牲!

杨书记苦笑着说,我得承认,你说得有道理。但是,板仓熟悉你的人太多。你在板仓开展工作,太引人注意了。

杨开慧不依。我记得向警予同志在武汉党中央机关工作多年,中央机关撤走以后,她却坚决请求留下来。在已经成为白区的武汉,难道认识她的人会少吗?她怕过吗?我知道你想说什么。你们不就是怕哪一天敌人把我抓住了,敌人会拿我当诱饵当砝码来要挟井冈山上的那个人吗?你们想错了。山上的毛泽东绝不会拿山上的一条枪甚至半条枪来交换我杨开慧。因为枪不但是我党的生命,枪也是他毛泽东的命。你们更不用担心我会在牢里挺不住给他丢脸,给我党丢脸。女人是不叛变的。我可以告诉你,从我入党的那天起,就没准备活着看见革命的胜利!

杨开慧说完就气冲冲地走了。

杨书记望着杨开慧的背影,感慨万千地叹口气:看不出,也是个烈性子……

很快,杨开慧就在板仓发展了一股召之即来的革命力量。他们随时准备着,在党最需要的时候,冲上去。

曾有人提出一个疑问:杨开慧突然一反常态,由东躲西藏到坦然复出在白区的地下战线上,是不是因为伤心的情变已使她万念俱焚?是不是因为被丢弃而萌发了赴死的念想?

不必讳言,情感变故可能会使杨开慧产生一种难以言状的轻松感与解脱感。因为她生命中所担当的一个重要角色演完了,她生命中最重要的一幕戏提前谢幕了。但是,杨开慧如果就因此去赴死,就是你太不懂杨开慧。

从小到大,杨开慧对生命的态度都是积极的,这是个不争的事实。

少女时代,她挺着羸弱之躯在冬天洗冷水浴;她在无奈停学之后重又入校学习;成为母亲之后,仍然孜孜以求人生的信仰并成为中国共产党的第二位女党员;她能历尽艰辛带着三个孩子伴夫走天涯;她能在人生的每个阶段都燃烧着求知的热望,即便为人妻为人母的繁忙中,仍手不释卷……她在女人的多重角色中,能做好每一个角色。如果没有积极的人生态度,会这样吗?又做得到吗?

其实,对生与死的感悟,早在杨开慧的少女时代就得过一次难得的点悟。点悟她的是她亲爱的父亲杨昌济。

那是杨昌济病危期间与爱女杨开慧的一次深谈。那一天,病中的杨昌济似乎敏感到了女儿那藏在心中的悲伤。于是,他把话题主动引到了死亡。

杨昌济说,生命不过是一个过程,死亡就是这个过程的最后一个句号。这个过程的意义不在于长短,而在于深浅。人在临死之前,更不必忐忑于那虚无的地狱与天堂。其实,在上路之前,人的灵魂早已在天堂或地狱中流连。因为人世间的每一个脚印,都是天堂与地狱的精神标签。我走以后,你不必悲伤。人人都有的悲伤,那不是真正的悲伤。生者对逝者的怀念太短,而人间的苦旅却太长。我希望那种矫情的悲伤不要显现在我女儿身上。我走之后,我希望我的女儿为我祝福,因为我已经问心无愧地完成了我的人生旅程,当我从容闭眼的那一刻,我的人间征程结束了,我解脱并升华了……

可以想象,父亲杨昌济那番通透人间万象的惊人仙语,对敏感多思的杨开慧将产生怎样强烈的触动。

父亲死了!我对于他有深爱的父亲死了!当然不免难过,但我认为父亲是得到了解脱,因此我并不十分悲伤。

深爱的父亲走了,杨开慧却并不十分悲伤。这种对死亡的淡然与超然,源自于杨开慧人生经历中的独特感悟。事实上,那种感悟并没有诱导她消极地走向死亡,只是暗示她从容淡定地面对死神。

人,一旦达到这个境界,方寸无所乱,心中无所惧。

第十章 情在大义中升华

(1)今天是他的生日,我格外地不能忘记他

杨开慧重返地下工作以后不久,就接到了一个重要任务:给井冈山秘密运送药品。

这免不了让杨开慧感慨万千。她终于可以为那个曾经梦魂牵绕的井冈山出力了。但是,杨开慧没有随同押送药品的同志一同借工作之便上井冈山。这本来是一举两得的事,一个多好的借口去看井冈山上的那个人。

一个合情合理之举被从小到大极度自尊的杨开慧放弃了。

其实,这又是从小到大善解人意的杨开慧。因为她太明白,这个时候上井冈山,等着她的将是难以言状的尴尬。不只是她一个人,更是山上那个人,还有他身边那个她的尴尬。

我认定爱的权柄是操在自然的手里,我决不妄自希求。

决不妄自希求的杨开慧也许曾经想过,要不要在那些药品中夹带点情感的示意,就像当年她捎上井冈山的那两双布鞋。不,杨开慧什么都没做。杨开慧照样明白,她已经没有理由再给那个人做鞋。虽然,鞋子对东奔西跑的他肯定是多多益善。但是,感情的位置恐怕不能多多益善。在这点上,无论是自尊的杨开慧还是善解人意的杨开慧,都不会给自己定位错。

这又绝不是杨开慧的漠然。在她天性敏感的心中,那段刻骨铭心的爱情并非像飘到眼前的烟雾,挥手即去。恰恰相反,那段铭刻在情感深处的记忆,宛如夏夜里的萤火虫,总是在寂寞的夜里时远时近,时明时暗。那些寂然在墙洞中的文字,就是明证。

今天是他的生日,我格外地不能忘记他。我暗中行事,使家人买了一点菜,晚上又下了几碗面。妈妈也记着这个日子。

记得那天,杨开慧叫孙嫂买回一斤肉,她亲自下厨做起红烧肉,下着长寿面。

三个闻香而来的孩子,早就趴在了锅台边。岸英是学生了,说话就到位些:"妈妈,吃爸爸的长寿面,我们多吃,爸爸就平平安安、无病无灾,是吧?"老夫人向振熙也说,红烧肉是润之的最爱,能应验的,能应验的。

晚上,窗外一轮皎洁的月亮,几个孩子背着诗、唱着歌,杨开慧不禁在心里说:润之啊,润之,我不能在你身边照顾你,你可记得今天是你三十六岁生日!如果你忘了,谁会帮你想起?如果你记得,谁又陪你度过?现在,你三个儿子在遥远的家乡为你唱着歌,给你过生日,你听到了吗,看到了吗?如果真像我哄孩子的,你是孙悟空的眼能看十万八千里,你看到我们为你吃长寿面、唱平安歌了吗?

一切尽在不言中。那顿没有主角在场的生日宴,是一个重情重义的女人发自内心的祝福宴。杨开慧啊,爱没走远,亲情依旧。尤其是她虔诚盼望毛泽东平安、健康,完成他的大业,实现他俩共同的理想,早已跨越爱情,超越现实……

(2)为什么人家欣喜的事,我却要悲伤呢?

远在山上的毛泽东不会想到,远方的家人竟然会为他准备一顿不能到场的生日宴。越来越严酷的斗争形势,让他无暇顾及这些情感上的细节。

在此期间发生的一件事情,竟然同时刺痛了山上山下的相关人。

1929年2月1日,井冈山红军途经江西寻邬县吉潭,遭国民党军一个团包围。为掩护部队转移,朱德妻子伍若兰率警卫排同敌人展开激战。最后,子弹打光了,身负重伤的伍若兰被俘,押往赣州。敌人诱其同朱德脱离关系,自首投降。伍若兰的回答斩钉截铁:"要我同朱德脱离,除非赣江水倒流!"

1929年2月8日,伍若兰被杀于赣州。又因她是湖南人,伍若兰被杀后,敌人将她的头颅押送长沙,挂于城墙示众。暴行传开,举国震惊。

身在长沙的杨开慧当天就耳闻,井冈山红军军长朱德的妻子被砍头示众,头颅就挂在长沙定王台。开慧心中仇恨升级,也知道这是自己最后的死亡信号。

从战友闭眼的容颜上,开慧找到一种陌生的熟悉,那是共同宿命的靠近,死亡将离自己不远了。井冈山的首领"朱毛赤匪"是国民党反动派多次下令捕捉的要犯,朱德之妻已先行一步,毛泽东的结发妻——他三个儿子的母亲——杨开慧是不用多想的,厄运迟早会降临,杨开慧告诫自己:坦然面对,时刻准备着。

看完欣赏人头的文章,杨开慧的热泪早已被文中的那股恶风吹干。随后不久,杨开慧给当时的《莫愁》女刊写下了一段怒不可遏的文字:

对于杀人的事实,常常是这样说:杀人是出于不得已的啊!

虽然事实常常不是这样的……可是啊,这一次杀朱德妻的事,才把我提醒过来!原来我们还没有脱掉前清时候的文明风气,罪诛九族的道理,还在人们心里波动……

作为井冈山朱德军长的夫人,伍若兰似乎从来没有把自己当成军长夫人。这些,杨开慧尽管不详知,但真能猜出个一二。这个红军高级干部的夫人,一定是个冲锋陷阵的勇士,一定是个为爱人守护尊严的斗士。要不,二十六岁的如花生命怎会这么早就凋零?而且,她在敌人那里,不屈服,不投降,如此英勇的小妹呀,她就是我们共产党人的楷模,也许,还是我的前奏?

杨开慧在后来的牢狱中,一定想象着小她三岁的伍若兰如何与敌人斗争,如何英勇和顽强。在朱毛红军征战井冈山时,两位高级将领的夫人应该同他们一样英勇顽强、可歌可泣。如果,毛泽东、朱德他们的丰碑立在井冈山,那么,杨开慧、伍若兰同样让人高山仰止!

贺子珍、伍若兰、曾志等几位知名的红军女战士,她们是当时那个年代无数革命女战士的缩影。

在她们灿烂的生命底色中,积淀了一代代中华女性坚贞不渝的精神传承;在动人心魄的爱情绝唱中,展现的是对爱情和信仰的难分彼此无限坚贞;在他们柔弱娇嫩的身躯里,释放出来的巨大能量,甚至连敌人都匪夷所思;在她们难以摧毁的意志中,流溢出来的是古老的中华女性的高贵与忠贞!

我想,在历史的原野上曾经发生过的那些惊心动魄的较量与搏杀,可能终有烟消云散的一天,唯有那些曾经怒放的女人花,可能将永远芬芳于历史的原野,日久弥香。从精神的层面看,她们就是中华民族永远的母亲。

(3)不能不早作预备

伍若兰之死,自然让杨开慧想到了她自己。那颗高悬在长沙定王台上的头颅,完全应该是她杨开慧的头颅。民间传说中的朱毛红军,朱与毛的命运是唇齿相依的。同理,朱德的妻子可以被砍头示众,作为毛泽东的妻子、他三个孩子的母亲,能被敌人漏掉?她杨开慧的脑袋总归会被敌人取下来大做文章。

这一个遗嘱样的信,你见了一定会怪我是发了神经病?不知何解,我总觉得我的颈项上,好像自死神那里飞来一根毒蛇样的绳索,把我缠着,所以不能不早作预备!……

这个时候的杨开慧似乎显得出奇的冷静。杨开慧接下来的一连串举动,好像已经在为后事做准备。

最让杨开慧放心不下的自然是她的三个孩子。杨开慧很快给三个孩子改了姓,其用意不言而喻:不让三个孩子因为毛泽东的名字受株连。仿佛仍然还放心不下,杨开慧还专门给远在武汉的堂弟写了一封信。那是一封揪心的托孤信。

只有我的母亲和我的小孩呵!我有点可怜他们……我决定把他们——小孩们——托付你们;经济上只要他们的叔父长存,是不至于不管他们的……但是倘若真个失掉一个母亲,或者更加一个父亲,那不是一个叔父的爱可以抵得住的,必须得你们各方面的爱护,方能在温暖的春天里自然地生长,而不至受那狂风骤雨的侵袭!

杨开慧的信还未及发出,就接到了杨开明的一封信。信中告诉杨开慧,他可能会回长沙一趟,诸事到时再面谈。于是,杨开慧的那封信没再发出,最后存进了墙洞里。但是,杨开慧却给堂弟杨开明写了另一封信:

那封像遗嘱的信,没有发来,你能回家一转,极所盼望。他未必能来上海吧?我到〔倒〕愿意他莫来上海哩,我又要不放心了呵!

在这之前,杨开慧在另外的手稿中早有类似的话:

我的心挑了一个重担,一头是他,一头是小孩。

小孩,可怜的小孩,又把我拖住了。

这些话,其实还可以这样理解:与其说小孩拖住了杨开慧,倒不如说杨开慧舍不下孩子。

那段时间,杨开慧的心情就像一架跷跷板,一头是丈夫,一头是儿子。哪一头都轻不得,哪一头也重不得。这头起来那头下去,这头下去那头起来。

说到小孩,杨开慧从做母亲的那天起,似乎注定要比一般的母亲付出更多。

杨开慧从小体弱多病,加上生活颠沛流离,每一胎孩子生下来都不足月。孩子体重不正常,带养起来自然不省心。大儿子野,二儿子弱,三儿子整天不笑不说。有时候,抱着孩子想把孩子哄睡的杨开慧,往往手中的孩子还没睡着,自己却累得先睡着了。

面对三个情态不一、体重偏轻的孩子,杨开慧硬是凭耐心细心把三个孩子带成了正常:体重跟正常孩子一样了,不爱说的爱说了,不爱笑的爱笑了。

命运也许真要把这个女人逼到绝境。就在杨开慧给堂弟杨开明写好那封托孤信不久,杨开明却不幸被捕。像无数英勇的共产党员一样,杨开明在过完那些免不了的严刑拷打之后,就在口号声和枪声中倒下了。

对堂弟杨开明的死,杨开慧为家中几位崩溃的老人强忍悲痛。但是,一个可以托孤的人,竟然先她而去,堂弟之死带给杨开慧的伤痛,当然是可想而知的。

最放心的托孤人突然离世,杨开慧最大的一块心病变得更沉了。三个儿子以后怎么办?母亲年事已高,根本不敢指望她带大三个孩子。托给哥哥嫂子,突然给他们增加三个梯形大的孩子,不现实。托朋友,听起来也不是不可以,但是集中托显然不近情理,分开托?三个孩子怎分开?

杨开慧几乎是神经过敏地想象着三个儿子将会遇到的最坏遭遇。并开始给孩子们进行各种境遇中的应急教育。那些设想出来的各种情况,现在听起来可能是好笑的:三兄弟走散了怎么办?没吃了怎么办?有病了怎么办?没地方住了怎么办?怎么去找家中亲人?怎么去找妈妈的朋友?怎么回答生人的问话。杨开慧要求三个孩子把那些问题及对策统统牢记在心,并一个个通过她的考试……

第十一章　移动的井冈山

就在杨开慧为自己的身后事作安排的时候,在井冈山上,一场灭顶之灾正悄然逼近。

井冈山沦陷的消息自然传到杨开慧耳中。从知情那一刻起,杨开慧已然明白:从此以后,失去根据地的红军将在中国更广阔的崇山峻岭中辗转奔袭。红军中那一位马背诗人,也将会在她的生命中渐行渐远,化成报纸上的一个名字。

但杨开慧万万没有料到,那位马背上的诗人会突然带着部队打到长沙城外。

1930年7月,彭德怀的红三军团乘虚一举攻下了长沙。轻取长沙城的事实,让远在上海的党中央负责人李立三产生了极大的错觉。一月后,李立三命令毛泽东率领红一方面军从赣南长途奔袭,二攻长沙。

第一个回合打下来,红一军团和红三军团就战死三千多人。

前来督战的周以栗是个不乏军事悟性的人,两人当机立断地做出了决定:立即撤离长沙。撤离之前,周以栗有意地问了一句毛泽东:据说你的妻子杨开慧就在长沙城里?

毛泽东的回答极为简明:我没有权利让成千上万的红军战士为了我们夫妻一见把命丢在这里。

周以栗一听,再也没碰这个话题。在革命者的心目中,革命利益高于一切。在这点上,革命者彼此之间的默契也是不容置疑的。

其实,毛泽东率部攻打长沙城时,杨开慧就在长沙县板仓老家。其中有一路攻城的红军正好就经过板仓。红军经过板仓时,自然少不了围观的群众,但杨开慧没有出门。

她是怕见到那个人?那个曾经让她日思夜想、让她梦魂牵绕、让她愁肠百结的人?

攻打长沙的红军突然撤离,让国民党湖南省主席何健备感恼火。那种恼火就像突然被人打了一下,等回过神来,那人却跑掉了。要是毛泽东不跑,何健的心里可能要平衡得多。但是,那个毛泽东打他一下就跑了。这让何健感到很窝火,感到一种有气无处撒的烦躁。何健明白,要把那个溜走的毛泽东再抓住,那无异于在大水塘里抓一条泥鳅。何健还有一个恼火的原因是,那个毛泽东也太不知趣了。明明知道自己的妻儿老小就在长沙城里,还那么无所顾忌地再三骚扰长沙,投鼠忌器的道理难道你毛泽东不懂吗?那个朱德老婆伍若兰的下场难道你毛泽东还不警醒吗?

其实,毛泽东的那个堂客杨开慧始终都在他手下的监控之中。他之所以没有轻易动那个女人,是因为还不到时候。何健明白,想要拿一个杨开慧来要挟毛泽东,无异于痴人说梦。像毛泽东那样聪明的男人,不会只要美人不要江山。

但是现在的情形非比从前。何健突然想在毛泽东的女人身上做点文章了。那个让他颜面丢尽的毛泽东,那个跟他没完没了的毛泽东,他何健要不能一礼还一拜,那他何健就不是何健了。既然毛泽东把他何健搞得有气不能出,他何健不要说动毛泽东的女人,就是挖毛泽东的祖坟,他何健也照样做得出。

1930年10月,也就是毛泽东率军攻打长沙后不久,杨家老宅周围突然多了一些形迹可疑的生人。

望着屋外那些闲游的生人,杨开慧马上明白:意料之中的那一天要到了。

望着窗外那些闲游的生人,房中的杨开慧下意识地看了一眼墙上的某个地方。在那个地方的墙里,藏着她后来补写出来的一篇篇心灵笔记。她早已把墙缝巧妙封好,恐怕连神仙都难以发现。

当时的杨开慧从卧室出来,走到了母亲向振熙的面前,平静地说,妈,我要走了。向振熙的话也是出奇的冷静:我早知道有这一天。

外面的人很快就闯进来。荷枪实弹的兵痞们不仅带走了杨开慧,同时带走的还有保姆孙嫂和杨开慧八岁的儿子毛岸英。

第十二章 用生命续写情书

(1) 意想不到的劝降

囚车上,自以为可以坦荡面对这一天的杨开慧,却突感忧心忡忡。敌人把孙嫂和儿子捎带进来,这是杨开慧始料未及的意外。她知道,敌人既然把孙嫂和小岸英抓进来,就一定有阴谋。她虽然暂不知敌人会借此玩什么花样,但她有一种不祥的预感:敌人要借孙嫂和小岸英做什么文章,那将是她最难过的一关。

杨开慧的确猜对了。杨开慧的主审官李琼之所以不急于提审杨开慧,就是想在提审前把功课做足。他的上峰何健亲自交代他:审毛泽东那个堂客,东拉西扯的事情懒得来,跟她就提一件事:跟毛泽东断绝夫妻关系,何健还特别交代李琼,对付毛泽东的那个堂客,要多动脑子少动刑。那女人的父亲杨昌济生前有不少朋友,他们大部分都是社会上有头有脸的人物,做得太过后面不好应付。

李琼第一次提审杨开慧显得很客气也很直率。主审官李琼直截了当地告诉杨开慧:这次请你来,别的不想为难你,只要你写个声明,声明跟你丈夫毛泽东断绝夫妻关系,你就可以出去了。

杨开慧的回答自然直截了当:做不到。

接下来的对答,简直不叫对答。劝一个被丈夫"抛弃"的女人跟丈夫脱离关系,自然也不缺少充足的理由。李琼原本是习惯用枪说话,但劝说杨开慧却极其投入地越说越来劲,甚至把自己感动了。杨开慧听着听着,突然忍不住笑了。

杨开慧说:白痴猪猡竟然也想学讲人话。在这个惨无人道的刑讯室里,在你们残忍地杀害了我无数的同志和战友,装模作样的嘴脸实在令人恶心。你我都明白,在此时此地,我们谁也没有兴趣讨论什么道德伦常夫妻情分。你们需要的是我送你们一把软刀子,你们自以为拿着这把软刀子就可以把毛泽东刺得浑身不自在。你们想错了。有一点是你们永远理解不了的：革命伉俪，既是夫妻，又是战友。当两者相冲，夫妻轻于战友，战友重于夫妻。在革命者的心目中，革命利益高于一切。请你睁开你的狗眼瞧瞧，站在你面前的不是一个被人抛弃的怨妇，而是一名中国共产党党员，是一个与你们不共戴天的死敌。我劝你不要在我面前装腔作势了。你们这点政治上的雕虫小技，只配哄哄三岁小孩。别浪费时间了，给我上刑吧。既然进来，就没指望舒舒服服地去死……

李琼那番自以为声情并茂的劝告，被杨开慧锥子一样的犀利之言给中止了。这自然让李琼感到很尴尬，但李琼没有马上就给杨开慧动刑。他明白，那是不得已的下下策。真到动刑的时候，已经不指望对方开口了，特别是女共产党员。

在他审讯的经历中，他见过不止一个男共产党员在他的刑讯室里乖乖就范，但却没见过一个女共产党员在他的严刑拷打下投降。他曾经审过一个叫郑家奕的女共产党员，那个女共产党员最后被他的手下折腾得不成人形，两腿被打断，双手被抽筋。身上没有一寸完肤。可那个女共党就是不供出她的同伙。

这曾经让李琼感到一种难以言状的疑惑与迷惘：女共党真的是女人吗？在那看似柔弱的身上，究竟藏着什么样的意志与力量，可以支撑她们扛住那些人间酷刑。李琼心中甚至生出一中难以言状的恻隐和敬意，因为坚贞不屈的女人让他看见了一个女人的忠贞与高贵。如果丢开敌对立场，他愿意这样的女人成为他家中的任何一个角色，并为之骄傲。

为此，女共党不叛变的现象还成了他难以放下的研究课题。那种研究兴趣绝非仅仅缘于职业的需要，还缘于一种连他自己都说不清楚的某种情结。

暂时没有受刑的杨开慧自然不会因此而感到轻松和庆幸。恰恰相反，对意料中的那一坎没有及时到来，让杨开慧生出某种难以言状的烦躁。她曾刺向李琼的那番锥子一样的犀利之词，其实就是想激怒李琼来得干脆点。

这种貌似不合情理的想法，其实正合当时杨开慧的某种心态。耳闻目睹了那么多同志惨死之后,她对自己的东躲西藏已经产生难以言状的厌恶,甚至是羞耻。特别是自己的两位好友,向警予与郑家奕在牺牲之前所受的折磨,无疑对杨开慧产生了极度愤怒的刺激。她甚至觉得自己不配做她们的朋友和同志。有一天在另一个世界与她们相见时,她将无颜面对亲爱的战友。而现在,同样的考验来到了她的面前,她杨开慧要让人看看,她是个什么样的女共产党员。对即将到来的严刑拷打,杨开慧不但毫无半点畏惧感,甚至还充满了一种难以言状的迎接感和自罚欲。在这一点上,极度自尊、追求完美的她完全统一在了对信仰的忠贞上。

但是,李琼好像并不急于要对杨开慧动刑。李琼知道,他自己已经不适合对杨开慧劝降。他甚至敏感到,杨开慧对他说的那些极不入耳的话,像是成心刺激他对她动粗。于是,他把希望放在了要求探监的人身上。

在那些纷纷要求探监的人中,李琼瞄准了两个人。一个是李淑一,一个是王春和。不能不说李琼挑选的劝降人选用心良苦:李淑一作为杨开慧的发小和闺密,她会在难舍中千方百计劝杨开慧回头,再引动心中一些莫名的感慨,李琼想要的变化没准就有了。

至于那个王家大公子,李琼原来并不知道他跟杨开慧有什么瓜葛。李琼问他为什么想看杨开慧,没想到那个王家大公子竟毫不掩饰地说,他是杨开慧的初恋。李琼一听,差点笑出声来:哪里送来的这么个宝贝?这位衣冠楚楚英俊儒雅的大家公子,不知能否唤起杨开慧心中的某种追怀甚至追悔?

首先跟杨开慧见面的是李淑一。她自然不是李琼希望的那种说客,但她想劝杨开慧走出牢狱是真的。

见面的宽松环境是李琼特意安排的。此时此地,素来不善言辞的李淑一毫不客气地指穿杨开慧,说你至今不愿跟他断绝关系,不是出于你的什么革命大义,你是想用你对爱情的坚贞、对革命的坚定,用你如花的生命和承受生不如死的精神与肉体的痛苦折磨,让你的润之哥哥为你后悔一辈子,思念一辈子,痛苦一辈子。他以后无论经历多少女人,都比不上他心中永远不死的女人——杨开慧。

杨开慧笑笑:如果我不是个革命者,不是个共产党员,我可能会如你所想。可惜我偏偏就是。

"可母以子为贵你总该知道吧?你只要把命留着,带好毛泽东三个儿子,无论怎样,都没人废掉你第一夫人的位置!跟敌人不就是虚虚假假地绕圈子。关键,是你们孩子的未来……政治斗争,翻手为云覆手为雨;战场上,血雨腥风,白骨遍地。这些,都不是你一个女人能改变的,让男人们去争高下,你只管带好儿子等待将来,犯得着拿自己的生命去铺垫?"

"人心哪不是肉长的?我知道,生命的灯火一旦熄灭,一切物质和精神随之消亡。可是,我是妻子,要保存我志存高远的爱人;我是党员,当灾难来了就当叛徒,至少是逃兵,我还是人吗?你用这些言辞去跟向警予、郭亮、夏明翰他们说去,如果能唤回他们,我跟你走。你,能吗?"

仿佛是为刺醒执迷不悟的杨开慧,贯来宽厚的李淑一,竟然说女人要有起码的自尊吧。

杨开慧这次不笑了。她说,你错了。说到女人的自尊,我的眼睛比你更掺不得沙子。但我不能让我的敌人在我跟他的情感问题上借题发挥大做文章。在他和他的部队被追得东奔西逃的时候,他怎么好,我就应该怎么高兴。不仅因为我是他的妻子,还因为我是他的战友,是他的同志。在共产党人艰苦卓绝的苦难岁月里,情感的哀哀怨怨悲悲戚戚不但是可笑的,也是可耻的。我要是在这个时候声明跟他断绝夫妻关系,那恰恰是我最大的不自尊,无论作为一个女人,还是作为一个革命者。淑一,早不久,你还劝我要给男人宽松的环境……我知道你想激我出去……

李淑一还能说什么,只能默然沉寂地流泪抽泣。心疼不已的杨开慧反倒从另一个角度安慰她——

还记得和森与警予吗?警予移情别恋之后,和森虽然也一时难以释怀,但是,当警予被捕之后,和森却是竭尽全力在营救她。为了救警予,和森甚至去恳求已经闹翻了的萧子升。还有我那个前嫂子李一纯,跟和森好上后,一纯跟警予仍然是好朋友。在牢里的这些日子,我常常想起他们。我曾经以为他们爱得有点随性,甚至爱得有点乱,现在我理解他们了。因为,对革命者而言,战友之情永远重于夫妻情,重于男女情。

无论杨开慧说什么,好朋友总是难舍这个奇女子可能的转身消失。李淑一转而打起亲情牌:孩子总是现实而不可回避的吧?润之临走时肯定反复交代要你带好他三个孩子。在无奈之下你有点退让,也是为了这个家。跟润之暂时解除一下关系不就是权宜之计?他日后也能理解。相反,几个孩子没了娘、没人管,毛泽东才会怪罪于你……都说人人心中有个天平,到你这里怎么就邪门了,整个一个歪倾斜,你那个什么理想信念,怎能压过你的孩子、青春、爱和未来。你还懂不懂平衡?

可是,杨开慧的一番回答又让李淑一哑言了。

我和润之你是知道的,我所有的特质润之都有,我所有的梦想,都能通过他实现。他就是我的追求,就是我的未来,就是我实现理想的梦啊!即便自己走了,追求的事业还在,理想的爱人还在,未来的梦想还有人替我去实现。可如果保全自己的性命与润之脱离,背叛了爱情,也背叛了革命,其实就是背叛了自己!那活着还有什么意义?淑一啊,我只能说你不懂我们的婚姻,或者是,我不能当它是一般的婚姻。宁愿一死,我决不背叛我的理想、我的婚姻!

"人都没了,你还有什么理想、完美可言?脱离关系不只是换自由,那是换你三个孩子的前程。出去了,带着儿子再等毛泽东,怎么就不行?"

"不,我和润之是夫妻,更是战友,是生是死,就不能分开。哪怕小小的退让,都是信仰的背叛、情感的亵渎。你也别劝我了,今生今世,我有一场轰轰烈烈的爱,有十年心满意足的婚姻,有一段刻骨铭心、温润永远的生活,够了,足够了!一个女人,真正的爱,一瞬间都是永恒!我也无憾了,爱了一个以天下苍生为己任的英雄!我们在一起,留下一段完美的爱,写下一个无瑕的故事,我不想、也不能给这完美的故事掺半点杂质、留一丝遗憾。"

李淑一啊,这时也许才彻底明白,当年的毛泽东为什么没选择别人而选择眼前这个女人。那个男人是早看懂了,只有这个小女人一辈子能死心塌地跟定他,到死都不改变!

可是,自己到死也不明白,就这么个和自己差不多文静的知识女性怎会有如此惊天地、泣鬼神的英勇?怎会有如此撼不动、攻不破的精神堡垒?再想想,她身上,有着父亲从小植入的强大思想基础,有着"五四"时期和毛泽东共同坚定的理想信仰。她向往社会改良,追求民主自由,崇尚众人平等。她的渴望毛泽东最了解,她的心和毛泽东靠得最近,两人的情操志趣也最相投。他们的爱情注定是高尚精神的契合,真挚情感的共鸣!即使生命将到达终点,她也会——

  用鲜血浇注对理想的无私和忠诚;
  用生命托起对丈夫的希望和信赖!

再说也是多余,李淑一最后只能是一步三回头地掩面痛哭而去……

钱,有时真是万能的。

为了探监,王春和重金铺路让他获准来看这个揪心的女人。偏偏在之前,他还买到一个绝密情报。手握杀手锏,王春和对后面的劝说总算有了一份把握。

在牢狱门口,王春和巧遇一男一女杨开慧的两个亲戚探监,他远远地看着。

女亲戚说:"我们这些亲戚朋友全想不通,前面你死心眼也就算了,现在,毛泽东死了,你搭上性命为一个'死人'扛名节,不值也没有意义啵?"

男亲戚接着说:"蒋介石动用中央军二十万,围剿井冈山,朱毛红军才两万人。第一次围剿毛泽东幸运逃脱了,这一次,十倍的悬殊力量,毛泽东凶多吉少,也难怪……唉,人死不能复生,好在你还活着,几个孩子还有点指望……"

隔着铁栏的开慧显然伤得太重,又被巨大的噩耗摧残着。只见她抓住栏杆吃力地挪挪身子,才说:"六舅妈、六舅公,你们就莫劝了,我死活不会跟润之脱离。他死了,红军队伍还在,一个红军领导的家属说变就变,所有的红军将士怎么办?他们还怎么在一线安心战斗?家,都是前方将士的精神支柱啊……"

杨开慧反过来还劝俩长辈:毛泽东为广大的劳苦大众死了,我为他牺牲,值得!孩子是我最难舍的,但向警予、郑家奕他们这些革命者,牺牲时哪个没有孩子和亲人?再想想,敌人为什么非要我和润之脱离关系,他们要打这张王牌,煞共产党的威风。我若贪生怕死、只顾自己而听他们摆布,绝不是小背叛啊……敌人这一招看来是生活小节、一家私事,一旦崩溃,灭的不只是毛泽东的威风,那是打击所有共产党人的士气!

……

一旁的王春和突然没了信心。他明白,这位让他永远难以释怀的女人,不是那么容易劝回来的。他今天的结果也会如所有的劝说者一样。

开慧啊,为理想赴死,为爱人牺牲,你何尝有过一丝一毫的动摇?!

想当年,王春和第一眼见杨开慧,就被她清丽脱俗的气质惊住了。正是杨家少女那种超凡脱俗的特质,让他自以为他遇上了今生今世的唯一。可奇怪的是,杨开慧对他委婉的拒绝并没有让他感到多少失落与不快。他甚至认为,这样的少女天生就是为拒绝而生的。因为,她不是人间之物,她是天国的女儿。今天,已有妻儿的王春和就是想不惜一切代价救她。可是……

近距离见到杨开慧的那一刻,不流泪的王春和,还是哽咽着好半天都说不出一句话。

怎么伤成这样?怎么能……看着伤痕累累、手臂上还缠着黑纱为丈夫凭吊着的憔悴女人,王春和心里刀割般地剧痛。这是他牵挂一辈子的女人啊,面对铁栏,面对她一身的伤痛,怎么帮她?怎么分担她的痛?王春和是那么无助和无奈。

见到王春和,倒是杨开慧没有料到的事情。可杨开慧又笑了,她笑自作聪明的敌人给了她一个好机会,让她可以实施一个早已酝酿在心的对策。杨开慧拜托王春和,要他尽力多召集一些记者采访她,人越多越好,采访次数也越多越好。

其实,杨开慧此举,是为了防止敌人在孙嫂和儿子身上打主意。她想当众揭穿敌人卑鄙无耻的行径,并迫使敌人在社会舆论的压力之下,不至于对孙嫂和儿子有太多的伤害。对杨开慧这个唯一的要求,王春和自然不打半点折扣地应承。办法很简单,用钱。

但眼下的王春和还是纠结着自己的心事,那条信息告不告诉开慧?不说,她全当丈夫死了,孩子无人照料她会因此而留下性命?说了,她会对自己毕生追求的理想更有信心。她就是为理想精神而活的女人。

犹豫再三的王春和在临走时,还是违背了自己来时的愿望,将刚获得的私密信息告诉了杨开慧:

——毛泽东没死,那张报纸是假的,他们想要你的签字……

原来,"好话"说尽,对杨开慧仍没撬动一丝一毫的敌人,使出最损的一招:谎编一张报纸,其中一篇毛泽东在反围剿中被国民党击毙的消息很是醒目。"毛泽东死在井冈山了,你不用再为他守了。快快签字,带儿子保姆回家……"敌人的咆哮,并没模糊杨开慧的视线。痛不欲生的杨开慧,强忍心中悲痛,还是不写那一纸脱离书……

可眼下,王春和看到了惊喜的一幕:

"岸英,儿子,你又有爸爸了,爸爸没死,爸爸没死啊……"转而,她又告诉临牢的姐妹,"毛泽东没死,毛泽东没死,革命又有希望了……"大牢里终于传来杨开慧入狱后最兴奋和喜悦的声音。

幸运的王春和,也由此看到了杨开慧最后的美丽——

她嘴角挂着带血的笑容,那是为儿子咬断手臂上的黑纱,渗出的滴血微笑;

她脸上溢出久违的红润,那是为夫君重获新生澎湃而出的喜悦;

她眼里放着他从未见过的光芒,那是对他做最后的告别,又是充满对救出儿子走出牢笼的殷殷希望。

王春和也笑了:毛泽东活着,开慧的精神就不会倒。即使为理想牺牲,那也是化作丰碑更高地耸立。因为,她的理想和希望还在,她信仰的高山还在!此时的王春和反倒不痛不悔了,只有这个时候,他才知道,他对杨开慧的爱也升华了——他是爱着她的爱、梦着她的梦,他完成自己一个崭新而崇高的——人生涅槃。

强忍心中的痛、眼中的泪,王春和临走时给了开慧一个完美的微笑……

(2)招魂的天籁

王春和走了以后,接连不断的被采访,让杨开慧备感奇怪:那个早已被她淡忘的王家公子,怎么能召来那么多的记者?

面对那些来路不一的各路记者,杨开慧把有限的话语权用到了极致。特别是敌人把她八岁儿子抓进来的事情,更是在记者中引起一片哗然。果然,各家报纸上很快做出反应。甚至连国民党的报纸都对何健把几岁小孩抓进大牢颇有微词。杨开慧感觉,有各家报纸的跟踪关注,敌人迫于舆论压力,孙嫂和儿子可能有放出去的希望。真要这样,她的"软肋"就没被敌人抓住,她最后的一块心病也算解除了。

记者们自然免不了追问杨开慧一个问题:为什么不愿跟毛泽东脱离夫妻关系?面对那些用心不一的提问,聪明的杨开慧用一位外国哲学家的格言作了简单的回答:"世界上有两样东西是亘古不变的,一是高悬在我们头顶上的日月星辰,一是深藏在每个人心底的高贵信仰!"

这些效果自然不是李琼想要看到的。李琼感觉自己有点不耐烦了。当李琼感觉一切办法都毫无作用的时候,李琼决定:那个不是办法的办法也不得不用了。

对杨开慧动大刑,是在杨开慧被抓进大牢的第九天。

刑讯室里,敌人开始动用酷刑。皮鞭、竹桠、碗口粗的木棍和水牢,无数次把她折磨得昏死过去,皮开肉绽、惨不忍睹……当筋疲力尽的刽子手们住手时,杨开慧已经昏死过去。

据同狱难友杨经武回忆,杨开慧受刑之后昏迷了几天几夜。一天晚上,夜很深,小岸英躺倒在妈妈和孙嫂的中间,依偎着妈妈身上的伤痕睡着了,小脸上还留着未干的泪滴……

昏迷不醒的杨开慧是被一种声音唤醒的。昏迷中的杨开慧隐隐约约听见耳旁有人在念一首词:

独立寒秋,湘江北去,橘子洲头。看万山红遍,层林尽染,漫江碧透,百舸争流。鹰击长空,鱼翔浅底,万类霜天竞自由。怅寥廓,问苍茫大地,谁主沉浮?

携来百侣曾游,忆往昔峥嵘岁月稠。恰同学少年,风华正茂。书生意气,挥斥方遒。指点江山,激扬文字,粪土当年万户侯。曾记否,到中流击水,浪遏飞舟。

多熟悉的词句啊,这是她任何时候都能背下来的一首词。不但她能背,她还要求孩子们背。每当小岸英想要讨好妈妈的时候,就会在她面前背那首意气飞扬的词。每每听到这首词,杨开慧的心里总是情不自禁地生出一种女人特有的骄傲。能写出这种壮美之词的男人该有何等高尚的情怀,何等高远的境界啊……

昏迷中的杨开慧终于被熟悉的词唤醒过来。睁眼一看,见儿子小岸英正泪光盈盈地坐在身旁,泣不成声地在给她反复背诵那首生命中永远挥之不去的美词。

宛如天籁,从儿子口中背诵出来的那些词句,不但抚慰着她身上的伤痛,也点醒了她曾经迷惑的心灵。就在那个刑讯室里,在撕心裂肺的痛苦中,她曾经想寻找信仰之外的某种力量支撑,却一直没有找到。

现在她突然找到了。

这首词,看起来像回忆新民学会那段生活,实际上,毛泽东从此为过去的书生意气画上了一个句号。他告别了纯粹抒写个人情感的写作时代,从此,具体沉实的历史使命感构成他诗歌的主旋律。

又绝不是一首词的创作,杨开慧知道,她的夫君就在写出这首大气磅礴的词之后,开始了他波澜壮阔的革命。

在杨开慧眼里,这又验证了她非凡的眼光和独特的追求。杨开慧从开始崇拜、爱慕、跟随毛泽东,就无怨无悔地付出、心甘情愿地牺牲,因为她知道:毛泽东,是"独立寒秋,湘江北去"中"怅寥廓,问苍茫大地,谁主沉浮"的毛泽东;是"北国风光,千里冰封,万里雪飘"里"数风流人物,还看今朝"的毛泽东。多少年后,即使她为毛泽东牺牲了,可历史证明了她非凡的眼力:当井冈山根据地的艰苦卓绝,长征路上雪山草地的苍茫,陕北窑洞长夜不灭的灯光,辽沈、淮海、平津三大战役的波澜壮阔,人民解放军百万雄师过大江的风雨苍黄和新生共和国辉煌灿烂的礼花,传奇而完整地创造出一个伟大的革命家、军事家、战略家、思想家、政治家时,杨开慧当然只有欣慰:一个女人爱上一个旷世伟才,一个妻子成就一个国之栋梁。与其说,每个人都有遗憾,自己为家和民族事业吃太多苦,受太多难,过早离开人世,但相对成就伟丈夫与民族大业,这些牺牲都太值得、太应该,还有什么付出能与这些得到抗衡!

原来,她是这个世界上最幸运的女人。她遇上了一位了不起的男人,并有幸成为他的妻子。那个男人的生命本就不属于某一个人,更不属于某一个女人。那位在苦难大地上用枪作诗的男人,他的生命只属于这片苦难的大地。自己有幸与这样的男人结为夫妻,已是命运对她的——最大恩赐。

杨开慧突然发现,她已经找到了抵抗一切摧残的力量支撑点——守护好丈夫的尊严!

守护这个尊严,就是守护一段历史的尊严;

守护这个尊严,就是守护灾难深重的民族尊严。

这个男人的尊严,像他生命轨迹必定与共和国历史同在,与我们伟大民族的尊严同在!

彻底通畅的杨开慧像脱胎换骨,重获新生。

随后又经历的两次严刑拷打,跟前三次受刑不同,杨开慧再没有因为撕心裂肺的痛苦叫喊。她是毛泽东的妻子,毛泽东的妻子应该是优雅高贵的,应该是从容淡定的,应该是无可挑剔的。长期以来,她一直梦想做一个完美女人,而现在,极端的酷刑给了她一个表现与展示完美的特殊机会。她不允许自己有半点失态,更不允许自己有半点失格。她要让敌人看看,毛泽东的女人是个什么样的女人!

(3)来不及写出的情书

杨开慧受刑之后,李琼特意把保姆孙嫂调到了杨开慧的牢里。并特别告诉孙嫂,杨开慧的身体要是出什么状况,立即报告。

杨开慧这才知道,孙嫂也受了刑。但是受过刑的孙嫂并不在意到自己。她看到杨开慧被折磨成那样,这个淳朴的农家妇女心像刀割一样。

在杨开慧家当了这么久的保姆,孙嫂也早已把自己当成了这个家中的一员。自从得知井冈山的故事之后,孙嫂的难受一点都不亚于杨开慧。在她眼皮底下看了七八年的这对恩爱夫妻,就是打死她也不信,会有什么事情能把这对夫妻拆开。但是看杨开慧的样子,开慧的那个心中人儿好像真的有新人了。

孙嫂发现,自那以后,开慧与她谈起那个好人儿的时候,总是用"他"来代替称呼。从前可不是那样。从前开慧一说起那个好人儿,总是称润之。润之说如何如何,润之喜欢怎样怎样;润之又有心事了,润之今天特别高兴,快给润之做一顿红烧肉……

让孙嫂大感意外的是,从受尽酷刑的开慧口中,孙嫂又听见了那声好久没有听见的"润之"。

当久违的"润之"二字从杨开慧口中再次说出,孙嫂的眼睛一下就红了。

从杨开慧被关进大牢到她英勇就义,虽然只有短短二十天。但正是这短短时间里,在炼狱般的大牢中,杨开慧完成了她心灵中最后一次涅槃。可惜她美妙的心音再也无法变成心灵的文字,再也无法放进那个墙洞。否则,墙洞中的那些手稿,将会出现最美丽的崭新篇章——

只有在来不及写的篇章里,人们才能看见一个女人感天动地的爱情心音;

只有在写不动的文字中,人们才会感受到一位高贵女人真正的高贵!

也许正因为如此,藏在墙洞中的那些手稿,杨开慧最后都没有告诉任何人。她是有机会告诉他人的。比如牢中的保姆孙嫂,还有儿子岸英。还有前来探视她的亲人。但是,她谁都没告诉。是不是身陷囹圄的杨开慧已然顿悟,那些手稿上的文字,只不过是她心路上一度迷乱的心灵碎片?那些碎片在某段时间里从心中飞扬出来、定格为稿纸上的文字,究竟是为了纪念一段心路,还是为了咀嚼一段寂寞?或者想叫家人有一天能把那些心灵文字转交给心中喊了千万次的人?

但是,大牢中的杨开慧已经不是手稿上的杨开慧——

手稿上的心音不过是秋虫般的呢喃,大牢中的杨开慧却亮丽于信仰的高山;

手稿上的杨开慧不过是一个期期艾艾顾影自怜的家妇,而大牢中的杨开慧才是毛泽东当之无愧的爱人!

也许,大牢中的杨开慧正因为清楚地看清了手稿上的自己和大牢中的自己,已经是完全不同的两个自己。所以,杨开慧才决定,让那段寂寞的文字永远寂寞在墙洞中,永不示人。

但杨开慧更没有料到,那座坚实的杨家老宅有一天会被政府翻修。她当然不知道,八十三年后的今天,她已是中国大地上人人敬仰的英雄,她的塑像,一如永远不倒的丰碑,生生不息耸立,千秋万代荣光!

只是,她若知道手稿有一天会惊现,她可能提前叫亲人们把它们悄悄烧掉。因为她怕有一天会被丈夫毛泽东看见。也幸亏晚了七年,否则,毛泽东看到的就不是他真正的爱人的心曲,更不是他恋了一辈子的霞妹真正的分量。

——因为手稿中缺少了最美丽的章节,在那段未及写就的

章节里,有她写给润之哥哥的最动人的恋歌:

  今生今世,因你而生;
  今生今世,以你为荣;
  今生今世,为你而死;
  今生今世,死也无憾!

(4)愿润之革命早日成功

  杨开慧在大牢里,父亲杨昌济的好友们都在为他的女儿四处奔走游说,试图要把杨开慧救出。以蔡元培、章士钊为首的联名保释信就交到了何健手上。还不放心,蔡元培和章士钊又电话告知何健,不日将亲赴长沙面见何健,探望身在狱中的杨开慧。

  这让何健烦不胜烦。对那些社会名流的联名保释,他在心里自然是不屑一顾。但在表面上,该有的表面态度他又不得不做。但是,就凭那封轻飘飘的保释信也想要他乖乖放人,这可不是他何健的做派。在中国,从来只有笔杆子听命于枪杆子,岂有枪子听命于那几个字?这位上过三所军校的大军阀,一生只认一样东西:枪。枪是他的命,枪是他的王,枪是他的爷,枪是他的天!如果就因为笔杆子弄出那么些信,他把那个毛泽东的堂客给放了,他那十几万条枪岂不要吃素了?

  但是何健明白,他可以把那一纸废话丢进废纸篓,但他不可能把写信的人也丢进废纸篓。既然蔡元培和章士钊要亲自来湘,他何健也不得不见。见了之后,要跟那些老书生比口才,肯定不是他何健的强项。左思右想,何健决定,趁那两个老书生未到长沙之前,把那个又臭又硬的女人送上黄泉路。到那时,那两个老书生口才再好也没劲啰唆了。

  据说何健的手下曾经请示何健:杨开慧的儿子杀不杀?何健想了半天,终于决定:不杀。其实,斩草除根的道理他不是不懂。但是,杀一个几岁的小孩,毕竟会引起社会舆论的一片哗然,那些缠人的破记者,这段时间他算是见识了,麻烦。关键,那种舆论的压力一旦反弹到蒋委员长那里,他何健恐怕就祸福难料了。

杨开慧似乎感觉到敌人要狗急跳墙了,她郑重其事地给儿子岸英交代:你出去以后,记住告诉爸爸,妈妈没有给他丢脸,只愿他的事业早日成功。

生命将尽,杨开慧提醒前来探视的亲人:请给她带点化妆品来。

杨开慧在走上刑场之前,非常精细地为自己描画着生命中最后一次亮相。带着装扮过的精细与从容,带着二十九岁的华年里最后一次亮相。

临刑之前,杨开慧郑重地留下了两句遗言:

牺牲小我,成全大我。
我死不足惜,愿润之革命早日成功。

杨开慧被押上长沙识字岭那个有名的杀场时,刽子手要杨开慧背对行刑队的枪口,杨开慧没搭理,她面朝行刑队的枪口现出一种迷人的微笑。准确地说,是面对远方的血阳现出一种迷人的靓丽。不知道杨开慧的微笑里究竟含着什么,但是,她微笑着眺望的方向,正好指向——井冈山。

那一抹微笑随着一声枪响永远留在她满足而无憾的嘴角上……

那一年是1930年11月14日;那一天是杨开慧二十九岁生日后的第八天。

1930年11月14日,这个在中国历史上并不起眼的日子,没有因为杨开慧的死而显得特别起眼。

只有板仓的乡亲们给那一天传扬出一些灵异的传说——

板仓人说,那一天的太阳红得像血,那一天的太阳好像老也不愿下山,好久好久都挂在山上,把天上地上染得一片血红。

板仓人又说,那些血红的阳光是给他们的霞姑铺成一条归路。霞姑本来就是太阳的精灵,来人间走一趟后,就被太阳接回去了。

(原载《时代报告·中国报告文学》2013年12期)

我的中国梦

李春雷

从珠海飞回沈阳的时候,已经是晚上8时了。

南北温差太大,冰火两重天。他体内虚火浮躁,满嘴起泡,唇角还淤结了一片不大不小的疮痂,黑乎乎的,像一粒溃烂的桑葚。

他打电话给妻子,说连夜赶去外地参加一个活动,月底结束,今晚就不回家了。

妻子问:"十多天没照面,又要到哪儿去?"

他沉默了一会儿:"你别问了,保密。"

妻子不说话了,这是多年的习惯。但又不放心,就叮嘱一句:"如果是在东北,务必带上棉大衣。"

他赶回办公室,处理了几个急件。然后,拿上棉衣和一件工装——海蓝色夹克,就披着浓稠的夜色,匆匆忙忙地奔向几百公里之外的基地。

作为中航工业沈阳飞机工业(集团)有限公司董事长兼总经理,他担任研制现场总指挥的中国第一代舰载机——歼-15,几天后就要公开在"辽宁号"航母上进行第一次起降训练了,那肯定是一个世界注目的事件。只是现在,还不能透露丝毫。

这一天,是2012年11月17日。

罗阳是部队大院里长大的,父母亲都在第三军医大学工作。

高考的时候,他成绩非常优秀,完全可以考取清华大学,可他执意选报了北京航空航天大学、西北工业大学和南京航空学院。他是军人的孩子,他的梦想是国防军工。

进入北航读书,专业是高空设备制造。

在班里,他不仅成绩好,体育也好,立定跳远2.75米,引体向上能做无数次,腹部竟然练出了8块坚硬的腹肌。他1.8米的个头,身材清瘦,弹跳如簧,是班里的体育委员,是系排球队的主攻手。

1982年,罗阳分配到沈阳飞机设计研究所,担任设计员。

这是共和国组建最早的飞机设计研究所,主要从事战斗机的总体设计和研究,中国空军现役的歼击机大都在这里设计定型。

那时候,所里正在进行歼-8Ⅱ的设计攻关。

有一年,罗阳与几位专家到美国考察。人家的航母甲板上,战机像蜻蜓一样飞飞落落,机翼轻松地折叠收放。想起自己的落后,年轻的他急得直想大哭。

几十年前,冯如与莱特兄弟几乎同时开始研制飞机,而现在呢。

差距太大了,太大了!

要拼命追赶啊。

一个国家,没有安宁的国防,就没有安宁的一切。

我们的天空并不安宁。未来的威胁,最多地将来自于天空。

没有人能够想象,这些年来,中国军机制造走过了一条怎样的艰难之路。

借鉴、消化、吸收、提升,失败、苦恼、汗水、泪水、血水……几十万中国航空人在追赶、追赶,苦思冥想,殚精竭虑,参悟天机,披星戴月,只争朝夕。

从二代机三代机到四代机,由望尘莫及,到望其项背……

到达基地时,已经接近凌晨1点了。

舰载机应急保障队的队员们还在等待,他们将举行战机上舰之前的最后一次检测。

飞机跑道上,停泊着几架橘黄色的歼-15,都在睁大眼睛,亲昵地瞅着他。他也用深情的目光,细细地抚摸着,紧紧地拥抱着。这些,都是他的心肝宝贝啊。而现在,又仿佛是出嫁的女儿,更好像是出征的儿子。

两个月前,中国第一艘航母"辽宁号"正式诞生,震惊世界。但航母是什么？它是以舰载机为主要武器并作为其海上活动基地的大型水面舰艇,是移动的机场,舰载机才是真正的战斗力。

说起舰载机的历史,国人真是汗颜啊,整整迟到了100年。

1912年5月2日,英国人查尔斯·萨姆森第一个从航行中的战舰上起飞。第二次世界大战中,舰载机被广泛应用,特别是在太平洋战场上起到决定性作用,从日本海军偷袭珍珠港,到双方舰队自始至终没有碰面的血战珊瑚海,再到决定命运的中途岛海战,无不如此。

1991年的海湾战争和2003年的伊拉克战争,美国尽管在中东没有足够的陆上机场,却依然能够利用其舰载机群进行主要攻击,并彻底摧毁敌国。

目前,全世界所有航母上的舰载机数量在1250架左右,其中美国超过1000架,俄罗斯、英国和法国排列其后。而中国呢,还是一片空白。

如今,这第一架,就要横空出世了。

美国媒体曾公开断言,中国的舰载机最少要两年后才能上舰。

而现在,才仅仅两个月。

他微微地一笑,忽地感到一团雾茫茫的困倦噙然袭来。

自从投身这一片温热而又浩瀚的海洋,他就再也没有回头。

上世纪八十年代,国家倾力于经济建设,军工萧条。好多专业人才下海了,转行了,可他依然坚守。趁着清闲,他自学俄语,每天抱着收音机听读,还试着翻译俄文军事资料。后来,他干脆又考回母校,读全日制研究生,专业更是飞机设计。

九十年代之后,军工航空的春天终于来临。

那个时候,他重点研究飞机座舱,侧重于舱盖玻璃和金属的老化疲劳问题。高空高速中,气流温度接近190℃,材料选用至关重要。为了快速筛选,需要到广州和海南做试验。试验是在强烈的紫外线环境中,强度是海南最高值的 5 倍。由于防护简陋,身体的照射时间每天不宜超过两小时。可他,每天照射 5 个小时以上,烤得皮肤火辣辣地生疼。半个月,收获颇多,他的脸上虽然全部暴皮了,像一个烧伤病人,可仍然掩盖不住笑容灿烂。

他在科研上成绩骄人:在国内首次采用气动力分析法进行座椅的适应性分析;率先提出开展透明材料人工加速老化研究,填补了国内空白;主持了歼-8 系列飞机弹射救生系统重大技术攻关……

各方面的优秀表现,使他一步步走上了领导岗位。十年之后,他担任了这座国内最大的歼击机设计研究所的党委书记。

2007 年,人到中年的罗阳又肩负更大重任,出任中国歼击机生产基地——中航工业沈阳飞机工业(集团)有限公司董事长兼总经理。

沈飞,被誉为"中国歼击机的摇篮",自 1951 年创建以来,这里创造了中国航空史上的无数个"第一":第一架喷气式歼击机——歼-5,第一架喷气教练机——歼教Ⅰ,第一架超音速歼击机——歼-6,第一架双倍音速歼击机——歼-7,第一架高空高速歼击机——歼-8,第一架全天候高空高速歼击机——歼-8Ⅱ……

由设计军机到制造军机,罗阳承担着国家安全的一项特殊的神圣使命!

说起来,罗阳与军机似乎有一种天缘。

有两个数字,真是惊人的巧合:

他出生那一年——1961 年,正值沈阳飞机设计研究所成立。

而他的生日——6 月 29 日,竟然就是沈飞的诞生日!

起床后第一件事,就是细细观察天气,这是他多年的习惯了。

东天一抹银灰的鱼肚白,晴天,能够试飞。他的心里立时升起一轮太阳,明亮亮的。

8时整,乘坐直升机,飞往"辽宁号"。

这是他第一次登上航母。但他早已通过图像和视频对这个庞然大物进行过千百次的熟悉,所以,对它的雄壮、繁华和先进性并不感到新奇。风大浪急,波涛汹涌,但航母不为所动,碾过喧闹,平稳前行。站在航母甲板右侧高高的舰岛上,凭栏远眺,有一种凌驾万物的感觉。

不知怎么回事,他总是豪迈不起来。

航母上的起落平台不及陆上面积的十分之一,且处于运动状态和微颠簸状态,舰载机要实现平稳且精准的起降,其难度远高于岸基。根据美国海军的说法,飞行员在航母上降落时的紧张程度甚至要超过空战的时候。

据有关资料显示,几十年来,为了舰载机的成功起降,美国曾损失上千架飞机。

一条极危险的血路,一次刀尖上的舞蹈。

这,正是他最揪心的。

现代化战争,制空权的重要性不言而喻。而在这个领域里,常规军机可以购买,通用技术可以借鉴,而最高尖的核心技术定然是国家绝密。

目前,世界上现役的舰载机主要有美国F-18、俄罗斯苏-33、英国"鹞式"和法国的"阵风"。几年前,中国选择与其处于同一平台的歼-15作为舰载机进行自主研制,无疑是一个巨大挑战。

中航工业集团牵头,以沈阳飞机设计研究所和沈飞公司为主体,组成精英团队,联合攻关。

按照常规程序,设计单位应在完成设计定型之后,再将生产定型的任务交给沈飞。

但是,为了提高效率和速度,罗阳另辟蹊径。他力主打破先设计、后制造的老规矩,将两个单位的研制人员整合为一个"飞鲨"团队,不分你我,不分先后,联合设计,联合制造。

制造与设计单位是一对矛盾体。设计者唯愿立足技术最前沿,而在工艺水平相对落后的我国航空制造界,设计意图很难完全工程化实现。

但作为新机研制生产现场总指挥的罗阳,总是给上游最大的创新空间。研讨设计方案时,他很少要求修改以降低制造难度,反而总是鼓励大胆设计,加工制造时遇到困难,他再去攻关。

"你们怎样设计,我们就怎么干!"这是罗阳常说的一句话。

制造一辆时速200公里以上且性能稳定的高级轿车,其难度系数是多少?而制造一架时速2000公里以上且性能稳定的舰载机,其难度系数又是多少?

老天知晓!

工欲善其事,必先利其器。这些年,在罗阳的主持下,沈飞集团已经逐渐拥有一整套国际先进水平的飞机装配、整机试验、可靠性试验、飞行试验的技术、设备和制造生产线,特别是在钛合金机械加工和大型复杂结构件的数控加工等方面已达到世界一流水平。

但是,千千万万个难关和险隘,横亘面前……

这里是高科技的极顶,是人类的至高玄奥,但这又是一个绝密的军事禁区!

所以,作为一个写作者,我无权窥探其中,也无法向读者描述,更不能臆想。

但,我们可以想象,想象那个邈远而神奇的高空世界。

舰载机的第一次公开起降训练,将由军方飞行员完成。

由于此次任务特殊,世界关注,军方、航空界高层及新闻界都亲临现场。所以,军方只邀请罗阳一人作为沈飞公司的代表上舰工作。

这样,他的担子更加沉重了。

虽然训练任务由军方执行,但作为研制现场总指挥,作为"孩子"的"父亲",他必须对一切结果负责。

在这几天里,他不得不亲自检查全部机舱,查对数据,并对相关环节全面监测。

他拿着一个小本,日日夜夜地记录着和计算着那些只有他明白的密密麻麻的数据……

由于工作紧张和舰上生活不习惯,他睡眠严重不足。嘴上的口疮时时蹿火,麻麻刺刺地疼痛,疮痂渐次扩大,像一枚风蚀的葡萄干。

新机试制部工程师韩崇杰的右脸颊上有一个红疱,罗阳发现了。

飞机车间里,竟然还有小飞机——蚊子。

当天,他安排给车间所有人配上了花露水。

一位老技师患有糖尿病,他专门安排食堂准备无糖食品;深夜,看到车间加班,他叮嘱后勤一定要准时送餐;进入冬季,他又给外场人员每人配发了一个暖宝。

罗阳说,越是大干,越不能忽视大家的身体健康。

过去,除了特殊工种,沈飞人每3年体检一次。罗阳决定扩大员工体检范围,缩短体检间隔。从2011年开始,职工们每年体检。

对于"飞鲨团队"和特殊工种,罗阳请医生每周二上午到各个生产现场,为大家量血压,做心电图,随时监测身体状况。

从此,沈飞人的身体不仅有"年检",还有了"周检"。

可他自己,却有两年没有体检了。

……

罗阳是一个极简朴的人。

他家住在家属院的六楼,没有电梯,是上世纪九十年代初期的老房子。装修呢?仍是当年的模样,客厅的八个莲花灯,其中三盏从未亮过。最让人惊奇的是,他家的厕所里还是蹲便池,明显落后时代二十年。

这些年来,他一直佩戴着一块卡西欧运动手表,表带是黑色布制的,边缘已经磨损,露出白色线边儿。他用碳素笔描成黑色,继续使用。

他唯一的爱好,就是待在各个车间里。

公司的工作服是一件海蓝色夹克,他常年穿在身上,即使到北京开会,也从不穿西服。不是不穿,是没有。由于缺少锻炼,他原本标准的身材略微发胖,过去的西服不合身了。

一次,省里开会,明确要求着正装。没有办法,他只得委托秘书上街买了一套,1390元。

开完会后,这套西服就闲置了,挂在办公室里,只在会见外宾时穿一下。

他就是一个工人。

一个最特别而又最普通的蓝领工人。

采访时,罗阳的秘书给我讲过一个故事:

中秋节,他去看望母亲。父亲7年前去世了,他是唯一的儿子。他坐在床边,与母亲说话,不知不觉中,竟然斜靠在床上睡着了。秘书在客厅看电视,长久地听不到声音,感觉有些异常,便往里面看了一下。只见母亲轻轻地拿着罗阳的手,静静地看着他,不忍松开。屋里面,飘浮着他低沉而香甜的鼾声。他太累了!

好一会儿,罗阳猛然醒来,不好意思地笑一笑,告别。

23日早晨,6时。

罗阳爬上甲板,看天气。风小了,雪也停了,天边露出了丝丝缕缕的霞光。

今天,将有两架歼-15公开训练。

8时30分,舰岛上和甲板上聚集了数百双焦渴的眼睛。全副武装的飞行员端坐座舱,等待起飞信号。

头戴帽盔,身穿黄色外套的飞行助理经过细密的观察之后,下蹲屈身,左手握拳放于背后腰际,右臂上扬,指向前方。

飞机快速滑行,呼啸而出,直刺长空……

罗阳的心,猛地高悬起来……

制造车间的墙上,有一行字特别醒目:一手托着国家财产,一手托着战友生命。

某系统偶尔出现一次渗油现象,最终发现是由于胶圈沿用老标准,未达到新工艺要求。及时转换标准后,大家以为事情可以画句号了。他却小题大作,召开质量大会,领导班子成员和1万多名员工,手持剪刀,一起动手,剪碎了剩余的两万多个老胶圈。

还有一次,某关键部件出现瑕疵。罗阳坚持不可原谅,从分厂厂长到车间主任,一撤到底。

拦阻系统综合试验时,有一个部件出现故障。有人认为,这只是一个偶然事件,更换部件就行了。罗阳说,绝不能这么简单下结论,故障原因不能有一丝一毫含糊!他连夜启动全系统普查,进行对比分析,最后发现,故障确非偶然,原因在于对设计思想理解不到位,造成产品存在不确定因素,如果只是简单处理,就会留下致命隐患。

罗阳始终盯在现场,经过几天几夜攻关,这个部件重新研制,达到了完全可靠的标准。

他揉着红肿的眼睛,开心地笑着:"这才是我想要的。"

从此之后,生产中无论出现什么故障,罗阳都会严厉地说:"要找出原因背后的原因,问题背后的问题!"

是的,对于罗阳来说,所有的努力,没有及格和优良,只有两个成绩:满分,或零分。

满负荷运转,超极限爆发。

武器系统、火控系统、通讯系统、动力系统,起落架、机翼折叠、阻拦钩等等关键技术……

一个个钉子拔除了,他们日夜兼程!

每每有重大突破,他们也会忘情地庆贺。

只是,他们的庆贺不是在酒店里,而是在办公室里、在楼道里。他们泪流满面,相互拥抱,大喊大叫,歇斯底里。但走出大楼,走出厂区,却又面沉似水,守口如瓶。

他们的痛苦和快乐,不能与亲人分享。

9时3分,一架歼-15飞临航母上空。

大家指着那个时隐时现的黄色斑点,兴奋地小声议论着。

罗阳仰起头,瞪大眼睛,心脏剧烈地跳动着……

甲板上的飞行助理用手势指挥着,舰上的降落指示灯也在闪闪烁烁地提示着。

1000米,500米,200米,越来越近了。飞机进入环形航线,降低高度和速度,放下起落架、襟翼和空气减速板,伸出阻拦钩……

发动机的轰鸣震天撼地,撕心裂肺。而罗阳的距离,不超过20米。

巨大的战机扑向甲板,尾钩牢牢钩住阻拦索。一阵狂飙,飞机瞬间降速至零,像鹰爪抓枝,稳稳停下,而后折叠机翼,缓缓地向指定位置靠拢……

这个场面,那么熟悉,宛若在影视里。不!那是他20多年前在美国亲眼目睹的。

人群顿时欢呼起来。

50分钟后,第二架歼-15再次成功着舰。

17点,罗阳参加总指挥部例会。他拿着厚厚一摞数据表,认真审阅。机械系统,正常!电传系统,正常!液压系统,正常……

从设计发图,到新机下线,歼-15创造了中国航空史上研制速度的奇迹。

但是,如果你认为罗阳只是完成了一个歼-15,那就大错特错了。

他是多个型号的研制现场总指挥,歼-15仅是其中之一。只是由于保密原因,我不能深入采访。但我坚信,每一个型号的背后,都是一串惊心动魄的故事。

最近5年,沈飞研制了超过过去50年总和的新机型。从陆基到舰载,从三代机到四代机,托举了中国歼击机研制生产的半壁江山。

另外,沈飞的民用飞机生产任务也同样繁重,每天都会有一架飞机出厂。而民用飞机,同样容不得半点瑕疵。

安全生产、工艺创新、严防泄密、国家责任、竞争世界……

一座座大山,压在肩上,压在心上。

数万个零件,经过几千道严密的工序,构成一个个整体,连成一架架飞机,最终将飞出厂房,飞向高空,以2.3马赫的时速,巡航领空,保卫国家。

他们是一群什么样的人?

作为这个群体的领导人,罗阳又是一个什么样的人!

24日上午,继续进行歼-15起降训练。

今天进行3个架次。

又是三次过山车般的肝胆欲裂。期盼、焦急、紧张、兴奋,波峰波谷,大开大合……

12时3分,参加本次训练的最后一架飞机成功着舰!

将军和列兵,专家和员工,所有的人们,纷纷拥上甲板,忘情地握手、拥抱、流泪、手舞足蹈……

平生内敛的罗阳,此时再也控制不住自己,泪水滂沱,泣不成声。他面对大海,放声呐喊:"我们的孩子,成功了!成功了!"

当天下午,亢奋中的罗阳致电岸上的几位副手,通报喜讯,并特别嘱咐一定要办好明天的庆功宴,要喜庆,隆重,喝茅台。

这时,他想起了妻子,便打去一个电话,平静地告诉她活动结束,放心吧。

"你在哪里?"妻子问。

"我明天赶到大连,晚上回家。"

妻子和母亲,是他事业最坚定的支持者和知心人,却从来不是知情人。这么多年来,她们仅仅知道他在研制飞机,而进一步的内容,他从来不说,她们也从来不问。该公布的,国家自然会公布,看电视新闻吧。

……

罗阳是什么时候开始发病的,已经没有人能够知道。

他的异常,是在第二天早上返航时出现的。码头上锣鼓喧天,彩旗飘舞,所有的人都在狂欢,只有他一反常态,无精打采,特别是嘴角大片的疮痂,像一颗干瘪瘪的黑枣,让人格外触目惊心。

但是,即使如此,谁也没有多想,谁也不会多想。大家都在忙于准备庆功宴,只是以为他近日太过辛苦,需要休息。

这次盛宴,由沈飞公司在大连主办,下午4时开始。是啊,这是中国航空界多年的渴望,这是中国军工业重大的突破,这实在是一个特别值得庆贺、值得铭记的日子!

谁也想不到,仅仅半个小时之后,他病情发作。

立即送往大连友谊医院!

两个小时后,宣布不治。

医院公布的死因:急性心肌梗死、心源性猝死。

一切,竟是这么突然!

罗阳的去世,让所有人感到意外。

他正值壮年,爱好运动,体质良好,向来没有检查出什么病症。于是,大家不得不想到了他近几年的过度疲劳和心理压力。特别是今年,尤其是最近。

且看他临终前三个月的行程:整个9月和10月,都在忙于另外两个重点型号的研制任务,这是两项和舰载机同样巨大的工程,提心吊胆,夜以继日;项目成功后,未及休整,8日即直赴珠海,参加第九届国际航空航天展览会;17日傍晚返回沈阳,没进家门,就连夜赶往基地;第二天早晨,又马不停蹄地奔上了"辽宁号"。

医学专家进一步分析,罗阳的生理和心理长期处于亚健康状态,再加上刚从珠海归来,马上置身于冰冷的北国海上,两地温差达到40多度,血管骤冷骤热。还有,海上的不规律生活和巨大的情感起伏,更加剧了这种失衡……

即使是钢铁,也有疲劳限度。超过承载,就要断裂。罗阳本人就是研究玻璃和金属疲劳的专家,却没有意识到自己的身体。

这是一个遗憾的疏忽,这是一个罕见的偶然,却不幸发生在了罗阳身上。

为了在遗体僵硬之前换上一件正装,让他体体面面地上路,伙计们在他的行李箱中翻找。没有西服领带,只有那一件海蓝色夹克。

他原本就是计划穿着这件工装出席庆功宴会的。

伙计们面面相觑,再次号啕大哭。

于是,大家一起动手,把这件他最喜爱的海蓝色,穿在他身上。

这是他最深的牵挂,这是他永远的梦想!

庆功宴前,大将倒下。

现场的气氛,骤然由大喜转至大悲。原本丰盛的晚宴,顿时索然无味,草草收场。

当天傍晚,中国航空工业集团公司董事长林左鸣率各路大员,陪同罗阳遗体从大连返回沈阳。原定直接送往龙岗殡仪馆,但沈飞和沈阳飞机设计研究所的战友们,坚决要求他们的罗阳最后一次回家看看。于是,大家决定,遗体在厂区内绕行一圈。

当车队进入沈飞大门时,已是晚上8时了。

长长的试飞跑道上,没有一盏灯,黑黑的。大家自觉地把上千辆私家车排列在跑道两侧,打开大灯,雪白雪白,照亮着他回家的路。那一夜,雪花飘飞,银屑满地,上万人默默无语,泪流满面……

灵车驶出厂区之后,突然有人想起了罗阳母亲。79岁的老人家只有这一个儿子,而罗阳更是一个大孝子。这最后的时刻,应该让他们母子见一面啊。

于是,大家紧急商议:让罗阳轻轻地从母亲的窗外走过,悄悄地看一眼。

于是,浩浩荡荡的车队,熄灭大灯,禁止鸣笛,蹑手蹑脚。

罗阳母亲就住在三楼,就是临街的那一扇窗,里面灯光明亮,笑语喧喧,电视里正在播放一台庆典晚会。老人家已经从儿媳处得知儿子今天晚上就要回家的消息,正在满心喜悦地等待着。她多么祈望儿子的平安归来啊,多么希望疲累的儿子能躺在自己的床上,像婴儿一样酣酣地睡觉、打鼾,而她,就那样微笑着静静地看着儿子,看着儿子……

但是,可敬的可怜的母亲啊,您不知道,您的儿子此时就在窗外,就在窗外,只是他已经永远永远地睡着了……

……

2012年11月25日,中国官方正式宣布:"辽宁号"航母已经顺利完成舰载机起降训练任务,舰机适配性能良好,达到设计指标要求。

至此,歼-15舰载机终于拨开神秘的面纱,展示在世人面前。同时,这也表明,作为中国自行设计研制的首型舰载机,歼-15已经完全具备与世界各国现役舰载机并驾齐驱的能力!

罗阳陨落了。

但他的梦想已经起飞。

他的笑容,他的笑声,写满了中国的万里空疆!

祖国,终将选择那些忠于祖国的人!

祖国,终将记住那些奉献于祖国的人!

(原载《时代报告·中国报告文学》2013年2月)

罗稷南：驽马,理想主义者的悲剧形象

楚泽涵

罗稷南和我父亲楚图南交往始末

罗稷南(1898—1971),原名叫陈子英,字小航,云南顺宁(现名凤庆)人。1919年和我父亲楚图南一起在昆明报考在北京的大学,初试结果,陈小航被北京大学录取,到北京后从哲学系转为中文系,我父亲则被北京高等师范学校(北京师范大学前身)录取,进了史地系。两人是云南同乡,又同是爱好文学,受当时社会潮流的影响,先后结识了李大钊、罗章龙、施存统和张国焘等中国早期接受马克思学说的知识分子,先后参加了社会主义青年团(CY)及共产党(CP),属于中共北方局系统联系的同志。1923年,两人同期从大学毕业,回到昆明后,又同期在昆明的省立第一中学等校任教。后来父亲应李大钊同志的安排,1926年到了东北,以教师的身份从事党所委托的工作。陈小航则参加北伐军,担任政治宣传工作,1927年"四一二"事变后,因白色恐怖压迫,到了东北,由父亲通过朋友(在吉林省立中学任教的谢雨天、萧伯符、胡体乾等)安排在吉林、长春等地的学校任教。

1930年,父亲由于东北学潮事件身陷囹圄,陈小航则到了上海,和其妻倪琳(字淑荣,湖南人)一起从事第三国际远东局的情报工作,同时与十九路军的将领蔡廷锴等联系。

说起来,陈小航和父亲还是两杆子就打得着的亲戚:陈小航的夫人倪琳的哥哥倪琨(待考)的妻子与父亲的前妻杨静芬(是我大哥楚泽清——现名楚庄——的生母,1925年与父亲在陕西潼关结婚,1930年,我父亲在东北被捕后离去)是亲姐妹。因此我父亲和陈小航的妻兄曾是连襟。1930年父亲在东北坐牢和出狱后准备去苏联前后,大哥楚泽清有一段时间,就寄养在陈小航家,我哥哥称陈小航为伯伯,称倪琳为姑姑。

1986年以后,一次父亲在北京医院住院,病房"邻居"黄火青叔叔,因为父亲是云南人,就向父亲打听"一位云南人——陈小航",父亲听了,对黄火青说:对陈小航最熟悉的就是他自己,毕竟有几十年的交情。父亲问及,黄火青如何会认识陈小航。黄火青答曰:1933年,李济深、陈铭枢与蔡廷锴、蒋光鼐等在福建成立反对蒋介石的福建人民革命政府,和在瑞金的共产党及中华苏维埃政府谈判联合反对蒋介石,黄火青是共产党方面的代表,福建方面的代表是陈小航,因此陈小航由黄火青带领从福建龙岩到过江西瑞金,毛泽东还以中华苏维埃政府主席的名义招待过他——这也许是,1957年初夏,毛泽东在上海会见若干文艺界人士时,首先问及罗稷南的缘由。

还有一事,需要更正:现在有关罗稷南的介绍都说罗稷南在1950年前后任西南军政委员会委员,其实,罗稷南当时是由担任西南军政委员会委员兼文教委员会主任的父亲提请西南军政委员会,任命罗稷南为西南军政委员会下属的文教委员会委员,提请任命的理由是罗稷南是云南籍的文化界知名人士。但是罗稷南一直在上海,没有到西南任职。将其误传为"西南军政委员会委员"一说,出自罗稷南之亲侄陈焜("文革"前是中国科学院哲学社会科学学部外国文学研究所的研究人员,是笔者的兄长及密友,"文革"后去了美国,在美国哈佛大学的燕京学社,从事文化交流工作),笔者曾经与其就此说,进行过讨论①。

---

① 西南军政委员会下设财经、文教、民族、监察四个委员会。罗稷南并不在西南军政委员会委员名单之内,应是其下属的文教委员会委员。

陈小航在李济深、蔡廷锴等人举事的福建反蒋事变失败后，一直在上海，一方面继续从事第三国际远东局安排的情报工作，一方面以罗稷南为名，从事外国文学的翻译著述。新中国建立后，父亲曾经希望罗稷南到西南协助工作，并将其列为云南大学校长候选人之一，但是罗稷南不愿意离开他多年居住的上海和已经习惯了的文学翻译及著述工作和自由职业者的独立不受拘束的生活方式，留在上海，随即被选为上海市人大代表，以及作家协会上海分会书记处的书记——这是按惯例对此类人物的一种安排。

陈小航有个弟弟叫陈绍航，早年是黄埔军校的学生，与陈小航及倪琳的幼弟倪顺荣（后来改名叫倪锋）都是属于共产国际远东局联系的情报工作人员，而且陈小航、陈绍航和倪顺荣都受倪琳领导——由倪琳负责联系远东局派驻上海的工作人员，领受收集情报和联络国民党内爱国反蒋人士的任务；倪顺荣还由倪琳安排学习无线电收发报技术。1943年共产国际宣布解散后，倪顺荣转为中国共产党城市工作部的工作人员，解放后在上海市公安局工作，1960年后转业到上海市房地产管理局下属的一个工厂任职。

特别要提到的是，陈绍航因为早年是黄埔军校学生，因此后来以上校军衔在国民党政府军事委员会的南昌行营任参议职务，在此期间，陈绍航曾经将许多重要的军事情报，特别是蒋介石关于围剿苏区的情报通过共产国际的情报系统转达给在瑞金的中华苏维埃政府和红军。后来，陈绍航与倪琳的通信被查获，因此被捕，虽受严刑拷打，陈绍航始终没有透露任何机密，气急败坏的蒋介石得知此事后，亲自下令将陈绍航处死，据说，军统特务乃将陈绍航在武汉腰斩！时在1936年。陈绍航牺牲后，遗有一子，名叫陈焜，一直由罗稷南当作己出抚养。解放后，进北京大学西方语言文学系学习，毕业后分配到外国文学研究所工作，后来曾经安排他到中国驻外使馆任职，但是他表示热爱外国文学专业，没有赴任。他在北京求学及工作期间，逢节假日，经常来看望我父母，也待我为幼弟。

"文革"期间,他对"文革"有许多看法,并与我有多次交谈,后因他不容于"四人帮"在中国科学院哲学社会科学部(当时简称学部)爪牙及追随"四人帮"的所谓"左派",受到残酷迫害。"文革"结束后,他去了美国,从事美国黑色幽默文学的研究以及中美文化交流工作。

1935年,父亲从东北出狱后辗转到了上海,由郑振铎介绍安排,在暨南大学任教,1937年与我母亲彭淑端结婚。当时与我父母经常来往的云南籍朋友是罗稷南,还有艾思奇(原名叫李生萱)、黄洛峰和郑易里。说起来,父亲和罗稷南1923年前后一起在昆明的省立第一中学等校任教时,艾思奇、黄洛峰、郑易里还都是学生。但是父亲和罗稷南都对他们以朋友相待。这几位云南朋友都在不同的时期参加了共产党,从事进步的文化教育工作,因此不仅私交很好,而且还在生活和工作上互相支持:黄洛峰当时受共产党的委托,负责筹建出版进步书刊的读书生活出版社,郑易里则通过其兄长郑一斋筹集资金,钱到手后立即转交黄洛峰,自己则埋头筹备《英汉大词典》等的编撰工作。罗稷南则将自己翻译的作品,交由黄洛峰主持的出版社出版,当黄洛峰和郑易里不在上海时,所经营的出版社通常交由罗稷南兼管。1937年,艾思奇和周扬(当时叫周起应)、何干之奉调到延安工作前,父亲和罗稷南一起在董竹君开设的锦江酒家为这三位朋友送行。

这几位云南朋友,还有一点巧合:罗稷南的夫人倪琳、我母亲彭淑端和郑易里的夫人熊约春,都是出身名门的湖南女子。因此这些朋友见面,几位男士在一起说云南话,几位女士则相聚湖南乡音,无话不谈,好不热闹,这种家庭和家乡朋友的聚会一直延续了几十年。另据郑易里的女儿讲,倪琳的妹妹倪靖还嫁给郑易里的亲侄郑璨,因此郑易里先生后来有过一句笑话:我们云南人,都喜欢讨个湖南女子做媳妇!

罗稷南轶事——如是我闻

笔名罗稷南的来历

陈小航后来一直以罗稷南为笔名,在1949年以后,他的真名陈小航几乎被人遗忘,在所有场合,都以罗稷南为名。据我父亲说,陈小航对他讲过,罗稷南的英文是 Rocinnante,是西班牙作家塞万提斯的讽刺小说《堂·吉诃德》中主人公堂·吉诃德的坐骑——一匹瘦弱的老马。取这样的笔名是寄寓于为理想主义者服役,而且准备接受悲剧的结局。

中南海的茶杯晃动和上海滩的台风

进入二十一世纪以来,关于罗稷南的最著名的话题是1957年7月7日,毛泽东在上海会见36位文艺界人士时,罗稷南问及:要是鲁迅现在还活着,会怎么样?毛泽东略想后回答:无非是两种可能,要么是进了班房;要么是顾全大局,不说话[1]。

我父亲和罗稷南是无话不说的多年朋友,而且父亲每有机会到上海,必然会去看望罗稷南。但是这个话题,我父亲在世时我没有听说过。但是罗稷南对我父亲说的另外一句话,则是多次提起:一次,父亲到上海去看望罗稷南时,罗稷南放言:"如果中南海里的茶杯有点晃动,上海滩就可能刮台风啦。"显然这是罗稷南对当时中国局势的看法。

罗稷南的翻译作品,爱伦堡及其他

二十世纪前期,中国左翼知识分子都虔诚地相信马克思的学说将会改变世界,十月革命更使左翼知识分子将苏联视为新的世界革命中心,更加关心其发展与进步。罗稷南就是在这样的背景下开始了他长达几十年的外国文学作品的翻译工作。1949年以前,罗稷南最重要的翻译作品是梅林著的《马克思传》

---

[1] 见《假如鲁迅活着》一书中贺圣谟的文章(第12页),文汇出版社,2003年。

和高尔基著的《和列宁相处的日子》。

梅林的《马克思传》是罗稷南最有影响和价值的翻译作品，其最早的译本是"民国三十四年"（1945年）顶着国民党的反苏、反共压力，由骆驼出版社（由黄洛峰和郑易里主持的出版社，后来合并到读书·生活·新知三联出版社）出版的，当时书名叫《马克斯传》；1949年以后，由三联出版社根据"骆驼版"略作修订再版，书名改为《马克思传》，出版年份也变成1950年。但是此后，很长时间都没有再版，而且，此书还被"打入冷宫"，其主要理由是来自看苏联官方眼色"一面倒"的意识形态部门。苏联官方的非难是梅林对和马克思同时代的拉萨尔、巴枯宁的评价与列宁和苏联官方的不一致（特别是将被列宁斥为修正主义者的拉萨尔与"革命导师"马克思、恩格斯并列），甚至判定作为德国共产党创始人之一的梅林"不是马克思主义者"（见《苏联大百科全书》有关条目）。其实，根据我当年在家翻阅梅林的《马克思传》的印象，梅林笔下的马克思是有血有肉、没有被神化的活人，有和朋友、家人亲切交往的情节，有人的欲望和随之而来的缺点。后来，中苏关系恶化，《马克思传》陆续有了新本（译著或创作）。

新中国建国后，罗稷南作为国际反法西斯斗争的亲历者，其翻译兴趣移到有关国际反法西斯斗争的题材上，其最有影响的翻译作品是苏联作家爱伦堡①作品：《暴风雨》，该书1947年出版，1948年获斯大林文学奖金。罗稷南翻译的《暴风雨》，1952年由上海时代出版社出版。我还是中学生的时候，看过这本书，现在还依稀记得，书中展现了二十世纪三十—四十年代，欧洲各国政治、经济和军事舞台的大视野，描写了苏联、法国等国反法西斯战士的风貌：以出使法国的苏联工程师弗拉霍夫的故事为主线，既讲了他在巴黎和德国的经历，也讲了他最后为反法西斯战

---

① 爱伦堡（1891—1967）苏联作家、记者。1941年因《巴黎的陷落》而获斯大林奖金。卫国战争中任《红星报》战地记者，发表不少反法西斯的政论。著有长篇小说《暴风雨》《九级浪》等。1954年发表中篇小说《解冻》和回忆录《人、岁月、生活》（1960—1964），都是最早公开批评斯大林的作品。

争牺牲在南斯拉夫。法国人路易,投身到在苏联的法兰西空军师团,在和德国法西斯空军的格斗中壮烈殉难。两个主人公都死在异国他乡,其描写生动,以致几十年都未忘记。后来,罗稷南还翻译出版了《暴风雨》的续篇《九级浪》,此时罗稷南由于翻译爱伦堡的作品声名鹊起。

其实,罗稷南对爱伦堡有某些倾心:出身于非无产阶级家庭,常年在法国生活和工作,可以保留相当多的自由和所谓资产阶级生活方式,却仍能够得到当局的信任和重视。后来,斯大林死了,爱伦堡率先批判斯大林,鼓吹"解冻",这当然不容于当时中国的主流意识形态。罗稷南非常清楚地意识到这些,悄然退回书斋,以笔耕为乐,很少对各种政治运动表示意见,身为作家协会上海分会书记处书记,却极少在各种思想和政治批判中发言——他非常清楚:上海滩上的意识形态的台风,源于中南海某个茶杯的晃动!罗稷南的这些所作所为,使他在"文革"期间的罪名是:修正主义者、"中国的爱伦堡"。其实罗稷南的影响也许不如爱伦堡,但是,耐得住寂寞,或许是爱伦堡所不及!

晚年及身后

1964年10月13日,与罗稷南共同生活了近40年的战友、同志、妻子倪琳因患子宫癌,虽经治疗,延续了十年,终究因癌细胞扩散,在上海中山医院撒手人寰,随即火化于上海龙华火葬场。

此后不久,罗稷南与一位叫许瑞芳的中年女子结缡。许瑞芳粗通文墨,也能够照料罗稷南的生活,还带来一个孩子,这或许给一生没有子女的罗稷南带来一些家庭乐趣。

此后不久,遭遇"文革"浩劫,罗稷南被定为反动学术权威批斗,当年的朋友几乎人人在劫难逃,个个都难以自保。后来以七十岁的高龄被送到远离上海的"五七干校"接受批斗和"再教育",直到发现身患癌症,才被批准回上海治病,此时已经是肺癌晚期。经过约半年的疾病的折磨后,1971年8月17日在上海中山医院宣告不治,随即也是在上海龙华火葬场举行家属主办的小型追悼会后火化。

值得一说的是,罗稷南身后的模式是"人一走,茶就热"。原来收存其档案和负有干部管理责任的人民文学出版社上海分社,立即派三位同志送来花圈致哀,并且宣布原来定性为"反动学术权威"的罗稷南属于"人民内部矛盾",原来冻结的数千元银行存款立即解冻,受批斗以来扣发了两年多的每月120元津贴,全部补发①。这很符合当时处理类似问题的规则:若干元戎、阁老,人一死,"逆流"不算了,名字后面加"同志"了,对亲朋故旧,也有:"某某是好人呀!"的劝慰。这种打一巴掌、揉一揉的伎俩,有些人是很熟悉的,叫做"化消极因素为积极因素",其实是逃避对是非曲直和责任的追究!在此笔者对往事处理"宜粗不宜细"的原则表示不解,并认为"前事不忘,后事之师"乃是今后枉死城中少添新鬼的明训。

此文完稿于罗稷南伯伯忌日(八月十七)前夕,谨以此文纪念父亲和母亲的好友,从小带我逛过公园,给我讲过许多有趣小故事的陈小航——罗稷南伯伯和倪琳姑姑!

(原载《新文学史料》2013年第4期)

---

① 见罗稷南原配倪琳的弟弟倪锋(顺荣)1972年2月29日给父亲的信。

宣 传 队

林 那 北

在百度上输入"宣传队"三个字,显示的结果是这样一行字:"本词条内容尚未完善,欢迎各位编辑词条,贡献自己的专业知识。"这一天是二〇一三年六月六日中午,芒种节气刚刚过去,没有雨,但也不见阳光,从早上起一直是阴沉沉的,而云之后却隐约有光。这是一种有着阴险气质的天气,过于暧昧,让人浑身像蒙着一层塑料布,汗在将出未出之间徘徊。

我把眼从电脑屏幕移到窗外,长嘘一口气,仍然放不下刚才的诧异:居然"本词条内容尚未完善"!

如果是从前……这个"如果"像一坨重物就这样迎面扑来了,它是时光深处一株枝繁叶茂的大树,带着芬芳与果实,并且色彩明丽。三十、四十、五十年前,时光往前推移,宣传队这个名称有几个人不知道呢?毛泽东思想文艺宣传队,这是它的全称。唱歌跳舞弹奏乐器可以宣传思想,这似乎有点奇怪,但那时没有人追问,不敢问,也不觉得需要问。有一个疑惑其实一直在我心底盘旋:那时的人比现在单纯吗?

所谓单纯不过是用一种简单的方式,没头没脑地信任这个世界。世界那时候其实非常斑驳,斗来斗去已经连绵几年,包括我父亲在内,他不过一个微不足道的小芝麻官,居然也未能幸免地成为"走资派"——走资本主义道路的当权派,被戴上高高的纸帽,胸前挂起大牌子,上面写着粗大的侮辱性字眼,打倒、批臭、永世不得翻身之类的,还用红笔画上叉,然后游街,批斗,关牛棚。

他从牛棚里"解放"出来已经是上个世纪六十年代末或七十年代初,生活被一截两断之后又徐徐往下进行。进牛棚之前他是公社副社长,之后是另一个公社的革委会副主任,分管教育文化卫生以及全公社上山下乡这桩事。没提升,也没降职,牛棚里的那一次次批斗、审查、检讨都如同一场游戏,而他看上去也无丝毫损伤,终日依旧不管东西南北地亢奋,行色匆匆,好大喜功,高亮的笑声和昂首急速行走的姿势,仍虎虎生风,仿佛被批被斗不过是向水里扔了一块石子,水波漾了漾,很快又了无痕迹。为什么会这么达观呢?肉体上也许真没多大损害,可关于尊严的那种痛,是触及一个人心底最彻骨的痛,怎么可能转眼消失?相比较而言,似乎上吊的邓拓、投湖的老舍、吞安眠药的杨朔、跳楼的上官云珠、跳井的范长江等人更合情合理。当然反过来我又庆幸父亲能够那么迅速地自愈,终于守得云开见明月,"解放"了,重新走上工作岗位了,周围的人反正也没几个是风平浪静度过的,彼此彼此,难兄难弟,生活还得往下继续。

关于宣传队,我打算就从这个时候说起。

大概父亲都记不清自己结束牛棚生涯、恢复工作的具体时间了,即使记得,我现在也无从问起,两年前他已经去世。出生于一九二八年四月的父亲,那时四十岁刚出头。打量着身边往来行走的熟悉不熟悉的四十多岁男人,我终于忍不住揣想起父亲的当年:也是那般健康、自得、踌躇满志?一张"文革"前拍的全家福照片上,父亲留着工整的三七开分头,穿灰色呢子中山装,围双色羊毛围巾,而中山装的口袋上则非常隆重地插着一支钢笔。母亲多次半开玩笑地嘲讽她丈夫,说他很骚,从年轻到老都"爱装"——福州话里就是爱打扮的意思。父亲后来的"骚",我们都充分领教过了,比如九十年代末期他就有一套亮灰色绸缎唐装,上有福禄寿喜团花图案,是我出差浙江买给他的家居服,他觉得有范儿,昂然穿上街头,回头率百分之两百。后来唐装在男人中盛行,他得意地反复自夸,仿佛那潮流是被他引领出来的。再老一点,他穿西装系领带都上了瘾,任何正式场合其实都与他无关了,如此正式穿戴无非为了坐在家里看看报纸和电视新闻联播。冬天时则穿黑呢大衣、黑礼帽,手上再加一支拐杖。我不知深浅,觉得一支拐杖令他顿时老迈几分,他却铿锵反驳道:"蒋介石以前手上都要拿一支的!"我如梦初醒,把他的穿着联系起来看,原来他心中藏有这么一个大偶像啊。他年轻时的那个时代,不敢放胆打扮,能够派上用场的只有一条在当时算得上奢侈品的羊毛围巾。而那支钢笔则是另一种装饰:建国初期通过扫盲班才识点字的工农干部在农村占多数,父亲在福州英华中学读过书,钢笔是他表达有文化、与大老粗们不一样的重要标签。

罗列父亲的这些外部特征,是为了说宣传队。注重穿着打扮,又自以为有文化,父亲的文艺腔一直不得要领地保持到生命的终点。在当时,则转化为对宣传队的豪情壮志。

"文革"开始时奶奶已经被送回她娘家,我们姐弟三个也先后跟随。奶奶的娘家是福厦公路旁一个原本相当大的村子,如今村子的大部分土地都已经被一家大型合资汽车制造公司所盘踞,宽阔的厂房和一辆辆工整排列的汽车把退缩在角落里的村庄反衬得寒酸局促,但"文革"前却是另一种模样。背后是像一把大扇子连绵摊开的小山岭,前面是广阔而肥沃的田野,春秋水稻或者芋头、甘蔗、荸荠、蔬菜此起彼伏,高低错落不一而足,蓬勃滋润得像一位初长成的少女。奶奶只是寄居,没有一寸土地,我却可以在每一块地头自由奔跑跳跃,傍晚则伴着夕阳,拿一根竹竿、一个自制的塑料袋,袋口上箍着一道铁线,这是钓青蛙的必备工具。然后入了夜,如果没有月亮,整个村子就漆黑得像滑进墨池里。还没通电,家家户户点的都是煤油灯,为了省钱,灯芯捻到最小,玻璃罩早被烟熏黑,透出来的光朦胧而晦涩。就是在这样的油灯下,每晚奶奶重复做的一件事就是讲鬼故事。那时很奇怪她肚子里为什么能装得下那么多鬼,后来才知道,其实大都是《聊斋》里来的。她不认字,也是道听途说,然后演绎发挥,夸大诡异惊险的部分,见我们听得龇牙咧嘴面无人色,才很有成就感地咧嘴轻轻一笑,吹灭灯睡觉。灯熄后很久,我都闭紧眼大气不敢出,仿佛四处窸窸窣窣,有鬼横走。

她说夜里在外行走,每个人肩上都亮着两盏灯,转一次就灭一盏,两盏都灭了,鬼就扑过来了。不是开玩笑,每次她语气和神情都认真而庄重。我信了,不可能不信。哪天夜里她忽然头疼难忍,需要去一趟小药铺,买一种已经多年未见的名叫"安乃近"的药;或者烟丝没有了,她必须一筒接一筒吸水烟,这时候被逼出门的往往就是我。乡村狭窄的青石板路幽长而寂静,各种不知名的虫子藏身角落哧哧鸣叫。我快速地跑,却又跑得僵硬局促,鞋底与石板撞击出的声响居然有惊悚回音,我真怕骚扰到鬼。等回到家,肩膀沉而且酸——为了维护亮在上面的两盏无形的灯,一路上我绷紧身子,脑袋往旁微微侧一下都万万不敢。

到了父亲恢复工作,奶奶又带着我们一起跟来了。这是个江水环绕的大镇,需要坐船抵达,上了岸也仍见四处蜿蜒丰沛的河水,水系纵横,流淌有声。我那时只有七八岁,瘦小黝黑得不成人样,好动,热爱上树下河,坐没坐样站没站样,到处惹是生非,总之无一处值得父亲引以为荣。父亲好像也顾不上这些,他太忙了,没完没了地开会,没完没了地下乡。交通工具缺乏,公社总共两部自行车,首先保证革委会主任使用,余下的这个副主任骑走了,那个副主任就只能徒步,一走就是一两天。

随奶奶到镇上的第三个晚上,公社宣传队有演出,当地人称为"晚会",能进场就是待遇。我应该不是跟着父亲进了影院,反正是去了,里头连过道都站着人,但很有序,每个人脸上都是庄重而欢欣的,像融入一桩神圣的大事件。我注意到灯光,或者说被灯光所吸引。光泛黄,一盏盏都缺乏咄咄逼人的锐利,却因为数量足够多,便有了一种铺天盖地的丰盈感,像无数的手从上面伸下来,团团护着你。

对于这个晚会的记忆是零碎的,我一直想梳理打捞,最后脑子里浮起来的仍然只是灯光。

镇上的电影院外表不起眼,围墙仅一人多高,刷着淡黄色的漆,已经斑驳脱落,有各种简陋粗俗的涂鸦,里头却宽大整洁。因为有灯,灯扑面而来,夜顿时如昼,它们应该是我在村庄的夜晚里一遍遍渴求的,所以淹没了那晚舞台上的一切。反正都是歌舞,吹拉弹唱,蹦蹦跳跳。当时我大概觉得这些东西都属于成年人,离自己很远,毫无关联。

那时街头贴着"复课闹革命"的标语,一首歌也雄壮地唱:"……复课闹革命,我们坚决来响应。一边上课,一边闹革命,一边上课一边闹革命——嘿!"学校似乎已经恢复上课一阵子了,我在村庄里不知道,也不迫切,父亲把我们带到镇上,最主要的目的就是让我们姐弟三个"复课"。荒芜了几年,从老师到家长到学生,都有点惊魂未定或者魂不守舍,就复得混乱,比如停课前是五年级,一复课却复到四年级去,没人觉得有什么不妥,课堂更多时候只是一件无关痛痒的容器,把适龄孩子囫囵吞枣随便一装就了事。

我不记得自己上的是二年级还是三年级,虽是插班,却坐到了第一排。一是因为个子矮,二是因为父亲的缘故。他分管教育卫生文化,全公社各中小学自然就在他权力范围内。而我被招进宣传队,是否也是因为父亲?现在已经无从考证了,总之进入这所小学不久,我就成为了校宣传队的一员。

其实我不是家中第一个宣传队队员,第一个是我母亲。母亲乐感非常好,能唱出高亢脆亮的歌,这个优点她遗传给我弟弟,没遗传给我。她是福州下杭路一位藤行老板的女儿。下杭原称"下航",与之平行的另一条街称"上航",古代"航"与"杭"相通,所以又称"上杭""下杭"。清道光二十二年,即一八四二年,在鸦片战争爆发后两年,《南京条约》签订。根据这个条约,福州被辟为"五口通商"口岸之一,成为大宗进出口货物的集散地。到了咸丰三年,即一八五三年,福州更是成为中国四大茶市之首。在付出鸦片一批批运入、嗜烟者一批批涌现的代价后,福州街头也出现了商贸的繁荣。

下杭街在这期间跃到舞台前,嗅到商机的精明者从各处拥来,在此开设行栈,经营物品达上百种之多,商品辐射全国,甚至远销东南亚一带。光绪三十一年,即一九〇五年,福州商务总会在下杭街成立,这至少从一个侧面反映出当时下杭街的商业景象。

我外公的藤行在这些大商行间其貌不扬,无非编制出售藤床、藤椅、藤篮等等,生意做得一般,不过一家人倒也衣食无忧。母亲印象中,她家的房子当年从下杭街可一直通到上杭街,她在两条商贾云集的路上溜来逛去,每天眼花缭乱。可惜她母亲早亡,父亲再娶后,继母虽对她小心客气,十八岁前连水都没让她烧过,但她毕竟觉得家中的不自在。后来她父亲过世,藤行渐渐衰败,挨到解放,又被公私合营走了,家中越发萧条,她便随人出城,要自食其力,到县里当教师,这样就遇上我父亲。

父亲比母亲大六岁,但母亲始终不相信这个数字,她私下里忿忿抱怨过多次:"你爸可能改过年纪,他骗我。"即使没改过,六岁差距也不算小了。城里的娇小姐,年纪上又有距离,父亲可能从一开始就打定主意必须处处让着妻子。大女儿出生时,母亲二十二岁,唱歌跳舞穿衣打扮才是她所热衷的,根本还没做好当妈的准备。女儿一来,首先贪睡的她再无法睡个安稳觉了,女儿哭她也哭,一气之下还动手往那个小小的屁股上甩巴掌。我奶奶哪里能容得下这样的做派?儿媳是外人,孙女才是自家的,她本来就对儿子毫无原则地宠老婆一肚子不高兴,这下子终于爆发。两个女人的吵骂声快把屋顶掀翻。父亲得罪不起母亲,又拿城里藤行老板的千金没办法,只好到奶奶娘家那个村子找了奶妈,把他出生才十六天的女儿送走。母亲后来对自己的任性再三后悔过,当时她没有想过这样做对大女儿意味着不公平,也没有料到这个行为终于成了一生的死结,几十年的时光都无法抹平。

我和弟弟出生时,母亲不敢再由着性子。父亲于是从有限的工资中拨出一份雇保姆的钱,这事当然令奶奶怒火中烧。她由己及彼,一个小脚女人在无依无靠的旧社会都可以独自养大我父亲,你一个有胳膊有腿的为什么却不可以?母亲不管,她就是不可以,没有保姆她也活不下去了。当时她在县城中学工作,父亲则在一江之隔的另一个公社当他的副社长,一家人分两地,奶奶和姐姐归父亲,我和弟弟归母亲。后来弟弟也归父亲去了,留下我一人。

我现在怀疑母亲把弟弟也送到江对岸去是因为宣传队的事。已经结婚生子,成为三个子女的母亲了,但她看上去仍是灵巧活泼的,凹凸有致的身材一直保持到七十多岁因为带了几年孙子,才累得变形。单纯天真的人往往不易衰老,这多少有点道理。好在那时和她一般天真的同事不算少,也都拖儿带女了,却玩得很 high,唱歌跳舞演话剧弹乐器,天天忙着排练,然后煞有介事地一场场演出,倒也人才济济。

弟弟太小,母亲就顾不过来了,我也不大,不过三四岁,如果不是因为不讨奶奶喜欢怕受委屈,母亲大约也会断然把我送走。晚上排练时,母亲有时会把我带去。校园足够大,远离教学楼的那幢存放各种器材的大楼,怎么闹都影响不了晚自修学生。灯光明晃晃,那些年轻和不太年轻的教师们高高兴兴有说有笑。他们高兴不等于我也高兴,我总是打瞌睡或者吵着要离开。母亲有时开恩让我随其他教师子女疯玩去,要是哪天气不顺,则把我独自锁在宿舍里。

这所中学现在是县一中,师资雄厚生源强劲,每一年高考成绩都非常骄人。我有几个同学在里头任教,有时因事找他们,一进校门,第一个感觉就是逼仄。校园面积没扩大,校舍却越建越多了,占去一块块空地,操场少了,花圃没了,路窄了。它不再是我记忆里的那所中学了,我曾经以为整个世界也不过如此广阔。

学校给母亲的宿舍在最北面,紧挨着大食堂。食堂那时烧煤块,从木条钉起来的宿舍窗子望出去,可看到空地上堆着山一样的煤块。白天我常去那里玩,捡些不同形状的煤块扔来扔去,把双手和脸蛋弄出滑稽的污黑。白天我不怕煤,但夜里就不一样了。夜里食堂空无一人,灯也逐一熄掉,只剩下无边的黑。如果是月夜,月夜更糟,光落在煤块上,会不怀好意地反射出不确定的幽光。我那时还没学会阅读,母亲也没觉得有必要阅读,她把门一锁走掉,让我早点睡觉。哪里说睡就能睡?我有时会趴在墙上听来自隔壁的动静,背靠背的隔壁屋子是一间体育老师妻子开的小卖部,有各种让人流口水的糖果出售。他们家有两个脑袋非常大的儿子,年纪一个比我大一个比我小。一个家庭只要有两个以上的儿子,就很少再有安静的时候,但隔着砖墙,声音无法清晰传到这边。

打蚊子是现在能记起的那时唯一打发时间的事情了。靠近食堂,污水沟正好从门前经过,就少不了蚊虫来犯。我放下蚊帐,拿一只小瓶子,将拍死的蚊子一一装进瓶子里,居然颇有成就感。我那时穿的是母亲做的罩衫,就是双手从前面伸进,一串带子绑在后背上的那种,母亲出门前一般都先把带子解了,脱下罩衫,有次却忘了。罩衫脏,不能穿进被窝是她的训导,但她排练得起劲,迟迟不肯回,而我困了,又解不开后背上的带子,绝望得嘤嘤嘤哭。终于见有一男生经过,像捡到一根稻草,大喊一声,然后爬上靠窗的桌子,背对着窗外,让男生把带子解了。

不知那位男生是谁,不知确切发生在哪一年,但这一幕一直顽固留存在脑子里。"三角角",这是我当年的外号。我出生时是光头,好不容易长了几年,终于有了些头发,母亲迫不及待开始标新立异,给我绑了三个朝天辫,左右两个,头顶一个,她的同事怎么看都觉得好笑,就赐给我这个外号,众人皆知。我的意思是,那个帮我解过罩衫带子的男生,如果因为这个外号想起这件事,麻烦告诉我,我要把一个迟到的感谢送上。有些事在彼微不足道,在此却可能影响深远。

母亲可能永远不知道她锁门而去后,留在小房子里的孤独、恐惧与悲戚。那些日子她一辈子都没有泯灭掉的童心正熠熠生辉,除了唱歌跳舞,还学了拉二胡,在家时也常乐陶陶地咿呀咿呀地拉,从曲不成调到后来的流畅丰富。

他们演出时,我照例都跟去,坐在第一排。有次母亲演一个年纪比她轻很多的男教师的女儿,表演唱逛新城之类的,旋律我至今都记得,张口就能哼得出来,唱词里有"全靠毛主席,生活顶呱呱"一句。母亲梳两根垂胸大辫子,脑袋歪来歪去地喊那个男教师爸爸,眉飞色舞,一点不忸怩。我坐台下,却无端觉得不好意思。果然这个男教师后来一直让我喊他外公,我弟弟偶尔从江对岸被父亲带来,男教师见了,也逼他喊。我们不可能喊,男教师就换了一种方式,他指着自己说:"你要是敢喊我外公,我就对你不客气!"我没上当,弟弟上当了,气汹汹地喊:"外公!外公!"男教师又扩大战果,指着刚下过雨积在地上的泥水故作凶恶地说:"你要是敢踩这里,我就对你不客气!"弟弟瞪了他一眼,抬脚重重踩下,溅起一片笑声。我母亲也笑,笑完回去给倔脾气的儿子洗鞋洗衣服。

这个男教师姓徐,后来我师专毕业也当起教师时,他和我成了同事,每次重提这事,他还是笑得满脸都是牙。

县中学的教师宣传队在"文革"开始后才作鸟兽散。停课、工人阶级宣传队(简称"工宣队")进驻学校办学习班后,说说笑笑的一团和气一下子被猜忌、提防、警觉所代替,互相揭批,人人自危。戴红袖标的工宣队队员坐在门口传达室里值班,寄出去的信必须经他们一一审看。母亲有几次大约急着与江对岸的父亲统一口供,信不敢让工宣队看,封好,装入我裤袋,让我做出若无其事的样子,出了校门,丢进邮筒。若干年后,当我看到《野火春风斗古城》《青春之歌》这类小说时,不禁哑然失笑,原来在小小年纪时,我也曾似英勇穿越封锁线的地下党啊。

学习班揭批白热化时,母亲把我送到江对岸交给奶奶。奶奶住在公社院子旁的一间民居,屋前是个大晒场,每天总是一大群小孩在上面闹腾,这当然让我欢喜。有一天嬉闹正欢,听到几十米外电影院锣鼓大作,高音喇叭播着革命歌,还有彩旗,还有口号。以为是演戏,一群小孩都怕自己吃亏了,拔腿抢着往那边跑。电影院里都是人,连过道也站满了。我们从大人们腋下钻来钻去,终于钻到一个视野稍开阔的地方,抬起头,我看到了父亲。他居然站在舞台上,穿着蓝棉布对襟罩衫,已经很旧,肩膀处被磨得花白。之前的概念里舞台是神圣的,登上去都有喜事。没见父亲演过戏,唱歌跳舞也从未有,怎么忽然……不对,父亲头上多出一顶白纸糊出的又高又尖的帽子,胸前还有一块牌子,上面有字,还打了个叉。旁边的玩伴手一举大声喊起:"你爸!你爸!"很多人都看过来,大人的脸还能掩饰,小孩却不会,像发现新大陆似的涎着脸嬉笑。我愣愣站了片刻,往下一缩,然后猛地转过身,像一只被人泼了滚烫开水的狗。我跑回家,跟奶奶说了所见。奶奶抿着嘴没有说话。过了一会儿,电影院里人散出来,排着队喊着口号而过。奶奶和我们一起趴在门后,从门板上一道开裂的缝隙里寻找父亲的身影。他还是头上有高帽,胸前有牌子,他行走在队伍中,不时被呵斥推搡。他的背此时已经微弯,整个人也不免委顿。如果可以选择,他宁可在黑暗里独自被鞭抽被棍打,也不愿在家门外被人羞辱。门里有把他从小像一块嫩豆腐捧在手心、时时担心会有闪失的寡母,只要有人伤了他欺侮了他,寡母从来都像自己的肉被割一般,她会瞬间跳起拼命,凶恶地、声嘶力竭地宛若绝望的母兽,所以之前父亲从未在我们面前表露过已置身窘境。保持高昂、伟岸的形象,是他一生对自己的要求,他尤其需要为寡母表演出世界已被他从容踩在脚下的英雄气概,以令她欣慰和骄傲。

此时却偏偏如此不堪。

"万泉河水清又清,我编斗笠送红军。军爱民来民拥军,军民团结一家亲,一家亲……"我们跳这首曲子不是请人来教,而是去了福州,在市工人文化宫,那里有幢在当时我们眼里几乎与皇宫类似的房子,大门、大广场、大楼,楼的入口处耸立着高高的圆柱。因为海峡对岸的那个岛,新中国成立以来,福州一直是前线,"时刻有来犯之敌"的概念几乎妇孺皆知。并非危言耸听,一九五五年一月二十日,对岸数架飞机忽然降临,投下三十六枚炸弹,离文化宫一两百米远的小桥头一片火海,屋被毁四千余间,被炸死烧死一百八十八人,重伤九十人,这些都已被史料记载下来,不曾被记载的是母亲的火海逃生。她那时新婚不久,独自从乡下回娘家,娘家离小桥头也仅一两百米。炸弹从头顶狂泻下来时,母亲正在小桥头一位同学家里聊天。忽然警笛响,忽然轰隆隆飞机响,然后地动山摇。好动的母亲身手灵敏,她一直到八十岁仍然可以行走匆匆,和我一同出行,其速度甚至更胜一筹。那天在房屋倒塌的瞬间,母亲飞速钻入床底,然后又迅速跑出火海捡了一条命。身在异地的新郎吓得魂都没了,又无法通消息,差点连夜徒步赶往市里。后来父亲每提起这件事,都加重语气肃穆地说:"要是那一次……就没有你了!"应了那句"一朝被蛇咬,十年怕草绳"的老话,活在枪口下哪还有安全感?福州乃至整个福建省在那几十年里都缩手缩脚不敢盖像样的楼,一眼望去低矮破旧的木头老房子乌压压一片,蝇飞鼠走,蟑螂纵横。

所以市文化宫青砖和钢筋水泥砌成的大楼房就突兀而立。工人阶级那时领导一切,主人翁地位显赫。在母亲的娘家,她继母还活着,同父异母的弟弟一家与之住在一起,那里就成为我们来福州的落脚点。春节或者别的什么节日,母亲就照例带我们来一趟,住几天。她与继母虽有隔阂,但彼此礼数是到家的,倒也和和气气。我与表妹表弟都比上一辈简单,该说说,该笑就笑,该玩就玩,一玩往往就玩到文化宫来了。周围唯有这里最开阔热闹,广场上都是人,老人下棋,中年人聊天,小孩嬉闹。没想到有一天老师会把我们带到这里学跳舞。

《我编斗笠送红军》,是芭蕾舞《红色娘子军》里的片断,六个海南妇女穿湖蓝色的大脚裤、浅绿和本白拼接的短大襟衫,手拿大斗笠,优美而抒情地为红军女战士编织斗笠。教我们的是个瘦削的中年女人,不怎么爱笑,但很用心,一个动作反反复复地挑剔。不过最终她也没太费神,早上去,至下午拿下,傍晚我们回公社。有点像一支小小的作战队伍,每个人都有昂扬感,都相信这个节目一旦搬到公社的舞台上,一定很长脸,哗啦啦的掌声已经预先听到了。

公社电影院也属于父亲的管辖范围,电影放映队的几个人每天都在公社食堂吃晚饭,他们放下筷子走出公社大院时,后面通常就多出一个小丫头了。即使当时没有跟上,在电影临开演前,我只要挤到电影院门口,那几个检票的人也不可能拦着我。《蔷薇前面》有这样一段文字:"检票员看到黑压压的人群中钻出一颗黑瘦的脑袋,脑袋上梳着一个稀疏的小辫子,辫子朝天翘起,像一根芦苇划过水面,越过人群游弋而来。这时候,他们总是理所当然地扬扬手,甚至笑一笑,就把我放进门内了……"这个辫子朝天的黑瘦脑袋其实就是我,我差不多每天出现在这里,不出现的原因只有一个:电影院当晚关门或者我外出了。

真是太闲了,闲得除了样板戏,再没其他可消遣。几年前有次接受采访,记者问最初的文学启蒙是哪些,我脱口道出《红灯记》《沙家浜》和《智取威虎山》,这三出老牌样板戏当时我背得出所有的唱词和对白,它们滋润过我。

芭蕾舞剧《红色娘子军》那时刚被拍成电影,它的上映犹如一池干荷叶上盛开出一朵新莲。太新鲜了,居然可以用脚尖跳出那么波澜壮阔的故事。到处可见吴清华的剧照,最著名的是一张她在空中高高跃起的瞬间,这个丰腴饱满的女子身穿火红的残破衣衫,凌空劈开腿呈斜斜的一字形,上身后弓,左手握拳,右手向后舞动几乎与高跷的左腿触碰到一起——这个被定格的动作有个很霸气的名字,叫"倒踢紫金冠"。很少有人会在这个剧照前无动于衷,它太超越我们生活常规了。速度、力量、技巧,三者的有效叠加,最重要的是肢体在空中必须足够舒展优雅,这才是舞蹈语言的最高境界。

我相信白胖或者黑瘦老师必定也是在一遍遍看这部电影时,因血液流速过快,脑子失去判断,才忽然有了把《我编斗笠送红军》搬到公社舞台上的念头。

"啦,嗦,咪啦咪哆嗦,啦嗦咪哆咪啦咪,啦哆啦啦嗦,啦嗦……"多么悦耳的旋律,四拍子的,在每一个节拍的最强音和次强音中,我们贴着舞台底部,背对观众,一个接一个举着斗笠,用脚尖踩着小碎步上场了。

可是没有芭蕾舞鞋啊,学校根本买不起或者没打算买。有点骑虎难下,既然已经奔赴福州煞有介事地把舞学回来了,总不能半途而废吧。不知是谁出了一个主意,让我们穿塑料鞋跳,就是那种咖啡色的、脚趾部分密封的男式硬塑料鞋,从前部队里常见,普通人也爱穿,因为它便宜而结实。

内里拆空仅剩一圈厚厚风火墙的大房子,地面是方砖铺出,年久失修,已经遍布深浅不一的坑。从前我们不会在意地面,即使是跳《东风吹战鼓擂》这样非常费力气的舞,脚跺得再狠,也仍然无碍。从脚板到脚尖,与地面接触的面越窄,要求却越高。勒紧鞋带,把脚拇指夹紧,与其余四只脚指头夹成小角度的人字形,然后脚弓一使劲,膝盖一用力,整个人猛地高出一大截。

后来怎么想都觉得匪夷所思,有条件要上,没有条件创造条件也要上,在世界芭蕾舞史上,这算不算最怪异的一个品种?还没排练几天,我们的脚就出事了,首先是脚拇指破了、趾甲开裂,接着其余几个脚指头也纷纷破损出血。但是老师仍然不打算后撤,我们也多少舍不得撤。涂紫药水、绑胶布,每天眼泪滴滴答答着居然也熬到了登台的那一天。

没有意外,非常轰动。隔着银幕毕竟在远处,哪能与眼皮底下的真实蹦跳相提并论?

"万泉河水,清又清",这是诗歌中比兴手法的运用。"我编斗笠,送红军",这一句才是精华所在,需要重点突出。送——红——军!第一段曲子到这里,舞蹈中的六个人在"送"字时,转到台前站成弧形的一排,背向观众,把脚尖往上一踮的同时,双手也把斗笠高高一举,然后在"军"字时,又迅速地、整齐地往后一转,再把腿一别,微侧着身子,霍地坐下了,双手仍然揪着斗笠的边沿,不是用手掌抓住,而是用拇指、食指、中指,轻柔地、优美地揪住。多么富有想象力的舞蹈语言啊,壮观、华丽,起落有致,感人肺腑。而第二段,第二段在到这里时更加妙不可言,在"送"字时,六个人斜斜地站成平行的两队,斗笠从身体的前侧横向送出,往前往上画一条弧线,然后在"军"字时,让斗笠从头顶上方猛然往下落,落到一半,又突然定住,定在胸前,而脚部,这是最关键的,脚原先是平踩地上的,在斗笠迅速下落中,左脚尖猛一用力,把整个人往上抬起,而右腿则向前举起,举在斗笠的下方。

这个造型与"倒踢紫金冠""常青指路"一起成为《红色娘子军》中最经典的瞬间。

不记得究竟演出了几次之后,学校领导终于肯拿钱买芭蕾舞鞋了。鞋是粉红色的,上面有隐约的银光,鞋底高高弓起,鞋头是平的,有块梯状的橡胶物垫在里头,后跟则系两条长长的缎带,像拖着大尾巴。那天还是去市文化宫,还是在那间学舞的房子里,还是那个不爱笑的中年女人。大约是她帮忙买到的鞋,又是她教我们如何绷直脚尖套进鞋,再把那两根缎带从脚踝处交叉捆绑到小腿上。美观是必须的,结实也是必须的。

我们坐在地上,地面是木板的。因为鞋尖多出那块橡胶,绑好带子后,脚一下子陌生了,长出一截是其次,真正吓人的是突如其来的华丽、庄重、仪式感。小心翼翼地站起,踮起脚尖,行走、跨步、抬腿、旋转,地板咚咚咚响,仿佛是敲击一个空置的木桶发出的,微弱的回声宛若私密的耳语。

许多年后的某天,我在半夜突然梦醒,然后睁着眼在黑暗中久久发呆,一遍遍回味着梦境中的那双脚——它们起舞了,居然穿着粉色的、闪着银光的芭蕾舞鞋。

秋叶的静美是被岁月曝晒出来的,从一场场阳光与风雨里穿过,荣与辱都消化为生命的温暖底色,不以物喜不以己悲。抵达这种成熟境界的人被交口称道,一个社会亦然。上个世纪七十年代,这一切却远未到来,诸多跌宕起伏的大事件迎面扑来,生活恰似过山车。一九七六年显然是最诡异的,哀乐动不动就响起,周恩来去世,朱德去世,毛泽东去世,这中间还夹着一个巨大的天灾:唐山大地震。

有时会听到父母亲悄悄议论,他们脸上都有些不安,我们却没有。毕竟离得太远了,反正也轮不到我们操心。那一年十月,北京有大动静,"四人帮"倒台了,我们上台蹦跳欢呼。紧接着,一九七七年夏天来了,我们毕业了。拿到毕业证书时,我根本不知道数学里的正负数是什么意思,如同我也数不清中学四年里究竟上台参加了多少次汇演。

几个月后,高考突然到来。上大学不再推荐保送,也不再与工农兵衔接在一起,每个人都可以平等地面对一张试卷,这肯定是许多人等待已久的梦。有资料表明,一九七七年冬天,全国有五百七十万年轻和不再年轻的人走进考场,这其中也包括我。我是被父母赶去的,他们一下子回过神来,觉得事关前途命运,便宜不该让别人独占,却忘了我的小学和中学是怎么度过的。于是开始补课,翻开书本才知道,正负数原来是初一就要解决的数学问题啊。太难了,巨大的空洞摆在那里,哪里可以在一天两天内填满?匆匆走进考场,基本上是另一个张铁生。半年后再考,有点小波折,终究也只上了师专。

"一一"是我所知的宣传队成员里唯一在一九七七年考上大学的人,这个出色的女子身上有太多优秀因子,或许天下任何高处,只要她猛跨几步,就可以随时登临。余下的还有谁?没有了,至少本科没有。曾经风光的一群人,被时代的洪流所裹挟,赐予一点点小虚荣,然后一夜之间潮退了,一个个都被晾在沙滩上,大气难喘。

有天突然接到一个电话,她说自己是谁,又说是从哪里获知我的手机号的。她是H,低我一届,宣传队的绝对主力,兼着跳舞和报幕。约她见面聊聊天,她说此次不行,她平时一直在西安,回来办个事又得马上走。她说:"下次吧!"一直到今天,已经两三年过去,"下次"还未到来。向别人了解过,她在西安开茶叶店,生意不小,过得不错。不错就好。从街头任何一家茶叶店经过时,只要有女主人悠哉端坐其间,我都会马上想到H。她是这样吗?是这样吗?这样吗?生意之余,她会抽空去公园、广场跳跳舞吗?

舞蹈成为民间体育锻炼方式之一,似乎是这几年才忽然热乎起来的。晨夕间,街头稍稍宽裕点的空地上,往往都会聚集一堆人,跟着录音机播放的音乐起舞,虽手脚僵硬动作别扭,却很投入,并且自得其乐。继卡拉OK把唱歌艺术草根化后,舞蹈也烟火气浓郁地紧随其后了。开车从旁经过,看到那些从拘谨年代正儿八经活过来的人如此旁若无人地自娱自乐,会觉得坚硬的生活忽然一软。

我先前住的那个小区的空地上,也有一群上年纪、身材已经变形的女人每天都把脸跳得红扑扑的,即使下着小细雨,她们也舍不得停止。有时候,一个身材不高的中年男人也出现在队伍里,他动作与音乐相融,节奏到位,眼跟着手走,身体转动有棱有角,在那群胡乱舞动的女人中显得鹤立鸡群。与他不熟,但有天在电梯里碰到时,我还是忍不住问道:"你以前是宣传队的吧?"他笑起,点头,伸出四个手指头说:"中学跳了四年!"我说:"噢,现在怎么不每天去跳呢?"他摇了摇头,又笑起,"手脚忍不住了才跳。"我心里咯噔一下,一时语塞。

  这些年电视综艺晚会、歌手选秀等节目都很红火,他们唱和跳都非常专业,却始终不能留住我的目光。为什么呢?我从来没想过为什么,似乎刻意把它回避了。按理应该有亲切感才是,每次却忙不迭地摁掉遥控器,手指头分明有一些不耐烦。

  我自己也不唱不跳,嫌歌厅吵,太吵了,五脏六腑都被震得扭来扭去。碰到让我开腔,我气不够用,调子稍高一点就噎住了,放不出声。前几年贵州的一次笔会上,几个作家在歌厅玩得开心,唱着唱着就跳起来了。不是交际舞,是随着曲子任意扭动,一首曲子可以跳出各自的花样。有一位杂志女主编跳起藏族舞,很投入,也很有韵味。我看着,身子不知不觉间轻轻晃动。在旁的一位男作家让我也跳,我跨前一步,手脚动了动,忽然却被一股不自在慑住了,举起的手和跨出的脚怔怔地定在那里,片刻就退了回来。无端的怯懦在那个瞬间把我打败,我已经没有当众起舞的能力了。

  当然也有例外的时候。在家中和丈夫闲聊往事时,话题有时会拐到宣传队。童年少年,在人生最蓬勃生长的季节里,我的生命与这个集体交融在一起,它像一座大山横亘在那里,无论如何都越不过去。丈夫听多了,忽然就说,你怎么不写一写?去年他在写一组回忆知青生活的散文,有天感慨涌起太多,从电脑前站起,对我说到当年下乡劳动的辛苦,插秧时会有多少蚂蟥附上腿,收割时又要挑多重的担子走多远的路。我脱口就说:"我也劳动过啊。"然后手脚就舞动起来,锄地是这样,插秧是这样,割稻是这样,挑担子是这样,擦汗是这样。当年在舞台上曾无数次跳过劳动场面,每个动作都像捡金元宝那么欢快而轻松,我边跳边嘻嘻哈哈,不认真,只是为了更有效地陈述。丈夫看着,沉吟片刻,说:"你真的应该写一写宣传队,时代的很多东西都挤压在里面了。"

我心动一下,但还是不想动手。

我已经不习惯让自己站到前台,任别人目光逡巡。把曾经的生活嚼碎了,一点一滴地渗进虚构的故事里,让我觉得有更多的惬意与安全。但是二〇一三年六月六日中午,我在办公室里小憩,一首熟悉的歌从马路对面的美发店里隐约传来。四拍子,柔美、抒情、欢快、奔放,它是《我编斗笠送红军》。我脚指头不知不觉跟着动起来,接着体内也仿佛有无数水草蓬勃生长,合着音乐节拍,缓缓舞动。有风,风把音乐吹得断断续续或有或无,淡得像一张褪色的旧照片。

我就在这时把"宣传队"三个字输入电脑,搜索的结果竟然是"本词条内容尚未完善"。

然后我写下这些。

(原载《人民文学》2013 年第 9 期)

探海蛟龙

陈　新

序

美丽的井冈山云蒸霞蔚,烟雨氤氲。一位伟人微笑着漫步在崎岖的山道上,一任思绪在回忆和现实的时光中穿梭。曾经晦暗且艰苦的日子,多像天边远去的阴霾,而近在眼前的一切又是那么美好。今昔对比,这位伟人灵感飘飞,不禁挥毫泼墨:

久有凌云志,重上井冈山。
千里来寻故地,旧貌变新颜。
……
三十八年过去,弹指一挥间。
可上九天揽月,可下五洋捉鳖,谈笑凯歌还。
世上无难事,只要肯登攀。

历史定格经典的一幕。这是1965年5月25日。

这首名叫《水调歌头·重上井冈山》的词雄浑大气,豪放不羁,"兴酣落笔摇五岳,诗成笑傲凌沧洲。"它的作者便是毛泽东。

"可上九天揽月,可下五洋捉鳖"词意旷达,境界高远,从而被中国科技界广泛认同为奋斗目标,那就是航天工业要实现"可上九天揽月",航海工业要实现"可下五洋捉鳖"。

"上九天揽月",这是中国人由来已久的飞天梦。

《墨子》一书记载:"公输子削竹木以为鹊,成而飞之,三日不下。"由此可见,早在春秋战国时代,中国人便有了飞天梦,而鲁班则是中国原始航空科学的先头兵。

在唐代,中国人的飞天梦似乎更强烈。《唐逸史》载:唐开元中秋之夜,方士罗公远邀玄宗游月宫,掷手杖于空中,即化为银色大桥。过大桥,行数十里,到一大城阙,横匾书"广寒清虚之府",罗公远对玄宗说:"此乃月宫也。"见仙女数百,素衣飘然,舞于广庭中。玄宗默记仙女优美舞曲,回到人间后,即命伶官依其声调整理出《霓裳羽衣曲》传于后世。

历史如水东逝,梦想源远流长。

当岁月的车轮进入当代后,经过无数科学家的奋斗,国人上天揽月的梦想终于被杨利伟率先实现。那一刻,人们振臂欢呼,彻夜不眠。

相对于"可上九天揽月"的飞天梦,"可下五洋捉鳖"的潜海梦则似乎更接近我们,更容易实现。然而,这个梦想就好比今日城市之邻里关系,近在咫尺,又形同天涯。

生命起源于海洋,海洋于人类的重要性无以复加。而一个有着悠久历史的民族,一个有着高度文明的国家,从来都不会远离对海洋的探索及研究。有着五千年悠久历史的中国,又何尝不是如此?

早在先秦时期,有一奇书《山海经》,里面既讲了山经,也讲了海经。

秦皇时代,中国人已向海洋进军,《史记·秦始皇本纪》里说,秦始皇曾派一个名叫徐福的人领童男童女渡海求长生不老药。

秦之后,中国人更是大享海洋之利。汉初南越国就曾经和欧洲、西亚的国家进行海上贸易;唐宋时代海上丝绸之路更是繁荣;元代以及明朝嘉靖之前,海上贸易繁荣昌盛,明朝永乐、宣德年间著名的郑和下西洋就是证据。

翻开典籍,关于中国人与海洋的诗词更是信手拈来……

但细一分析却不难发现,上列林林总总,多讲的是"海面"故事。相较而言,许是《封神演义》之"陈塘关哪吒出世",及《西游记》中孙悟空大闹龙宫,才记述有一些海底的事。

不过,这不是正史,甚至连传说都不是,而是小说!

海底有龙宫吗?谁有殊能一探海底?谁有胆量龙宫探秘?

10年前,中国科技界着手创研海洋深潜器。继而,"蛟龙"号深潜器诞生。随之而来的便是1000米级海试、3000米级海试、5000米级海试、7000米级海试的成功。

人们在读着"蛟龙"号海试新闻之时会注意到,在诸多海试中,均有一个身材不高的小伙子始终奋战在深潜第一线,他皮肤白净,笑容憨朴,面对镜头还有几分孩子般的羞涩……他就是唐嘉陵!

2012年6月27日,任主驾驶的四川遂宁人唐嘉陵更添惊喜,他实现了7062.68米的大海深潜,为中国海底深潜创造了新纪录,并使中国海洋深潜技术走在了世界同类作业型载人深潜器队伍的最前头。他也因此而成为令中国人骄傲的国宝级潜航员。

唐嘉陵生长在一个单亲家庭,母亲杨秋云是下岗工,多少年来靠低保生活,为了供儿子读大学,她卖掉房子,居无定所四处打工。

在希腊神话中,有一个名叫安泰俄斯的巨人。他是大地女神盖亚和海神波塞冬的儿子。安泰俄斯力大无穷,敢于挑战生活。但他只要脱离母爱,便啥也不是。

现在,人们常用安泰俄斯的故事来比喻一个人再伟大,也离不开母亲;或者一个人成就再卓著,也不能脱离他的祖国和人民。

唐嘉陵觉得,自己就是一个探索深海世界的安泰俄斯——有母亲的爱,有祖国的爱,他便有勇气探索和征服海底世界,以推进我国对蓝色疆土的掌控和利用……

第一章　少年多磨难

1

4月。清晨。

灿烂的阳光冉冉升起,如金子般洒了一地。闪熠的露珠在滴翠的绿叶上恰然地怒放、升腾。人间四月芳菲尽,恰有新果初长成。馥郁和期待,沁人心脾。

"祝贺你!你生了个健康儿子!"在四川省遂宁市一家不知名的医院里,一个小生命诞生了,当护士抱着新生的小男孩,展示给刚刚经历分娩痛苦的一个名叫杨秋云的小个子女人看时,她幸福的泪水伴随着孩子"哇哇"的哭声涟涟而下。

这个刚出生的小男孩便是唐嘉陵。

唐嘉陵的父母原本是遂宁市郊区的农民,后来城市发展,占用了耕地,他家便"农转非"。唐嘉陵的父亲进了遂宁一家纺织厂当工人,母亲进了遂宁一家街道小厂当工人。

曾是农民,没读多少书,但杨秋云最懂春种秋收这个亘古不变的道理。她对儿子的期望就如同她的身高一样矮小和朴素,不求儿子能够大富大贵、显耀门庭,但求儿子能如庄稼一样沐浴阳光、健康成长。

在杨秋云眼中,唐嘉陵从小到大都是一个乖巧听话的孩子。当然,既然是孩子,难免偶有顽皮,她却极少批评儿子。她觉得,在每个人的心灵深处,天生都是渴望成功、渴望被欣赏、渴望被赞扬的。

亦如庄稼地里的春芽,每个孩子的成长都并非一帆风顺,都会经风历雨。

唐嘉陵就在母亲的赞扬中一天天成长起来,学习也一天天好起来。

但唐嘉陵少年多舛,幸福的童年很短暂。在他刚读到小学六年级时,父母却因感情生隙而离婚了。父母离婚时,唐嘉陵判给了父亲,但他不忍刚刚离婚又遭遇下岗的母亲形单影只地生活着,不忍母亲即便阳光灿烂的白天,眼睛里也写满夜色的沉寂,便又鼓起勇气,离开父亲的护佑,重回母亲的怀抱,跟着母亲生活了。

由于下岗后杨秋云年龄偏大,个子矮小,还没学历,没文凭,很难找到好的工作。她像一只蚂蚁一般四处找活儿,干过很多种工作:替人站柜台、看库房、在街边卖串串香、在学校附近卖小副食、在街头卖睡衣、当清洁工……

生活的压力像沉重的大山,压在杨秋云的肩上,她却像哺育孩子一样哺育生活,有滋有味。她觉得苦不苦其实不重要,只要心中充满希望,心中感觉快乐,便幸福了。

这世间很多事都是这样,你热爱它,即便它给你带来麻烦,让你劳碌,你也能收获快乐!如果你不热爱它,哪怕是你的环境宛如宫殿,你也会备感窒息。

当然,杨秋云总是用坚强和希望装饰面容,也依然有着掩饰不住的疲惫和憔悴。看到母亲为了养育自己过得这么受累,这么艰难,唐嘉陵学习更加努力,回家后认真地做作业,做完作业后又复习当天老师所讲的内容,并预习第二天要学的内容,12点之前几乎不睡觉。

即便没能力再辅导儿子,当夜色塞满世界的时候,劳碌了一天的杨秋云总是被瞌睡虫折腾得就像风中的麦穗,不停地点头,但她依然陪伴着儿子,用慈祥而温暖的母爱浇灌着儿子成长。

这样刻苦之后,唐嘉陵顺利地考上了四川省重点中学遂宁二中初中部。

2

美丽的春天,从来就不可能天天都是阳光灿烂。可是万物生长,若无天阴天晴,又怎有生机盎然?

唐嘉陵读初二时,一向学习很认真的他却突然表现得很浮躁,作业字迹潦草,老是出错。杨秋云以为儿子开始青春期了,有了逆反心理,心里便有了一种隐隐的担忧。

果然,期中考试成绩下来后,原本在年级排名前十的唐嘉陵,突然倒退到了全年级的三十多名。杨秋云非常震惊,非常着急。

中午,当唐嘉陵放学回家,杨秋云询问他考差的原因时,唐嘉陵闪烁其词,不以为然,还说人与人之间有差距,不可能所有的同学都考出一样的成绩:

"难道人与人之间没有个体差异吗?人家的父母有市长、局长的,我的父母不仅离婚,还是下岗工,这不是差异吗?"唐嘉陵本来不想说这句话的,但他当时跟母亲赌气,一冲动便说出了这句话。

唐嘉陵的话果然触痛了杨秋云敏感而又脆弱的神经:她是一个要面子的人,本来离婚之事就让她很没面子了,却又下岗,却又四处打工……

在杨秋云看来,每个人的漫漫人生,什么都可以选择,却不能选择父母。有的人出生在王侯将相家,有的人出生在穷苦百姓家,人生"起点"虽不同,但未来的图纸怎么画,却全在自己。

当然,她生气的不是儿子伤了她的面子,而是儿子居然找出这样的理由来为自己的不努力开脱。如果出了问题不从自己身上找原因,却找其他客观原因,这能改正错误、重新进步吗?她觉得非得把儿子这个毛病纠正过来不可,不然今后就不好教了!

于是她操起一根斑竹竿子便朝唐嘉陵打起来。当时她想,一个孩子,如果在学校不怕老师,在家里不怕家长,那还怎么教?

见母亲要打自己,唐嘉陵便朝街上跑,但也许是觉得这样跑不太好,跑过几步后,他又停下脚步,站在街上,一任母亲的竿子雨点般抽打在自己身上。

杨秋云万没想到,接下来所发生的事让她悔恨难当,泪如雨下!在她面前,在众多邻居面前如此死倔的儿子,竟然是那么孝顺!那么令她感动!

第二天晚上,当在外面卖了一天串串香的杨秋云回到家中时,唐嘉陵却拿出一个小小的生日蛋糕来对她说:"妈妈,祝您生日快乐!"

对啊,今天是我的生日啊!我自己都忘了呢!

那个生日蛋糕小巧玲珑,白白的奶油上有黑色巧克力字:"妈妈,生日快乐!"杨秋云看着看着,眼泪径自落了下来。但她也很奇怪:"幺儿,你哪来的钱给我买这个生日蛋糕呢?"

唐嘉陵有些骄傲,又有些羞涩地说:"妈妈,当然是我自己挣的了!"

杨秋云更奇怪了:"你现在不是一个学生吗?怎么挣?"

原来,看到母亲整天为了养育自己又忙又累,一直想为母亲分担忧愁的唐嘉陵便有了一个主意:在母亲农历三月二十日生日那天,凭自己的努力给母亲送上一个生日蛋糕,让母亲开心一下。

可自己还是一个学生,去哪儿挣钱呢?冥思苦想后,他发现利用上学和放学时间去街上捡一些饮料瓶来卖是个不错的办法。

有了这个主意后,唐嘉陵便行动起来。没想到他在捡拾饮料瓶方面所花的精力太多,从而耽误了学习,将名次也往后掉了十多名。

3

不少人的成长季里,有一段旅程叫高中。在这个生理与心理都抽穗拔节的季节里,有人背负理想,蹬蹬足音孤独而执著;有人嘻哈打闹,恣意挥洒浅薄的青春。但这段用三年来标注的岁月却是那么短暂而又重要!

有付出便会有得到,这是一个亘古不变的自然法则。因而,每到人生的分岔口,都注定会有人欢乐有人忧:与书结伴而行者,收获满满,轻松步入人生炫彩的下一站;只知骄纵青春者,收获空空如也,人生则可能变成伤心苦旅。

进入遂宁二中高中部后,唐嘉陵被分到8班,8个班中只有一个是重点班。

遂宁二中教学管理别具一格:每学年都通过考试将各个班的前5名抽出来组成1个重点班。虽然进校时唐嘉陵被分到8

班,但当高中一年级结束时,他却成了8班前5名中的一员,顺利地进入重点班,且一直坚持到高中毕业。在读高二时,数学特别好的他还夺得了四川省高中学生数学竞赛季军。

随着高考的逐渐临近,学习气氛越来越紧张,唐嘉陵和周围所有同学一样都分秒必争。

为了给儿子补充营养,杨秋云经常到学校给唐嘉陵送去可口的饭菜:炖鸽子汤、炖白果鸡汤、做核桃仁炒肉、做凉拌鸡块……美味经常换,母爱永不变。

做好饭菜后,杨秋云又将装着可口饭菜的保温饭壶放在自行车车筐里,摇摇晃晃地骑着除了铃子不响周身都响的自行车,在酷烈的阳光下,在猎猎朔风中,在瓢泼大雨里,兴致盎然地给儿子送去。

"妈妈,你也吃点嘛,很好吃的啊!"吃着母亲送来的可口的饭菜,唐嘉陵每次都不忘对母亲这样说。但杨秋云却总是笑笑说,她已经吃过了。

多少次,唐嘉陵都撑得不行,并会剩下一些。但当他准备将之倒掉时,母亲却阻止了他,说在学校倒剩饭菜会给师生们留下不好的印象,她带回家再倒。

唐嘉陵后来才知道,其实母亲每次都是空着肚子给他送饭菜到学校的。

有一次杨秋云给唐嘉陵送饭时不慎摔了一跤。看到母亲一瘸一拐地回家,放心不下的唐嘉陵便请了两个小时的假回家去看母亲,结果看到母亲正端着一碗白饭,就着他剩下的菜和汤吃得津津有味。

这就是自己的母亲啊!她一直以朴素和平淡来维持自己的生命,却用乳汁和甘甜来喂养我!母亲在生活中挥汗如雨地打拼,就像一只从未停止燃烧的红烛,坚强且执著地用自己的光明和温暖照亮儿子的生命,无怨无悔……唐嘉陵的眼泪一下子涌了出来。

唐嘉陵知道母亲是一个很要面子的人,为了怕母亲难堪,他没有惊动母亲,而是蹑手蹑脚地退出了屋,流着泪回到了学校。

此后,母亲就着他的残羹冷炙吃饭那令他心酸的一幕,便成了唐嘉陵刻苦学习的无穷动力,他觉得自己再无任何理由不努力学习了。

幸运的是,唐嘉陵如愿考上了自己和母亲都喜欢的哈尔滨工程大学。看着这封承载着母子10多年夙愿的通知书,杨秋云一下哭了,她抱着唐嘉陵说:"幺儿,妈妈一直都知道你是个出色的孩子,今天你终于证明了这一点!"

有一种开心,叫催人泪下。这种开心,被杨秋云诠释得淋漓尽致。

不过,这世间凡事都并非十全十美。儿子的大学录取通知书是拿到了,可自己一穷二白,平时连母子俩的生活费也都要艰难地打拼才勉强维持,现在儿子这上万元学费又去哪儿找呢?

好不容易凑够了第一学期的学费,第二学期的费用又如大山般地压在杨秋云的肩上。迫不得已,她便索性将房子卖了:80多平米的房子,卖了5万多元。每平方米只卖了700元。

没有房子,便没有了家。从此,杨秋云便四处打工,人在哪儿,"家"也便跟着在哪儿……

第二章 立志五洋捉鳖

1

南国的栀子馨香馥郁,开了又谢;北国的千里冰封一尘不染,来了又去。

春华秋实,不知不觉间,唐嘉陵的大学生活就过去了三年。三年间,他也从一个稚气未脱的中学生,茁壮成长为一个壮志满怀的小伙子。

2006年4月,已是大四学生的唐嘉陵进入实习时间。

这次实习对他来说真是双喜临门:他不仅挣了2000多元钱工资,还成功应聘比亚迪公司,与比亚迪公司签了毕业后去该公司上班的劳动合同。

然而,事情的计划往往没有变化快。原以为毕业后便能顺理成章地到比亚迪公司工作,但2006年9月,就在唐嘉陵回校写毕业论文时,却得知国家海洋局深海载人潜水器研究所,到学校招聘7000米级深海载人潜水器潜航员。虽然他还不太明白潜航员是干什么的,但他猜想这也许跟海洋潜水有关吧。

9月微凉,秋意清浅,唐嘉陵心中却因此涌起一潮春水。

唐嘉陵曾经看过法国著名作家儒勒·凡尔纳的科幻小说《海底两万里》。小说中描写的海底森林,高大直立,没有枝条,像铁棍一样指向天空;森林间,则生长着带有生动花朵的各色珊瑚。更有海底的无穷宝藏、阿拉伯海底通道、苏伊士地峡等等。

海底世界的奇妙无穷,令他时常回味和幻想。

唐嘉陵小时还读过安徒生的童话《海的女儿》,他一直记得故事里小美人鱼遇见王子时的情景:在黑夜的大海,她听见人声喧哗,便从岩石后探出头去。这时,烟火在天空绽开,瞬间将大海照得犹如白昼,她便看见了他……故事由此发端,并使她的一生柔情百转。

于是,当得知潜航员能够潜到海底,看到奇妙的海底世界时,有着强烈好奇心的唐嘉陵便想去参加潜航员面试,以便能体验《海底两万里》中所描写的感觉,探索海里是否也有海的女儿,领略神奇的海底世界。

当他把这个想法告诉给母亲后,杨秋云给予了积极支持:"年轻人就应该多尝试,何况这是为国争光!"

母亲的话让唐嘉陵顿感自己参加面试,不仅是个人兴趣和爱好的问题,更是一个为中国、为人类作贡献的难得的机遇!于是马上报了名。

关于我国深海研究方面,唐嘉陵查阅了相关的资料后,获知了一些信息:

生命起源于海洋,人类起源于海洋。

二十世纪七八十年代,美国、日本等世界发达国家纷纷把石油开发的关注点从陆地转移到海洋,为探寻、开采洋底油气资源,热火朝天地展开了"探海行动"。而更多的国家则不得不做

"旁观者",因为深海探测和海底勘探需要技术含量极高的载人深海潜水器。

二十世纪九十年代初,中国船舶重工集团第702研究所向国家科委(现科技部)提出研制6000米级大深度载人潜水器的建议,但因没有明确用户,几年间申请一直未获批准。

"一往情深深几许,深山夕照深秋雨。"唐嘉陵仿佛看到那时我国海洋工作者在眼前轻盈飘忽的鸥鸟翻飞中神思遐想,在波涛翻滚斜阳西下时,面对神秘的海底,因无一纸号令无法前往探索而感伤无限江山。

所幸,这个项目终于在2002年6月11日,获科技部批准,并列为国家高技术研究发展计划(863计划)重大专项予以启动。

当读到科技部批准立项那一刻,他很激动:现在好了,科学家们再次面对浩渺的海洋时,便会心潮澎湃,纵情激荡。

从此,一颗颗相思的红豆在深深的海底,只为她那深情款款的盼望和蒙娜丽莎般的神秘,科学家就将义无反顾地去揭开岁月的斑驳,展示大海从未示人的美丽,这该何等快慰啊!

2

岁月流走,宛如白驹过隙。与世界发达国家的深海研究比,我国已经耽误了不少时间,因而自科技部批准立项之后,广大海洋科学家们便即刻行动了起来。

是啊,"天地转,光阴迫。一万年太久,只争朝夕。"

与其嗟叹曾经逝去的岁月,惹得几处人消瘦,不如直面已经回不去的时光,珍惜眼前的时日和天降良机,奋进拼搏,不再让韶华雨落花碎,也不再独醉秋风,用寂寥的心情,去弹响揪心的遗憾。

人生如此,科研何尝不是如此?

唐嘉陵兴奋地读着相关的资料,脑海中也渐渐积累起了我国海洋深潜研究方面的相关发展信息:

"7000米级深海载人潜水器重大专项科研"立项以后,有关部门很快成立了以中国大洋协会办公室副主任刘峰研究员为组长的专项总体组,以中国船舶重工集团第702所徐芑南研究员为总设计师,由中国船舶重工集团第702所、中国科学院沈阳自动化研究所和中国科学院声学研究所组成的载人深潜器本体总设计师组;成立以中国船舶重工集团第701所副所长吴崇健研究员为总设计师的水面支持系统总设计师组;成立了以中国航天医学工程研究所副所长黄端生研究员(后来为总工程师姜世忠研究员)为组长的潜航员培训专家组,聘请了项目监理公司对项目的进度和质量进行监理。

而关于海洋深度的划分,唐嘉陵脑海中也渐渐有了概念:所谓深海,是指海面1000米以下,没有氧气,没有阳光,非常寒冷的海区。在通常情况下,海水深度越深,压力越大。人类不可能像《西游记》中神通广大的孙悟空那样念避水咒,也没有能"上天下海,无所不通达"的避水金睛兽,人类要想到深海中一探究竟,只能借助深海潜水器。

深海潜水器是一种能在深海进行水下作业的潜水设备。深海潜水器分为载人深海潜水器、无人深海潜水器和遥控深海潜水器(深海遥控机器人)等多种类型。

为了了解深海载人潜水器(通常简称"深潜器")潜航员到底是干什么的,唐嘉陵在查阅资料的过程中,如同驾着时光之船,穿梭往复,探寻其由来及发展。

深潜器的诞生已有几百年历史。1554年,意大利人塔尔奇利亚就发明制造了木质球形深潜器。而第一个有实用价值的深潜器是英国哈雷于1717年设计的。

过去人们利用深潜器大多是探寻沉船里的宝物,这些深潜器都是没有动力的,它们须由管子和绳索与水面上的母船保持联系。

1928年,一位名叫奥蒂斯·巴顿的美国人发明并建造了第一艘球形钢铁深海探测装置"进步世纪"号。该装置能从一艘水面船舶上通过连接的电缆下潜到海面之下。

1951年,已经67岁高龄的瑞士探险家奥古斯特·皮卡德

(Auguste Piccard)带领儿子杰昆斯·皮卡德(Jacques Piccard)来到意大利港口城市迪里亚斯特,设计了一艘深海潜水器,并为之命名为"迪里亚斯特"(Trieste)号。

1953年9月,皮卡德父子乘坐"迪里亚斯特"号在地中海下潜到3150米的深处。

1955年,"迪里亚斯特"号以高价转卖给美国海军。在皮卡德父子的直接领导下,美国海军又重新建造了一艘深潜器,并命名为"迪里亚斯特II"号。

1960年1月,杰昆斯·皮卡德和美国海军上尉唐·华士(Don Walsh),驾驶"迪里亚斯特II"号深潜器,潜到了世界海洋最深处——11000多米的马里亚纳海沟,最大潜水深度为10916米。皮卡德父子成为深潜器设计最成功的人和传奇式的英雄。

这个"迪里亚斯特II"型深潜器是一个固定在储油器上的球形钢制吊舱。储油器中装满了比水轻的汽油,能在必要时使深潜器浮出水面。下水前,把几吨重的铁沙压载装进特殊的储油罐中,在升上水面前,打开储油罐,甩掉压载。这种深潜器不能灵活运行,就如同"深水电梯",观察人员潜到指定地点后就只能返回。

由于这类深潜器必须具有很大的浮力舱,且要在其中装载大量汽油,建造与使用均很不方便,在水面和深水操纵都很困难,活动范围亦非常有限,因而后来停止了发展。

但人类征服深海的步伐并未停止,而是将视线转向自由自航式深潜器的研制,即第二代深潜器。目前世界上所说的载人深潜器,便指的是自由自航式载人深潜器。自由自航是指深潜器不需要其他水面舰船的帮助,便能自由地上浮、下潜,还可以进行水平运动。

英国研制的第一艘自由自航式深潜器名字叫"潜碟",1959年下水,能下潜到305米深处,它的诞生揭示了第二代载人深潜器的正式发展。

二十世纪六十年代中期,这种载人深潜器得到了迅速发展,其中最有代表性的便是美国的"阿尔文"号深潜器。

"阿尔文"号深潜器1964年6月5日诞生于美国明尼苏达州,它有一个直径约两米的钛合金载人球舱,可同时搭载3人潜到海底。

1965年7月20日,潜航员雷尼和马文驾驶"阿尔文"号进行第一次载人深潜,下潜深度至1800米,并最终获得了美国海军的下潜认证,开启了"阿尔文"号的明星历程。

此后,随着科技日新月异的发展,载人深潜器的下潜深度不断刷新,特别是法国、俄罗斯、日本等均已研制成功了6000米左右的载人深潜器,这些装备到达的范围遍及大陆坡、2000—4000米深的海山、火山口、洋脊以及6000米的洋底,充分发挥了科学家在现场的主观能动性和创造力,在地质、沉积物、生物、地球化学和地球物理等方面均有重要发现。

唐嘉陵在读着人类探索海底的这些故事时,心里充满强烈好奇,他觉得,载人深潜器恰似现实版的避水金睛兽:忠诚于主人,会潜水,会浮水,性情通灵……在《西游记》中,避水金睛兽经常驮着牛魔王去龙宫跟龙王喝酒,而载人深潜器能被人类驾驭,能深潜大海、探索海底之谜,这不是避水金睛兽是什么?

实际上,带着一种探秘神话的好奇心,去了解深海载人潜水器,唐嘉陵觉得饶有趣味,又壮志满怀,他期盼自己能够成为人类探索海底世界的一分子,能够将海底秘密一一揭开。

3

相比于美、日、德等国,我国对无人遥控深潜器的研究相对较晚:1989年,我国才与加拿大合作,研制了一台最大下潜深度200米、可自动定位定航的深潜器。但竞赛已经开始,就应该加足马力赶超。

因为深海运载这项高科技工程的最终项目实践得靠潜航员来完成,国家海洋局深海载人潜水器研究小组(后更名为国家海洋局深海载人潜水器研究所)在研制深潜器的同时,也向一些高校、研究所、企业发出"英雄帖",号召有志青年参加潜航员的遴选。

潜航员的选拔条件非常苛刻,其程度堪比航天员:年龄35岁以下的男性,本科及以上学历,限定为船舶、机械、电子等专业,外语水平不低于国家外语考试四级……同时,潜航员还不能有狐臭,体重最好是在80公斤以下,更不能有心脏病、传染病等疾病。

唐嘉陵觉得一个合格的潜航员所必须具备的条件,自己都能满足,他有信心一路过关斩将,并笑到最后。

果然,他轻松地过了初选关,接到了面试通知。

当国家海洋局深海载人潜水器研究小组相中唐嘉陵后,内心轻舞飞扬的他在第一时间将这一消息告诉了母亲。他已与比亚迪签了用人合同,现在又被国家海洋局深海载人潜水器研究所相中了,虽然心里对抉择方向已经有数,但还是想再听听母亲的意见。

得知儿子接到面试通知,杨秋云很开心:"人生难得几回搏?这个报效祖国的机会千载难逢,还犹豫什么?"

这给了唐嘉陵极大的信心。

2006年9月,包括唐嘉陵在内的共计15人一起来到青岛,参加载人潜航员的选拔。他们被封闭在同一家宾馆,连续5天不许出门,早中晚都要接受测试。

测试被设计了很多种形式。在测试是否细心这一关时,他们被要求用一根细针分别插入用金属做的9个孔中的每一个孔,这些孔深度大约五六厘米,一旦碰到孔的边缘就会自动响起报警,表明测试失败。孔径从粗到细排列,最粗的大约是细针直径的两倍,最细的比细针直径稍大一点。唐嘉陵接受测试时,招聘人员不时地跟他说话,分散他的注意力。第一次测试,唐嘉陵做到第六个就失败了。招聘人员告诉他,前面的测试者成绩都比他好,他还有一次机会,如果不能超过前一次的成绩,马上打包走人。唐嘉陵第二次测试做到了第七个。

接下来,唐嘉陵要做的测试是用细针在一条A字形金属路径上行走,金属路径像9个孔一样也是从粗到细,碰壁就算失败。这一次,他很顺利地走完了整条路……

继而,在天气好的时候,他们经常被快艇带到海上进行眩晕测试。

海纳百川,有容乃大。第一次见到真实的海,唐嘉陵震撼了!

海是多么辽阔啊,它有处子之静美,又有脱兔之跳荡。没有任何一个文人能用准确的词语来形容大海之深邃,也不会有任何一个美术家能用画笔记录大海之妆容。也就在那时,他便深深地感到,自己骨子里是那么喜欢大海,与大海那么有缘!

当然,任何形式的爱与被爱都得有付出才行,热爱大海也一样——要与大海保持恒久的亲密,你就得知悉和适应大海的脾性。

唐嘉陵永远记得第一次接受潜航员海上眩晕测试所发生的事:

那天海风呼啸,海浪很大,被测试者乘坐的快艇在海面上随波漂荡,时而在浪尖,时而在浪谷,变幻不停的超重和失重让人痛苦不堪。过了45分钟,他们都快被颠成一堆软柿子时,此次眩晕测试才告结束。

自己不甚晕船,但被淘汰的选手遗憾地抹泪离开的情景,却令唐嘉陵备感压力。

之后,剩下的候选人便经常会在天气不好、风浪很大的情况下,去海上接受眩晕训练,而且训练强度还逐渐增加,时间也逐渐延长,一训练就是一天……好在唐嘉陵已渐渐习惯且能忍受大海的小姐脾气,他阳刚如汪洋中的一条船,迎风劈浪,最终通过了所有面试和测试关,达到了国家一级运动员的体能素质。

2006年12月25日晚7时,正与同学们欢庆圣诞节的唐嘉陵,忽然接到国家海洋局北海分局人事处打来的电话:他被国家海洋局正式录取为潜航员培训人才!

这好消息对唐嘉陵来说,可谓最好的圣诞礼物啊!他马上通过短信告诉母亲,跟母亲一起分享这份喜悦。

接到这个通知虽然可喜可贺,但这离一个合格潜航员来说,还仅仅是万里长征第一步,因为接下来对潜航员的专业训练另类而残酷,一般的人可以说闻所未闻!

被春节簇拥的2月,北国虽然依然冰封,但近在咫尺的融融欢乐开始送走阵阵寒气;南国更是有了早春的萌动,灵动的嫩芽也在悄然蓄积着妩媚,冰雪消融,风和日丽,只等似剪刀的春风剪出芬芳的细叶和清丽的风景。

2007年2月5日,聆听春风飘舞的韵律,唐嘉陵来到国家海洋局北海分局报到,开始接受潜航员的正规训练。

唐嘉陵这时才知道,与他一起过关、并到国家海洋局北海分局报到接受训练的,还有一个名叫付文韬的年轻人。付文韬是湖南岳阳人,1982年12月19日出生,2005年毕业于兰州理工大学通信工程专业,接受潜航员选拔前正在杭州复习准备考研。

潜航员的培训内容分为陆上的理论培训和潜水海试实践培训,要求潜航学员能熟练掌握深潜器操作,对深潜器各系统的组成、工作原理、设计特点等了如指掌,并对深潜器各个系统的一般故障作出诊断和处理,进行简单设备更换。

第三章 "蛟龙"小试牛刀

1

在常人眼中,大海就是一片咸水世界,有风有浪,有鱼有虾。其实,大海远非如此简单,深海世界更是神秘奇异。

"你相信深海里也会下雪吗?"在进行潜航员培训的第一天,中国大洋协会办公室副主任、国家深海基地管理中心主任刘峰便抛出了这个问题。

"海里会下雪?"唐嘉陵很奇怪。

"是的,深海里也会下雪!"刘峰说。随即,他便讲起了海水里下雪的故事来。

1974年,前苏联海洋学家驾驶一艘深潜器去北冰洋科考。随着深度的增加,光线越来越暗,当深潜器内部一团漆黑时,潜航员打开了探照灯。这时,在探照灯强烈光线的照耀下,一幕奇幻的景致把他们惊呆了：深潜器外有鹅毛大雪纷纷扬扬地飘……

海水里怎么会下雪呢？这飘飘洒洒的雪是北冰洋天上落下来的吗？北冰洋洋面覆盖着厚厚的冰，有的冰层厚达几十米，天上的雪怎么可能穿透厚厚的冰层，进入到海水里"飘"呢？

其实，这种东西似雪而非雪。后经取样研究才知，此"雪"不过是由生物体死亡分解的碎屑、动物粪粒、大陆水流携带来的颗粒等组成的絮状悬浮物。因为探照灯强光的照射，且水对光有折射作用，于是看上去便像雪花……

而这些"海雪"，是深海生物的可口食物。

"我们不深潜入海，便不会发现海里也会下雪。如果我们不认真研究深海里的这一奇异景观，便不会知道这种'雪'到底是什么。"讲完这个故事，刘峰说，"海里不仅会下雪，还有森林，有浮云，有金银财宝、奇珍异兽……

讲完"海雪"后，刘峰又给唐嘉陵和付文韬讲了一个深海"殡仪馆"的故事。

这个故事据说发生在1980年夏天，挪威一个早已废弃的半岛上，正在进行一场悬崖跳水比赛。这个半岛三面环海，一面是山，悬崖下的海水深邃莫测。世界上的一些跳水爱好者纷纷前来观看。发令枪响，30名跳水运动员竭尽所能地做着各种精彩动作跳入海水之中，激起观众们经久不息的掌声。

时间嘀嗒，转眼半个小时过去了，却不见跳下水去的运动员重新露出水面，这下人们吓慌了，本想借此比赛赚上一笔的组织者们更是吓得不轻，他们连忙派出搜救船搜救。然而几个小时过去了，先前跳水的运动员都如泥牛入海，杳无踪迹。

第二天，组织者们又选了一名经验丰富的潜水员，让其配带安全绳和通气管下海搜索。然而，搜救船上的人们看到，系在这位老兄身上的绳子刚入水5米多，就似有一股强大的力量在拖拽绳索，将搜救船也拖得朝一边猛侧。但几乎是一瞬间，维系这位经验丰富的潜水员的绳索便"噗"的一声断了，这位经历过无数潜水危险、积累了大半生潜水经验的潜水员也一去不复返。

这片海域到底潜伏着什么可怕的东西,能将人瞬间吞没?是鲸鱼、鲨鱼、还是其他怪兽?无奈,组委会只得向挪威政府求援。于是挪威政府海警派了一艘微型探测潜艇来到现场,谁知,这艘微型潜艇同样也是有去无回。

后来,挪威政府又请求美国派出一艘海底调查船来调查此事,这是一艘现代化的海底调查船。海洋地质学家豪克逊负责此项调查工作。到出事海域后,豪克逊不敢怠慢,立马打开最先进的仪器,对海底进行地毯式搜索。

结果发现,洋面下有一股强大的潜流,潜流里有一个漩涡中心,先前失踪的30名运动员、两名潜水员都在这个海底漩涡中心里。漩涡中心里还有不少潜艇的碎片。更令人惊异的是,漩涡中心还有无数具脚上挂有铁链的人。这恐怖的一幕让豪克逊不敢相信自己的眼睛。

随后几天,豪克逊揭开了这奇特的海底"殡仪馆"之谜。原来,这里是海洋暖流与寒流的交汇处,两股不同的海流相遇后相互挤压,形成了一个强大的漩涡,使得附近的物体都被卷入到涡心里,被水流冲击得摇摆不定;这里的水质纯净,不具备各种微生物所需的微量元素,所以没有腐殖细菌,因而尸体不会腐烂。

那些脚拴铁链的尸体又从何而来呢?

原来在十七世纪时,这个半岛是一座大监狱,监狱看守们不断将死去的犯人投入海中,年复一年,就聚积起了这许许多多的尸体。豪克逊还发现,半岛上的岩石能产生一种看不见的射线,使这里寸草不生,这可能是这座大监狱最后被废弃的原因。

刘峰讲完后,问:"你们听了我刚才讲的这个故事后,觉得深海之底神秘吗?"

唐嘉陵说:"海底世界肯定是神秘的,不过,我觉得您讲的这个故事不同于先前讲的那个'海雪'故事,这个海底'殡仪馆'的故事很荒诞!"

听了唐嘉陵的话之后,刘峰吃惊地睁大了眼睛:"很荒诞?为啥?"

"是的,这个故事太假了!"唐嘉陵一边回味着故事情节一边说,"我觉得荒诞的地方有几点:一、那片海域是海洋暖流和海洋寒流的交汇处,既然是交汇,怎么可能不具备各种微生物所需的微量元素,且'水质纯净'?二、既然是海洋暖流和海洋寒流的交汇处,那力量必然大得无穷,能将潜艇撞得稀烂,为什么就撞不烂吸入漩涡中心的人?三、我们见过屋檐滴水,时间久了都会将檐下的石头滴出小窝来,为什么在漩涡中心摇摆不定的尸体会历经数百年而不磨损……"

唐嘉陵话未说完,刘峰和其他专家便鼓起掌来。

"我当然也知道这个故事是假的,因为这个故事的很多细节经不住推敲。我之所以非常认真地讲这个故事,就是希望你们能够在听的过程中用心思考是否存在漏洞。因为一个合格的潜航员是不容许百密一疏的,得每个细节都要求不出差错,不然不仅会前功尽弃,而且生命无保!"刘峰说,"潜航员所从事的是海底探索,是科研工作,因而严谨是最基本的素质,凡事都要务必做到观察、思考,绝不能听别人道听途说。"

2

雨过天晴,阳光正好。

2008年8月2日,一个好消息传来,唐嘉陵和付文韬,经过一年多的潜航员特训,圆满完成了包括心理、体能和深潜器操作等在内的陆地培训项目,达到了《深海载人潜水器潜航员培训现场评测方案》所规定的评测目标,具备了担任主驾驶执行下潜任务、驾驶载人深潜器海上试验的能力。

这天是星期六,上午还细雨霏霏,难得清闲的唐嘉陵躲在炎热的背后享受清凉。窗外,雨打芭蕉的乐韵叩击心弦,他的情愫丝丝缕缕。习惯了紧锣密鼓的训练,片刻的歇息反而让他有些无所适从。

其实此时,他已经暂时不需要训练了,因为春天的播种之后,他在等待秋后的收获。因而片刻歇息时内心的那份宁静中,更深埋了一丝顺理成章的期许。

这个喜讯终于不紧不慢地来了!来得正逢其时,比炎夏里的清凉还令人快慰。

每有喜讯上门,唐嘉陵都忘不了给母亲汇报,以让母亲和外公、外婆能在第一时间分享这份快乐。

虽然天各一方,但杨秋云却特地在这天晚上招待自己大吃了一顿,还含泪喝了一杯小酒。扬眉吐气更兼开心的泪雨,谁能解她心中感慨?

我国首批潜航员一共有三名,除了唐嘉陵和付文韬外,还有一位潜航员名叫叶聪,他是深潜部门长,"蛟龙"号首席潜航员。

叶聪1980年出生于湖北省黄陂县,2001年毕业于哈尔滨工程大学船舶工程专业。叶聪自大学毕业后,就一直和海洋深潜器打交道,2002年6月11日,科技部批准立项7000米级深海载人潜水器后,他又成为深潜器的主任设计师。2005年经过选拔和培训,他参加中美联合深潜,到2007年时,他已经是潜航员培训的主要教官。

就在潜航员培训紧锣密鼓地进行着的时候,约有100家科研机构和企业共同参与的深海载人潜水器本体研制、水面支持系统研制和试验母船改造等工程也在同期进行着。

我国自行设计、自主研制的这台深海载人潜水器名叫"蛟龙"号,它长得像鲨鱼,胖胖的,大家又叫它"小胖"。

正像进入太空离不开航天器一样,开发利用深海则离不开深海装载装备。拥有大深度载人潜水器和具备精细的深海作业能力,是一个国家深海技术竞争力的综合体现。

身为深海载人潜水器本体总设计师的徐芑南,年近8旬。他自1958年上海交通大学造船系船舶制造专业毕业后,一直从事舰船结构力学研究和深潜器设计制造的研发。近30年来,他成功研制了我国第一套单人常压潜水装具、我国第一台大功率作业型有缆水下机器人8A4、我国第一台6000米水深的无缆自治水下机器人CR-01……这几项产品不仅填补了国内的空白,同时也达到了国际先进水平。

尤其是诞生于1995年的"CR-01"6000米自治水下机器人,它曾多次对太平洋底的深海资源进行科学考察,为我国在国际上争得对多金属结核矿产资源丰富的7.5万平方公里海域优先开采权起了积极推进作用。

载人深潜器项目一经立项,徐芑南便被认定为总设计师的不二人选。虽然当时徐教授已经退休,身体也不好,但是接到国家召唤后,他还是欣然接下帅印,并立即投入工作。

第一副总设计师、中国船舶重工集团公司第702研究所副所长崔维成,则尽量把具体工作担起来,一方面减轻徐芑南教授的压力,另一方面让担任"蛟龙"号总设计师的徐芑南教授专注于宏观的思考。

崔维成,1986年毕业于清华大学工程力学系,1987年赴英国留学,1990年获博士学位,随后在英国进行了3年博士后研究。崔维成对复合材料层间剪切强度测量、非线性效应、尺度效应、脱层破坏机理等有深入研究。

"蛟龙"号载人深潜器球壳为钛合金,厚达70多毫米,在空气中的重量约22吨,舱内空间非常有限,只有4.8立方米,能承载3人;深潜器设计能力为7000米深度——这个设计是世界上同类型载人深潜器中的最大深度,工作范围可覆盖全球99.8%的海洋区域。

为了看得清、看得远,"蛟龙"配有石英卤素等8个水下灯源,加装了10台LED灯,灯光能照射的距离为7—9米,它还装有两台高清摄像机、1台照相机等。

除了明亮的眼睛,"蛟龙"还有一双敏捷的手。右手被称为纤手,很精细,可以伸出,轻巧地张合手掌;左手是大螯,力量大,可以抓住大块头的东西,包括起到锚碇的作用。

与世界上其他的深海载人潜水器相比,我国自行设计、制造的"蛟龙"号深海载人潜水器主要具有三个出色的方面:一是它具有贴近海面稳定的自动航行功能,以及针对作业目标出色的悬停定位能力;二是具有高速水声通讯功能,可以从深海高速传输图像和语音,具有海底微地形地貌探测能力。另外,自行研发的水下蓄电池比国外的深海载人潜水器的能量更大,能持续提供能量的时间更长。

2007年8月底,7000米级深海载人潜水器总装完成,随后被移至水池,1个月后开始水池试验。在半年多的时间里,它经受了水池的全流程试验,以及水池内的应急浮标试验等。

2008年3月2日,载人深潜器通过国家海洋局组织的专家的检测确认。这一年,深潜器被正式命名为"蛟龙",取"蛟龙闹海"之意。

……

就在"蛟龙"号深潜器诞生的过程中,"蛟龙"号深潜器的"母亲"——母船也在进行着嬗变和诞生。而"蛟龙"号深潜器的母船是一艘名叫"向阳红09"的轮船。

2007年11月28日,经过11个月改装,"向阳红09"号船被"重塑金身",傲然屹立于黄浦江畔。

与改装前相比,"向阳红09"船为"蛟龙"号多设置了一个"襁褓":船尾被改装扩大,并在甲板上竖起了一个三四米高的A形架,并预留一个深潜器滑轨道。而在红色的A形架中间垂下一个类似于"抓手"的机器,以便灵活地收放"蛟龙"。

3

万事已然具备,海试一触即发。

2009年8月6日上午9时,"蛟龙"号深潜器1000米级海上试验队从江阴市苏南国际集装箱码头起航。国家海洋局副局长、海试领导小组组长王飞语重心长地说:"海上试验是整个载人深潜器研制工作的关键阶段,是走向成功的重要一步,希望广大参试人员继续发扬载人深潜的顽强精神,本着由浅入深、安全第一的原则,按照海试大纲的要求,精心组织,科学安排,顺利完成各项试验工作。"

"一定服从命令,精心操作,同舟共济,不辱使命,战胜一切困难,确保海试成功!请祖国放心!请人民放心!"海试现场总指挥刘峰,代表参加海试的船员和科技人员,向祖国庄严宣誓。

1000米级海试分为3个阶段:50米、300米和1000米。没有经验、无章可循,中国首台载人深潜器的首次海试就这样拉开了序幕。

50米海试是"蛟龙"号载人深潜器海试的第一潜。2009年8月15日,海试警戒船舶进驻试验海区。当天,唐嘉陵、张东升、崔维成3位潜航员第一次乘深潜器下海进行水面调试。

张东升是试航员,生于1980年1月,系中国科学院声学研究所副研究员。在"蛟龙"号海试项目中,他负责高分辨率测深侧扫声呐的研制,致力于研究"蛟龙"号声学系统在深海领域的应用。

在水面调试了4次后,2009年8月18日,晨曦破晓,海雾尽消。潜航员个个整装待发,跃跃欲试。当领导询问谁愿意成为"蛟龙"号的首位试航员时,唐嘉陵应声而答:"我!"

唐嘉陵话音刚落,人们便鼓起掌来。

唐嘉陵成为国产载人深潜器海洋深潜的首个"吃螃蟹者",很光荣。其实他跟同事们心里都明白,谁第一次深潜,所面对的不仅仅是光荣,还有艰巨,以及无人能知的风险。

虽然深潜的原理简单,但深潜的过程其实一点也不诗意——深潜器每下潜10米,压力就会增加一个大气压;如果潜到1000米水下,压力就会增至100个大气压,相当于1平方米要承受1000吨的重量。如果深潜器出现芝麻粒大小的孔,那挤射进舱的海水便是高压切割水刀,对仪器和人体的破坏如摧枯拉朽。

在下潜的过程中,让人感觉不爽的还有温度:初入舱,温度高达40多摄氏度,密闭的空间内,潜航员无不汗流浃背。但随着下潜深度的增加,载人舱里的温度则会逐渐降低,最低会降到二三摄氏度,让人感觉很冷。潜航员在一次下潜中便会完整地经历春夏秋冬四个季节的温差变化。

大海表面波澜起伏,越往下沉则越静谧、越暗淡,直至漆黑一片。因而深潜器下沉的过程便会在几个小时之内,经历从白天变成黄昏,再由黄昏变成伸手不见五指的黑夜的变化。而完成作业后上浮的过程则恰好相反,先是漆黑的黑夜,然后黄昏,最后阳光普照。

虽然"蛟龙"经过7000米深度的海水压力测试,钛合金的外壳也很牢固,但由于"蛟龙"号与海面母船没有直接关联,一旦发生故障无法上浮,后果将不堪设想;而且"蛟龙"号正处测试阶段,深潜的过程中可能会发生各种不可预知的问题;在漆黑的深海世界里,海底的环境几乎一无所知,可以说深潜的过程,是潜航员在拿生命去挑战!

唐嘉陵驾着"蛟龙"号一路下潜,激动与惬意并存。"蛟龙"往下沉,阳光和温暖向上游。清澈渐变模糊,纷扰渐行渐远,他犹如听一首轻灵的音乐,身心滑入时空隧道。

随着"蛟龙"号的不断下潜,唐嘉陵脑海中对海底世界的憧憬也越来越强烈。在接受潜航员培训时,他曾经看过一些海底的影像资料,从此海底的奇异便深深地铭记在心底。

神秘的海底世界和陆地一样,也有各种各样的自然景观:有淡水泉,有瀑布,有峡谷,有山脉,有火山,有"雪山"……

海底真有这么美丽的景致吗？他憧憬着正在下潜的"蛟龙"号即将给他带来一种闻所未闻、见所未见的视觉盛宴。

然而,就在"蛟龙"的深度表指数指向38米时,他却接到指令:抛载返航!虽然对海水深处的好奇心依旧,但军令如山,他不敢打丝毫折扣,即刻开始返航。不过返航的过程中,他也很奇怪:怎么就突然要求返航呢？是自己在下潜的过程中哪个地方操作失误,令母船上的专家们不满意吗？

4

唐嘉陵不知,"蛟龙"号深潜器在此次下潜中,先还与母船"向阳红09"号有联系,然后便没联系了;然后又有了联系……

"蛟龙"号与母船的这种"若即若离"的关系,曾让海试现场总指挥刘峰直冒冷汗:接收不到"蛟龙"号发来的信息,水声通信不通,超短基线定位系统也不能准确测定深潜器的位置,是水声通信系统出了问题？还是海洋表面的环境很吵？又或者"蛟龙"号深潜器本身设计上存在问题？在找不到原因的情况下,他揪心到了极点。

后来,过了好一阵,才又收到"蛟龙"号的信息。虽然"蛟龙"号安然无恙,但由于尚不清楚其与母船失去联系的原因,只能马上叫停其继续下潜,命令即刻返航。

当天晚上,海试现场总指挥刘峰、临时党委书记刘心成等几人连夜商量解决问题的方法。指挥部初步判定,水声通信无法建立是由母船的噪音和浅水海洋背景噪音干扰造成的。

于是,第二天海试队再次赶赴试验区,以不同速度进行多次测试,结果验证了大家的判断。现场指挥部研究后决定,"蛟龙"号深潜器再次正式下潜后,便关掉"向阳红09"号船上的一台主机,另一台主机也低速运转,以减小噪音。同时,声学部门也更换了一根影响通信的电缆,并采用发莫尔斯电码的方法,将深潜器与母船联系起来。

水声通信无法建立这个海试的第一难题就此解决后,海试团队的第二大难题也必须解决,否则的话也将成为海试继续进行的拦路虎。这海试的第二大难题便是"蛟龙"号深潜器一旦出现安全问题,如何实施救援?如何把它从海底打捞上来?

最终,海试队研究出一套自救方案:给"蛟龙"号深潜器装上应急浮标,万一"蛟龙"在潜水之时出现闪失,就将应急浮标及时释放出水面,母船"向阳红09"号再通过连接"蛟龙"号深潜器与应急浮标的绳索,把"蛟龙"牵引上来。

一样的解缆放舟,一样的在海风和太阳下启程。俗话说,习惯成自然。有了第一次的下潜经历后,第二次、第三次下潜时的感觉就好了许多。

那之后,"蛟龙"不停地"试水",下潜深度也逐步增加,分别为38米、42米和44米……

下潜的过程就像乘电梯一样,不过这种"电梯"连接的是两个世界,"电梯"外的风景也陡然地在发生着变化。从海面向海底进发的过程,便是一路从现代直达原始,从喧嚣通向沉寂,从光明前往黑暗的过程。

望着下潜深度显示表上跳动的数字,唐嘉陵和叶聪、付文韬不敢欣赏身边风景的变化,他们开始各做各的事情,忙碌如蚂蚁,有序而又纷繁。实验的内容五花八门:首先对深潜器的性能进行测试,比如对航速、刹车、自动控制等进行考核;其次对于潜航员自己的身体和心理也会有监测;还有,则是测试深潜器的作业功能,比如寻找标志物、提取样品等等。

50米海试圆满成功后,又开始了300米海区试验进程。

300米海试的过程中,"蛟龙"号深潜器也是饱受磨难:由于受到热带低压"彩虹"和热带风暴"巨爵"的干扰,"向阳红09"号船曾4次躲避。

如果海面上有风暴,深潜器是不敢入水的。一般人认为,海面纵然海浪滔天,也不能影响到海平面以下数百米的水体,所以,深潜器只要潜入深海,便如闲庭信步,安稳如山。

其实不然!因为海面上有风暴,海底也可能并不平静,不要说几百米的海底,就是数千米的海底,都一样有类似于陆地上飓风一样的东西。区别只在于海面上流动的是急风,而海底下流动的是激流。

海洋科学家把海底激流称为海底"风暴"。海底"风暴"犹如龙卷风,破坏力极强,它不仅会冲掉安装在海底的科学仪器,毁坏海底通信电缆,甚至可能危及海上石油钻井平台。

那么海底"风暴"是怎样产生的呢?科学家认为,海底"风暴"是海洋和大气运动的能量集聚到一定程度的结果。海底风暴出现伊始是海面风暴所引起的海水漩涡,大面积的海水连续不断地作漩涡状运动,便搅动了海中的洋流,带动海底水流速度加快。这种状态就好比伸一只手去搅动一桶水一样。

海底"风暴"的流速虽然只有每秒50厘米左右,但其能量大得惊人。每秒50厘米的速度看似很慢,与每秒25米的台风速度相比,简直可以忽略不计,但考虑到深海海水密度几乎是大气的1000倍,按能量等于质量乘以速度计算,就可以想象海底"风暴"能量之巨大。最凶猛的海底"风暴",其破坏力相当于风速高达每小时160公里的风暴,而风速超过每小时120公里时已是飓风了。

所以,深潜器虽然是在海底作业,但遇到海面热带风暴的干扰时,依然只能敬而远之,否则便可玉石俱焚。

在这300米级的海试中,"蛟龙"号深潜器进行了两次水面调试和5次下潜试验,下潜深度分别为213米、113米、335米、268米和292米,成功进行了两次坐底,在海底放置了"中国载人深潜纪念"标志物,进行了拍照、摄像和热液取样作业。

在此后的1000米级海试前,"蛟龙"号的水声通信系统经过进一步改进和完善,达到了可以通过语音、文字和图片与母船联系的能力。在通信方面,已是鸟枪换炮。

第四章 插上五星红旗

1

中秋月圆人难圆,最叹佳节思绵绵。

2009年10月3日,中秋节。"蛟龙"号载人深潜器成功下潜到1109米深度,使我国成为继美国、俄罗斯、日本和法国之后,世界上第五个具备1000米深度载人深潜能力的国家,这也是中国迈向深海的一大步。

出于保密的原因,唐嘉陵不便对母亲详谈工作中的事,但他每每思念母亲,或者渴望与母亲一起分享快乐之时,都会在日记本里与母亲对话。

1000米海试结束后,唐嘉陵抑制不住激动的心情,看到圆月疏星,款款秋云,他又想起了母亲对他的绵绵絮语。那一轮明月,多像母亲慈祥的笑脸啊!平凡的母亲,如一株幽兰,馥郁地开在他的心中,每逢佳节,对母亲的思念就折磨得他难以自拔。

凝神遐思,如海的母爱,闪耀着相依为命、光影曜然的流年;那谆谆的教诲,流淌着血脉相连、共荣共辱的亲情。一种中秋,两处闲愁。无物以寄,他只能慨然长叹。继而,索性铺开日记本,给母亲写起了不让发出去的思念:

"……今天是中秋节,每逢佳节倍思亲。在这个亲人团圆的日子里,我好思念远在四川的母亲。我们老乡苏轼的经典名

词也不停地在脑海中萦绕,让我泪花涌动:

> 明月几时有?
> 把酒问青天。
> 不知天上宫阙,
> 今夕是何年?
> 我欲乘风归去,
> 又恐琼楼玉宇,
> 高处不胜寒!
> 起舞弄清影,
> 何似在人间?

"但是今天,我也很开心,虽然有纪律规定,我工作方面的事必须保密,起码暂时得保密,而不能与母亲分享,但我在这里还是要写下来:今天,我们驾驶着'蛟龙'号下潜到了1109米的深度!我想,这是我给母亲最好的中秋礼物吧!

"200米,300米,500米,1109米,我们在一步步地接近深海,在一步步地成为'龙宫'的主人。因而下潜的深度每增加一个级别,我的开心便增加几分,心中的成就感也增加几分!

"妈妈,我说过我会让你为我骄傲的!我会兑现诺言的!

"妈妈,你就为我开心吧!为我自豪吧!"

写完信,唐嘉陵释然了。是啊,史卷上镌刻了多少中秋月圆人难圆的情节,自古忠孝难两全,我何必这么哀哀怨怨呢?云断,疏影横斜,可以带去我对母亲的一腔思念;雁过,悄然无声,可以遥寄我对母亲的无尽祝福。寰宇互联,虽远隔万里,谁说母与子不能相对繁星点缀的浩渺夜空,共伴月桂婵娟?

此时,窗外月亮更圆、更美了。而唐嘉陵的心情,也更暖、更甜了。这样的情境,太适合思念,也太适合倾诉了。人就是这样,有了思念和牵挂,人生才更有韵味。

"1109米"、第一个载人深潜器、第一条试验母船、"向阳红09"、2009年……这样的一组数字和成绩,足以令60岁的新中国母亲欣慰!

1000米级的海试成功以后,接下来便开始了3000米级的海试。

而就在"蛟龙"号深潜器1000米级海试结束后,中国科学院声学研究所又改进了"蛟龙"号的水声通信系统,使其有了"双保险"——装上了水声通信机和6971水声电话两套系统,使其同时具备了高速的数字通信能力和模拟的语音及莫尔斯电码通信能力,通过水声通信机,可以将水下拍摄到的图片信息实时传输到母船上;而6971水声电话则可用于模拟语音通话联系,是"蛟龙"号的备用通信手段。

2010年5月31日,在"中国3000米级载人深潜器海试"欢送仪式上,科技部社发司副司长阎金向刘峰总指挥授旗后,国家海洋局副局长王飞宣布:中国3000米级载人深潜器海试起航,再次奔赴南海!

2010年6月8日是世界海洋日暨全国海洋宣传日,徐芑南被评为"2009年度海洋人物"。而当天,海试队正在南海进行50米下潜练兵。消息传来,参试人员备受鼓舞,在5天之内做了4次下潜试验。

最可喜的是,2010年6月22日,解决了相应故障的"蛟龙"号下潜到了3039米。

连续突破2000米和3000米大关,科技部、国家海洋局局长孙志辉、国家海洋局副局长王飞、中国大洋协会等都发来贺信贺电,极大地鼓舞了参试人员的士气。

2

人与人之间的感情,往往是由浅入深的。交往越深,感情越笃。海洋深潜也是一样。

在2010年5月31日至7月18日之间,"蛟龙"号载人深潜器在我国南海所进行的3000米级海上试验中,共完成17次下潜,其中7次穿越2000米深度,4次突破3000米,验证了"蛟龙"号载人深潜器在3000米级水深的各项性能和功能指标。

在3000米级的海试中,唐嘉陵共下潜10次。其中,最有成就感的是2010年7月13日的那次潜航。

上午10时许,当"向阳红09"到达我国南中国海预定海域后,唐嘉陵做主驾驶,付文韬作为副驾驶进入"蛟龙"号深潜器,开始下潜。这是两年来海试的第37次下潜。"蛟龙"号深潜器以每分钟37米的速度缓缓下潜。

一小时后,"蛟龙"号深潜器突破了3682米的世界海洋平均深度。

离海底越来越近了,7盏水下灯全部开启。海底细腻的白沙,游动的金枪鱼,长着一对翅膀趴在地上一动也不动的鳀鱼……海底风景尽现眼前。

在近底航行完成时,"蛟龙"号抛掉载重物,让其以零浮力下潜。深度计跳动着,0.6米、0.5米、0.4米,停住了……"坐底"成功了,3757.31米!一个新的纪录诞生了!

坐底那一刻,"蛟龙"号激起了海底的一层浑浊的泥沙,像雾,又像纱。而这一刻,唐嘉陵顿然觉得海底世界有着一种浓浓的童话色彩:神秘的海底这么害羞呀?是小龙女戴着的面纱,还是恶龙制作的"飞沙"?

唐嘉陵笑了,泥雾里面有神秘而又害羞的少女也好,有十恶不赦的恶龙也罢,他都会勇敢直面,看看其庐山真面目。无数次训练,无数次下潜,他把自己训练成了一个勇士,训练成了一个钢铁战士,不就是等待着这一刻的到来吗?

"永恒的黑暗、刺骨的严寒、巨大的压力,奇形怪状的海洋生物和令人惊讶的海床地形。这里隐藏着无穷无尽的神秘事物,是地球上最后的未开拓领域……要在此享受温暖阳光的抚慰实属遥不可及,在这样一个地心引力变得无足轻重的海洋世界里,生命遍布每一个角落。"

这是2007年在法国巴黎国家历史博物馆揭幕的全球公益科普巡展——"深海奇珍"展序言中的一段话。现在神秘的深海世界就在自己面前了,他激动得心怦怦直跳。

唐嘉陵看过一个科教片,讲述的是美国加州蒙特雷外海海底的事。

说是在美国加州蒙特雷外海,有一座藏在海底的峡谷,最深处超过3000米。那里阳光永远无法到达,那里的海洋生物全都奇形怪状,那里就是怪物海沟!为了了解深海生态,海洋生物学家靠遥控深潜器深入这片幽暗的水世界,发现了恍若来自外太空的生物:它们会伪装、会发光,还会给自己"盖房子"。

现在自己正置身于3000多米深的海底,是否也有这样的一些怪异的生物出现呢?

其实,在"蛟龙"号下潜的过程中,大家还揪心和提防着一个众所周知的大家伙,这个大家伙便是抹香鲸。

抹香鲸是世界上最大的齿鲸,雄性最大体长达23米,雌性17米,体呈圆锥形。抹香鲸主要活动在热带和温带海域,分布于全世界各大海洋中。

抹香鲸性野凶残,牙齿长达18厘米,喜食深海桡足类动物,也吃深海鲨鱼。1991年,在加勒比海的多米尼加岛屿附近,海洋科学家意外地发现,抹香鲸竟然可以潜到2200米深的海底,而且在追猎巨型乌贼时屏气潜水,时长可达1.5小时,可谓哺乳动物中的潜水冠军。

另有间接证据表明,抹香鲸还能潜得更深。例如1969年8月25日,捕鲸人在南非德班市以南160千米处,捕猎到了一头雄性抹香鲸。在这只抹香鲸的胃里,他们发现了两条小鲨鱼,据说这种鲨鱼只在海底生存。由于那一带50平方千米的水域范围内,水深均超过3193米,所以从逻辑上可以推论,这只抹香鲸在追捕猎物时曾到过类似的深度。

3

状如特大蝌蚪的抹香鲸,看上去呆头呆脑,但它们与海中别的动物相比,却有着相当高的智商,它们从来不会对来自人类的杀戮逆来顺受。由此,便不时引发抹香鲸与人鏖战的恐怖事件。

据载,十九世纪初,在智利南部的莫哈岛附近,有一头巨大的雄性抹香鲸,体重70多吨,性情十分凶猛。也许是它曾被捕鲸船所伤,它一见到捕鲸船,就会暴怒翻腾,猛力用头冲撞捕鲸船底,受70吨身体重重的一击,捕鲸船轻则被撞破,重则被撞翻,一个个落水的捕鲸人就成了它可口的零食。

就这样,这只被人类激怒而誓死复仇的海洋巨兽,先后毁灭了大小船只30多艘,伤害100多条人命。当然,跟更加凶恶的人类相比,它终究逃不过被杀戮的厄运;在1859年的一天,这条称霸30多年的抹香鲸,终于被瑞典的捕鲸队击毙在南太平洋上。当时,它中了17只鱼镖,刺穿了肺和右眼,最终怒号着闭上了它那永不屈服的眼。

抹香鲸攻击船只的类似事件,见诸记载的还有好多。

虽然"蛟龙"号海试以来,一直都是规规矩矩地做实验,从未招惹过抹香鲸,但因有捕鲸人招惹过它,它的脑海中留有痛苦的记忆和复仇的种子,也有可能攻击同样是人类制造的"蛟龙"。

幸运的是,"蛟龙"号下潜之时,并没有遭遇到抹香鲸这样的庞然大物的攻击,不然,后果真不堪设想啊!

除了抹香鲸,身材并不庞大的箭鱼也会让人不寒而栗。

箭鱼,俗称剑鱼,也是一种凶猛鱼类,身长4—5米,体重约400余公斤,其上颌又尖又长,像一把锋利的宝剑。箭鱼游动时速可达119公里,几乎是火车速度。

箭鱼可以潜入水中500—800米深处,追捕鱼群和其他水生动物。捕食时,用"宝剑"猛烈冲刺鱼群,然后吞食。箭鱼脾气暴躁,一旦被激怒,也会向船只猛烈冲击。

箭鱼不仅会扎船舶,还曾扎过美国"阿尔文"号深潜器。

1967年7月6日,在"阿尔文"号的第202次下潜中,一条箭鱼便撞上了"阿尔文"号,箭鱼刺穿了"阿尔文"号的表面,迫使"阿尔文"号紧急上浮,最后工作人员费了九牛二虎之力才将它请下潜水器。当然,工作人员也因此多了一顿箭鱼美餐。

唐嘉陵等待着,等待着那一层淡柔的泥雾散去。

在铺天盖地的淹没中,在不知究竟的迷离中,他坐在一艘集万千智慧于一体的最新版的"诺亚方舟"里,海风、浪花、蓝天、白云,以及飘来荡去的喋喋不休、红尘滚滚的纷繁万物,全都隔离在了遥远的海平面以外的世界。此时,他只梦寐着海底是否有传说,有龙宫,以及其他一些之前只有臆想,或者只有上帝才能回答的谜底。

岁月更迭,沧海桑田,人类等待这一刻不知多少年啊!一代一代的智者坐看历史衰老,嗟叹海的神话鲜活了又发黄,发黄了又鲜活,一茬一茬地念叨山经海经山经,怎奈时光染白如墨的黑发,白衣苍狗无穷尽,而海依然深沉,依然年轻,依然衰老,依然神秘,依然默默无语。而这一刻,随着泥雾飘散的这一刻,真相便会大白天下!他多激动啊!

等待着,等待着,这一刻终于来了——当那一层淡柔的黄色的泥雾散尽,千年万年的迷雾也便揭开了:泥雾后面没有华丽的龙宫,没有仪态万方的小龙女,也没有张牙舞爪的恶龙和变化万千的妖怪。有的只是异于浅海的物种和细若飘尘的泥沙。

唐嘉陵发现,其实在3700米的深海海底,也并非是生命的"沙漠",虽然这里远不及浅海有那么多拥挤的生命,但这里也是生命的桃源。

由于深海漆黑,食物匮乏,压力大,这里的深海生物形态很奇特:有的鱼就像一块黑色瓦片,紧贴着泥沙,慵懒地趴着;有的鱼长着望远镜式的眼睛,突突地伸向前方,骨碌碌地搜寻食物;有的鱼竟然有头无尾;有的鱼身上又会发出荧光;更多的生物则似乎没长眼睛……

虽然唐嘉陵尽情地欣赏着这洋底精彩且奇异的世界,但他却没忘了此次深潜应该完成的一项最重要的任务,那就是在洋底插上鲜艳的五星红旗!

海底插国旗不是件容易的事,动作要很轻很柔。因为只要动作稍微大一些,就很容易扬起海底的泥沙。一旦泥沙弥漫,就会遮挡视线,就只能等泥沙再次沉下去,再开展作业。

"蛟龙"号有两只机械手,左手力量大,适合干粗重的活,而右手灵巧,适合干些细活。这次在海底进行的插国旗和放置"龙宫"的操作就是由右手完成的。

当"蛟龙"号完成插旗任务之后,唐嘉陵又用摄像机把这一情景进行了永久定格……

4

两颗专注的心,在完成海底地形地貌测绘、搜索标志物、刷新下潜深度等作业,以及在洋底插上五星红旗这些既定的任务后,唐嘉陵和付文韬又接着搜寻目标。

"完成坐底生物取样,取什么好呢?"

他们俩讨论着。极目四眺,顿时发现前方有一只紫色生物——这是一只海参!这个家伙形体巨大,直径有约10厘米,长约40厘米,天啊!

这是一只海参吗?有这么大的海参吗?我国南海真是物产丰饶啊!这么大的海参,在3700多米深的海底,不知道生长了多少年!

关于海参,唐嘉陵自从成为潜航员之后,已有认识,并利用闲暇时间查阅相关资料,知道了海参的不少特性:

海参能随着居处环境的变化而变化体色,能夏眠,还有预测天气的本领。

最令人稀奇的是海参还能排脏逃生。当遇到凶恶的天敌偷袭时,警觉的海参便会迅速地把自己的内脏一股脑儿喷射出去,让天敌吃掉,而它自己却借助排脏的反冲力逃之夭夭。当然,没有内脏的海参不会死掉,大约50天左右,它又会长出一副新内脏。

海参还能像孙悟空那样分身:如果将海参切成两段放进海里,经过3—8个月,每段又会长成一个完整的海参。

海参不仅是餐桌上的美味佳肴,还是营养滋补品,对增强体质、预防疾病、抑制肿瘤、延年益寿都具有良好的功效。

看到这只大海参的时候,唐嘉陵马上便想到了自己的母亲:要是将之抓住给母亲补身体,该多好啊!这可是海参王啊!

"我们的生物取样任务,就取这个海参吧!"唐嘉陵说。他的提议得到了付文韬的同意。

为了抓住这个大海参,他们操控深潜器再一次坐底,于是

"蛟龙"号又下潜了2米多,并再次刷新了海试的最大深度纪录:3759.39米!

要捕捞这只海参非常不容易——海参滑溜溜的,更何况用的是机械手。用劲大,便会将它捏碎;用劲小了,它又会滑溜溜地从机械手里溜走。

因为在空气中抓东西和在海水里抓东西完全是两个概念——由于水下视线会有折射,在操作上会有偏差。因此,即使在空气中能灵活动作机械手抓取东西了,下水后为了准确地抓取,还得反复摸索才行。

唐嘉陵将深潜器静静地往前面挪动了3米,紧接着轻轻地将机械手插到那只大海参所在的泥沙里,然后缓缓收拢手抓,像人手一样轻轻地把那只"海参王"拎了起来,慢慢提到采样篮正上方,松开,放进去。整个过程麻利、敏捷,前后不过5分钟时间,一只"潜伏"在海底3759米处的海参就这样成了囊中之物。

在唐嘉陵捕捞上了这只海参后,付文韬也希望能够捕一只这么大的海参,于是他们又寻找起来,并很快又发现了一只大海参。

有意思的是,这两只被捕上来的大海参并没有能够献给他们各自的母亲,而是署上了他们各自的名字,先是被科学家用作生物考察的样品,之后又成了纪念品。

……

"3759米,这个数字好奇怪啊!为什么不是3800米呢?"很多人看了新闻觉得不可思议,似有玄机。

对,这个数字真奇怪!本来唐嘉陵和付文韬坐底的海洋深度是3757.31米的,但孝顺的他为了给母亲捕捉到那只海参王,他驾着"蛟龙"号再次下潜,并重新坐底,便有了"3759米"这个数字。

"3759"虽是数字,却还真有一种巧合及玄妙:"3759"中的"37",与创下这次纪录的下潜次数第37次巧合;"3759"中的"5",则与毛主席《水调歌头·重上井冈山》中"可上九天揽月,可下五洋捉鳖"中的"五洋"之"5"巧合;而"3759"中的"9",也与《水调歌头·重上井冈山》有着冥冥中的巧合,因为此首著名的词发表于1965年,2010年刚好是其发表的第5个9年……

难道这一切都是历史的必然?

"蛟龙"号最大下潜深度达到3759米,超过全球海洋平均深度3682米,其下潜海域距离南沙群岛仅300公里,对我国未来进行深海石油和其他资源开发具有重要意义。

第五章 向卡梅隆靠拢

1

那几日,虽然对儿子的思念如旧,但杨秋云却有一种莫名其妙的愉悦和感念。她觉得奇怪,却又不知为什么。

2010年8月27日晚7时许,在成都一家牙具厂打工的杨秋云刚刚下班回到宿舍,便接到了老家人打来的电话,惊喜且羡慕地对她说:"你儿子上'新闻联播'了!快看快看!"

我儿子上"新闻联播"?怎么可能?将信将疑的杨秋云本想看看电视节目的,可她住的是厂里提供的集体宿舍,宿舍里没有电视机。

继而,杨秋云又陆续接到好几个人打来的电话,向她报告这一喜讯,并表达了心中的羡慕和对他们母子的祝福。

为了求证此事,杨秋云便向唐嘉陵打去了电话。

之前,由于保密的原因,孝顺的唐嘉陵一直没对母亲细谈过自己的工作。现在,中央电视台"新闻联播"都报道了他创造深潜3759.39米纪录的新闻,他也不再对母亲保密了。

你真成新闻人物了啊!杨秋云不敢相信自己的耳朵,开心得哭了:"幺儿,你说过会让我一辈子为你骄傲,你果然做到了,妈妈好开心!"听到母亲激动的哭声,唐嘉陵也哽咽了……

在3000米级深潜试验圆满成功之后,从事深海探索的科学家们又着手准备5000米级深潜海试的事情来。

为了保障舱内人员和"蛟龙"号载人深潜器的安全,自2010

年7月逛完了南中国海后,专家们在"蛟龙""冬眠"的日子里,对它身上的1000多个大大小小的器官重新进行了体检,保证"蛟龙"身体健康。相关部门也做好了各种预案,确保万无一失。

2011年7月1日,搭载"蛟龙"号载人深潜器的"向阳红09"号船从江苏省江阴市苏南国际码头出发,奔赴东北太平洋。

这么重要的海试任务,作为我国自主培养的首批两位潜航员之一,唐嘉陵当然不可或缺!

想到即将到来的5000米级海试,想到自己曾经一次次为中国海洋科学深潜试验而创造的纪录,以及即将再次创造纪录的他,不由得心潮澎湃,豪情万丈!

2011年7月16日,"蛟龙"号深潜器到达位于东北太平洋中国大洋协会多金属结核勘探合同区预定试验海区E1区。本次海试共选择了三个区域作为深潜器下潜的试验海区,分别为E1、E2和E3区,其中E1为首选区,E2、E3为备选区。

每年7、8月份,都是东北太平洋天气最好的时候,但2011年却一反常态,5000米级海试区天气变得异常恶劣。

"向阳红09"号船到达E1区后,由于海面刮着7级狂风,浪高3米,无法满足下潜条件。根据气象预报,在短时间内海况难有好转,于是海试现场指挥部决定,将下潜试验海区调整到E3区进行。

E3区位于夏威夷以南700海里、基里巴斯东北400海里,距离赤道不远。这里的风浪有时也不小,但比前两片海域的海况要稍好。

以往的海试,队员们首先要掌握海试海域的相关资料,比如海水的深度、密度,海底地形、地貌的情况,以及海底的承载能力,确定海底是稀泥还是石头,在"探听虚实"后才放"蛟龙"出海。

可这次不是。在没有详细的海底资料,并因此要冒一定风险的情况下,曾经30次"驾龙入海"的叶聪承担了初探深海情况的重任,下潜至了海下4027米。

此后,原定于22日进行的第二次下潜,由于天气突然转坏,被迫推迟到7月26日。

北京时间7月26日凌晨3点38分,第二次下潜试验任务正式开始。参加下潜任务的潜航员为叶聪、杨波、付文韬。4时46分下潜深度达到2000米,5时40分达到4072米,6时7分成功突破5000米级水深大关,6时17分下潜至5057米水深。6时48分,深潜器抛弃压载铁后开始上浮,9时30分浮出水面。

在完成第二次下潜试验后,根据未来24小时以及48小时海况预报,海试现场指挥部研究决定,按照预定方案,将第三次试验海区安排在中国大洋协会多金属结核勘探合同区进行。经过24小时航渡,深潜器试验母船"向阳红09"号船于7月27日下午抵达试验海区。担任海试保障与警戒任务的"海洋六号"船先期抵达,开展了温度、盐度(CTD)数据及海底地形测量工作,并将数据及时提供给"向阳红09"号船决策参考。两船会合后,参试队员又对深潜器进行了全面检修维护保养。

2

情痴。痴情。对海底世界的沉醉,抑制不住一颗狂跳的心。

北京时间2011年7月27日凌晨2时30分,唐嘉陵领衔潜航,带着两名科学家正式入舱,开始了5000米级第三次、"蛟龙"号第42次下潜。

5时30分,"蛟龙"下潜至作业区域;9时7分,在5188米水深处多次坐底,开展海底照相、摄像、海底地形地貌测量和取样作业。

唐嘉陵曾经在3000米的海底目睹了海底的风景,而到了5000米深的海底,风景又不同于3000米的海底世界。

法国导演吕克·贝松的纪录片《海洋》中,海底是绚烂多彩的,有各种各样的鱼、虾和珊瑚等。可是几千米以下的海底世界也会是如此绚烂多彩吗?

"……满地都是腔肠动物和棘皮动物。变化不一的叉形虫,孤独生活的角形虫,纯洁的眼球虫,被人叫作雪白珊瑚的耸起作蘑菇形的菌生虫,肌肉盘贴地上的白头翁……布置成一片花地;再镶上结了天蓝丝绦领子的红花石疣,散在沙间像星宿一般的海星,满是小虫的海盘车,这一切真像水中仙女手绣的精美花边。朵朵的花彩因我们走路时所引起的最轻微的波动而摆动起来。成千成万散布在地上的软体动物,还有环纹海扇、海槌鱼,会跳跃的当那贝、洼形贝、朱红胄,像天使翅膀一般的袖形贝、叶纹贝,以及其他无穷无尽的海洋生物……"

在这一刻,140年前,法国科幻小说家儒勒·凡尔纳在《海底两万里》描绘的那个奇幻的海底世界出现在了唐嘉陵的脑海之中。他没想到,自己居然真的实现了站在这样神奇的海底世界面前的愿望。

在5000米深的海底,在灯光的照射下,奇妙的世界是那么美!只见一些椭圆形的黑色颗粒均匀地散落在白茫茫的海底沉积物上,表面像陨石一样凹凸不平,这便是锰结核。锰结核除了锰含量很高外,还富含其他稀有金属。30多年前,当人类发现锰结核后,就有一个未解之谜产生:它为什么会出现?为什么还能自我生长?

唐嘉陵及时地采集了这些锰结核的样本。

除了锰结核,海底的神奇生物也让人大开眼界。

正在唐嘉陵陶醉地欣赏着海底丰富的矿产之时,突然一个红色的动物出现在了"蛟龙"号面前,且挥舞着大钳想挑战"蛟龙"。

这是一只大龙虾啊!体长约有30厘米。以前,唐嘉陵只知道煮熟了的龙虾才是红色的,现在第一次知道,原来红色的龙虾并非全是煮熟的!

也许是对"蛟龙"擅闯自己的领地很生气吧,当唐嘉陵在水下布放标志物的时候,大龙虾还撞了一下标志物,霸气外露。但终因它觉得自己与"蛟龙"体形相差太大,自己那两只大螯与"蛟龙"的机械臂相比不可同日而语,因而它与机械臂仅进行了形体的比试后,便识趣地离开了。

就在红色的大龙虾刚刚离开,又一个家伙出现在了"蛟龙"

面前。这个家伙长约50多厘米,呆头呆脑的样子。唐嘉陵认识这个家伙,它是鼠尾鱼。鼠尾鱼生活在深海,通体扁平修长,眼睛退化。但是这只鼠尾鱼不同于其他海域的鼠尾鱼的地方在于,它竟然通体雪白,而且尾巴竟占了身体的大部分。

同样,也许觉得久未有"异客"造访,鼠尾鱼对"蛟龙"不仅好奇,而且好客,它发现深潜器后,似乎并不害怕,主动游到了深潜器附近,与"蛟龙"兴致盎然地"捉迷藏",玩了七八分钟才游走。

海边,市民常见的海参是黑色的,在一年前3000米海试中,唐嘉陵曾用"蛟龙"号深潜器的机械臂从3700米深海捞上来一个紫色海参,而这次看到的海参却是乳白色透明的,就像水母一样,状如蜗牛。

人们都以为海底的动物都比较"笨",其实真正试过才知道,它们并不笨。比如海参,每抓一个,得六七次才能将其抓住,而且抓住后又会很快跑掉。

更让唐嘉陵困惑的是,他曾用机械臂捞了几只海参放到采样筐里,可等回到海面,却发现海参不见了。他不知道是海参在"蛟龙"号上浮的过程中跑了,还是因为压力改变,它自身被分解掉了,这便成了一个未解之谜。

除了龙虾、鼠尾鱼和海参以外,还有一簇簇外观像树叶的伞花海鳃;形态像百合花一样美丽、有着长长的柄,且固定在深海底的海洋棘皮动物海百合;还有罕见的、扁平状巨型单细胞原生动物,以及更多的叫不出名字的、密如繁星般的自发光悬浮生物……

在水下,水深每增加10米,就会增加1个大气压。当"蛟龙"号潜入水下5000米时,它承受着相当于500个大气压的巨大压力,相当于在1平方米的面积上压上5000吨的重量。巨大的水压,不仅考验着深潜器的耐压能力,也考验着它的密封性能。

可是,为何海参、龙虾、鼠尾鱼等生物能在5000米深的海底生存,而不惧怕那么大的海水压力呢?

原来,海参、龙虾的身体在水下是通透的,没有任何单纯的空腔,因而其身体各处压力处于平衡状态,这样的身体构造便决定了其能够适应水下压力。

唐嘉陵觉得,如果将这种异星球般的美丽玄妙的景致搬进海洋馆的话,很多热爱海洋生物和热爱海底世界的人都会疯掉。层次分明的海底搭配,变幻莫测的生物个体,美轮美奂的荧光流星,寂静无声的动画效果,都能让身临其境者备感那种令人窒息的童话之美。

北京时间2011年7月27日上午9时12分,"蛟龙"号完成海底作业开始上浮。

此次下潜试验历时9个小时,整个过程各项仪器指标及通信正常。由于刚刚经历了5000多米海底的低温和巨大的水压,深潜器表面油漆有些许脱落。

本次5000米级深潜海试,历时49天,共进行了5次下潜,4次到达5000米以下的海底,下潜深度分别为:4027米、5057米、5188米、5184米和5180米。相比1000米级和3000米级海试,此次海试的成功率高了很多,还首次获得了海底高清录像。

唐嘉陵作为"蛟龙"号潜航员,独立驾驶深潜器创造了最大下潜深度5188米、最长水下工作时间9小时14分钟、海底最长行驶距离累计3公里三项纪录,标志着中国具备了到达全球70%以上海洋深处进行作业的能力。

3

"哎呀,卡梅隆可真是厉害啊!"

2012年3月27日这天,正在看报的付文韬突然惊叹地说。

唐嘉陵不以为然地说:"我早就是卡梅隆的'粉丝'了!不厉害,他拍的《泰坦尼克号》和《阿凡达》能有那么高的票房?能得那么多的奖吗?"

"我说的可不是这个啊!你看,卡梅隆昨天乘坐深潜器到了马里亚纳海沟最深处!"付文韬说着,把手中的报纸递给了唐嘉陵。唐嘉陵一看也惊得睁大了眼睛:"哇噻,是厉害啊!我一直就没怀疑过卡梅隆是大导演,今天可是第一次知道他还是一个出色的潜航员!"说完,他便专注地看起报纸上关于卡梅隆深潜的报道来。

卡梅隆是一个海洋深潜迷,他所拍《泰坦尼克号》《深渊幽灵》和《重返俾斯麦战舰》等电影,都借助了海洋深潜器来完成拍摄。之后,觉得自己下潜的海洋深度不够,于是2012年3月26日,他又再次乘坐深潜器,前往海底探秘,成了世界上唯一单独到1万多米深的马里亚纳海沟"旅游"的人。

在此之前,卡梅隆已进行过72次深海潜水,其中33次是到泰坦尼克号的沉船地点,他本人的单人潜航最深纪录是在巴布亚新几内亚附近的太平洋海域下潜的8200米。

卡梅隆此次在马里亚纳海沟探险所乘"深海挑战"号深潜器,是他和美国宇航局及斯克瑞普斯研究所合作,花费七年设计并建造的。"深海挑战"号只能容纳一名潜航员,卡梅隆置身其中,活动范围极为有限,行进方式是"直上直下"式,而非自主式的潜行。

当地时间2012年3月26日上午,卡梅隆用2小时36分钟的时间潜到马里亚纳海沟深处,深度达到10898米,这是全世界海洋的深度极限。由于受到海底每平方米1万吨高压的压迫,"深海挑战"号甚至被压短了7厘米多。

按照原计划,卡梅隆要在海底待6个小时,但就在"深海挑战"号坐底不久,其声呐探测系统便出现故障;继而,右侧推进器失效,只能原地转圈,无法自由运动。最恼火的是,液压油又出现泄漏,整个深潜器都被油污覆盖,这种故障的出现,令卡梅隆不得不放弃了用机械臂抓取动物和岩石样本的计划……最终,他只在海底待了3个小时。

即便是这样,卡梅隆也创造了单人潜入世界最深海底的纪录,而且他在海底还进行了数据采集,以及大量的拍摄,这些工作是1960年1月23日首次抵达这里的瑞士科学家杰昆斯·皮卡德和美国海军上尉唐·华士无法想象的。当时,杰昆斯·皮卡德和唐·华士驾驶"迪里亚斯特II"号深潜器抵达这里,只停留了20分钟便开始返航,他们只目睹了这里被深潜器泛起的阵阵泥沙而已。

看过这篇报道后,唐嘉陵更加崇拜卡梅隆了。他暗下决心,身为专业的潜航员,自己此生一定要到卡梅隆所去的马里亚纳海沟,一探秘境。

没想到,这个日子很快便来了……

2012年6月3日上午,"蛟龙"号在经过维护维修、技术改进与水池试验后,再次出发,奔赴太平洋进行7000米级海试任务,而具体的海试地点则为关岛附近的马里亚纳海沟区域。

唐嘉陵觉得,能跟随大导演卡梅隆的脚步,去地球上最深的海沟探索海底奥秘,真是一件令人兴奋、也非常荣幸的事!

4

一阵台风刚刚散去,马里亚纳海沟海域阳光灿烂,蓝色波浪次第绽放,一望无际的海面上鱼虾腾跃,海鸟翩飞。

这是2012年6月15日早晨。

明媚的阳光下,卧在"向阳红09"号船后甲板支架上的"蛟龙"号载人潜水器,正如《西游记》中那只避水金睛兽,在雾气氤氲中乖乖地趴着,整装待发,静候主人的到来,以开始7000米级海试的第一场挑战。

清晨6时40分,三位驾驭"蛟龙"的人走了过来,他们是"深海的哥"叶聪、年近半百的潜水器副总设计师崔维成和80后试航员杨波。丰富的下潜经验和对潜水器的深入了解,让他们对此次的海底探险之旅充满了向往。

前面一直在讲,中国只有三位潜航员,他们分别是叶聪、唐嘉陵和付文韬,这里怎么又出现了崔维成和杨波呢?崔维成和杨波是试航员,而非专业的潜航员。更准确地说,他们的身份是科学家和技术专家。

2012年6月15日清晨7时22分,得到下潜指令的"蛟龙"号开始注水下潜,50米、100米、300米……潜水器以每分钟约40米的速度欢快地奔向"龙宫"。

8时37分，下潜深度超过3000米。

9时40分，打破5000米级海试时创造的5188米纪录。

10时整，"蛟龙"号下潜深度超过6000米。

……

然而，当"蛟龙"号下潜到6200米时，却出现了问题。

"'向阳红09'，我们已经下潜到了6200米！'蛟龙'一切状况正常！"叶聪一连呼叫了几次，"向阳红09"号都毫无反应。

几分钟过去了，呼叫了好多遍，"向阳红09"号依然没有回应，这时大家有些紧张了。因为按操作规程，如果超过15分钟不能与母船建立联系，他们将无条件上浮返航。

"我们换另一套通信设备试试！"这时杨波说。杨波是"蛟龙"号声学系统的主任设计师，自然胸有成竹。

"蛟龙"号配有两套通信系统：一套是声学数字通信系统，可以实现潜水器和试验母船间数据、文字、语音和图片的传输，依靠试验母船上2000米电缆拖曳的水下声学吊阵来实现；另一套为水声电话，主要用来进行潜水器和试验母船间的语音通话。

于是大家立即将先前使用的声学数字通信系统切换到水声电话通信设备，所幸切换后马上收到了水面传来的语音，大家随之一阵欢呼。

谁知一波未平，一波又起。测试航行性能的时候，叶聪突然从艉部摄像机的显示器里看到一团烟雾。当时，还没有测量到潜水器和海底之间的距离，怎么会有烟尘？会不会是海底凸出物？"蛟龙"号接到海底的凸出物了，从而撞出了烟雾？

大家赶紧操作，紧急上浮。烟雾消失，潜水器正常，但每个人心中对那团烟雾的疑问却无法消散。

在突破5000米后，"蛟龙"号深潜器主要进行了三方面改进：改进液压系统，提高对压力和低温的适应能力；完善了高清视频系统，对16个水下灯重新作了布局，加强了高清摄像传输能力；增加了GPS卫星定位装置，如果遇上恶劣天气，可以在最短时间内对潜水器精确定位，确保安全返回。但他们心中还是有种担心，"蛟龙"号会不会像俄罗斯的"和平"号和卡梅隆的"深海挑战者"号海试那样,液压源和推力器出了问题?

叶聪对载人潜水器性能很熟悉,同时遇事不慌、心理素质非常好,之所以7000米级海试第一次下潜由叶聪带着崔维成和杨波两位科技人员下潜,就因为他是最熟悉操作的主驾驶潜航员。

想到"蛟龙"号海试现场团队拟订了97条各类预案,能应对可能出现的各种风险,于是在大部分考察项目完成后,在确认液压并没有出大问题时,三位潜航员开始了海底作业。分别操作机械手拿到两个不保压水样、一个保压水样。

上午10时44分,此次下潜的测试项目全部完成,于是抛弃压载铁,开始返航。回看计算机里的数据,这次下潜的最大深度达到6671米。

14时34分,"蛟龙"号顺利返航后,海试团队火速对"蛟龙"号进行了全身体检,找出了7000米级海试第一次下潜过程中出现故障的原因。

原来,声学数字通信在"蛟龙"号下潜到6200米左右深度时意外中断,是其系统拖曳电缆破损进水,导致短路。

同样,叶聪在下潜的过程中,通过摄像头看到"蛟龙"号艉部有烟雾产生,也找到了原因——那是"蛟龙"推力器故障。

在对"蛟龙"号进行体检时,还发现主液压源误报警、可调压载系统异常两个故障点。

这四个故障,都得到了及时的排除。

有意思的是,在这次7000米级海试的首次下潜中,叶聪还在海洋深处6000多米的地方,对即将于6月16日发射的"神舟"9号遥祝:"这里是'蛟龙',这里是'蛟龙'。'蛟龙'潜航员祝愿'神九'明日发射一切顺利,祝航天员在太空生活'幸福'!"

一天后,即2012年6月16日18时37分,中国"神舟"9号载人飞船载着两男一女三名宇航员飞上蓝天,奔向已在天上等候261天的"天宫一号"目标飞行器。"可上九天揽月,可下五洋捉鳖"的中国梦,一时间全部实现。

第六章 破7000米纪录

1

热爱,最好的表达方式便是行动。

一番积极申请之后,7000米级海试中的第二次下潜任务,光荣地落到了唐嘉陵的肩上。

2012年6月19日5时14分,唐嘉陵与丁教授、张东升两位科学家进入"蛟龙"号,一如既往的例行检查,准确、简短。5时25分,"蛟龙"号深潜器开始下潜。

伴随着"蛟龙"号如坐电梯般地下潜,唐嘉陵很兴奋——这虽然是"蛟龙"号7000米级海试的第二次下潜试验,但对他来说却是7000米级的第一次深潜。

8时30分左右,潜水器接近海底,唐嘉陵在抛掉一组压载铁后,"蛟龙"号便悬浮在海底,就像直升机的悬停一样。

"蛟龙"号坐底时,底流像风儿一样流过,很多像昆虫一样的小生物顿时四处闪躲,那一刻,推力器荡起了一层泥烟雾,有几层楼高。他慢慢地用机械手把带有"中国载人深潜蛟龙号第47次下潜"字样的牌子放到海底,想在视窗前拍一张带有标志物的照片,但是烟雾把标志物淹没了。过了好一阵,泥烟雾才渐渐退去,于是他连忙拍了一张照片。而后,就与这个标志告别了,永久地告别。这时候,他也顿感像到达月球一样,到达了一个非常非常遥远的、人迹罕至的地方,体会到什么是真正的孤独。

虽然这次坐底给唐嘉陵的感受不是深邃,而是荒芜和贫瘠,海底下没有石头,也没有起伏。在那里,不像森林里能听到风声和鸟叫,也不像高山上能看到峰峦绵延,只能体会到从来没有和想象不到的安详和宁静。打开灯光,进入眼帘的是看不到尽头的平坦,以及像奶酪一样的沉积物……

这一切也许对别人来说有些索然,但唐嘉陵还是觉得收获

颇丰,并用日记的形式对这次下潜经历和感受进行了详细记述:

"6月19日北京时间5时,'蛟龙'号7000米级海试第二次下潜的序幕拉开。

"从下达'试验开始'的口令,到深潜器被平稳布放入水,仅仅花了12分钟。但是即使像这样相对平稳的落水,透过观察窗看到的景象依然令我震撼:前奏无比激荡,深潜器入水的刹那激起的气泡充斥着有限的视野;当气泡消失,看到的是一派波涛汹涌的景象;最后归于相对平静,窗前蓝蓝的海水清澈无比,没有一点杂质。但是我们却没有心情去欣赏这样的'美景',我们必须时刻关注着舱外采样篮的状况,直到深潜器顺利脱缆平稳下来、确认采样篮里的作业工具没有异常后,我悬着的心才落下来。

"也许有些人认为,下潜路上的几个小时是漫长枯燥的,但我的感受却并非如此。300米、1000米、3000米、5000米、5188米……这些曾经给我们带来巨大困难的数字,此刻仅仅成为旅途上的谈资和经验。

"当6960多米的海底暴露在探照灯下时,我不禁感慨:'人类在月球上留下的印迹都比在这里要多,自己好像乘坐太空飞船到了外星球。'第一眼看去,这里不属于曾经设想的任何深海世界,沉积物颜色也和5000米的浅褐色、3000米的奶黄色不同,是一种中间色,而且给人稠密、表面硬实的感觉,有点像一大块刚刚发酵的奶酪。而这里似乎也没有海参和鼠尾鱼,荒凉的海底有起伏却又格外平整,没有想象中的岩石和结壳。

"如果说第二次坐底是严格按照计划执行的,那么第三次坐底就是一次'捡漏'得来的,蜻蜓点水般。深潜器悬浮在距底45米处,调试微地形地貌探测声学设备,一组新参数的生效需要重启几个计算机,大概需要5分钟。我们现在身处近7000米的海底,每一秒钟都弥足珍贵,我们商议后准备再完成一次坐底。第三次坐底有一点自由落体的意思,我暂停了推力器作用,深潜器在失去向上的支撑力后在本身负浮力作用下开始下落,'蛟龙'号重现了一次完美的自由坐底。触底后的冲力在观察窗前沉积物上形成了一圈均匀'气浪',似乎吹去了沉积物上的一层尘埃,露出了本色,和太空飞船垂直降落在外星球上非常相似。短短三分钟后,声学设备准备就绪,深潜器开始离底,留给我们的水下时间已经不多了,我看着被烟雾吞没的世界,心中念道:'再见了,6965米的马里亚纳海沟。'"

不要以为,下潜过程中,潜航员可以尽情地欣赏美丽的风景,观看奇异的动物。其实,那不过是偶尔可以享受的闲趣。在下潜的过程中,唐嘉陵与伙伴还需按部就班地进行此次深潜所要完成的若干实验,观察突破5000米到7000米的过程中各个设备的变化。

2

作为中国最年轻的潜航员,唐嘉陵分别于2012年6月19日和6月27日两次驾驶"蛟龙"号深潜器进行7000米级的深潜海试。

2012年6月27日11时47分,唐嘉陵和付文韬驾驶着"蛟龙"到达7062.68米深度,再次坐底(这是唐嘉陵驾驶"蛟龙"号深潜器所进行的7000米海试的第二次下潜,此次7000米级海试计划的第五次下潜)。这个深度再次创造新的纪录——这是中国人目前到达大海的最深处!唐嘉陵和付文韬也成了全世界驾驶自主深潜器潜得最深者!尽管科学家杰昆斯·皮卡德、军官唐·华士,以及著名导演卡梅隆下潜的深度比唐嘉陵和付文韬更深,但他们所驾驶的深潜器是直上直下式,不能在海底自主航行。

为了寻找海底生物,唐嘉陵和付文韬特地在出发前带了一块鱼肉包,放在作业筐里面,用袋子包着,坐底以后,便把肉包拿出来,把灯打开,想看看有没有东西过来。

很快,他们看到有很多生物从海底的沉积物里爬了出来,白色的、红色的,还有一种奇怪的多足虫,不仅有上百只足,足还是金色的,看上去很吓人。这些小动物就像蚂蚁搬家一样,出来搬食物。在这些小动物中,还有一只火红色的大虾……

"报告,报告,我们在海底被生物包围了!"唐嘉陵激动地向位于"蛟龙"头顶上方7062米处的母船指挥部发去报告,"没想到这次能遇到这么多生物,有红色的虾、白色的虾、镶有金边的多足虫,还有一条大鱼……"

唐嘉陵一边汇报,一边开动摄像机拍摄,一边熟练地驾驭着"蛟龙",以拍摄更多海底生物。

没过多久,唐嘉陵惊喜地发现了一只乳白色的海参。

在7062米,乳白色的海参无疑是一道独特的风景。何况它不仅是乳白色的,还带有金边。如同镶了金边的眼镜,是不是要富贵许多?

海参,因"地位"的迥异,它们的"穿着"总是那样层次分明:在3700米的海底,漆黑如墨;在5000米海底时,又纯洁透明;而在7000米海底,不仅乳白,且带着金边……

除了海参,唐嘉陵还见到一些从未见过的甲壳类虫子。

"蛟龙"坐底不久,便又轻移莲步,唐嘉陵也因此饱览了海底的奇貌:有时像沙漠了无生趣;有时像戈壁乱石成堆;有时又像动物世界,生机勃勃……

在这次下潜任务中,唐嘉陵与付文韬驾驶"蛟龙"号潜水器进行了3次坐底,取得两个非保压水样和1个保压水样,布放了标志物,取得了两个沉积物样和1个生物样,进行了定高、测深侧扫、纵倾调节试验,发现了与以往不一样的散落的岩石底质。此外,在海底布放的生物诱饵,吸引了很多海底生物"哄抢",他借机抓拍了很多精彩照片和视频。

完成所有任务后,"蛟龙"号载着两颗喜悦的心开始返航。16时40分,顺利返回试验母船甲板,结束了历时695分钟的此次下潜,圆满完成了任务。

这一刻,全体工作人员响起了雷鸣般的掌声,一桶桶表示祝贺的海水也欢快地泼向了唐嘉陵和付文韬。

这次下潜,"蛟龙"温顺,成果显著。然而,当唐嘉陵和付文韬回到"向阳红09"号母船时,却看到领导的表情写满严肃,似是失望。"这是怎么啦?"他俩心里犯起了嘀咕。

果然,掌声和欢呼声停止后,领导问话了:"你们在海底是怎么回事?我们怎么联系不上你们?"

"联系不上我们?不可能吧!我们在海底一切正常啊!"欣喜飞扬的两位年轻人被问住了。脑子里努力地搜寻着在海底的情况,可穷极回忆,也没发现"蛟龙"曾闹过情绪啊!

"你们在海底肯定出了啥问题,我们有一个多小时联系不上你们!我们忧心如焚,都准备报告北京了,后来却又接到了你们的信号,这才作罢。"

领导的话将唐嘉陵和付文韬说得更糊涂了。

领导所言当然是真的!

唐嘉陵不知道,就在他与付文韬专注地"捉鳖"之时,因为突然联系不上他们的"向阳红09"号母船上的领导和同事可真是着急坏了。

只要是与"蛟龙"失去联系,就可能联想到各种恐怖事件发生,他们最担心的是遭遇海底风暴,或者遭遇海底瀑布。好在"蛟龙"潜水之时,海平面上风平浪静,没有出现海底风暴的可能性。

那么"蛟龙"号会不会遭遇海底瀑布呢?

这个可是谁也说不好!杰昆斯·皮卡德乘坐"迪里亚斯特II"号深潜器在马里亚纳海沟探险时,就曾经差点被海底瀑布摧毁。

海底大瀑布到底是怎么回事呢?可用生活中一个浅显的现象来解释:如果一个盛满水的平底锅的一端被加热,这一端的热水就会产生向上的上升流;而另一端的水是冷的,便会迅速下沉产生下降流,到达锅底后又向热端扩散,循环流动,周而复始。如果把海洋也比作一个锅底的话,大量下降的冷海水在海洋"锅底"遭遇了海底"山脉"或"山脊",那么下降的冷海水就会汇聚在山脊背后,最终翻过海底"山脉"或"山脊"继续前进,形成瀑布。这些海底大瀑布就是这样促使极区温度低、含盐量大的海水,从底部流向赤道,而热带海洋的暖水从表面流向极区,周而复始地运动着。

海底瀑布对于调节全球气候起着必不可少的作用,但如果"蛟龙"号不幸遭遇,则很有可能被强大的能量卷到爪哇国去。

3

除了遭遇海底瀑布,遭遇霸王乌贼等巨型动物也很可怕。

在世界航海史上,关于海妖的传说有很多:海妖体形巨大,形状怪异,甚至长着几个脑袋。其中最著名的当数1752年卑尔根主教在《挪威博物学》中描述的"海妖":"它背部,或者该说它身体的上部,看来大约有一英里半,好像小岛似的……后来有几个发亮的尖端或角出现,伸出水面,越伸越高,有些像中型船只的桅杆那么高大,这些东西大概是怪物的臂,据说可以把最大的战舰拉下海底。"

上世纪初,美国海军一艘重达数千吨的驱逐舰在夜航时突然发现速度减慢,却查不出任何故障。当人们把它送进船坞修理时,才发现它的螺旋桨已经被锋利的牙齿咬穿了几十个洞。

啥妖怪有这么厉害的牙齿?随着时间的推移和科技的进步,人们才发现这种作孽的海妖原来是霸王乌贼。

二战中,英国海军部的一艘拖捞船行驶在印度洋海域,一个名叫斯塔基的船员发现了一只巨大的乌贼,他从船头一直跑到船尾,在船的两头分别看到了这只巨鱿的头部和尾部,当时这艘船的长度为53米。

挪威《自然》杂志1946年第12期上,则刊登了这样一篇报道:"布伦斯维克"油船,长150米,载重15000吨,在夏威夷岛和萨摩亚岛之间航行时,受到了一个非常巨大的乌贼的袭击,这个家伙体长有20多米,而且游动迅速,很快便追上了时速19公里的油船。

2003年1月18日,霸王乌贼惊现葡萄牙沿岸海域,缠绕在正参加朱尔斯·弗恩环球帆船大奖赛的比赛船只上,着实让船上的法国船员心惊胆战了一场。不过有惊无险,霸王乌贼自动退缩,放了船员一条生路。

霸王乌贼到底有多大?这个问题尚不知道,但人们曾从捕获的抹香鲸身上,发现过直径达40厘米以上的吸盘疤痕。由此推测,与这条鲸搏斗过的霸王乌贼可能身长达60米以上。如果真有这么大的霸王乌贼,那也就同《挪威博物学》中所记述的海妖相差不远了。这么大的海妖要是与"蛟龙"号遭遇,且向"蛟龙"号发狠,后果无法想象。

那么霸王乌贼平时生活的水深是多少呢?海洋科学家通过研究发现,一般霸王乌贼生活在2000米以下的海水深处。但也有报道说,霸王乌贼可能到达5000米深的海水中捕食,因为有人在浅滩死掉的霸王乌贼体内发现了透明的海参,而透明的海参则生活在5000米深左右的海底。到目前为止,霸王乌贼到底生活在从多少米到多少米的海水深处,最大的霸王乌贼有多大,这些都还是未解之谜……

"蛟龙"号还可能遭遇其他一些不可预知的风险,比如说与体重达到近50吨、兽性凶残的抹香鲸撞上之类。因为抹香鲸以霸王乌贼等巨型深海动物为食,有霸王乌贼的地方,就会有抹香鲸……

因而,只要没有收到"蛟龙"号的信息,"向阳红09"号船上每个人的心都会紧紧地揪着,无法设想的复杂海底世界,对母船的人来说,只有祈祷的份儿。

还好,这不过是虚惊一场。一个多小时后,母船终于接到了"蛟龙"传来的信号,人们悬着的心这才放下。

唐嘉陵和付文韬想了老半天,才突然明白"蛟龙"号与"向阳红09"号失去联系的原因:由于他俩太专注于"蛟龙"号坐底后的各种作业,不小心压住了舱内水声通信系统麦克风的通话按钮,导致在几十分钟内深潜器和试验母船通信中断。

得知这一原因,领导把唐嘉陵和付文韬好一顿训。之后又强调了"蛟龙"号在下潜后与母船保持联络的重要性。

2012年6月27日晚上,繁星缀满天空,月亮毫无遮掩地挂在天上。月华如水,慷慨地洒进海里,是那么皎洁。

仰望天空,唐嘉陵觉得这样的夜晚多像小时候的夏夜啊!那时,他总是走出炎热的屋子,来到屋顶乘凉,躺在凉席之上,闲看天上景色。那时的天也是这样幽蓝,这样美,这样缀满繁星,挂着月亮。那时,身旁还有一边摇着蒲扇给他驱蚊,一边给他讲故事的母亲。

看着遥远的夜空,听着母亲的故事,唐嘉陵是那样陶醉和痴迷。长大了,每每看到缀满繁星的夜空,看到圆月高挂的天宇,他都会顿生感慨,流连于丝丝缕缕绵长的母爱之中。

虽然是在远离祖国大陆上万公里的海上,但当唐嘉陵又一次看到这么美丽的夜空之时,他又思念起了母亲,并通过海事卫星电话,给母亲送去了问候。

按之前预定的计划,在唐嘉陵之后,2012年6月30日,海试团队又进行了最后一次7000米级、总第51次深潜试验,下潜深度为7035米。本次海试共完成的6次下潜深度分别为6671米、6965米、6963米、7020米、7062米和7035米。

唐嘉陵与付文韬所创造的7062米的深潜度,最终成就了我国载人深潜器海试期间的最大深潜纪录,并创造了下潜最长时间的纪录!

4

2500年前,古希腊海洋学家狄未斯托克曾言:"谁控制了海洋,谁就控制了一切。"因而,在对海洋的探索和研究方面,世界各经济强国都非常重视,尤其在对海底的探险方面,更是你追我赶,争先恐后。

在海底探险的曲折道路上,中国虽然起步很晚,但步子却很大:

3000米深度突破时,中国成为继美、法、俄、日之后第五个掌握3500米以上大深度载人深潜技术的国家;

5000米的突破是中国载人深潜第一次真正意义上挑战深海极限环境,试验的成功标志着中国深海载人技术已跨入国际第一梯队,步入国际先进行列;

突破7000米后,"蛟龙"号已经走在了世界上同类作业型载人深潜器队伍的最前头!

我国载人深潜器试验成功,有人把它和载人航天相提并论,这绝不为过!

人类探索太空,是为了寻找资源和战略发展;同样,人类探索深海,也是为了此目的。相比较而言,至少在数十数百年之内,让深海为人类提供资源要来得更直接、更容易一些。这也便是今天科技强国纷纷发展海洋深潜科技的根本原因!

中国是个海洋大国,"蓝色国土"的区域约为我国国土面积的三分之一!这片广袤的"蓝色国土"蕴藏着极其丰富的资源,是中华民族未来赖以生存和发展的主要物质基础!

在军事上,"蛟龙"号可以在保卫海洋国土、维护祖国统一中发挥重要作用!

目前中国周边8个国家,已不同程度实际控制和占领着我国的黄海、东海和南海的部分岛礁和海域,肆无忌惮地进行调查、勘探和石油开发。因而,我们必须保卫海洋国土和海洋资源,随时准备以军事行动维护祖国的统一,打赢现代高技术局部战争。

在和平时期,利用载人深潜器可有目的地在台、澎、马及南海等海域布放各种军事设备,随时监视上述海域舰船活动情况,搜索、排除水下可疑目标,为我国未来海军打赢可能进行的局部战争创造有利条件。

事实上,自"蛟龙"号潜航试验开始,国外媒体一直密切关注着"蛟龙"号的每次深潜,及时播报着"蛟龙"号深潜的新闻,并不时发表评论。

在中国3000米级海试成功,且在海底插上五星红旗之后,外媒便渲染中国此举的政治意义。英国路透社直指"这项测试凸显中国竞争南海海底资源的野心"。

对此,海军少将尹卓认为,过去有俄罗斯曾在北极海底插过国旗,这其中当然有宣示主权的含义。但我们插旗的地点在自己的专属经济海域,这没有什么可质疑的。

2011年7月,"蛟龙"号深潜器进行5000米级深海试验,在东太平洋国际海域实验区成功完成首次下潜实验时,美国《华尔街日报》便发表了题为《中国正扑向深海宝藏》的文章。文章称,中国在太平洋的深潜计划或将在开发世界海洋潜藏的矿产资源方面超越美国,并猜测中国"蛟龙"号的深海探测"另有所图",或存在军事意义。

文章说,虽然中国已成为拥有载人航天器的四国之一,但相对于太空开发,深海矿藏开发更具有商业、科技和军事意义。尽管中国官方称"蛟龙"号仅用于民用,但这台深潜器可用于截获或剪断海底通信线缆,回收海床上的外国武器,维修或救援海军潜艇。

当"蛟龙"号深潜器成功完成7000米级海试时,西方媒体对"蛟龙"号载人深潜器战略意义及军事用途的讨论更是如火如荼。分析认为,"蛟龙"号技术在军事方面的作用,不亚于"神九"飞船。

《纽约时报》报道说,"蛟龙"号成功下潜深度超过7000米,已超过之前日本载人深潜器"深海"(Shinkai)所创造的6500米的最大深度,成为世界上下潜深度最深的深潜器。从此,俄罗斯、美国和法国在深海探索方面都已远远落后于中国。

俄新社的报道指出,"蛟龙"号载人深潜器在西太平洋的马里亚纳海沟区域下潜至7000米,标志着中国具备了载人到达全球99%以上海洋深处进行作业的能力,也标志着中国海底载人科学研究和资源勘探能力达到国际领先水平。

对中国一直坚持"蛟龙"号载人深潜器只用于科学研究目的的说法,《华盛顿时报》认为,"蛟龙"号在通信遥控、电子、机械等方面取得的技术突破,完全可以用于军事用途,尤其是用于未来深海潜艇的研制。

5

坐在深潜器里,透过观察窗看舱外的世界,漆黑如无月之夜,而深海里的浮游生物所发出的蓝光,像星星一样淡淡地闪烁,千米以下的深海里,无波无浪,一片死寂。

就在这宁静的海底,各国的深海争夺战激战正酣。

这场旨在争夺海洋资源的深潜器之战,开始之早远超外界想象。生于1858年的美国老罗斯福总统,还曾参加过深潜器设计。日本天皇裕仁1975年访美时,曾专程参观美国WdsHl海洋研究所以了解深潜技术;1987年,平成皇太子不仅参观,还钻进"阿尔文"号深潜器中好一番研究。

各国首脑的青睐,背后是联合国海洋法公约的想象空间。1982年确定的这一公约,肯定了200海里专属经济区和沿海国对大陆架自然资源的权利。同时规定大陆架在200海里以外还可以延伸。于是在此之后,先后有几十个沿海国家提交了外大陆架划界申请。各国对海洋研究和开发的重点也逐渐从太平洋海底的多金属结核,到海山上的钴结壳,以及金属硫化物矿床等方面拓展,对海洋资源的争夺重点从海面转向海底。

日本在1981年建成的潜深为2000米的载人潜水器样机基础上,于1989年建成了潜深为6500米的"深海(Shinkai)6500"号载人潜水器,重量26吨,水下作业时间8小时,装有三维水声成像等先进的观察装置。可旋转的采样篮使得操作人员可以在两个观察窗的任何一个窗口进行取样作业,这是其他载人潜水器无法做到的。"深海6500"号进行过锰结核、热液矿床、钴结壳等资源调查,以及6500米深的海洋斜坡和海底断层调查……

"蛟龙"号开始海试时,《日本时报》便发文说,中国深海勘探和开发该计划,涉及100多家研究所和公司,是一项重中之重的事业。中国希望利用先进的深海技术,增加在东海及南海领土纠纷中的影响力,并开发其声称拥有主权的近海以及国际水域的油气资源。

当"蛟龙"号完成7000米级海试后,《日本时报》又载文称,"蛟龙"据称能为解放军海军和国家安全机构执行关键任务,其中包括打入外国海上光纤通信电缆以拦截外交和商业机密,以及绘制高精度海床地图以协助潜艇舰队的行动。

德国媒体则认为,"蛟龙"号就像海洋深处的狩猎者,中国日益活跃的"探海"活动将掀起一场海底资源战。中国经济持续增长要求获得更多的资源，若未来陆地资源供应不足，可能会导致重大危机。所以，中国领导人将目光转向了海上和海底资源。

英文维基网站公布数据说，仅中国南海被探明的石油储量便大约为77亿桶，而南海石油总量则大概在280亿桶以上，天然气的储量则大约在266万亿立方英尺。根据菲律宾环境与自然资源部作出的调查，南海具有世界上第三大海洋生物多样性，使得南海成为世界渔业资源的重要地区。《亚洲时报》的文章指出，一旦中国载人深潜技术可以投入实际运用，南海很可能会成为第一个"练兵场"。

国外媒体对"蛟龙"号关于军事方面的报道或评论，不过是一厢情愿的臆想。

"蛟龙"号深潜器未来的主要任务并非用于军事，而是包括并不局限于在国际海底管理局指定的区域内，采集海底图片和录像片段，并进行相应的科学考察。在国际海底管理局的许可下，中国也可能在该区域进行勘探矿产，或作其他资源性商业用途。

不要说"蛟龙"号深潜器，就是"阿尔文"号深潜器的主要功能也是用于科研及商业。

虽然"阿尔文"号深潜器隶属于美国海军，却主要服务于伍兹·霍尔海洋研究所，用于科学考察。事实上，任何美国科学家或与其合作的外国科学家们，都可以向美国科学基金委申请使用"阿尔文"号进行下潜科考。正因为如此，"阿尔文"号的每次传奇经历也都不是秘密，也同样激起了公众对陌生的深海世界持久的兴趣。

深邃漆黑的海底世界，就像浩瀚无边的宇宙一般神秘莫测。然而对于完全陌生的深海世界、复杂的地貌环境特征以及动态的物理和生物作用，人类只有身临其境直接观察才能揭开谜底。在这方面，"阿尔文"号深潜器可谓功勋卓著。

毫无疑问，自2013年6月起，在不久的将来，中国海洋深潜领域，会更频繁地见到"蛟龙"号深潜器，以及"蛟龙"号深潜器

"姐妹们"的身影。

6

夜幕降临,城市的喧嚣渐行渐远。当杨秋云从电视上看到儿子又刷新了中国人的深潜纪录,并平安返航的新闻时,又一次喜极而泣,她为有这样的儿子而感到自豪!

"蛟龙"下潜至7062米,这标志着中国成为少数掌握大深度载人深潜关键技术的国家之一。唐嘉陵作为主驾驶潜航员所取得的这一成就,自然在他的家乡遂宁引起了轰动,人们奔走相告,以之为荣。

2012年7月16日,听儿子说此次胜利返航,要在青岛停靠的消息时,杨秋云便匆匆地赶往青岛。她此行的目的,一是想看看儿子凯旋的神采,分享儿子胜利的喜悦;二是想给儿子做他最爱吃的回锅肉等川菜!

一个优秀的母亲,最重要的不是她给了儿女们多少物质的东西,而是她倾注在儿女们身上的关心和爱,因为关心与爱远胜于金钱。

正如前苏联作家高尔基所说:"世界上的一切光荣和骄傲,归根结底都来自于母亲!"

当唐嘉陵取得每一个成绩时,他总是在第一时间对母亲充满着感激,也尽量在第一时间将所取得的成绩告诉母亲,与母亲共享喜悦。

杨秋云对儿子唐嘉陵20多年来关心与栽培的故事,被媒体披露之后,她那如大海般温润而伟大的母爱,亦如国宝级潜航员唐嘉陵所取得的一个又一个海洋深潜成就一样,同样感人,同样让世人惊叹!

(原载《北京文学·精彩阅读》2013年第7期)

南海九章

刘汉俊

2012年8月下旬,我随巡航船在中国的南海航行了18天,行程近8000公里。沿途经过若干岛礁,遭遇过不明国籍侦察机低空盘旋和军舰的跟踪干扰,亲历三次强台风,最远到达了祖国的最南端曾母暗沙。

南海令我神往已久。美丽的西沙,蓝色的海水,神秘的海洋生物,无数的岛屿礁滩,渔舟唱晚与排浪滔天,绚丽的红珊瑚与沸腾的火烧云,遥远的曾母暗沙,深不可测的水槽海沟……儿时憧憬的画卷有些残黄了。

终于,这幅残卷有了泛青的机会——2012年8月12日起,我开始了梦寐以求的南海之旅。

一

傍晚,从北京飞抵厦门,兴奋不已。晚餐时听送行的朋友描述晕船的感受,心中不免忐忑。乘着夜色匆匆地找了家药店,买了一堆晕车药,光晕车贴就买了十大包。

第二天早上8点,船驶离厦门码头,向西南进发。当美丽的鼓浪屿从望远镜里彻底消失时,我开始感到船的摇晃。

南海位于北回归线以南,海域辽阔,跨纬度大,处于热带雨林气候带和热带季风气候带,受亚洲大陆冬冷夏热气团和澳大利亚附近冬热夏冷气团的双重影响,风多是南海的一大特点。

船上电报员告诉我,2012年第13号热带风暴"启德"正在菲律宾以东洋面悄然生成,在吕宋岛近海加强为强热带风暴后进入南海东北部海面。显然,我们遇上"打头风"了。开弓没有回头箭,船顶着风向挺进。

整个航程中,三次大台风的袭击让我刻骨铭心。无边的海面,铅云低垂,一旦风起云涌推波助澜,顿时巨浪翻滚,浪打在船头,激起的白帘直挂船桅,一遍遍地冲刷舷窗,一次次刷新我对"风雨洗礼""惊涛骇浪""排山倒海""一叶扁舟""汪洋中的一条船"这些词句的记忆。极目海天,没有一处平静与安宁。人站立不稳,晕眩感随即到来,心房有怪兽在奔突,汗从皮肤的各个毛孔向外浸、渗、涌。有经验的船员说,晕船是大海对人体平衡系统进行的破坏性试验,平衡性越好的人反应越强烈。所有的晕车药、晕车贴统统不管用了。

船长趴在海图上向我讲解航线、方位,我心里突然涌出一种异样,急急地冲下楼奔进房间,提桶就吐,早餐、午餐吐了个干净。

只好躺在狭窄的床上,想找到某种平衡,但一切都是徒劳。感觉自己像一只趴在船体上的蚂蚁,一会儿被送上波峰,一会儿被抛下谷底,随时有被甩进大海的危险。在越来越没有规律的摇摆中总找不到舒适的固定的睡姿,斜直立、斜倒立、左侧翻、右滚翻,像在做总也落不到底的高台跳水。抬上来,抖三抖,沉下去,停三秒,只能靠数着节奏、感受韵律来压迫呕吐感。

但这种呕吐感大概是人体机能面对剧烈晃动时最无法控制、无法掩饰的本能反应。忍无可忍,欲吐又止,吐而不尽,吐无可吐。刚刚喝下的一碗粥或者半杯水,瞬间又喷薄而出。被迫低头弯腰直脖,在虔诚与忏悔、屈服与无奈中把一腔污秽吐得干干净净。一次搜肠索肚的倾吐换来片刻舒坦,瞬间又酝酿起下一次倒海翻江的冲动;一次剧烈的头疼,赢得略微的宁静。一连几天20多次的呕吐,让我立即享受到了减肥的特效。肚子空了,满嘴是胆汁的苦味。心灵空了,却涌出满脑子神奇的、拂之不去的、体验痛苦的灵感。在期待每一次的呕吐中,我听到心灵的秒针在做缓慢而钝滞的挪动。整个船舱除了机器的声音,听不到人的动静,我知道,不少人都因晕船而像我一样在挣扎。

但大海并不因人的可怜而消停,继续以规则或不规则的摇晃、剧烈或不太剧烈的抖动,疯狂地固执地摧毁和解构着人体固有的信息序列,再以自然的密码予以重构,让你在无可奈何中慢慢适应。大海以这种挑战人体生理极限的残酷方式,让你见识什么叫大自然的考验、风浪的洗礼,什么叫无可抗拒、无计可施、无可逃遁。让你深刻地体会到南海的壮美、南海的力量。

考验未曾停止,大海的变奏曲没有休止符。一连三天,我躺在床上,不思茶饭,苦不堪言,痛不欲生,把所有的关于痛苦、难受、尴尬的词儿都体验了若干遍。迷糊挣扎之中,船长进来告诉我,固定好房间里所有的移动物品,船要在巨浪中做360度的掉头,怕东西砸伤人。随即船上的广播又紧急播放了一遍,加重了紧张的气氛。船果然颠簸得更厉害,躺在船上似乎能直立起来。

可是,船长政委们,大副二副三副们,轮机长水手长管事机匠木工们,还在坚守岗位。尽管有十几位船员晕船,反应强烈,但雷达照样在转,船舵依旧端正,机舱内的轰鸣声仍然像欢歌。躺着就是工作,站着就是冲锋,年复一年,他们以血肉之躯筑成保卫中国海疆的一道钢铁长城!

考验我们的不仅仅是"启德",随后遭遇的"布拉万""天秤"两个大台风,把这种摇晃、抖动与颠簸推向顶峰,似乎想让我经历最严峻的生存训练。一个让你体魄与心灵都受到震撼与洗礼的客观存在,必定让你产生某种无可替代、永不磨灭的情感和敬畏之心。

就在这夜不成寐、日不能寐,度日如年,度夜如年,度秒如年中,我完成了对南海刻骨铭心的认识。

这就是南海的力量。

二

当然,南海的力量更在于她的美丽。

南海之美散落在星罗棋布的岛礁沙洲之间。沿中国南海九段线航行,穿行东沙群岛、西沙群岛、中沙群岛、南沙群岛,如在画中徜徉,每一方水域都有无限的风光,每一处岛礁都有醇香的故事,每一片碧波都有风情万种。共和国最年轻的三沙市把首府设在美丽的西沙群岛中最美丽的永兴岛,是一个描在画布上的城市;中沙群岛东南方向约200海里处的黄岩岛奇特的造型,凸现在墨蓝的底色上,恍若宇宙深处某个星球上的奇观;南沙群岛230多个岛屿、沙洲、暗沙、暗礁、暗滩,连线成片,如珠含玉露,年代参差沧桑斑驳,陈展着南海的昨天、今天和明天。难怪有人说,中国南海诸岛的美丽堪比马尔代夫群岛。

南海的美,散落在星罗棋布的岛礁沙洲之中;南海的奇,隐现在云舒云卷、波起波伏之间。

风平浪静的时候,大海便显示出她的内在美——平。海平线是一切航船的方向,海平面是一切高度的起点。平展是海的外形轮廓,平静是海的本来面目,平凡是海的基本属性,平坦是海的永恒追求。对平的无限趋近,构成每一滴水乃至整个海一生的任务。

南海水下风景是多姿的珊瑚,珊瑚丛林是历史的记忆影集。珊瑚的沙层在水下构成暗沙,珊瑚虫及其他海洋生物的遗骸堆积起来渐渐长出水面就成了礁,栖息礁上的海鸟带来生物、粪便,就会有植物,于是形成了岛。从沙长成岛,需要漫长的等待。曾母暗沙潜伏在南沙20多米深处,过去30多年里长高了16厘米,要露出水面得3000年。令你在简单的乘法运算中领悟到什么叫沧海桑田、光阴荏苒,什么叫海枯石烂、峥嵘难现!

珊瑚是岛的根,一头连着海的心。

海面平展,水底嶙峋,感谢千年万年的造海运动,形成了海底的高山、峡谷、平原、盆地。南海北部是一个锅形海盆,最深处可达5000多米,盆中隆起的山脊、高原呈东北西南走向,如蛟龙潜行气势磅礴。南海海底的沟、槽、堑、脊如陆地一样丰富,挤压断裂的皱褶形成岁月的年轮,让人惊叹于海底是陆面的镜像,陆地是隆起的大海。

水底是鱼的天堂,海水是鱼的天空。鱼是海中的鸟,鸟是带翅的鱼。船在无风的海面静静前行,偶尔惊起十字形飞鱼三两只,或一片一群,沿海面飞翔,如燕蹁跹,像飞机掠过崇山峻岭,几米、十几米、几十米,有的飞过近200米。有海鸟在海空盘旋、追逐,冷不防一个猛子扎进浪里,像捉迷藏似的让你半天都找不出来。海鸟与飞鱼以南海为舞台,在天地之间试图作交换角色的嬉戏,让你看得如痴如醉,艳羡三分。

沉降有序,潜流无常,感谢千年万年的台风和海水运动,在劲吹与旋转中塑成千奇百态的南海岛礁。途经一座座有形可见的岛屿礁盘,一处处无痕可觅的暗滩暗沙,风光无限,遐想无边。船过仙娥礁,水面上见不着一点礁石,却远远望见礁盘激起一片片绵延的雪浪花。从雷达屏幕上看,一根白色的细线,勾勒着一张美若仙子的脸,有清秀、柔和、清晰的下颌,在深蓝的海色中作优雅的颔首。船过弹丸礁,这一方被誉为"鸟之天堂"、潜水胜地的美丽岛礁形如弹丸,如今已被他国占领。船过景宏岛、费信岛、马欢岛,这几处以当年郑和下西洋时随员名字命名,长满茂密热带植物的美丽小岛,业已不在我们手里。

感谢上苍,赐我中华如此瑰宝。南海位于中国的南端,东北口经台湾海峡、巴士海峡、巴林塘海峡通太平洋,西南口经新加坡海峡、马六甲海峡连印度洋、大西洋。极其丰富的海洋生物资源和油气资源,显著的战略优势和资源优势,引起邻国的觊觎和大国的插手,使原本平静的南海而今如沸锅热油,强占蚕食、巧取豪夺、明争暗抢、鸠占鹊巢的行为正侵害中国的领土完整和国家主权。南海之行,我多次目睹他国的工程船、勘探船在我海域作业,有的明火执仗、粗暴蛮横,有的驱之不去、逐之又来。远远望去,那一座座新建采油平台规模渐大,入夜后平台上那一团团油气火格外刺眼,灼痛我们中国人的心。

风起天地,浪翻古今,南海诸岛形似足印,记载了中国先民的勤劳与勇敢,岛上的一陶一罐一币、一井一碑一石,无不留下南音粤语的回响。我不同意有的人说中国在南海没有文字史料的观点。难道史记、汉书中对南海的记述不算文字依据?难道晋代对岛礁的命名,不是文字资料?宋元时期对"万里石塘"的美丽记述,不算史料依据?难道大明王朝郑和七下西洋途经南海,足迹遍布南海诸岛,如今诸国岛民还在立碑建庙纪念郑和,这不算历史的证明?倘若如此,世界上还有哪个民族有史可考、有史可言?!这是民族自卑论、历史虚无主义的观点,这种民族观、历史观是文化的妄自菲薄。我们的信念切不可被一些外域的鼓噪所迷惑、所解构,日益强大的中国必须建立在高度的民族自尊与文化自信上。

我们不能失去记忆。

世界也不能没有记忆。

美丽而富饶的南海,是中国宝儿,我们不能放弃、不能丢失。

三

大自然的禀赋成就南海之美,最壮观的景象莫过于日出日落。

没有岸线作参照物,没有人造物当背景,人在恢弘海天间感受着自然之美、自然之奇、自然之力。

落日无影,红彤彤的云晕染了天的赧色,羞掩了海的心思。天把种子藏进海的肚子,海就完成一夜的孕育。长天大海都在等待,等待明晨喷薄而出的分娩。

天边红晕微泛,亮色初现,海水深黑如黛,像调好的一盆墨汁。天色几秒钟一变,突然冒出一线日牙,像一段红线头扔在海之角。红线头慢慢绕成了红线团,渐渐滚动出来,势不可挡,一秒一景。彤云舒展,像扯来一块为新生儿擦去血渍抹亮身子的布,清亮、清新,充满朝气。有一线线、一团团红云来游,但很快被红日超越。旭日冉冉上升,顾不得看孕育、分娩了她一夜的海,顾不得红云姐妹的牵绊和依偎,顾不得还有远处的阴云仍未透亮,只管升腾,升腾……一瞬间,像一条火红的鲤鱼跃出水面,刹那间竟离海面一丈高了。没有云块压得住,没有霓裳红衣挽得住,被海水一洗,云衫一抹,竟鲜亮得有些耀眼了。

一旁的水手说,太阳完全出来了。果然,展眼正前方,被太阳照亮的天边云已是一层层、一片片的白色,如沐浴在草原晨光中的羊群。

环顾四周,今天的海无浪无涌,只有碎波万顷,柔水无边。每一缕轻扬的微波细浪,都被朝阳和裹着她的朝霞锦被勾勒出一条条闪亮的边,恍如镶金嵌玉。如果说,昨晚与我隆重道别、温婉相约的落日是一位柔姿万种的少妇,那么此刻的朝阳,则像一位清纯无邪的少女,无所忌惮地奔放而来,投向比海更辽阔的天。她把迸放的金边银线慷慨地撒向人间,毫不吝啬,落落大方。她只踩着碎步,履着柔波上升、上升、上升。此刻,我的心也被镀了一层金边。

与日出相比,日落的景致似乎更壮观、更震撼。

落日渐进海平面,西天积聚起大面积的红云。无云处,天依然那么蓝、那么纯。海色变得越来越深,向黑色渐变,为夜打好了底色。日头不那么刺眼了,收敛些许的余晖点染了本是灰白的云。云也就有了些微醺,红遍了西海的天。不知何时,本无牵挂的夕阳忽地坠入了红云、紫云、灰云、黛云联袂铺成的厚厚的海绵垫,把海水都溅红了。展眼望去,海是彩色的。

被云和海托住的残阳反倒显得干干净净、利利落落的了,像一团火种,只顾下坠,云被点燃了,海水被煮沸。再往上看,天倒是被刷蓝了些许,远处的云被漂白了几丝。趁你目光打野的工夫,已半个身体躲进海里的落日扒开几缕云栅,给你一个闪亮的眨眼,像昨晚、前晚一样,道一声"See you(明天见)"。等你再眨眼,张张嘴想说声"晚安",却发现她已完全匿迹了。只有长片长片的红云,层层缕缕,从海平面铺到你的头顶。再眨眼,天全暗了。

那样的满天红彩,那样的铺锦盖缎,像宗教礼仪一般隆重而神秘,令我心生庄严与敬畏。日落日出,天地轮回,自然之道,万物之常,人类无法抗拒、无法改变、无法超越,只能目瞪口呆。

经天行地一整天,只为了那壮丽的一刹那。黑海沉底一整宿,全为了辉映长天的绽放。轰轰烈烈地来,轰轰烈烈地去,这是太阳的性格。

四

南海观云,亦是好景致。南海是中国海区能见度最好的海,云则是最好的云,而且是低层云,就悬浮在你的头顶。

如果说日出日落带给你的是激动、兴奋、期待,甚至是惆怅、眷恋,那么看海中云、天上云则有一种轻松舒畅与长空浩荡之感。你会觉得天很近,触手可及,有一种灵魂振翅高飏的欲望。在这场时序轮回中,云彩是固定的司仪,爱岗敬业的模范。她们总是早早来到现场,准备着隆重而庄严所需要的一切祭具祭品祭物,营造着一切神圣、神秘、神奇的氛围,连朝阳或者夕阳进场或者出场的红地毯都铺好了。还有膜拜者、观众都邀齐了——那是她们自己,大大小小,成团成卷,裹着霓裳云衫,姹紫嫣红的,浓墨重彩的,白里透红的,也有轻妆素颜、一色清纯的。等你把注意力从鲜红的太阳上移开,才发现漫天云霞竟是刚刚登场的主角。这时你不得不感叹,人生主角不长有,人生风景时时变。天地大舞台,你方唱罢我登台,这是自然规律,亦是对人类的警告。

海上看落日,需要平视。一尊经天行地普照苍生的造物主,愿意放下身段让你平等相视,是一种伟大。看云,却是必须仰视的。当你目送完壮丽的落日后,才发现,红霞还在,云阵依旧,她们一直铺到你的头顶、你的后脑勺。等你猛然转身,会发觉自己早已处在云的包围中,心如飞机,在云中翔。云是那么近、那么贴切,或舒或卷,就在你的额前,你随手扯下一把,既可以擦一把满脸的风尘,拭干一眼角的相思泪,也可以揉巴揉巴塞进你的心袂。8月的海上,早晚有些秋凉,凉生思,暖生情,你得煮一锅海水,用云彩做味道,喝下去,温暖你餐风饮露、疲惫苍凉的心窝。

你这么想着,可云不这么想。

她依然静观、默视着你。浮云生根,长天无语,远远近近,大大小小,高高低低,稀稀密密,薄薄厚厚,她们既不簇拥你,也不离弃你,任你情生万万种,心有千千结,云们依然布阵如初,守望如初。以为可以亲抚,却发现她正眺远方,一朵朵独立的云柱,一尾一尾地悬挂在西天,像水里游弋的水母。以为淡然若游丝,却发现那正是你最妥帖、真切、生动的一缕。她就这么淡定从容,处变不惊,千年万年如此。以为云定气静,却发现密云阵脚已变,翻覆腾挪,吞吐呼应,时过景移,而这一切竟然发生在分秒之间、眼皮之下。

其实并非如此,是船在位移,心在位移。

吟赏不尽的烟霞,流连不够的云景,彤云满天霞光万道,乌龙翻滚风起云涌,万马奔腾群羊牧天,闲云野游孤云静坐,她们的无边无际变幻无常,让你蘸尽南海的水也描摹不尽。

但是徐悲鸿可以。他把蓝天当纸,海水当墨,无须用笔,只抓起几团云彩随意挥洒,天空中就出现了他的《八骏图》,神来之笔奔放但不狂狷、精微而不琐屑。再向天边猛一张臂,满天立即涌起奔马万千如阵,咆哮嘶鸣如雷,怒卷的狂飙把个完整的晴天碧海踏了个粉碎,旌旗猎猎,惊尘翻卷,入诗成画。

黄宾虹可以。那样的构图,山峦叠翠,林木扶疏,水流潺潺,又有仙风道骨深居陋室入定;那样的着色,既有泼墨重彩,黑密浓厚,又有焦黑枯笔,纤毫若现,每一笔都是自然与贴切;那样的笔意,既取势雄浑而高远,又笔趣意象万万千,勾皴染点之间,虚实轻重繁简浓淡有致,向远处横亘,一直绵延到天际。

吴冠中可以。他把张家界从仙境搬到了天境。站在舷旁看云,如倚立天阶看山,仿佛置身喀斯特地貌山形之间,岩层分明,沧桑斑驳,云山叠嶂,天外有天。又如火山突然间爆发,岩浆流了半个海。忽有大片云床铺开,倏地扫荡出一扇冲击平原,坦白无奇,纯净无奇,有村庄坐落其间,田园风光盎然。远处有梅里玉龙珠峰并列耸立如军阵,那冰砌玉雕雪堆满地一片圣洁与庄严。转眼间,丹霞中耸起另一座冰峰,有金銮殿翼然其中,金碧辉煌,高洁神圣,整个云景像海市蜃楼,缥缈在海平面之上。

圣桑也可以。他把一曲《动物狂欢节》回放在南海上空,搅得风云翻滚乱云飞渡。谁家的翻毛狗儿白的黑的没看住,全都蹦上了天。虎狼出洞,张牙舞爪,声势夸张,一脚踩翻一海云水,泼金流银,一泻千里。金鱼披头散发边幅不修,水母漂游随意张合有致。骆驼昂起干瘦的颈,竭力辨寻干漠里远方的月牙泉。神女轻摇细细的鞭,长裙飘舞抖落缠绵的牧羊曲。龙腾虎跃,狮怒兔脱,搅起周天雪;章鱼潜行,蜻蜓点水,不露半点痕。憨象迁徙,笨龟缓行,孤雁独鸣,各有各的意境。北极熊粗腰憨坐,一脸无辜,傻考拉两耳痴张,不知所云,还有直立的袋鼠挺着沉沉的大肚子,不知跳向何方。唐老鸭拉长扁扁的嘴巴,米老鼠拽大阔大的耳朵。群鸡相斗,疯癫撒泼一地飞毛;对虾互戏,轻描淡写无须深墨。天鹅凫水,倒影里清洗满湖的羽毛;野鹤无聊,拆了自己的一双翅膀在晒。其实,狂欢节上的动物太多太多,就是把整个动物园搬来,把非洲大草原的动物们都捉来,还比不上南海一角的热闹。今天的圣桑,变幻神奇,拉出一支诙谐的旋律,洒满了南海的天,还邀请来徐悲鸿的马、齐白石的虾、李苦禅的鹰、黄永玉的火烈鸟。整个南海,就是他们的集体出演。

最后,他们把自己的作品,一股脑儿交给铁匠史密斯,和他那永远通红的铁匠铺子。

史密斯的铁匠铺总是红色的集合,因为夕阳在每个黄昏把自己交给铁匠。老铁匠也不懂啥叫经典佳作,只夹了火球,点了火炉,把锤子蘸了海水,一锤一锤,叮叮哐哐,打造了一大堆红彤彤或长或短或方或圆的啥,半浸在海水里,直到炉火黯红,余烬消退,细看却也是一幅传世之作呢。所有的浓云淡云,一律凝成墨汁般的海水,等待明天白云的漂洗。

南海的云,有最丰富的表情,却只是"南海故事集"的封面上生动的题字。翻开它,只能算是掀开了美丽中国的一角。

南海,是一个美得让你想落泪的地方。

五

美不美,海中水。南海的水是最美的海水。

南海的云雾烟霾、浮尘雨雪,其实都是水的孩子。

伫立舷旁,一任墨蓝的海风把我熏黑,再请红云帮我拭去海水留在脸上的盐分,肤色就有了黑里透红的意思。低头看海,真切而生动。

南海的水极其清澈,目光直视能达三四十米深,透明度远远高于其他的海。海水的颜色当然是蓝的,宝石蓝、烟波蓝、孔雀蓝、天蓝、浅蓝、深蓝、墨蓝,而且随天气而变、随时间而变、随海水深度而变,让你惊叹蓝色原来有这么丰富、这么纯粹,让你知道什么叫晶莹剔透,什么叫纤尘不染,什么叫空明澄碧。无风的时候,微澜不兴,平畴千里,宁静而妥帖,像一只柔美的手抚慰你皱巴巴的心,把你安顿在柔顺平滑的巨幅丝绸缎面上。

我来自长江,来自长江中游的一条小河——陆水河,来自陆水河旁边的一口小水塘——莲花塘,水是我生命的重要元素。伫立海中央,接受海的洗礼,领受海的馈赠,在威严与慈祥、壮丽与柔美、坚定与变幻中,感受水的坚强、水的勇敢、水的博大、水的通透。经得起大起大落,耐得住孤独寂寞,守得住宁静平凡,不在意一片云彩。

当以海为镜,照一照自己的灵魂,扫一扫沉积太久的心垢。喝过长江水的人,心里永远流淌着一条长江。看过海的人,心里永远有一片海。

如果问用什么词来描摹你心中的大海?我想,一百个人能有一千个词,辞海描不出大海的风采。如果一定要选一个词,我想用一个字——平。

海平线是一切航船的方向,海平面是自然界一切高度的起点。平展是海的外形轮廓,平静是海的本来面目,平凡是海的基本属性。对平的无限趋近,构成每一滴水乃至整个海一生的任务。纵有惊涛骇浪,终究复归宁静,平坦是海的永恒追求;纵有三头六臂万千本事,一入水都在不断地寻找平衡点;纵有满腔的愁肠怨忿往里倾泻,她依然平静如初,守着一海的安宁。

一个平字,让一切归零。这就是海的力量。

人类不能一天没有太阳,太阳不能一天没有大海。

海是太阳的母亲。绕地球转圈,太阳累了,太阳脏了,太阳想睡觉了,就回到海里。海扯了很多云被,把自己煮沸了,用温暖守候太阳回家。太阳一猛子扎进海的怀里,自顾自地睡去。第二天,海把苏醒的太阳洗浴一新,用朝霞彩云打扮,鲜亮清秀地托出海面,还给天空,交给长风流云。日复一日,年复一年。

我不是诗人,但低头看海,仰头望天,借海的诗意信口咏海一首《你是一片海》:你那喧嚣中的一身婷婷/你那众芳里的一声绽放/你在海边晨曦里的一袭牵挂/你那最为生动的一撇细细的芽儿/和那一抹赧色的遮挡/常常把相思拧成/拧成长长的纤/驮起过一江重重的帆,一湖密密的罾,一河长长的排/苦苦的相守像不依不饶的风/酿成甜甜酒/浇开你那一脸的灿烂/灿烂的笑灿烂的哭/灿烂的春灿烂的秋。像一只航船/无论我怎样刚强/只能在你的柔波里挣扎/无论我怎样强劲/只能在你的怀抱里突进/仰望你朝阳般的眸子/我亢奋胸波如海/守着你的满天星子/我疲惫地,随波逐流/你是一片海啊爱是一片海/你的辽阔/你的深邃/你的巨澜/你的细浪/我愿做一介渔夫/摇一双烂桨/拍遍你的香肤/或化作一尾游鱼/一直游在你的波心。

六

南海的风景不光在水上,也在水下。

海底茂密的珊瑚丛林,游荡着各种海参、鲍鱼、仙贝……光优质珍稀的鱼就有鹦嘴鱼、梅鲷、刺尾鱼、红鱼、石斑、沙鱼、金枪鱼、鱿鱼、飞鱼、遮目鱼等。曾母暗沙是最丰富的海洋生物聚集区,有浮游植物150多种、浮游动物130多种、鱼类50多种。丰富多彩的海洋生物,构成丰富多彩的水下世界。

凝视深蓝色的海水,忽然发现有亮点在水下疾行,约5米深处,一点,两点,无数点,上下蹿动,徐疾不定,一点儿也不怕人。这头顶蓝灯的是什么生物?后来才知道是水母。

那天下午,一位水手飞奔而来让我赶紧去看鱼。我拿起相机冲到驾驶室右舷瞭望台,顺着二副的手指望去,前面一片长宽约200多米的水域像开了锅一样。无数的鱼在跳跃,俨然一个庞大的鱼群在集会,不时有三两处七八处水被翻腾,有鱼跃出水面想发言。水手感叹,这要一网打下去,该有多少鱼啊!

但是,还有比这更壮观的场面。那天,船右舷前方突然冒出一片数不清的海豚,黑色的脊背在午后的阳光下闪闪发亮,船员们估计数量应当在几百条左右。偌大的阵容不时有三五条海豚跃出水面翻滚表演,煞是壮观。奇怪的是,海豚在集体翻滚时,不管距离多远,动作几乎完全一致,仿佛训练有素。船员们说,海豚是人类的朋友,如果有人落水,海豚会把人顶起来送上来。怪不得海洋公园里的海豚表演永远有最热烈的掌声。有水手在船头,对着海面嗷嗷地叫,海豚们全不作理会,我们戏称"没有共同语言!"此时此刻,再好的摄影技术恐也无用,几乎拍不到半尾鱼影,只有激浪翻腾。

船长说,有海豚的地方没鲨鱼,海豚是鲨鱼的天敌。怪不得有水手告诉我,刚才有一只鲨鱼尾随我船好一阵子,现在不见了。

海上什么奇观都有可能发生。我正在舷边沉思,突然听到背后有声响,像是高音喇叭发出的声音,回头一看,只见右舷后约几十米处,腾起一股1米多高的气浪,一段硕大黝黑的鱼脊正露出水面。我赶紧喊大副,他用望远镜看了看肯定地说:"是鲸鱼,在喘气!"呵,南海的鱼,喘气都那么壮观!大鲸鱼游速并不快,远远地伴在我们右后,每隔几分钟从背上吐出一股气浪。我赶紧用照相机拍,但抓拍不到,改用摄像功能,但效果似乎不好。

看鱼不如钓鱼。

由于要避开台风,我们的船在永暑礁的潟湖里抛锚。此地海面平整,无风无浪,无涌无流,是难得一见的静。这也是钓鱼的好时机。

午后,在船尾甲板上钓鱼。三副把他的渔具让给我,帮我穿好鱼饵,选好位置。所谓渔具,其实简单,一根长长的尼龙线,一只两寸长、半寸直径的圆柱体铅坠,一弯细细的银光泛亮的、与江河湖塘里钓鱼并无差别的钩。鱼钩抛向浩渺无边、深不见底、碧蓝无比的海,实在是一种浪漫。鱼线放到20米左右,你似乎能听到铅坠磕底的声音,仿佛是你在叩击海的心。一根长长的,深绿色的线,把你和海连通,人与海之间就有了某种感应。

有时也有浪或者涌。望着被潮汐和海流冲击得一张一弛的钩线,你感觉是在钓海,不是钓鱼。人生处处海,时时下金钩。我的脑子里突然冒出这句话来,何处得来,不知道,大概是从海里钓来的吧。

一会儿我就感觉钓线紧绷,赶紧往上拉线,船尾随波起伏,我一边拽线,一边做镇静、老到状。侧过脸看老水手长,他正用一弯鱼竿钓鱼,他那被海风吹染了几十年的古铜色脸上,满是从容、淡定,其实他已经收获两条石斑鱼了,金红色、黄黑色,斑斓多彩。待到我提起铅坠,鱼钩却不见了!水手赶紧过来帮我换新钩,说,要么是鱼叼走了,要么是被海浪摇松掉了。呵呵,不是我钓鱼,而是鱼钓我,海钓我了。

再一次向海里抛钩,手里的线又突然绷直不动了,心里一阵窃喜,继而发现拉不动,想是鱼钩被咬住了。水手长赶来帮忙,说:"被珊瑚吃住,只能拽断了。"他告诉我,海底是珊瑚礁,鱼在其间游嬉,铅坠落在礁缝间,往往容易被绊住,每当这样,只能是"舍不得金钩钓不着鱼"了。如此解释,令我释然,南海钓珊瑚,也是一种浪漫。处处藏钩,危机暗伏,人生何尝不是如此。

太阳烈烈地射在海面,灼得皮肤有些痛痒。看看身旁烈日碧海白浪映衬下的水手们,皮肤都如我一般黝黑,好像涂抹了海的颜色。尽管远离亲人,远离喧嚣,远离正常生活,忍受着没有尽头的寂寞、单调和孤独,但他们仍然兴致勃勃地生活着、工作着、娱乐着,他们对生活的热爱让我感动。

他们都是海的孩子,像海一样充满活力。钓鱼,是他们与海对话的一种方式,人钓鱼,海钓人。但船员们说,不是人钓鱼,是海钓鱼,天钓鱼。因为只有风吹水动拍打珊瑚,惊动了的鱼才出来游动,如果无风或风太大,鱼们深藏不露,不好钓,所以大风前后是捕鱼、钓鱼的好时机,有些打渔人正是因为贪恋这一机会而收网不及,造成船翻人亡的惨剧。所以说是天钓鱼呢。

真正实惠的,不是钓鱼而是吃鱼。船员们说,南海的鱼味道最鲜美。每晚,我在房间读书,老水手长总来陪我。他把一套功夫茶具搬到我跟前,泡最好的铁观音给我喝,生怕剧烈的摇晃让我晕吐,小心地呵护着我,说喝热茶可以消除晕船感。我读我的书,他泡他的茶,我喝完一杯他续一杯,没有一句交流,就这样默默地陪伴着,心里很踏实。老水手长的茶韵味深长,让我品味一生。偶尔我也同他聊天,他讲关于他家庭的故事,他是侨属,有一子两女,在海上工作40年了,一生没有好好陪过家人,他答应过老伴儿,等退休了带她上北京,看天安门,看长城。老水手长有些自言自语起来,我的眼眶湿润了。说,不要等退休了,休假就去,我在北京等您和老伴儿……那晚,是七夕夜。第二天上午,我在房间看海图,老水手长进来,手里捧着一大盆鱼汤,他让厨师把这两天他钓的鱼都炖成汤,要我这个北京来客尝尝鲜,滋养滋养肠胃。望着老水手长一脸海熏的古铜色,一脸的淳朴敦厚,我感动得说不出话来。南海上的这一盆鲜美的鱼汤,足以让一切珍馐奇馔索然无味。

海上的生物游在水下,也飞在天上。不知道从什么时候起,一连数天,一只很大的海鸟出现在前甲板,白白的羽毛、尖尖的嘴儿和细细长长的腿。她随船而翔,上下翻飞,不时落在甲板上,不时又亮翅飞起,毛须毕现地在我的头顶盘旋,仿佛专门让我拍照。无论风怎么急,浪怎么高,都影响不到她的方向和姿势:向前、展翅。无论怎么飞,她总是把这条船当做落脚点、避风港和暖巢。借助这条船,她实现了远翔甚至是跨国的飞行。但是,她还能飞回旧巢吗?她的亲人们在哪里?

与她一样孤身只影的,还有一只家燕。从哪里来,不知道,可能在厦门就误上了我们的船,一直跟到曾母暗沙。早几天总在船头见到她蹁跹的倩影,渐渐地只能在船中部或船尾的某处角落找到她了。显然,可怜的小燕子累了、饿了、瘦了,一只本该在房梁前呢喃翻飞的小燕子,怎经得这番惊涛骇浪、路远水长的奔波!我从餐厅取来饭粒放在甲板上喂她,但她惊恐地飞起,藏得让我找不到。翻飞的身姿很美,但瘦骨嶙峋得让人心疼。渐渐地,她不太怕人了。早起拍日出,我在镜头中发现了这只在蠕动的可怜虫,她蜷缩成一团毛球,在舷边栏杆上瑟瑟发抖,我悄悄走近她,在距离不到1米处,以日出为背景拍下她的剪影。我想,一旦上错船,一只小鸟要付出多大的代价!何况人呢?我想小燕子肯定后悔了,靠她的小翅肯定是飞不回家的。

避风抛锚几天,竟然没再见到小燕子。是被台风吞噬了,还是体力不支坠入大海葬身鱼腹了?或者是拼了小命飞到几海里外的礁上去了?那个有如生命禁区,只能靠钢铁意志生存的孤礁,能存活这只细若蜻蜓的乳燕吗?她能侥幸搭上下一艘船回到厦门她温暖的家、温暖的亲人怀抱吗?

按照航程,我们的船明天将抵达海南三亚。南海之行最后一次看落日让我多少有些留恋。落日依然红亮,但下降更慢,有点依依不舍的意思。长霞绵延,像大笔泼洒的红彩,一笔下来,至少在2000米以上。只有到了海上,才知道什么是大手笔,什么是如椽之笔,什么叫写意。今晚的落日有三两只海鸥来点缀,高高低低地飞,不远不近地跟着我们,一会儿在你头顶上盘旋,羽翼尽展,任你拍照,一会儿一个猛子冲向海面,紧掠水面,让你无法抓拍到海鸥追逐夕阳的画面。不过倒有惊奇:那只小燕子竟然还在!在抓拍海鸥的过程中,无意间发现海鸥追逐的移动目标竟是小燕子!小燕子的倩影一次次地掠过船舷,明显更瘦了,但身姿依然美丽、矫健。我突然有些感动,不知道这几天她躲在哪里,前两天我们在大面积的暴风雨中穿行时,她是怎么挨过来的,看到我留的米粒了没有?明天,小燕子也可以上岸了,经过了凄风苦雨漫长旅程的小燕子,一定能获得更强健的生命升华。我也像这只劳燕一样要飞回北京了,不知道小燕子能否辗转回到厦门,或者在三亚另筑新巢?但愿她能找到回家的路,回到自己的家。

七

吟赏海天云霞,观望日月星辰,成为我每天的功课。独享天地之间如此隆重的、辉煌的、绚丽的状景,简直是一种贪婪和奢华,让我诚惶诚恐。

有人说"人生苦短",我想,第一个说此话的不是庸人,一定是一位伟人,一位披星戴月、开疆拓土的伟丈夫,而且是面对大漠孤烟、长河落日,或者如我这般站在长天大海之间抒发的,或许时令正值秋天,抑或初冬。只有经历了人生的风霜雨雪,才会有如此精短而深刻的感叹。

看南海,时时有云,写南海,处处有云,南海的景致少不了云。今晚的云彩,早早就铺了厚厚一层,原以为日头一头钻进去就出不来了,没想到太阳一落到红被上,就点燃了无数横亘远方的条状云,低聚在水面上的云层接通了电源似的即刻变得通明起来。一根两根,三堆四堆,长长短短错落有致的条云,像勤奋的铁匠史密斯一顿饭工夫打出的一大堆铁条,红彤彤、热烘烘地垒在天角,是一天的人生收获。

天边云燃烧到最红点,倏然黯淡下来,紫红色、猩红色、深红色的云在几秒钟之间就布满天幕,黑红相间的海水让你想起司汤达的小说《红与黑》,凡事红到极致便是黑,把黑化开或许就是红,红与黑之间常常难以界定分明,相互的转化又让人不得不感叹人生风景的无常。十九世纪的主人公于连倘若生活在今天的中国,司汤达还能下笔吗?我琢磨着这神奇的景象、神圣的主题和神秘的变化,望着云堆云阵云海坚定向前不断变幻的步伐,吃惊得有些说不出话来。

突然,咯噔一声,我心被惊了一下:没有被残云兜住的夕阳,像一只鲜红的橙橘,或像一只腌得熟透的咸鸭蛋黄,嘣的一下落在已如墨汁的海平面,还咚地弹跳了一下。黑色的海水仿佛被砸出一个舒服的窝,恰到好处地托住没被砸扁的落日,还用深情的水波迎住了它,浸润出一溜边的红,挤着了残阳的下半个脸。

天地间，又绽放出红光万道，沸腾的海水又一次把脸羞红得不行，还有天上霞。尽管只有三两秒钟的事。

红与黑，是今晚南海的标题。

一切重归沉寂。一抬头，猛然发现头顶上蹦出个亮闪闪的什物来，差点儿磕着我的前额。睁眼仰望，却是一弯月牙，着了些柔曼轻纱，娉婷地盯着我。啊，这就是今晚，中国南海的又一个标题了。

这是南海之行，我的第一次望月。

我想，为什么不利索一点，干脆给我来一个大饼月呢？玉轮照碧海，片片柔波片片月，满眼的银光灿烂，月波如鳞，那该多美啊！

其实，有一种出场叫隆重，有一种亮相叫不张扬。

比方说，那一轮朝阳或者落日。比方说，这一钩月牙。

是谁发明了"月牙儿"这个惟妙惟肖的词？中国文化的精妙在于细致，细致到你思维的每一道沟坎都盛满一汪柔美的水、一缕舒畅的风。如牙的月儿，纤纤细细、袅袅娜娜地走着，如诗如画，却不耀眼灼目，也不转移视线和话题，你可以若其有、若其无，照样行你的船，向南或向北，照样沉醉在你红幔弥天的落日遐想中，照样想着你迢迢遥遥、缥缥缈缈的万千愁思，但是，你能感到头顶上这丝嫩嫩、微微、似有若无的逼视。正想愠恼，放低后脑勺，你却分明看到那一道皎洁、一丝纯清、一弯浅笑，你还能恼怒吗？在这苍茫大海之中，浩渺天边、风帐浪幔的漂泊日子里，你孤独的、寂寞的、颠沛的、摇碎的、贮了半池秋水的心，能有一丝月牙儿与你温情款款地遥对，你不觉得是一种饕餮、一种奢华、一种满足吗？那一钩弯弯的、如锚一般的月，还泊不住你的浪子之帆、游子之心吗？

一弯细月谁裁出？我就这样愣愣地站在甲板上，脚下生根。什么都可以想，什么都可以不想，我成了云痴，或者月迷了。

南海的秋月，细牙如钩，是今夜的新娘。

八

夜间漂航在曾母暗沙附近海域,船位北纬 4°07′,东经 112°06′。船头北指。

南海上空的星,是我的向往。自从昨晚无意间撞见那一弯刚从海里沐浴上岸、披着薄纱还滴着水的月牙儿,数星便成了我一夜的心思。

在南海上航行,任何一次贪睡都是浪费。被电机的声音唤醒,看表,已是凌晨4点半,赶紧起来看星。

游弋漂航或者抛锚的船,必须亮起舷灯和桅灯,以告示过往的船舶,这对看星星是极不方便的,须走到避光处才行。右舷上空有密集的星群,值班水手用浓重的闽南话告诉我,那边是东方。

东方未晓,天幕布满繁星,是谁从南海里捞了一把金沙撒在天庭。晶莹剔透,铮亮闪烁,想吹一口气拂拭,却怕惊扰了她们的布阵,也怕玷污了她们的圣光。一颗两颗,六颗七颗,啊,连起来,可不就是一只硕大的长勺,像乡下祖母家随意放在水缸盖上的那只大水瓢,斜挂在南海的天花板上?北斗星!我的思维很快与儿时山里数星星时的情景联通,一样的北斗,不一样的场景;不一样的人生,一样的北斗!

多少年过去了,我几乎没有再数过星星,没有再见过北斗。生活的迷雾一团团,事业的峰峦一座座,只顾眼前的路、脚下的坑,哪得空闲看星星。一路的征尘喧嚣与行色匆匆,环境的粉尘污染与光影迷乱,让我失去了看星辰的心境与环境。但心中的北斗却从未迷失,从未黯淡。只是没有想到,在南海夜空的天帐顶上,我与他们撞了个满怀,激起我的旧梦支离,旧忆褴褛!对不起我的北斗星了,我谨向你们表达我睽离已久的最隆重的歉意和敬意了,以这一满海一满海的多情水作我的情意,任你舀,任你溅,任你挥洒!

那不是北斗星!

水手说,斩钉截铁地。

啊?我愕然若惊,像是失足落水刚从海里狼狈地爬上岸。为什么?

北斗星不是在这个时候出来,你应该昨晚来看。今天是七月初六,此刻的北斗星应该在南半球,连月亮都早已西沉了。

水手的话,在我刚碎的梦上又跺了几脚。

风有些凉,心也有些凉。冷眼看天,怅意生焉,果然,形似七星长勺的星阵还有许多,只是略有差异罢了。

人生亦如星阵。某个时候某个阶段某个环境里,你可能把某个人或某件事当做人生的北斗,为之苦苦追寻孜孜以求甚至赴汤蹈火。当斗转星移,时过境迁,你却蓦然发现,那不是你的方向、你的目标,它甚至耽搁了你人生的航程或者误导了你前进的方向,让你落得个触礁撞滩、帆损船覆的下场。为自己人生的航船定位,而且准确定位、正确定位,乃是人的一生之至关紧要。无论如何,我们不能失却心中的北斗。

看,那是启明星!水手把手指向夜空。

啊,果真!满畴星子,挤挤密密,唯有一颗最亮的星,正挂东方!

曙色微露,明霞刚醒,启明星如孤灯高悬,遥遥地,正以自己的微光点亮东方,点亮世界。南海的启明星是今晨的普罗米修斯。

失去了昨夜的北斗星,心中却升腾起今晨的启明星,人生的曙光总是会出现的。

九

2012年8月22日。曾母暗沙海域。

这是一个值得我永远记取的时间和地点。

今天,我将见证一个意义深远的时刻——厦门航海爱好者们驾驶的"厦门"号帆船经过9个多月的环球航行,上午将抵达南海曾母暗沙,回到祖国怀抱。

这是一艘长15.5米、宽4.34米,总吨位17.5吨的帆船。2011年11月3日,"厦门"号从厦门出发,经菲律宾、帕劳、巴布亚新几内亚、澳大利亚、新西兰、智利、南非、马达加斯加、塞舌尔、马尔代夫、马来西亚,过马六甲海峡、新加坡海峡,进入中国南海,行程42600公里。

经船长、政委商定,我将作为这艘船的唯一代表,乘坐小快艇前往北纬3°57′、东经112°16′的指定地点,迎接航海勇士们。

07:40,我穿好衣服,把相机包绑在腰上。水手长为我穿好救生衣,拿来一双白纱手套,嘱咐我上小艇后不管抓什么一定要抓紧。从来送行的水手们的目光和言辞中我读到了羡慕。水手长再一次帮我系紧救生衣上的带子,说,这边是一只口哨,那边那个是手电灯。"不过,今天应该都用不着。"老水手长说。我心里生出一种悲壮感,决心一往无前,绝不退缩。

08:30,一艘小快艇劈开激浪靠近左后甲板,我翻身上艇。艇太小,只能容纳三四人,前舱装满送给"厦门"号的矿泉水、饮料、水果、牛奶等。小艇在惊涛骇浪中飞驰,像要飞离水面。浪头一波波地冲过来,溅了我一身又一身。我的游泳技能多少让我增添了许多豪气和胆量,我心里一直蹦着几个字:劈波斩浪,勇往直前!在飞奔中,我不敢动弹,随便抓牢一物,欲站不直,欲坐不下,一个难拿捏的不雅姿势,使我全身每一块肌肉都在做突起的运动。稍一松弛,仿佛立会被飞浪抛到天上。

20多分钟后,快艇接近"厦门"号帆船。一片孤帆矗立在耿耿云天和苍茫大海之间,像一位战风斗浪的伟男子在稍事休歇。船上人见到我们,兴奋地跳跃和高呼,他们展开了一面红旗,上书:祖国,我们回来了。我向他们挥手、高喊:"勇士们,你们辛苦了!"

快艇水手抛出一条缆绳,两条船就紧紧地连在一起了。我腾的一下翻身上船,成为在祖国南海的曾母暗沙与他们握手的第一人。4位勇士握着我的手,有力而真诚,他们都哭了。是啊,饮风餐浪、踏波蹈海9个多月,远离亲人,饱经风险,终于回到祖国的怀抱,怎能不激动?祖国是航海勇士们最坚实、最安全、最温暖的港湾。

"厦门"号船长年纪最长,58岁,体魄健壮,精神矍铄。看见他稳健地操舵,我觉得他是海明威《老人与海》里那位倔犟的老渔夫。是的,中国需要这种不屈的精神,敢于拼搏,勇于创新,向大自然挑战,向人类的极限挑战,应该是我们这个民族血脉贲张的情愫。一个胆小怕事、畏缩不前的民族,注定是一个固步自封、自囿自闭的民族,是一个走向穷途末路的民族。"厦门"号的勇士们是中国的哥伦布、达伽马、麦哲伦,是今天的郑和!

航海勇士们把我们的目光引向那一片小小的风帆,投向他们那长长的航迹,投向中国的海、世界的海。中国人的海洋意识似乎还没有苏醒,葡萄牙人的战刀,英国人的炮舰,日本人的屠刀,八国联军、英法联军的火枪都是从海上登陆中国!第一次世界大战中列强从海上侵入中国,第二次世界大战日本侵略者不仅使中国的陆地遍布创伤,还侵占了大片岛屿,留下的海上祸根至今仍然在蔓延。今天的东海、今天的南海,在抢夺、蚕食中,已摇晃得如汪洋中的一条船,令人心焦。唤醒全民的海洋意识,保卫中国的海,寸土不让,滴水不漏!

这,正是"厦门"号风帆带给国人的启示。

在曾母暗沙,4位勇士要搞一个抛锚仪式。船舱里有一只高一米的铸铁锚,上刻八个字:大国雄风,永镇南疆。我应邀为勇士们拍照留念。我回到快艇,围着帆船转圈,寻找最佳拍摄角度。两位勇士抬起铁锚,走到帆船右前侧,一起庄严地把锚抛入水中,一柱海浪应声而起,就这样,一颗中国之心、一颗海洋之心,永远地驻留在这片属于中国的碧海之中。也把我的一颗心,永远抛锚在南海。

(原载《时代报告·中国报告文学》2013年4月)

他爱好杜甫的诗,有时禁不住赋诗抒怀,并有"手提夕阳"的佳句问世;《人民文学》《当代》《钟山》等文学刊物,一度成为他的钟爱;他曾经梦想投奔钟敬文的门下,潜心学问;任继愈、汤一介、蒋勋、韩小蕙的名字,纷纷闯入他的微博里……他悠然地过着自己的精神生活。但是,当他出现在群众中间时,他自觉地收起书本,卷起袖子,俯下身来,如一个勤恳、质朴的老农,默默地耕作,开辟出一条条"兰辉小道",甘愿成为——

一枚铺路的石子

王 国 平

2013年的整个汛期,暴雨几乎在北川"安家"了。

北川,全境皆山,这里生活着的羌族兄弟习惯于半山耕作,畜牧狩猎,被誉为"云朵上的民族"。所以,这里落雨,泥石流、塌方事故频繁,出行容易受阻,辛辛苦苦把道路疏导畅通了,又一场大雨不期而至……

北川人自然不肯屈服。他们顶风,冒雨,抢险,救灾,徒步,用肩扛,用手拉,硬是让路在眼前再度铺展开来。

尽管"胜利"是暂时的,说不定还有更大的困难即将横在面前,然而在擦拭汗水、雨水歇息的一瞬间,不少的北川人心里难免遗憾:这样的时刻,再也见不着一位"战友"的身影了。

往年的这个时节,他必定蹙着眉头,心急火燎,不舍昼夜,一路疾走,来到大家的身边,跟大家站在一起。

他个子不高，干瘦，雨衣披在身上，显得肥大，不协调。发白的牛仔裤上，淤泥点点，扎眼。手机不离手，电话一个接一个，多半时间对着手机吼，要车，要人。眼镜的镜片，啤酒瓶底一般厚，雨水放肆地"捣乱"，顺着镜片往下流，他不得不摘下来，在衣服上敷衍地擦一擦，再戴上。

此番情景，只能定格在镜头里，收藏在身边人的记忆中。

但是，透过眼镜投射出的目光却是那么真切，溢满坚毅，饱含力量。

"他办的每一件事都能听见声响。"这是兰辉给北川县委书记刘少敏留下的最为深刻的印象。

所以，人身体上有点毛病算什么！先得把事儿办妥了。

5月22日上午，天气预报说，中到大雨就要普降北川。在县政府分管交通、安全、民政等工作的他，职责压肩，触电了一般：××路会不会很脆弱，扛不住这一关？××路一旦不通，老百姓出门怎么办？××路一到汛期就不太平，要不要提前封了？假如车行××路上突遇塌方，立即启动哪项应急机制？

那时的他，脑袋里应该一团糟吧。

坐也不是，站也不是。偏偏刚刚做了痔疮、肛瘘手术，正处于休养期。这时的兰辉，心里恐怕在思忖：这个节骨眼上，不到一线去督阵，跟逃兵有何两样！

可是，医生早就开好了药，当天他应该打三个吊瓶。刚输完一瓶，他就请护士拔下针头。护士不肯：这是闹着玩的吗？请听医嘱！

他就哄人家，说要处理重要的事，拖延不得，保证明天乖乖地来完成输液"任务"。软磨硬泡，护士无奈，知道他这是"故伎重演"，从医院里"逃走"又不是头一回。

"说一千道一万，不如现场看一看。"这是他的口头禅，也堪称他的行为准则。

翌日上午8点，他启程出发，目的地是曲山镇、漩坪乡、白坭乡。

坐的依然是"川BT9366"。落座的那一瞬间，他是不是有点兴奋,有点久违了的感觉?

这个车牌号,北川的司机朋友大多比较熟悉,因为经常能在路上打照面。有时路况不太好,自个儿的车陷到泥坑里了,这辆车上的人都下来搭把手,帮忙推车,其中就有一个戴眼镜的瘦个子,表现积极。

这是一辆军绿色的越野车,浑身透着一股虎气,歇息的时候有点躁,不安分,一旦听说要上路,要开工,"他"就一头往前冲,欢得很,在崎岖的山路上尽情撒野。

"他"宛如一个忠诚的士兵,"长官"正是兰辉。

3年来,这个"士兵"始终在战斗,跟随自己的"长官",一共跑了24万公里,平均每天将近220公里,看足了北川的山山水水,脚印遍布北川的角角落落。

"他"习惯了这样的生活节奏。这天的行程山路险峻,有几分刺激,正合"他"的口味。只是,"他"发现,坐在后排的"长官"脸色有些苍白,说话喘着粗气,身体晃晃悠悠的,"憔悴得让人心疼",沿途始终紧抓着车门上的把手,坐一阵子,不对劲,弓着腰,趴一会儿,还是难受,只好蹲着。

他有个U盘,里边下载了自己中意的歌,有《我的祖国》,有《草原上升起不落的太阳》,还有更为应景的《走在乡间的小路上》。以往,走在乡间小路上的时候,他喜欢在车上播放这些曲子,一边听,一边跟着哼,难得的悠闲时光。这次,他似乎没有了兴致,心里想着事,身体也在不断地出着难题。

曲山镇治新村一处桥梁工地,需要注意施工安全;邓永路有一处塌方,得尽快排险,保证道路的畅通;漩坪乡插旗岭有几处地质灾害的隐患点,新的一轮降雨就要来了,必须提前做好应对方案,防患于未然……

他叮咛了一路,协调了一路,也疼痛了一路。这个病,让人有点难堪。他不得不两次中途下车,找个僻静的地方,自行换药。而第三次恰好选在了赫赫有名的唐家山堰塞湖边上。

脚再往前迈一步,就是直挺的悬崖,像一面墙。湖水慢慢地流着,看似舒缓有致,却透着威严,张着大口,从河底发出怒吼。

那时的他身体原本就虚弱,又高度近视。他起身,想抓住一点什么,但眼前白晃晃一片,头晕脑涨,双脚不听使唤,往下一滑……

悬崖!

47.5米!

那天晚上,北川的夜空大雨如注,电闪雷鸣。

7月30日上午,出事的地点,一段横木在湖中漂浮,笔直得有些倔强,宛如大自然为他树立的一块墓碑。

不知上边是否刻有这样的一行字:兰辉,回族,1965年生于北川,中共党员,生前为四川省绵阳市北川羌族自治县副县长,2013年5月23日因公殉职,终年48岁。

湖水浑浊,静静地流,载得动几多悲愁?

然而,一旦走近他的家人、同事、生前好友,读他的文字,读他的眼神,全方位地与他"接触",就会强烈地意识到,悲愁于他显得多余——

他有一颗滚烫的心,时常热情似火,奔波在路上,甘于做一枚铺路的石子,垫高他人的身躯,畅通前方的路。

他乐于在精神世界里徜徉,以诗的品格,以歌的旋律,蓄满力量,反哺他挚爱深沉的一方水土。

他把老百姓放在心坎上,摸着良心行事,尽力张大自己的双臂,呵护曾经泪水纵横的父老乡亲。

他是"最美乡村教师",为他人点亮一盏盏明灯

兰辉是一个拿过教鞭的人。

1983年7月,他从四川孝泉师范学校毕业,担任北川白坭学校教师。1985年8月,考入位于四川遂宁的川北教育学院,就读中文专业,学期两年,毕业后再度回到家乡,担任北川擂鼓中学语文教师。

同事陈天明回忆,在擂鼓中学工作期间,兰辉喜欢家访,一个孩子都不能少。山里的天气,娃娃脸,说变就变,出门时天气晴朗,半途中大雨瓢泼,有时兰辉齐齐整整地出门,进门却是一

身泥,还挂一个竹棒,多少有些狼狈,但他并不介意,第二天按计划上路,风雨无阻。

就是通过这样的家访,兰辉逐渐地走进学生的内心,成为他们的大朋友,为他们扫除学业的障碍,解开心里的疙瘩。

尽管兰辉的工作、职务几度变更,但是他在学生向忠诚的心目中始终是一位老师,而且是"人生导师"。

家里穷,负担重,向忠诚的学业多次摇摇欲坠。兰辉稳稳地帮他扶住了:他屡次登门,接过向忠诚父亲递过来的烟,一边呛得直咳嗽,一边使劲地夸你们家忠诚不错,有出息。要么直接到田间,请向忠诚的母亲歇一歇,坐在田埂上摆一摆。

这么好的先生,难得一见,父母心动了,下定决心,就是砸锅卖铁也要供这个孩子读书。

当这个家实在交不上学费时,兰辉爽快地自掏腰包垫上。

一切都看似妥当了,但事实上还没有消停。

刚上中学,新的环境,难免有些不适应。再加上青春萌动,愁绪纷飞,亟待心与心的碰撞,携来几缕慰藉。向忠诚将心事诉诸笔端,说与他的兰老师听。

至今,他依然保留着当年的日记。1987年9月29日晚,他写道:自己想家了,原因包括饭菜太少了,起床、睡觉都太早了,洗脸洗脚都是冷水,受不了。他希望自己可以克服困难,安心学习。

"一个人最怕的是蒙头蒙脑,什么都不知道。你不是这样的。你很明白环境,学校生活是比不上家里,但习惯后就好了,我们都是从学生过来的。"这是兰辉在这则日记后边写下的一段文字,与学生交心。

当然,作为一名语文教师,他始终保持着职业的敏感。向忠诚把"孤单"写成了"狐单"。兰辉手拿红色墨水的钢笔,在"犭"之上,重重地叠了一个"孑"。

一番劝导,只管了几天。同年的10月14日,向忠诚再度在日记里倾诉,当天明明是周三,他感觉已经是周六了,遭到同学的取笑,"甚至我自己最后都感到好笑,这是什么原因呢?我寻找着答案,思索着,探求着,不知如何是好"。

他的兰老师语重心长:"雄鹰之所以展翅高飞,是因为它经常在暴风雨中锻炼的结果。要做个刚强的男子汉,也得到外面闯闯。别只恋着家。"

你来我往,师生之间的情谊在笔墨之间静静地淌。

1989年9月,兰辉调任北川县文教局县少先队总辅导员。向忠诚慌了:这是不是意味着这样的心灵对话就要戛然而止了?

他向兰辉写信,很快就有了回音。如今,这封回信有些皱巴巴的,但字迹依然清晰,情感仍然恳切:"感谢你的一份诚挚心意……希望你洁身自好,不要松劲。"

向忠诚不曾"松劲",一举考入西南民族学院(即现在的西南民族大学)。但学费又是个老大难。当年正好推行"希望工程"资助大学生行动,前提条件是"品学兼优,家庭特别贫困"的应届毕业生。兰辉闻讯,四处奔波,硬是争取下来一个名额,"我幸运地成为四川只有5名,全国只有100名的被资助对象"。

他们非亲非故,演绎了一段动人而纯粹的师生情谊。

现在,向忠诚有了自己的公司。他计划以恩师的名义,设立一个爱心基金,力所能及地帮助他人。

兰辉点亮的一盏明灯,不灭。

虽然后来远离了教师岗位,但兰辉并没有脱离"师者"的身份。

1992年,高晓芳参加工作,被分配到陈家坝小学任教,并担任学校大队辅导员。如何履行好这个陌生的角色呢?新手上路,难免犯怵。

这时的兰辉,以县少先队总辅导员的身份出现在高晓芳的面前,"开学检查工作的时候,他找到我,和我进行了长达1个多小时的交流。他说,少先队辅导员,就是要了解孩子,知道他们喜欢什么,用什么样的活动吸引他们,在活动中告诉他们是非对错,树立正确的观念。孩子喜欢你了,喜欢参与你的活动了,知道怎样做了,你就成功了"。

高晓芳找到了方向,工作开始有了眉目。

通过两年的摸索,她的工作有声有色,并被调往临近北川老县城的任家坪小学任教。此时,兰辉已经升任团县委书记,他给予的帮助连绵不绝:积极牵线让学校与江苏常州举行联谊活动,促成与四川眉山兄弟学校的互访……

"他是后盾,像是一个助梦者,默默地在后边发光。而我却站到了前台,领着孩子们追逐一个又一个梦想,体会着快乐与成功。"在高晓芳眼里,这个人,就是一个大哥哥,擎着火把,在前方领路。

他堪称"精神贵族",目光投向历史、文化的深处

兰辉和年届八旬的父亲兰甲正同住一个小区,可是父子难得相见。

"他东一下,西一下,我也不知道在忙个啥子。"儿子的行踪,老人家掌握不了。后来发现,看电视里的北川新闻,能大概知道儿子到底在干些什么。

好不容易见到了这个老三,兰甲正忍不住唠叨,"我就跟他摆,不管啥子事,肚子总要吃饱,晚上总要有个好瞌睡"。——知子莫若父,他明白儿子当时最缺这个。

7月30日下午见到老人家时,他正在木然地发呆,穿着一件旧式的白色汗衫,纱头有些稀松,形成几个长方形的破洞。

墙上是一张装裱好了的十字绣,名为"旭日东升"。画面上,宽阔的瀑布一泻而下,气势恢宏,四围绿树环绕,芳草萋萋,一轮红日从云彩之间腾跃而起,都要冲出画框了。一派迷人景象。

但是,当你把视线转移到对面的墙上,内心难免泛起一丝悲凉。这里悬挂着三张遗像,老人家的老伴和一个儿媳妇在地震中遇难了,这次又新添上一个老三。

房间的一角,摆放着兰辉给父亲买的一把简易的摇摇椅。身边的人说,兰甲正这段时间喜欢坐在椅子上,一边轻轻地摇,

一边抚摸着椅子的扶手,"这是娃儿的一片心啊!"

在老人家的印象中,家里的这个老三,穿的皮鞋总是一补再补,上边有好多的"疤疤"。家人都看不下去,偷偷地扔了。兰辉知道了还一肚子的意见,说下雨不能穿,天晴还是可以穿的嘛。再说下乡就要爬山,再好的鞋子也给穿坏了。

在北川县电视台记者左雪的印象中,春秋季节,兰辉好像就一件衣服,深蓝色的夹克,已经洗得泛白。他似乎没有用过什么名牌,也没有什么派头。

妻子周志鸿对他有不少的抱怨,"生活上不行,没得啥子爱好"。如果硬是要说上一两个,就是偶尔到网上玩一下"斗地主",或者看看动画片,"看得直乐,像个娃儿"。

偶尔也心血来潮,带上家人去看场电影。周志鸿记得有段时间他们一道看了《王的盛宴》和《铁甲钢拳》,后来她感觉这个人的"品位"不怎么样,"一个片子是人打架,一个片子是机器打架"。

对于饮食,兰辉"不择嘴",但也有特别的喜好,那就是酸菜。"吃饭,有酸菜炒牛肉,他就打心眼里高兴。吃方便面,首选也是酸菜味的。"他的驾驶员陈邦清回忆道。

陈邦清说,如果下属在工作上有什么纰漏,他毫不留情,就像一个"火炮",一点就着,威严得很。但私下,怎么来都行。

兰辉一米七二,体重不到六十公斤,显瘦,四川人喜欢说"干"。所以,有人直呼兰辉"干哥",他也应下。而"干哥"和"干锅"相近,有人更大胆,打趣地喊他"干锅"。他没脾气,咧着嘴笑。

这样的一个人,在工作上风风火火、雷厉风行,在生活中平易近人、不拘小节,目光却投向远方,内心追求精神的丰盈。

在川北教育学院就读时的同学刘勇说,当年的兰辉,时常和他谈结构主义、意识流、朦胧诗、罗素、萨特等,钟情于杜甫的诗,喜欢在细雨中散步,还誓言要报考"中国民俗学之父"钟敬文的研究生。可惜英语拿不出手,只好放弃了。

同学刘梓三当年首次接触罗曼·罗兰的《约翰·克里斯朵

夫》，就是兰辉推荐的，"他说你应该读一读，看看一个人身处恶劣的环境应该如何奋斗"。

据同事李华云回忆，在白坭学校任教时，那时的兰老师"随手掐一本书"；在妻子周志鸿眼里，"他啥子书都要翻一翻"。

2012年6月16日，在名为"曲山兰辉"的新浪微博里，兰辉动情地回忆自己的阅读经历："四十年前的今天，北川老县城。图书馆阅览室，一间破旧的穿头架子房中，昏黄灯下我开始认识外面的世界。"他喜欢翻阅社科类的杂志，这培养了他对人文知识的浓厚兴趣。所以尽管后来他的工作与文物、历史、考古、宗教没有多少关联，但依然愿意翻翻这类书籍。

他还提及，读初中时，迷上了文学刊物，《人民文学》《当代》《钟山》是他的钟爱。由于父母在茶厂工作，兰辉喜欢"混入"这里的仓库，"躺在团结牌砖茶上，听雨打瓦，借房顶亮瓦的光线，闻着书香吸着茶香"。

对知识的汲取和渴望，贯穿他的生命始终。

一段时间，东北某县涉及中日关系的敏感问题。兰辉在微博上给予关注，并说自己刚在图书馆翻阅了2011年第6期《散文选刊》杂志，上边刊有散文家韩小蕙的《火与剑，还是康乃馨？》，提请网友读一读。

他在北川老县城的家，被地震毁于一旦。整理旧物时，他挑出了一套中国文化书院的教材，"这让我想到那年到成都授课的汤一介"。

另外，北川县政协在震前编印的一份文史资料，他也保存了下来——尽管目光在远方探寻，但他的双脚始终踩踏在故土上。

他分管史志工作。2009年，北川县史志办按时编写出了《年鉴》草稿，报送兰辉审查。史志工作，事关重大，特别是这本《年鉴》涉及2008年汶川特大地震，兰辉格外牵挂。

这位曾经的教书先生，拿起笔来，逐章逐节地审读，字斟句酌，连一个标点符号也不放过。并提醒编写人员，这部书有千钧重，是要进入北川历史的，容不得半点马虎。结果这一改，就是一个年头。

北川是全国唯一的羌族自治县。尽管是回族同胞,但兰辉心系羌族文化的未来。

在微博上,有人探讨"成都"一词的来历。兰辉参与其中,说好像在资料上看到过,"成都"是古羌语,"应该是任继愈的推断"。

学生向忠诚身为羌族,却对羌族历史、文化不甚了解。兰辉着急了,2003年塞给他两盘VCD影碟,分别是《羌族萨朗舞曲精选·羌魂》和《风从羌山来——羌族风情歌曲》,要求他好好地学一学,并现场秀了一首,手把手地教。

向忠诚依然记得老师唱的是《砸酒歌》:"清亮亮的咂酒唉,依呀勒,松勒哦,依呀勒,松勒哟,请坐,请坐,请呀坐唉,咂酒唉也,喝不完,再也喝不完的咂酒唉……"

他告诉自己的学生:"尽管羌族没有文字,但历史就在这样的吟唱中传承。"

如今,异乡人来到北川,去一趟羌族民俗博物馆是道"必选题"。这座伟岸而现代的建筑,简洁而形象地容纳了羌族的历史脉络与文化渊源,"大禹治水""羌人南迁""羌戈大战""红军过北川"之类的故事在这里得到了充分展示。

此中,羌族歌曲被单独辟为一个章节。特别是一首《情歌》,转译成汉语,显得哀婉动人:亲爱的人在哪里?我的爱人在远方。一天像九天一样长,一夜像九夜一样长。太阳笑着从高山上落下,山背后的影子拖得很长很长。我站在山顶希望能看到他,在山脚希望能遇到他,却什么都没有看见。我的爱人在哪里?我的思念和伸向远方的长桥一样长。

兰辉多次来到这里参观,是否在这首歌的展板前停留不得而知,但他用心呵护这样的美好,可以看出这个人的眼光与品位不一般。

他还喜欢羌笛。王之涣赋有名句:"羌笛何须怨杨柳,春风不度玉门关。"王昌龄也有附和:"更吹羌笛关山月,无那金闺万里愁。"从地震灾难中站立起来的兰辉则告诉大家,不屈的精神就在这样的非物质文化遗产中得到淋漓尽致的体现。

北川的羌绣,有着广阔的发展前景,他乐观其成。县残联理事长彭长诗说,兰辉跟他提及过,可以组织残疾朋友制作塑料花,和羌绣结合起来,既解决残疾人就业问题,又弘扬了羌族文化。

北川的档案修复工作,令他揪心。县档案局局长苏义德记得,兰辉曾经对他表达过这样的意思:档案是历史的真实记录,特别是抗震救灾和灾后重建工作档案,是无价之宝。如果不能很好地加以收集、整理,将愧对历史,愧对子孙后代。

2012年11月16日,历时3年,52300卷北川档案的修复工作终于大功告成。在位于雅安的四川省档案学校举行的转运仪式上,兰辉难抑内心的欢欣,禁不住跳起羌族风情的萨朗舞,引吭高歌……

走进北川档案馆的大厅,"今世赖之以知古,后世赖之以知今""档案工作重在资政、存史、维权、育人"两条标语颇为醒目。或许,这就是兰辉为何那么兴奋的一个注释吧。

档案镌刻历史留下的痕迹。有意思的是,劫后重生的北川档案馆里留存了一份他的个人印迹。

这是一封亲笔信,写于1993年8月11日。那时的他,担任共青团北川县委副书记。好友王玉梁在青片乡工作,他命笔倾吐心声:

"……从我所看到的实例来看,一个干部,尤其是领导干部,最主要的工作,还是协调各方面的关系,使之整体在经济建设中发挥作用。

"如果一个干部把许多矛盾直接甩给上级,其领导能力就会打折扣了……作为干部,吃亏、忍气也是一个工作方法。具体工作中,忍气并不说明你就'爬''软'。

"对利益的得与失,希望能保持一种'静'的心境。不以得而狂喜,不以失而忧悲……黄金无论埋多久,终究是黄金。"

他还特别提及:"我的工作方法是从旁提醒。"

这个工作方法,他用了一辈子,直至生命的最后时刻。他抱病到一线督战,就是为了"从旁提醒"沿途乡镇政府切莫大意,确保百姓的财产免遭损失,确保百姓的生命安全。

而在平时的闲暇时刻,他通过微博这个平台,不断地发声,"从旁提醒",为曾经千疮百孔的北川疗伤,唤回乡亲心灵的安宁——

"祝福所有幸存者。让我们放下苦难去拥抱幸福。"

"北川不是北川人的北川,而是所有具有爱心的人的北川。北川更应勤奋苦干,来诠释感恩二字。"

"未来的北川需要蓬勃向上的精神状态。"

"痛后思痛,但北川躺在'救援'的床上能填饱肚子吗?需自强!"

"爱,是这座城市的主题与名片。"

"漫步行走在新城,一人。在静谧中去听鸟叫观微漪,感受初夏的美丽。要去发现,才能感受到新县城的情怀,老县城毕竟逝去,热爱生活就从热爱新县城的一草一木开始吧!"

"膨胀的自负就会狂妄。谦虚吧,朋友。"

"誉中静,讥里静。庭前仍花开花落。"

"思考总比去搓麻将好。"

"累了,就歇歇吧。如果步行在山野,那就找棵大树乘凉。如果是工作累了,生活累了,不妨去下图书馆。暂时放下那些烦恼,静静地坐在书桌边。书中那些贤人会引导你回溯,反思,展望。昨天读了蒋勋的几篇散文,给人启迪。"

"暮色又染浑身苍茫/手提夕阳/巡重重关山/峰回处炮声阵阵添新路/更兼工人挥汗如雨……"这是他写给筑路工人的诗句。"手提夕阳",多好的意境,一下子让夕阳变得"陌生",有了动人的诗意和别致的风韵。

"我认为有水准的图片应该有意境。通过图的设计和构思,主题物及背景的烘托,表达出作者的一种美学观点或者哲理。"他这般点评网友的摄影作品,精神的求索在字里行间喷薄欲出。

他一砖一瓦地筑造着自己的精神城堡。

他开辟了一条条"兰辉小道",通往百姓心间

兰辉喜欢沉浸在自己的精神世界里,精心经营属于自己的一方"小天地";但他并没有悬浮于空中,而是落地生根,接着地气,在广阔的"大天地"里鞠躬尽瘁,一心为民。

"我们领导干部有朋友圈、生活圈,但首先要有群众圈。"这是兰辉的话,而他的群众圈直径最长、重心最稳。

面对千头万绪的事务性工作,他应付自如。尽管"官"越当越大,但本色依旧,"官气"始终欠缺,工作起来啥也不顾,有点"拼命三郎"的意思。

2012年2月,北川新县城的3路公交车在站点的设置问题上与之前的规划有一些冲突。公交公司的负责人张洪全给兰辉挂了个电话,希望他出面协调。兰辉爽快地应下,并请他到县中医院面谈。张洪全心想,领导应该是在中医院视察工作,办事不拖拉,这是他的为人风格。哪知道,一到中医院才发现,由于右手不慎骨折,兰辉正在住院。

张洪全过意不去,连忙致歉,工作的事改日再说。

兰辉不依,说自己正闷得慌,有啥子事赶紧摆一摆。

没得办法,张洪全只好一五一十地说了。兰辉立马决定,第二天实地查看,现场办公。张洪全觉得不妥,再等个几天也无大碍,休养为重。兰辉耐心地宽慰:我虽然手不能动,但我的脚还能走,嘴能动,脑壳能想,眼睛能看,没得关系。

第二天上午,兰辉准时出现了,脖子上吊着白色的医用绷带,右手被一块医用夹板给托住了,左看看,右问问,皱着眉头想辙。

这时的兰辉,应该有一种如鱼得水的感觉吧?尽管他喜欢通过书本跟"鸿儒"一起"谈笑",但在现实时空中,"往来有白丁"。

进城务工人员母军贤就把他视为朋友和兄弟。

曲山镇白果村村民母军贤的爱人没有工作,女儿又遭遇车

祸,儿子又因伤致残,真是祸不单行。震前,他在老县城蹬人力三轮车,勉强维持生计。震后,新北川重新规划,出于安全考虑,不准许人力三轮车上路。这等于把母军贤一家人的饭碗给砸了。另谋生路,不知如何下手。无奈之下,只好伙同其他人一道上访。

工作人员解释了一通,母军贤不满意,执拗要见管事的。得到的答复是管事的下乡了,过了晌午回来。母军贤就候着,多少带着怒气:是不是托辞,故意不见呢?

下午一点多,几个人进来了,母军贤也不知是何方神圣。有人说,兰县长,先吃了饭再说吧。"瘦个子"手一挥:群众都等半天了,我不吃饭,先跟他们摆一下。

哦,是个县长!

说话间,就坐到了母军贤的对面。"他说的第一句话,是对不起,你们今天等久了,他说你们有啥子诉求,有啥子心愿,都摆出来,政府想办法。"

这个管事的,说话就是让人心里暖和。

刚交谈了一阵,有人急匆匆地过来,说"生命通道"擂禹路又中断了。"瘦个子"神色慌张,立马起身,一边道歉,说有要事必须及时处理,一边让母军贤留下手机号码,承诺择机再谈。

这是不是虚晃一枪?

没过几天,母军贤接到电话,被邀请到"瘦个子"兰辉的办公室,聊了一通。午饭时间到了,兰辉提前预订好座位,再领他来到餐馆。一进门,跟服务员说,我的客人来了,上菜。

"他说我是'客人'……"从这两个字里,母军贤读懂了尊严与情谊。

餐馆的名字叫"羌家儿女",母军贤已经牢牢地把这四个字记住了。

经由兰辉的牵线搭桥,母军贤当上了保安,女儿的工作也有了着落。

"他就像冬天里的一把火。"眼泪在母军贤的眼眶里打转。

"他永远是我的'朋友县长'。"他已经哭出声了……

而在23岁的"北川可乐男孩"杨彬那里,兰辉连"县长"也算不上,"有一次我叫他'兰县长',他不同意,要我叫他'兰叔叔'"。

当年,汶川特大地震过去了整整三天,杨彬才被救出,身体状况很糟糕,不得不高位截肢。重见天日时,他的心愿是喝一听可乐,感动无数人。

大学刚毕业,他要闯一番天地,寻找自主创业的路子。信心有了,具体操作起来困难重重。

分管残联工作的兰辉获悉此事,主动与杨彬联络,之后耍了一套漂亮的"组合拳":与相关部门沟通,以优惠的价格,在新县城替杨彬租下三百多平方米的门面;办好营业执照,安排专人送上门;争取两万元的创业基金,力助杨彬办起了"北川可乐男孩汽车美容馆"。后来,杨彬计划在新县城"巴拿恰"步行街开一家"可乐男孩特产店",实现网络和实体店同步销售。兰辉鼓掌欢迎,又替他力争到8万元创业基金。

每一个动作都瓷实得很,"砸地有声"。

"有啥事直接给我打电话!"兰辉特地留下手机号码。杨彬这个侄儿,他认定了。

杨彬很争气,生意做得不错。他想向领路人聊表谢意,2013年春节期间,打算邀请他的兰叔叔聚一下。兰辉在电话里一口拒绝。"他说,彬彬,你把事业干好了,把生活过好了,就是对兰叔叔最好的感谢了。你把事业做大做强,给大家创业带个好头。"

创业之路从来不是一帆风顺,杨彬也有一时迈不过的坎儿。"我要像男子汉一样去面对。"他攥紧了拳头。

尽管身体有残缺的遗憾,但杨彬有一副健硕而宽阔的肩膀,扛得起生活赋予的重量。

这中间,凝结了兰辉几多殷切的关爱。

而兰辉的光芒,何止洒在杨彬一个人身上——

1996年6月7日晚,时任北川通口镇镇长的兰辉,为了保护乘客的财产安全,在中巴车上勇斗歹徒,致使头部、腰部多处受伤。北川档案馆里有一张1996年的《公民见义勇为受奖审批表》,兰辉被评为当年的县公民见义勇为先进个人,荣获奖金100元。

永昌镇尔玛社区残疾人吴刚,一直追寻自己的歌手梦。兰辉是他的"铁杆粉丝",为他鼓劲呐喊:"怒放的生命,灿烂的青春,无悔的追求,吴刚,我敬佩你!"

擂鼓镇麻柳湾村酒厂的女老板李堂会,在震后危房拆迁补偿问题上有了心结,四处上访。2011年夏,她新建的养猪场被山洪冲毁,一人站在雨中号啕大哭。恰好兰辉路过,撑开雨伞,递到她的手中。经过兰辉主动的关心和感化,李堂会重新活过来了。

震后再生育儿童朱康义,先天双耳失聪。兰辉帮他争取项目资助,完成了人工耳蜗手术,让他首度聆听到了这个世界的清脆鸟鸣……

兰辉的手机,成了"热线"。电话一个又一个地来,认识的,不认识的,有什么都乐意跟他摆。而这个老好人也不太懂得拒绝,结果可苦了手机的电池。办公室、车里、家里,都有充电器"在岗",任凭他"调配"。

除了"电话问政",他还深谙"微博问政"与"贴吧问政"。

微博里,有人反映北川某驾校教练吃拿卡要,"曲山兰辉"当即建议直接向驾校投诉,并附上学校的电话号码。

贴吧中,有机关工作人员抱怨到了夏季,还是中午一点上班,作息时间不合理。"scbclh"悉心地劝导:山里的人出来一趟不容易,路途遥远,往往坐早班车到县城就中午了,你却让人家吃了闭门羹,这多不合适,"为百姓着想,牺牲一下午休吧"。

"scbclh",这个网名曾经在百度北川贴吧里异常活跃,乐于助人解决棘手的难题,有时还牵头讨论一下"大事",诸如怎样有效提升北川旅游质量。同时也乐意聆听每一位的意见,即便是面对出离愤怒的"吐槽",也温和地抚慰,耐心地解释。

它承载兰辉的一颗红心。"scbclh"恰好是"四川北川兰辉"汉语拼音的首个字母,他隐藏在这个网名的身后,设法以一己之力,投射出缕缕暖阳。

"网络问政"是为了扩充自己的信息通道,而把本职工作干牢了则是更为紧要的事。

震后的北川,百废待兴。紧急关头,兰辉被委以重任,接手分管交通、安全、民政、残联。谁都知道这是"烫手山芋",任务重,牵扯面大,用四川话说,是容易让人"冒火"的事。

既是民族地区,又是边远山区,还是地震灾区,北川的交通工作是个"急难险重"的活儿;而安全又是头等大事,不可有丝毫的松懈。北川县安监局局长陈国兴记得,兰辉曾经动情地叮咛:"现在的北川人,都是从死人堆里爬出来的,绝不能因为我们工作失职,让老百姓的生命安全再次受到伤害。"

2013年5月9日,位于北川县曲山镇任家坪的5·12汶川特大地震纪念馆正式免费对外开放。纪念馆的主体建筑名为"裂缝",寓意是"将灾难时刻闪电般定格在大地之间,留给后人永恒的记忆"。从对面的高坡上俯瞰,纪念馆是个不规则"丫"字形构造,犹如大地撕开了一个口子,吞噬着这里的壮美山川。

这年3月,兰辉来到纪念馆。"悲伤再次涌心头",当天的微博里,他只留下这7个字。

或许,那时,他紧咬着牙,暗暗地给自己下战书:要用一腔热血,温暖这方遭受创伤的故土。

既然揽下了这档子事,开弓没有回头箭,只能是往前冲!

豪情万丈固然可喜,但工作起来要一步一个脚印。对于这些分管的领域,他起初完全是个"门外汉",一窍不通。兰辉自然不甘心"看热闹",他自行购买专业书籍,潜心自学,力求让自己慢慢入行。

他把书当宝贝看待,随身带着,逮个空就瞅一眼。毕竟隔行如隔山,有时也卡壳,他就着急,"呼啦啦"往前翻,又"呼啦啦"往后翻,新书没几天已经卷了边儿。

驾驶员陈邦清明白他的心思:"他着急,一天到黑都在补课,看哪个敢蒙他!"

他更明了,书本、理论要跟活生生的现实相结合。陈邦清发现,平时在路上,兰辉一点也不"安分",眼睛四处瞄,看到哪个地方不太对头,就问:"这是不是个'歪货'?"

他变得越来越敏感和警觉,眼睛像雷达,到处搜寻,试图发现某些端倪。

其实,再复杂的问题也可以简单处理。工程技术确实是门学问,一时难以啃下。不过,他有他的招数。

车的后备厢里一直搁着一把十字镐,这是他的"秘密武器"。

道路施工现场,一旦发现路面有问题,他先是向施工方发问:这合不合乎标准。做了手脚的,自然笑脸相迎,打哈哈,支支吾吾,一边递上香烟……

兰辉的倔脾气上来了,当即亮出自己的"秘密武器",朝路面就是几下,凿出一个洞,再用卷尺一量,得出水泥面的厚度。与标准数据一比对,出事了!

施工方代表顿时惊住了:还有这样现场办公的?马上转换策略,开始痛诉自己的苦:用工费用一直在涨,铺路材料的价格也在一路飙升,马虎一点情有可原,有劳网开一面,通融通融。

在身边工作人员张禄海的印象中,兰辉最烦的就是这一套,硬气得很,"他就在现场督阵,赖上了,要求返工,达不到标准不肯走。"

这过程中,把吃饭给耽搁了是常有的事。

跟他在路上奔波久了,不少人有了切身的经验:出发前吃饱一点,随身带几块巧克力,关键时候躲到一旁,囫囵一口吞下,犒劳犒劳自己的胃。一旦有机会坐到饭桌前,那就海着吃,因为尚且不知下一顿要拖延到何时何地。

废寝忘食的兰辉,面对普通百姓的需求,他的硬气顷刻化为脉脉温情。

2013年3月,马桃路施工期间,他沿途督查质量。这条路,与桃龙乡大鹏村一组村民王诗山的家擦肩而过。王诗山年逾花甲,双腿不听使唤,没有劳动能力,常年坐在轮椅上。原来的设计方案,没有考虑修建残疾人通道。这就意味着,路虽然通到了家门口,但王诗山享受不到出行的便捷。

一扇门,眼看就要无情地关上了。

在走访时,兰辉掌握了这个情况。他立即召集指挥部、施工单位、监理单位的相关人员,研究部署解决方案。

最终,不仅铺设了一条残疾人通道,而且根据王诗山住处的特点,为他增设了排水沟。

这条通道,是一条有形的"兰辉小道",让人性的温度"畅行无阻";而有太多无形的"兰辉小道",直抵百姓心间,让人间的爱意如花绽放。

他自我告诫:"得到信任不容易,要失去信任在瞬间。"所以,他不敢懈怠,始终把老百姓的事儿放在心上。

他是一名党员,是"吃公家饭"的人。他知道自己的使命与职责,力争跑好属于他的那一棒。

这场接力赛还在继续。

他的女儿兰欣怡准备接棒。

永别父亲的日子里,这个大学生往他的手机里发送了最后一条短信:"爸爸,您要在天上看着我,看到女儿像你希望的那样,快乐地生活。爸爸,我已经长大了,我也是一名共产党员,我一定记住您的教导:应该做的事情,一定要把它做好。我会像您一样做一个乐观、善良、坚强、勇敢的人。无论我在哪里,我都会热爱生我养我的这片土地,做一个负责任、敢担当、无愧于家乡的北川人。"

他的妻子也已经接棒。

杨彬回忆起送别兰辉那天的情景。在人群中,他看到了自己的周志鸿阿姨,"她悲伤得站都站不稳,只能让家人搀扶着,手上还留着输液的留置针"。

杨彬拉着周志鸿的手,轻声地安慰:"周阿姨,你要保重啊!"他没有预料到,自己得到的回应竟然是:"彬彬,以后你有啥困难,来找周阿姨。"

"当时,我就哭了……"说话间,杨彬开始抽泣。

而兰辉在生前最大的愧疚是没有好好地善待自己的至亲,他开辟的"兰辉小道"上唯独没有家人的身影。

至今,他的妻子还是个临时工,其他兄弟姐妹也没有正式的饭碗。他们也有私心,希望兰辉也给家里洒点阳光,在合适的时机考虑一下这些亲人。而且,他们还比较讲究策略,委托老父亲出面做工作,暗暗地施压。

但,得到的答复是统一的"不得行"。

"他说,我们再困难,有没得残疾人困难?有没得五保户困难?他们这些人政府不管,哪个管?"兰甲正说,儿子每次都这样反问,理直气壮。

兰辉有自己的考量。

"我会在余下的日子中让每一天发光,为那些需要得到帮助的人。虽然我不富裕,虽然我讷言少语,不愿表白,但相信,诚,会激发有感情的人。"2011年7月26日凌晨时分,他在微博中这般袒露心声,一片真挚。

"当我们走出围城去感受他的痛苦,去帮助他解决困难,他会幸福的,帮助了他人并得到好的效果,自己也是幸福的。如'走基层''党员干部帮扶活动'等等,在帮助别人同时自己也愉悦。当然更重要的是密切了党群鱼水情。"2012年6月2日,又一个凌晨,他在微博里阐述自己的"幸福观"。

"一些新的理论知识得不到及时的补充,开拓创新意识不强,所做工作与领导和广大群众的要求还有差距。"在《2012年度述职述廉报告》里,他这般自我检讨。

老百姓心中有杆秤。

以前,兰辉喜欢给老百姓留手机号,还要干脆地说上一句"有啥事直接给我打电话"。现在,这些受过帮助的人,来探访兰甲正时,也习惯性地留下手机号,告诉老人家,"有啥事直接给我打电话"!

兰辉殉职的第二天,北川县县长瞿永安收到一则短信:"兰县长是个好人。他真是个好人!你们要把他的精神弘扬光大。"

署名——"普通百姓"。

他把"普通百姓"装在了心里,"普通百姓"把他置于头顶。

(原载《光明日报》2013 年 9 月 24 日)

低天空:珠三角女工的痛与爱

丁 燕

引 子

女性的天空是低的,羽翼是稀薄的,而身边的累赘又是笨重的!

——萧 红

第一章 沉默迁徙

1. 工 装 人

那条横幅一直挂在那里:大量招收男女工,薪多粮准!

宽红布,大白字,如火如荼的感叹号。

工厂过去和现在都需要人,而工人并非生来就是工人,在某段时间,工人是被邀请到工厂来的。和传统大厂不同,在珠三角,密集的小楼里拥挤着各类小厂,重复而相像。当镜头展示其内部时,总竭力表现出信息的完整性没有受到损害,然而,遮蔽和裁剪,总令工人的身影模糊不清。

从新疆迁居珠三角后,每当我对某些场景提出疑问——人们为何走路吃盒饭,厢式货车为何横冲直撞,邮局提款机前为何排长队,皆被一句轻描淡写的话所打发:工厂多啊。那条通往镇中心的道路,正午时分,行人稀疏,但在清晨或黄昏,车轮滚滚,人流澎湃,米粉店、小卖部、菜场或水果摊前,到处是穿工装的人。

很快我便发现:事情比我所看到的更为复杂。在我的周围,半明半暗中,大多数是穿工装的人,数百名、上千名穿工装的人……这么说,简直像在拍电影,然而,这是真的。在新疆,我学到游牧文明的魂是转场,农耕文明的根在定居,然而,对工业化进程中的钢铁、戒律和坚硬,我是盲目的。这一空白,令我对目光所及南方景象,总处于惊讶状态。我变得不安起来。我的不安告诉我,在我的近旁,还有另一个隐秘世界。我想进入到那里去,不是被人介绍,处处受照顾地体验生活,而是自己拿着身份证,递过去。

于是,我像这样说的做了。

中年女瞄了我一眼,即刻作出判断:你干不下来的……

又问:高中(我在学历一栏填了高中)?见我点头,说我帮你问一下QC招不招人。

我穿着灰衣灰裤旧运动鞋,戴着隐形眼镜,试图让以往的身份变得模糊,然而,这个女人依旧看出某种差别。我身旁的女人粗矮黑胖,头发腻成绺,她不会写自己的名字,掏出身份证,让保安帮她写,而中年女对这举动没提出任何异议,好像这个女人才是她要招的人。

在中年女打电话时,保安递来一沓发黄的打印纸,写着各类规定:上下班要打卡,厂方有权力要求员工加班;旷工一天反扣一天工资,辞职要提前30天通知厂方;殴打他人、罢工、调戏女工,解雇时扣工资20%;严禁上班睡觉,可没收在宿舍内的煮食器……

中年女沮丧地向我摇头:不行……你年龄太大了。她的惋惜令我迷惑。她是招工的,却用某种奇怪的方式,在竭力阻止我进厂。保安突然笑起来,犀利夸张。女人把脸一沉,嚷道:我不想把人家骗来,干不了又走! ……骗?除了身份证,我有什么多余的东西可骗?片刻的沉默后,中年女又拿起我的表,不甘心地问:文凭带来了吗?有复印件吗?见我摇头,她便肃然起来,在表格的职位栏,写下两个字:啤工。

可这不是啤酒厂……是音像带盒厂啊!然而,我忍住纳罕。我已不能随便发问,我已不是我自己,而是,118号。直到这时,我还不知道那个字的念法:biē。

2. 工厂时间

第二天,6:50分,我骑着电动自行车,已拐入工业区,春风猎猎,扬起头发。迎面走来群女工,清一色土黄工装,大声说话,伴以粗粝锐笑,牙齿白得瘆人。是她们的嘴咧得比常人大,还是晨光中明暗对比更强烈?后来我才知道,她们也是啤工:我上的是白班,她们是晚班。机器24小时不休息,所以啤工一般都是两班倒,半个月白班,半个月晚班,倒班时休息两天,平时周末正常上班,每天8小时后,再加班3小时。

四周高墙包裹着办公楼、厂房、操场、宿舍楼。办公楼的玻璃窗很大,外墙悬挂着空调外机,操场上立着篮球架,宿舍楼上晾晒着衣服,而车间的模样,显得既现代又壮观……如今,这一切,都和我有了联系。我心跳怦怦地冲进门卫室,拿起卡,却不知该打两台打卡机中的哪一台。保安疾呼:这个!打卡后,我居然迟到了两分钟!我拿起手机一看:离7点还差4分钟。

虽然厂规规定,迟到或早退5分钟,扣人民币1元,我迟到了两分钟,还不会被扣款,然而,我惊诧的却是这时间!保安道:打卡机快6分钟,20年了,一直这样!我脱口而出:这种走在时间前面的时间,根本没道理!

随着我在车间的时间越长,便越理解"时间就是金钱"的内涵:抓紧一切时间,埋头苦干,是工厂创造财富的秘诀;而时间的损失,就是个人收入和公司利润的损失。不同的时间段工资不同:正常上班时间,工资较低,只有加班时间,工资才更高,故而,精打细算地控制时间,不仅来自生产机器的要求,还包括生产者本身。

保安将我带进通道,左右敞开两个巨大车间。他指着右边道:进去吧,找组长。

我傻了:谁是组长?保安眯起眼,指着晃动的白衣服说:就是他。

3. 全 能 眼

这就是注塑车间:水泥地面潮湿,噪音巨大,四处是碎屑,充满刺鼻的混合味。这个车间并非全封闭,相反,除东西方各有两个大门外,中部还有两个对称小门。车间长50米,宽30米,有两层楼那么高,顶部挂着排排日光灯,行车轨道上吊着大铁钩,像倒置的问号,能轻而易举钩起千斤重的货物,一圈圈铁链弯曲而下,机修工一扯,链子便哗啦响。靠墙的两侧摆放着十几台注塑机,中部立着六七根水泥柱,白灰斑驳,每根柱子上悬着台风扇,一圈圈黑铁丝,中间是花瓣心脏。

在注塑机和水泥柱的空当,垒着一摞摞高出人头的塑料箱,一摞十几个,或黄或蓝,内铺塑料薄膜,放着各类产品,在箱子和箱子间,夹着小纸条,是"塑胶成品标签",印刷着日期、班别、机号、工号、产品、色粉号码、数量、检查员……这些红字,居然是繁体字:原来老板是香港人。

路过卫生间时,我从脏污的镜子里看到自己:土黄工装,淡黄帽子,松紧带已脱线,帽檐软塌塌耷在脑袋上,邋遢如片落叶,但我的脸色是红扑扑的。几乎所有从农村来的女孩,都持有这样的红晕;但到了工厂后的第二年,脸色就会变得发黄,乃至发青、发乌。

我迎向那个穿白大褂的男人:一米八,五官端正,但各个部位都发生了下垂,无论眉毛、眼皮、嘴角。说起来,他长得不差,但器官却从原来的位置歪斜下来,显出不可遏制的老相。他已秃顶,侧旁头发留得很长,搭到头顶,支援中央。我对他说:组长你好,我是新来的。他看了我一眼,什么都没说,转身就走。我就跟着他走。他歇脚后,指着29号机说:你到那儿。然后,转身朝门口走去。

我完全愣怔。到那儿?干啥?

两台机器的空当内,有个女人,正从水箱里捞货,看到我,用脚揣过个反扣的塑料箱过来:坐。箱底上垫着纸壳,边缘沾着水渍,箱子下汪着水,浮动着机油。我坐在上面——在两台注塑机的缝隙中,坐了下来。轰隆声在这个地方,陡然变得硕大,前后叠加的雷声,无碍地砸向前胸后背,我怀疑我马上就要碎掉。我的脸正对着机子闸口,每过三分钟,闸门打开一次,将啤好的注塑品扑哧吐出来,刚好掉进装满凉水的箱子里。刚啤出的产品温度太高,要用凉水降温。

这个叫方姐的女人,身量瘦小,五十多岁,焦黄长脸上挂着双三角眼,额头皱纹深刻,鬓角处有白发。她让我把"726 刷头"(刷马桶的小型刷头,像两根冰棒,中间被水口相连)从水箱里捞出,再放进另一个水箱,用倒扣的塑料筐压住。还是为了降温。而她呢?终于可以从两台机器间抽身而出,坐在通风的过道口,待刷头完全冷却,从水口上拧下,用干净白布擦拭,刀片削去披锋(凸起毛刺),交替码在箱内。

一旦跨入车间大门,被安置在特定位置,工人便被牢牢地钉在一个由权力和法律编织的网格中,劳作,即刻迫不及待地作用在工人的身上。每个工位都规定了身体应采取的姿势。个体所能做的和应该做的,就是严格遵守这个工艺流程。这种重复劳作持续久了,人像在封闭的噩梦中,不断循环、循环、循环……最终,达到癫狂。

这种工作的恐怖,不在惨烈,而在消磨:注塑机在规定的时间开机、出货;接着继续:开机、出货。时间被切割成块,方方正正,不多不少;同时,也将人的身体切割成无数个格子,放在规定尺寸中。这种活计若只坚持几分钟,并不会感觉疲倦,可 1 个小时呢?5 个小时呢?11 个小时呢?若去上厕所,那机器还在扑腾、扑腾往下掉货;如果想偷懒,货就会明显地积压下来,招来组长臭骂。工人在车间存在的理由,只有一个:重复、重复、重复地干活,让一个简单动作,一万次乘一万次地重复再重复!最终,工人变得和注塑机一样,一起动作、呼吸、旋转。

我好羡慕方姐,她让自己稳稳地坐在干爽处,拿布擦刷头,浑身松弛;而我所在的位置,扫水是没用的,因为将刷头捞起,放进旁边水箱时,总会有水溢出。水混合上机油(姜黄如糖浆)后,形成一条条变形的蛇。我貌似有板凳,却要不断起身捞刷头,根本无法享受坐的滋味。因脚底寒凉,一阵风从大门吹进时,我止不住打了个冷战。车间里的浮尘侵入眼睛,让原本如水滴般柔软的隐形镜片,变成两把小刀,不断刮擦眼仁,硬生生地痛。

在捞刷子的间歇,我下意识地闭了闭眼。突然,组长从天而降,话像锥子,猛地扎入耳膜:一大早就打瞌睡!货都满了!我的脑袋轰的一下响了一声,突然变得清醒,双手赶忙探入水箱。方姐见组长走了,一拍大腿笑起来:我来不及告诉你啦。下次吧,下次一定!方姐说,她最害怕组长说"交工衣,走人!"听到组长只是催促干活,知道他不会辞退我。我心存感激,说我倒不是瞌睡,而是眼睛疼。

奇怪得很,每次当我试图闭眼,或吃了口东西,或拿出手机看时间时,组长都会从天而降,大喝一声:还不做事!是因为我开小差时,表情很慌张吗?我渐渐发现,恐惧是个活物,在脆弱而孤独的灵魂里,它会生长,会变出各种花样。"你要小心,有人会打小报告。"当方姐告诉我这个秘密时,我感觉脚底愈发寒凉。

只有我是傻瓜——以为只要逃得组长盯视,便可偶尔偷懒。我错了。车间里的每个人,都目光灼灼,互相盯视,然后在某个隐秘时刻,向组长汇报,以换得他们想要的好处。啊……他们并不为二十年如一日,提前六分钟打卡而愤怒,相反,却要死死地盯着那些新来的、更弱的、懵懂的人!然而,在车间干活,每个人都会疲惫、打瞌睡、往嘴里塞食物、到卫生间接电话……每个人,都无法让自己彻底变成机器。

方姐对我接替了那不断躬身,将双脚浸在油水中,双手泡在凉水里的活计充满歉意。她絮叨说:这活一个人做不来的。她说她的手一会儿干,一会儿湿,腰一会儿直,一会儿弯,所以,向组长提出一个人干不了!现在,为显示她的工作强度,她举着抹布道:这水有毒的!矿泉水瓶子上贴着三个字:天那水。就是香蕉水,无色透明,易挥发,燃烧,有一定毒性,对人体有害。我们无法不闻到那味道:无形无象,却尖锐存在,堵得鼻孔发紧,每呼吸一次,心脏就更猛烈一下。但我却无法不呼吸,不管我多么不想让这毒气进入体内。

方姐说她不愿去别的厂,因为这里发粮准:二十年如一日,不容易!"出门打工就是要挣钱,不加班的厂,谁去!"对从没打过工的人来说,这是种陌生的生活,陌生到你根本无法想象。当我听到方姐这样说时,深深地吸了口气,像将某种灼痛也同时吸进肺腑,然后,再吐出。仅仅坐在办公室里,或看报纸、听广播,根本无法体会方姐们的心情。存钱是她们的终极目标,如果将时间用来娱乐,那简直是扯淡。

我们俩分工合作,步调趋向默契。某个间歇,方姐问我从哪里来,我说是新疆,她于是两眼放光。"你们那里雪下得很大吧?吃什么肉?有没有鱼?棉花几月熟?"我尽量以形象而专业的语言回答这些问题。虽然厂规规定:闲聊、开玩笑、吃东西是不允许的,但是,有时候组长走来走去,盯的只是工人的手,只要手还在麻利地动着,他便睁一只眼闭一只眼。也许他知道,不聊天是不可能的,否则人会崩溃;同时,组长并不指责我们在卫生间里磨蹭几分钟。

总算熬到 11 点,我准备下班,但方姐却拦住我:坚持到 12 点。她分析:上午干 4 小时,下午就要干 7 小时;上午干 5 小时,下午只干 6 小时。她说:劲要匀着使才行。我点头同意。然而,下班前的最后一小时,难熬至极,大脑趋于呆滞,手指的速度明显降低。快到 12 点时,组长来了,看着我,语气突然变得温柔:吃完饭快点回来啊,机器可是不停的哦。他指了指那箱子:货堆得太多可不行啊。

从早 7 点到晚 7 点,不间断工作,中间只休息 1 小时,而他居然说,吃完饭快点回来!他要求啤工像机器,完全适应钢铁的速度。要知道,人下班了,机器不停,人走开的那段时间,虽然有同事会帮着接货,可货堆在那里,要等自己回来做。除非这个机器坏掉,否则,它便永远不会停下来。这种所谓的午休,反而需要身体更加卖力才行。

我的午饭怎么办?我刚进厂,到食堂吃饭要交五元现金,不能享受从工资里扣三元的待遇。去外面吃,我对小吃店一概不熟。方姐一挥胳膊:走,到我家!时间太紧迫了。一小时六十分钟,每一分钟,都在静静流逝,我来不及多想,触电般起身,朝门外走去。打卡后,我将帽子从头上捋下来,把工衣也脱了;而方姐,只摘下了帽子。

4. 大厦旁的瓦房

一百米处就是巷子尽头,过了主通道,进入对面小巷,两侧是五六层高的农民楼,穿过小菜场的凉棚,空间陡然变暗,味道比车间更难闻:黑泥、灰尘、排水沟、鸡屎、尾气、皮革、化学、汽油……菜场旁的空地上,纵横交错着瓦房,有上百间,每一间都有扇单独的门。

令这片瓦房得以存在的原因,是打工者的身份总是城市的匆匆过客。在劳务市场,农民工并非真正意义的工人,而只是临时工,不仅"认真、肯干、易于管理,且不用变更户口","有工作的时候来,没工作的时候走";这种暧昧的身份,不仅为城市提供了劳动用工,又不会导致城市人口增多。而当农民被召唤到城市来打工时,这里并没有相应的住房和教育提供给他们,他们要么住宿舍,要么租住贫民区;他们的孩子,要么在老家读书,要么上当地的私立学校。

方姐掏出钥匙,打开房门,阳光射进内部,投下斜影:只是单独的一间屋,没有窗户,靠门的左侧,立起道水泥墙,隔出个卫生间,令整个房间弥漫着浓烈的怪味,像钢爪,一下子就掐住我的喉咙,让我想吐。屋子四壁黝黑,从没粉刷过,墙角有霉点,双人床上窝着被子,桌上倒扣着碗筷,拉杆箱靠在衣柜旁。

没有阳台!没有厨房!没有阳光和清洁的空气!这片瓦房令人沮丧:它莫名其妙地藏在小巷深处,像个巨大的垃圾堆。房间里除了味道难以忍受,还有种可怕的窒息——如果将门关上,整个内部将陷入完全墨黑,无一丝光亮,如墓穴。

显然,这屋子仅仅提供一个睡觉的地方,而不具备房屋所包含的温馨内涵。到了夜晚,这片瓦房如黑魆魆的波浪,潜伏在周围灯光璀璨的摩天大厦下。

这些房子的主人是本地人。他们不仅盖起五六层小楼,还在逼仄处盖起简易瓦房,皆用来出租。这个地方已形成两个阶层:拥有本地户口的本地人(拥有生产资料、土地、居住权)及外来工,向本地用工单位出卖劳动力(但没有在此长期定居的权利)。

方姐将煤气罐搬到屋外,拎出炒勺,撕开两包方便面煮起来。这时,周围的门一扇扇打开,回来的几乎都是中老年妇女。她们大声地嬉笑,麻利地做饭。有人在面条里下了几片生菜叶,有人蒸了米饭,就着榨菜和辣椒酱吃。食物在这里变得异常简单:一个菜、一碗米饭、一碗面。没有肉。我目光所及的碗里,没有一星肉。但她们非常爱笑,喜欢互相开玩笑:谁和谁去吃饭啦;谁和谁分手啦;谁因为谁的关系从普工变成文员啦……她们总会说到男人,出现在她们话语体系中的那些男人,不再高大神圣,反而遭到了某种程度的消解。虽然她们知道这种消解是无力的,然而,同样能给她们带来快感。

方姐说,不同年龄段的打工者,住的各不相同。十几岁的年轻人住宿舍,二十几岁的租一室一厅,250元;有老人和孩子的中年人,租两室一厅,350元;四五十岁的夫妻俩,租瓦房,150元。方姐的丈夫就在旁边印刷厂工作,两人每月可挣4000元,1500元用来维持基本生活(房租、食品、电话费),预留500元现金机动,存2000元。

我想弄明白,何以方姐如此大的年龄才出来打工,答案令我惊诧:早在20年前,方姐就已出门打工!她和这家音像盒带厂的关系,哪里如我这般简单:看到招聘启事,一个人来到门卫室,掏出身份证。不,她和这个厂的关系,几乎称得上血肉相连。

20年前,当这家厂刚刚建成,方姐的小姑子便离开四川农村,成为第一批打工妹。春节时,小姑子说起工厂趣事,令方姐

14岁的女儿颇为心动,遂弃学南下。几个月后,方姐亦收拾行李,来到此厂——家里的地让丈夫打理。小姑子和女儿在拉线上当普工,方姐当清洁工。对在大田劳动惯了的方姐来说,打扫卫生相当于玩耍。她和女儿住在一间宿舍,小姑子住在隔壁,周末时三人去逛街,并不寂寞。

在珠三角的工厂中,工人们之间大多有着各种联系。内地乡村的异变,通常从两三个女工开始,之后,以她们为核心,扩散到她们的家人、亲戚、老乡,令打工者队伍不断增多,形成族群,大家彼此照应,遵守互惠原则。这种蜂窝状的关系网,是被特定的时间和情境创造出来的。那些刚到城市来的打工者,往往寄身于熟人在工厂的宿舍。他们住不起招待所——哪怕是最便宜的地方,于是,由亲戚或同乡构成的这个隐秘族群,便为他们抵达城市并进入其内部,提供了最初的支持。

年复一年……5年过去了。女儿19岁时找了个男友,是老乡,于某个周末突然宣布要辞工,回老家。方姐惊诧:难道女儿要跳槽?她们在这里待得太久了,犯不着去别家。然而,女儿的理由让方姐无法不辞工:她怀孕了。这是显性原因;隐性原因是:女儿厌倦了打工生活。女儿越来越知道,她们和本地人有差别。女儿拼命存钱,但并不奢望在这里定居,她知道她买不起这里的房子,也知道没有户口,孩子上不了公立学校,她想的是多存些钱,回老家结婚。

方姐操持了女儿的婚礼后,将自己和女儿攒下来的钱凑起来,开了家服装店,让女儿经营,又买了辆二手小面包,让女婿进货,她自己,当起了全职外婆。看起来,方姐的生活和周围村妇一样:做饭、带孙女、洗洗涮涮。然而,关于工厂的回忆,常在夜深人静时,猛然涌起。

方姐变了。她不再像别的村妇那样没有时间概念。在乡村,农民遵循着耕种和收获的模式生活,这种劳动方式是闲散的,无须争分夺秒,然而,5年的工厂生活,令方姐将生活安排得井井有条:起床、做饭、歇息,皆有定时。参加红白喜事,方姐总穿得整齐干净,手里捏着餐巾纸。

6年后,当方姐决定再次南下时,不仅让女儿吃惊,更令全村惊骇。"哪有厂要你这样的外婆?"但方姐自有打算:外孙女上的是住宿学校,田里的事可让女婿打理,家里虽盖起二层楼,但手头还是拮据,不如最后一搏!她和打工回来的女孩闲聊,获悉珠三角缺工人,年龄大的女人也能找上工作。

方姐似乎又回到了11年前的那个夜晚:也是灯下,也在收拾行李。然而那时,有小姑子和女儿等在厂里,她并不害怕;而这次,她还要带上从未出过门的丈夫!

她用工资说服他:哪怕是清洁工,一个月也有好几百。并且,再等下去,这辈子就再也没有机会了!方姐不懂政治,不懂经济,只凭生存嗅觉,在关键时刻,心一横、脚一抬,做出决断。

二楼清洁工的美差,自然不会等着她,然而一楼的啤工,又脏又累,总是缺人。方姐一咬牙:干!她不愿去别的厂。铁打的工厂流水的工人,总会有人要走,总可以等到机会。她带着丈夫围绕着这家音像带盒厂找工作。没出几日,丈夫便被印刷厂要去。两人一合计,在两家工厂间的巷子里,租了间瓦房。

5. 打工连环套

返回车间,水箱里虽然浮着刷头,但却不多,显然,有人帮我把货捞了出来,且已堆在旁边箱子里。是谁呢?两台注塑机间的位置,空空荡荡。来不及细想,我即刻弯腰,开始干活!

时间一声不吭地下达着命令,让我从脑海中挤掉半点想象,开始变成注塑机身上运动的零件。短暂的午休,换来的是频率更高的劳作:我的手、肩、颈、腰,全都动了起来,希望能把活干得更巧妙、迅速、出色。和早晨不同,那时的肉身充满清新和希望,而现在,只剩单调和艰涩。我渐渐顿悟,农民在田里干的活可能更繁重,秋收时需要连夜干,但他们可以选择干活的时间,也便更自由;而车间里的活却像苦役,其艰苦程度在于永无休止、不断重复。

空气越来越污浊:汗腥味、脚气味、塑胶味、柴油味、铁锈味、受潮的木板味、腐烂的石灰味、电焊味、旧塑料味;噪音更剧烈:

咚咚、轰隆、吱嘎、咔咔、沙沙,每一种声音,都比早晨扩大了好几倍。气味和声器互相重叠、倾轧、交织,并非只侵占了人的身体,更如蛇芯,钻入人的血液,形成痉挛,要将五脏六腑都掏出来。

组长板着脸走过来时,没有在我的身旁停留一秒:他在表达他的愤怒!他像只秃鹫,锐利的双眼什么都能看见。越到快下班,方姐变得越有耐心。她告诫我:别出现不良品,省得返工;而我却愈发焦虑、烦躁,心里乱成蚂蚁窝,想即刻逃离此地。

这就是我和方姐的差别:这个车间对我来说,是某段旅程中的客栈;但方姐做活用力均匀,有条不紊,不随意停歇,也不猛烈狂干,她不觉得这活是惩罚,也不觉得这车间是牢笼,她将整个身心扑在活计中,反而更坦然。

当方姐让我帮她填写工单时,我愣住:她是个文盲!她自己无法将"塑胶成品标签"上的空白处填满。显然,她并非一时心血来潮邀我吃饭,而是早有预谋!同时,她说出了新的打算:去新疆打工!

听说音像带盒厂要搬迁到江西,方姐意识到,她不能选择随厂迁徙。内地有大把年轻的女孩,就是啤工,也不会轮到她,但方姐却不想返乡。有老乡从新疆回来,说那边活多,无论拾棉花、晒辣子皮、摘红花、割麦子,总缺人,吃的饭里有肉,喝的是雪水,就是离家远。我这个新疆人的出现,令方姐的狂想有了依据。她定下决心,下半年走西口,去新疆!

"新疆再远,还不是中国?"她哈哈笑着,像已经穿过河西走廊,看到了天山。

第二章 夹缝抗争

1. 屈从于时间表

卡上出现的时间是 6:58。我笑了;同时,心里一紧。

我已不再像刚进厂时那么愤怒,身体像完全接受了这个事实:打卡机快 6 分钟。现在的真实时间应是 6:52。当我习惯性地"走在时间前面"时,我知道,我还习惯了其他。

譬如这个车间。它还如第一次所见的那般喧嚣,那些气喘如牛的注塑机,依旧轰响;穿土黄工装的啤工,依旧如枯草般抖动……然而,时间一久,这一切便如褪色画面,丧失了最初的饱满和尖锐,变得不再扎眼。

譬如每天6小时睡眠。开始我觉得我坚持不了一周;然而,一周后,那种重复的循环、稳定的规律性,不仅精密地操控住我的身体,同时,还渗透进我的灵魂和精神中。无论我最初多么不适应,最终,还是屈从了这新的日常生活习惯。工厂的时间表规定得细致而严格,每个进厂的人,都会强烈地感受到它的存在,都必须熟悉它、实践它。现在,当我套上工衣,对着脏镜子扣上帽子,端着不锈钢茶杯,走向注塑机时,脚步平稳,眼神安然,像在这里已待了几辈子。

在工厂工作,比参观工厂有意思得多。一旦受雇,无论是注塑机、卫生间、塑料箱,还是那敞开的前后左右四个门,都显得真切起来。人们承认工厂是重要的,但如果不参与其具体的日常工作,很难理解"重要"这两个字的真正含义,也会对工人的某些行为,感到怪诞惊诧。参观者永远不会真正了解一个工厂:工厂被努力装饰过,而参观者所能提出的疑问又那么少。

那天早晨,一切都那么平静。当我走向29号机时,停住脚步:那里已有人在干活。是个女孩,十七八岁,身子细长,小脸白肤,单眼皮,怯生生望着我。我问她方姐呢。她没听懂,"什么意思?"我将茶缸放在倒扣的塑料箱上,冲着机器里喊:方姐?

阿凤探出身子,团团的脸,肿眼泡。她用手戳了戳对面车间:去了那边。我瞥了眼那女孩:你老乡?她点点头,新来的。看起来,她像片移动的纸:白、薄、脆;而阿凤,则刚好相反:黑、胖、粗。

2.捏钳子2000下

118号!

我打了个寒噤。在车间,每个人都必须牢记自己的号码。

这个号码会让人忘记自己的私人身份,而变成某种被高度浓缩的简化品。我想起草原上的哈萨克人,他们能认得出羊群中的每一只,并根据不同特征,给它们起名:半只耳、黑白花、小尖角、傻大个。

迷你衣架有巴掌大,凹槽里凸起的塑胶棍,需用钳子剪掉,再用布子擦净,放进箱内,每箱 5 摞,每摞 20 个,一箱 100 个。看起来,这个活比从水箱里捞刷头轻松许多,至少,那种钻入骨缝的寒凉,不再侵袭我。然而,我高兴得实在太早:衣架刚啤出,滚烫,凸起小棍虽细如铅笔芯,有一指节长,却相当坚硬,加上支架内交叉着十字框,所剩空隙有限,若要平稳剪去小棍,须将钳子完全探入,适度斜侧,方能彻底了断。若第一次剪不彻底,留有凸点,需补剪。

这一天,我做了 20 箱货,捏钳子 2000 次以上。我从未如此大规模、频繁地使用过手掌。因为没戴手套,到中午,右手几近僵硬,从无名指至掌心,表皮磨出道暗红印迹,大拇指变粗,虎口处肌肉隆起。那凸起的小棍,不是一个个出现,而是一群群,我的动作变得越来越捉摸不定……我总想找一块尚未受到挤压的地方,然而,丝缕暗伤,已蔓延到整个掌心,无论我从何种角度捏下,都能扯得心痛。

没有人计算过,一双手的皮肤、血管、肌肉和神经,到底能承受得住多少次挤压。枯燥、单调;单调、枯燥。循环往复!也许我会发疯。现在我没有过去,没有未来,只和钳子组成一个整体,我是不存在的,只是钳子的一部分。

3. 快的秘诀

嫌我干得慢,组长把阿凤调过来。她确实快,简直太快了。我剪掉一根棍子的时间,她已剪掉两个、三个。这种活生生的逼迫,令我真想抢起衣架,打在她的肩膀上,让她慢一点。然而,很快我就发现:我错了。

阿凤才不傻,只顾埋头苦干,把自己变成机器人,不,阿凤的聪颖,需面对面,潜心观察,才能发现:她往往在一阵大干之后,突然起身,像听到有人喊她的名字,昂头疾步走到对面,从注塑机间穿过,从有风和阳光的门口穿过,再挺直腰杆,大踏步返回座位。她干得太漂亮了!脸色坦然,嘴角挂着笑,根本不像无故脱岗。当她返回,坐定,再次启动手指时,像某台机器被按了启动键,闪电般干起来。如果这时组长进来,会一眼看到,整个车间里,唯阿凤最卖力。

阿凤的快让我的慢变得扎眼,我戴着隐形眼镜,对焦总不那么利索,并且,我没有那样一双手:五指粗短,像被烟熏过的木棍,指甲乌黑,看不清掌心纹路,左手大拇指内侧,有几道印痕,像毛笔蘸着白漆在黑纸上画过(她削东西时总是刀片朝内)。她说:绝不在一根棍上剪第二下。我纳闷:活干得快,有表演性质;但活还要干得细,不返工,才是最后的胜利。我惊诧地问:QC(Quality Controller 的英文缩写,质量检查员)让返工怎么办?她呸了一口,咬牙道:QC 跟我们,从来都不是一家!

组长喜欢熟手,怂恿大家速度要快,填工单时,可以将总数最大化,可是,这一切都必须要过 QC 关。阿凤将对 QC 的声讨扩大化,延展到对这个厂的不满。她扬言再过两个月就走,回原来的玩具厂,说这里不好,要连上十三天才能休息,下半个月还要上夜班,能把人熬死。我诧异地问她:何不现在就离厂?她叹气:春节为回家辞了工,再来时,厂里已招满人。但她揣测,再过两个月,天气变热,到了卖玩具的高峰期,工厂为赶货,还会再招工……

这种来自个人的民间揣测,令我瞠目。十几年前,对像阿凤这样的村妇来说,完全不晓得要自己去找工作。然而,阿凤终于学会了,虽然整套程序看起来充满偶然和臆想,而在珠三角,阿凤们,就是这样,凭借着某种安插在头脑中的无形天线,四处寻找着打工机遇。

突然,没有任何征兆,阿凤甩下钳子,冲着小老乡喊:阿红,走!阿红像触电般,即刻抬起苍白小脸,丢下刷头,将湿漉漉的双手在工衣上擦了擦,跟着阿凤冲出大门。她们居然……上了办公楼!上班时间擅自离岗,简直是发癫。阿凤打工多年,哪里不知这道理;即便是阿红,也不会如此愚痴!可是,听到阿凤召唤,阿红依旧毫不犹豫地跟在她身后,一副生死与共的模样。

她们离开车间后,这里的一切都在继续,像没发生任何改变,然而,某种古怪的情绪四处蔓延,致使空气稀薄。每个人都呼吸紧张,眼神古怪。20分钟后,她们从大门口进入,我即刻作出判断:她们不会走。因为她们……没有摘下帽子!那帽子在我看来,实在丑陋:稀疏面料,疲沓帽檐,松紧带丧失弹性,既不像厨师帽般雪白,也不似头盔般坚硬,非但不能赢得某种职业尊重,反而更让人丧失自信。若我离职,第一时间,就要把那帽子摘下来。

我对啤工的工装颜色亦很愤怒:土黄色。在这个厂里,还有湖蓝、粉红、果绿、白色工装,那些颜色让人显得鲜艳、干净;而啤工=土黄;其心理暗示是:低人一等。我曾在克拉玛依陆梁油田,和采油工深入古尔班通古特沙漠,既不感觉害怕,也没有因穿了工装而感觉身体遭到贬抑。现在想来,同为工装,意义大不相同:石油工人是个确定称号,他们生活在自己建造的城市里,颇具自豪感,完全不同于珠三角的打工者。

阿凤和阿红回到座位,一声不吭地开始干活。不到10分钟,阿凤忍不住骂起来:破保安!昨晚,保安突击检查宿舍,发现阿凤屋里接了电线,要罚款(工厂为省电,宿舍不安装插座,手机在门卫室充电)。阿凤说她根本不知道这根电线的存在,一定是前面的人接的。保安说,你们湖南女人最会说谎!

在工厂,打工者总是被预先设定了某种身份,以及一系列被想象和假定出来的文化特征。在广东人看来,外省人懒惰、不讲文明;而外省人却总是力图通过抗争,来纠正这种偏见。阿凤虽打工多年,能听得懂,也会说广东话,但却坚持说湖南普通话。她不喜欢广东人,觉得他们仗着自己有钱,就胁迫别人说他们的方言。

我吃了一惊:在阿凤看来,广东话是方言!在女工宿舍,很多女孩周末租碟看电视剧,不是为了剧情,是为学广东话。她们都强烈地意识到,在珠三角,若想获得更多上升机会,不仅要改变以往生活的"坏习惯",还要改变口音。而阿凤则认为,只要自己干得足够快,就已是好员工。

今天一早,阿凤都在寻找机会,当看到经理的身影闪过门口时,她弹跳起来,喊上阿红,直冲三楼申冤。这种做法危险至极!如果经理心情好,一切都好说;如果碰巧烦躁,懒得听这种越级汇报,阿凤便会失去工作。今天,经理的心情不坏也不好,听完阿凤的讲述,叫来组长,让他处理这件事。

经理并非纵容这种行为,实在是,珠三角严重缺工;并且,工厂就像个压力锅,必须让工人有地方透气。放别人一条生路,否则,就会有人在你喉咙上开一道口子——这道理,经理懂。组长根本不愿辞退阿凤:他最讨厌培训新手。一切因素纠结在一起:国际大环境+工厂小环境,令阿凤的这次赌博行为,非但没有遭遇惨败,反而,以保住工资、挽回尊严告终!

4. 煎熬到中午

车间生活只有一个目的:复制、复制、复制。注塑机中不断吐出啤好的模具,让它们从一变成一亿,无限膨胀,大如银河系。所有的机器都在动,自己也在动,整个世界都在动。在运动的车间,思想是软弱的,没有中心,一切都围绕着机器在旋转,没有任何支撑点,人变得随波逐流,成为漂浮物。

当我不断地捏下钳子,终于明白:肉身是有极限的。手掌磨烂,肩头酸痛,腰肢弯曲,汗液从全身喷涌……疲惫、疼痛、困倦,无尽头的重复,没完没了的衣架,汹涌而来的珠光蓝小棍……扭成龙卷风,裹挟着我,让我几近晕厥。人到底不是机器——甚至机器,也要加油,也要发脾气,突然啤出如婴儿拳头般小的产品,像那天心情不爽,要罢工。

人在机器面前失去的是自由——这是最重要的症结。

当人类初享工业革命的成果时,却丧失了对情感的重视。人在工作中受到极度压抑,工作之余,便极端渴求作为生物族类的本能满足。解决机器和工人的矛盾,并非要打碎机器,也许,应当是扩大和延长工人的自由时间、私人时间、情感时间,不致让人性枯萎。

当我陷入思忖时,干活的速度就会变慢。我总比不上阿凤。她说,最初在电子厂干活时,也慢,被拉长训斥后,罚她不吃饭,中午加班。整个拉线上只有她一个人,她边干边哭,不是因为累,而是屈辱。她发了狠,尽量不去想任何事,让脑袋一片空白,只用眼睛盯着电路板。奇迹发生了:速度提了起来。

我试图照着阿凤的样子,让手指快起来,然而,我却无法让脑袋一片空白。阿凤说我的心思太多,说老板根本不喜欢像我这样的人,说老板喜欢年轻、没有经验的女工,不会提更多要求,不会打架滋事,一干就是好几年。

终于熬到中午。

厨房紧靠宿舍楼,是间大平房,侧旁开着窗,窗外有个铁护栏,长四五米,人群在其间蜿蜒,一个挨一个。菜装在长方形不锈钢铁盘里:炒豆腐、炒黄瓜片、炒油白菜、炒笋丝。除笋丝里有些肉外,其余三个皆素。汤和饭放在露天的大桌上,管够。汤的颜色灰白发乌,装在大桶里,看不到底,用木柄长勺舀起后,有丝缕蛋花浮动。

饭堂不大,有20平方米,长条木凳前坐着三四个人,端着碗,正盯着电视看《甄嬛传》。坐在中间,如痴如醉的人,居然……是组长!一绺头发耷拉到额头,却浑然不觉。屏幕上的人服饰华美面孔精致,正与他疲倦的脸色、脏污的工装成反比。据说,组长算不上管理级,工资只比普工稍高一点,角色十分尴尬,别说董事长、经理、QC他得罪不起,就连熟练的普工,他也不敢怠慢。他在监督别人干活的同时,自己也要干,将装好货的塑料箱码在大拖车上,运走,忙得昏头涨脑。

更多的人走到露天的棚子下,坐在塑料桌椅上吃。靠墙立着个一人多高的木架,六七米长,搭着木板,放着各式碗筷。洗碗池三米长,前后两个水龙头,有公用洗洁精。我洗净碗,打了饭,坐在凳子上时,突然反应过来:阿凤呢?

阿红说,阿凤出门,是为了还赌债!

上次倒班时,阿凤去打麻将,输掉150元。我知道男工嗜赌成风,却第一次听说女工也爱赌。阿红垂下眼皮:湖南人没法不爱打麻将,小伢子站不稳时,扶的就是麻将桌!

我们俩沉默地吃起饭,米粒和菜搅拌在一起,第一口和最后一口的味道,一模一样。喝完汤,肚子鼓胀起来,但舌头却没有任何滋味,嘴里淡得很。离上班还有40分钟,这时候就返回车间,下午简直没法熬。我提议出门去吃烤肉肠。

出了大门,走到巷子与大街的交叉处,是排农民房,一楼是铺面,楼上出租,晒着各类衣物,衬衫、牛仔裤、胸罩、枕巾,像万国旗,招摇在灰尘和尾气中。便利店门口放着台烤肠机,滚动着油光锃亮的肉肠。

阿红接过肠子,咬了一口:真香啊。这是她第一次吃烤肉肠。我笑了起来,随后,又被一阵抑郁的难过淹没。我突然意识到,在中国,与其说省与省有差别,不如说,城市和乡村的差别更大。无论湖南、湖北、广西、江西,乡村总是闭塞、边缘、孤绝的。

5. 邵阳麻将

侧旁的屋里传出喧闹声,从门里看进去,麻将桌前围坐着男女,用夸张动作抓牌后,再甩出去,飞沙走石。女人戴着金戒指,男人将赤脚缩在凳子里。有台小风扇在半空旋转,它放在一个倒置的塑料凳中,用绳子缠住腿,勒在柱子上。我直喷笑:若不是亲眼所见,我断断不能想象,还有这种放风扇的办法。而那风扇底下的女人,正是阿凤。

这时候的阿凤,不再是车间里的阿凤:她的眼里像有种怪异的光,身体不可思议地晃动着,变成了某种精神的附属品,无论眼睛、鼻子和眉毛,皆像被强光照射,变得灵动溢彩。她被一种绝对的、无条件的幸福感所笼罩,并且,这感觉似乎会伴随她一生。

然而,这种时间太短了。打完一局,阿凤起身,当她离开桌子时,像离开了她所依赖的土地,陡然变得虚空,皱纹爬上她的额头眼角,她又变成了平庸的啤工。

我诧异何以没有年轻女孩打麻将,阿凤撇嘴道:靓妹可以到网吧聊天,逛商场,拍拖(恋爱),她们的日子不难熬啊!"熬"这个字,从她的齿缝冷冷蹦出。

我递给她烤肉肠,她不客气地咬着,突然发狠,咬牙低吼:我根本不喜欢打工!然而……我却无法接话。在车间,她是强者,她的活做得那么快,总能获得组长首肯,而我,几乎是个被嘲弄的笨蛋。转瞬,她又笑了起来:改天,我请你们吃邵阳米粉!

邵阳这两个字,在珠三角是重要的:邵阳人从不打广东麻将,只打家乡麻将,且只和老乡打。一晚上输个几十块几百块,不算什么事。打牌的人有小老板、主妇,也有如阿凤这般的普工,到了牌桌上,外在的标签皆被消解,只剩下两个字——老乡。邵阳人始终是岭南大地的陌生人:他们不说粤语,喜吃辣椒,但他们的身体上像长出了软壳,压住他们,让他们不能轻易返回家乡。于是,某种精神上的返乡之旅便建立起来:打麻将不仅仅是娱乐,更是某种"中国式的社交活动"。邵阳人用家乡话传递信息,相互照应,形成小集团,对抗强大的外部世界。

见我用5元钱买了双塑料手套,阿凤瞪圆眼睛:你不能这样花钱!我说我的手好疼。她瞧了瞧,确实,和她的不同。突然,她看我的眼神变得古怪起来。她从我请客吃烤肠、买手套不眨眼等细节,觉察出我是"富裕"的,但是,某种惯性思维依旧让她止不住说下去:咱们出门打工,就是为了存钱,你这样花钱,哪里能存得住,一个月不是白辛苦了……

我冲口而出:你输掉的150元,能买多少双手套?

她愣住,血气凝在脸上,愈发苍老。她慢慢道:我是戒不了……

某种压抑的气氛笼罩住我们,那吃到嘴里的烤肠味,变得有些古怪。

6. 返乡回家

下午的时间打发得很快,转眼到了3点。我暗中计算,还有4个小时就可以下班;还有4个小时,今天就变得无比完美。组长疾步走来,速度快得吓人,令我浑身一抖,然而,他却看都不看我,直挺挺走向阿凤。阿凤将钳子放进塑料箱,跟在他身后,出了车间大门。20分钟后,阿凤回来,头上居然——没了帽子!

这是我最后一次见到阿凤。这时的她,和中午在牌桌上的她,迥异。她脚步踉跄,脸色乌黑,像被人打了一枪,正中眉心。她已经死去,只凭借着本能的挣扎,挪动身躯。她无力多说话,只在拿走茶缸时,向我们摆了摆手。

阿凤的丈夫雨天跌下山沟,摔断了腿,高位截瘫。

和别的女性主动逃离乡村不同,阿凤是被丈夫赶着出门打工的。丈夫眼瞅着别人家里慢慢富起来,心里急,就和阿凤商量,必须有个人出门打工。说来说去,还是决定让阿凤出门。阿凤便拎着包,上了火车。阿凤的强悍坚毅,都是在打工途中历练出来的。她也累,甚至比别人更累,但却咬着牙硬挺着,一年又一年。每次春节都嚷嚷着不出门,可正月一过,还是照样上了火车。

虽然,她的能干有口皆碑,然而,她从不以此为豪,她和工厂、和城市,始终处于隔离状态;现在,阿凤将重返老屋,照料丈夫吃,下田种地,烧火做饭,洗涮缝补,拉扯孩子,巨细靡遗,一点不漏。她将变回一名普通村妇,春种秋收,让曾在南方的生活,恍如一梦。

然而,这样一场梦,那么容易被遗忘吗?

阿凤不再是从前的她。从前她是家里向外延伸的翅膀,说不定,能带着一家人飞起来;现在她是家里的一根梁,里里外外都靠她,她需加倍努力,才不致让日子陷入困顿褴褛。但她到底,和那些从未出过门的女人不同。

"嘿,我打工的时候啊,你才这么大点……"阿凤曾和阿红这么开始聊天。

阿凤能够诉说的南方,不过是把门推开了微小的局部,而就那么一点点光亮,吸引着阿红,毅然离家。如今,当阿凤返乡回家后,那扇已经推开的门,在身后,无声无息地关上了。

第三章 异化劳动

1. 车间里的调情

早晨一进厂,组长还未派活,大家便围坐在凳子上,边剪迷你衣架上的小棍,边说笑。好景不长。20分钟后,组长拿到工单,伸出手指:118号!

我被调到23号机前:它正从洞里吐出B-370刷头,白色,用PP塑胶粒制成。这种刷头成型后,以四个小圆缀成品字形出现,我先拧下刷头,再将半米长的柄插入,看能否到底,将接缝处的白色凸点、披锋,用刀片削去,擦净水和油,方才合格。有些刷头因浸泡不充分,长柄插不到底,或插进去拔不出来,我便对着箱子边磕。无论插、拔、磕……都得使大力,干半小时后,肩头酸痛起来。

阿清出现在门口,车间一片窸窣:QC来了,QC来了。大家并不叫她的名字。在珠三角,我逐渐习惯靓妹(美女)、醒目仔(漂亮的孩子)、炒鱿鱼(被辞工)、出粮(发工资)、搞掂(办事成功)、八卦婆(多嘴女人)、卖剩蔗(大龄未婚女)等词,也不再为英文字母混在粤语中皱眉。这种南方语汇的腐蚀力是强大的。某些词语,已成功北伐,譬如"埋单"(结账)。

阿清穿着蓝工装,帽子戴得稍微向后,将刘海裸出,像道黑瀑布,恰好停在清泉之上。她的五官虽然标致,但却一股稚气,说话细声细气,总喜欢哎呀哎呀大叫,那声调出现在车间,简直就是娱乐。

阿清在查阿超的刷头。阿超的手虽然还在忙碌,但眼神已变得暧昧,语调从贵州腔换成广东腔。阿超28岁,10年前,他出门打工,先在浙江,后到广东,攒了点钱,去年回家结婚,不到一年就离了婚。新婚妻子不让他赌钱,他就甩出拳头。打来打去,只能散伙。

"靓妹,和哥晚上去消夜?""没空!"

"哥好想你哦……""闭嘴!"

"哥很累了,你不心疼啊?""关我什么事!"

"你不要让哥返工啊……""该返就要返!"

"返就返,谁让你是皇太后!""做不好就要返!"

阿超正处于肉体和精神的双重饥渴期,他疯狂追求阿清,而阿清却不吃他那套。阿清在箱子里挑挑拣拣,眼神锐利,态度凛然:不良! 不良! 不良! 最终,阿超抠女(泡妞)失败,被迫端着塑料箱,坐到注塑机对面,一个人孤零零开始返工。

阿清走到我身旁,轻声说:干得仔细点。

她住在我的隔壁宿舍,晚上聊天时,我获悉她是广东焦岭人,父母连生七胎,最后一个是儿子,她排行老三。小学毕业那年,跟着叫吴校长的人,到广州附近印刷厂打工,说是"培训实习"。父母倒很愿意她出门,家里孩子太多。她说印刷厂的环境还可以,但组长脾气太坏,如果做得慢或做坏了,就要吃拳头;男孩子更惨,要被抓起头发来扇巴掌。每天工作11个小时,一个月800元,她知道厂里根本没按加班工资付。她想要跳槽,便常买报纸看招聘信息。听同学说这个厂出粮准,便来见工,因为视力好,直接分到QC部。

随着时间的推移,在我的眼前,无数个刷头跃动起来,像一群刚上岸的鲤鱼,我头晕眼花。太累了。我起身朝厕所走去:在那里可以暂时歇息一下。厕所在车间大门右侧,用水泥墙隔出两个屋,镜子脏污,洗手池发黑。没有门,穿过水泥框架,拐个弯,就到了里间。三个坑,也都没有门。没有垃圾桶:卫生纸、卫生巾,就丢在角落,散发着黏稠的血腥味。我蹲下,一侧眼,发现墙上写满字迹——

我很累! 我不想加班! 都是我的错! 我只爱你! 我想要你! 你去哪里了? 我要杀了你! 嫁不出去吗? 王鲜香爱马为亮! 有你这样的男人! 如果你爱男人? 如果有一天! 相识是一场梦! 我叫马志英! 女人没人爱! 我累得要短路! 恨能维持多久? 快乐的我不见了! 快疯了我! 我一直在等你!

在珠三角,由于男女比例失调,女工对性的需求格外强烈。60后、70后的打工者,因为穷怕了,一心想挣钱,把性的问题紧紧压抑住;到了80后、90后,性成为格外刺目的问题。

2. 断　指

没有任何征兆,我被调至36号机。这里在啤899上盖(出口日本的小型垃圾桶盖)。用料是GPHH195。这个机器面目狰狞,像张狮子大嘴,外套闸门,关闭后,内里两个铁家伙一对接,浇注出塑料壳。啤工需把外门拉开,将胳膊完全探入,将粘黏在机器左侧的壳子取下来。壳子滚烫,散发着甜腥味。将外门关闭后,机器继续对接。组长演示一遍,即刻转身走人;我凝立在机器前,陷入两难:我怕胳膊伸进去后,把握不准手指缩回的时间,被两个铁家伙夹在正中。

断指……!我在虎门医院工伤康复中心,一早晨见到过六个断指者。一个男人的右手只剩大拇指,被切掉其余四指的地方,形成道古怪斜线;另一个男人的断指被及时接上,但却不如以前灵活(即便是最成功的手术,看起来,也和正常的手指完全不同);那个断脚趾的男子对我说:我可以把脚趾向上翻过去。我惊骇得直摆手:不要……不要……然后他大笑,说现在不行,而是刚砸断的时候。他走路时斜着身子,已经做了手术的脚趾黑黄,粘着干巴巴的药膏,像秋天被雨水浸泡后的树根。

我伸出右臂,浑身都在发抖,满脑子闪过那些断指者。我关上外门,紧紧盯视内里的运动:凸起钢铁深深插入凹槽。看起来,一切都没有问题,然而,啤出的产品越来越小,充满黑气纹、淡黄油渍,无一合格。我毛发悚立:机器有问题!

几分钟后,阿清和QC主管到。主管拿起产品仔细看:不良、不良、不良!然后,将废品丢弃,顷刻间,堆满两大筐。我好不容易挑出个齐整的,递给阿清,她却轻易地找出瑕疵。我们继续,拿起一个又一个。主管走后,阿清揉着眼睛说好累。我也累,不仅仅胳膊、手、腿和脚趾累,眼睛最累!要紧紧盯着白色面板,在灯光下晃动,细细检查表面,一遍遍重复后,眼里像揉进沙粒,磨得发痛。我恍然明白:何以阿清一进厂就干上 QC,而我只能干啤工。她那十八岁的眼睛,多么明亮、新鲜! 工厂要的就是这样的眼睛。如我这样的年龄,必然遭到歧视。似乎,中年妇女、老年妇女,是可以被完全忽视、根本不存在的群体。而据我从美国回来的朋友说,在国外,女人到了中年以后,非常受人尊重。

　　阿清轻声说:主管不喜欢我。我知道,她说出这句话,下了很大决心;同时,我也能理解主管何以讨厌我。在注塑车间久了,啤工们被这里的气场驯服得卑躬屈膝,视线越来越低,只顾盯着脚面看,只看到那些浮动着油花的积水。因为是超负荷劳作,且每一项工作,都不以他们的意志为转移,于是,啤工的适应能力格外高超。见了主管,便不自觉地畏缩、讨好、巴结。但是,即便农民耕田再自由,人们还是愿意到工厂里受束缚:从土地里得来的收入太微薄!

　　(厂规第五条:厂方有权要求员工加班或调动部门及工作时间;员工请假,经部门主管、组长批准,旷工一天反扣一天工资;员工必须服从厂方负责人支配工作,否则,将予以解雇。)

　　阿清丢下产品:不行。她叫来机修工。那男人瘦而黑,脸色冷峻,扯过挂在行车上的大铁链,套在注塑机上,又拿起钢钎,对着某个地方捣鼓。在他大规模动作时,啤机的外门依旧一张一合,我依旧要伸进胳膊去。

　　我忍不住问他:如果不关外门,里面就不动? 他含混地嗯了一声,脸色愠怒。难道在我之前,没有任何一个啤工,质疑这台机器的安全性? 而它,显然不是万能的:我眼瞅着它因为缩水,让产品从一本书的面积缩成一片树叶。然而,在机修工看来,我对机器的不信任,就是对他工作的藐视? 我对机器性能的揣测,就是对他技术的嘲讽? 后来,机修工说我多嘴多舌。

　　我不放心这个铁家伙,拉开外门,取出产品后,仔细揣摩凸起的钢板要过多久,才会插入凹陷处。虽然我知道,厂方压下我的身份证,并用我的5元钱买了工伤保险,但是,我才不想享受那个保险!我本来就对机械反应迟钝,加上近视,举止有些迟钝;现在,要克服巨大的心理障碍,掐算好时间,举起手臂,一次次伸进这个恐龙大嘴里。

在工伤康复中心,那个家具厂的男工说:随时随地都存在危险!他盯视着我:不管你是新工人,还是干了20年的老工人,不管你是刚上班,还是快要下班,因为你不是机器,总会有一不留神的时候,然后,扑哧,你的手就完蛋了……他伸出他的手,凑到我眼前,我下意识地朝后退了退:看起来,那手掌完好无损,白而大,没有明显的疤痕,然而,他抱怨说,明显不如以前灵活。他说:我做家具十年都没出事,那天,我根本不知道是怎么回事,只剩下最后一片木板,用手推过去,心里一愣神,扑哧一下,指头已经被咬住了,举起一看,血淋淋的,断了四根,能看到白森森的骨头。我大叫着完了完了,赶快坐上摩托车到医院,说快做手术,快做手术。可医生先包扎起来,让我去交钱。2000元不够,我让工友们凑,交了5000元,一个小时后才开始做手术,做了4个小时,总算都接上了。麻醉过后,疼得直打摆子。现在好些了,不那么疼了……

他的模样很周正,甚至算得上英俊。他是湖北人,三个孩子的父亲,已买好回老家的火车票,当晚就要上火车。然后,扑哧一声,一切都变得和以前不同。他将很难再找到技术性较强的工作;而全家大小的开支,原本都靠他。但他又笑着指指旁边的人:总比没有手指强!

难道这种社会底层的牺牲是发展之必需?

在当代中国迅速成为一个"世界工厂",为全球生产提供大量廉价劳动力和自然资源之际,这些断指者的疼痛和记忆,凸显出这个时代的创伤,让笃信资本和市场会带来现代化的中国人,在心头留下永恒的伤疤。

3. 身体的极限

注塑机修了10分钟,没有好转迹象。主管到,拖着长腔:哎哟,看来,早晨是搞不掂了!她耸着右肩,顺势,往机修工身上顶了过去。在这样的空间,看到如此暧昧的身体动作,令我瞠目。那机修工无言地转身走了,而她,还在笑……直到那男人走远,她的嘴角依旧上翘。

36号机是无法继续等下去了,组长带我去20号机。那里有个钢铁装置,类同机械手,高高在上,咔哒,右移,长铁杆下缀着铁板,上面吸着两个白色PC305内碟,铁板向下一翻,内碟坠落桌上,铁杆收回,左移,再向下探去,吸出内碟,循环往复。

被调离此岗的大姐皱眉:我干得好好的,凭什么让我去那儿?

我理解她。到新岗位,要适应新程序,会加重身体的疲劳感。

每日连续工作11个小时,人的身体会变薄,变脆,皮肤变厚,脸颊干燥,每个手脚关节都痛。不痛的时候,发酸,肌肉不可控,四肢失去整合能力,目光无法长时间集中于一点,看什么,都有些摇晃。

但她还是接受了现实,教我如何操作。机械手在半空丢下两张碟片后,她将其分别归拢后道:左边那摞很干净,不用管它;右边的,侧面有油垢,要用棉花沾上天那水擦掉。我不解:为什么左边没油垢?她住手,惊骇地瞪我:不知道哦。

我已很熟悉这种表情了……上一个啤工只负责告诉下一个,你去怎么干,没有人会问为什么。我的想法是,如果出现油污,说明机器的某个部位脏了,何不直接擦净机器,而不必让啤工在成品上一个个擦拭,浪费时间。但是,我的提问让我在这个空间变得滑稽、可笑、突兀。人的好奇心和创造力,在工业化流程中,已被榨干,只剩一具机械操作的躯壳,像牲口一样不停地干活,让你干什么就干什么,任何时候都得服从命令。

大姐拿起吹风机,对准光碟的披锋吹,原本细小的碎片,在热风中缩成小晶体,渐次消亡。要等到吹风机的头部变红,才开始吹;风不能太大,否则,会吹过头,让盒子上出现白色晶体。她告诉我怎么将260张碟片装入箱子后,走了。我扯过铁腿高凳坐下,打开电吹风,启动身体内部的程序,一刻不停地擦、吹,将碟片对好,先数出50个为一摞,用硬物压住,压好4摞后,将第一摞装入箱中。每个动作看起来都毫不费力,但却要保持快速和稳定的节奏。

我真想磨洋工。但是,不行……一旦机器设定好速度,便有了自己的意志,它会推着人往前走。如果不想被组长骂,桌上的货便不能堆得太多。所以啤工虽然是一个人面对啤机,无人盯视,但却像身旁站着个幽灵,正监督这一切,身体陷入周而复始的怪圈中,能量被最大限度地压榨了出来。

崩溃终于来临,这种无止境的速度让我真想大吼一声:不干了! 可我到底还是……忍住了。我想起那个中年女,她看穿了我,说你干不下来。不,我不能自己败下阵来。我趁着去找空箱子,快步走到车间大门,在那里顿住脚步:一股风吹过,我赶紧深吸两口,哦,干爽,甜,洁净。原来,外面的风是这样的味道! 此前,我从未觉察。咬咬牙,返回啤机,挥动手臂,接着干起来。

当身体越过那个尖锐的坎后,变得麻木起来。

身体像飞机失事的黑匣子沉入深海,意识,居然纵入茫然。

现在,我不看任何人的脚步,不管任何人的脸色,一心一意将碟片擦净,吹好,扣在一起,理好260个,装入空箱。

汗流了出来,不是从额头渗出,从腋窝泌出,而是从浑身上下的每一个细胞,喷涌而出。身体像水库的闸门被拉开,汩汩外溢液体。汗,如此之多……甚至腰部,也滑腻起来,像泡在游泳池。此前,我从来不知,身体可以这样流汗。我陡然想起走在塔克拉玛干沙漠的人,会因为脱水而晕厥、死亡,突然害怕起来,赶忙翻出水杯,接了水来,啜了两口。我忘记给自己补充水分,忘记身体是个多么纤细、敏感的物件。

我干得太投入了,甚至中午去食堂,还惦记着那些噗噗掉下来的碟片。

我居然用15分钟吃完饭,5分钟返回车间,提前40分钟到岗!

桌上多了四堆碟片,静静地等在那里,等着我来处理,我的身体像上了发条的闹钟,咔哒,咔哒,加速度运转起来。我和20号机融为一体。我逐渐适应了这个空间的一切:味道、噪音、油污、速度……我投入地劳动。我正在自我消失。我作为人的特点,正在被机器抹杀,它越来越坚强,而我,越来越像它的某个零件。这是我到达这里后,最和谐的时刻!我不再紧张地环顾左右,看组长是否来巡查,想法子去厕所,找个机会偷懒……没有。我一心一意干活,将整个桌面清理得干净利落。我简直要表扬自己:在某个时刻,我甚至比机器还快!当我停下来等它时,会犒赏自己:看窗外。围墙边那排芒果树,顶着繁茂而可爱的绿叶,每一片叶上,都有纹脉,涌动着鲜活气。

4.不能插嘴

阿清来了,拿起一张碟片,对着阳光道:披锋有些没吹好。我接过那张:还要再吹?她点头。我便抄起吹风机,再吹。递过去后,她皱起眉头:过了。

"过了?怎么过了?"我太想把这个活干好,于是,不断吹,不断问:这样?这样?很快掌握了技巧。这个度,无法精确细算,但干多了,手便有了灵感。阿清不断点头:就是这样。

主管来了,径直走到这台啤机前,看了看箱子里的货,突然道:这里绝不能出现次品。

我不明白这话从哪个角度横空出世,下意识地反抗:没有次品啊。

她和我对视一眼:她的脸很白,眼皮有些浮肿,涂着淡色唇膏,面色愠怒,和冲着机修工媚笑时,完全不同。我和她,同时想到了那一刻:她知道我看到了那一幕。她突然恼羞成怒:你顶嘴!我的忍耐亦达到极限:我只是说这箱子里没次品……她容颜大变:你还插话!一转身,她大喊:组长!组长顷刻间赶来,铁青着脸对我说:她们是检查产品的,你要听她们的,不然会返工!

你要返工的！他浑身颤抖,像触到高压线。他急切地说:你不懂,产品要让她们查,你刚来,不明白……

我怎么能不明白！QC主管高看一眼,产品就过了关;低看一眼,就要返工。一箱子几百个货,端到一边,比别人多干1个小时,还连累整个车间的出货率。

组长说:你道歉。

我瞪着眼,简直不敢相信。我闭紧嘴唇。不……我绝不会道歉。我提前40分钟来上班,努力掌握吹披锋的技术,甚至将速度提高到机器之前,工作台没有堆积一个产品……如果我承认我有错,那就是我将自己的汗水一笔抹掉,不留一点痕迹。别说我的自尊心不答应,首先是我的汗水不答应。

组长道:你怎么不听我的话?

我不解:我一直都在听啊。

他苦笑:你看,我说话的时候你也插嘴。

明白了。我终于明白了。这个瞬间真是具有典型意义:啤工,车间里最低级别的工种,身体上只长着耳朵,没有嘴巴,只能乖乖地聆听,而不能开口说话。只要开口,无论说的是什么,就是插话,就是反抗,就是不服管教!

后来,每当我试图反思这场"插嘴事件"时,都像深夜里走在戈壁滩,感觉周身辽阔,彻骨寒凉。这场事件,对真正的打工者来说,小得不值一提,但是,我记录下它,是因为它的价值在于,我是现场的亲历者。无论我将身体的耐力发挥到怎样的极限,如何适应各种规章制度,忍受疲劳疼痛,都难以改变啤工的最终命运。在这个大系统中,作为个体的啤工,其力量是微小的。在车间,啤工并未自由地发挥出体力和智力,并不因劳动而幸福,而感觉肉体备受折磨,精神备受摧残。只有逃出车间后,啤工才感觉获得了自由。

然后,他们全都消失了:主管、组长、阿清……只剩下我和20号注塑机。

半小时后,组长走来,向我招手。我站起身。他眼皮耷拉,脸色很不好看。他并不看我。在我和他之间,出现了一段极为复杂的安静。我心跳得厉害。他终于开口,语调沉闷:他们都反映你插话,打瞌睡,偷懒……现在,你可以——他咽了口唾沫(他知道我比刚进车间时进步了多少)——你可以走了……

在这个车间,我一点机会都没有,我做什么都不对,因为我骨子是彪悍的,我的脑袋里总在想着什么,我的舌头下总藏着个大怪物,让我止不住要说点什么。所以,我是被一股合力推出车间的,而不是被哪个人、哪项制度。

(厂规第八条:员工辞职,要提前30天通知当事方,按当地政府最低工资核算;离厂前将工衣洗净,交回人事部,如果遗失,照价补偿。凡没办理离职手续者,当月工资不发。员工触犯法律法规,后果与厂方无关。)

我的第一个反应,就是拽下帽子。

我看着他说:谢谢你,组长。他涨红了面颊。

我三下两下脱掉工装,朝门口走去。我知道,那些忙碌在啤机前的人们,都看到了这一幕。我获得了解脱,而他们的刑期,还长得很。在这个油污之地,在声嚣和浊气中,过着没有希望又胜似有无穷希望的日子。当我转身挥手时,他们并不显得吃惊,但我知道,他们因知道自己无法轻易摆脱这个地方,而在内心里悲伤不已。

倒在床上时,我听到骨头缝咯咯响,身体的每一个部位,都像遭到强有力的挪移,不在原来的位置,某些地方变得沉重、坚硬,而另一些地方,又像根本不存在。这种累所导致的痛,令人昏沉,像吸食了乙醚,什么都不想干,只想尽快睡着,白天晚上地睡,一周两周三周四周地睡。

我沉沉睡去。能听到自己的呼吸声,还能闻到鼻腔中有股怪味:是混合了机油、塑胶、潮湿的车间味。我可以洗净身体表面,却无法涤荡掉那已吸入肺部、进入循环系统的车间味。我的身体!当它迸发出超强能量,变得安静下来时,多像一片薄羽毛。

第四章　后勤世界

1. 最初的训诫

电子厂的大门并非现代化的伸缩门,而是蓝色的钢板大门。门口挂着告示:

　　出入请执证　　上班时间谢绝探访

要上楼,先换鞋。台阶涂了油漆:果绿色!墙角一并挂着4只灭火器;拐角处立着幅广告画:端庄的短发女子,土黄工装,掐腰,左胸处戴工牌,两手交叠相握,蓝色裙边恰好及膝,肉色丝袜,两脚并拢成丁字形。这个不说话的女子一直微笑着:迎接来自四面八方的女工。此前她们大多生活在乡间,呼吸着新鲜空气,在田野间游荡,身体年轻,时间观念松散。工厂的首要任务,是要将流动人口改造为有用工人。这个过程将利用文化、权力等控制手段,或明或暗地影响人们的行为、信念、姿势和习惯,让他们迅速成长为工厂所需要的那种人。现在,这张图用标准像塑造出一个典型:有礼貌、诚实、服从。

性别被特别凸显出来。和过去强调阶级而否定性别差异相反,在珠三角的这些工厂里,女工比男工更受欢迎。生产机器只对特殊的身体,年轻女性的身体,更感兴趣,因为女性更能适应精细生产方式的要求,价格更便宜,更容易管理和控制。

在楼梯拐弯处,摆着三层玻璃的展示柜,内里铺着紫红金丝绒,凸显出电子元件的重要性,每一个元件的前面,都立着牌子,配有说明。那些被单独拿出来的电子元件,看起来很古怪,迥异于大自然中的浑然之物,然而,它们现在是珍珠一样的宝贝。这又是一堂课:离开田地的农民,需要迅速掌握另一个体系。这些物件看起来并不大,没有体温,无须和四季有关,但其内里却相当复杂,需要几千人上万人,围着它们转。

没有暴力,没有强制,农业劳动的贬值拉大城乡差距,让年轻女孩想到城里打工,她们甚至十分清楚工厂生活的实质,可她们还是来到城市,到工厂出卖自己的劳动力。在崭新而充满压迫的新世界里,为了求生存,她们不得不接受一系列的规训,努力让自己的微笑符合画中人标准,尽快掌握紫红金丝绒上那些古怪物件的性能。

2. 本地人与外地人

会议室有两个。面积大的,是张大长桌,铺白桌布、高背木椅;面积小的,小方桌,钢制椅。悬挂的白板上贴着告示:使用会议室后,自行将凳子整理好;另一处贴着:节约用电。我在小会议室里等后勤主管。这个屋子那么安静、整洁,尤其当我从轰响的注塑车间、喧嚣的大街进入后,突然感觉有点压抑,心跳和鼻息被陡然放大,像某个重要的事情即刻要发生。

乔小雨出现。光亮额头,梳着马尾,无框眼镜,宽大的蓝工装底下,身材纤细,但笑容是知识分子的,大方地伸出手,一迭声标准普通话:你好你好。乔小雨是本地人,到 25 岁才决定去日本留学,且是自费。此前,她高中毕业后在铁路上当高压配电工,一干 6 年。萌生留学念头,是她发现日资厂多了起来,突然意识到,掌握日语,或许能打开一片天。在日本,她白天上课,晚上打工,在餐厅洗盘子,到生产线做面包,当卫生员,送报纸。暑假时,一天打三份工,累得脑袋发涨,双腿打抖。

这些经历,对她管理电子厂有很大帮助。在她的建议下,厂里不间断地举行卡拉 OK、跑步、拔河比赛,自愿报名,奖品是饮料,纯属自娱自乐。但乔小雨知道,玩,也是重要的。她的后勤工作,其实就是想尽一切办法留住员工。厂里有本《管理手册》,规定了许多详尽的制度,甚至具体到没穿工鞋,罚款十元;但乔小雨说,罚款可不是最好的办法。现在厂里缺普工,缺女工。员工流失让她的工作难上加难:不能随便开除人。

春节前,厂里的员工人数为 1500 人,春节后变成 1200 人;而 6 年前,人数超过 3000 人。由于珠三角恶性用工制度,致使自 2007 年起,员工流失率增大。乔小雨的目标是:将流失率控制在5%。春节前厂里开会,号召员工回家后喊老乡、亲戚来厂里工作,男女都要,只要介绍的人做满三个月,便可领到50元介绍费。春节后,厂里多了300名新员工,但却流失了600人。

员工不够,远远不够……厂里常年打出招工启事:女性,17—38岁,服从公司管理,能吃苦耐劳;而公司能给予员工的是:干净防尘式车间,安装大型中央空调,每周加餐三次,给员工举行生日晚会,法定假日放假并加餐,娱乐设施齐全……并允诺有超值收获:文员、技术员等职务,皆在公司内部招聘(给普工一个提升的机会)。电子厂似乎不单是制造产品的地方,更在进行一场沉默的社会革命,这场革命的主角,就是那些离开乡村的年轻女工。

这家厂成立于1993年,董事长是日本大阪人,属商人世家,年近七旬,每年到厂视察一次;执行董事长是老板的侄儿,每月来一次;总经理负责全盘业务,是日本人;管理人员及员工,都是中国人。在高级管理人员中,有3个本地人,而员工中,没有一个本地人。某种古怪的搭配这样产生:日本人/中国人;本地人/外地人。在金字塔最高层的,人数最少,多数人在最底层,但他们的命运被少数人操纵,前途未卜,不容乐观。

中国的户籍制度,不仅决定了一个人的居住地,还决定了他的整个生活:社会等级、工资、福利、食物配给量及住房。改革开放前,中国只有一个户籍体系:城市常住居民户口、农村常住居民户口。自上世纪八十年代初,东南沿海出台了关于流动人口的管理办法,于是,城里人被分为常住人口(本地人)和暂住人口(外地人)。外地人无法享受到住房和其他福利;一旦他的劳动力不再被需要,他便在城市无法继续生存。

"困身"这个词,我第一次听说。乔小雨说,本地人自由惯了,习惯于喝早茶打麻将,在厂里困身8小时,哪能受得了。外地人是没办法,才在厂里打拼。可本地人不敢干太多坏事,而外地人的道德水准,普遍偏低。

"加班"是个矛盾的词:有家的人希望加班,年轻女孩不喜欢加班。加班少的工厂工人不愿待,但加班过头,工人的离职率又会很高。最初,这家电子厂每天从下午6点加班到10点,甚至11点。后来发现不行:员工太累,不良品增多,人员流失得厉害。最后确定:加班最晚到10点。日资厂虽然管理严格,但薪水发得准时,即便老板资金周转不过来,也会借钱来发薪(乔小雨说,这点比台资港资厂都好):5天8小时制,基本底薪920元;平时加班1小时7.93元;周六周日加班1小时10.57元。法定节假日加班1小时15.86元。夜班津贴1个月50元。绩效奖1个月10—130元。每月20日发上月工资。

"日语"是这个厂的难题:全厂上下都在努力克服语言关(图纸是日文的)。厂里培训技术员和组长学日语,并鼓励普工自己买书和磁带学习,通过考试,达到基础日语水平的员工,1个月补贴100元。即便是留学归来的乔小雨,也需要再学习:专业技术语汇,还需要啃。

3. 车间和活动室

制造一部的车间门口,贴着用各种颜色块标注出的"楼层平面图",以及硕大汉字构成的标语:

输在犹豫 赢在行动

在工厂,总能看到这种对仗工整的语言。在这个特定的环境中,某种理念总在被强调、被凸显。无论一个人多么反感这些强硬而空洞的话,感觉它们形同虚设,然而日复一日,这些词语终将会被灌输到人的无意识之中。

进门后,侧旁立着开水器,木架上放着各类水杯,色彩斑斓。即便是这样一个普通角落,这家日资厂比我做啤工的港资音像带盒厂要更细致:四层木架涂成深蓝,台面干净,外部搭着布帘。杯子里最显眼的是粉红、米黄;多数是不锈钢杯,也有装冰红茶的塑料瓶;洗手池上有面镜子,很干净。

穿上鞋套后进入,整个车间敞开:一个巨大的蜂巢。顶部横梁挂着口号:

环境整洁身心好 整理整顿效益高

车间长约100米,宽约50米,以中部水泥梁柱为分界线,划分成左右两个区域,各排列四条长桌,女工穿粉色工装,头上扎着三角巾;男工穿深蓝工装,帽子有檐。窗户密封,拉上塑料窗帘,将工人的视线与外界隔绝,人们无法根据日出日落来判断时间,也无法呼吸到新鲜空气。中央空调24小时开着,将温度保持在20度(这是电子板所要求的温度)。地面刷着果绿色,没有任何碎屑。电子厂的环境貌似干净,但因频繁使用化学药品,女工容易头痛、喉咙痛、眼部疲劳、恶心、咳嗽、痛经。

每个工人的操作台前都立着个牌子,写着检查前、作业后、二次外观检查、导通检查、档板……他们低头忙碌,手旁放着塑料盒、铁盘、黄皮封面的《手加工作业记录本》。在工厂,每个工人都是有用的,但却并非不可或缺,没有任何个体能够了解和影响生产的整体运作,工人只需将英文字母、箭头、图形等,储存进脑海,等看到它们,作出相应反应,准确操作便可。工人的记忆、眼睛和手指,天衣无缝地粘合在一起,形成条件反射,根本无须使用大脑。

靠窗的有个男工长相清秀,正在数一把褐色铜丝,再按照一定数量捆扎起来。在他的掌心里,铜丝显得格外纤细,他的桌上放着个牌子:LOT确认品。一想到他要整天、整月、整年地数着这些铜丝,我不禁感到绝望;转念一想,如果这些铜丝捏在女性手里,似乎对比感便不会如此强烈。

乔小雨说:现在的情形,和刚建厂时大有不同。现在男工占三分之一,此前,从未到过四分之一。在乔小雨眼中,男员工=难管。他们会经常打架,在宿舍或饭堂,发生口头争执后,便会动手;男员工还做事不细心,随便丢烟头、扔垃圾,喜欢聚众赌博,容易惹上街头的古惑仔……总之,每一个喉结鼓凸的青年男子,都是座可以随时爆发的活火山。

但女工也有她们的问题:上班时间爱聊天,爱闹小情绪,在宿舍里拉帮结派,若中层领导是湖南、湖北、四川、广西的,提拔干部时,大多会推荐自己的老乡。这似乎是女工的悖论:她们逃离家乡,为摆脱根植于土地上的关系网,当她们在他乡的工厂,试图对自己进行重塑工程时,又不得不再次勾连起一张族群网络图。

我们来到活动室。敞开的大房间,地板依旧果绿,玻璃窗硕大,水泥横梁上缀着红灯笼,每根横梁上都贴着标语,三张桌球,六张长条桌,多把红色软椅。我在这里看到了"妇女书屋"。其实就是一个书架,三人宽,一人高,玻璃门,上面塞着书,底部放纸张文具。

侧墙上贴着漫画,配以口号:

> 以服务团队为荣　以背叛团队为耻
> 以努力工作为荣　以好逸恶劳为耻
> 以甘于奉献为荣　以自私自利为耻
> 以节约物料为荣　以浪费资源为耻

这些语言,像浓缩的感叹号,每一句都携带着百分之百的肯定,而在前一个肯定之后,即刻出现一个与之相反的否定,形成两种价值体系的落差,非此即彼,非黑即白。

漫画上的女孩和男孩,眼睛出奇地大,显然受日韩影响;还出现很多拟人化的动物:举着大拇指的猫咪,在木桌上的老鼠,略带童趣,但指导这些漫画的,是粗暴、粗陋甚至粗鄙的理念。当一个团队只是为建立这个团队的少数几个人服务,而以牺牲绝大多数人的利益为代价的话,这个团队还需要愚痴地服从吗?

那些农村来的女孩——仅仅受过一些基础教育(天性驯服,不善反叛),当她们面对这幅漫画墙时,更会被画中人的发型、服饰所吸引,而很少反思词语背后的深意。在这个厂,我依旧能感觉到种种不适。某种真正的平等关系,还需努力奋争,才能构建起来。

4. 免费杂志

操场上,十几个男工正在打篮球,周围站着的女工,只默默观看,并不发出喝彩声。我发现,下班后,男工并不忌讳戴着帽子,而女工则无一例外,全都摘掉了三角巾;另一个特点是,无论男女,皆三两结伴而行,很少有独行的女工或男工。

饭堂侧旁的洗手池嵌着白瓷砖,女工们正在洗碗,圆柱状蓝色垃圾桶,盖子敞开,倒剩饭的人并不多。进入饭堂,敞亮的大厅,左右各置塑料桌椅,灰绿色,稀疏坐着几个女工,边吃边看电视(吊在半空,液晶屏)。靠墙的箱子带小门,专放餐具。玻璃窗内,穿白衣、戴白帽、口罩的大师傅正在整理灶台。窗口分不辣区和辣区,不锈钢大盆里装着素炒海带丝、素炒卷心菜、肉丝炒腐竹、素炒黄瓜片。饭钱从工资里扣:一天三顿9.2元,一个月上班22天,共扣203元;周六周日吃饭要用现金买饭票。饭、汤管够,菜不能随便加。

宿舍就在办公楼后,5层,墙面上的蓝白瓷砖已破旧,有丝缕雨痕,阳台上挂着衣服,密密麻麻。靠近宿舍的一角,是个小型便利店,卖泡面、火腿肠、可乐等;木架子上有台电视,正在播放《甄嬛传》(奇怪:无论我走在哪里,电视里都晃动着服饰华丽的宫廷男女)。侧旁的公用电话,正被四个工人使用。宿舍门前停着排自行车,多数为女式自行车,也有电动自行车。

除科长有单独宿舍外,中层管理人员6人住一间宿舍,普工8或10人;宿舍两端的水房里安装了太阳能热水器,晚上冲凉要排队。每个员工要从工资里扣除住宿加水电费100元(乔小雨解释:工厂原来不扣这笔费用,是2011年上调工资后才开始扣的)。

推开宿舍的门:水泥地面,高低床被颜色、图案不同的花布围成一个个封闭的"帘子世界",床和床的空隙处塞着箱子,镜子吊挂在床头,垃圾桶里是揉成团的纸巾。床头是本杂志,封面是穿粉红礼服的美女。乔小雨解释:那是医院发放的免费杂志,一次发500本,发杂志的是医院员工,包吃包住,一个月1000元。乔小雨说,每期杂志都要印两三万份。

封面美女具有国际化标准:大眼、红唇、丰乳、长发、细腿。封二是广告:人流手术费,原价520元,现价260元;引产手术费,原价720元,现价360元。封三:美国痔疮清除术、韩式腋臭清除术、韩式包皮包茎手术。封底:男科妇科免费检查项目,妇科手术半价项目,全面实行药品"0"利润……正文:娱乐新闻、财富职场、健康专题医院、两性话题、情感故事、幽默笑话……

当这本杂志被女工翻阅时,呈现出某种古怪的状态:女工的身体经过工装、微笑、厂规的联手塑造,已趋于驯服;而她们手中的封面女郎,其身体却是不驯的,充满欲望、挑逗和放荡的暗示;但在这两者之间,并非彻底地割裂,而是相通互补。人在工厂服从机器后,变成机器的一部分,工作紧张、单调;工作之余,人便竭力渴求生理满足,于是,大多数现代人过上了一种可怜的生活:摇摆在机器与动物间。

翻开一页:意外怀孕的少女阿丽,通过健康热线×××找到了××医院意外怀孕救助中心,最终,在医生的救助下,不但解除了意外怀孕的烦恼,还打开了心结。原来,让阿丽第一次怀孕的男友,是她在KTV认识的(在这样的故事中,类同KTV的地点还有录像厅、夜总会、酒吧、发廊),两人发生了性关系。当得知阿丽怀孕后,男友不告而别,这件事严重影响了阿丽的生活观念,从此,她便以不断更换男友的方式折磨自己,变得玩世不恭,并且做爱不采取任何防范措施。阿丽已做了6次人流。所以,医生不但抚平了阿丽身体上的伤痛,更帮助她树立了正确的性意识。

离开这家电子厂后的第二天,我按照杂志所示的地点找到了这家女子医院:大厅空荡,墙壁上挂着粉红招贴画,营造出温馨氛围;免费挂号后,填了单子,被文员领着去二楼。大理石地面整洁,没有来苏水的味道,没有喧嚣,无须排队,这里像个豪华客厅,宽阔的长沙发上,躺着个女孩(刚做完手术?),身旁的男孩黄发,在看电视。我被领到医生办公室。医生是个女的,微胖、细眼,手里握着笔,眼神冰凉地看过来,一派"我什么都知道,你放心"的模样。我陈述病情:我有些头晕……她即刻打断我,连珠炮般地发问:月经什么时候来的?上一次性生活什么时候?有没有固定的性伴侣?我赶忙摆手,肯定自己根本没有怀孕,并提示说,我脖子疼,是不是因为颈椎引发的头晕?她愣住了,拿在手中的笔停顿了下来。我能感觉她的脑子在飞快旋转。

几十秒后,她当机立断:我们治不了颈椎,你去别的医院看吧。原来,这个"专为女人看病"的医院,其实只擅长无痛人流、私处整形、妇科炎症、不孕不育……但却治不了女性眩晕症。

输液室里很安静,只有一个女孩在打吊针,十八九岁模样。我低声问她,是不是做了人流?她点点头。我问她花了多少钱,她皱着眉头说,好多。然后,脱口而出:你千万别来这个医院,他们好黑……还没说完,护士来轰我:不打针的到外面去。

我在楼下等了半个小时,看到女孩出来,上前询问:你到底花了多少钱?她说,本来选的是999元的,一上手术台,便通知要做检查,各种不同的检查做完,一算,9800元。她和男友虽然目瞪口呆,但也没办法,只好找工友借。我问她何不到公立医院去,她说,杂志上说这个医院环境好,便宜。

来自《虎门镇异位妊娠与生殖健康知识调查》的报告显示:虎门医院曾对496位异位妊娠(宫外孕)患者进行问卷调查(85%为非户籍流动人口,年龄在16—45岁间,初中以下文化程度者占91%),其中,77%的异位妊娠患者,同时患有生殖系统感染,20%的患者有过两次以上的人工流产史,虽然41%的患者知晓人流有害,但只有16%的人知道生殖系统感染容易导致异位妊娠。

故而,人工流产并非免费杂志所标榜的那样:确保手术绝对安全,确保真正无痛、无副作用……调查结果显示:人工流产容易导致妇女生殖系统受感染,致使异位妊娠呈上升趋势,将严重威胁妇女身心健康,甚至会危及生命。

5. 恋爱和上学

无论乔小雨的后勤管理工作搞得多么细致,总会有疏漏。面对茅草丛生的性问题……她,如何通过管理来捋顺?

听说,有男工会同时交两个女友?我盯着她看。

这种情况……哦……她面不改色:是有的,但不多……

她的回答令我惊诧。我原以为她会回答得更含蓄,或者,干脆拒绝回答,可乔小雨却表现得无比坦白。电子厂里男女比例失调,导致女工很难找到男友,故而引发出系列问题。乔小雨从胸腔里重重地喘出一口气:我真想,全招女工……但她马上进行否定:那样也不好。

女工经常会因痛经而晕倒在车间,这种情况在夏天很频繁,一个月会发生两三起;也会发生在赶货时(越是急,越出问题)。晕倒的女工脸色煞白,嘴唇没有血色,浑身颤抖,被抬了出去后,生产线被迫出现短暂的停顿。这是所有女工,都将会遇到的问题:月经时间和工作时间的冲突。尽管规训成功地控制了女性时间的大部分,但是,女性月经来临的确切时间、痛经的程度,以及引发的愤怒,都无法精确预见,而工作时间却刻板而僵硬,当它们发生尖锐冲突时,会引发女性晕厥。除此,经前综合征、痛经、产假、各类妇科病等,都是令工厂头痛的"女人问题"。即便女人如此麻烦,乔小雨还是不喜欢男工。她对男工的容忍,完全站在工作效率的角度。她的思维是工业时代追求效益最大化的思维:如果都是女工,会让女人感觉绝望,工作效率反而更加不高。

乔小雨不是粗陋的管理者,留学的见识,过来人的亲历,都让她深深懂得:女工对情爱的需求,远远强烈于男工。男工可以通过各种渠道排解性饥渴(看色情片、找廉价性工作者);而女工的情感诉求更复杂:她们不仅需要性伴侣,更需要情感伴侣。而这个问题,哪里是一本充满商业味的免费杂志所能解决的?

后勤主管和车间主任,是让工厂顺利起飞的一对翅膀。单抓业务是不行的,毕竟,干活的是荷尔蒙旺盛、脸上喷痘痘的年轻人。他们远离家乡和亲人,告别了过去的生活方式,置身于全然陌生的环境,对异性的渴求,更强烈灼烫。忽视了这一点,简直像面对大海,只知道它很平静,而不知道会发生海啸一样愚痴!

下班时,从车间里涌出的人流,呼啦啦,像体育场或电影院的出口,不让她们恋爱,根本不可能!厂里对此有明确规定:不允许男女在公众场合拉手、搭肩;不能因恋爱而妨碍工作。前一条好办,一个人走在前,一个人走在后即可;而后一条,几乎算得上暧昧:怎样叫妨碍?怎样叫不妨碍?那些热恋中的男女,即便手里在干着活,也无法抑制住强烈的思念情绪。

一切都和以往不同。过去的国营大厂,生老病死全由工厂包,工人享有农民望尘莫及的特权地位,他们不仅为国家工作,且工作是终身制,并享有住房、医疗保障;而现在,工人和工厂的关系皆发生了深刻改变,掌握资本的新老板雇用劳动者,其劳动是临时性的,可以随时被更低价格的劳动所代替,打工者的流动性极强,工厂只追求效益最大化,不会考虑工人的情感需求。

即便结婚的事顺利解决了,孩子上学,则是一把横在打工者心头的刀。进当地的公立学校(学费和书本费全免),几乎不可能:没本地户口;进私立小学,一学年花五六千,相当于三个月工资。私立学校教师的流动性很大,存在很多问题,但对家长来说,这是不得不如此的选择。

我曾在一家文具店里买东西,看到柜台前的桌子上,有个穿校服的孩子在写作业,便忍不住夸他认真。他的父亲翘起嘴角,冷笑道,认真也没用,还是考不上好大学。这个五年级的男生说:老师上课就是随便讲讲,然后让大家看书,他拿出根青瓜(黄瓜)来,开始大嚼。我目瞪口呆:在课堂上!当着学生的面!

乔小雨的女儿11岁,在市区上住宿私立学校,周末回家,一年学费3万。两年前,孩子刚住校时很不习惯,一打电话就说耳朵疼、脖子疼,要回家;现在,自理能力提高很多。她对女儿很严格,成绩稍有下滑,便找老师补课,两小时100元。女儿身体弱,就让她参加了跆拳道班。

对一个月靠加班才能拿到两三千的普工来说,无论是免费的公立学校,或质量好的私立学校,都不可能,只能选择质量一般的私立学校。第二代的差别,从进入不同学校的那刻起,就已开始凸显。家境差的孩子,要靠自己用脑袋撞墙,才能撞出个辉煌未来。

告别乔小雨后,我向车站走去,阳光扑面而来,眼睛一阵刺痛。

回头看,那个外表颇具现代色彩的电子厂,慢慢地变小了。

结　语

在工厂的日子,是一连串的因果链条,没有什么人会对女孩子们夭折的青春负责,在她们饱满的躯体内,蕴藏着最荒凉的记忆。她们沉默着,安静而倦怠,比实际年龄还老。我和她们相遇——我看到她们在排队等饭,下班后拥出楼道,在拉线上拿起电子板,从啤机里取出塑胶品,但我无法看清她们的全貌;当工厂的大门关闭后,这幅少女群像图,渐渐变得模糊,成为某张褪色的旧照片。无论我怎么辨认,也还原不了其中的万分之一。我只能说出我所看到的那点细小和琐碎,那点微光和温暖。

(原载《北京文学·精彩阅读》2013 年第 2 期)

漫天风雪中的志愿者

汪浙成

我永远忘不了当年那两位风雪中走来的志愿者。

由于他们的到来,我这滚油浇心般的焦急和煎熬,稍稍得到了一点缓解。更主要的是,这个没有办法的办法——输注粒细胞带来的效果,很快呈现出来。曹医生第二天便看到垂危中的汪泉显现出一线生的转机,就是因为给她输注了这两位捐献者身上宝贵的鲜血——粒细胞!

第一位捐献者鄢莉莉,福建人,北大经济学院金融专业研究生,是我外甥女楠楠的校友。两人在天津南开大学时是同班同学,毕业后又先后考入北大经济学院,分别攻读硕士博士,同住27斋。这座二十世纪五十年代初我进北大时刚建成的中式女生宿舍楼,坐落在棉花地。当年汪泉妈妈在北大念书时,就住在该楼一楼一个朝西的房间,留下了我们许多难忘的记忆。没想事隔半个世纪,奇迹又发生在这座楼里。

那是个寻常的周末,楠楠正在与她导师商讨敲定博士论文题目,接到我紧急寻觅粒细胞捐献者的电话后,计划被打乱了。思维从美国石油战略立刻转移到粒细胞和O型血上。找了几位有可能成为捐献者的熟人,不是房门锁着,就是血型对不上号。正在没头苍蝇似的来回乱撞时,突然想起她南开的同学鄢莉莉,她现在正在北大读研,便发了个短信问她是什么血型?

"问这个干吗?"小鄢在回信中不解地问。

楠楠说了一遍她表姐患白血病生命垂危,正在医院抢救,急需粒细胞救命。

鄢莉莉回答:"O型呀!"

楠楠在短信中马上说:"太好了,我们找的就是O型血!"

鄢莉莉不假思索:"那好,我们这就走!"

楠楠高兴坏了,她可给泉姐找到了一位救星!

楠楠又问:"情况紧急,下午有时间吗?要先上医院检查身体。"

小鄢回复说:"没问题!"

楠楠于是叫上小郑,陪着鄢莉莉从西郊北大,顶风冒雪地赶来道培医院。这天下午,我在医院门诊室见到小鄢。她高瘦的个子,戴着眼镜,不善言辞,一副高学历女孩特有的书卷气。也许是由于过于勤奋,体质上略显单薄。她大概看出我的心思,忙解释说:

"你是不是看我太瘦了?其实,我体质是不错的,楠楠知道。"

我对她能这样迅速赶来道培医院志愿捐献粒细胞,深为感动。然后陪他们一起到办公室,值班医生按照曹医生此前的交代,向鄢莉莉介绍了人体粒细胞的知识,反复说明粒细胞其实是一种成分血,像通常献血一样对捐献的人不会造成身体上的伤害。值班医生还按规定,请鄢莉莉填写了一份志愿捐献的表格,然后对她进行了身体检查。

按照曹医生原来的计划,鄢莉莉定在后天采集粒细胞。没想到汪泉病情骤变,生命告急,不得不提前到明天。小鄢又二话没说,翌晨由楠楠小郑陪着从城外赶来。那是北京雪后的清晨,天气冷得滴水成冰,当我陪黄良来到医院时,小鄢已在楠楠小郑陪同下在七楼门诊室里打过动员针。然后去细胞分离室采集粒细胞了。

细胞分离室是一间纤尘不染的洁净小房间,配备了两台进口细胞分离机,用来分离采集治疗所需的包括造血干细胞在内的各种各样人体细胞。我们进来时,两位护士已经做好采集准备工作。她们让鄢莉莉躺在机器旁边一张床上,两只胳膊分别插着连接在机器上的两根特种胶皮管。采集开始时,分离机上的红绿灯不停地闪烁跳动,发出轻柔的催眠曲一样的嗡嗡声,让躺在床上的供者进入到一种恬静安宁的境界。一个护士在靠窗的桌前做着记录,另一个站在床边观察机器上各种仪表工作的情况。小鄢躺着的床头上方,有一特殊装置,固定着一只小小的贮存粒细胞的收集袋,在不停地上下来回晃动。只见鲜红的血,从小鄢胳膊上的一根管子里缓缓流出来,进入到机器里,通过特殊装置将血液中所需要的粒细胞分离出来,一点一滴地拦截到收集袋里,其他血液则通过固定在另一只胳臂上的胶皮管,又回流到体内。站在机器旁操作的护士轻声问鄢莉莉:

"感觉怎么样?"

"很好的呀,没什么异常。"鄢莉莉躺在床上平静地回答,然后转过脸来对我说,"你快去忙吧,医生不是还有事找你吗!这里有楠楠和小郑他们,不用你操心了!"

这天,因为要陪黄良,我把照料鄢莉莉的事托付给了楠楠和小郑。等到曹医生和我谈完话,把有关事情料理完毕,和黄良来请她们去住处吃饭时,细胞分离室已经锁门走人了,忙打电话给楠楠。没想楠楠在电话上说:

"大舅,我们现在在回北大的公交车上。鄢莉莉从医院已经直接走了,她晚上有个重要约会。本来这事安排在白天,因为要来医院给泉姐捐献粒细胞,推迟到了晚上。我也是刚才小鄢说了才知道的。我和郑丹晚上学校里有事得赶回去。"

对这第一位捐献者,我一直心怀歉疚。她顶风冒雪地把珍贵的生命琼浆留给我们,自己却悄无声息地走了。以后我不知自己忙什么竟没再见过她,也未到北大去当面道谢,只是叫外甥女代我感谢。如今,看着女儿身体一天天好起来,想起当年鄢莉莉冒风顶雪捐献粒细胞拯救汪泉的感人情景,内心会涌上一阵难以原谅的愧悔和自责!

与鄢莉莉不同,第二位捐献者黄良,性格开朗,为人热情。他在杭州航天通讯集团公司工作,有着一颗圣徒般善良的心。他与我们非亲非故,只因他姐姐黄丽与汪泉同在浙大出版社工作。那天,周庆元主任接到我的紧急求助电话后,因为双休日单位不上班,找不着一个人,更弄不清全社上百号职工中谁是O型血,急得他在办公室里抓耳挠腮,跑进奔出。

世上究竟有没有缘分我说不好,我们能够及时得到黄良救助,也有点类似缘分。

那天,正当周主任无计可施火急火燎的时刻,黄丽因为有些未了的工作,想利用双休日处理,也来单位加班。听隔壁办公室周主任打电话十万火急寻找O型血的人。乐于助人的黄丽便问他为啥要找这种血型的人?周主任说是汪泉在北京病危,急需O型血的人去输血,救她一命。黄丽马上想到自己弟弟黄良的血型是O型,立马给他打电话说了本单位同事汪泉在北京住院病危,急需O型血。黄良那天难得空闲,陪妻子孩子正在超市购物。商场里人声嘈杂,干扰很大,小灵通声音不很清晰,只听清姐姐说她单位同事病危抢救,急需O型血,也不再多问什么,像鄢莉莉一样,第一反应就是:

"什么时候走?"他在电话里问姐姐。

"救命如救火,当然是越快越好!"

"那我立即就可以走!"

周主任办事雷厉风行,当即派司机开车将黄良送到萧山国际机场,帮助办妥一切手续,登上飞往北京的班机。等这里手忙脚乱把弟弟送上飞机,做姐姐的黄丽忽然想起黄良身上还只穿着在家时穿的一件薄毛衣,姐弟俩忙得都没想起回家拿件御寒的冬装。黄丽担心弟弟在北京冻坏,特地打电话告诉我黄良御寒的服装问题。

黄良到的那天晚上,北京正下2007年第一场雪。我站在雪花纷飞的航天中心医院大门口,见他从出租车里钻出来,冻得脸色发青,汗毛直竖,忙将从铁矛处借来的棉军大衣往他身上一披,歉疚地说:"真是不好意思,这么冷天,又是双休日,让你这个南方人赶到北京来!"

"在飞机上还好,在飞机上还好!"黄良一边用手哆哆嗦嗦扣着棉军大衣扣子,一边急火火地问,"我什么时候给汪泉输血?"

我告诉他,我外甥女在学校里已找到一位捐献者,是她同学,已通过体检,医生安排她明天给汪泉输粒细胞。你赶了一天的路,很累了,晚上先休息一夜,明天上午我陪你来医院先体检。

"我体检不会有问题的!"在去宾馆的路上,黄良信心十足豪情满怀地表示,"我身体很好,可以多抽我一点血。我愿意为汪泉尽量多做点事情!"还鼓励我要有信心,相信汪泉一定会渡过难关,战胜病魔!

与黄良一起走在风雪凄迷的北京街头,尽管北风如刀面如割,我一时竟忘记严寒,一点也不觉得寒冷。

第二天清早,在道培医院七楼门诊室,曹医生按规定向黄良详细介绍了捐献粒细胞的有关情况后,拿出一份捐献志愿书请他签字。黄良朗声说:

"我千里迢迢从杭州赶来北京,当然是自愿,我还自愿要求多抽我一点血,为汪泉多做一点事情!"

后来在细胞分离室,黄良躺在治疗床上两手插着管子采集粒细胞时,还笑着安慰我不要过于紧张担心,汪泉一定会渡过难关好起来的。

采集快结束时,操作细胞分离机的护士对黄良说:"你的粒细胞质量很好。"黄良说:"质量好,那就多采集一点,好给汪泉多输一些。"

护士笑着说:"粒细胞应该采集多少,医生有要求,多了也是浪费。你不但粒细胞质量好,你这个人的心更好。好了,你可以起来了!"

正在这时,曹医生进来,护士告诉她第二位捐献者的粒细胞已抽取完毕。黄良问曹医生:"这里还需要我做什么吗?我真的很想为汪泉多做一点事情。你尽管说好了。"

曹医生说:"谢谢你,你在这里的任务已经完成了。然后你休息半天,就可以回杭州了。"

谁知在住处吃完午饭,黄良怎么也不肯再回宾馆休息。

"今天是礼拜一,单位已经上班了,"他说,"我还有许多事情,任务没做完,还是今天赶回去的好!"

我再三挽留,但黄良仍坚执己见。我看他去意已决,便同浙大出版社周主任联系回程事项。直到送他要上出租车时,黄良一脚车里一脚车外笑着对我说:

"其实,这次来北京做什么,家里的人除了姐姐,我都没有告诉,怕他们为我担心,走前旁生枝节。我和姐姐说好,暂时保密,瞒着母亲和我妻子!"说着从身上脱下棉军大衣塞在我怀里,一头钻进车内。

"路上冷你就穿着走吧!"我忙又将大衣塞回给他。

"车里有暖气,不冷!"他把大衣塞了出来,随手嘭的一声带上车门。

出租车很快汇入雪花飘舞的车流。我望着远去的车影,感觉到黄良留在大衣上的那片温暖,就这样永远留在了我心上!

在死亡悬崖上

送走黄良,回到住所吃晚饭时,接到亲友们打来的一连串援助电话:先是北京友人复华,从朋友处获知我女儿病危,发动身边亲友寻访粒细胞捐献者,并用自己当年艰辛的痛苦经历,鼓励我越是在困难时候,越要咬紧牙关,一定要把自己两条腿站得直直的。让人家看了感到精神没倒。还写了一首充满激情的诗送给汪泉,祝愿她渡过难关,战胜病魔!

复华侄女小刘,受长辈嘱托,来电话告诉我,已为汪泉找到一位捐献者,正在进一步落实中;汪泉单位驻京办事处工作人员小徐,接到社领导电话指示,不顾风雪严寒,多方打听,积极奔走,在北京也为我们物色到一位志愿捐献者。最感人的还是我母校的同学们,外甥女婿小郑在北大网站上发了一篇为拯救病危中表姐急需粒细胞的短文,内中提到我和温小钰都是老北大人,立即有许多帖子纷纷跟上来,踊跃地表示愿意捐献粒细胞。有一个刚从血站输完血回来的同学,看到后马上与小郑联系,表示愿意再输一次血。电子学博士生吴琳,与小郑同住一楼,从网上看到急求粒细胞的告急信后,与小郑联系好,决定第二天上道培医院来做体检。母校同学热情救人捐献粒细胞的情景,让我和小郑感到热血沸腾,感激不尽!

一度让我一筹莫展的粒细胞难题,在单位领导和众多亲友的热心帮助下,就这样快地得到了解决。更没想到的是,粒细胞带来的治疗效果,在汪泉身上很快便显现出来。

第一位捐献者鄢莉莉的粒细胞是12月9日傍晚输入汪泉体内的。仅仅过了十八个小时,也就是第二天午饭前,当我还陪着黄良在细胞分离室刚抽取完粒细胞时,曹医生进来了,顺便交给我一份刚检测出来的血象不错的汪泉血常规报告。

曹医生说:"尽管这是外援的结果,但有这样的血象,总比原先一点不设防的空城要好。特别是汪泉的白细胞,前天只有90,昨天周大夫告诉我是290。现在,第一次粒细胞输入后,立刻增至2000多,这让我看到了一线光明!"

平时不苟言笑的曹医生,脸上终于浮现出一缕难得的笑容。这是我们到医院三个月来第一次看到她笑着说话,使我精神为之一振,如同在水中挣扎已久的溺水者,见到了身边一根救命稻草。

我忍不住冲口问道:"那汪泉现在病危的警报能说解除了吗?"

"还没有,危险仍然有可能随时发生。"

刚抽完粒细胞从床上站起来的黄良说:"既然粒细胞作用这么好,为什么不多抽我一点?也好多输给汪泉一些!"

"这个我们有规定,多了也是浪费,没有用。"曹医生向黄良解释,"你多次要求,精神让人感动,谢谢你!"又安慰我说,"您年纪大了,别太紧张,注意自己别倒下。目前,汪泉只要其他指标不再往坏里发展就没问题,今天她肺里的锣音就减少了些,说明输送粒细胞这个办法,对她还是有效的。"

曹医生的判断完全正确。

第二天下午,我和小郑陪第三位捐献者吴琳做完体检,见曹医生从走廊那头过来,上前问她:"吴琳体检完了,什么时候来医院采集粒细胞?"

曹医生想了一会儿,说:"等通知吧!昨天下午,杭州来的那位粒细胞输入后,汪泉白细胞从两千多猛增到八千。"

"怎么一下子增加这么多!"

"因为粒细胞质量高嘛!"曹医生说,"不光是白细胞,还有血小板和血红细胞。昨天,我们并没有给汪泉输送血小板,但仍稳定在九万左右,血红细胞也还是九克多。如果说,昨天让我看到的还只是一线光明,那么今天可以说,已经是一片亮色了!"

听了曹医生的评价,我心里一阵高兴,连忙说:"谢谢曹大夫,谢谢……"小郑在一旁听后也很振奋,跟着我连声说"谢谢"。

但曹医生打断了这一迭连声的"谢谢"。

"现在还不是谢的时候!"她郑重地告诫说,"目前汪泉并未脱离危险,她仍处于昏迷状态。"

我关切地问:"她要怎样才算脱离危险?"

曹医生说:"目前她一个是肝昏迷,还有一个是肺部的感染,仍威胁着她的生命。上午陆院士和吴大夫一起给汪泉做了检查,仍然要我们随时注意她身上危险的存在,多给她来回翻动,避免她肺部受压迫留下后遗症。这样,需要你们再请一位生活上的护理员。目前舱里我们已经为她安排了一位特护,但那是医疗上的专业护理。另外再增加一个生活护理。这样,两人在她床前一边一个,帮助汪泉来回翻身。"

我问:"吴大夫不是在美国开会下周才能回来吗?"

曹医生说:"是临时回来的,明天她还要走,她也是放心不下汪泉的病!"

我心里热乎乎的,没想到医生们对汪泉这样尽心尽责。后来,当汪泉快要出院回杭州时,吴彤主任谈起当时的抢救情景,说那时她在美国开会,每天在互联网上与曹医生保持着联系,讨论磋商汪泉的抢救治疗问题,拼命给治疗小组打气。再三强调只要汪泉肾功能还正常,尚未受到影响,哪怕肝脏不行了,也还可以通过置换血浆来做最后的努力!

送走吴琳和小郑,我去航天医院护理服务中心聘请生活护理员,并约定第二天一早在道培医院八楼电梯口见面。回住所路上,我打电话给杭州住院的小楼,询问她近来肋骨骨折治疗的进展情况。她说伤痛开始稳定下来,但愈合情况还要拍个片子看看。问及汪泉抢救的情形,我简要地向她说了一遍。腹背告急的狼狈情况,总算有所缓解。

第二天,12月12日,也就是输送粒细胞后第三天,我按照曹医生的嘱咐,把聘请的生活护理员带到层流室门外与刘蓓护士长见面,交代清楚后又上办公室向曹医生通报生活护理的事,正要转身出来,曹医生喊住了我:

"请等一等,给你说个事儿。"

看着曹医生不苟言笑的表情,我不由得又有些紧张。没承想她连忙笑着声明:

"别紧张,是好事。从即日起,你们可以恢复给汪泉送饭了!"

我因为连日来头脑里已被汪泉病危的信息填塞得满满的,一时间转不过弯来,自言自语地又问了曹医生一遍:

"你是说可以给汪泉送饭了是吗?"

曹医生笑着点点头说:"是的!"

不知是自己心理作用还是真的这样,我觉得今天曹医生说话一反平时的严肃,就连声音也从未这样和蔼亲切过。

"这可太好了,我马上回去告诉汪泉姑姑,我们今天就送!"

我大概过于兴奋,可着嗓门大声说着,惹得办公室里的医生都向我投来讶异的目光。

"不过食物要做得软和些!"曹医生细心地叮嘱说,"最好做些流质或半流质的食物,像蛋羹米汤一类。因为汪泉几天没进食了,靠营养液在维持着,肠胃功能比较虚弱。另外,还得麻烦你转告昨天来体检的那位北大同学,可以不必再来了,谢谢他!"

"这么说,汪泉粒细胞可以不必再输了?"我问。

"是的,粒细胞可以不必再输了。"曹医生说,"她今天的情况,比昨天又上了一个台阶。胆红素十天来第一次出现下降,从256降到205;体温也开始恢复正常,肺部锣音继续减轻,还能够跟人进行简短对话。所有指标都在向好的方向发展,比我预想的要好得快。但是,危险期仍然尚未过去!"

谢天谢地!这些日子以来一直提在喉咙口的那颗做父亲的心,现在总算可以往下放些了。输送粒细胞三天来,我每天守候在医院向曹医生或当面或电话地询问有关汪泉的病况,连自己都记不得一天要问多少回。后来我们比较熟了,问曹医生那时是不是有点烦我们了?她说,这些我们当医生的都能理解。医生其实也乐于把好消息及时告知病人家属。

输送粒细胞三天来,汪泉的病情一天一个样,一天比一天见好,这要归功于粒细胞,归功于粒细胞捐献者,归功于医生们的正确决策。在关键时刻把汪泉从死亡边缘拉了回来!

初出阴影

倘若按照时间计算,与汪泉相隔也才七十二小时,但在精神上,心理距离就无法计算了。现在,一度远行的人终于又回来了,我们又能相见了,要给她送去中断三天后的第一顿饭,我和她二姑姑都格外兴奋。

这天,我和环妹早早来到八楼电梯出口处等候。与汪泉同一批进舱的病人的家属看到我们又出现在送饭队伍里,都亲热地围上来纷纷慰问,说大家这些日子看我们神色阴沉,都在心里替汪泉捏着把汗,并早早把视频让出来,让我们比规定时间提前见到了汪泉。

当我和环妹屏声息气,瞪大眼睛在视频上第一眼看到汪泉,有种恍若隔世的茫然。也许是因为她从我们不知道的另一世界的大门口上回来,经历过人生阴阳两隔的劫难,也许是因为她模样改变得过于厉害。原先那张轮廓清秀的脸,由于脑袋上毛发褪尽,面目浮肿,成了方头大脑的怪物。那备受折磨的气息奄奄的病态,和一动不动死鱼般的眼睛,比我在道培医院走廊上第一次看到的那些病人的样子还要吓人。因为经历过这场大灾大难,失而复得,心里多了一份先前不曾有过的怜惜!

汪泉身上插着管子躺在床上艰难地吸氧,站在床边的生活护理员把话筒凑在她嘴边与我们通话。通话过程中,我明显感觉到她存在着语言障碍。

"小泉,爸爸和二姑姑来看你了,你听得见我们说话吗?"

过了半天,话筒里才传来一声含糊不清的应答声:"听……"

"你今天感觉怎样,比前两天好一点吗?"环妹问。

"好!"

我说:"这些日子大家都很关心你、惦记你,你们出版社徐总来电话慰问你,宗文龙老师也来我们住的地方看望,给你送来了慰问金。还有复华阿姨、谷应阿姨和我们作协的领导,大家都在电话上向你表示慰问,希望你快点好起来,回到大家中间!"

"哦!"

问她一些问题,大多只能用单音节的词应答着,说不了完整句子。但意识却是清楚的。正在通话时,送进去的蛋羹米汤经过消毒处理送到病房来了,生活护理员站在床边开始喂她病危后的第一顿饭,只见汪泉的大脑袋在枕头上转来转去,感到有点不解,床边怎么多出两个人来?一会儿瞧瞧站在这边的专业特护,一会儿又看看站在另一边正喂她吃米汤的生活护理员。米汤总共吃了二十多匙,蛋羹大概因为是鸭蛋,有点异味,口感不佳,勉强吃了两匙,便摇摇头不想吃了。

这就是从死亡边缘抢救回来的女儿!终于亲眼目睹了她的容貌,亲耳听到了她的声音,还看到她又能重新进食。高兴的同时,也强烈感觉到,刚刚过去的这场生死劫,仅仅几天工夫,对她身体的摧残真可谓是触目惊心!

两天以后,移植第十四天,上午十时左右,我打电话给曹医生了解汪泉情况。自从女儿病危以来,这几乎成了我每日的必修课,因为这个时候,医生们大都已忙完查房,稍空闲一点,既了解了病人当日的最新情况,又有时间可以接听电话了。

"汪泉今天已经能在床上坐起来了!"曹医生在电话里说,声音里透着一丝抑制不住的欣喜,"血象稳定,白细胞5500,血红蛋白8.7克。对一个移植刚刚两个星期的病人来说,能有这样的血象相当不错了!"

"会不会是外援的缘故?"我小声问道。

"外援活不了这么久!"曹医生断然地说,"汪泉上个月30日回输,9日病危,最后几天借助于人体粒细胞抗感染,帮助她渡过难关,到今天恰好是第十五天,无论从理论上还是实际治疗效果看,一切都按我们预想的发展着,说明供者造血干细胞在她体内已经植活,开始复制,这些是她机体自身生长起来的。当然,血小板少了一点,不到30000,但这与她目前正在服用抗生素有关。肺里也还有一点轻微的锣音,这些都需要有个过程。胆红素继续直线下降,到今天只有80了。各种症状都在向好的方向发展!"

"那么到目前为止,汪泉是否还有生命危险?"我急切地叮问了一句,因为这是让我最纠结的问题。

"危及汪泉生命的可能性,现在看来应该说不大了!"

我又重复问了一遍:"这样的话,是否可以理解为汪泉病危已经过去了?"

"可以!"

曹医生表态的声音虽然不大,但落在我心上,那震撼力就如同汪泉当年爬阳台时,跳落在地上发出来的那咚的一声!

几天来一直悬着的心终于回落到了它原来的位置。

"谢谢,谢谢曹医生!"我觉得自己声音都激动得有点颤抖了。

放下电话,一屁股坐在木头沙发上,那放松的感觉就像长途跋涉的旅人,霎时间放下了肩上的重担。

一直在旁边听我给曹医生打电话的环妹,这时小声地嘟哝了一句:

"大哥,这回你该去航天医院做肠镜检查了!"

一条花钱最多时间最长风险最大的治疗路线

白血病可怕,除了本身治疗上的复杂,还由于移植过程中几乎无法避免的并发症。最常见的,一是移植物抗宿主病,俗称排异;另一个是感染,都是造成死亡的重要原因。而治疗这两种并发症的药物,却又彼此掣肘,相互干扰。治疗排异的药物,不利于患者抗感染;而抗感染药物,又影响排异,让医生很是棘手,常常陷入顾此失彼的境地。

汪泉移植不久,只是轻度排异,但感染却十分严重,一直困扰着她。第一次病危过去不久,曹医生在舱内发现她说话舌头不灵活,有点僵硬,转不过弯来,看东西视力有些模糊,好像存在复视现象。还出现记忆障碍,问她父亲的名字,倒还能回答上来,但问父亲手机号码,只能记得尾数五个阿拉伯数字,前面的数字想了半天也想不起来。再问她家庭住址,回答说杭州。若再问杭州哪儿,具体住址就记不起来了。问她舱内值班护士小郑叫什么名字,她说不上来。曹医生告诉过一遍,过一会儿再问,又忘了。说明汪泉远记忆尚可,近记忆却一片模糊。

曹医生认为,肝昏迷后病人不应有这种临床症状,怀疑她颅内有问题,立即与航天中心医院放射科联系,对汪泉颅腔和两肺进行了一次 CT 检查。

第二天午后,我正在层流室外等候消息,见吴彤主任涨红着脸,急匆匆从七楼楼梯上来,在处置室里向刘蓓护士长要无菌服。她刚从美国参加完学术研讨会回国,途中在上海应邀出席上海道培医院挂牌庆典,顾不得回家,从机场直奔医院来了。

我一见到吴主任忍不住高声欢呼起来:

"真是盼星星盼月亮,终于把你给盼来了!"

吴主任安慰我说,她在美国开会期间,每天与曹医生在网上保持着联系。汪泉的情况,她们事先都已估计到了,劝我别太紧张。说完便进层流室换衣看汪泉去了。

这时手机响了,曹医生叫我去趟医生办公室。原来,汪泉

CT检查结果出来了。我进去时,曹医生站在灯箱前正在逐张地检视片子。

"哈,简直是个奇迹!"曹医生惊叹说,"这么大面积的感染,还能捡回条命来!"

然后,她指着片子为我一一指点汪泉颅内和左右两肺上的感染病灶。

"颅内总共有四五处之多,主要在汪泉左脑。"她指着片子上一处豆粒大小的病灶说,"但右脑额颞部位也有两处,这里,这里。"她在另一处图像上又重重点了两下,"除了颅腔,两肺的感染也很严重,右上肺几乎全都感染了,还有这里左肺中间。"她在一张肺部的片子上画了个圈,又在另一处肺部影像上点了两下,脸上流露着既讶异又欣慰的神情,"这样严重的感染病人,我们过去虽也遇到过,但大都只是一处,或者是肺部,或者只是颅内。像汪泉这样同时两个地方都大面积感染,真的还未碰到过。现在,需要再观察几天,看看她排异情况。如果排异严重,这就很讨厌了,需要我们在三条战线上同时作战,面临彼此掣肘的棘手局面。所以目前的情况是,我们把汪泉的命算是给抢救回来了,但下一阶段能不能保得住,还是个未知数!"

才放松两天的心情又开始紧张了。

"你前两天不是说,危及汪泉生命的情况已经过去了,现在怎么又严重起来了?"我有些不解地问。

"你误会了,我并没说汪泉又严重起来。"曹医生重申了一遍自己的看法,"她总体情况没有变,仍在向好的方向发展,主要是看她感染能不能得到控制。从理论上讲,对于颅内的感染,由于一般抗生素难以穿透血脑屏障,效果不会很理想,需要改用伏立康唑。可光这一种药,每天药费就得三千元左右,连续输注三个月,算是一个疗程。这是自费药,费用全部要你们自己负担。只是目前还不敢用它,得等汪泉肝功情况好一点以后才能上。另外与它组合的抗真菌药卡泊芬净,费用也很贵,不过这倒进了医保,但自己还需负担一部分。除了这两种主要用药,还有其他抗排异的药。这些费用支出,你们要有个通盘考虑和权衡。汪泉今后在治疗上,是一条花钱最多、时间最长、风险最大的治疗路线!"

曹医生这番话如同一阵龙卷风,把我这几天来在心里慢慢蓄存起来的一点轻松感和喜悦感,顿时扫荡得一干二净,无影无踪。治病的前景倏忽间又暗淡下来。

"曹医生,为了汪泉的病,这些日子以来我真是满腹愁肠,天天晚上睡不好觉。现在,你们把她从死亡边缘救回来,千万不能半途而废呀!"

"别说是你,我也几天没睡好了!"曹医生坦诚地说,"我刚才的话,算是给你吹吹风,让你有个思想准备。至于眼下,我们当然会尽最大努力,保住这个好不容易得来的成果!"

这天送完晚饭,我在视频前拨了好久才拨通十二号病房的电话,可接电话的不是汪泉,而是护士小郑。

我问:"汪泉怎么又不能接听电话了?"

"她说她不想接,"小郑护士说,"她头晕,没力气说话。"

我说:"听曹医生讲,汪泉这两天情况好一点了,怎么电话也接不了啦?!"

小郑说:"好是好一点。但她身体很虚弱,一直腹泻,上午拉了一次,下午却拉了七次,还有肚子痛,弄得她一点胃口也没有。中午送来的粥只吃了两口,萝卜丝汤喝了一点点,就感觉恶心,都吐掉了。晚饭到现在还没有吃……"

"这些情况医生知道吗?"

"吴大夫和曹大夫她们都来看过。"小郑说,"曹大夫说,汪泉腹泻可能是药物引起,也可能是功能紊乱,在用药上已做了调整。"

在我和护士通话过程中,汪泉一直一动不动躺着,又像上次病危时处于昏迷状态的样子。照她脾性,但凡身上有点力气或者情绪什么的,绝不会这样消停,这样闷声不响躺在一旁,可见情况不容乐观。

这时,舱内发生了一件事,与汪泉同时进舱的十五号病人小史去世了,更加剧了我们的紧张心情。

那天中午送午饭时,发现汪泉剩回来的早饭基本没动,心里很是压抑。在洗手间清洗好饭盒后,觉得很累,坐在处置室门外灭火器箱上歇息。那些日子,由于汪泉情况一直不好,有事没事,我常常守候在这里。心想,万一汪泉在层流室里有什么意外,也好随叫随到,觉得比在临时住所要心里踏实一些。

送午饭的人陆续回去了,过往的人也少下来。我坐在灭火器箱上,凝视着手里的空饭盒,想到汪泉吃不下饭,心里很无奈,一时又想不出办法。偶一抬头,发现对面墙上的视频一直定格在十五号病室,再定睛一看,房间里已人去床空,垫褥卷起,堆放在床上。一阵不祥的预感倏忽间攫住了我,身上不由得一阵寒战:难道小史他走了?!

正这样疑惑着,十三号家属小常从走廊那头过来。她和小史家属小杨平时比较接近,两人爱交流点病号饭的制作经验什么的。一打听才知道真是这样。小史昨晚开始,病情恶化,呼吸系统衰竭,至半夜抢救无效病故,人在清早已经拉走了。小杨的悲痛是不言而喻的。印象中,在与汪泉同时进舱的这批病人中,数小史身体壮实,心态也好,在舱内老见他坐在床上摆弄电脑,一边通过电话与年轻的妻子商讨着下一顿最好做些什么可口的饭菜。小杨性格开朗,这次丈夫住院,把这几年来北京打拼的积蓄差不多全都搭上了,但她精神不倒,总是乐呵呵地对我们这几个同病相怜的人高声大嗓地说笑。今天说这次看病,家里老公平时开的小车已经卖了。再过些日子又嘻嘻哈哈声称,房子的一半也已不属于老公和她了。似乎不曾见她愁眉苦脸过。我很羡慕她的状态。前两天,我在给层流室护士长刘蓓缴专业特护费时,护士长对我说,十五号病人情况危急,提出要将汪泉的专业特护调去支援,舱里实在人手不够,再也安排不出其他专业特护人员,希望我们能照顾一下。我问曹医生什么意见?护士长说,已经问过曹医生,她表示可以。哪里想到,特护调过去支援没两天,小史就离开大家走了!

小常说:"听小杨讲,主要还是小史移植前未能缓解,他白血病细胞当时高达70%!"

看来未缓解移植,这华山一条道的风险确实很大。

小常神情紧张地对我说:"我真是害怕死了,今天早饭也吃不下,一直在层流室外转悠,担心我老公。他也是没有缓解就移植,进舱前癌细胞还有40%!"

听小常这么一说,我心里更是阴云密布。像小史这样身体壮实的移植病人,说没就没了,更何况汪泉,她自身其他条件都不如小史,风险当然更大。我这时才真正体会到移植前曹医生那次谈话中说的"华山一条道"的涵义。白血病细胞未缓解的患者,移植固然是唯一出路,此外别无选择。但这不是一条普通的路、寻常的路,而是治疗上的华山一条道,崎岖曲折,陡峭险峻,处处暗藏凶险。汪泉同一批进舱的十七名病人中,未缓解移植的三人,汪泉最先拉响病危警报,接着是小史病危,未能抢救过来走了。剩下小常的爱人,当时的情况应该说是三人中最为稳定的。但后来汪泉出舱不久,医生也给小常下了病危通知书,同样经历了一番生死考验,幸好后来有惊无险,闯过来了。

当时在得悉小史病故后,我越想越怕,顾不上回去吃饭,上主任室找吴彤主任,想听听她对汪泉目前的评价。

"我吃饭前刚在舱里看过她,"吴主任平静地向我介绍说,"汪泉总体情况还好,生命体征的各项指标也还正常。至于肺部和颅内的感染情况,曹大夫已将片子给我看过,这样大面积的感染,以前我们医院虽也遇到过,但那只是其中肺部一处。现在汪泉除了两肺,还有颅腔,而且两个地方又都是多处感染,情况确实相当严重,出乎我们当初的预料。"

"吴主任,我们从杭州千里迢迢来北京,就是投奔你们来的。你们千万可要想想办法救救汪泉。我们到后第二天,陆院士不是表过态,不会让我们失望回去吗!"

"不瞒你说,对汪泉,一直以来我们就在做着十分重要的努力。"吴彤主任平时说话虽很和蔼温婉,但很有分寸。这里,她对自己和曹医生乃至包括陆院士在内的在治疗汪泉上所付出的努力,用了"十分重要"这个定语,使我感受到这份"努力"的分量。

"要不然,汪泉到不了今天!"吴主任坦言,"你年纪大了,不要太着急,我们一定会继续努力的。至于费用问题,我们设法去搞点申请,但这比较慢,况且数量也不会很多。你们自己要抓紧筹措,以免到时由于经济问题而出现什么意外。让我们共同努力,把这个问题解决好!"

回到住处,越想越觉得汪泉的情况让人忧虑。无论吴主任还是曹医生,都认为汪泉目前这种大面积多处感染的情况,是出乎她们的意料,是她们病人中以前不曾有过的。能不能得到控制,两位医生都没有把握,既没说行,不过到目前为止也没说不行。她们在争取向好的方向发展。

那么想要跨越眼前难关,患者自身能做些什么呢?我想,关键还是要增强自身体质,提升免疫功能。然而在这紧要关头,汪泉却腹泻不止,不吃东西,只有消耗,没有补给,这很让人焦急!

许多病友向我们介绍经验,移植后身体消耗很大,急需补充营养,常常强迫自己进食,不想吃硬吃,吃下去吐了,吐过再吃;反复吐,反复吃;吐一口,吃三口,使恢复身体所需的营养得到及时补充。饮食决定移植成功,这是战胜白血病的一条重要经验。

汪泉进舱前,我们反复谈过这个问题。现在她好几顿没吃东西了,必须再一次提醒她,可眼下她连电话都接不了,有什么办法把我的想法传递给她呢?想来想去,我忽然想到,如果把这意思写在一张小纸条上,请人设法送进舱去交给她。可我一个外地人,在医院人生地不熟,谁能帮助我实现这个愿望呢?

我于是想到检索医生小张。这是一位富有同情心的年轻女孩。她工作细心负责,不怕烦难,为汪泉找到了一位全相合的供者。她很同情我和我妹妹这两个全道培医院陪护人员中年纪最大的病人家属。她曾对人说过,像我们这样年纪的人,本应在儿女照顾下,在家安度晚年,现在却背井离乡,来北京照顾女儿。每次看到他们在医院神情紧张忙进奔出,心里怪不是滋味的!由此揣测,若我冒昧地请她帮忙,即便拒绝,也不会让我十分难堪。

于是这天晚上,我在住处写好一张小条:

我坚信你一定不会忘记进舱前我们常说的一句话:吐出一口,吃下三口,好运就在前头!

　　　　　　　　　想你的老爸

　　第二天上班时,我上医院九楼行政办公室找到小张医生,谈了自己的想法。果不其然,她听后表示理解,愿意进层流室去为我一试。我将写好的小纸条交给她后,一整天心里惴惴不安,等着这件事的结果。

　　快到下班时,小张医生的电话来了,说她刚从层流室出来,已看过汪泉,但字条未能交给她。因为医院有规定,不能进到她房里,只是隔着玻璃窗大声地把字条上的内容对她念了两遍。小张医生说:

　　"我确信汪泉听见了,而且也听懂了。因为我刚一念完,她眼泪就哗哗地流了下来。"

　　"谢谢,谢谢你,这就足够了!"谢过后,我又感到有点不满足,忍不住问她,"汪泉没对你说些什么吗?"

　　小张在电话里说:"没有。她看上去确实很虚弱,没力气,反应也有点迟钝,人肿得走了形。我第一眼竟没认出她来。听曹大夫的意思,过两天可能让汪泉出舱,您见到她时,要有个思想准备!"

惊心动魄的卷土重来——再次病危

　　汪泉第一次病危在舱内,由于无法进入,视频也被切断,我和环妹都未曾亲眼目睹;她第二次病危却在出了舱后,那触目惊心的情景,至今仍清晰如初。

　　12月19日,医生通知汪泉出舱。她从11月20日进舱,30日回输,12月9日病危抢救到出来,在舱内共待了二十九天。出舱前一天,当曹医生把这个决定通知我们家属时,我丝毫也感觉不到高兴,甚至心里还有点想不通。

　　按常情,病人进舱移植固然是件大事。但进舱如出征,胜败未定,包括医生在内,谁都无法逆料。现在,生死未卜的亲人像孙悟空在太上老君的八卦炉里,经历过一个月的烈火锤炼,全须全尾出来回到自己身边。对这阶段性成果,应该高兴才对。可汪泉情况特殊。她刚经历生死大难,好不容易捡回条命来,目前身上又多处大面积感染,能否保住这条命还是个未知数,需要再观察几天。既然如此,何不让她在舱内无菌环境中多待上几天,等病情稳定后再出舱,岂不更安全保险?!

但曹医生说:"感染除了侵入性细菌,还有内源性的,舱里环境并非绝对保险。让汪泉出舱,主要是考虑到她在舱内与外界完全隔绝的状态下,已生活了将近一个月,需要与亲人接触,给她在精神上某些鼓励和支持,这有利于她渡过目前的难关。"

既然这样,我们自然要积极配合。那天上午,我和环妹一上班便等候在层流室门口,一直紧闭的玻璃门突然开了,汪泉躺在推床上被护士推出来。她身上插满各种颜色的输液管,旁边一个护士高举着输液架,另一个护士小心翼翼推着推床从里面慢慢出来。我忙迎上去,一把握住她那只空着的手,俯身叫了一声:

"小泉!"

她睁开眼睛,很陌生地看了看我,仿佛不认识似的,然后便吭吭咳嗽起来。环妹忙伸出手去,在她胸口轻轻抚摩着。

考虑到汪泉身体极度虚弱,曹医生将她安排在八楼四号特需病房。从层流室到病房,要慢慢推过长长的走廊,汪泉在车上始终没有出声,直到我和环妹把她从推床移放到床上时,不小心碰了一下她右臂,汪泉突然全身痉挛一下,哇的一声哭叫起来,头上睡帽也掉在了地上。声音之大,让在场的人都吓了一跳。

我连忙从地上捡起睡帽给她戴上,发现她光秃秃头顶的正中心,有块规整的圆形疤痕,大小如同一颗外套扣子。我问护士这伤疤是怎么回事?护士说不知道,可能在舱内昏迷时在床头上碰的。等我和环妹好不容易将汪泉安顿好,要坐下歇息,发现刚铺好的床单上洇出来一大片湿。再仔细一看,原来是汪泉小便失禁了。

等换过床单和尿不湿,护士走了,环妹回住处准备午饭去了,病房里只剩下我和汪泉,我站在床边打量起劫后余生的女儿来。

经过刚才的折腾,她大概累坏了,这会儿闭着眼睛一动不动躺着吸氧。我发现她变得那么瘦小干瘪,刚才将她移放到床上时,已感觉到她瘦得皮包骨头,而露在被子外那个畸形的浮肿的脑袋,在洁白的枕头映衬下却显得硕大无朋,看上去活像一只蝌蚪!

我心里忽然有种欲哭无泪的感觉。她从出舱到现在,还没开口说过一个字。反应迟钝,神情木然,颅内感染,肺部感染,软组织感染,从里到外,整个人改变得面目全非,就像我们居住的家园经过一场地震,满目疮痍。我反复问自己,这难道就是医生们曾付出"十分重要努力"抢救回来的女儿?如果是那样,此前在舱内的情形,就更为恐怖更为揪心了!

第二天,陆道培院士领着各科主任等一大群医生来查房,对汪泉认真地做了一番检查,再一次明确肯定,总体情况比在舱内要好,继续在向好的方向发展。但是这样大面积的真菌感染,治疗过程会相当漫长,不是按天计算,也不是按星期计算,而是要按月来计算,要我对此要有足够的思想准备。陆院士并特别嘱咐我,要当心汪泉感染并发,护理的人要每隔一小时替她翻动一次身体,防止肺部受压粘连。要千万注意肺部咳血。还吩咐我们买一杆弹簧秤,每天认真地记录下她饮水和排尿的数量。如果发现水的摄入量足够(约 1500 毫升)而排出的尿量却在减少,要立即向医生报告。

医生们查完房走后,生活护理员向我诉苦说,昨天晚上一宿未睡,汪泉每隔半小时要换一次尿不湿,半夜三更不得不又向护士买了一大包。我只好向护理员表示歉意,请她赶快回去休息,晚饭以后再过来。白天由我和环妹在这里轮流照料,她抓紧时间补补觉。

出舱后的开始几天,汪泉一直就这样迷迷糊糊昏睡着。只有当吴主任、曹医生和小周医生来病房查看病情时,才睁开眼睛,但仍像白痴一样一声不响躺着。也许是因为她表达上有障碍,说不了话,也许是由于丧失记忆,不认识医生。我和环妹则按照医嘱,轮流轻轻地按摩她日夜剧痛的右臂和左腿,以减轻痛苦;另外就是每隔一小时帮她翻动一次身体,按照医生嘱咐,每次排尿后用弹簧秤计算她尿在尿不湿上的尿量,认真地记录在护士发给的医院登记纸上;还每天在规定时间对房间和卫生间进行紫外线消毒。有时在照料她服药、喂饭、喝水过程中她睁开眼睛的时候,试着跟她说说话,想给她一点精神上的安慰和鼓励。但她听了似乎什么也不明白,只是朝我们翻翻眼睛,根本没法进行交流。

这样的情况一直继续到第三天,傍晚时分,环妹来医院送水送晚饭,换我回去吃饭。我交代完情况站起身来正要往外走,一直迷糊的汪泉突然从被子里伸出右手,举过头顶大叫了一声:

"尿尿!"

正在微波炉前忙着消毒饭菜的环妹,突然一愣,手里的饭碗差点失落在地,回过头惊喜地叫起来:

"哈,大哥,小泉开口说话了!"

我也不由得一阵狂喜。等反应过来,忙伸手到床下拿起尿盆,一把塞进被子里,但已经来不及了。尽管这天她已换过四块床单,但我和环妹却有说不出的高兴:汪泉终于开口说话了,这是她出舱三天来说的第一句话,而且伸出来又是那只剧痛的右手,说明她并未丧失知觉和表达能力!

此后几天,汪泉病情确实如医生们说的慢慢向好的方向发展。生活护理员也欣喜地反映,这几天夜里汪泉要大小便时,能自己事先喊叫,说明她思维正在一点点恢复。表达方面也有改进,能说一些简单句子,只是整宿整宿地嚷嚷:"回家,回家!""我要回家!"吵得护理员一刻都不能休息。我和环妹为此多次做汪泉的思想工作,劝慰她:

"汪泉,你不是听陆院士、吴主任、曹医生他们都说了嘛,你的情况比在舱里时要好,在向好的方向发展。等过几天再好一点,我们就可以回家了。"

"我要回家,回家!"汪泉仍闭着眼睛嚷嚷。

"你现在这个样子怎么回去法？你想想看,你现在的身体状况吃得消坐火车坐汽车吗？你要听医生的话,积极配合治疗,好好吃药,多多吃饭,把身体养得再好一点,这样才可出院回家。"

"我要回家,回家！"

我至今也搞不明白,那段时间汪泉为什么一天到晚地喊着"回家,回家",是不是这"回家"的意思另有所指？喊得我心里都有点发毛了,怎么说都无济于事。

进食情况也有所好转。此前,每次喂饭,吃到二十多调羹,便摇摇头不再吃了。现在开始有了一点食欲,食量增加,每顿饭能吃下一半去。根据这个情况,曹医生认为,汪泉正在服用的安素(营养剂),可以暂时停止了。

有一天,汪泉出人意料地向她二姑姑提出想吃清蒸鲈鱼,我们很惊喜。环妹一大早便上附近农贸市场买回条现杀的鲈鱼来,收拾干净,将鱼身中段清蒸好。这天中午,是我喂的饭,她竟把送去的一碗鲈鱼和多半碗粥基本上都吃完了。这是她出舱一周来进食情况最好的一次。我回到住所告诉环妹,她听了也很高兴,欢声喜气地说：

"小泉大概快熬出头了！"

哪想到,汪泉非但没熬出头,而是又熬来了一次大祸临头！

第二天,也就是12月25日,正当我们满心欢喜为她继续向好发展高兴时,她的病情急转直下,发生了医生们最为担心的——咳血！

平心而论,医生对难治性白血病可能出现的反复,一直不曾掉以轻心。就在头天下午医生办公室里,我和曹医生谈起汪泉近来向好的方向发展的一些表现时,她很理智地提醒我：

"汪泉的命虽说是捡回来了,但能不能保住,任务还很艰巨。我们要时刻警觉她可能出现的反复！"曹医生接着向我分析了汪泉大面积真菌感染发展的几种趋势,特别强调了要防止出现"两怕"：一怕她颅内感染继续发展,二怕肺部感染咳血。没承想这些告诫还在耳边萦绕,可怕的肺部咳血就成了现实！

事情发生在吃午饭的时候。那天,我上医院送饭,护理员兴头头告诉我,汪泉这两天晚上睡得不错,不但每次大小便事先自己能喊叫,而且次数也比以前减少。精神状态方面,除了仍吵着闹着"回家",人精神多了。我让护理员先去忙自己的午饭,然后对汪泉说:

"刚才阿姨说了,你这两天夜里情况比以前要好。不过还要等再好一点,才能回家。这样,你首先要把饭吃好,等身体养得有力气了,你、二姑姑和我,咱们三人一起回杭州!"

我一边嘴上这样说着,一边忙着饭前的准备工作,将饭盒里的西红柿炒鸭蛋和粥,放在微波炉里消毒;然后固定好安装在床边的折叠桌,摇高床头,让她头抬起来一点,免得进食时呛住;最后用酒精棉仔细地擦过勺子和桌面。做完进食前这套程序,才坐下来喂饭。

开始一切都很正常。我喂一口,她张嘴吃上一口,等充分咀嚼吞咽下去后,再接着喂第二口。大概喂到一半光景,她突然呛了一下,接着便咳嗽起来。我连忙停下,想等她咳嗽停下来再喂。谁知她越咳越厉害,非但停不下,还开始呕吐,我慌忙抓过几张餐巾纸接在手里。看她没有停下的意思,起身到卫生间拿了脸盆来接。汪泉一边咳一边吐,越吐越厉害,把好不容易喂下去的一点饭食全吐了出来。吐着吐着,突然哇的一声,吐出来一大口颜色鲜红的东西。我起先还以为是吃下去的西红柿,经辨认原来是鲜血!

我有点慌了,忙拉响安装在床头的电铃。恰好吴彤主任从门外经过,听到后立即拐进来,小周医生闻讯后也像阵旋风似的跟在吴主任身后冲进房来。这时,汪泉呕吐慢慢停下来。医生问明情况,又仔细地检视过汪泉吐在盆里的污秽。吴主任认为,这血是肺里出来的,咳血现象系此前说的真菌侵蚀汪泉肺部血管破裂所致。

"如果破裂的是肺部主要血管,"吴主任说,"病人一般会大口大口地连续喷涌,很难控制得住,这是我们最担心的。不过,从汪泉目前咳血的情况看,还只是一口一口地吐,不像是主要血管破裂,可以先服用点止血药来控制,然后再观察观察。"她随即开了肾上腺色腙片让汪泉马上服用,又令护士取了两小管汪泉吐出来的血痰,叫我立即送北大医院细菌化验室检测。这是道培医院的协作单位。吴主任交代说,两个化验标本:一是涂片,测定汪泉血痰里有无真菌;一是真菌培养,测定出哪个菌属,以便对症治疗。吴主任还特别关照:

"你年纪大了,上街当心点,千万别思想开小差。看病也像天气一样,有晴有阴,时而阴转晴,时而又晴转阴。晴三天,阴两天,是难免的。你不要有太多思想负担。"

医生前脚刚走,护理员后脚就迈进门来。她也听说汪泉吐血了。我把汪泉的情况向她交代一遍,说自己要去北大医院送化验标本,嘱咐她下午务必要多多留意,有什么事情要及时告诉医生和护士。同时打电话告诉了环妹,请她留意一下医院这边的动静。这段时间,汪泉吃过止血药后,又咳了三次血,但没有厉害起来。现在,她闭着眼睛,面色如纸,又像舱里那样气息奄奄一动不动地躺在那里。几天来的治疗成果,就此一扫而光。我实在有点放心不下,生怕不在时出什么意外,可血痰标本又不能不送,就这样忧心忡忡离开病房。

北大医院在北京城东西什库大街。早年我在北大念书时,曾来这里看过病。哪想到事隔半个世纪,如今到了耄耋之年又来这里,却是手捧女儿的血痰标本,心急火燎来化验,心中的感触可想而知。为了让标本快点送到,去北大医院本该坐地铁,可我身体出毛病坐不了地铁,打的又舍不得花钱。自从汪泉得了白血病,家里经济压力大极了,什么都能省则省,连卫生纸都改用一元八角一大包的又黑又糙的再生纸;坐出租车太奢侈了,只好坐公交车去北大医院。

这天下午,我心里一直惴惴不安,手里拿着化验标本,心情又急又躁,坐公交车来回倒车,又慢又费事,不论走在街上,在车上,还是等在北大医院细菌化验室门口取报告单时,因为牵挂着汪泉那边的情况,一直尖起耳朵留神谛听着口袋里手机的响动。

好不容易听到取报告单的小窗口里一声喊:"汪泉!"

我在长椅上像弹簧似的跳起来,喊了声"有!"冲到窗前,涂片报告出来了。我问化验室医生有无真菌。回答说没有发现。我也不知道这结果是好还是不好,扒着窗口问道:"医生,没发现真菌这究竟是好还是不好?"

"回去把报告单交给你们的大夫就知道了。"说完,嘭的一声便把小窗口关上了。

等我回到道培医院,医生们已下班走了。我猛地感到腹中一阵饥饿,记起自己还尚未吃午饭。离开医院前,去病房看了看汪泉。她依旧像我走时一样,面无血色,闭着眼睛昏睡着。护理员说,下午的止血药已经吃过,汪泉又咳过几口血,不过颜色淡了些,其他没有什么特别的情况,只是仍吵着回家。

第二天早晨,我上医院交汪泉真菌涂片化验报告,在病房里见到曹医生。她正在检查汪泉颅内和肺部的感染情况,只听她在问:

"汪泉,这回你该知道我是谁了吧?"

汪泉病恹恹地躺在床上,瞪眼望着曹医生,好像是在思索,又不像思索。

"好好想想,刚才不是告诉过你了吗?"

汪泉想了一会儿,苍白浮肿的脸上,艰难地挤出一丝抱歉的笑容,摇摇头表示依旧想不起来。这时,护士长李云霞进来将一袋盐水挂在输液架上,用来冲洗胶皮管子为输注抗感染药做准备。曹医生指着李云霞问汪泉:

"知道她叫什么名字吗?"

汪泉一脸尴尬的表情,似乎知道,似乎记不起来,突然冲口说出三个字:

"碧云天。"

"哦?说对了一个字!"曹医生不苟言笑地说,继续考问,"那么,还记得自己家庭地址吗?"

汪泉想了一会儿,犹犹豫豫地回答:"杭——州吧?"

"很好!"曹医生表扬说,"那么,具体是杭州什么地方呢?"

汪泉浮肿的脸上浮现出一片茫然的神情,无可奈何地摇摇浮肿的大脑袋。

"自己家里地址都记不得了,还吵着回家,怎么个回去法?先在这里把病治好,这样才能回家。好了,你先休息吧!"

这时,我把手里的报告单交给曹医生,告诉她还有一个真菌培养的化验报告两星期后才能出来。

曹医生很快浏览了一遍报告单。

"涂片阴性,没找到真菌。"

我问:"曹医生,血痰里没有找到真菌,是否可以认为,汪泉肺部不是真菌感染?"

"没找到并不等于就没有真菌。"她说,"真菌感染的治疗难度就在这里。从我们的主观愿望来讲,想弄清楚患者体内真菌感染的菌属,然后根据病原菌的类型,选用最合适的抗菌疗法对症治疗;但另一方面,真菌检测的手段目前尚待提高,体液标本检测和培养的阳性几率不高,只好两周以后等培养液出来再看看。不过,从汪泉目前情况看,她肺里感染暂时还没有危及到主血管,但是感染面积这么大,从痰里的含血量看,有些部位可能已经化脓,需要排泄出来。如果是这样,咳血未见得是件坏事。但如果仍在发展,演化成大咳血,就讨厌了。一旦发生这种情况,很难抢救得过来。另外,刚才检查时,听起来右肺好像已经出现积液;颅内的感染也尚未得到控制仍在蔓延。"

为了诊断准确,决定再一次对汪泉颅腔和肺部做CT检查。

两天后,情况恶化,死神的魔爪再一次伸向汪泉。

人在做,天在看

黑云压城的日子又一次朝我压来。

汪泉这次病危,与上次相距仅十天。在治疗对策上,也不像第一次只要几位捐献者的粒细胞,而是需要多种昂贵的进口药,以及随之而来的像我这样普通工薪家庭无法承受的天文数字的医药费用,一下子把我推到了命运的风口浪尖!

CT检查第二天便出来结果。吴主任和曹医生叫我上办公室商量汪泉接下来的治疗方案。我进去时,她们正在灯箱前检视研究汪泉的 CT 片。吴主任见我进来,脸色沉重地指着片子对我说:

"刚才我和曹大夫看了汪泉这次出来的全部片子。看来,她不仅肺部出血,颅内也有多处出血点。"她指指颅腔片子上几个伤疤一样的小黑点,"另外右肺积液明显,证实无论肺部还是颅腔的感染仍在发展,说明现在用的药物,效果不够理想。真菌感染的难治性,在于对检测菌种的阳性几率不高,妨碍对症治疗,成为导致白血病病人死亡的一个重要原因。所以下一步,要对汪泉用药进行调整,改上伏立康唑。这是目前国际上治疗真菌公认的顶级药物,比现在用的卡泊芬净(科赛斯)和两性霉素 B 脂质体组合能较好穿透病人的血屏障,吸收容易,效果要好,就是价格贵了点,不能进入医保,全部要自己负担,而且用药周期长,一个疗程一般为三个月。这样算下来,仅伏立康唑这一种药的费用,就高达三十万元,以后视病情还要继续用。再加上与它组合的其他药的费用,你还要准备一百万元!"

"还、还要多少?"我发觉自己说话都有点结巴了。

曹医生坦言,说:

"一百万!这个我前段时间已经对你说了,汪泉今后走的是一条风险最大费用最高时间最长的治疗路线。你现在需要通盘衡量一下,倘若你们在经济上没有这个能力,前期投入等于白浪费,钱都打了水漂了!"

我后来才慢慢体会到,汪泉治疗小组这三位医生中,一些难说但又不得不说的话,通常由曹医生出面来说。后来事实证明,她们提出要我再筹措一百万准备金,并非危言耸听。

"现在的问题是,即便你在经济上有能力解决,可在治疗上,我们却无法保证,成功的几率只有 50%。"吴主任说话声音虽像平时一样温婉,但这时我听起来,冲击力一点也不亚于曹医生,"因为伏立康唑对有些病人有效,对有些病人却效果不大!"

事后回想起来,我当时一定是头脑有些发蒙,对这天文数字的医药费,对汪泉的治疗前景,似乎并没有听明白,也没太往脑

子里去,只是怯生生问了一句:

"如果不上这药呢?(当时我还记不住伏立康唑的药名。)"

"从汪泉目前情况看,危险主要有二。"吴主任解释说,"一是颅内压力过大,大脑随时有可能突然下坠,压迫生命区,造成心脏骤然停止跳动而死亡;二是肺部主血管没准哪天破裂,大量吐血,休克致死。像汪泉这样化疗未缓解进行移植,目前我们国内成功几率还不到30%。那么如果不移植呢,癌细胞长起来很快,也活不了多长时间。"

大概见我红头涨脸地傻愣在那里,一句话也说不上来,两位医生都不言语了。房间里气氛极为压抑。也不知过了多久,也许是担心我年纪大了出什么意外,也许觉得时机已经成熟,把她们商量过的一些想法可以告诉我了,缄默了一会儿,曹医生开口说:

"作为医生,像汪泉这种情况我们已经见得多了。我们很理解你的心情,你和你妹妹这样大年纪,对汪泉已经尽力了。但现在的问题是,你即便愿意倾家荡产,也未必救得了汪泉,到头来,落下个人财两空的悲惨结局。我们如果只是站在医院立场上,就不会跟你说这些了。病人花钱越多,医院收益越好,这个想必你一定懂得。但我们不忍心你走上这条路。我们像现在这样劝说你,尽管自己也觉得有些残忍,但没有办法,这是从你们实际出发,为你们病人家属着想,不愿人财两空的悲惨结局降临在你们头上。何去何从,希望及早拿定主意,时间不宜再拖。"

"那你们两位医生的意见呢?"我觉得自己整个人不由自主地在簌簌发抖,等待着最后裁决。

"我们的意见是,可不可以考虑放弃?"曹医生终于亮出她和吴主任商量的结果,"昨天,东北辽宁来的一个病人,在这里花了八十多万后,最后还是决定放弃,他父亲用车把他拉回家去了。他们也并不是不想医治。作为父亲,谁肯随便放弃自己的儿子?!人心都是肉长的。实在是因为再这样治疗下去,没有什么实际意义。你们如果自己解决车辆有困难,可以用我们医院的救护车,把汪泉直接拉回杭州家里。"

"吴主任,曹医生,请你们明确告诉我,到目前为止,汪泉是不是已经不存在任何救的希望了?"

"有救没救,这个问题,刚才不是已经讲清楚了嘛!"

"只要还存在一线救的希望,哪怕只有万分之一,没经过最后努力,我不放弃!要不然我会后悔,会谴责自己,到那时,汪泉已经不在了,我连表示悔恨的对象也找不到了……"我自己也不曾想到,经过刚才瞬间的心灵煎熬,这时反倒变得异常清醒,意识到病人的生与死,有时固然在医生的一念之间。但这"一念",是医生的,同时也有病人自己及其家属的因素,需要医患双方互相激励,形成合力,才能建立起起死回生的信念。

"我很感激,谢谢吴主任和曹大夫的好心和善意。但我的态度,上次已对曹医生讲过。我恳求吴主任曹大夫救救汪泉,你们已经救过她一回,二十天前好不容易把她从死亡边缘拉了回来。用曹大夫的话说,这是个奇迹。我女儿现在这条命,是你们给予她的。我恳请你们,再发扬一回救死扶伤精神,保住你们这个来之不易的成果,给汪泉第二次生命!至于用药,该什么时候调整,你们决定好了,我想办法去筹措钱!"

话这么说出口了,态度应该说也是明确的。从办公室出来,我忽然感到心力交瘁,一屁股坐在楼梯上。冷静下来一想,发觉自己心里一点底都没有。这次生死抉择,不像上回那样只是单纯的医疗问题,在医生要求时间内十万火急地找到粒细胞捐献者。这次的医疗问题,有个前提,得先解决钱。没有钱,就没有药,就谈不到任何医疗手段。可筹措一百万医药费,这样大的款项,甭说自己从未拥有过,这辈子连见都未曾见过,叫我上哪儿筹措去?!

离开医院前,我去病房看了看汪泉,她神志昏迷,连我都不大认得了。护理员正在替她换尿不湿,人已瘦成皮包骨头,膝盖上髌骨胫骨和腓骨的轮廓,在表皮下清晰可见,可脑袋却越来越肿大。身上插满管子,脖颈上,手上,鼻孔里。喉咙里还不时发出呼噜呼噜的声响,看去呼吸有点困难。就是这样,偶尔还咕噜出一两声梦呓般的"回家回家",看着心里说不出地悲哀和痛苦。

我发现汪泉床头边放着一台床头柜大小的仪器,问护理员这是什么?

她说:"护士刚推进来的,说是呼吸机,准备抢救时用。"

护理员还告诉我,床头柜抽屉里有护士刚才送来的住院部通知,预缴的住院款已不到三千元。要我去及时缴款,以免影响用药。

我心里一盘算,银行卡里的钱已所剩无多。按目前每天七八千元的医药费支出,支撑不了几天,必须赶紧借钱。

我对护理员说:"好的,我知道了。"说完,从抽屉里拿起住院部通知,便出来了。

在回住处的路上,盘旋在我脑海里的就是这一百万医药费。这次来北京前,我已向友人借了三十万。这是我从出生至今,平生第一次举债。此前,只有别人向我借钱,从来不曾有过我向别人借钱的事。这倒不是由于我富裕,而是我掌握量入为出原则而从不逾矩。我总觉得,一个人倘若债务缠身,连夜里都没法安然入睡,何况我所受的教育,也羞于向人启口借钱。记得一位好友曾向我说过这方面的体验:借钱给朋友,最后既丢了钱,又丢了朋友。此话给我印象极深,讲的是一种人生经验。我因此一直认为,借钱是既让自己难堪更让朋友难堪的事。

可是这次因为要赴京治病,手头上一时凑不齐这么一大笔现金,不得不豁出老脸去向人告贷,破了平生恪守的信条。心想我这只是一时救急,暂时周济一把,等难关一过,立马奉还,绝不会再有第二遭!应该说,这些都是平时联系较多的友人,关系也比较铁,我在电话上一说女儿白血病转院赴京,对方立马心知肚明,打断话头,叫我告诉他银行账号,说个钱数,丝毫没让我有不好意思的感觉。哪想到,这些债务分文未还,现在为了筹措一百万医疗费,又要面临新一轮更大规模的借债了。想不到活到耄耋之年,居然过起这种旧债未了又举新债的日子来了!

回到住处,我把眼下艰难处境,先向两位妹妹吹了吹风。远在包头的阿凤和妹夫小崔听后,当即表示要为我再凑点钱,正好学校也快放假了,一两天内便赶来北京,顺便把钱带来。然而他们身为教师,财力毕竟有限,也就是几万元钱,对我来说是杯水车薪。环妹自己家境困难,听后唉声叹气,为我发愁。正在这时,友人复华来电话,说她前些日子家里有事,没及时过来看看,不知汪泉情况怎么样了?孩子生这样的大病,经济上压力肯定很大,她本应早点想到,主动打点钱过来,说得我心里一阵热似一阵,不由得向她全盘托出眼下困境。她劝我不要发急,千万注意身体,我一倒下,汪泉也就完了。她还要了我在北京的银行卡号,还向我提供了几位有能力借钱给我的朋友电话。

复华的电话鼓舞起我借钱的勇气,使我意识到借钱绝不是简单的动动嘴,也是需要一种心理状态。眼下女儿病危命若游丝,需要调整用药,急需用钱,我还死要面子拉不下脸来求人,说来说去,还是把自己面子看得比女儿的命还重!

医生抢救需调整药物,我救女儿也要调整自己的观念。否则的话,救救女儿,还只停留在口头上,恳求医生救救她,而自己具体行动却什么也没有,岂不空话一句?!

经过这样的心灵拷问,我终于抖擞起精神,扒拉了几口饭后,便坐到电话机旁给北京、广州和南京的几位友人打电话借钱。

北京两位友人极为仗义。行健听后连忙表示,他应检讨自己,这个问题本来很现实,不用我说,他早该想到,叫我用短信将银行卡号发在他手机上,即日把钱打入卡里,同时再次好心提醒我,越是像现在这样的时候,越是要注意自己身体。善明虽然前几天刚把钱借给一个我和他都相熟的来北京看病的朋友,不过他保证帮我设法解决,过两天亲自把钱送上门来。第三位友人听了我的陈述和借钱要求后,说商量一下,便挂断了电话;第四位朋友的态度一如既往,表示完全理解,自己一定会尽力的。事后,我才了解到,这第三位友人当时自己身陷困境,自顾不暇,只怪我事先不了解情况,在这样时候去打扰,给他徒增烦恼,感到很不好意思。第四位朋友该怪我的不是。在杭州第一次借钱时,他对我太好了,慷慨大方,一再问我够不够?当时我提出要写借条,他家人听了有点不高兴,觉得我跟他们见外了。由于过于豪爽,我便产生了惰性,觉得向他开口比向别人来得容易,于是借过一次又借第二次,犯了借贷上的大忌。倘若换成我,也会这样处理的。不过当时,这两位友人态度,使我刚鼓舞起来的一点脆弱的借钱勇气,受到了重创,由此隐隐感到,这一百万元医药费,如果仅仅依靠这样的个人借贷方式,恐怕难以完成。

那天,我脑海里整天挥之不去的,是曹医生说的那位来自辽宁的病人。在道培医院,我不止一次目睹过类似的揪心情景。由于经济原因,有的患者家属哭得死去活来,将奄奄一息的亲人从病房里推出来送回家去。现在,这撕心裂肺的结局,随着死神越来越近的脚步,也在一步步向我和汪泉逼近!

除此之外,这时我自身的危机感也在加剧,觉得自己快要坚持不住了。这主要是我身上的病症引起的。还在杭州时,汪泉被确诊为白血病后,我就患上一种怪病,无端地紧张,莫名地恐惧,每天夜里只能睡上两到三小时。来到北京,症状有增无减,外出办事,上别的医院为汪泉联系医生,乘坐地铁沿着台阶下去,心里便感到紧张恐惧,随着心脏也不舒服起来,不得不赶快逃回到地面上来。航天医院医生诊断我有抑郁焦虑症状,不得不服用一种丹麦进口的副作用很大的药物。近来由于汪泉病情恶化,精神压力增大,症状加剧,又加服一种泰国新药,弄得人整天昏昏沉沉,心慌胸闷,呼吸不畅,每天服用速效救心丸。此外还大量便血,体重锐减,从八十五公斤减至七十八公斤。医生多次建议肠镜检查,我却一直拖着未做,心想:确诊目前对我来说没有任何实际意义,倘若查出是肠癌,我也没条件住院治疗;如果不是,还不是像现在这样用药物对付着。反正只要能站着,就决不躺下;能走动,就决不坐下!

2007年最后一天的下午,总政梁亮珠夫妇来住处看望。他们两位是温小钰从前的学生,从小钰同事韩公陶老师处了解到我们的情况,出于师生情谊,特地送来五千元慰问金,并说要在内蒙古大学同学中间发动一下,给老师一点力所能及的帮助,让我感到非常温暖,又有点惭愧。最后还以自己表弟治病的例子,好心劝我要从现实出发,医生的意见不无道理,倾家荡产未必救得了小泉。亮珠夫妇走后,公陶又来电话,也说了这层意思;另一位我们相熟多年的北大学长老雕,年关将至,关山怀远,特来住所关怀我们。她刚去医院看过,说汪泉神志昏迷,连她都认不得了,看来没有希望了,语重心长地劝导我:

"大牛,咱们还是从实际出发,放弃并不是对泉泉不好,而是没有办法,相信小钰也会理解。你也是七十多岁的人了,要为自己留条后路,千万不可感情用事。你听老大姐一句话!"

这些都是汪泉母亲生前的好友,是看着汪泉长大,可以推心置腹说话的人。她们要我为自己留条后路,因为她们觉得我还会活上几年,还需要一些必要的生活储备,千万不可感情用事,倾家荡产。她们这么劝说当然是为了我好,甚至连我两位妹妹都要我慎重考虑。可当时我哪里还想得到这些,只想着我要救汪泉,她必须活下去!她如果死了,我也活不成了,还谈什么后路不后路!可救汪泉的一百万元医药费又在哪里呢?!

汪泉的病、救命的钱、自己身上这种种病痛,像三条捆绑在我身上的粗大锁链,在渐渐勒紧,勒得我快要窒息!

我真的要崩溃了!

走出住所,来到小区附近的星期八公园,独自绕湖走起来。湖面上结着厚厚的冰层,几根稀疏芦苇在寒风中瑟缩着。湖边有个小女孩在玩跳绳,父亲在一旁耐心地指点着。我忽然想起二十多年前汪泉爬阳台的情景。现在如果我同意放弃,就如同她走在半途我忽然解开绳索撒手不管了,这会招致什么后果,不言自明!

人在做,天在看。我不能做这种天理难容的事!

冬日黄昏的天空,随着太阳落山霎时间就暗下来。阵阵归鸦,聒噪着从头顶飞过。过去一群,又来一群,飞向我不知道的远方家园。我想起来北京的第一天夜里,晓宁在我们住所说的话,要想救泉泉,首先得保护好汪老师。我现在是汪泉第一责任人,也是唯一责任人。命运的绳索已将我们父女俩拴在了一起。眼下我的两条腿必须比任何时候都要站得直,站得硬朗,不能打弯,更不能后退。只有这样,才有可能像上回爬阳台那样,成功地将汪泉护送过关!

除夕公园里,平时活动的人都早早回家去与亲人团聚迎接新年了,只剩下我一个人还在凛冽的寒风中绕着冰湖踽踽独行,直到星星出来,我仍然在星光下呼哧呼哧地走着,不但要走完平时的规定圈数,今天还要再多走它两圈:这一圈为我自己;再一圈,为了女儿!

我就这样送走了一生中最苦涩的2007年除夕。

(选自《女儿,爸爸要救你》,人民文学出版社2013年1月版)

艰难重生路

——汶川大地震丧子家庭再生育纪实

贺 小 晴

"5·12"汶川大地震,有6000多个家庭失去孩子。这些失去孩子的父亲母亲,被广泛认同为"最伤痛的群体"。

地震后,这些"最伤痛的人"生出强烈意愿:再生一个孩子,让逝去的生命"轮回"到新生命中来。

据统计,地震造成的6000余个失子家庭中,有再生育愿望的达5000多个——单从数量上看,这场地震后的大规模生育行为就非同寻常。

在绵阳,尤其是北川地区,有再生育愿望的家庭占据整个四川地震灾区一半以上。

如今五年时间过去,这些地震丧子家庭走过了怎样的路径?又有着怎样的心路历程?如果说房屋的修建是灾后重建的外壳,是形式,那么这些丧子家庭重新拥有孩子,便是灵魂的重生,是心灵和情感的复苏和回暖。透过再生育过程,我们看到的是灾难中,人们对生命的膜拜、尊重和永不放弃的追寻。是的,不管生育的结果如何,也不管失子家庭有着怎样的悲喜与苦乐,这些人、这些家庭,正用他们艰难的经历和不屈不挠的行动,诠释着生命的意义,以及他们对新生命、新生活的礼赞。

第一章 打 击

2008年5月12日14点28分,四川绵阳古建筑钟鼓楼上,时钟永远定格在那一刻;定格在那一刻的,还有北川唐家山上,大水村一家农户的时钟,它那古老的造型,巨大的钟摆,地震时从待了若干年的墙上摔下来,一头扎进山体,至今没有姓氏。停摆的不光是时钟,还有无数的生命。据民政部报告,"5·12"汶川大地震,共有68712人遇难,17921人失踪;据四川省计划生育部门统计,地震中有子女死亡或伤残的独生子女家庭8000余个,其中死亡和失踪6000余个。一场地震,6000余个稚嫩孩子的生命瞬间丧失,6000余个家庭瞬间陷入了天塌般的苦难挣扎之中。

1.啥不认,就认她这把头发

杨建芬的日历表上永远有一个分水岭:2008年5月12日14点28分。

那一刻前,她是幸运甚至幸福的。丈夫是个包工头,在外地做工程,家安在城中心一幢让人羡慕的楼房里。尤其是女儿方娟,人漂亮,成绩好,有一头人见人爱的长头发,用几根不同颜色的橡皮筋扎着,成为学校里最惹人瞩目的女生。她本人在北川大酒店上班,因为性情开朗,人缘好,那天本不该她值班,却被酒店的姐妹邀回酒店吃午饭。正吃着,地就那样晃起来。

她是第一个跑出酒店的。跑出来时,她看见面前的地开了,又合上,又开,又合,她抱住一棵树,才没被开合的地面吞进去。回过神来,她看见腿上的血淌出来,像地泉一般冒着泡。

女儿。女儿在北川中学。这是她跳出来的第一个意识。直到这时,她也没意识到,她的人生从这一刻起,已经全变了。

她想往北川中学赶,可是身旁的姐妹说,杨姐,你莫走,我找娃来背你。找来的娃又背不动她。那时的她实在太重,160多斤。娃们只好扶着她,来到空旷的地方坐下。

那一夜,她只是哭。半夜两点,有消息传来,说北川中学全垮了。

她又哭。旁人却说,杨姐,你莫哭,你心好,方娟肯定没事的。

她居然信了。心想,摇起来时,女儿肯定会跑,会跳楼。女儿方娟16岁了,1米70的个头,能歌善舞会打球,遇到了危险,她肯定比自己反应还快,即便是跳楼受伤了,也会被人救起,送去医院。

这种假想一直支撑着她,让她越想越真切,越想越确信不疑。直到第二天上午10点多,她被救援部队背到北川中学。

她看见女儿所在的那幢楼,已垮成了一堆渣子。有人正在用铲、用棒、用手刨着废墟。

不见女儿。

她抬起头,望向天,想象着女儿教室所在的五楼,心里又一次确信,女儿一定是跳下来,被人救走了。

当天,她跟着逃难的人流来到绵阳九州体育馆。在体育馆,她听人说女儿没出来,根本没往下细听,只问,他们任老师呢?

任老师是女儿的班主任,女儿是班长,任老师对她非常信任。除非任老师亲口告诉她,否则谁的话她也不信。

可是那人说,任老师也没出来。

第二天,杨建芬同外出打工赶回的丈夫方永昌一起,开始寻找女儿。但他们寻找的地方是医院,依然确信女儿还活着,只去医院寻找。

寻找的过程中,她想起女儿小时候的事。小时候家里来了客人,让她跳舞,搬开茶几就跳。跳舞时,她那一条长辫子,人见人爱。她还记得有一次,她把自己的头发剪了,女儿心疼得哭起来。女儿说,头发是外婆给你的,就像我的头发是你给的。妈给女儿最重要的东西,就是头发。

女儿除了四个月大时,剃了一次胎毛,从没剪过头发。

女儿的头发又黑又长,垂至膝弯,上课时,她就拉至胸前,放在膝盖上,不让同学触碰。

一个个医院找遍了,没有女儿。5月16日,杨建芬和丈夫回到北川中学时,碰到了一名男生,男生叫住她,问,你是找方娟吧,她被弄走了。

她有些迟疑:你怎么认识我女儿?

谁不认识她？她的头发那么长，又那么优秀，学校里没人不认识她。男生说。

她又问，她被弄走好久了？男生说，昨天。

弄到哪家医院去了？

面对她的问题，男孩不敢往下说了，愣了愣，道，弄到火葬场去了。

杨建芬一下子瘫了下去。

可是回去之后，女儿还活着的假想重新占据了她。

不可能。女儿要走，也是去绵阳，去成都，去更好的地方，怎么可能去那种地方？她还记得地震前，女儿本来已考上绵阳一所重点中学，可是任老师不放。任老师说，女儿是班长，又是学校学生会副主席，像她这样的学生，在哪里都是优秀的，都能考上好大学。

大约是地震前的一个星期，为了女儿去绵阳读书的事，杨建芬专程来到学校，与任老师交流。从早上9点到12点，整整三个小时，他们谁也没说服谁。唯一的收获是她知道任老师对女儿好，女儿生病了，任老师为她拿药，还把饭打到寝室让她吃。最终任老师表示，无论你怎么说，我也不会放她走。

杨建芬被逼急了，编了个十分蹩脚的理由：她的字写得孬，理科成绩也不好。

任老师说，我晓得她哪些好，哪些不好。她的理科弱一些，我找理科老师为她补。至于她的字，我们的黑板报都是她写的，你说她的字写得好不好？

女儿最终没能走成，却突然没了踪迹。这是个无法释怀的乱局。如今任老师也不在了，怨天，怨地，怨谁也没有用。正是在那段时间，杨建芬做起了志愿者。

做志愿者也是为了女儿。女儿在时，就喜欢帮助人。自己的饭卡借给同学打饭，还不让人家还。她是班长，哪个同学生病了，她陪同学上医务室，帮同学打水打饭。要是女儿回来，女儿知道她做了志愿者，一定会很高兴。

从九州体育馆开始，她就戴上红袖套，搞卫生，分发食品，帮助老年人上厕所。不能停,一停下眼泪就往下滚。她帮别人,可是没人能够帮她。等天黑了忙完了,没吃任何东西,只喝了矿泉水,十几天下来,人瘦得脱了形。

如今的杨建芬,140来斤的体重,整整瘦了20多斤,再也没长上去。

令人惊讶的不光是杨建芬变了体形,同时改变的还有她的发型,她留起了长发,也像女儿一样,用彩色的橡皮筋一根根扎起,垂在身后。

这期间,她作为志愿者在永安安置点做饭时,见到了一位从重庆来的志愿者女孩,长头发,戴眼镜。她又哭了,硬说女孩长得和她的方娟一模一样。

2008年10月,杨建芬已在永兴板房区住下。一天,一位邻居对她说,我看到你女儿了。

在哪里?她问。

碟子里。

你女儿的头发是最长的。邻居又道。

她便缠着邻居不放,要看碟子。邻居拗不过,只好千叮万嘱她不能哭。

她说嗯,不哭不哭。碟子放出来,她哭得差点晕过去。女儿被压在一排学生的中间,第二个。密密实实的学生挤压在一起,女儿是被憋死的。

2008年10月下旬,杨建芬得到通知,去绵阳市公安局做DNA鉴定,又去翻找电脑里的档案,编号10737,就那样映入她的眼睛。

啥都不认,就认她这把头发。脸上红嘟嘟的,就像睡着了一样。仰起的头部,下颌有道缝合的伤口,那是女儿上体育课时摔倒了,去医院缝合的……

尘埃落定,杨建芬欲哭无泪,可还是哭,是干号。

2. 假想儿子被救走,去了远方

地震前,蒋洪友的生活可说是顺风顺水。他们家的那幢五层楼房,坐落在北川老县城闹市区,一楼做门面,二楼经营着一个市政规划的公厕,三楼以上住家。妻子傅广俊主内,除了操持家务,就是到二楼守公厕,挣得一份收入。蒋洪友主外,是个颇有名气的包工头,工程做完,扔一沓钱给老婆,牛气十足。

令他们最感骄傲的,是他们的儿子。

儿子蒋孟岑16岁,在北川中学读初三,因为成绩好,很受老师器重。有一次,蒋洪友去开家长会,亲眼看见全班58个人,桌椅板凳挤满了一屋,他们1米75的儿子被安排在第三排,电杆那样杵在中间。散会出来,蒋洪友知道那是老师照顾儿子,心里既得意,又有些过意不去。

地震就那样突如其来。

地震时,蒋洪友从家里的五楼摔到二楼,髋骨被摔成粉碎性骨折。他的妻子傅广俊在二楼守公厕,被甩到了十多米外的马路中间。说起那一幕,傅广俊至今还有些恍惚:

天突然黑了。灰呛得人出不了气。周围都在垮山、垮房子。她觉得自己一定活不成了,就是不被压死,也会被呛死。

摇晃终于过去。突然就没有人了。她看见丈夫蒋洪友从石堆上出现,竟脱口而出:你还活着?

事后傅广俊说,蒋洪友一直都在埋怨她,怪她不会说话。可傅广俊说,那时候的情形,周围全是山,不晓得人去了哪里,不晓得家去了哪里,突然看见一个活人,还以为见了鬼魂。

但傅广俊埋怨丈夫的理由更深切。当时的蒋洪友受伤了,他用窗帘布扎紧膝盖,拖着腿就去救人;还冒死为一位老大爷跑去药店拿药,组织人把重伤员往外转移。傅广俊坐在地上,想着还在学校里的儿子,只有哭。

当他们赶到北川中学时,已是5月12日深夜。

此时的蒋洪友已不能动弹。腿肿得太高,不能弯曲,只能在一张高凳子上坐着。找儿子只能傅广俊去。可是天黑了,看不见也喊不应。她只能一个个翻看尸体。救援现场,掏一个学生出来,她看一个。没有。

第二天,蒋洪友的腿伤加重,被送往位于绵阳的富临医院治疗。

在傅广俊的心底,总有一份积怨,觉得是丈夫救人耽误了时间,是丈夫的腿伤耽误了救儿子。

离开北川中学时,蒋洪友夫妻已有了预感。可是越有预感,越要逃避这种感觉。他们采取了与杨建芬相同的态度,假想与深信:假想儿子被人救走了,去了远方;深信儿子还活着,不可能遇难。

一个16岁的活鲜鲜的生命,怎么可能说没就没了?头天临走,他还跟母亲说,他要打球,要穿那件蓝色的球衣。

再说,俗话说得好,活要见人,死要见尸,他们什么都没见,怎么能说儿子就没了呢?

之后,蒋洪友被转往武汉住院治疗一个月。

再回来,他们在位于绵阳附近的永兴板房,有了地震之后的第一个家。

在这里,夫妻俩靠着相互哄骗度日。他们猜测儿子可能去的每一个地方,梦想着某一天,儿子破门而入。可是嘴上越说得热闹,心底就越发清楚,儿子没了,再也回不来了。

之后是长久的沉寂。夫妻俩对坐着,互不看。看一眼就生裂裂疼,尖厉厉痛。像许多绝望中的男人一样,蒋洪友抓住了酒。喝完酒,他便仰躺在床上,嘀嘀咕咕:儿子,你为什么不说话,为什么不应我,你为什么扔下我们,不让我代替你走?

直到2008年10月,夫妻俩来到公安局,作DNA鉴定,儿子遇难的事实成为铁定。

3. 曲小寻女,声如啼血杜鹃

与杨建芬和蒋洪友比,刘文忠的经历更理性些,伤痛与悲怆却同样尖利。地震时,在北川电力公司他的办公室,他冲去坝里,地根本站不稳,他只好死死地趴在草地上,紧紧地闭着眼塞住耳朵,即便如此,耳朵里还是塞满了天崩地裂的各种声音。

抖动的间隙,他抬头看向县城方向。漫天的黄沙,县城根本看不见,而曲山小学二楼,12岁的女儿刘羲蕊正在那里读书。

那一刻,他已不是在操心女儿,而是在操心整个学校,一遍又一遍在心里复现学校的样子:进去就是一个操场,操场的面积比公司的草坪大多了。就算女儿在教室上课,可教室在二楼,小孩子跑得快,应该没什么问题,女儿一定是安全的!

自我宽慰是所有恐惧者的本能反应。但同时他也明白,一刻没见到女儿,他的心一刻也不能安稳。可眼下,公司的所在地,这个被称为世外桃源的龙王滩,已经险象环生。往县城去,前面隔着湔江,而湔江的水,此时全变了样。江水浑浊不说,且像煮沸了一般冒着泡,偶尔还腾起一人多高的冲天水柱。谁也不知道江底发生了怎样的裂变,谁也不知道江水究竟有多深。

强渡!他站出来,主动要求去探路。事后他承认,面对那样一江江水,不恐惧是不可能的,谁也不知道这一脚伸出去,会是怎样的结果。但他必须去冒险,因为他的职责,更因为他的女儿。他率先一步,弯下腰,伸手探进水里。

水不烫!水不烫的话,就可以试着下水了。他第一个伸出脚,迈向江中。在他的引领下,公司的人一只手拉一只手,形成一道水中人墙,一步步试探着向纵深中蹚去。

上了岸,他直奔曲山小学。

到了学校,他被眼前的情景惊呆了。那幢他十分熟悉的教学楼,因为庞大,从中部拦腰垮塌,背后的景家山大面积滑坡,将教学楼推出去好远;印象中十分宽阔的操场,此时已所剩无几。到处是哭天抢地的家长,到处是撕心裂肺的呼救声,到处都是孩子幼小的尸体。

女儿!他在心里发出一声惨叫,随即冲进了废墟。他记得很清楚,女儿的教室就在中间的二楼,也就是垮塌的部分。他往估计的方位找,果真不错,女儿的许多同学都被压在这里,而且都认得他,此时孩子们叫着,叔叔,救救我吧,救救我吧!面对这些弱小的生命,他没有办法拒绝。压得不深的,他把孩子抱出来。压得深可以搬动的,他把砖石刨开,把孩子掏出。他的手里掏着别人的孩子,嘴里却喊着女儿名字:刘羲蕊!刘羲蕊!已经救出第七个孩子了,他满手是血,孩子们的血和他的血。手磨破了,腿被钢筋刺伤,他毫无知觉,痛只痛在心里,女儿还没有找到,他的心越抽越紧,越紧越痛!

再一次钻进废墟时,他听见头顶嘎嘎的声响。那是余震,废墟随时可能再次坍塌。他知道危险,也有些恐惧,但他顾不得那么多了。刘羲蕊——!刘羲蕊——!他使劲喊,声音也仿佛余震,震得废墟里的砖石嘎嘎响;声音又仿佛啼血的杜鹃,在凄厉的空中盘旋,久久不肯消散。

时至今日,他已经有了新生的孩子,仍时常想起那个情景。他在废墟里翻找时,看见有个孩子,身体被截成两段,脸已经无法辨认。他下意识觉得那衣服、那鞋子、那体形,很像他的女儿,居然没停下脚步,就那样走过去了。后来他想过,为什么没有停下来,认真看看,是被呼救声分散了注意力?还是拒绝承认女儿有可能死去?有一点是肯定的,他那时候只在注意活人,只想找到活着的女儿,带着她出去,将她送去安全的地方。

那天夜里,他站在废墟前,又蹲在学校的操场,放声大哭。离开时,他还在心里自我安慰:没关系,明天天一亮,我又来找你,我的女儿。

那之后,他参加了县城电力抢修,连续几天留在县城。只要有空隙,他都会来到曲山小学废墟前,拼命地喊着女儿的名字。从时间上算,已知道女儿再也找不回来了,他只能喊上几声,让心里好受点。

此次地震,刘文忠失去了大哥大嫂大姐等多个亲人。

5月16日中午,他站在女儿失踪的废墟前,给幸存的三哥打电话。电话里,先是一个男人巨大的恸哭声,好一阵,才是他的话音。他说,三哥,刘羲蕊实在找不到了,算了,就让她,还有大哥大嫂大姐,就让他们,深埋大藏吧!

那一场恸哭之后的好长时间,刘文忠再不说话,也不见人,只是孤独地待着、沉默着。只有这样,他才能感觉仍和女儿待在一起。

……

第二章 渴 望

"5·12"汶川大地震,这6000余个失去孩子的家庭,地震带走的不光是他们的孩子,也是他们后半生的希望和寄托。地震后不久,他们生出强烈的渴望:再生一个孩子,让失去的生命"轮回"到新生命中来。

这些背负着丧子之痛的家庭,这些失去孩子的父亲母亲,伤痛越重,渴望越深,表现的方式越为复杂,内心的苦痛与哀伤,难以言表……

1. 孩子是黑暗中的火光

与杨建芬的丈夫方永昌结识让人疼痛。

那之前,老早我就听说,地震把老方震成了两个人。地震前的老方是建筑公司的老员工,也是县城建筑圈里有脸有面的人物。地震后,他患了严重的抑郁症,闭门不出不说,只喝酒,砸东西,不说话,只能靠药物维持状态。

他的妻子杨建芬说,家里的所有桌椅板凳,没有一样不缺腿,都被砸坏了。再买,再砸坏。

他喝酒。喝完酒就对着女儿方娟的照片发愣。妻子把照片收起来,他不说话,只砸东西。

见到方永昌时,我却有些暗自惊讶。表面上看,他是多好的一个人。典型的羌族男人端正而开阔的脸膛,挺拔的鼻子,实诚而收敛的表情。坐下来,目光落在他的脸上,不惶惑,也不躲闪。那是一张值得信赖的脸。

果真,在震前的北川建筑业,老方的工程量不算大,知名度和美誉度却极高。在县城的整个建筑圈子,只要有活,只要他老方愿意干,甲方都愿意把活交给他,不为什么,就因为他干活实诚,放心。

老北川县城的几个招牌建筑,都曾有过他的功劳。

他也因此成为一块招牌,无论是为人还是干活,都漂亮。

女儿方娟的离去,带走了方永昌的精气神。这个内柔外刚的羌族汉子,几十年来从未被击倒过,也从没有学会如何表达自己的伤悲。除了饮酒,他只能默默流泪。一次打五斤本地酿制的60度玉米酒,他不到三天就喝完。喝前眼睛发直,喝完泪流满面。酒没能带他走出苦难,却将他带入了新的深渊。最终,他不得不面临严重后果:他被医生诊断为创伤后应激障碍,属严重的精神创伤疾病,受伤的记忆不光纠缠于睡梦,在白天清醒的状态下,也会不断在脑海中"闪回",只能靠药物控制和缓解病情。

对失去孩子不能自拔的悲痛,即是对新生命最深切的渴望。

有一天,妻子带回家一个仿真玩具娃娃,酒后的方永昌看着娃娃,竟然笑了。那是方永昌自地震之后一年多来第一次露出笑容。这缕微光般的笑容,让杨建芬看到了丈夫获救和康复的可能,也让她看到了家庭重建的希望。虽然至今,杨建芬和方永昌并没能再生育,也没能找到适合的领养对象,但从那个玩具娃娃之后,方永昌明显有了期待,病情已在慢慢好转,酒量也在减少,每天只喝两次,每次只喝二两。偶尔,妻子提出散步,他还站起身,跟妻子一起出去。

那天,坐在一起聊着过往,杨建芬叫来了同学文华蓉,另一个地震中失去儿子、又领养了儿子的母亲。文华蓉感叹儿子年岁太小,调皮,带起来费劲。一直话少的方永昌在一旁插话了:你总算还好,到了晚上,还有个说话的,还能混个心焦,不像我,只能睡觉。

末了又自言自语:每天晚上,只能睡觉,8点钟就上床,睡。

绝望而空落的心底,黑暗无边,唯有孩子,才是心中的火光。

相比起方永昌来,文道全的情况要明朗得多。

地震时,文道全的妻子、大女儿、小儿子,连同他们的家,被活生生吞没。

只剩下他,孤零零一人立在废墟上。

其实,连废墟也没有。家被山体埋了,一张纸也没能找出来。

他活了40年,就像没活过一般,转眼间,曾经的拥有,全部消失,全被抹去。

然而记忆里,那些曾经的拥有,却如刀,一刀刀扎着幸存的他。

大女儿文彬彬读初一,被埋在那堆著名的只剩一根旗杆的乱石堆中。地震之后,他想给女儿垒一个衣冠坟,可是家被山体埋了,连一件衣物也找不出来。

妻子和小儿子的情况同样如此。

对死去的亲人无法寄托哀思,无法有任何的物件让人记挂、给人念想,让文道全活得像个孤魂。那段时间,他只能白天睡觉,晚上不敢睡,一睡下去,满脑子净是梦。并不全是噩梦,有时候在梦里,还能与逝去的亲人见面。可天亮了,人却像抽去了筋骨,软成了面团。

独自面壁而坐,他自问:怎么不给我留一个?留一个的话,我就要跪下来,感谢老天爷。

他在跟老天爷对话。对于现实,他已经无话可说。两个孩子,一个也没能留下。倘若留一个,他说,他不知会怎样轻松。

只有重组家庭,再生一个孩子,这噩梦般的现实才能改变。最绝望时,文道全遇到了他现在的妻子黄麟燕。2008年9月,他们结婚,之后,再生了一个女孩,取名文紫灵。

小紫灵出生后,文道全的生活有了新的寄托,也重新有了动力。他用失去孩子的抚恤金买了辆车跑客运外,2009年冬天,又开始养起了娃娃鱼。虽然辛苦,但总归踏实了许多。

女儿文紫灵的名字是文道全用心考究而成,"紫"字用四川方言念出来,跟逝去的小儿子文志庆的"志"发音相同,他不知道这是一种潜意识还是巧合。虽然现在,有时候喊女儿,他还会喊成小儿子的名字,但失去孩子的伤痛,已经消释了很多。

有了娃娃就有了盼头,有了希望!这是文道全最深切的感受。

2. 总有一个中标的

李自秀对新生孩子的渴望让她受尽了熬煎,这些熬煎裹夹在她那"马大哈"的性格里,让她自成一种风格,也让她的经历充满了戏剧性。

地震时,李自秀已经43岁了。儿子王垒19岁,在北川中学读高二。儿子遇难后,她自嘲自己"怄得疯疯癫癫的"。

想再生一个孩子的念头冒出来,野草一般疯长。

那段时间,他们居住的永兴板房区,像她这样的丧子母亲到处都是。见了面,人们不再问你好不好,吃饭了没有,而是问,怀上了没有?

板房里到处都是中药味,墙上贴着帮助怀孕的广告。一些算命先生也趁机赶来,面授机宜。

李自秀已经43岁了,但她还是想搏一搏。

国家的再生育政策出台后,自2008年下半年到2010年上半年,整整两年时间,她和丈夫王建华都在往成都的医院跑。

一丝不苟地按照医生的盼咐行事,作了两年的努力,遭了两年的罪,最终,李自秀与丈夫的再生育愿望宣告失败。医生诊断,她因年龄偏大,加之受情绪影响,卵泡时有时无,无法与精子结合。

被判"死刑"后,李自秀回到板房,反倒轻松多了。那是一种死了心的轻松。破罐子破摔也罢,糊糊涂涂度日也罢,总之天塌了,日子还得继续。

真怀不上了,还得引一个。李自秀这样跟丈夫说。

那段时间,北川多出了一个隐秘的环境,为那些地震丧子又确定不再生育的家庭介绍领养孩子。

不引,王建华说,总会有一个中标的。

王建华的话是一种态度、一种决心,却更像一种预言。

在北川某学校做职员的王建华,平常话不多,沉思的时候多。说话时面无表情,却总是意味深长,不容置疑。

然而这一回,李自秀却以为丈夫在说梦话,懒得理他。从此,李自秀彻底放弃了,也解脱了,逢人就说,不要(娃)了,由他去。

奇怪的是从那以后,李自秀和丈夫相处时,成天用娃打趣。

北川新县城的新居到手后,家里要安装防护栏,李自秀跑上跑下,帮着搬运东西。累得喘不过气来时,见了丈夫,李自秀就说,坏了,把你的娃给你跑落了。

丈夫瞪她一眼,不接茬,指着拉回来的沙发说,快把垫子抱上去。她果真抱起垫子,咚咚上楼。

有天夜里,丈夫王建华发现妻子的肚腹明显比过去高隆,说,你这肚子怕是长瘤子了,这么大。

李自秀回答得更爽快:长瘤子就去割一刀,图个痛快。

除此之外,另有一个异常,李自秀已经几个月没来月经了。可她解释得也爽快:怄气多了,月经怄回去了嘛。已经四十多岁的人了,虽说回得早点,但怄气多了,也算正常的事。

安防护栏时,她因用劲过猛,下身有血水出来,之后又来了两股红潮,跟着又是黑水,她不假思索就认定,这是回经期间的反复现象。

不往怀孕的方向想,绝不往那个方向想。渴望越深,受伤越重。想娃都想疯了,又没得,再去想,就是往死路上撞。李自秀这样解释当时的心理。

孩子的确诊缘于丈夫的坚持,又或者,缘于丈夫的那句预言。丈夫听说李自秀回经了,脸一沉,道,还不快去拿药把它撵出来。

李自秀果真跑去拿药。心底下,骨子里,她并没有放弃,也放弃不下。

医生的结论把她惊呆了:她已怀孕三个月有余。

事后,李自秀夫妻百思不得其解,据医生分析,正是因为失败之后的李自秀彻底放松了,完全不想再生育这件事了,反倒怀了孕。王建华坐在一旁,依然自言自语道:我说嘛,总有一个中标的。

见到李自秀时,已是2012年底,他们的儿子王李朝阳已经一岁四个月。说到孩子,李自秀还是那副自嘲而乐天的样子:带出去,人家问,这是你孙子?我只好跟他说,快莫说了,我那个大娃没出来。

与他同辈的那些孩子,都大了,最小的,也都十几岁了,人家叫他叔叔,可他见了人家,却叫哥哥。语气中的欣慰和凄楚清晰可见。

李自秀又说,孩子一岁多了,她仍然没给他断奶。来得太不容易,管他的,由他了。

前一个月,孩子感冒烧成了肺炎,治好之后,就再不敢轻举妄动。冬天了,哭狠了容易感冒。而这孩子,一哭起来,尖厉厉的。

正说着,孩子来到母亲面前抓挠起来。不用言语,李自秀知道,孩子要吃奶了。她将孩子抱起,掏出乳头,塞进孩子的嘴里,一面道:3点了,睡觉了,乖乖要瞌睡了。

说着,一只手握住孩子鸡蛋大小的小手,翻过来翻过去,看着,口里念:手手哦,手手哦……

母亲奶孩子,当是这世上最柔软最静美的一道风景,李自秀也是。只不过,在这道柔美的风景里,多了凄清与苍凉。

第三章 再 生

再生,在经历了毁灭性打击和长久而殷切的渴望之下,已不光是重新拥有孩子,拥有新生命,而是重新拥有希望和寄托,拥有未来;再生,在这样的背景之下,已不光是心灵和情感的复苏和回暖,而是灵魂的重生。为此,政府出台了专门政策,对这些背负丧子之痛的家庭重建倾注了巨大心血,再生育战线的工作者们更是付出了艰辛的劳动和汗水,五年历程,已取得显著成效。

然而,回顾这一段历程,道路并不平坦。这些丧子家庭中,除却少数有再生育愿望的夫妻尚年轻外,大多已人到中年,他们或因过度悲伤、情绪低落,或因长期节育、身体不适,或因地震受伤、难承重负,或因颠沛奔波、经济压力重等多种因素,再生育过程困难重重。尤其是一些高龄孕妇,难孕、流产、死胎等几率远高于其他妇女,再生之路在她们足下,艰涩、曲折而遥远……

1. 再生育推手

地震之后,作为绵阳市计划生育指导所所长,汤艳云的工作来了个乾坤大挪移。地震前,她操心的是超生问题;地震后,她得帮助丧子家庭生孩子。

地震确实造成了很多家庭的痛苦。我希望能在绝经之前,尽可能让她们怀上孩子。汤艳云如是说。

为了重新点燃地震丧子家庭养育新生命的希望,早在2008年5月,有关部门就决定在灾区全面实行计划生育家庭特别扶助制度,对有子女在震灾中死亡或伤残的家庭给予再生育政策照顾,免费提供生育咨询和技术服务。同年7月25日,地震后的第74天,四川省人大常委会审议通过了《汶川特大地震中有成员伤亡家庭再生育的决定》,一场彰显"人本关怀"的再生育全程服务行动随即在地震灾区全面启动,共涉及14个市54个县1041个乡镇。

同年7月30日,震后第78天,中央政府安排1亿元专项经费在地震灾区启动"再生育全程服务行动工程"项目。四川省在此基础上又安排了2900万元专项工作经费,用于再生育技术服务。

与此同时,四川省人口计生委牵头组建了省、市、县三级再生育技术服务专家指导组,建立"巡回指导、专家分片、定点负责、定期会商"制度,实行专家蹲点指导,入户开展技术咨询和指导等服务。通过"一站式、一卡通、一对一、一月一随访、一家一档案"的"五个一"服务机制,对每一个再生育对象实行专人联系,专业技术人员与专家结对服务。运用中医中药、辅助生殖等传统和现代技术,竭力保障丧子家庭实现再生育一个孩子的愿望。

以绵阳市为例。国家启动"再生育全程服务"行动以后,绵阳市制定了相应的再生育全程服务实施方案,细化了再生育服务项目、科目。按照相关部门的职责对任务进行分解,确定了30余家定点服务机构,建立了专家指导组与协作机制。市、县

(市区)定点服务机构开辟了专门的"绿色通道",建立了紧急转诊制度。

再生育技术服务可以说是一个系统工程。绵阳市计生所所长汤艳云说。所有的工作实际上都是围绕着一条生命线,孕前、孕期、产后三个阶段都需要全程技术指导与服务。尽管做的还是心理与生理技术两个层面的业务,但他们需要完成全新的工作目标,为此他们几乎倾注了全部心血。

我们发宣传单,打电话,到社区去了解,如果要孩子,怎样才能帮助她们。北川擂鼓镇计生服务站站长王芳说,镇上的300余个再生育妈妈,她能叫出每一个的名字,甚至能记住她们的服务卡号。

最重要的是让她们(有孩子以后)出现笑容,有笑容。采访时,她特别强调。

2. 再生这个孩子,好比另一场磨难

蒋洪友的妻子傅广俊说,再生这个孩子,好比另一场磨难。

有一阵子,她已经作好准备,如果再怀不上,或者再度流产,她就和丈夫离婚。

最初的那段时间,她已经看清楚了,没有孩子,他们都活不下去。但"死"一个总比两个人都"死"好。与其同归于尽,不如牺牲自己,成全丈夫。

说这话时,他们新生的女儿蒋雨梧正抱在她的手上。孩子三岁多了,极漂亮,圆眼睛铃铛一般,转起来,滴溜溜的。

她也想过,让他去找一个人生,年轻的,但她最终承认,自己过不了那种日子,受不了那种处境。

那是她震后第一次怀孕流产之后。

他们16岁的儿子蒋孟岑在地震中遇难。那时候,傅广俊已经40岁,蒋洪友42岁。再生育对于他们,已是最后一搏。

第一次怀孕似乎不难。那是2009年3月。得到确诊时,傅广俊没有欣喜,相反还很拒绝,仿佛在背叛逝去的儿子,也像在脱一层皮。一方面,儿子遇难的事实她没法接受,每天都还生活

在对儿子的追忆中。另一方面,已经到了眼看着孩子就要长大成人的岁数,让她再来体味16年前的"孕味",恶心,犯懒,思睡,她有一种角色错乱感。情绪起落大,妊娠反应就加剧,人像在油锅里煎煮。三个月终于熬过,医生的结论却如晴天霹雳:胎儿心跳微弱,发育受损,明确建议做掉。

流产之后,她才真切地意识到,流掉的这个孩子,对于她和丈夫,对于整个家庭,是何等重要。她的情况也引起了北川计生部门的重视,计生干部们对她进行了仔细而周到的服务,并鼓励她,重新开始养护身心,半年之后,方可再次怀孕。

离婚的念头就是在那时候冒出来,煎熬着她的心,也让她不惜一切代价,准备第二次怀孕。

她按照医生的嘱咐,吃药调理身体;每天早睡早起,生活有规律;没事就翻志愿者送来的《孕期保健知识》。

苍天有眼。2009年9月,傅广俊再度怀孕了。

那是怎样的一段如履薄冰的日子。

刚怀上,就有流产迹象。于是遵医生嘱咐,头三个月卧床休息,打保胎针,补充各种营养素。整整三个月,傅广俊卧在床上,把自己当成了危险品,丈夫蒋洪友更把她当成了危险品。不敢挪动,不敢触碰。打喷嚏得忍着,吃饭碗也不敢端。板房条件差,是公厕,蒋洪友就把便盆拿到她床前,吃喝拉撒,要她都在床上完成。

最难忘是四个月时,按医生建议,傅广俊去成都的医院做羊水穿刺检查,以确认胎儿是否正常。

那真是一次生死攸关的判决过程。检查完毕,医生说,半个月内结果出来,如果半个月内你们接到电话,就说明胎儿有问题,必须做掉。

反之,没接到电话,则表明一切正常。

半个月里,蒋洪友说,他几乎已经崩溃。一听到电话响,他立刻跳起来,却不敢接,只瞪着电话。半个月终于熬过,他才回过神来:啊,终于活过来了。

仍然不敢掉以轻心,必须把风险降到最低。医生说,孕妇前三个月必须卧床。蒋洪友说,傅广俊你必须卧床整个十月怀胎期。

十个月后,他们的女儿顺利诞生,健康而聪明。夫妻俩为她起名蒋雨梧,是从十几个备用名中挑选出来的。傅广俊说好听。蒋洪友不说什么,只看着窗外,眼里是无尽的忧伤和欣慰。梧桐细雨,这名字,很符合他们的心境。

采访时,蒋洪友先下楼,几步之外,傅广俊抱着女儿,紧跟着出现。傅广俊告诉我,现在他们一家三口,是出了名的"鸭脚板",随时同进同出,一刻也不分离。

就是他去跟朋友喝酒,我不喝,我也坐在旁边,抱着女儿等他。傅广俊说。

蒋洪友却说,经过了大灾大难,现在才知道,啥叫幸福。那就是一家人厮守着,平安,不出事。

再也不像以前了,以为钱就是责任,钱就等于幸福。蒋洪友说。以前的他,一个月难在家里吃一顿饭。

如今的蒋洪友,在新北川水厂做保安,每月千余元收入,加上一家三口几百元低保,便是全家的进项。傅广俊不做什么,专职照看女儿。这样的经济状况十分窘迫,稍有风吹草动,便会捉襟见肘。

让蒋洪友感到欣慰的是,在过日子上,妻子傅广俊是把好手。为了能买到便宜的菜,哪怕是便宜五毛钱一块钱,妻子往往会抱着女儿,多走一个多小时的路,到最远的市场去买菜。

曾经以为钱就是责任的蒋洪友,如今再不打算出去挣钱。一场地震,已让他脱胎换骨。他现在只想守着妻女,像"鸭脚板"一样不分离,用戒烟戒酒的钱为女儿买零食。女儿蒋雨梧是整个家庭的的核心和希望。小小的孩子,凭本能意识到自己的重要,找准了父母的"软肋",她迷上一种游戏:藏猫猫。那天午饭时,正聊着,傅广俊突然大惊失色。

蒋雨梧不见了。

转眼之间,座中人都不见了。

都找孩子去了。连餐馆的老板,也放下活,跟着跑去找人。

那一瞬,我看着空旷的屋子,突然有一种世界大乱,天再度崩裂的感觉。

最终是一位老人,指着楼下的门背后,告诉众人,孩子在这里。

众人再回到桌前。傅广俊说,她现在老这样,最喜欢藏猫猫。座中蒋洪友的朋友却说,这个小东西,她简直要人命啊!

小雨梧坐在妈妈腿上,全然不知发生了什么,她那黑白分明的眼睛里,透出水晶般的好奇和顽劣。

小小的孩子,她哪里懂,她是怎样来到这个家的。

3. 试管婴儿,羌山第一例

刘洪英的家住在景家山顶杨家坪村,海拔 1400 米以上。那里冬天结冰,夏天阴凉,整个村寨与外界无干。然而站在山顶,北川县城就在脚下,对面就是王家岩,这山与城,构成了刘洪英年复一年的视野。

她没有想到地震那天,自己脚下的这座山垮了,把许多的孩子埋在了下面;她更没想到地震那天,对面的王家岩垮了,把她的儿子埋在了下面。

儿子王强 19 岁了,是村里的基干民兵,地震那天,他正在县武装部参加基干民兵训练。

地震时,县武装部没了,一百多名基干民兵也没了。王家岩半座山垮下来,代替了它。

王强不是刘洪英和丈夫王树云的独生子,他们还有一个大女儿,地震前已经出嫁,已有身孕在身,刘洪英就快当外婆了。按照四川人的说法,一子一女,合起来,才是一个"好"。现在儿子没了,"好"没有了,想到往后的孤苦生活,她的心连同后半生,都被掏空了。

那些天里,她把自己关在屋里,不同任何人接触。直到有一天,她得知,镇上人要去成都生孩子。

我也要生一个。刘洪英赌气似的说。

此时的刘洪英已经 46 岁,之前的她,正一门心思想当外婆。

前不久,她还在屋里为将要出生的外孙赶制衣物,突然冒出的这句话,把她自己也吓了一跳。

同样吃惊的还有丈夫王树云。王树云已经50岁,早在1990年就做了输精管粘堵法绝育手术。此时的他无论从生理还是心理上,都觉得妻子在说梦话。

管他呢,人家能生我就能生,人家能养活我就能养活。刘洪英只认死理,认准了只管往前奔。

到了成都四川省生殖专科医院,根据他们的情况,曾经施行过节育措施,通常要走这样的步骤:取环,解结扎,进而试图自然怀孕。可王树云因为做结扎手术早,经专家检查,输精管已无法接通。专家们再度会诊,提出建议:刘洪英和王树云夫妇要想再度怀孕,唯有采用辅助生殖技术——卵胞浆内单精子注射,解决受精,即通常所说的做"试管婴儿"。

之前,这对深居山里的农民夫妇,听也没听说过试管婴儿。这是国家为震区再生育家庭提供的一项免费政策,每个家庭有两次免费做试管婴儿的机会。但医学上,试管婴儿的成功率不到50%,40多岁的女性,成功率更低,通常只有20%。

管他呢,不试怎么能知道成不成功?刘洪英以她认死理的性格,仍然不退缩。

那之后,漫长的治疗和调理开始了。虽说在成都住院期间,一切药费、治疗费都是国家出,可往来的车费、床铺费、生活费得自理。第一个月下来,几千块钱从刘洪英捏得很紧的手指缝间溜了出去。可刘洪英不心疼,反而来了蛮劲:没钱了,贷款也要生!

第二次,夫妻俩再去成都,做试管婴儿受孕。

打针。天天打,一天三针。手上、肚子上、屁股上,到处都是针眼。到了后来,刘洪英觉得自己就像个木桩、靶子,只管往上面扎针眼。

像我这种还算好的,每次去打针,都很顺利。我们一起去的,有一个,打了好一段时间,说不行了,她的卵泡没长,老是大的大,小的小,就叫她停了,要重新调,调了又重来,那种罪,又得从头遭一遍。刘洪英说。

使用刺激排卵的药物后,医生需要检测卵泡的发育情况,以评价卵巢刺激效果,决定取卵时间。40岁左右的女性,试管婴儿的一次成功率通常低,因为卵的质量和数量都会下降。在医院里,大家也在暗暗比较,谁的卵泡多,谁的质量好。

男方,则用针管将精子取出来,就像打针那样,取在针管里。

精子与卵子取出后,在试管里受孕,再植入母体。然后又是打针、吃药。每天打两针,连续14天,再检查,有了,着床了,这才算是成了,这才让你回去。

回去后,还得打针。打保胎针,每天两针,直到两个月满,胎儿再无流产的危险。

那段时间,刘洪英说,她的整个臀部全是针眼。起先还用热毛巾敷,因为长硬块,疼,针扎不下去。后来懒得敷了,干脆告诉医生,哪里能扎你就扎哪里,反正到处都疼,没法坐,就用两只手把屁股撑着。

从最初打针促卵泡生长,到最后成功受孕,再到十月怀胎,一年多时间下来,刘洪英究竟打了多少针,已经很难计算。总之,后来回忆起那段经历,她已从一个地道的农村妇女,变成了半个"专家",满口都是专业术语。

然而身体所受的痛苦与最终的结果相比,刘洪英觉得自己还是幸运的。他们的试管受孕于2009年3月21日一次性成功,且于2009年12月18日产下一体重5.7斤的健康女婴,成为四川省首例震后再生育试管婴儿,被誉为"创造了震后再生育奇迹"。

而此前,刘洪英的大女儿已产下儿子,刘洪英成为再生育中先做外婆,再做母亲的一位特殊女性。

小女儿出生后,夫妻俩给她取名王涪蓉,意为小女儿是在绵阳和成都两地计生干部及医护人员共同关爱下诞生的。

如今,小女儿王涪蓉成了整个家庭的"磨心",夫妻俩所有的生活都围着她转。以前,他们深居山里,过着男耕女织的简朴生活。可现在小女儿太娇弱,去年冬天,景家山太冷,小涪蓉患感冒后,耳朵化脓,夫妻俩便带着女儿离开了景家山,来到山脚下的安昌镇租房子住。2012年底,小涪蓉三岁了,该读幼儿园了,夫妻俩考虑到女儿未来漫长的求学路,提前到新北川租房,将家搬到了新北川,要让女儿在这里上学。

在租来的房子里,夫妻俩已在合计,想在新北川买一套50平米的房子,买房子的款项,向银行贷一些,再向亲戚朋友借一些。

要让女儿受良好的教育,不能让她再像我们那样。刘洪英说。

要给女儿一份不一样的生活,这是刘洪英夫妇简单而朴实的想法,也是所有再生育父母面对来之不易的新生命共同的心愿。采访那天,坐在刘洪英家租来的房子里,放眼望去,屋子里除了几张床,几张小板凳,几乎空无一物。他们的小女儿王涪蓉在几间屋子跑来跑去,仿佛地上的流水,来去自如,毫无阻拦,咯咯咯的笑声却是异常真切,洒在地上,仿佛泉韵,撞在心窝,正如阳光。

再生育,一路走来,他们追寻生命的同时,也远离了家园,改变了命运。希望,就是这样艰难而倔强地诞生着,疼痛、真实、鲜活。

4.“以痛止痛”,死也要生下孩子

在所有再生育妈妈中,周小红的经历可谓"命运多舛"。

地震前,周小红在北川老县城菜市场开着一家粮油店。地震的一瞬间,80秒,仅仅80秒,天崩地裂,生死两相隔,她的丈夫和儿子全都遇难。

她被埋在了废墟下,获救后,5根肋骨折断,腰二椎粉碎性骨折。

地震之后两个月,周小红从重庆治疗回来,虽然看上去与常人无异,但她的腰椎第11根与第13根断裂部位,永久性嵌入了3块钢板。

与杨昌斌的相遇让周小红比钢板还冷的心有了回暖。杨昌

斌是北川开坪乡人,地震时,他的母亲、妻子和一对儿女都遇难了。一场地震,活生生卷走了他一家三代四口人的生命,而他在打工的工地涵洞幸运地活了下来。

两个相同命运的人遇上了,无须言语,也无须过程,一个眼神,一声轻轻的叹息,对方都懂。因为懂,在痛苦的深处,才能相互取暖、慰藉。渐渐地,周小红和杨昌斌之间生出了一种默契,话不多,一个在想什么,另一个肯定懂;一个人说了上一句,另一个能接出下一句。

2009年4月26日,是北川吉娜羌寨举行集体婚礼的日子。在那里,杨昌斌对周小红许下承诺,要照顾她一辈子。

山里的汉子对待承诺,就像他那颗心脏一般,跳动着,不含糊。山里男人按说从不做家务,以前在家里,杨昌斌也不做。可遇上周小红后,他知道小红负过伤,体内还嵌着钢板,所有的家务他全包了。周小红稍微参与,他就会板着脸,用命令的口气要她放下。

死亡大过天。人一旦触碰过死亡,感受过世界末日,就没有什么不可以改变,不可以拿得起放得下。

日子平顺着往前过,那失去的部分凸显出来。两人都想到了再要孩子。可杨昌斌知道,周小红已很难再生育。不久前医生就说过,周小红体内的钢板装在大腿以上胸部以下,短期内不能怀孕,否则的话随着胎儿长大,这些部位受到挤压,会引发体内炎症,甚至造成瘫痪或危及生命。

然而提出这个话题的总是周小红。一见她开口,杨昌斌总是把话岔开,只让她好好养身体,说等养好了,再生孩子不迟。

情形突然间起了变化。2009年5月中旬,周小红意外怀孕了。杨昌斌的第一反应惊恐不已:你先把身体养好再说,娃以后有的是!

周小红却是异常平静:我年纪不小了,亮儿也没了,娃都没有,活着还有啥意思。

提到亮亮,杨昌斌不说话了。结婚后,周小红一直把儿子亮亮的照片放在床头,照片上的亮亮笑得像一枚红太阳,可妻子的眼睛一碰上那笑,就像针扎一般,脸上的表情立刻抽紧。他知道妻子心底的痛,而他的心底,又何尝没有相同的痛?

唯有孩子可以缓解这些伤痛,让这个家真正圆满起来。

胎儿在无声中被留了下来。

怀孕两个月时,妻子在丈夫的陪同下去绵阳的医院检查,医生的结论毫不含糊:如果硬要生,大人和小孩子都有危险。

离开医院回板房的路上,夫妻俩一句话不说。

到了家,周小红突然开口了:我想好了,这孩子我一定要生。地震时我死过一回了,大不了这次,再死一回。

杨昌斌不说话,看着墙壁,突然一把将妻子揽进怀里。

那之后,杨昌斌决定外出打工了。生孩子需要钱,把这个家建起来也需要钱。依然是回老家开坪为电站隧道工地开车拉货,照顾妻子的事,他只能托付给邻居大妈。

谁也未曾想到,这一别,竟是他和妻子的永别。

那是 2009 年 7 月 17 日夜晚。北川的山里下起了大暴雨。第二天雨停了,杨昌斌照常出工。他开着满载货物的车行驶在熟悉的山路上,不料看上去毫无异样的路基已被昨夜的雨水冲刷变软,他连人带车滚下山崖,顿时被泥石流吞没。

得到消息赶到开坪已是三天之后,丈夫的遗体刚从 5 公里外找回来。安葬丈夫时,周小红跪在一旁,没有哭,只在心里咬着牙:小斌你放心,我一定要把我们的孩子生下来。

尽管周小红作好了足够的准备,她仍然没想到随后的孕期意味着什么。随着胎儿在腹中长大,周小红的痛苦日益加剧。越来越不能站立,只能躺着。可是平躺着吧,钢板嵌入的部位疼痛难忍;趴着吧,胎儿又受到挤压。折腾之中,她想到了一个办法,用众多的枕头给自己垒一道"壕沟",让自己像插书签那样插进沟里。有时候半夜醒来,壕沟垮了,腰椎承受着重量,痛得她几近麻木。她想再把枕头垫回去,可是每动一下,疼痛就像电流,击得她通体战栗。命运在那时候变成了牙齿,她的每一寸肌肤都被撕咬。

她忍着。唯有忍着。

奇怪的是一阵剧烈的战栗之后,疼痛消失了。她突然悟起:原来疼痛到麻木时,疼痛也会累,也会逃,这不就等于挺过来了?

她把自己的感受用电话告诉了医生。电话那头,医生半天无语,最后竟哽咽着说,从理论上讲,这样做有它的可行性,对胎儿也有好处。可是,长时间的剧烈疼痛容易导致痉挛,甚至危及生命,你要有足够的重视。

周小红的心里却只记住了医生的前半截话。为此她继续尝试,发明了麻醉疼痛法:每天"暴走"一小时。一个月后,她每天已经可行走3公里以上。到后期,她用这种"以痛止痛"法,每天可麻醉疼痛5小时左右。

临生产前两个月时,周小红挺着大肚子在姐姐的陪同下去碧峰峡,她要进一步挑战自己,用一天时间走完景区内的5公里路程。她的衣兜里装着丈夫杨昌斌的照片,实在走不动想放弃时,她就掏出来看看。照片上,是她和杨昌斌的合影。杨昌斌在对着她笑,她在对着杨昌斌说话:小斌,你看看,我走下来了,我挺住了。

6小时后,她终于到达目的地。

周小红独创的"以痛止痛"法震惊了四川省内的妇产科专家。2010年1月20日,专家们经过会诊,并综合各项检测指标,最终得出结论:周小红可以顺产。

此时离预产期还有近20天。

谁知三天之后,周小红和杨昌斌患难爱情的结晶,小生命周杨淋淇提前呱呱坠地,重3.6公斤,经全面检查,非常健康。

小淋淇的第一个生日那天,周小红为她买了一辆玩具车,并第一次拿出照片,指着杨昌斌说,这是"爸爸"。

那之后,小淋淇总是用手指着照片上的男人喊:爸爸,爸爸……

如今,周杨淋淇已经上幼儿园了,性格强硬,颇具"领袖"气质。周小红说到女儿时,脸上是一种沧桑历尽浮华消释的舒缓与温存:歪得很哦。总是要别人听她的,不听就打人。

但小淋淇也不是一味强硬,也有柔软的时候,比如说,她特别喜欢跳舞。电视一转到央视音乐频道,她的身体就扭动起来,末了还摆出一个POSE。采访时,见我拿笔记录,她也拿起纸笔,一边画,一边煞有介事地说:我叫周杨淋淇……

有时候,周小红也觉得奇怪,女儿只在照片上见过父亲,可她几个月时,第一个听懂的词竟是"爸爸",最早能说的话,也是"爸爸"——这大概就是生命的密码和基因,在遗传中所起的作用,也是母亲的疼痛和思念,在女儿身心上的传递。

第四章 领 养

在这场官民同举的再生育工程中,仿佛命中注定,有的家庭再生育顺利;有的历尽艰难,经过了苦痛、挣扎乃至绝望,最终柳暗花明,有了再生的孩子;还有的,即便是九死一生,却因为年龄或别的原因,终究无法怀孕,再生育失败。然而生育的失败并不代表对孩子的渴求丧失,对生活的热望散尽,对生命的追寻停止,相反,在这番难以想象的艰难历程中,仿佛凤凰涅槃,他们的情感得到了净化,他们的胸襟获得了拓宽,他们对生命价值的追问和感悟,有了令人惊讶的超越与升华。

1. 养女入怀,可是天使般的女儿"轮回"

向碧琼是最早有再生育行动的丧子母亲之一。

地震前,向碧琼和丈夫侯贵先不光有一个孩子。他们的大儿子20岁了,只会画火车。因为大儿子智障,15年前,他们有了小女儿侯桃。侯桃的聪明和美丽有目共睹,在家里,她是爸爸妈妈的希望和骄傲,能歌善舞不说,几岁时,就能做饭,还能照顾智障的哥哥。在学校,侯桃是出了名的才艺女生,被同学们称为"韩国美女"。初二时,学校十几个学生报名去考艺校,考取的仅三名,她便是其中之一。

那时候没让她去,因为走艺术路,得有钱。我们家的经济条件不好,哪有钱供她去读?

说到这点,向碧琼后悔不已。她说当时哪怕是砸锅卖铁倾家荡产,真让她去了,至少人活着,捡一条命。

女儿走后,向碧琼每天过着撕肝裂肺的日子。她把女儿的照片冲洗出来,装裱入镜框,放在电视柜上,每时每刻都可以看到。

看着就想哭,啥也不想要了。向碧琼说。

地震之后,在永兴板房区,冲洗和装裱照片成了热门的生意。家长们都把逝去孩子的照片放大了,或制成光盘,随时随地带着。

生命的突然中止,让这些父母在回忆中一遍遍撕扯自己。

2008年8月,国家的再生育政策下达后,向碧琼最先行动起来。她仿佛看到了女儿"轮回"的可能。

我总觉得我的女儿有灵魂,她还想回来,还想给我做女儿,我得让她回来。向碧琼说。

但同时,她也很清楚,此时的她已经44岁,要再生,一刻也不能耽搁,得赶上这趟末班车。

像许多再生的高龄夫妻一样,他们频繁地跑成都。在成都四川省生殖医院,他们接受了全面的检查和治疗,并先后两次做试管婴儿。

这期间,中药、西药、卜卦、求签,她都试过。

最终,两次试管婴儿,均以失败告终。

按照政策,符合条件的再生育夫妻享有两次免费做试管婴儿的机会,两次之后如需再做,费用自理。自费的话,一次不少于三四万,向碧琼说,他们家的经济状况根本承受不起。

但向碧琼还想拼。哪怕是砸锅卖铁用光女儿的安葬费。医生的话让她最终愣住了:两次试管婴儿失败,皆因她体内的卵泡减少,无法提取成功,再做意义不大。

回忆起那段经历,向碧琼几乎记不起身体遭受的苦难,只记得自己当时的哭声:

白天接受了心理辅导,到了晚上,半夜三更时,又哭,号啕大哭。自己也不知道怎么就哭了起来,只有哭才痛快,只有哭,心里才好受一点。

采访时,向碧琼说,回到板房区后,那日子才难过。最难受的是见人,见不得人家挺个大肚子。见着了,又想看,看着心里又恨得不行。

更为难受的,是别人还来安慰你:

有什么大不了的,有又怎样,没有又怎样,想开些。

说话时,向碧琼看着天,目光空洞而虚无:没有这种经历的人,他们说得轻松,他们哪知道我们的感受。我们这辈子,不晓得是啥命啊!

事情的突变缘于她的一个梦。那个梦已经过去一年多了,今天的向碧琼讲来,仍如昨天一般清晰。

那天晚上,她梦见女儿侯桃,登上了一列火车,站在火车头,向她挥手,说,妈妈拜拜,我走了,走了……

向碧琼说,之前她也常梦见女儿,可都是梦见她很小的时候,缠着她,哭;或者就是她被压在废墟下,血肉模糊——都是噩梦,醒来就号啕大哭。可这一次,女儿清清爽爽,声音清甜。说话间,向碧琼的眼睛落在电视柜上。那里有一张照片,用相框嵌着,照片上的女孩五官精致,笑容甜美,尤其是那双眼睛,湿润俏丽,仿佛还在眨动。

梦中的女儿让向碧琼百思不得其解。印象中,女儿从没有出过远门,更没有坐过火车。后来她想,一定是女儿托梦给她,她要走了,要去投胎去了。那几天里,向碧琼的心里空空落落,可空落之余,却凭空多了一份欣慰和轻松。十余天后,她忽然接到一个电话,电话里说,有一个孩子,是从外省来的,是别人超生之后因为是女孩,不要的,要送人,问她要不要。

她想也没想,就说要。同时她极快地闪出一个念头:女儿走了,是到那户人家投胎去了?

之前她和丈夫,不是没想过领养孩子,可总下不了决心,过不了心理关口。

孩子抱来,更奇怪的事情发生了。襁褓中,有一张小纸片,上面写着孩子的出生年月,竟和逝去的女儿侯桃同月同日。

至此,向碧琼彻底相信了眼前的女孩,就是女儿侯桃"轮回"到家里,"轮回"进了她的怀抱。

谁也不知道向碧琼所说是真是假,是真实的巧合,还是现实和臆想被她糅和而成的产物。这些已不重要,重要的是,向碧琼和丈夫接纳了孩子,认定了孩子就是逝去女儿"轮回"而至的新生命,由此而有了希望,有了支撑,有了摆脱苦难、好好活下去的理由。

领养的女儿到家后,家里的气氛迅速变化。他们给女儿取名侯汶池,寓意汶川地震,迟来的爱。如今的向碧琼就像一只骆驼,每行半步,小女儿侯汶池都驮在她的背上,旁边挂一只小袋,里面装着饮料或零食。向碧琼说,有了这个小东西在身边,日子好混了。2013年初,小汶池已经一岁半,也像姐姐侯桃一般聪明伶俐,口齿异常清楚,喊爸爸,喊妈妈,喊哥哥,脆生生的声音,直往人心里钻。

向碧琼说,她爸爸比我还要心疼她。一下班回来,洗尿布,喂牛奶。现在大了,一回来就带着她出去玩;她一见了爸爸,就抱着他的腿杆,要爸爸亲。

心底里,向碧琼的沮丧已经淡了,却隐隐地还在。大的已经大了,已经25岁了,却是成天只知道画火车;小的还这么小,还不是自己亲生的。还有20年啊,等她长大时,我们都快70了。向碧琼算着这笔账。

然而,有总比没有好。情感需要寄托,生命需要延续,希望需要有一个具体的对象去承载。如今小汶池就是爸爸妈妈全部希望的承载体。没有这个载体,爱没有出路,苦难无法疏淡,黑暗找不到尽头。

虽不是自己生的,但从小,我就把她引来,像亲生的一样对她,我就不信,感情不会是一样的。至此,向碧琼对养女小汶池已有了贴骨的感觉,对新生命的追寻,也有了回报。

2. 多想有孩子叫我一声"妈妈"

与向碧琼不同,杨建芬的再生育反应较为迟缓。

当时,周围的人都在忙着,登记、填表、上绵阳、去成都。可杨建芬视而不见,充耳不闻。

心里难受得跟刀割似的,我不想再生一个,我只想要原来那个。杨建芬说。

尽管如此,在计生干部的动员下,2009年初,杨建芬和丈夫方永昌还是来到成都做全面检查,并接受了系统治疗和调理。2009年4月,经过近三个月的治疗和观察,医生得出结论,杨建芬的丈夫方永昌,因饮酒过量,精子已被酒精杀死,无法再度生育。

领养女孩的念头就是在确知已无法再生育的时候冒出来的。

领养一个女孩,我要把她养得跟我的方娟一模一样。这是她的灵感,也是她对未来生活描绘的蓝图。随着想法的深入,领养的念头越来越清晰而牢固:对,只要女孩,不要男孩。只有养了女儿,她才能感觉她的方娟又回来了;只有女儿回来,才能抚平伤痛,重建生活。

领养的事很快有了眉目。是杨建芬的侄女,从雅安老家来,17岁。杨建芬当时的考虑不无道理。女孩是自己的亲侄女,也是方娟的妹妹,她表示愿意来这个家代替姐姐孝敬他们,她也就拿她当亲闺女待。

手续是按照正规的过继程序一一办理。从当时的情况看,双方都是慎重而认真的。只是女孩到家以后,很快就表现出让杨建芬不适的一面。或许心底里,有女儿方娟作底色,她很难适应别的孩子。女儿十几岁就会做饭,凉拌菜拌得特别好吃,经常一到周末,就主动为父母做饭。而眼前的女孩,大热的天气,衣服泡在盆里,几天不洗;要洗,也用几根指头把她和丈夫的衣服选一边,只洗自己的。

杨建芬也曾用心地教导她,说我们俩都有养老保险,以后不用你养;这房子,以后也是你的,你只要听话,好好学习……

让杨建芬最不能容忍的,是侄女在学校的表现:

数学才考十几分。我带着她去找数学老师,想让老师给她指点一下,她转身就走。回到家还找我闹,找我吵,把我关在屋外。

而女儿方娟,是学校出了名的品学兼优的学生。

对比无时无刻不存在。而一个是逝者,一个是大活人;一个是亲生,一个是侄女。失败的结果似乎早已注定。客观地看,仓促之间,无论是侄女还是杨建芬,似乎都没有作好接纳对方的心理准备。逝去的女儿给杨建芬留下了难以磨灭的伤痛,伤痛的追忆中,女儿已经十全十美,面对眼前同样大小的侄女,她难免有一种挫败感;而女孩来到这个家,也仅仅是出于一个良好的愿望,并没有真正意识到角色的转变和成长环境的改变意味着什么。

领养失败。侄女被以同样的方式,正正规规退了回去。

其间,又出了一件颇具戏剧性的事件。一天,有一个消息传来,一超生家庭的孩子要出生了,出生后将送至永兴板房区,只是尚不知男孩女孩。杨建芬只想领养女孩,可地震中失去儿子的文华蓉却想领养男孩。杨建芬和文华蓉是同学,他们的孩子又是同学,且同班同桌。杨建芬和文华蓉毕业多年后再度相遇,竟是因为她们的女儿和儿子闹纠纷,在同一张桌上划三八线,直至惊动了家长。

地震之后,两个失去孩子的母亲走得更近了。得到消息后,杨建芬叫来了文华蓉,对她说,如果是女儿,我就要;如果是儿子,你就养。

孩子送来,是男孩,果真由文华蓉领养。

文华蓉早年做过节育手术,无法再生育。地震那天,她的儿子谢森宇本来有些感冒,可以不去学校,可她坚持让孩子去了。事后她无法从自责中拔出,觉得是自己害了儿子。丈夫也埋怨她,两人的关系一度十分紧张,甚至提到了离婚。领养这个男孩后,夫妻俩为她取名谢梦林,寄托着夫妻俩的共同希望。与向碧琼一样,文华蓉说,小梦林到家后,儿子谢森宇也曾托梦给她,说他自己就是领养的。文华蓉将此理解为儿子对她领养的支持,甚至,是儿子借了别的途径"轮回"到父母身边。至此,虽是领养的,小梦林在这个家有了情感和心理的定位,有了合情合理的角色，夫妻俩将其视若珍宝，紧张的关系也随之缓和过来。

看着同学的家庭好起来，杨建芬打心眼里为她高兴。可想到自己眼前的生活，她又黯然神伤。领养侄女失败的经历并没有让她气馁，她只是调整了思路，要领养就领养婴儿，从小把她养大，按照自己的方式教育她，让她像女儿方娟那样出类拔萃。

几年来，她去了周边多县的孤儿院考察，也给所有的亲朋好友发出请求：有合适的，请一定帮我介绍，我会一辈子记住你的恩情。她用这样隆重的语言表达急切的愿望，可至今，仍没有遇上合适的机会。

为此她表示，一天不满60岁，我领养女儿的愿望就一天不会放弃！

多想有一个孩子回到我的身边；多想有一个孩子叫我一声妈妈。杨建芬的声音清晰、凄切、动情。这是所有丧子母亲的心声，也是所有丧子家庭共同的呐喊。无论再生育的结果如愿与否，成功还是失望，从这声呐喊中，我们听出了期待，也听出了深情。从这声呐喊中，希望已经迸出，未来正在明朗，伤痛正在消释和沉寂。

第五章 未 来

2008年5月至2013年5月，汶川大地震已过去五周年。这五年里，四川地震灾区有再生愿望的6000多个家庭中，已有3500余个家庭实现再生育，有了自己新生的孩子；另一些无法再生育的家庭，经过五年的历程，也以各种方式寻求支撑，寻找寄托，正从地震的阴霾中走出来。通过再生育，我们看到的是灵魂的重生，心灵的回暖；通过再生育，我们看到的是对生命的膜拜，对生活的礼赞。无论对待逝去的，还是对于未来的，我们愿意用生命去换回另一个生命；无论是苦难还是甘甜，我们终将用这段生活去诠释另一段生活——这是地震中不幸丧子家庭的最真切的信仰。

1. 希望与失望博弈

采访在 2012 年深冬进行。采访的始末,我有种深深的扎痛感。那些天,正下雪,越往北川走,雪花越大,落在地上,竟全无踪迹。冷却是具体的。走进人家,几乎都没有烤火。见有人来,才拿出烤炉,捻亮了,让客人围拢坐下。

北川是全国唯一的羌族自治县。羌族是云朵上的民族,也可说是大山深处的民族。山民多烤火,火既是他们的热能也是他们性情的象征。一个山里的民族不烤火,真的是习惯改变了?他们是心疼钱,省电。采访中,几乎多数的再生育家庭经济窘迫。地震摧毁了他们的家园,吞噬了他们的孩子,洗空了他们的家底,再生育之路又是如此艰难。即便是通过努力,顺利再生的家庭,看着他们来之不易的喜悦和欣慰,仍让人感觉疼痛。

再生一个孩子,是他们的希望,也是他们难以承受的重负。有此感受的还有北川擂鼓计生站站长王芳。

王芳是四川地震灾区计划生育干部在丧子家庭再生育工作中最典型的代表。一场大地震,彻底改变了她的工作对象。地震前,她操心的是超生节育问题;地震后,她是竭尽全力帮助丧子家庭生孩子。2008 年 7 月,国家再生育全程免费服务行动启动时,她所在的擂鼓计生服务站只有一顶帐篷、她一个工作人员。通过她的宣传动员,擂鼓镇的再生育对象从 40 多人增加到 300 余人。以这种特殊的身份深入再生育对象中,她是最了解他们的人。她能叫出镇上所有再生育妈妈的名字,也会把过去抓超生的凶劲,用在斥责类似孕妇穿高跟鞋这样的问题上。在她所服务的 300 余个再生育家庭中,30 来岁年轻的再生育对象仅有 10 余对,其余的都是 40 余岁的高龄难孕对象。

一面是失去孩子的痛,另一面是再度怀孕的难,同为女人,王芳承受的压力可想而知。那些陪伴他们的日子,她曾深切感慨:如果流泪能将他们的孩子哭回来,我愿把眼睛哭瞎。

地震后的前三年,她每天回到家写日记,写了厚厚两大本。而这些流着泪写成的文字,她再不翻动,更不示人。

过去的,都过去了,她不愿再度提起。但现在,她有了新的担心:这些娃娃以后长大了,怎么办?

有此担心的还有中国科学院心理援助北川工作站心理咨询师熊海。他说,孩子是北川的未来,也是整个羌民族的未来。羌民族作为中国最古老的民族之一,遭受了如此毁灭性的打击,未来要兴旺,希望唯有在孩子身上。

地震之后的这拨再生育孩子,大的三岁多,小的仅几个月,而他们的父母,多半已近中年,甚至年过半百。再过十年八年,孩子们还没长大,而他们的父母已经老了,谁又来为这些孩子的成长负责?

此外,熊海说,由于出生背景特殊,这些再生育家庭的孩子,无论大小,其生长环境和性格特征,都表现出惊人的一致。

工作中,熊海真切地感到,地震后这些再生育家庭,尤其是一些高龄难孕家庭,大多经历过常人难以想象的压力和艰难。一旦有了孩子,孩子们便被家长瓷器般捧着,自身也有了瓷器的娇贵与灵性。他们从父母那里准确感应出自己的贵重地位,因而任性,爱吵闹,不妥协。几乎所有再生家长在谈到自己现在的孩子时,都一致感慨:不听话,耍横,脾气坏。

爱逛超市是这些再生育孩子惊人一致的共性。即便是对现有生活颇感幸福的蒋洪友傅广俊夫妇,在谈到女儿蒋雨梧时也说:以前小雨梧特别害怕超市,怕人多。后来知道了超市的功用,零食多,反是大人怕她了。动不动她就说,走,我们去赶超市。现在赶超市她比大人还跑得快。

擂鼓镇的范孝蓉说,他们的再生育孩子陈渤文,喜欢玩具,喜欢挖掘机,超市里就卖这种东西。每天幼儿园放学,他自己先钻进去,非买一样出来不可。

感慨最深的是北川苏保乡的刘顺国。他是再生育家庭中难得的,对孩子有着明显标准的父亲。尽管他已经48岁,地震中,他的两个孩子遇难,第三个孩子来之不易。他有一千个理由迁就女儿,却也掩不住对眼前孩子的担忧:

现在的娃娃,一路走一路买,不买就哭,看见了超市,一头钻进去,拉也拉不出来。你不给她买,就哭,耍横,背上摸一把,湿透了。

乱七八糟的东西吃多了,不卫生,不消化,身体素质就差,爱生病。一生病,吃药不管用,得输液,一花一大把钱。

家庭经济窘迫是这些再生育家庭的另一共性。在四川地震灾区,几乎所有的再生育家庭多为一种模式:母亲在家全职照顾孩子,挣钱的担子压在父亲一人身上。而多数的父亲因年岁已大,伤痛深重,身心多有不济,挣钱的机会并不多,许多的家庭,仅靠有限的低保维持生存。

而这些特殊的"全职太太",她们并不是偷懒,也不是喜欢赋闲在家,确实是不敢掉以轻心。

再生育妈妈傅广俊说到她的"工作"时,就曾扳着指头对我说:早上要送,下午四点就要接,这期间,你还提心吊胆的,生怕她出事。稍有点伤风感冒,就要送医院,打针吃药。前一阵子,他们的女儿小雨梧生病住院了,家里脆弱的经济平衡瞬间打破。

孩子一生病,输几天液,一千多,一个月的收入没了;再生一次病,输几天液,第二个月的收入没了。蒋洪友说。

面对窘迫的现状和眼前不能令人满意的孩子,许多家长便往回走,心思和情感回到已经失去的孩子身上。事实上,新生命的降生,并没能让绝大多数父母淡忘以前的孩子,相反,他们的音容笑貌会更为牢固地存留于父母的脑海中。将眼前孩子与逝去的孩子比较,是他们身不由己而贯穿始终的事。高兴时,他们往往会感觉现在的孩子和逝去的孩子很像:小妞妞和他的哥哥特别像,真的,大家都这么说。沮丧时,他们会在追忆中,将逝去孩子的优点夸大,将缺点抹去,于是每个逝去孩子在家长的心目中都出类拔萃,完美无瑕;反过来把眼前的生活比得暗淡凄楚,走投无路。

刘顺国便是这种心态中最典型的一个。说到现在的孩子爱花钱,耍横,一哭全身湿透,他便想起逝去的两个孩子:那时候两个娃娃,去苏保小学上学,下大雪,走到学校,裤子湿到了大腿,老师给他们脱了,再帮着烤干。于是刘顺国感叹:听话的,都走了;眼前的,又这么不听话。往后我们老了,咋个带她哦……说话间,眼泪珠串般滴落,却无声。

擂鼓镇的王永会,地震中大儿子遇难,为此她自闭,酗酒,无法从悲痛中自拔。生了小儿子李昌鹏后,抱怨孩子说得最清楚的一句话:有钱没得?我们买糖去。而她的大儿子,在她无尽的回忆中,则是纤尘不染:大儿子爱读书,从小就爱干净,还帮大人收拾屋子……于是她干脆得出结论:这个不听话,一点也不听话。

而听话的那个,永远地走了。

如何让再生育父母与他们痛失孩子的事实"和平共处",如何让再生育的孩子健康成长,已成为带有普遍性的问题。对此,自地震之后起,有心理援助机构和志愿者在地震灾区始终做着这方面工作。他们创建了"妈妈之家",专门为丧子母亲进行心理援助;开办了"少儿健康行为训练营",教导新生孩子家庭理性抚养孩子,避免溺爱。但他们表示:许多丧子家庭至今还没能完成"心灵重建",这是个艰难而漫长的过程,绝非一朝一夕可完成。

十年树木百年树人。再生育工程虽然艰难,但生育毕竟只是一个阶段的事,孩子的成长和成才,才是更为长期而复杂的过程。倘若生育如同修房子,成长才如树人。这些再生育的孩子们,他们是地震之后的新生命,是众多家庭的新希望,更是地震灾区乃至整个中国未来的希望。关注他们的成长与发展,需要更为长远的目光,需要具体而切实的措施,需要全社会的不懈努力。

2. 重生之路刚刚开始

失去的,想追回,由此产生强烈的再生育愿望,要让逝去的孩子"轮回"到新生命中来。为此他们历尽艰辛在所不惜,演绎出一曲曲生命重建、生生不息的悲壮之歌。走过苦难,走过过往,人生在走过中得到洗涤,得以清纯,心灵在走过中复苏和回暖,生命在走过中获得神性和庄严。如今,这些再生育家庭无论结果如何,大抵都有了一种沧桑过后的平和与练达,唯愿日子太平,心中别无他求。而这唯一的愿望也正在成为他们内心最大的恐惧。

人生的虚幻与极限他们触摸过了,世界的末日他们感受过了,"天有不测风云"的古训成为他们根深蒂固的潜意识。恐惧是终生的。恐惧之下的生活,便是心事的叠加、痛苦的延续和递增。

说到未来,多数的再生育家庭感慨:我们不能吃泻药了,千万不能再出事。维持现状是他们的愿望,也是他们最没有把握的现实。

深怀恐惧者远不止这些丧子家庭。在北川,一些丧子家庭感慨,那些没有丧失子女的家庭,见了他们,以前本来很熟的,现在装着不认识,远远就躲开,就像见了瘟疫。

这正是深刻的恐惧在他者身上的反应。相对于丧子家庭而言,完整的家庭或许是幸运的,却未必感到幸福。同为灾难的经历者,他们虽然没有失去自己的孩子,可置身其中,亲眼见证了这些丧子家庭的全过程。灾难的烈火,烧在他人身上,却烫伤了他们的心;他们如同陪杀场的囚犯,死的虽不是他们,却早已让他们魂飞魄散。从这个意义上讲,任何时候,任何境遇之下,灾难之于生命的压力和伤痛,都不是个体的,而是群体的,是对整个人类的巨大伤害。

然而恐惧是真实的,希望也同样真实。希望和恐惧在博弈。希望的生命力从来都大过恐惧。希望无时无处不在生长,哪怕从岩缝里也要长出身姿,开花、结果。培护希望,让它强大、茂盛,是对恐惧和悲痛的最好良药。

从这一点看,再生育工程成效显著,重生之路却远没有结束,才刚刚开始。

(原载《北京文学·精彩阅读》2013年第5期)

在水一方

秦 岭

"圣人之治,其枢在水"
——摘自《管子·水地》

一次宿命的行走
（引子）

我穿行在荒山枯岭之中,却恰似一叶小舟,独行水上。

水在哪里？抬望眼,到处都是旱地儿。安全地行走,却在考察中国农村饮水的安全与不安全。——水,生命之源,它是在呼唤我吗？

我宁可相信,给我安排这样一次行走的,是水,更是命运。二者必然是兼而有之的。水既然能成为生命之源,必然与命运有关。我的行走,由北国到江南,由内地到边陲,因水而来,为水而去。中国农民与安全的饮用水之间,撼动我的,是缺一口水而遭遇的死亡、流血以及满脸泥石流一样的眼泪；是得到一口水的欣慰、亢奋以及苦菜花一样的笑容。苦菜花也是花儿,笑了,就好！敬爱的中国农民,难得一笑。

人类最安全的表情,是笑容,那是因为安全的水在笑容里行走,并把安全的生命表征写在脸上。水如果不安全,还没笑呢,表情早就因饮水危机而坍塌,满脸废墟,是僵尸上大地龟裂、江河断流的五官七窍。

我习惯了欣赏、珍惜一滴水的晶莹,那是因为上苍首先给我生命开始的那一刻就安排了缺水。我生活的城市天津和我的故乡天水,两个地名的表层意思在于:水之上,都是天;天之下,都是水。有趣的是,地名文化的涵养层与现实的水资源如此地大相径庭,构成了精神链条上的文化幽默:一个拥有九河下梢的美誉,却晾晒在渤海湾一望无际的盐碱地上,饮用水极度匮乏,城乡供水主要依赖庞大浩繁的引水工程从几百里几千里外的滦河、黄河与长江获得;一个拥有天河注水的传说,却被挟裹在黄土高坡与秦岭山地的夹缝里,淡水资源年年告急,山区农村饮水主要依靠雨水集流而成的水窖。故乡的西汉水流域,曾经是诞生过《诗经》之《秦风》的地方,"蒹葭苍苍,白露为霜;所谓伊人,在水一方"。那些像芦苇荡里蝴蝶一样飞舞的文字,曾经迷倒过多少懂水、懂爱、懂日子的芸芸众生。而今,水,像一个从岁月里渐渐变瘦、变缥缈的没有安全感的弱势群体,让生活其中的我,真正体味到渴望两个字的渊源和含义。

所以,我为生活在这样的家园感到荣幸,行走,并始终渴望。

月高星稀之夜,村口旱井边排队曳水的村民像上缴"皇粮"时挨成一溜儿的麻袋,高高矮矮,与夜和时间一起相守、胶着,其中有不少是年迈的母亲和撇着嘴的小娃娃。这是我儿时记忆里一成不变的定格画面。那样的夜,漫长,执著,悲壮,躁动。倏忽间划过天际的一颗颗流星,像惨白的巨大刷子一样把山野闪得通亮,瞬时又把一张张因期待而呆滞的脸拽入更为深重的、不安全的暗夜。探入几十米深井的,不是桶,而是链接在绳子一端的十几个小铁罐儿,"叮叮当当"地下去,直奔大地坚硬的心脏,每个小铁灌儿里哪怕钩曳起一滴水,拎出井口,就能照见月亮含蓄的脸。鸡叫三遍,挑一担泥水回家,一天的日子就像晒蔫了的秧苗,惺忪地舒展开来,舒展在炊烟里,也舒展在心上。

"叮叮当当"。这样的声音在我记忆里原地踏步了三十多年,像干涸的深井里一串串永远也无法安全的生命符号。

一个国家,一个民族,在经济全球化的时代仍然喝不上水,是可悲的,也是可怕的。当饮水危机成为一个国家的第一危机,民族复兴与未来的蓝图,只能绘制在干涸的河床上。

当有那么一日,一些文化机构通过我的小说改编而成的话剧、影视、戏曲里呈现了那么多干旱、缺水、枯井等生活元素时,我才顿悟。早在十几年前,写水,就已经成为我的自觉或不自觉、意识或下意识,我和我笔下的乡村土地、乡村人物、乡村故事所构成的各种错综复杂的关系,归根到底,竟然是我与水的关系。此行,大概是上苍为了让这个背景在我的视野里更辽阔、更博大、更清晰、更透明。我步履匆匆,我无法矜持,每一个脚印都竖起耳朵,在谛听和判断,何处?人畜焦渴。何处?饮水安全。

这是个既令人沉重同时又亢奋的话题,沉重到什么程度?从大禹治水时代直至 2005 年共和国实施的农村饮水安全工程中全国各地用于修建水渠、水库、水柜、水窖、水池所需的所有石料、土方、钢筋、水泥、管材重量的总和有多重,这个话题就有多重。亢奋到什么程度?中国农民喝上自来水后在自发组织的秧歌舞、喜宴酒上有多亢奋,这个话题就有多亢奋。

我的行走起始于 2012 年 5 月中国作家"行走长江看水利"的启动仪式,依次抵达重庆、贵州、广西、云南、陕西、宁夏、甘肃……7月中旬,当我在天水一家宾馆梳理一路走来的所见所闻时,脑子里像瀑布一样倾泻的,是中国农村饮水安全背景下农民的苦与乐、悲与欢;是农民挑水路上无助的眼神;是农民喝上安全饮用水的第一次深呼吸。这里是羲皇故里,天水大地湾文化呼应着史前文明的种种可能。记得与水利部的一位部长对话时,我们不约而同地谈到出土自大地湾的七千年前的尖底儿陶瓶——母系氏族的先民们用它盛满水,再稳稳当当地插在土地上——安全使用。今番的中国农村饮水安全工程,我不好妄言与先人的饮水思想是否一脉相承,但作为一种安全信息的遥相呼应,至少在理念上是成立的。似乎是,饮水安全,正从史前文明中走来,又从二十一世纪的现实中出发。

"天一生水"。当年人祖伏羲演绎八卦时,早就启肇黎民:水的未来,就是我们人类的未来。这样一个悲悯的话题,不久前变为我在天津市青年作家读书班的授课主题,我说,身处大都市的你与我,每当优雅而随性地拧开水龙头的时候,一定要带着我们内心的悲悯。相信水和相信祖先是一个道理。相信祖先,就有理由相信人类为了饮水安全所付出的一切,那里的每一滴水,像我们血管里的每一滴血,有晶莹,有分量,有温度。

在陕北,一位农民说:"希望你的书里有水,那是咱庄稼人的命。"

我无论怎样回应,都会像旱井一样空洞,唯有和盘托出《在水一方》。在水一方的这边和那边,我的脚印串串。

第一章 人类饮水与险情的距离

1

安全,一个让人放心的形容词,可靠而温馨。

《现代汉语词典》对安全的解释是:没有危险;不受威胁;不出事故。顾名思义,所谓不安全,就是:有危险;受威胁;出事故。不安全与安全的反义词——危险,仿佛魔瓶里释放出来的一对怪胎,青面獠牙,险象环生,残酷无情。

从沧海桑田走来的人类,太熟悉灾难了。一切灾难的发生,往往就在那安全与不安全的链接处爆发,两者之间的距离,只有薄薄的一张纸,一层膜,或者,一根纤细的线,一旦洞穿或断裂,留在人们伤口上的记忆,几乎清一色地成为人类最触目惊心的画面:流血、死亡、伤残、喘息、绝望、呻吟、眼泪……

当安全最终妥协于不安全,一切灾难,当为定数,在劫难逃。

古云:"生死在天"。古人亦悟到:人之死,在天,也在自己。

曾几何时,在许多皇权国家,贵为天子的帝王最陶醉其中的一句话,是人们对他山呼万岁。什么叫万岁?就是活10000岁以上,譬如10001岁、10010岁、19999岁直至无穷……生命与死亡是否有如此漫长的距离,我们只有去神话里寻找。

死亡是人类最悲壮的谢幕,形式却少得可怜,就两种:正常的,非正常的。所谓"爱你一万年",那是梦想;即便"死你一万年",你也休想,合上眼睛,只是一刹那间的事情。《无常经》云:"生者皆归死,容颜尽变衰,强力病所侵,无能免斯者。"正常的死亡,那是规律,你作为一个生物体的灭亡,会给下一个生物体腾出生存空间,你即便想不通,也得想通,否则,一颗死皮赖脸的灵魂,活着,不如不活。

那么,非正常死亡呢?也是规律吗?

当不是规律的规律形成规律的时候,必然是人类自己糟蹋自己,是犯贱,是麻木,是作茧自缚,是自掘坟墓,是搬起石头砸自己的脚——不,是砸自己的小命。当我们在茶余饭后——或者此刻就在品着杯中的香茶,在讨论国家安全、经济安全、核安全、文化安全、情感安全、家庭安全、饮食安全、药品安全、出行安全等各种冠以"安全"符号的话题的时候,你是否怀疑过,你杯中的饮用水,是安全,还是不安全?

换句话说,是危险,还是不危险?

退一步,再换句话说,一口水,是不是把你的生命逼到了人生的边缘?

是可笑吗?是大惊小怪吗?是小题大做吗?是无事生非吗?

似乎是,水实在是一种太平常、太简单、太司空见惯、太常态化、太不经回味的东西。有位学者告诉我,现在大家都在谈法盲、文盲,其实,我们当中最大的"盲",是水盲。人们常说"鱼水情深""鱼儿离不开水",却极少听得人和水关系的诠释。人间纷争最多的关系,似乎让人与权、人与钱、人与财产占据了大半儿。

很少有人意识到,鱼儿是在水中游,水是在人体里游。鱼离开水,水会带走鱼的生命。人离开水,水照样会把人的生命带走。

水像空气一样神秘、奥妙。

水,实质上是地球上最大的传奇。生命就是水,水就是生命。

如果你仍然固执地认为我们离饮水危险的距离实在太远,那么,不妨从头认知一下我们和水最为基本的生命联系。

连接受《生理卫生》科目教育的小学生都知道,人体的59—66%是由水组成的,儿童体内的水分则可达到体重的80%。其中,脑髓含水75%,血液含水94%,肌肉含水76%,连坚硬的骨胳里也含水22%。当人体失水占体重的10%,就会产生脱水,出现少尿、心跳加快、血压下降。当失水占体重的15—20%时,就会危及生命。维持人的生存基本需求,每天必须得到最低数量安全饮用水为3—5升。洗菜、做饭、刷牙、洗脸、洗手等需要20升/天,加上卫生和洗浴等生活基本需求用水,大约每人每天需50升。

通俗地讲,一个人,两到三天不喝水,死神就会拎着棺材,随时笑纳你的性命。你火热的身躯,无论男女,还是老幼,将变成一具冰凉的尸体。你残留在肌肉骨血中的水分,用不了一年,就会被岁月和细菌分解、吸附殚尽,最终,你会化为乌有。你休想挽留一滴水在你身边,因为你没有身,也没有边。

人与水,相互交融,没有距离。谈人与水的距离,实际上就是在面对人死亡的过程。

才子佳人们常常对月怅叹:"问世间情为何物?"

没有水,你问什么?是问"问世间水为何物吗?"如果你认为这是冷幽默,你就不是唯物主义者,你是典型的理想主义者。

是啊!问世间,水为何物?

2

带着种种的设问,我走进了古代贤达关于水的各种诠释以及现代科学关于水的各种推断和结论。我在现实中驻足,目光回溯历史,同时眺望未来。

人类从混沌初开的一刹那,第一时间感受到的,必然是两种东西:一者,空气;二者,水。因为人类发现自己需要呼吸,同时需要喝水。

关于水在世界各种事物的组成或者分类中扮演的角色,史前的人类、文明早期的人类给我们留下了许多信息。古代西方提出的"四元素"中有水,佛教的"四大种"也有水;中国古代的五行学说中的水代表了所有的液体,以及具有流动、润湿、阴柔性质的事物。《道德经》以水比喻道德的最高标准:"上善若水。水善利万物而不争,处众人之所恶,故几于道。"意译过来就是:水滋润大地万物,却不争夺显赫的位置,处于大众讨厌的位置,去充满低洼之地,所以就接近于道了。

水崇拜几乎是全球人类集体无意识的一种崇拜。

中国传统文化中的龙王就是对水的神格化。凡有水域水源处皆有龙王,龙王庙遍及全国各地。祭龙王祈雨是中国传统的信仰习俗。我在2012年夏天与200多个乡村的对视里,能感受到龙王庙和饮水安全工程同样让人敬畏的力量。我发现,几乎90%以上的乡村都有龙王庙。中国民间老百姓对水的渴望,十分生动地体现在对龙王的膜拜和情感上。作为中国古代神话的"四灵"之一,龙能生风雨,兴雷电,职司一方水旱丰歉。道教《太上洞渊神咒经》中的"龙王品"就称:"国土炎旱,五谷不收,三三两两莫知何计时",元始天尊乘五色云来临国土,与诸天龙王等宣扬正法,普救众生,大雨洪流,应时甘润。除了龙王庙,我还发现,许多地方建有历史悠久的真武庙,真武庙供奉的北方之神玄武,其很重要的一个身份,就是水神。《后汉书·王梁传》曰:"玄武,水神之名。"长期以来,中国老百姓通过赋予水以神的灵性,祈祷水给人类带来丰收和幸福。至少,带来水,让人们不再饥渴。

老百姓冥冥中的膜拜和图腾,根本上是为了一种距离。

这种距离,就是与生的近,与死的远。或者,与生的远,与死的近。

"我们只有一个地球"。面对大型宣教牌上抒发的真理,你的耳膜是否早已锈迹斑斑?假如换句话——太阳系八大行星之中,地球是唯一被液态水所覆盖的星球。你是否会突然惊醒,我们太幸运了,太幸福了。当然,也太巧合了。水在我们的生命演化中起到了实在太神奇、太伟大的作用,所以你、我、他,你们、我们、他们,都活着,都思想着,都行走着,都在人间发生着或伟大、或凡俗的事情。

"百年修得同船渡"。船下面的,那可是水啊!水,可载舟,亦可覆舟。

管子曰:"水者何也?万物之本原也,诸生之宗室也。"现代人似乎不傻,关于水的定义,既沿袭了传统,又赋予了现代意识,曰:水,是生命之源、生产之要、生态之基。有道是:生命之网并非人类自己所编织,人类只不过是这张网上的一根线一个结。编织这个网的,是水。——生命之源,这是生命秘密最彻底、直接的答案。

无论你谈论有关安全的任何话题,你自身的生命是第一话题。当生命在不安全的状态下谈其他安全,这是生存与死亡的另一种幽默,它以漫画一样的效果提醒我们,所谓不安全,有时候与生命的无知有关。

水出了事,所有的话题还在,但是,人没了。

于是,有这么一个逻辑很是耐人寻味,假如人间的水都不安全了,你一定会说:"喝,不如不喝。"可是,不喝,你还想喝什么,是喝自己死亡的信息吗?

就饮水而言,人类与险情的距离,难道仅仅是横亘在"安全"与"不安全"之间的那个"不"字?一横、一撇、一竖、一点。你说它意味着啥?

在中国现代文学馆,我与几个前来看望我的作家朋友聊起有关安全的话题,他们异口同声:"当下最严重的安全隐患,是核安全。"

当水不安全了,人没了,谁来启动核装置上的按钮?到了那一天,地球上所有的核武器,将成为地球博物馆里人类最无耻的遗产陈列品。

我注意到,许多相信2012年12月21日是世界末日的人,都在惊恐和迷失中度过。过了零点时分,我看到了太多自认为躲过一劫的嬉皮笑脸。在我看来,当人类一旦习惯了忽略饮水安全,末日早已扼住了你的喉咙,嬉皮笑脸之后,你恐怕连丧钟都听不到,因为敲钟的人,早已先你而去,先你腐烂成泥。

这样一个忠告,你信吗?真的,信,还是不信?

如果你不信,好,恕我直言:对你这个地地道道的水盲而言,当你真正相信的时候,你已经奄奄一息。是临死前的那最后一滴眼泪,使你认识到饮水安全到底是荤的,还是素的。

太晚啦!哥们儿,尽管你已经顿悟 H_2O 是大写,而不是小写。

第二章 饮水安全,全球第一危机

1

"饮水安全——全球第一危机!"

多元化的世界,唯独对这一危机,认识上高度统一。

不安全饮用水,早已成为地球人的头号杀手。"饮用"是自杀的手段,"水"是自杀的工具。

2007年5月30日至6月1日,联合国秘书长会议与卫生顾问委会员第八次会议暨亚洲地区对话会在我国上海市召开,会议发表的材料表明,全球有11亿人未能喝上安全饮用水,26亿人缺乏基本卫生设施,每年有500万人,包括160万儿童死于与水有关的疾病。

杀手,与其说是不安全的饮用水,不如说是自己。这,难道就是"天地与我共生,万物与我为一"的星球上人与水的现实逻辑吗?

目前,全球每6人中就有1人不能持续获得安全饮用水,发展中国家致病或死亡的人口中80%与饮水不安全有关。

专家告诉我,世界上,每年有500余万人死于癌症,约占全世界人口死亡总数的1/4。其中,每一年的每1000个人中,就有1人是被判了死刑的癌症患者。美国、英国、法国、日本等先进工业国的癌症死亡率仅次于心血管疾病,居第二位。大量的研究表明:大部分的癌症是由环境中的化学致癌因子造成的,而这些因子又广泛存在于地表水、地下水和经过处理的饮用水中。到上世纪末,美国饮用水中发现的化学污染物总数已超过2100种,其中已确认是致癌物和可疑致癌物的有97种,另有133种是致突变、致肿瘤或有毒污染物……我想,这不仅仅是一家之言,不安全的饮用水危害人类健康,是个灰色的铁逻辑。

其实,我们早在小学时代的《自然常识》、中学时代的《世界地理》课本里,就已经很明朗地感受过全球背景下水危机的大致样貌:在蔚蓝色的地球上,总储水量约14.5亿立方千米,其中海洋水为13.4亿立方千米,约占全球总水量的96.5%。应该说,地球的储水量是很丰富的,但是,能够供人们生产和生活利用的,却是杯水车薪。连小孩子都知道,海水不仅不能饮用,而且也无法用于工农业生产。地球的淡水资源仅占其总水量的3.5%,而在这极少的淡水资源中,又有70%以上被冻结在南极和北极的冰盖中,加上难以利用的高山冰川和永冻积雪,有87%的淡水资源难以利用。人类真正能够利用的淡水资源是江河湖泊和地下水中的一部分,约占地球总水量的0.26%。全球淡水资源不仅短缺而且地区分布极不平衡。按地区分布,巴西、俄罗斯、加拿大、中国、美国、印度尼西亚、印度、哥伦比亚和刚果等9个国家的淡水资源占了世界淡水资源的60%。

全世界人的命运,就维系在这可怜巴巴的0.26%上。

没有这0.26%,人类的世界就不会充满生机和活力。

没有这0.26%,就没有世界。

没有这0.26%,就没有社会。

没有这0.26%,也就没有人类。

然而,地球上的许多国家,正在利用这杯水车薪的0.26%,在超速发展、疯狂发展、盲目发展。所有不是可持续发展的发展,发展的代名词——绝路,是黄泉路上傻子一样的玩命赛跑。

据联合国估计,1900年,全球用水量只有4000亿立方米/年,1980年为30000亿立方米/年,1985年为39000亿立方米/年。预计到2000年,需水量将增加到60000亿立方米/年。其中包括中国在内的亚洲用水量最多,达32000亿立方米/年,其次为北美洲、欧洲、南美洲等。

二十世纪五十年代以后,全球人口急剧增长,工业发展迅速。一方面,人类对水资源的需求以惊人的速度扩大;另一方面,日益严重的水污染蚕食大量可供消费的水资源。世界水论坛提供的联合国水资源世界评估报告显示,全世界每天约有200吨垃圾倒进河流、湖泊和小溪,每升废水会污染8升淡水;所有流经亚洲城市的河流均被污染;美国40％的水资源流域被加工食品废料、金属、肥料和杀虫剂污染;欧洲55条河流中仅有5条水质勉强算是及格。

二十世纪,世界人口增加了两倍,而人类用水增加了5倍。世界上许多国家正面临水资源危机。到2005年,水危机将蔓延到48个国家,35亿人为水所困。水资源危机带来的生态系统恶化和生物多样性破坏,也将严重威胁人类生存。

近年来,我们在报端、在电视上常常会看到这样的报道:全球气候变暖、臭氧层破坏、土地退化、沙化、海平面升高、冰川消退、永久雪盖减少……

专家预计,到二十一世纪末,全球将有三分之一到二分之一的山地冰川消失。中高纬地区以冰雪融水补给为主的河流,流量可能会因此而减少。

我至今记得,2005年,联合国针对全球湖泊加速消失问题发出过警告,卫星图像显示,与数十年前相比,目前一些湖泊与河流的长度与宽度发生了巨大变化:乍得湖面积缩小近90％,而非洲最大的淡水湖维多利亚湖水位比上世纪九十年代初降低了1米。过去20年间,尼日尔损失了近80％的淡水湿地。报告认为由于气候变化、污染、不良灌溉,使得全球各地的湖泊面积日益缩小、效能下降。

缩小与下降——缩、小、下、降,四个让人揪心的字眼儿,四个让人感到空间感极度窒息的字眼儿。

2

8年前,我曾乘坐飞机从美丽的俄罗斯上空经过,我惊讶于俄罗斯大地上星罗棋布的湖泊。俄罗斯人曾自豪地告诉我:"我们的国家有大小湖泊20多万个,其中水面面积超过1000平方公里的有10多个。贝加尔湖是世界上最深、蓄水量最大的淡水湖。"但同时,这位忧患意识极强的俄罗斯汉子长叹一声:"由于近年来工业的发展,不少湖泊遭污染问题非常严重。"

一位社会学专家告诉我:"污染是可怕的,同样可怕的,是水的争夺战将愈演愈烈。"

因为,对于水资源稀少的地区来说,水已经超出生活资源的范围,而成为战略资源,由于水资源的稀有性,水战争爆发的可能性,就在安全与不安全之间。水资源危机既阻碍世界可持续发展,也威胁着世界和平。纵观全球,有多少古文明是在保持中发展,在发展中进步,在进步中提升,在提升中更加走向文明?——统统没有。有一个词,很精准地概括了文明的规律,那就是:兴衰。美索不达米亚文明、玛雅文明、哈巴拉文明……这些文明之所以从强盛走向衰落,是因为他们在文明发展过程中很少或根本没有遵循生态规律,他们用强权、暴力、杀戮、掠夺的形式对各种资源的占有,最终导致自然生态、社会形态的崩溃,最终酿成文明的苦果。

很可笑!我们这些现代人以旅游者的身份前往世界各国倾听古文明的时候,什么也听不到,扑入我们眼帘的,往往是残垣断壁和漫漫荒漠。

现实,有时候比历史更残酷,从人类文明启肇之日,人类上演的包括水资源在内的战争悲剧,至今就没有落幕:侵略与反侵略、掠夺与反掠夺……对此,难道我们陌生吗?对这个话题,军事家应该最有发言权,往往是,军事家发言的时候,一纸宣战令,已经靠近了枪口。过去50年中,由水引发的冲突共500多起,其中近40多起有暴力性质,20多起演变为军事冲突。

枪口飞射出去的是子弹,对方胸膛上流出来的是血。

水战争,就是用对方的血,来换自己的杯中水。

当饮水安全需要依赖战争和杀死对方为成本,这是人类文明最大的悲哀。时至今日,我们该如何考量人类的文明与进步。

今天,地球上的现代工业文明更像一把史无前例的双刃剑,它的另一面,已经让地球严重失衡,它所支撑的现代文明,难道是新一轮的强权、暴力、杀戮、掠夺、流血、疾病和死亡吗?

6年前,我看过一部关于人与自然的纪录片,主持人娓娓道来:"如果我们再不改变自己的行为,在自然界面前依然我行我素,那么,数百年后,巨大的热浪将会席卷地球每一个角落,海洋中漂浮的冰山将会融化得无影无踪,全球性的悲剧将会不期而至……"

格言云:"人类应是大自然进化树上开放得最美丽的花,而不应是最活跃的毒瘤。"在我看来,人类的愚蠢和短视在于习惯了下意识地、轻薄地、无知地认为地球属于人类,殊不知,只有人类属于地球,并不是地球属于人类。地球到底属于谁?面对这个问题,人类是否拥有发言权,也是个问题。

不能不说,人类有其麻木、健忘、蒙昧的一面,尽管,第47届联合国大会决定将每年3月22日定为"世界水日"。

尽管,联合国前秘书长安南曾呼吁:"获得安全的水是人类的一个基本需要,因此是一项基本人权。不洁的水危害所有人的身体健康,也危害整个社会的健康。这是对人类尊严的践踏。"

尽管,在2000年联合国召开的千年首脑会议上,各国国家首脑郑重承诺:"在2015年年底前,使无法得到或负担不起安全饮用水的人口比例降低一半。"

尽管,为实现这一目标,联合国又将2005年—2015年定为"生命之水国际行动10年"。

尽管……

不能不承认地球人是高级动物,因为地球人太聪明了,可是往往,清醒和理智,是两码事;觉醒和行动,是两码事;思考和行动,是两码事。为了让两码事变成一码事,地球人需要做的事情,何止一纸宣言、一纸承诺、一纸计划。

过于聪明了会成为小聪明,小聪明是一知半解的聪明。

"灭绝意味着永远,濒危则还有时间"。这是多么深刻的格言!6500万年前,恐龙曾经是这个星球上的主宰,6500万年后,恐龙灭绝了。

我们完全可以想象到恐龙灭绝的过程,那是恐龙世界的疾病、死亡、流血……

恐龙灭绝了,替代主宰地位的,是人。

假如,人灭绝了呢?替代人类主宰地球的,将会是谁?

这一问题,是不是需要童真的孩子问他的妈妈呢?

第三章 饮水安全,中国更危机

1

我们都有一个家,
名字叫中国。
兄弟姐妹都很多,
景色也不错。
家里盘着两条龙,
是长江与黄河。
……

一曲《大中国》,抒发了对祖国的热爱和赞美之情。主题明快,热情,富有时代气息。家里的长江、黄河"两条龙",让人心潮澎湃,充满自豪和骄傲。

黄河与长江,中国大地上最大、最多、最壮观的——水。"黄河之水天上来""滚滚长江东逝水"。似乎是,这千古定律中,蕴藏着无尽的、永恒的、持久的豪迈和诗意。"河流是人类文明的起源"。首先因为它孕育了生命。人类代代相传,生生不息的奥秘,一如河流缓缓流淌的过程。

"可能再没有什么比黄河断流更能深刻地反映中国水资源

短缺的严峻局面了。"国家水利部的专家告诉我。

黄河,1972年首次断流,到1997年黄河断流期长达226天,近700公里河床干涸,给黄河下游两岸人民的生产和生活造成严重困难。如今保证黄河不断流已成为政治任务,为此黄河常年维持小流量状态。但这样的流量无法把10亿吨泥沙带到河口,大量泥沙淤积在水库和下游河道,造成严重的洪水隐患。由于污水不能得到有效处理和循环使用,由于黄河上中下游各个城市厂矿一味争夺开采有限的清水资源,黄河的水资源短缺变得更加严峻。

长江,从二十世纪五十年代以来,长江上游的20多条河流平均萎缩了37.1%。长江污染问题突出,每年排入长江的污水达220亿吨,占全国总排污量的1/3。几乎每个沿江城市下游,都可以看到长长的黑色污染带,总长近600公里。歌曲《长江之歌》曰:"我们赞美长江,你是无穷的源泉……"而长江上游部分支流的连年断流,早已不是什么新鲜事儿。1998年,中国人曾大战长江洪水,转过年,到了1999年,又大战长江流域旱魔。

黄河,她难道仅仅是一条河吗?她身上承载的太多,她不仅被誉为中华民族的母亲河。她的黄色表征,与华夏儿女的黄皮肤,与我们脚下的黄土地一起,早就融汇成一种水乳交融的文化谱系和精神链条,不可分割,荣辱与共。中华民族的母亲河断流了,污染了,当母亲干瘪的乳房里渗出的是毒液,嗷嗷待哺的儿女,爱何以堪?情何以堪?命何以堪?

黄河沿岸的老百姓,把躯体裸露的黄河称作"流动的黄土地"。

得不到乳汁的儿女,是可怜的,是悲惨的,是倒霉的。在我国,通过饮水而发生和传播的疾病就有50多种,每年约发生腹泻病8.36亿人次;在我国,农村儿童腹泻死亡率是城市的14倍;在我国……

"这些病,绝大多数与饮水不安全有关。"天津市的卫生专家告诉我。

"城市里的一些所谓富贵病,与其说是吃出来的,不如说是喝出来的。"卫生专家一语中的。

我国饮水不安全的主要原因,是水资源污染,这一情况,触目惊心。

干旱,缺水,水污染,成为我国的重要国情之一。

《列子·汤问》曰:"缘水而居。"而今,我们缘何水,方可居?

2012年5月28日上午,在中国作家"行走长江看水利"采风团启动仪式上,水利部副部长李国英在介绍我国水资源情况时说:"我国的淡水资源总量为28000亿立方米,仅仅占全球水资源的6%,居世界第6位,人均量远远排在世界第109位,是全球13个人均水资源最贫乏的国家之一……"

我和当天所有在场的作家们暗吃一惊——因了第109位的排名。

在水利部新闻宣传中心给我提供的一份资料中,我无奈地看到了这么一个事实:到二十世纪末,全国600多座城市中,已有400多个城市存在供水不足问题,其中比较严重的缺水城市达110个,全国城市缺水总量为60亿立方米。每年因缺水造成的直接经济损失达3500亿元,其中全国城市工业每年损失2000亿元。

水利部专家预测,2030年中国人口将达到16亿,届时人均水资源量仅有1750立方米。在充分考虑节水情况下,预计用水总量为7000亿至8000亿立方米,要求供水能力比现在增长1300亿至2300亿立方米,全国实际可利用水资源量接近合理利用水量上限,水资源开发触及红线、底线,形势逼人。

在第12届"世界水日"和第17届"中国水周"上,水利部副部长敬正书指出:水资源短缺已成为未来20年中国实现全面建设小康社会目标所面临的重大挑战之一。

"我国水资源的时空分布头重脚轻,像个营养不良的大头娃娃,颠簸着,摇晃着,以严重畸形的面目示人。"一位学者这样来描述我国水资源的分布。

"大头娃娃"的具体"形象"是:

——南方片,包括长江、珠江、华东华南沿海、西南诸河4个流域,属于人多、地少,经济发达,水资源相对丰富地区;

——北方片,包括长江以北的松花江、辽河、黄河、淮河、海河5个流域,属于人多、地多,经济相对发达,而水资源严重短缺地区;

——西北片,除额尔齐斯河外都属于内陆河流域,土地面积337万平方公里,约占全国的35%。属于地广人稀,气候干旱,生态环境脆弱地区。该地区人均水资源不算少,耕地资源也十分丰富,但水土资源的开发利用受到生态环境的严重制约。

就这样一个"大头娃娃",如今已面黄肌瘦,遍体鳞伤。

2

水资源的萎缩,原因当然是多方面的,但是,我们不能忘记人类对大自然犯下的罪孽,曾几何时,在那叫嚣"人定胜天""人多力量大"的灰色岁月,我们曾以"人有多大胆,地有多大产""让高山低头,让河水让路"的狂热,手执器械,像疯子一样吞噬森林、践踏草原、滥截河流……

如果说水资源的多少是关键,那么,最致命的,则是污染。

水污染有两类:一类是自然污染;另一类是人为污染。而在我国,当前对水体危害较大的是人为污染。我国960万平方公里的土地上,动物物种不能说不丰富,但给水资源施加污染的,不是猪狗牛羊,不是狼虫虎豹,而是万千物种中自封为高级动物的——人——直立行走并唯一好用布匹遮蔽身体的那一类。

常记得,战争题材的国产老电影中我方电台之间有这样的呼叫:

甲:长江长江,我是黄河。

乙:黄河黄河,我是长江。

而一则以水污染为主题的相声段子里,聪明的作者做了如此的"合理"改编:

甲:长江长江,我是黄河。

乙:黄河黄河,我也是黄河。

甲：啊？那长江的位置在哪里？

乙：抱歉，你得去问化工厂。

……

把"我是长江"变成"我也是黄河"，电影与相声表达上的巧妙置换，让污染的黑色幽默靠近了黑色的经典。

可笑的是，我国作为人均水资源排名远远靠后的国家，水资源浪费却远远走在世界前面。仅举一例，我国的自来水，基本都是弥足珍贵的饮用水。可是，我国每年约有100多亿立方米的饮用水被用来冲刷家用马桶和公共厕所，这相当于50座国内中型城市的年自来水用量。近年来，我先后去过欧洲、亚洲国家的30多个城市，我发现，往往在那些水资源丰富的国家，无论冲厕所、浇灌、景观用水，都使用回收的再生水——中水。在那里，用饮用水干别的，被认为是最可耻的行为。

生活在城市里的我们，只要你每天拉屎撒尿，你就知道我们的厕所里，像瀑布一样、像挽歌一样"哗哗哗"流淌的饮用水，是多么的惨烈、悲壮。

惨烈、悲壮如那些因饮用不安全水而死去的鬼魂的呜咽，如那些沉疴在身者的呻吟，如那些大街小巷残疾人蹒跚的步履……

"我们都有一个家，名字叫中国……"

该唱时，当然得唱。中国，那是我们共同的家。

我悲悯地祈祷，但愿，我们所有唱《大中国》的每一位炎黄子孙，在没有饮水安全危机的环境中放声歌唱。让黄河听，让长江听，让丰饶而润泽的大地听。

只是，这样的歌，我们有勇气唱给中国西部早已消失的楼兰古城遗址吗？有勇气唱给中国尼雅古城遗址吗？有勇气唱给中国丹丹乌里克古城遗址吗？有勇气唱给中国……

中国城市和中国乡村在饮水安全的跷跷板上，后者远比前者要严峻，要复杂，要致命。乡村，多么诗意的概念，在许多人心目中，那里是净土。当水不净，土何以净？

基本的人性逻辑是：饮水不安全，乡村就没有了自信，农民就没有了尊严。

还是来听一首歌吧,是唱给饮水的,是唱给家乡的,是唱给农民的,不!是唱给国人、世人的。是一首流行于二十世纪八十年代的老歌,歌名叫《我热恋的故乡》,孟广征作词,徐沛东曲,由范琳琳首唱。此歌曾以淳朴的语言、粗犷的旋律、悲情的演绎,引领了中国歌坛轰轰烈烈的西北风热潮,真可谓街知巷闻,妇孺皆知。也许是冥冥中的注定,2012年5月,就在我从北京出发前的全国文联基层负责人研讨会上,中国文联副主席徐沛东展开的第一个话题,就是这首歌:

> 我的故乡并不美,
> 低矮的草房苦涩的井水。
> 一条时常干涸的小河,
> 依恋在小村周围。
> 一片贫瘠的土地上,
> 收获着微薄的希望。
> 住了一年又一年,
> 生活了一辈又一辈。
> 忙不完的黄土地,
> 喝不干的苦井水。
> 男人为你累弯了腰,
> 女人也要为你锁愁眉。
> 离不了的矮草房,
> 养活了人的苦井水。
> 住了一年又一年,
> 生活了一辈又一辈。
> ……

活脱脱地展示了一幅中国农民饮水安全现状的悲情画面。如果你真的还不明白中国农村饮水安全的现状,那就来听听这首歌。我没有告诉徐沛东我即将的行程要靠近"低矮的草房苦涩的井水",但那天的话题仿佛注定是为我饯行。

面对中国广袤的乡村,我很清醒自己视野和步履的局限。我即便走得足够深入,实质上仍然在乡村饮水内核的边缘。截至 2004 年底,全国农村有 3.8 万个乡镇 65.27 万个行政村 2.50 亿住户 9.43 亿人口,农村人口占全国总人口的 72.5%。我只不过靠近了 65.27 万个行政村的 200 多个村庄,但是,每当我靠近和离开那 200 多个村庄时,我很容易想起这首歌。我用足够的冷静和克制,耳闻目睹了中国农民这样的饮水现状:

一些地方,村民挑水、驮水得走几公里十几公里的崎岖山路,往往是早上披着星星出门,晚上又披着星星回来。稠泥浆一样的水,用碗、勺作为计量单位。同一碗水,全家先洗菜,再洗脸,然后洗衣,最后再喂牲口,往往是一水四用、五用、六用、七用……年复一年、月复一月、日复一日的生活主题,就一个字:水。

一些地方,由于世代喝有害物质严重超标的水或被污染过的水,冒出了许多"怪病村""癌症村""绝症村"……有的村人均寿命超不过 50 岁,有的村 40% 以上的人口是残疾人,有的村 70% 的人患有恶性肿瘤,有的孩子出世不到一年就死亡,因为娘胎早已被癌症病毒侵袭。家破人亡,清门绝户,断子绝孙,屡见不鲜。

一些地方,只有"白事情",没有"红事情",有死亡的,没有诞生的。姑娘长大一律远走高飞外嫁到有水的地方,"光棍村"越来越多,人口锐减。有些村子早已失去往日的喧嚣,成为死寂安静的空壳,只剩下荒丘一样的残垣断壁。

一些地方,稍逢天旱,井水、泉眼全部干涸,村民像逃荒一样翻山越岭,到处找水,求水,借水,买水。水价高过油价、粮价,村民不得不去黑市卖血,再用换来的钱去买高价水。卖血,排队;买水,更须排队。

一些地方,水不得不由家族长辈集中管理分配,村民洗澡漱口会受到全村人的责难,有些人一辈子没洗过澡,有些人一生只洗过两次澡:结婚前洗一次,死后净身洗一次。村小周一升国旗,孩子们才有"洗脸"的机会,母亲一口水喷到孩子们脸上,擦一擦,再背书包去学校。讲求干净的大姑娘要出嫁,须乘长途汽车到几十公里以外的县城澡堂。

一些地方,村与村、户与户之间,为一口井、一条河、一个泉眼,祖祖辈辈械斗不断,甚至从冷兵器时代一直打到火药枪械时代,流血与死亡的阴影,发酵着世世代代的村仇家恨。

一些地方……

……

不能再"一些"下去了,"一些"多了,就不是一些。

这样的、那样的"一些",我们早在先秦时代诞生的《诗经·大雅》之《云汉》里,就似曾相识地感受到了:"旱既大甚,蕴隆虫虫。不殄禋祀,自郊徂宫。上下奠瘗,靡神不宗。后稷不克,上帝不临。耗斁下土,宁丁我躬……"

"一方水土养一方人"。这句在中国民间流传千百年的谚语,把"人"与"水"的关系诠释得何其精准!有怎样的一方水土,就有怎样的一方人。此刻,在二十一世纪的今天,我仍然在这里絮絮叨叨地列举所谓的"一些地方",我真不知道自己这是狗尾续貂、画蛇添足呢,还是多此一举、自讨无趣。

3

套用《国歌》里的一句歌词:中国农村饮水安全到了最危险的时候。

中国农村饮水安全的危险,就是中国农民的危险。中国农民的危险,就是中华民族的危险,面对民族的危险,我们每一位公民,躲不开,绕不过,无以回避。

2004年11月—2005年6月,水利部、国家发展改革委、卫生部在全国组织开展了以县为单元的农村饮水安全现状调查和逐级复核评估,共完成了2674个县级单位的调查报告、30个省(自治区、直辖市)和新疆生产建设兵团的省级评估报告,在全国复核评估的基础上编制了《全国农村饮水安全现状调查评估报告》。结果,让人不寒而栗:在我国农村,饮水不安全人口为3.2亿人,占农村人口的34%。其中,水质不达标人口2.27亿人,占70%；水量、保证率低和取水不便的人口9600万人,占30%……

不明不白的是水,所以造成了不明不白的死。

"我们都是喝毒水推日子。"陕西安塞的农民王全有对我说。

王全有把过日子说成推日子。日子一旦"推"着往前走,一切就都放下了,那还叫日子吗？喝"毒水"的王全有啊！全有,全有,你个王全有,啥也没有。

我国农村饮水不安全情况,特别是"毒水"情况,分布广泛,一幅千疮百孔的恐怖"图景"。这些人口的地域分布情况为：东部地区7780万人,中部地区1.3亿人,西部地区1.15亿人。

——饮用高砷水人口主要分布在北方部分地区。长期饮用砷超标的水,会造成砷中毒,导致皮肤癌和多种内脏器官癌变。

——饮用苦咸水人口主要分布在长江以北的华北、西北、华东等地区。长期饮用苦咸水可导致胃肠功能紊乱、免疫力低下,诱发和加重心脑血管疾病。

——饮用污染地表水的人口主要分布在南方,饮用污染地下水的人口主要分布在华北、中南地区。饮用水源污染,造成致病微生物及其他有害物质含量严重超标,易导致疾病流行,有的地方还因此暴发伤寒、副伤寒以及霍乱等重大传染病,个别地区癌症发病率居高不下。

近年来,南方局部地区血吸虫病疫情回升,疫区群众因生产和生活需要频繁接触含有血吸虫尾蚴的疫水,造成反复感染发病,严重威胁人民群众的身体健康和生命安全。

在我国,有1100万人生活在血吸虫病区。

"借问瘟君欲何往,纸船明烛照天烧"。当年伟人的诗句,何等豪情万丈,气吞山河！

这是1958年毛泽东听说江西余江县消灭了血吸虫病,欣然挥笔留下的名句。谁能想到,仅仅过去了不到半个世纪,瘟神一个回马枪,"胡汉三又回来了",带着"绿水青山枉自多,华佗无奈小虫何"的狰狞,带着"千村薜荔人遗矢,万户萧疏鬼唱歌"的得意。

历史在进步,时代在发展,生活在改善,特别是医学水平在大幅度提高,这些致命的疾病怎会铺天盖地而来?

"明知是不安全的水,我们全家不得不喝。不安全的水也是水,有水比没水好。喝死,比渴死好。喝死,慢慢要你的命;渴死,是给你又上刑又要命。"宁夏西海固地区的农民马勤民给我打比方。

水,是乡村大地的血液。那么被污染的水,叫什么,是毒液吗?

不安全饮水,成为中国乡村大地上的另一种洪水猛兽。

作为一个对时事高度敏感的人,我清晰记得2000年联合国召开的那次千年首脑会议,会上,各国国家首脑郑重承诺:"在2015年年底前,使无法得到或负担不起安全饮用水的人口比例降低一半。"

为了不妥协,——安全,成为新世纪全球最通行的一个形容词。

为了人权,为了尊严,中国开始行动,紧急行动,全体行动。

中国农村饮水安全工程,就是为了让中国农民摆脱、远离饮水的危险。它接过之前人饮解困工程的接力棒,开始冲刺。

开始于2005年的这项历史性浩大工程,在中国农村全面启动,960万平方公里的大地上,处处都是没有硝烟的"战场"。

我就是从这样的"战场"走来……

第四章 中国农村大地,干涸的民生伤口

伤口不是用来流泪的,它流出来的是血。

泪也好,血也罢,都是水中的泪,水中的血。当饮水安全问题成为中国农村大地的伤口,它流出来的会是什么呢? 一路走来,我无论在山区跋涉,还是在村口徘徊;无论在井口驻足,还是在阡陌穿越,我的观察与倾听,往往让我欲罢不能。我无法辨析农村大地的伤口具体流出了什么,只感觉这种黏稠得无法化开

的物质里,有柔软,有坚硬;有绵长,有局促;有抽搐,有呐喊……

呈现在岁月里的伤口,往往失去血色。

第一节:一瓶水和中国乡村教育

1

大山里的孩子,他们有山泉一样清澈的眼睛,但是他们离山泉却很远。

大山里的孩子,他们有湖水一样丰富的智慧,但是他们没有见过湖水。

他们有石井、土井;浅井、深井。但是,十有九干。

也许,他们拥有人间最多的水,那是在梦里。

他们拥有用羸弱、单薄的肩膀磨得溜光的竹制的、木制的扁担,拥有沉甸甸的木桶和巨大的塑料桶,拥有挑水路上的打狼棍、铁锹和草鞋。他们拥有最多的,是嶙峋的乱石里一条条、一道道通往山下、深沟里、悬崖下、地下溶洞里的路,找水的路,挑水的路……

"儿童是祖国的花朵"。当我们在城市里重温这句话的时候,我们丝毫不会怀疑它内在逻辑和内涵的可靠与真实。

"让我们荡起双桨",曾经——直至现在,它是一首充满诗意的中国儿童歌曲的名字。容易让我们在第一时间,联想到碧波荡漾的公园,天真烂漫的笑脸。

中国80%以上的儿童,在中国的乡村。

在没有水的大山里,山里娃这样的"花朵"该如何开?他们肩头上的扁担,能一劈两半,变成大山里的双桨吗?

在云南,我听到了一瓶水的故事。

瓶子,就酱油瓶那么大的瓶;水,就酱油瓶的容量那么多的水。

一瓶水,用城市居民家庭的普通水龙头灌装,大概不到两秒钟,而在大旱之年的云南乡村,得在大山里找几十分钟几个小时,甚或一天。

一瓶水,在城市居民眼里,大概没人会用价格来衡量,而在水资源匮乏的乡村,最高能卖到2元钱。换个算法,相当于城市居民家庭供水的水费上涨了230多倍。

一瓶水,在某些乡村,可以让学校停课,学生失学,家庭崩溃……

"一瓶水,也就三百到四百毫升,还不如我们到血站一次性卖血的量。我们去卖血,一次至少六百毫升呢。"村民吴邦明说。

吴邦明捋起袖子,让我看了他当年卖血时扎过的针眼,有好几个。当年他在江苏发达地区打工,年终拿不到工钱,只好缠着"血头"去卖血,层层盘剥后,最终落到自己手里的钱,除了购买江苏到贵州老家的火车硬座票,剩下的,勉强可以备点年货回家,这就算一个农民工一年一度的"衣锦还乡"了。

人体内,血液的90%是水。鲜血和水的天平上,哪个轻?哪个重?我不知道,有多少城市居民,拿自己身体的鲜血,与水参照,做过数学意义的加减乘除。

1992年8月的一个傍晚,贵州省独山县甲定乡的五年级小学生吴强国对爷爷吴邦明说:"爷爷,告诉你个事儿。"

当时的吴邦明刚刚从7公里外的一个雨水坑里背来了半桶水,正在等待沉淀后沏茶。62岁的吴邦明已经等了两个多小时,他先是用一个柴火棍儿把泥浆里的小红虫子、草屑一根根地挑出来,然后把中午洗完锅的水倒进去。这样,桶里的水量就自然而然增加了不少。自从儿子和儿媳外出打工后,水,就是他每天一半以上的"事业",另一半,是照顾两个孙子。

吴邦明教育孙子的口头禅是:"学习,要往死里学,将来考上学,远走高飞,去有水的地方。学费的事儿,你别发愁,爷爷身上,尽管有半身子的病,还有半身子的血呢,够读完小学。"

文盲吴邦明对孙子的教育,倾心,倾力。

吴邦明老人所在的独山县,是布依族、苗族、水族和壮族聚居地区,少数民族人口超过24万。悠久的历史文化造就了独特的民族文化,特色鲜明的独山花灯是贵州南部花灯的发源地,是闻名遐迩的国家"花灯艺术之乡"。这里地处贵州最南端,与广西南丹县接壤,是贵州省和大西南进入两广的重要通道,素有"贵州南大门""西南门户"之称。

但是,这里的大部分乡村都地处喀斯特地区,岩溶密布,境内地表河流稀缺,多年来,村民的饮水,主要是取用山坡上的季节性泉水和村寨附近的水井。我纵有三头六臂,也无法了解到20多年前小学生吴强国读五年级那阵全县的饮水困难数据,但是,我很清醒,旱情和饮水之困,在这样的大山里,历史和现实,往往是呼应的,当下的数据,更能反观到历史的纵深之处。在这里,我所掌握的近年干旱情况的有关数据,主要集中在2011年以后。2011年7月以来,独山县持续晴热少雨天气,最高温度达33.6℃,降水量仅25.9mm,与历年同期相比偏少274.5mm,相当于正常年份的7.4%。全县农作物受灾面积30.01万亩,成灾面积19.15万亩,绝收面积9.41万亩。全县境内共有河流85条,因旱造成断流22条,山塘、水池干枯357口,水窖干枯4130口,水井干枯379口。城乡居民饮水出现不同程度困难。

甲定乡就是全县人畜饮水最困难的村镇之一。"甲定定甲,饮水之困定甲天下"。甲定的一位山村教师给我幽默了一下。

五年级小学生吴强国,是当年干旱肆扰下山区普通小学生中的一分子。

20年前尚且如此不堪,如今又怎样呢?截至2010年9月,独山县90%以上学校仍然面临着巨大的饮水困难,城区学校、乡镇寄宿制学校旱情尤为突出,旱情,在每一所学校,像一张张干旱、冷酷的考卷。

人是斗不过天的。近年来的饮水状况,尚且如此,那么,20年前的那个傍晚,吴强国要对爷爷说什么?

吴邦明似乎在倾听孙子的表达,似乎,遐思已经飞得老远。

吴强国见爷爷盯着半桶水出神,再一次小心翼翼地提醒:"爷爷,告诉你个事儿,是我上学的事情。"

吴邦明回过神来,问:"啥子事情?"

"我们的班主任王老师,人家不干了,要走。"

"走？走哪儿？走了,谁给你们上课?"吴邦明干瘦的眼睛睁得溜圆。

关于班主任王炳坤老师要离开学校南下打工的事儿,是下午班会上宣布的。师范学校毕业的王炳坤,在山村校园已经坚守了 11 年。学校一到三年级共有 6 个教学班,200 多学生,大都来自附近的三个自然村。3 名教师基本都是本地的,还有一名勤杂工老邵。老邵每天的任务是:找水、背水,然后给教师食堂做饭。那几年干旱,找水日益困难,老邵实在太累,进城打工去了。3 名教师只好亲自"上阵",轮流找水、做饭……每天凌晨 5 时,总有一名教师,把一个塑料桶塞进背篓里,走出校门,走进深山,走进深沟……

下午的班会上,王炳坤几乎用哽咽的口气说:"同学们,我对不起你们,因为我要离开你们了……"

"老师,您不能走。"

"但是……"

"老师,您不能丢下我们不管。"

"但是,同学们……我……我已经决定了。深圳那边,一家公司,我的同学已经帮我联系过了。"

王炳坤没有说具体的原因,但是同学们心里十分清楚:水,因为水。

当场,许多同学都哭了。有些女同学把脑袋埋在臂弯里,哭得说不出话来。

吴邦明老人静静地听完孙子的讲述,好久,他一句话都没说。

吴邦明老人终于说话了:"孩子,你自己想不想上学?"

"想。"

"好!有你这句话就好。"老人说,"你如果因为老师要走,就不想上学,我就打死你。你知道吗?老师要走,就是因为水。为了将来能喝上水,你一定要上学。"

"这个我懂,爷爷。可是……"

夜深了,爷爷始终没有睡觉,蹲在炕上吸旱烟。浓浓的烟雾,像初秋天气从沟里升腾上来的大雾似的,呛得吴强国直流眼泪。凌晨的时候,爷爷把吴强国推醒,说:"去,把厨房里那个酱油瓶拿来。"

吴强国不知道爷爷要干啥,乖乖地把酱油瓶拿来了。

爷爷拧开盖儿,一扬手,"唰"的一声,黑色的酱油喷了一地。

"爷爷,你为啥把酱油倒了。"

"屁话!水都没有,还要酱油干啥?"

爷爷把酱油瓶擦洗干净,盛了水。然后叮咛:"离上学的时间还早,赶紧起来,把咱村的孩子们都动员上,每人给王老师一瓶水。"

所谓每人,其实也就十几个学生,大多数的学生,都集中在另外两个自然村里。

"有些人家没水,咋办?"吴强国很担心。

"告诉他们,谁家没水,到我这里来借。"

"如果人家不来咱家借水呢?"

"如果不来借水,你再告诉他们,借我家一瓶水,到时候只还半瓶就可以了。"

还真有一家人,一口水都没有。是同村的四年级同学张俊其家。张俊其父亲外出打工,家里就剩下奶奶和体弱多病的母亲。张俊其拎着空瓶子求到吴邦明门上来了,说:"吴爷爷,我妈说了,先把你家的水借一瓶子,晚上我妈妈找到水了,再还您。"

吴邦明说:"没问题,我说话算数,到时候让你妈还半瓶就可以了。"

张俊其说:"我妈说了,为了让我上学,借您一瓶,到时候还您一瓶。"

吴邦明再没有说什么,接过张俊其的瓶子,伸进水桶里。灌满了水,吴邦明告诉张俊其:"孩子,回头告诉你妈,爷爷这水,就不用还了。"

天很快亮了。山村的羊肠小道上,已经有了找水、背水的农妇。其中,就有张俊其的母亲——一位32岁的普通妇女。

这是星期一的早晨。这样的早晨,是要升国旗、奏国歌的。早已整理好行李的王炳坤老师,刚刚打开门,眼前的一幕让他惊呆了。

十几个小学生,在他的宿舍门口站成一排,每个同学的手里,都拎着一个瓶子,有酱油瓶、醋瓶……玻璃的、塑料的……

一瓶水,一瓶水,又一瓶水……

吴强国说:"报告老师,有了这十几瓶水,您就可以不去找水背水了,您就可以蒸一顿米饭了。"

"老师,您别走了。我们每天给您一瓶水。"

"老师,您还走吗?"

"老师……求求您了!我们需要您。"

面对这十几个"一瓶水",34岁的青年教师王炳坤手足无措。

一瓶水,已经不是一个简单的概念,一瓶水,是王炳坤老师面临的一道难题。

教数学的王炳坤,该如何解这道难题。

这道题,说简单,很简单;说复杂,很复杂。它不是来源于教材,王炳坤完全可以置之不理。面对这一瓶水,没有人会用职业道德、用良心这样的标尺来衡量一位山村教师的姿态。在一个没有水的世界里,王炳坤有一万个理由,选择自己的世界。

最终,王炳坤终于答应不走了。

不走,这是一种情怀,王炳坤是用情怀给了同学们一个答案。

王炳坤的宿舍里有一个水缸。同学们列队,准备把瓶子里的水倒进王炳坤的水缸里。王炳坤拦住了,说:"同学们,我一个人,不能喝大家的水,你们把水倒进食堂里的水缸吧。"

食堂里的水缸,早就空了,"哗——哗——哗——"十几瓶水倒进去了。

王炳坤紧紧地拥抱着吴强国,半天,只说了一句话:"好好学习吧。"

那天中午,3名教师用这十几瓶水,蒸了一锅米饭。

第二天早上,这片土地上出现了亘古未有的一幕:在学校,在村子里,在山道上,来自各个自然村的学生们,身上除了书包,每人手上都多了一样东西:小瓶子。

上学时,瓶子是满的;放学后,瓶子是空的……

2

我保存着这样的采访记录,记录里,是山里娃的诉说:

韦娇兰(女,13岁,六年级,广西壮族自治区东兰县泗孟乡):

我11岁那年,也就是2010年的夏天,干旱的天气好像没有尽头,附近的山泉里早就没有水了,村里的叔叔阿姨们就到十几公里以外的深沟里找水、挑水。有时候,早上挑着担子、披着星星出门,晚上回来的时候,仍然披着星星。有些人家没有壮劳力,没水喝,就干挨着。

我的爷爷就是在那阵子病倒在床上的。

有一次放学回家,我看见爷爷的嘴一张一张的,很艰难的样子。我靠近床头,才听见爷爷一遍又一遍地说"水,水,水"。那时候爷爷已经不行了,睁开眼睛,好像要费好大的劲儿。看到爷爷渴成这样子,我非常伤心,就从厨房取了一个碗,出门借水。秦老师,您一定不知道,在我们这里,啥子都可以借,唯独水是不能借的,一来呢,家家户户本来就缺水;二来呢,有个说法,把水借给人家,就预示着顿顿缺水了。

那天,我端着空碗,从村东到村西,从村南到村北,求爷爷告奶奶,张家给一小勺,李家给一小口,跑了好几家人,花费了近两个多小时的时间,才借了一碗水。其实,我那阵子早已很渴了,嗓子里像冒烟一样,但是,想到病床上的爷爷,我一口都不敢喝。我小心翼翼地捧着一碗水,进了院子,我按耐不住内心的激动,喊:"爷爷——"到了床头,我又喊:"爷爷——"我听见爷爷回应了一声:"是水来了吗?"我说:"来了。"我赶紧把碗递到爷爷嘴边,发现爷爷紧紧闭着眼睛,牙齿也紧紧闭着,已经没有一点喘气的意思。我喊:"爷爷——爷爷——"爷爷像睡过去了,怎么也不醒。当时的我,不太懂事。

我赶紧放下碗,跑到庄稼地里找到爸爸,我告诉爸爸:"爷爷昏过去了,喊不醒来了。"我看见爸爸怔了一会儿,抬头看着天,说:"你的爷爷,再也醒不过来了。"我才明白,我的爷爷已经死了。我当场号啕大哭,我的爷爷,他临死,也没有喝到人间的水。

爷爷死了,下葬的时候,棺材里放了一碗水。

爸爸说:"你爷爷上路的时候,不能老是渴着。"

肖勤敏(男,12岁,五年级,贵州省瓮安县岚关乡):

我从9岁开始,也就是上小学三年级的时候,就学会下山到7公里外的山沟里驮水了。一开始,是赶着家里的那匹瘦马,我和爸爸牵着马轮流驮水,爸爸驮一趟,大概3小时,我驮一趟,要比爸爸多一个多小时。

我10岁那阵,家里撑不下去,爸爸妈妈就去广东打工了,家里就剩下了我、我妹妹,还有爷爷奶奶,从此,驮水的活,就全揽在我一个人身上了。几个月后,养不起马了,爷爷就把马卖了。驮水变成了背水。我每次背一个大塑料桶,每次能背大概15公斤的水。

我们这里的学校,每天上学是上午8点,我每周背水3次,所以每周有3次是迟到的,都是上午11点才能到校。但是,每周星期一早上我从来没有迟到过,因为那天早上是升国旗、奏国歌的时间,那是非常神圣的时刻,我是不能迟到的。由于经常迟到,我的学习下降很厉害,经常挨老师批评。我是个自尊心很强的学生,学习上不去,太丢人了。妹妹那时上二年级,学习比我好,因为她身体太弱,不能背水,有时间学习,在这一点上,我非常羡慕我的妹妹,羡慕她体弱多病,我如果有病就好了,病得不能走路最好,这样,我就不能背水了,就有时间学习了,爸爸妈妈也就不得不待在家里,背水的事情就由爸爸来干了。可是,我偏偏就没有病。

去年,我都11岁了,上小学五年级,仍然每周要到深沟里背水。背着,背着,我就想,要是有一只狼蹿出来就好了,把我吃了,就再也不用背水了。听长辈们说,二十多年前,我们这大山里狼很多,动不动就蹿进院子叼小孩呢,听得我毛骨悚然。在驮水的日子里,我反而不怕狼了,巴不得狼来找我,吃了最好,吃不了,哪怕把我咬伤也行啊。伤了,就不背水了,就能腾出时间学习,成为一名好学生了。

有一次我看中央台的新闻,有一家动物园的狼蹿进了市区,被击毙了,唉,这狼,为什么不蹿到我们这里来。

李蕴丽(女,12岁,六年级,四川省会东县柏杉乡):

长这么大,我浑身的伤疤,都是背水时留下的。

我们村距离山下的那个泉眼大概有7公里。路不好走,全是乱石头。我8岁开始背水,当时背6公斤。9岁时能背11公斤,到去年,也就是我11岁的时候,我已经能背25公斤水了。我背的背篓越来越大,背篓里的塑料桶也越来越大。

我第一次摔倒是8岁那阵,那时跟着爸爸下山背水。爸爸背大塑料桶,我背小塑料桶,返回的时候,要爬一个石头山,不小心摔倒了,塑料桶里的水,全洒了。膝盖部位鲜血直流,疼得我当场哭了。爸爸说:"哭啥子?唯独背水的路上,不能哭。眼泪,那是水做的。"说着,爸爸用眼睛扫了一眼山上,顺手捋了一把叶子像猫耳朵一样的植物,使劲一拧,就有草汁渗出来。爸爸把草汁儿涂在我的伤口上,又说:"记住了,背水路上摔跤,是常事儿,摔倒了,自己爬起来,继续把塑料桶盛满,继续爬山。"

9岁以后,爸爸去成都打工,我单独背水,有一次,正爬山呢,一条蛇从草丛里蹿出来,吓得我一个趔趄,摔倒了,坡太陡,我一连打了三个滚儿,才被一个大石头挡住了,否则就从悬崖上掉下去了。背篓早就从我身上甩了出去。我爬起来,第一个反应就是把背篓扶起来,然而,我惊呆了,在不远处,塑料桶里的水在"哗哗哗"地外流,蛇并没有离开,而是抢喝背篓里的水。已经不仅仅是攻击我的那一条蛇了,是两条蛇、三条蛇……那一幕太恐怖了,我生下来第一次遇见蛇喝水的情景。它们个个都是三角头的蛇,有剧毒的。我听老人讲过,群蛇出动的时候,周围必然有站岗放哨的,吓得我赶紧又躲开了十多米远,这时,我才发现,我的膝盖、肩膀、脚背上,到处都是磕破的伤口,鲜血像蚯蚓一样在我身体上蠕动。我赶紧学爸爸当年的样子,找了一缕"猫耳朵"草,用手掌搓了又搓,把草汁儿涂在了伤口上。

我摔得最惨的一次是去年,快要过年了,家里的水缸必须得盛满水,然后才能过一个安稳年。每年这个时候,爸爸也就带着辛辛苦苦打工挣的血汗钱,回家一起过年。所以,水缸满了,也是迎接爸爸最好的方式。

那天,我一连背了三趟水,第三趟的时候,终于坚持不住了,头昏眼花,天旋地转,感觉踩在云彩上似的。我坚持着,坚持着,终于,眼前一黑,就要倒下了,在倒下的那个瞬间,我是清醒的,于是顺势扑向路边的一个朽木桩子,为的是倒下的身子能与朽木桩子一起,给背篓以支撑。我伤哪里都不要紧,千万别把水洒了。那次,朽木桩子戳破了我的脸,膝盖上蹭破的皮儿都是一寸两寸的大口子。一分钟后,我醒过来。发现自己是跪着的,双手紧紧搂着朽木桩子。浑身疼得要命,但是我很庆幸,背篓保住了,水,保住了。

幸好,回到家是晚上,夜幕下,谁也看不到我遍体鳞伤的样子,我悄悄进了厨房,把水倒进水缸里。

赵德运(男,10岁,三年级,云南省大姚县石羊乡):

我们村里没水喝,我们周围的村子都没有水喝。听大人们说,二十几年前,山脚下有泉眼,能挑到水。这几年泉眼都干了,就没挑的水了,大人们每天早上第一件事情,就是出门找水。我们几个村子里的孩子,都被大人们送到这里来上学,是寄宿的。

我们每一个同学都有一个属于自己的衣柜,衣柜里放我们带来的衣服和米面。但是,这里的水也很紧张。我们每周回家一次,每次返校,都要带三件东西:第一件当然是书包;第二件呢,是装着大米的袋子;第三件呢,是水。每人带一塑料桶水,每桶水大概都是十四五公斤左右。这些水,一半上缴给学校的食堂,一半留给自己平时喝。

就说说这个衣柜吧,衣柜是用来装衣服的,但是,我们的衣柜都变成水柜了,同学们都用来装水了,就是把盛水的塑料桶搁进去,衣服和米面什么的,都码在了衣柜顶部。水装在衣柜里,再加把锁,我们就放心了。在我们这里,同学们没人偷米偷面偷衣服,真的没有,但是都习惯了偷水,水桶如果不锁进衣柜,就会被偷走一些。有些同学上课时给老师请假,声称要上厕所,其实上厕所是假的,溜进宿舍偷水是真的。有一次,我感冒了,在宿舍上铺睡觉,亲眼看到一个二年级的同学溜进宿舍,迅速拧开另外一个同学的水桶盖儿,"咕咕咕"地喝了一气,连嘴都来不及擦,就转身跑了。我到现在没有揭发这个二年级同学,否则,大家路上截住他,准把他打个半死,看他还再敢偷喝水?

我为什么没有揭发他?有一个重要的原因,因为我也偷过别人的水。我从家里带来的水,泥浆太多,又苦又咸,喝起来硌牙。但是一年级同学严勇亮的水,泥浆很少,看着很馋人。于是,有次上体育课,我故意没有穿运动服,老师罚我返回宿舍取运动服。当时我高兴极了,老师终于中计了。我飞奔进宿舍,迅速拧开严勇亮的水桶盖,猛喝一气,啊!这水真爽口啊,我至少喝了有两大碗的量。我从来没有喝过这么多的水,肚子胀得像个大西瓜,走起路来,很难受。那天的体育课是跳高,我连走路都走不动了,还跳啥子高啊!老师问我怎么了,我就说昨晚睡觉,下铺的时候,腰被扭了。我很少撒谎,但不撒谎,怎么办呢?

后来,老师也公开提倡大家把水桶锁进衣柜了。因为有一次,全校师生上山植树,校园里没有人了,等大家返校,才发现,有几个宿舍被村里人撬了。有两桶水被盗了。两桶水啊!等于两大锅水呢,等于能做几顿饭呢,等于一家人吃两天呢,等于……贼还算有良心,偷走了水,把空桶留下了。假如把水桶偷走,那咋办呀?

那天,失去了水的一位二年级的女同学、一位四年级的男同学哭得死去活来。老师看不下去了,就号召同学们给二位同学捐水,于是,这个一碗,那个一杯,两个同学又有水喝了,但是,每一位捐了水的同学,就少了几口水。

第二天,老师在校门口的墙上贴了一张标语一样的东西,是

给村里人看的,上边写着:

> 要爱护学生娃,他们是娘为祖国生的栋梁;要疼惜学生水,它是我们振兴祖国的希望。

第二节:老母亲找水,儿子找老母亲

天还未亮,72岁的老母亲就颤巍巍地蹒跚在找水的路上。

她挑着担子,扁担两头的铁扣链子上像摆钟一样摇晃的,是陪伴了老人半辈子的两只木桶。晃悠着,出村;晃悠着,踏上了村外的小路;晃悠着,拐进了连绵的沙丘和生硬的岩石群。

谁也不会注意到,这位中国北部湾地区最普通的农妇,正在靠近死神。因为,像找水这样的日子,本身就是沿海边民最为常态的生活,既是生活的一种方式,也是生活的基本内容。

她早上出去的,到晚上,太阳都落山了,还没回来。

这是1993年2月,一个极其普通的一天。

当年,当天,当时,守候在家里的50多岁的二儿子黄文成早就待不住了,赶紧出门找母亲。

2012年6月17日上午,我在东兴市江平镇的黄竹村,见到了如今已经73岁的黄文成。

这里位于广西东兴市东部,东与防城区江山乡交界,南濒北部湾,西同东兴镇接壤,北和防城区那梭镇相邻。这里地理位置特殊,海岸线长达38公里,是典型的老少边穷地区。当年的这里,除了海风的呼啸、台风的肆虐,到处都是海水漫过的荒滩,寸草不生,太阳一出来,白晃晃的一片,淡水资源十分贫乏。生活在这里的老百姓靠天喝水,靠天吃饭。——雨水,是他们唯一饮水的来源。近半个多世纪以来,由于干旱少雨,找水成为老百姓生活中的头等大事。"在水边找水",成为海边人家人畜饮水困境的真实写照。

"当年,水太难找了。落到地上的雨水,很快就蒸发。出门找水,有时候几公里,有时候十几公里。石头缝里、草丛里、山窝窝里,凡是有淡水的地方,村民们绝不会放过,一勺一勺地要抠出来。所以,那阵子,担回来一担水,花去半天一天的时间,都是常事儿。"黄文成告诉我。

"就这,也不是纯正的淡水,这里到处都是盐碱地,即便找到雨水,喝起来也是苦咸味儿。"一个村民说。

经了解,长期以来,由于这里的苦咸水氟化物、砷、锰等严重超标,全村一半以上的人都有各种各样的疾病,其中氟骨症最为普遍,越是需要营养补充的青壮年劳动力,得各种顽症的反而更多。黄文成就是其中的一位,从青年时代开始,被苦咸水折磨出一身病的黄文成无法从事重体力劳动,严重的骨质疏松使他的身子骨像一根被风雨剥蚀、被虫子寄生过的扁担,稍微一使劲儿,每一个关节就有一种断裂的感觉。他只能每天待在家里做一些力所能及的简单手工活儿。为了养家糊口,哥哥和嫂子赶赴广东打工,家里就剩下黄文成照顾年迈的母亲和年幼的侄子。

找水、挑水的活儿,黄文成干不了。

有个不争的事实是,凡是外出打工的青壮年劳动力,他们带着一身病离开故乡,三五年以后,那些繁重的体力活不但没有压垮他们,有些疾病反而有所缓解。他们明白了,打工的日子尽管苦些,却能喝上正常的水。是外地的水,重新给了他们生命的力量。

50多岁的黄文成待在家里,70多岁的老母亲出门找水。

"每天,看着年迈的母亲挑着两个木桶,颤巍巍地从门口出去,我真想哭,但是一点办法都没有,常年的苦咸水,像鬼一样附着在我的身体里,我的身子骨是乏软的。"黄文成老人说。

那天,得知大哥要从广东回来,母亲很高兴,一大早就说:"你大哥今天要回来,他在广东打工,喝惯了那里的水,咱家得有水,不能让你大哥没水喝。"母亲一天都没回来,那天晚上,黄文成只好踏上了寻找母亲的路。

问题是,路在哪里?

黄文成漫山遍野地找母亲:悬崖下、荒滩上、草丛中、深沟里……

路上先后碰上两位找水的人,一个是和母亲一样的老人,一个是七八岁的小孩。老人挑的木桶,空着;小孩子的扁担其实是一根教鞭一样长的树枝条儿,两头系着两个雪碧瓶子,也空着。

黄文成逢人就问:"见到我娘了没有?"

"没。"

说明,娘找水,找得很远。

两个多小时后,他终于发现了母亲。不!先是在一个荒滩上发现了一个空荡荡的木桶——"是我家的木桶!"黄文成惊呼一声,感觉情况不妙。又见到了第二个木桶。见到母亲时,母亲的身体趴在干硬的石头堆里,脑袋歪斜着,左手紧紧地攥着石头缝里的一株草,右手紧紧地攥着扁担的铁链子。两只鞋子甩在一边。

"娘——"黄文成大喊。

娘没有回应,只是微微睁开干井一样的眼睛,看了黄文成一眼,又轻轻合上了。

黄文成使出九牛二虎的力气,终于把娘扶起来,这才发现,老母亲的脸上、胳膊上、腿上,全是血。

黄文成呆呆地看着母亲,他绝望了。一个连水都挑不了的男人,能背起自己奄奄一息的母亲吗?黄文成扶着母亲,用袖口擦去母亲脸上的血迹。惨白的月光下,年过半百的母子俩像一组凝固的冰山。从北部湾刮来的海风一阵紧似一阵,海鸟怪叫着从头顶飞掠而过,满天星斗似乎绷紧了神经,仿佛要洒落下来的样子。

"娘,您先躺一会儿,我回去喊大哥来。"

山里水少,各种野物倒是不少。黄文成为了防止母亲被蛇咬伤,捡来一些带有尖锐棱角的石块,在母亲周围摆了一圈儿,像孙悟空用金箍棒给师傅唐僧画出的保护圈似的。这才赶紧往村里跑,一步三回头,一回头三望。天哪天哪!蛇是勉强能防住了,但是,如果狼来了,怎么办?

黄文成是哭着回家的,一路跌跌撞撞,浑身的关节"叭叭叭"直响。

此时的大哥和嫂子已经在家里等候,兄弟俩来不及共话离别之苦。生活的苦,已经像旱天里坚硬的风,深深刺痛了兄弟俩的神经。

是大哥把老母亲背回家来的。大哥一边背着母亲,急匆匆往卫生所赶,一边回头呵斥弟弟:"你一个大男人,为啥让老娘去找水?为啥?为啥??为啥???"

黄文成一句话都不说,跟在后边,挑着两个空桶。

为啥?还为啥呢?黄文成理解大哥,自己的情况,大哥心里有数的。大哥心里有气,大哥实在是找不到发泄对象了。

黄文成终于开了腔,说:"大哥,你使劲骂我吧,都是兄弟我的错。"

大哥回过头来,怔住了,说:"弟弟,是大哥不好,大哥没有资格这样怨你,请你原谅。大哥我跑到广东打工,有水喝,站着说话不腰疼。"

老母亲摔得不轻,回家后,卧床不起,啥话也不说。半个月后,老母亲的眼睛永远地闭上了。

母亲下葬的时候,哥俩没忘记,用一个雪碧瓶子,装了满满一瓶子雨水,搁进母亲长眠的棺材里。

村里,仍然有年迈的老人到处找水、挑水。

看见这样的老人,兄弟俩就想起自己的母亲。

想起死在找水路上的母亲。

想起为水而死的母亲。

不!不能让老人们为水而送掉性命。弟兄俩一合计,花了几天几夜的工夫,在房后的荒滩上连凿带挖,掏了一个炕面儿大的坑,然后把挑来的水倒进坑里。——兄弟俩明知这不是从根本上解决饮水的办法,甚至,这是一种最笨拙的方法,但是,兄弟俩义无反顾地做了,并给村民放言:只许老人们来挑水,青壮年们,照样去村外找水。

这个水坑,果然解决了村里几位老人的燃眉之急。

几天后,坑里的水恶臭难闻,还是有老人们来挑,挑回去,沉淀,再沉淀,然后用来做饭。沏茶时,把茶叶多放点儿,隔味儿……

那天,我专门"见识"了这个水坑。

这个如今早就实施了农村饮水安全工程的村庄,人们对这个救命的水坑情有独钟,有人用篱笆把水坑围了起来。

意思似乎是,这是一个梦结束的地方,同时,也是一个梦开始的地方。

第三节:一匹马和一个家庭的消逝

人也好,牲口也罢,都有生命。

有谁估摸过,人的命,牲口的命,到底哪个值钱?

经济学早就告诉我们,所谓价值,取决于价值主体的有用性。在缺水、驮水的日子里,牲口所发挥的无可替代的作用——有用性——让我们看到了另一种客观存在的、符合现实逻辑的却又十分残酷的价值观。

家长有时候这样教育孩子:"养你,不如养一条牲口。牲口,还能驮水呢。"

村里人有时候如此调侃:"我家有三个孩子,两个是人,一个是驴。驴是老大,其他两个分别是老二和老三。"

"牲口是一个家庭中最重要的劳动力。"38岁的彝族村主任李江对我说,"在我们这里,假如死了牲口,喝水就成天大的事情,这个家庭就面临灭顶之灾。"

2012年6月22日上午,我来到了云南省元谋县江边乡盐水井村的金马村。

金马村原来叫他马嘎村,就地理位置而言,此地比较特殊。四川和云南大部分地方以金沙江为界,云南在金沙江以南,唯独江边乡、姜驿镇在金沙江以北,嵌进了四川境内,一如杏树枝头嫁接了一根梨树枝条儿。这里,距离当年红军巧渡金沙江的皎平渡口非常近,当年工农红军与蒋军鏖战的历史痕迹,随处可见。

金马村之行,很不容易。我们的采访车到了波涛汹涌的金沙江畔,只能摆渡过江,摆渡船分客船与货船。到了对岸,我们的采访车也随即上岸了。然后再乘车,沿着陡峭的土山道,盘旋而上。山道像陡立的墙壁上缠绕的一条蜘蛛网,纤细、脆弱,给人随时断裂的感觉。山道靠悬崖一边,随处可见坍塌后的大坑和沟壑。这里距离江边集镇14公里,海拔1006米,周边5公里内没有水源,要获得人畜饮用水,最远的还要到十几里外的地方去取水,有的是肩膀扛,有的是用骡子驮,来回在4个小时以上。

多年来,金马村的姑娘一茬茬长大了,一茬茬远嫁山外,一个都留不住。全村的光棍一茬茬有增无减,年龄最大的光棍48岁,许多男青年不得不离乡背井,给人家当上门女婿。上门女婿,就意味着是女方家的人了,你即便生一大帮崽子,也得随女方家的姓走。全村人口,一年比一年少,人气没有了,活力没有了,有些人家的院子,早就人去院空,像一个个破烂不堪的古堡。

座谈是在56岁的原彝族村主任杞鱼昌家里,现任村主任就是李江。

李江告诉我,毗邻的干海子村是金马村的一个自然村,由金马村管辖。干海子村的庹荣贵一家,已经在这个村消失了。

是因为水,马死了。

是因为马,人死了。

是因为人,家没了。

1998年腊月,当时59岁庹德富用马驮水泥,想修一个水窖。马一天能驮三趟,一趟驮三袋水泥,每袋水泥50公斤。也就是说,那匹瘦弱的老马,每天要驮450公斤的量。

李江说:"庹德富是个要强的人,他一家5口人,老婆和三个孩子,都被干旱搞怕了。借钱修水窖,那是保命呢。"

路实在是太不好走了。那匹瘦马在驮水泥、水以及其他建材的时候,它似乎无怨无悔,但是,不知道是第几趟的时候,刚刚拐过一道弯,在一个稍稍平坦的地方,马迟疑了一下,不走了。背着一个大塑料水桶的庹德富回头一看,只见马气喘吁吁,和他一样浑身大汗淋漓。瘦马的眼睛似乎有些混浊,失去了往日的光泽。马先是把四肢稍微外撇,竭力做了一个支撑的动作,然后,身子开始慢慢地、慢慢地下沉,当肚皮儿、胸脯全部稳稳着地,马最后看了主人庹德富一眼,就脖子一歪,口吐白沫……

马死了,用生命铸就一尊身负重荷的雕像。

寒风刺骨,风中夹裹着尘土和沙砾,在空旷的大山里左冲右突。

"从江边镇到干海子,要经过我们金马村。那天,庹德富跌跌撞撞地跑到金马村来找我,还没说话呢,就哭了。"李江说,"当时的庹德富老人,脸像晒干的白菜,皱纹都打卷了。庹德富是找我来帮忙的,我当时一看他那样子,就明白了。操起一把铁锨,拎起绳子,喊了村里的几个人,就马上下山。"

半道上,李江他们看到了死去的马。马的眼睛半闭着,没有完全合上。沉重的水泥压在马背上,像一个沉重的壳。腊月的天气里,马的尸体已经没有温度了。大家看着马,一时谁也不好说什么。

有三种选择:就地掩埋,抬到江边镇卖掉,抬进村里剥皮吃掉。

马肉是稀罕玩意儿,死马肉,好歹也能卖点钱的。

庹德富一家辛苦一年,也难得品尝过马肉,吃鲜肉,晾腊肉,怎么着一年也吃不完。

但是庹德富却说:"马是死在这里的,就埋在这里吧。"

有人提议:"老庹,要实际些,我们帮你抬回家吧。"言外之意,就是吃掉。

"哇——"庹德富又哭了,说,"埋掉吧,吃马肉,我们全家下不了口。"

就在路边埋了。像父母的坟一样,一个土包,在路边隆起。

在家里,庹德富整整哭了一天。他50岁的老婆肖红美也陪着哭。

庹德富当场一病不起,驮水的事,就落到了肖红美的肩上。第二天一早,肖红美就背着水桶出了村,回来的时候,夜幕已经降临。

考虑到庹德富家的特殊情况,经村委会研究,决定动员村民义务提供马匹,义务投劳,帮助庹德富家修建起了水窖。

2009年,在炕上瘫痪长达10年之久的庹德富死了。

李江说:"其实,庹德富是气死的。"

是水,让庹德富生了满肚子的气。如果不是水,他就不用苦思冥想修水窖,如果不是水,他心爱的马就不会死。

李江,这个精瘦、干练、操着一口夹杂着地方口语普通话的彝族干部,谈到水,谈到马与家庭的关系,谈到水与死亡,语气里充满了悲情的忧患。他说,缺水的日子,如果赶上下山的路被冲毁或者坍塌了,找水就成为全村人每天生活中的头等大事,找来的水,水质特别差,经常出现中毒的事情,累死、毒死的牲口不少。去年,村委会粗粗做过一个统计,全村累死的马有4匹,牛6头,渴死羊8只,光他岳母家就累死了一匹骡子、一头牛,骡子和牛死后,岳母病情加重,到现在还要输液。

李江告诉我,有一家人的马在驮水的路上,终于撑不下去了,索性颠翻了水桶,撒蹄就跑,跑得无影无踪。

有好几户人家的男主人,都像庹德富一样,倒在了炕上。

庹德富死后不久,背了10年水的肖红美,也累倒在了炕上。

从马倒下,到人倒下,像是连锁反应。最后的家庭重担,又落到了大女儿庹燕如的肩膀上。2009年,是中国西南地区大旱最较劲的时分,大多数的水窖基本成了干窟窿,庹德富家的水窖在所难免,窖底,长满了瘦弱的茅草。

全村的大多数姑娘早就远走高飞,去了有水的地方。但是25岁的大姑娘庹燕如却不能,当时,前川里、后坝上那些有水的地方,前来提亲的人络绎不绝,庹燕如迟迟不敢答应。严酷的现实早就摆在眼前:我离开了干海子,谁给家里背水?母亲由谁来伺候?两个上中学的弟弟,学业咋办?

"在我们这里,姑娘长到25岁,就已经是稀罕了。"李江叹口气,"唉!越是被缺水整怕了的人家,孩子们往往最懂事。按常理,庹燕如20岁那阵就可以嫁出去了,但是……唉。"

母亲的病始终没有好转。庹燕如最终横下决心:不外嫁了,嫁本村。

庹燕如给男方提出的条件很简单:一要家里有驮水的牲口,二要对她母亲好。

"狼多肉少"。光棍一大堆儿呢!庹燕如很快和本村一个小伙子结婚。

婚后的庹燕如,一半时间在小家庭里照顾公公婆婆,一半的时间,陷在娘家,照顾母亲和两个弟弟。连水都喝不上的日子,怎么上学?大弟弟高中没读完,外出打工。

母亲又死了。两个弟弟,孤苦伶仃。

"庹德富的老婆,是活活累死的,一个年过半百的老婆子,背水背了十几年,铁人,也累成稀泥儿了。"李江感慨。

有一天,19岁的大弟弟提出:"姐姐,咱家连牲口都没有,每天喝姐夫的牲口驮来的水,天长日久,不是个事儿。我不想在村里待了,我要去上门。"

庹燕如紧紧咬着嘴唇,说:"好吧……对女方家不要太挑剔了,只要人家那地方有水就行。"

娘家那头,就剩下了小弟弟。

小弟弟成为庹家唯一留在干海子的一根独苗儿。独苗儿意味着什么,姐姐心里很清楚,弟弟心里也很清楚。说穿了,庹家传宗接代的重任,全在小弟弟这里了。

两年以后,小弟弟也19岁了,提出:"姐姐……我……说出来,你不要怪怨我。"

庹燕如呆呆地注视着这最后一个弟弟,她知道小弟弟要说什么。庹燕如的眼泪,扑簌簌的,像房檐上的雨水,一种抗旱保苗的样子。

"姐姐,爹娘死后,你拉扯我和哥哥不容易,但是,我眼看着和村里的其他男人一样,最终只不过是一个光棍……"

庹燕如用袖子擦干眼泪,决然地说:"不行!坚决不行。你哥哥已经走了,你再一走,咱庹家就……就……"庹燕如几乎是喊出来了,"你知道吗?你再一走,就家破人亡了。"

"姐姐,我既然能说出来,是想过好多遍、好多天了,我不是随便说的。道理,我都懂。"小弟弟说,"我的好姐姐,你为了这个家,牺牲了自己的一生,留在了村里,已经够冤的了。我再留在村里的话,我这一代算是给祖宗续上香火了,但是,打一辈子光棍,还有下一代吗?"

邻居们也出动了,劝小弟弟:"别走了……别……全村那么多光棍呢,不止你一个。"

姐夫也劝:"别走了,你一个人过不下去,就到我家来,咱一起过。"

在一个月高星稀的夜晚,小弟弟义无反顾地离开了村庄。

据说,小弟弟下山的时候,靠近一个坟堆儿,并绕了一圈。

是那个坟堆儿,埋葬了一个家庭的一切。坟堆儿里,不是人,更不是祖宗,是那匹驮水的瘦马。

至此,庹德富家曾经人丁兴旺的院子,在岁月中永远沉寂了,没落了。那里,是庹燕如曾经的娘家。"转娘家"这个古老的风俗,成为庹燕如心中永远的痛。岁月毫不留情地在这个院子里走过。屋子全部坍塌,矮墙成了残垣断壁,院子里杂草丛生,倒在墙角的门窗,散发着腐朽的气息。房后的那口水窖,堆积其中的瓦砾、柴火足有半米厚,偶有"吱吱吱"的叫声从里面传出来。

是另一种生命成为这里的主角儿。不是人,是老鼠。

(节选自《在水一方》,百花文艺出版社 2013年6月版)

玉 米 人

刘先琴

楔 子

十冬腊月,从冰封的中原大地飞往三亚,虽然不是第一次,但巨大的反差,依然给人惊愕和遐想。

薄衣单衫替代厚重的保暖衣物,金子般的阳光拨去已经凝固在眼中的北方阴冷,那扑面而来的浓绿浅翠,大红粉蓝,细草阔叶,高树矮藤,不可抗拒地扑进眼帘。同样是树,这里的直插云端;同样是叶,这里的肥厚油亮,大如扇面。更不用说那些果实,长的、圆的、红的、黄的,占据了枝枝权权,又从树干中膨出,展示着肥硕和饱满。

宇宙天地之间怎样的造化,给予这方土地用之不竭的精华,让万物在春夏秋冬 365 天永无止境地生长,生长!

如今,就在我的视野里,看到中华人民共和国的土地上,这片唯一的神奇生长,以另外一种方式,在 960 万平方公里国土上催生着能量——

这是"浚单一号"玉米良种培育基地,简陋的宿舍被大片土地包围,登上屋顶平台,平展的大地顿时又有了拓宽延长,没有任何标示,育种专家程相文却了如指掌:"这片是中科院的,那片是中国农业大学的,那块是新疆建设兵团的,这块是黑龙江农垦场的……"

收回目光,由远至近,会清晰看见这分属于不同省份的土壤,被深耕细作,侍弄成尺子量出似的规整田垄,细如粉末的黄色土壤,被一块块高矮不同的绿色占据,有刚刚钻出地面,支棱着几片嫩叶的,有蓬勃抽叶、茎秆已经粗壮挺拔的,还有顶部已经抽穗的……玉米,是不同生长期的玉米,与我们司空见惯的北方田野上整齐的青纱帐不同,这里是玉米的大家庭,儿童、少年、成年的他们,在这里同时蓬勃着无尽生机。

是的,北方每年生长一季的玉米,在这里尽可以成为两季、三季,植物生命中漫长的优胜劣汰,繁育精选过程,在这里大大缩短,过去育种专家要用毕生等待才能得到最优良的种子,几年间便可跃然而出,化为华夏大地上的金色收获,村村寨寨的粮仓,千家万户灶台上的清香……

国以民为本,民以食为天,食以粮为先。崇拜土地、向往稳定的中华民族,来自土地的五谷杂粮,已经成为繁衍生息的生命能量。而在小麦、水稻、玉米三大主粮中,近年来,玉米已经成为增量最大的作物,有统计表明,2004—2012年,玉米面积增加1.63亿亩,增长45.2%,占粮食面积增量的91.6%;玉米产量占粮食增量的58.1%,已经成为中国第一大粮食品种。

人生归有道,衣食固其端。时下,大房、豪车、权力、地位已经成为部分人追求的所谓人生价值的时候,一日三餐似乎已经不被国人称其为问题,然而事实上,谁也不能否认粮食曾经、也会永远成为指挥历史的魔杖。人类进化自不必说,中国封建社会的朝代更替,由于财产粮食集中于贵族,农民起义、草根造反,直接原因都迫于食不果腹,甚至形成300年一个轮回的发展规律。而粮食问题上的发展变化,直接成为社会发展推手的例子,更是有据可查。

600年前,哥伦布发现新大陆,起源于美洲大陆的玉米,得以传入中国,大量种植收获的那个时间节点上,同时出现这样一个现象:从西汉末年到明朝中期,中国一直处于五千万人口的稳定人口模式开始变化,从此开启中国人口猛增的序幕,由明末到鸦片战争,增长到四亿人口仅仅用了三百年!

于是宝马香车、高楼大厦、厂房林立的巨大景象背后,是当今中国的决策者们构筑起保障粮食安全的三大屏障:增加粮食种植面积;改善品种,用科技提高产量;提高农民种粮积极性。其中最直接、最有潜力的是第二项,于是,在三亚劳作的种子专家程相文,得到他应有的奖赏:获得中国科技的最高奖励;国务院总理三次到他工作的地方,直接为他的良种起名"永优"……

我们追寻程相文的脚步,从他的出生地邙山脚下,到他求学的豫北,再到他育种的新疆、甘肃、三亚……这位当今育种界最高权威的专家,说的最多的一句话是:"这都是大家干的。"在聚集着全国一流育种专家的三亚,我们理解了这句话,在程相文倾注心血的一粒粒种子清香里,我们放大了这句话:程相文投入的,是谁来养活中国的重大课题,和他一起劳作的,是领袖,是经济学家、社会学家和水利专家。

当程相文在烈日下为玉米授粉的时候,邓英淘跋涉在湘西调查的山间小路上;当程相文在风雨中托起幼苗的时候,王小强在他曾经下乡插队的农民中回访;当程相文在实验室分析种子成分时,经济体制改革研究所的小会议室里,郭凡生带领的西部开发调研组成员们,刚刚从南疆归来,一个最佳土地使用方案正在酝酿……

1972年12月30日,交售1包净重59斤的高粱;1972年12月30日,交售1包净重53斤的小麦;1973年1月2日,交售1包净重5斤的小麻。这3张被收藏爱好者从废品收购站淘到的粮站收购单第一联的存根上,"交售单位或个人"一栏中填的名字,都是"习近平"。这位当年下乡插队在陕西延川县文安驿公社梁家河大队劳作的知识青年,2013年新春,以中共中央总书记的身份,签署了这一年的中央一号文件,《中共中央国务院关于加快发展现代农业,进一步增强农村发展活力的若干意见》。我们尽可以想象,在那个年代里,一位从首都扑向黄土高原的年轻人,怎样从土里刨食开始,认识了中国社会,认识了中国发展的基础所在。上溯至改革开放大潮初起的二十世纪八十年代以来,每年中央的一号文件都与农村、与粮食直接相关,而三十年来,我们的国家从"摸着石头过河"开始,稳步繁荣发展,让世界为之赞叹!

也许,今生今世,程相文与邓英淘,与王小强,与郭凡生们永远不会谋面,他抛洒汗水的天涯海角,与中南海永远相隔万水千山,然而,在历史的坐标系里,他们奋斗的经纬方向,会永远聚集在一个交叉点:粮食!粮食!

就像玉米成长过程中,水分、阳光、肥料一个都不能少一样,有了合力,才有成长,才有收获,程相文的研究,其重大意义就在于整个社会的合力投入于此,千百万人的智慧、精力倾注于此。

一 标 兵

> 最文明的民族也同最不发达的未开化的民族一样,必须先保证自己有食物,然后才能去照顾其他事情;财富的增长和文明的进步,通常都与生产食品所需要的劳动和费用的减少成相等的比例。
>
> ——《马克思恩格斯全集》第9卷,第347页

1948年夏郑州古荥程庄村

1

四周很静,整个村庄沉浸在夜色里。狗儿也还在睡着。

村东头儿一户院落整齐的人家,正房,有亮光摇曳在窗纸上,又很快消失在黑暗里。这才显现出旁边灶屋那细细的门缝儿所泄露出的微弱火光。

程远修轻轻拉开房门,来到院子里,一边翕动鼻翼,深深吸进空气中的麦香,一边仔细扣好粗布短褂的每一个纽扣。这位壮实的中年汉子在院中站定,来回扭动脖子,耸动肩膀,舒展双臂。他把双拳攥着,胳膊圈到身后,好一会儿捶打腰眼、后背。

听到灶屋里传来往瓦盆里舀水的动静,他停止捶腰,转身来到灶屋。妻子也正开门,程远修推门跨进去,差点碰翻了妻子手

中的水盆。

妻子往后侧了身子让丈夫进屋。

"给,洗洗。"

"你呢?"

"你先。"妻子说着,把水盆往丈夫跟前递了递。

"哦。"程远修答应着,双手已经插进盆中,捧着水,很认真地洗完脸,从妻子的小臂上捏起毛巾,用力将脸上、脖子后揩净。妻子这才将水盆放落在灶台上,自己匆匆洗了一把,双手往外甩着水珠,重又蹲在灶火前,往灶洞里续柴。

"绿豆、麦仁正熬着,还没和面,你先喝两口热汤。馍馏上了,恁几个回来再炒菜。"

"嗯。叫相文吧。"程远修说着,从灶台上端起浮着绿豆皮的粗瓷汤碗。

"这就去?"

"嗯。"

程远修家养着两头壮硕的黄牛。小相文奉了父亲的命令照看它们,常年睡在牲口屋里。

妻子走出灶屋,蹑脚来到牲口屋前,手搭在门环上,却又把手停住,犹疑地蜷了回来。她抬头看天,尚有残星闪烁,便转身来到院里,抓起笤帚,轻轻地扫着,扫着。

东方微露鱼肚白,太阳躺卧在雾帐里,懒懒的不想起身。

灶屋里,程远修好一会儿没听到动静,"吱呀"拉门出来。

远远地传来第一声鸡啼,天正到五更。程远修看妻子立在院中哀怜的样子,便也默然。

妻子怯怯地说:"剩一天了,叫相文多睡……"

"嗯……我先去地。"程远修沉吟着说道。转身拿了桑杈,扛在肩头,独自往大门走去。妻子抻了抻衣角,轻轻拉开大门门闩,看丈夫消失在浓雾之中。

2

小相文倚住牲口屋的门框,揉揉惺忪的睡眼,歪头偷瞄东方。旭阳橙红,刚爬到一竹竿高。微风轻拂,晨雾已渐消散。棉絮似的白云,片片朵朵,牵连地游曳在碧蓝的天穹。

"哈……咳……"

小相文打着长长的哈欠,不耐烦地回应母亲催促洗脸的呼唤。嘟囔着,一只脚仍然搭在门槛上,没动身子。忽然,他怔了一下,似乎想起了什么,警醒着往院中跑去。

"妈,你咋不叫我,都啥时候了!俺爹……"

"没事儿。恁爹知道。赶紧洗把脸,把牲口牵到地里,叫恁爹他们回来喝汤。"

小相文顿时放松了脸色,很认真地洗了脸,用力把脖子后面擦得干净。去牲口屋牵了牛,就要出门,又被母亲叫了回来。

"相文回来!"

"咋?"看着母亲微皱的眉头,小相文茫然问道。

"看你屁股后头!"母亲走过来,很严厉地喝道。

小相文扭头,没看到什么异样的状况。

母亲过来,蹲下身子,从小相文裤子上择捏下几根长的麦秸、麦芒。

母亲正色说道:"记住,老娘们儿引孩子、转灶台,可以邋邋遢遢。男人出门,啥时候都要齐齐整整、利利索索的!记住了?"

"嗯。记住了。"

小相文低头看妈。他发现妈妈头上有几根白发隐藏在浓密的发丛中。

3

程远修家70亩麦子全都打完了,晒干了,可以入囤了。很多乡亲围在麦场上,围在小山一样的麦堆周围,七嘴八舌地议论着。

"啧啧,怕有万把斤吧?"

"不会,顶多七八千斤。地亩在那儿搁着呢。"

"就是。算他一亩100斤,撑死也就7000斤。"

"也说不准。没看修叔下多大劲呀。"

开始装车了。人们瞪眼瞧着,200斤一袋的大帆布袋子,整整装了65袋。偌大个牛车,愣是跑了四五个来回!

人们点着、数着……由揣度转为吃惊。

"相文兄弟算算,恁家今年收了多少麦呀?"

看见牵牛的小相文,一个三十来岁、和程相文同辈的汉子戏谑地问道。他叫程大壮,正用木锨往口袋里装麦。程远修的胞弟程学海弯腰撑圆袋口。

"早算好了,13600斤,一两也不会少。"小相文大声回答,自豪地看着场边的父亲和周围的乡亲。那一刻,他记住了乡亲们眼中的艳羡和钦佩。

"嘀,一天学没上过,你小子账头儿还通清亮呢。"程大壮说道。

本家大哥的话"嘣"的一下触动了他心底的琴弦。他愣怔了好一会儿,思忖着,目光投向人圈外的父亲。

小相文咬了咬牙,撇下缰绳跑过去扯着父亲的衣襟,仰起头,红着脸,对父亲说道:"爹,我想上学。"

程远修微笑着摸了摸小相文的头,对儿子的要求未置可否,只顾和身边一位须眉皆白的老者聊着。

老人家是程氏家族的族长程长庚,一向很有见地、很有威望的。

老族长将双手叠握在拐杖的龙头上,侧身看看小相文,对程远修说道:"远修,你有没有听见孩儿的话?"

"长庚爷,他这话,我听过一百次了。"程远修恭敬地说道。

"相文今年也十几岁了吧?"

"12岁了,长庚爷。"

"恁家缺粮?"

"不缺,长庚爷。"

"缺钱?"

"不缺,长庚爷。"

"相文他缺心眼儿?"

"不缺,长庚爷。"

"那咋不叫孩儿上学?"

"我想……有相贤上着。再说,相文也多少识俩字……就中了。长……"

"不中。听我的,远修,让相文上学。我看了,这孩儿不一样,长大保准有大出息。"长庚爷很笃定地说。

程远修沉吟着,没有马上回答老人。相贤是相文的大哥,考进古荥镇上的中学,正上初中。

他低头看儿子,小相文的双手仍紧紧攥着他的衣襟。

程远修扯开儿子的手,把小相文拽到面前,迎视儿子眼中热切、渴望的亮泽。

"我听你的,长庚爷。"

"那就对了。相文,好好学……"

小相文没有听到长庚爷后面嘱咐的话。他通身打了个激灵,身子往后退了两步,怔怔地看看长庚爷,又看看父亲,张了张嘴,却说不出话来。

六年了。从哥哥相贤上学那一天起就没有停止过的梦想,而今顷刻成真!

骤然降临的幸福让小相文如遭雷击。此刻,他的惊讶远多于喜悦。他迟疑着偎到父亲跟前,伸出双手,环抱着父亲的腰身,把脸贴紧在父亲胸前,两行热泪滚滚而落……

4

解放了、土改了。程庄村分地了,程庄村民精神了。程远修当然就被划成富农了。

程远修没有因为失去了土地、房产而痛心疾首,哭天号地——只是郁闷。几天过后,也就释然——反而怀有些许庆幸、几多感激。

在讨论富农程远修处理问题的土改工作会上,那个常年为自家打工的程大壮据理力争,坚决不同意惩治程远修。作为村长,程大壮提出的意见还是很有分量的。他用自己的亲身经历,告诉会上的每一个人,程远修没有任何欺男霸女、巧取豪夺的恶迹。甚至,他从来没有剥削过任何人,没有让任何人难受过。他那六七十亩地是人家几辈儿人流血流汗、省吃俭用挣来的……

上面派下来的土改工作队队长踌躇不决之时,族长程长庚带领百十名村民来到了大队部。群情汹涌之下,会议被迫由室内转到了室外。

程大壮村长、长庚爷,还有许许多多接受过程远修恩惠的人,声情并茂地列举出程远修多年来的所作所为和让人难忘的义举、善事。其中最有说服力的是,每当灾害来临或年景不好的时候,程远修家总要开仓放赈,村里村外设立粥棚,倾力帮助穷人多次度过劫难。在那些饥饿肆虐的日子,大家伙儿谁不知道,一碗米粥就是一条性命啊。

最终,程远修不但没有领受任何皮肉之苦,连戴高帽、游街、台上批斗之类的羞辱也都一一免去。甚至,他还保留了自家的三间瓦房。

油灯忽闪着黄豆大小的火头儿。孩子们都睡了。程远修夫妻俩披着衣服坐在床上,一个吧嗒旱烟袋,一个缝补孩子的衣裳。俩人都不说睡觉。

"他爹,人心如秤啊。"

"嗯。"

"他爹,你说我们娘几个往后要跟着你受罪;我说,高兴。远修,咱这一家,活得值!"

"嘿嘿……"

程远修严肃了仨月的眉脸第一次舒展了笑容。

夜如墨,灯如豆,心如月……

5

皓月朗照在邙山头儿上,程相文独自行走在月色里。月光下看得真切:高壮的小伙掂着一根齐胸高的木棍,身上背着一个洗得发白的布袋,宛似丐帮弟子。布袋里面装的是半袋玉米面饼子、杂面馍和大块的黑咸菜。这是他在学校整整一个星期的干粮。

考进郑州五中那天,程相文的母亲于欣慰、兴奋之外,还多了一份心疼和担忧。她指挥着全家从早上一直忙活到天黑,为儿子准备夹袄、被褥、衣物和一周的干粮。从不下厨的父亲也一边笑呵呵地烧锅,一边时时揉着不堪烟熏的泪眼。

晚上11点,程相文起身上路。母亲坚持要丈夫送儿子一程。程相文当然不让。

"我18岁了呀,又不是小孩子!"

"在爹娘的眼里,你永远是孩子。第一次出远门儿,天又黑,还是让你爹……"母亲说道。

"不中。爹还得来回拐趟……"程相文一脸的决然。

说着,从父亲手里抢过行囊,大步消失在黑暗里。

开始,也并不怎么害怕——尽量穿行于村庄、集市等有人居、有建筑的路段;可又要提防那些突然蹿出并狂叫着的狗。那也是会让人猛然惊出一身冷汗的。而且,那时的村庄都零落着,并不像如今黏稠地连在一起——必定有很长的时间要孤独地穿越两个村落之间的空旷。其间,还要经过两三处墓地,是让人极不情愿的。即便到了偌大的年纪,几十年之后,这些墓地还是会让程相文不由生出许多忐忑来。

他记得清楚,有一次,刚过阴历十月初一,各家都给逝去的亲人上坟祭扫。快到双李庄时,要经过一片墓地。程相文不由紧张起来,眼睛无来由地四下踅摸,心中的小鼓也开始"嘭嘭"敲响。小时候村里老人们那些关于鬼魂的讲述即刻从四面八方钻进他的脑海之中。

程相文虽知那不过是传说,是迷信,可仍然抵御不住恐惧对于心灵的侵掠。他用力咳嗽两声,清了清嗓子眼儿,想要高唱两句英勇的戏词儿为自己壮胆,不料天色忽然大变,阴风骤起,裹挟起一张张纸钱,夹杂着尘土和纸灰吹打在程相文的身上、脸上,让他顿时紧闭了嘴巴。

旷野中,风刮得"呜呜"作响,恰似幽男怨女的呜咽,让程相文禁不住毛发倒竖、心跳加速。

程相文咬紧牙关,打落身上层层的鸡皮疙瘩,好不容易走近双李庄村头。当他听到声声狗吠的时候,心肝才归落到原来的位置,长长地舒了一口气。那原本怪邪地刮着的风似乎也微小了许多,只在轻轻拂干程相文额头的汗珠儿。

程相文不禁一阵暗暗的自嘲:"程相文啊程相文,你就这芝麻大的胆儿呀?一块墓地就把你吓得……"

突然,一团乌黑狂吼着直冲到面前,把程相文惊得几乎跌坐在地。而他下蹲的不自觉动作却意外地把那黑狗吓得后退——可依然狂吠不止。程相文紧忙摸索着从地上捡起两块土坷垃紧握在手里,和那敌手对峙在黑暗当中。

等那狗儿终于叫得索然,怏怏离去时,程相文早已是冷汗淋漓。

从此,他的手中便多了一根打狗棍。

周日,从晚上 11 点走到清晨 5 点上学。周六,从下午 5 点走到夜里 12 点回家。这就是程相文每年、每月、每周不变的行程。

每当他看到学校的大门,都会整个放松了身心并油然生出亲切——尽管多数时候大门并未开启。

春夏季节,天气好的时候,他的脚步就会轻快许多。而到了秋冬雨雪天气,他就会平添几分孤寂与胆怯。

即便他对这段从古荥程庄到郑州五中、蜿蜒五六十里地的行走曾感到过无数次的恐惧,但他仍对初中时代满怀留恋和感激。

程相文感激月亮,感激生活,感谢老师,感谢团组织。

6

由于程相文各方面表现优异,初中一年级,他就被学校团组织发展成为共产主义青年团团员。初二,他又被选举成为团支部书记。然而,这些让他激奋的成果得来远非易事。

学校教学楼后面是一大块凸凹不平的荒地。西边一个大土堆,常年长满了齐腰深的蒿草。东边一个大水坑,常年积聚着黄绿色的污水。

学校做出了规划,把西边的小丘削掉,把东边的大沟填平,建一个足球场、两个篮球场以及跑道、田径场……让这大片的荒芜彻底改变模样。

五彩的标语贴出来了,鲜艳的红旗竖起来了,全体党团员、全体教职工、全体同学被发动起来了。

程相文所在的一年级三班平时并不起眼,但为了夺得红旗,班主任李向前率先贴出了挑战书,向全年级8个班发出了挑战。班里年纪最长的程相文,自然成了夺标的干将。

按照分工,女生负责装土,男生负责挑运。可班上的男生多女生少,程相文便自己装、自己挑。

个儿大不怯力。每次干活前,他总要往手上哈几口气,来回搓揉几下,然后拿起铁锹,使劲抢着,飞快地把土铲到箩筐里,使劲拍打。两筐土装好,他身子略微一蹲,扁担刚挨着肩头,两只竹筐立刻悬到了空中,忽忽悠悠便消失在人群中。

程相文所在班级的劳动进度让全校师生刮目相看。"一三班"仨字儿排到了光荣榜的最上面。可是,问题就在这时出现了。

这天,刚过10点,广播喇叭里通知李向前老师到教务处开会。还没等到李老师的背影完全消失,几个男生就撂下了铁锹、扁担、箩筐,纷纷躺倒在土堆上,只剩下程相文和另外几个班干部在继续劳动。

"哎呀,受不了了,再这样干下去,非累死不可。"

率先躺倒的大个子叫魏明,比程相文小两岁;班里几个男同学私下里都追随他,喊他大哥。

一位班干部对女班长说道:"班长,既然大家累了,就一起休息一下吧。"

女班长撑住腰眼,费力地站直身子,把贴在脸前一绺滴着汗珠的头发往耳后捋了捋,迟疑地说道:"不太……好吧,要是大家实在太累了,也可以……但是别的班级……你们看程相文一直也没有停。"

"他个子大,有力嘛。"一位身材矮小的班干部说道。

"班长你看,二班的老师和同学都休息着呢。"另一位扎着麻花辫的女生指着30米外二班负责的地段。

班长四下里看了看,别的班级有休息的,也有不休息的,一时踌躇起来。

所有同学都停住了,等待着班长的决定。

程相文默不作声,始终没有停下手中的铁锹。仍然铲土入筐,挑担疾走。一趟,两趟,三趟……

这时的程相文也相当累了,挑着空箩筐过来,无力地扔下扁担,慢慢拾起铁锹。

魏明调笑着说道:"接着干呀,大傻蛋。老师又没在,你这是叫谁看呀!"

程相文没有回嘴,轻轻将箩筐放在地上,拉过铁锹,一锹锹往筐里装土。

魏明和几个同伴仍然躺在土堆上很惬意地聊天、笑闹。突然,魏明收声,对几个人使了个眼色,两个男生上前将程相文的铁锹、箩筐一把抢走。魏明几个人很卖力地干起来。其他同学也好像看到了什么,全都投入到紧张的劳动中。

程相文两手空空地站在那里,对大伙儿的举动感到困惑不解。

他低头看着双手,然后虚虚地聚拢手指,放在两边腋下。

程相文问班长道:"班长,你不是说如果累了,可以休息,怎么又……"

女班长红了脸,也不回答,只顾低下头干活儿。

"班长,大家要是累了,就……"程相文道。

"够了!程相文,你自己偷懒也就算了,你还煽动其他……"

背后传来炸雷一般的斥吼,让程相文周身一颤。

班主任李向前老师不知什么时候出现在大伙儿面前。他的手里拿着一截儿铅笔和几页稿纸。

程相文扭身看李老师愤怒的目光，不觉有些害怕、有些委屈。"这显然是个误会，"他心里说，"我没有偷懒。"可他说出来的，却是另外的话。

他喃喃道："李老师，你……你不是走了吗？"

班主任扬了扬手中的纸片道："我走了你才好抱着膀子溜达，我走了你才……是的，我是要走，我这就去重新修改标兵的名单！"班主任说罢，转身离开了。

没走几步，他又停下，拧着身子，黑着脸，对程相文说道："程相文，收工后，你给我到年级办公室来。"

7

下课铃响了，收工了，同学们往学校食堂蜂拥而去。程相文拖着疲惫的身躯往一年级老师办公室走。

办公室里，几乎所有的老师都在谈论着下午的劳动进度，互相交流着劳动标兵的评选情况。

二班的班主任张悦薇老师是一年级的年级长，她拍了拍手，用她惯有的高亢、清亮的嗓音对大家说道："各位老师静一静、静一静！校长催了，今天必须把标兵名单报上去，明天要张榜公布。各班推荐的情况如果没有变动，我就……"

大家纷纷说，没有没有，没啥变动，就按下午定的报上去好了。

"那好，我现在就去找校长……"

"别慌，我们班要换掉一个人。"李向前老师高声说道。

"换谁？"

李老师抖着手里的稿纸说道："把程相文换成魏明。"

"哦？"

李向前老师站起身，情绪激动地对大家说道："同志们，长期以来，我一直对自己的鉴别能力很自信；可今天下午，我才发现要真正认识一个人是多么不容易……"

"李老师，请你说重点。"八班的班主任在办公室角落对李向前喊道。

"今天下午,发生在我眼前的事实,彻底改变了我对一个同学的看法。我们班的程相文出身于剥削阶级家庭,是富农的儿子。他不但自己偷懒,还抱着膀子煽动别人。原来,我一直认为,这个程相文在学习、卫生、团结、劳动等方面都很好……"

"报告……"办公室外一个怯怯的声音让老师们不约而同地把目光投向办公室门口——程相文背着双手站在门口,脸上写满疲惫。

大家都不再说话,整个房间陷入一种窘迫的沉静。李向前老师也干咳一声,回到座位。

张悦薇老师过去,伸手拍了一下程相文的肩膀,热情地说道:"程相文同学,请进来坐。"

程相文的身子颤抖了一下,脸上露出一丝痛苦的表情。

张悦薇老师似乎发现了什么,就轻轻揽着程相文的后背,把程相文带到了办公室的正中央。

大家窃窃私语,担心李老师的话被程相文听见。那是会让人尴尬的。

张悦薇对其他老师们朗朗说道:"各位老师,我想,我可能发现了一些小迹象;这些迹象大概可以让咱们消除对程相文同学的误会。李老师,请你过来,帮助证实一下我的判断。"

李向前老师不甚情愿地把脚步挪到近前。

张悦薇老师道:"李老师,请你把程相文同学的衣服脱下来……不不,只是把他的肩膀露出来。"

李向前纳闷地伸手解开了程相文的纽扣,将衣服扒开,露出了双肩。他立刻吃惊地瞪大了双眼,不知所措地回望着张悦薇老师。

看到李老师异样的眼神,其他老师好奇地围了过来。

程相文左边的肩膀红红地隆起一个大包,可右边的肩头比左边的还要高出半寸多,像极了带血的馒头;肿胀的周围,是大片的淤青。淤青的中间,是一块卷起皮的红肉。

"程相文同学,请伸出你的双手。"张悦薇老师轻轻对程相文说道。

程相文犹豫着往后面退了两步,迟疑着,低低地将双手手心向下,伸了出来。

张悦薇老师道:"请你把双手翻过来。"

"不……"程相文继续往后退,眼神一片慌乱。

李老师抢上一步,托起程相文的胳膊,扳过手掌。

"嘶……"所有的人都不约而同地吸了一口气:这是一双什么样的手啊!十根手指几乎布满了水泡,而手掌上的水泡早已磨破,渗出鲜红的汁液,像是刚被炸药炸过,一片血肉模糊!

老师们注视着眼前的情景,看着这个浑身散发出浓重汗味儿的年轻人,全体怔在那里。

从看到程相文的那一双让人过目不忘的双手起,一直到程相文离开,谁也没有再说一句话。

大家憋闷着,竭力控制自己的泪腺,控制住内心奔腾的情感——谁也不想让自己显得脆弱。大家沉默着。

"饭点儿要过了。相文同学,你先……回去吧。"张悦薇老师的声音突然变得嘶哑、低沉。

李向前牙关紧咬,再次回到了座位上。离他最近的老师似乎听到了一阵隐约抖动的、竭力压抑着的啜泣。

程相文微垂着头,耷拉着双手,缓步走出了办公室。

看着他的背影,人们终于没有修炼出那种超脱凡尘的淡定;所有老师的脸上都有泪珠儿滚落……

8

1959年,还在上高中二年级的时候,程相文奉父母之命娶了比自己小三岁的董桂芝为妻,后来有了大女儿程新建。

1963年9月,程相文以优异的成绩从中牟农业专科学校毕业。

当时,程相文面临多种选择。作为一个来自郑州郊区的学生,他可以留在省会郑州,临近家乡,方便照顾父母、照顾妻儿。

他也可以像其他同学那样,到安阳、洛阳等工业重镇、历史名城,享受"汽车通、电灯明、马路平、电话铃"的物质文明,在城市里得到一份相对安逸的工作和比较优质的个人生活,成为一个地道的城市人……

然而,一个偶然的注视,让他决定来到远离家乡的浚县。

拿到毕业证一个星期后,程相文应同学路福海的要求,送他到安阳一个科研单位报道。

从郑州坐汽车到安阳,路福海一路上畅谈理想、畅谈未来,恳切地劝说程相文一定要选择一个像样点儿的城市,找一个正规的科研机构,参加工作。千万不要心血来潮,去支援什么农业第一线。

"我实话告诉你,你只要到了农村,就不是去锻炼,而是去自杀……

"你的青春会在痛苦和压抑中毫无察觉地溜走。还有一点,你永远不要忘记你的出身……

"你爹是富农,多少也过了几天好日子。可是,如果你选择到农村工作,你将一辈子成为贫农……

"不信?走着看!"

程相文断断续续地听着同学的话,汽车很快跨过黄河、穿越新乡,就到了浚县的地界。他无意中向车窗外望去,看到了一大片玉米地里面的异常。

眼下正是收获的季节,田野里应该随处可见成熟的庄稼、繁忙的身影和丰收的喜悦。可现在撞入程相文眼帘的却是人迹渺然,一派凄凉。地里的玉米棵子稀稀拉拉、东倒西歪。那些枯细的玉米秆从头到脚都是黑黄的颜色,病恹恹的,几乎看不到棒穗。

这种景象让他震惊,让他揪心,也让他疑惑。"收这种庄稼,农民们明年春上靠啥过活呀。"

车上,前排一位老农也在看着窗外,自言自语:"这样的玉蜀黍,连种子也收不回来。"

程相文闻听,赶忙探起身问道:"大爷,你看这玉米一亩能打多少?"

老农道:"说收不回种子那是瞎话;可看这成色,一亩地呀,撑死也过不了100斤。"

程相文听了心中一震："玉米是高产作物呀！我家过去种麦子一亩地还收差不多200斤呢，这儿咋这样？"

接下来的路程，程相文几乎是在和老农的交谈中度过的。程相文怪异的行为惹得路福海一阵摇头，只随声应和着程相文的感叹，不再给老同学灌输那些充满见识、饱含真诚的规劝了。

把同学送到目的地，程相文拒绝了路福海"在安阳玩两天"的邀请，搭车来到了浚县，跑了浚县的几个乡村，得到了一个重要的信息：农民种的玉米产量一直上不去，是因为没有优良的玉米种子。而自己学的正是育种专业。

半个月后，程相文来到浚县农业局原种场安营扎寨，正式成为一名农业技术员。

那时，三年自然灾害已然过去，大伤元气的农业刚刚有了喘息的机会。那些经历过褴褛时代的农民们一心想要摆脱贫困、摆脱饥饿。农村迫切需要农业科技人才。农民迫切需要良种。

"我要用我的努力让农民吃饱饭！"

这是程相文当年日记里写下的一句话。

这句话决定了他的一生将和玉米融为一体。

这句话让他下定决心，在这片金色的土地上播种希望，开创黄金般的玉米育种事业！

二 答 辩

2002至今：在农村税费改革背景下推进农村综合改革的历史跨跃时期。从2002年10月党的十六大的召开，到2008年10月召开党的十七届三中全会，这6年是新一届中央领导对解决"三农"问题重视程度最高、改革力度最大、投入资金最多、效果最明显的一个"黄金时期"。

——《中国粮食生产与粮食安全》

2011年,郑州

1

夕阳悠然下山,厚实的云团镶着金边飘浮在玉米地上空。即使是正月,三亚的阳光也依然那么明媚活泼。忙活了一天,程相文终于可以静坐一隅,呆望着玉米地冥想。他思考着下午省科技厅厅长打来的电话,亢奋中有一丝犹豫。

"老程,省里打算推荐你参加今年的国家科技进步奖评选……"

"这……厅长,我……我们资格还不够吧。"

"老程,我已经帮你看过了,你的浚单20完全符合申报条件。"

"那,申报需要单位准备什么材料?"

"有关申报材料我们一会儿给你发邮件说明,不过你作为第一完成人得参加一场视频答辩,北京那边的评委通过答辩视频,给你打分。"

"厅长,我这嘴笨啊。"

"怕啥,申报省科技进步奖的时候你说得不是挺好的。"

"可是厅长,这是国家级的……"

"放心,老程,省里对你这么重视,会帮你完成申报工作的。"

程相文心绪沉沉地张望着半没的落日,雾霭中血红的轮子停滞在山头,依依不舍地和黄土告别,黯淡的余晖洒落在田间,满地的玉米都镀上了一层柔红。突然间,夕阳颤动着跳下山崖,只留下满头红霞。程相文看呆了,第一次体会到日落竟如此壮阔。

程相文心中不由得充满沧桑,他想起"黑五类"家庭,想起经历过嘲讽、刁难、孤独、遭毒手、打官司、死里逃生、经济陷害,就连父母妻子去世时都未能见上最后一眼;他饱受艰辛,吞噬寂寞,四十九载的万里奔波、骨肉分离中,他仅与家人一起度过三个春节。

新品种培育在农业发展中代表最先进的生产力,但与其他科研项目比较,永远离不开最原始的操作方式。正是苦难的折磨,程相文才获得持久的成功——先后选育出浚单5号、豫玉11号、浚单18、浚单29等12个玉米品种通过国家和省级审定。

程相文轻轻摘下眼镜,折好放在衬衣口袋里,思路变得异常清晰:我要全力以赴,申报国家科技进步奖!

2

既然做了申报国家科技进步奖的决定,程相文心里就开始认真起来,除了田间常规育种工作,他便把大把时间花在了准备申报材料上。程相文的浚单20作为河南省拟推荐国家科技进步奖项目公示后第三天,鹤壁农科院就迎来了一位重要的客人——国务院总理温家宝。

这天,提前接到通知的程相文,早早起床,来到单位。经过精心的准备,迎接总理的工作几天前就安排妥当。然而,程相文还是不放心,反复在办公楼、展厅、实验室等处穿梭。他在各栋楼之间检查着,不时回望办公楼前的横幅,生怕它被风吹歪刮跑。即使这样,他还是不踏实,便和其他职工一道,抓起扫帚拖把,一遍遍扫着、拖着。

院外一阵车辆轰鸣声过后,温总理被一行人簇拥着走进农科院,面色柔和地听着周围人的介绍,脸上一直挂着微笑。一位温雅的人……程相文的双眼几乎一眨不眨地看着总理的面容,端详着平时只能在电视里看到的总理,他不知道用什么词汇形容眼前这位小他六岁的男人。

见总理定睛对着他笑,程相文这才回过神儿来,赶忙隐藏起慌张,下意识地扯了扯衣角,清清嗓子,大步跨出,伸手走向总理。

"总理好!"

两手接触的瞬间,程相文洞察到总理眼神中的和善,虽疲惫却平静;感受到他手掌传来的温热。在这样天寒地冻的腊月里,日理万机的温总理竟奇迹般出现在他面前,程相文这么一想,心头便自动出现一阵火热,眼角不禁泛起了泪光。

"老程好啊。"总理握着程相文的手,一直走到办公楼。

总理巡视一路,并没有多余的话说,只是认真聆听着程相文的讲解。平日里的程相文总磕磕巴巴,半天才说出个囫囵话,可提起玉米,他就像变了个人似的滔滔不绝讲了起来:

"现在我们看到的是我院的成果展示厅,这里有我们选育的39个玉米新品种中的8个主推品种,其中有12个通过了国家和省级审定。"程相文手指展台,眼中掠过的,是在海风中摇曳的绿叶,是吐蕊的苞穗,是灌浆的子粒……

总理显然被吸引了,在成果展示厅中间摆放的一只硕大金碗前停下,在天花板顶灯的照射下,碗内装满的玉米粒和几穗玉米棒熠熠生辉。

"这边的是'浚单20'。丰产性突出、品质优良、抗病虫能力强、抗逆性强、适应性广,目前种植面积累计推广2亿多亩,成为黄淮海第一、全国第二大玉米主导品种。"

程相文显然看出总理的兴奋,抚摸着大金碗的边缘接着说:"浚单20从选育、育成、审定到推广,历经19年,创造高产纪录不计其数,2005年,15亩夏玉米超高产攻关田平均亩产达到1064.85公斤,创造了世界夏玉米同面积高产纪录;2009年,万亩连片夏玉米高产示范田平均亩产858公斤,在黄淮海率先实现万亩大面积单产超过850公斤的突破;百亩连片夏玉米高产攻关田平均亩产达到1018.6公斤,率先实现亩产超过1000公斤的纪录。"程相文也惊讶于自己这会儿口才怎么这么好,一点没有磕巴。

展示厅四壁挂满了珍贵的影音资料,农科所刚成立时的简陋、海南育种的苦中作乐、各项玉米品种的获奖情况、专家领导视察的合影留念……程相文指着一张张照片向总理介绍照片背后的典故,原本局促地垂在身边的双手不知不觉中挥舞起来,兴奋得像个孩子。总理看着他微笑,任由他忘情地回忆那段只有他才体味的历史。

"让总理笑话了。"不知不觉间,程相文才感到自己过度的兴奋,有些不好意思。

"没事,老程,你再给我讲讲玉米吧。"总理适时转移话题,冲淡了他的尴尬。

"好,总理,你看,刚才跟您介绍的浚单20,它的父本是浚92-8,母本是浚9058,它的抗病性、耐高温干旱能力和籽粒品质都好于郑单958……"程相文如数家珍,细说各个品种的特性,眼神中有无法遮挡的专注与自豪。

总理要走了。临别前对鹤壁农科院职工的一番话,程相文记得最清楚的是这一句"我这次来,第一老程忘不掉,第二'浚单'忘不掉。我给浚单系列的玉米种子起一个新名字,叫'永优'。我还要手书出来,送给老程。"

这句话久久萦绕在程相文耳畔,成为他申报国家科技进步奖的最大鼓舞。

3

隆冬已过,但夜晚剪不断的还是冷清。

王希宝站在窗前仰望无际夜空,凝目明月清辉、星河浪翻,整个鹤壁农科院都沉浸在柔和的月光下,只有院长办公室依然灯火通明。白炽灯光调皮地钻出窗户洒落在地上,透着三个人的剪影。

王希宝走到门外,盯着整个玄黑中的明亮恹恹地待着,若闭上眼仔细聆听,寂静的花前月下独有院长办公室的议论声低沉地陪伴着迷蒙春色,隐约间还夹藏着夹竹桃破青的细小崩裂声。王希宝在冷风中轻声咳嗽,叹息着走回房间幽幽睡去。

办公室内,鹿红卫正端坐在电脑前,他的手指搭放在键盘上,可头却扭向交谈中的程相文和张守林,不时插上几句意见。由于程相文的《玉米单交种浚单20选育及配套技术研究与应用》申报的是国家科技进步奖一等奖,他们正专心致志地准备答辩词。

张守林小心捏起打印纸,墨香溢满鼻腔,满足地轻声念着刚拟好的材料。一旁的程相文却快速扫视一遍,有了大致印象。

"玉米作为我国种植面积最大的粮食作物,在国家粮食安全中占有举足轻重的地位……"张守林逐字逐句读着,程相文却抬头打断了小张的话。

"守林,你查一下黄淮海地区占全国玉米种植面积多少,产量占多少。"

"程所长,是不是应该拣最重要的说?你可就十五分钟答辩时间,超时扣分的。"张守林担心严格的时间限制会影响程院长的答辩成绩。

"小张,咱的种子主要在黄淮海地区种植,这些数据能够体现出咱们培育的种子对全国玉米生产的贡献啊。"

"对啊,我怎么没想到这一层呢。"小张茅塞顿开,脑门在灯光下愈发锃亮。

"'表现突出'后面应该用句号吧。"程相文试探着,拿不定主意。

"不用,跟后面连着呢。"发现程相文如此严苛,张守林也自觉放慢阅读速度,重新审视起来。

他们反复修改着,直到子夜时分,鹿红卫才敲下键盘发送给河南农业大学、北京农林科学院、河南省农业科学院的专家教授。作为协作单位,他们在梳理要点、遣词造句上更能彰显专业优势。

时间在一封封邮件、一个个电话中悄声溜走,初春转入盛夏,在这半年多的权衡中,确定主要完成人顺序时,程相文和各方的博弈最为激烈。

单位职工同样密切关注着国家科技进步奖的申报工作,他们替院长高兴之余,也在暗自发力,试图影响浚单 20 主要完成人的名单。

"咱农科院 20 年艰苦攻关育出来的品种,凭啥让农大李潮海教授当第二完成人。"

"人家把玉米体系试验站放在咱们单位,帮咱申请项目,这能忘?他是一个优秀栽培专家,光有良种没有良法配套,会中?种子再好,只有种得出来才行。再说人家是教授带着研究生、博士生研究浚单20，发表了20多篇论文啊。"

"论文不都是拿钱买的，比得上每天的风吹日晒、起早贪黑吗？"

"……俺几个是替张所不服啊……他才弄了个第三完成人。"

"就是，就是，张所真亏。"

晨会上职工们七嘴八舌地交换着意见，好似一点也不怕被程院长听见。

程相文的心态是复杂的，既要实事求是地说明各协作单位在理论归纳上发挥的重要作用，也想写上所有职工的名字，感激他们吃苦耐劳的付出。他小心地平衡着各方关系，经过每一个字、每一个标点符号的仔细推敲，终于形成最后的答辩解说词。整整五页的材料既概括了所有技术要点，又凸显出专业水平，剩下的只有模拟练习了。

他还得去找李潮海，尽管李教授比程相文小了整整20岁，但是只要是李提出来的问题，程相文都会认真考虑。这次答辩自然得李潮海帮忙。

这中间，程相文从北京迎回总理的墨宝，装裱精致地挂在办公室。他想象着总理手持毛笔大气挥洒的情景，回忆着总理双手递给他时的郑重，心中不觉增添了几分信心。

4

浓浓夏日，院内梧桐黛色参天，阵阵热浪，田间玉米吐丝抽穗。程相文在地头、在屋内、在办公室专注地记忆着答辩词，直到严丝合缝，流畅通顺。

每天中午，他回办公室打开电脑，找到鹿红卫给他下载的视频，细心观看各种答辩的录像。晚上下班，程相文留在试验田，对着玉米演练。揣摩了无数精彩答辩后，他开始有自己的心得。他模仿着视频中表演者的肢体语言，试着用眼神、微笑展现自信大方。

经国家科技进步奖评委会作物遗传育种与园艺评审组审定

后,程相文的项目被顺利推荐到国家科技进步奖评奖委员会,争取最后的冲刺。如果如愿,将创造全国县级科研单位获得国家科技进步一等奖的纪录!

这份意义重大的奖项牵动了全省各级政府领导的心,主管农业的刘满仓副省长,省科技厅厅长,鹤壁市委书记、市长、副市长等人对最后的答辩也寄予厚望,给予高度的重视。他们在慰问程相文的同时欣喜地发现原本说话结巴、上台打哆嗦的程相文如今变得从容不迫、雍容大度。

随着答辩的日子一天天迫近,所有人都在紧张中等待、期望中焦虑。最后一周的时候,程相文开始失眠,表面上他保持着淡定从容,但嘴角肿起的水泡泄露了他的急火攻心。

市委书记丁巍像往常一样,每周三下午来鹤壁农科院看望程相文。这次他刚下车,便看到程相文唇边的泡明亮亮地透着不安。但他不动声色,拉着程相文就到玉米地转悠。

丁书记沉默着迎面走在风中,脑子却在飞快运转,他在琢磨着如何组织语言。八月初的玉米已经开始授粉,青翠的玉米林中依稀看见硫酸纸的嫩白高低错落地挂在顶端和茎间,受过粉的雌穗便安心躲在雾帐中灌浆结粒。他突然眼前一亮,拍着程相文的肩膀打开了话匣子。

"老程啊,玉米要高产,需要在哪方面下功夫?"

"土、肥、水、种、密、保、管、工。"程相文不假思索,一字一顿地回答道。

"这不是农业八字宪法嘛!"

"是的,丁书记,这是毛主席根据农民群众的长期实践经验和科学技术成果,在1958年提出来的农业八项增产技术措施。"

"那是不是这八个方面做好,粮产肯定提高?"

"如果再加上风调雨顺,肯定五谷丰登。"

"哈哈,老程,你现在说话越来越有水平了。那你还紧张啥?"

丁书记突然话语一转,引得程相文不知所措,他看着丁书记,眼中写满迷茫。

"老程啊,我是说你申报国家科技进步奖的事,不要过于紧张。"

"书记,我……我身不由己呀。眼看着就要答辩了,我也想镇定镇定,可就是不当家儿啊。"

"老程,你的材料、答辩都准备齐了,这不是凭口才,是凭你几十年的工作,多像这精心管理的玉米,它还能不高产?你能不获奖?"

"书记,这是两回事儿。"

"老程啊,你在战略上要重视,在战术上要藐视啊,成果就在这儿摆着,不怕人家横挑鼻子竖挑眼。"

丁巍书记的话让程相文记在了心中。

"咱浚单20哪里好?从行业自身,可以说阻挡、延缓美国种子公司的渗透步伐,保护民族种业;从粮食安全角度,品质好抗性强,作为更新换代的主导品种,玉米整体增长10%。为国家增加100亿斤粮食;从技术理念上,产量与抗性结合,良种良法配套。"李潮海曾经对程相文说的话,程相文紧张之余,又翻开笔记本看了一遍。

5

"程所长,你别紧张,咱不都商量好了,这个项目介绍,答辩词你来,专家提问我来回答。"李潮海教授在答辩前的一天又给程相文打了个电话。

答辩的日子终于来临,程相文要在郑州与国家科技进步奖评委会的评审委员进行视频连线,现场答辩。赶巧,这天也是鹤壁市副市长高亚林与妻子的银婚纪念日。

高亚林和妻子两人虽然从来没有显露出浓情蜜意,却在长达二十年的婚姻生活中互相体贴,互相照顾,少有急赤白脸的时候。而眼下让他俩没有料到的是,即将发生的事情却让这对夫妻在顷刻间发生了龃龉。

看见丈夫一大早就腰系围裙钻进厨房,一待就是一个小时,这让爱人好一阵感动:"没想到他竟然这么重视我们的银婚纪念日。"心中柔软得像是四月的花瓣。

听到厨房传来盆碗击打声,她赶忙放下手中的杂志,转身走到厨房,推门发现丈夫正满头大汗地蹲在地上捡锅盖,灶上的绿豆水突突地上下跳动,白雾沸腾着向外逃窜,混沌的汤渍则凝结在灶台上,明显地记录着这个男人的笨手笨脚。

爱人伸手关灭天然气,绿豆水便逐渐收敛了威力,变得平静起来。看着爱人清理着厨房的一地鸡毛,高亚林窘迫地挠挠头,伸手端下汤锅往玻璃杯中倒。

"凉一会儿再倒。"爱人轻轻打下丈夫的手,媚眼如丝。

"我得赶着给老程送呢。"

"我还以为你给我熬的呢!"爱人的媚眼瞬间化成利剑,发着冰冷的寒光。

"今天老程答辩,我得让他败败火。"

"高亚林,你太过分了!身为市长,结婚纪念日却为程相文熬绿豆汤,他又不是你爹。再说郑州啥饮料没有,就缺你熬的一口绿豆汤?叫旁人看见,不说你作秀呀!"

开始,俩人还是有一句没一句地拌嘴。可很快就变成了上纲上线、怒目相向。没两分钟,高亚林的爱人便气得发飙,口不择言地数落起高亚林。而高亚林的态度仍是软中带硬,坚持己见。

"你这么大气儿干啥?你咋就不明白道理呢?你知不知道,程相文要是拿了一等奖,那是咱鹤壁市、河南省乃至全国农业科技人员的光荣。而政府就是为基层服务、为人民服务的,我作为主抓科技的副市长,必须为建设服务型政府做表率。不管别人咋说,这汤我就是要送。"

"那你咋不服务我……"爱人满腹委屈,嗓子眼里带着哭腔。

"晚上吧……等我回来就好好服务你。"高亚林倒满一杯绿豆水,戏谑地轻刮下爱人的鼻尖,飘然离去,独留爱人在那里嗔怪、愤懑。

答辩定在上午10点,程相文坐在视频会议室隔壁焦急等待,周围落座许多省市级领导,他们尽量说着轻松愉快的话题消解程相文的紧张。眼望着周围人的轻松笑闹,程相文只能勉强挤出一丝苦笑呆挂在脸上,礼貌地退出门外。心思细腻的朱自宽望着程院长离去的背影,悄悄跟到洗手间外。

这已经是程相文第三次去洗手间了。早起的时候,程相文紧张得胃拧成一团,只喝了碗玉米粥便随着领导来到郑州。他看着镜子中的自己,嘴角的水泡依然歇斯底里地旺盛着,手心沁出湿腻腻的汗,后背也似凉风灌入,不由得打了个激灵。程相文深深地呼吸着,试图按住嘣嘣乱跳的心胸。

洗手间外,朱自宽倚住墙根,从口袋中掏出香烟抽了起来。抽烟一旦成为习惯,便会让人在需要的时候镇静下来。他真想让程院长抽几口烟,吐出心中的紧张,享受片刻的舒畅。

"自宽,你咋出来了?"朱自宽兀自浮想着,没留意从洗手间走出的院长。

"……我想问问你要不要喝点东西。"他胡乱编着,随手掐灭烟头,也掐断了他脑子里的念头。

"我的嗓子眼直发干,要是有碗绿豆汤就好了。"程相文喑哑着,皱了眉头。

"程院长,你看这是啥!"高亚林副市长奇迹般出现在他们面前,拎起手中的绿豆水来回摇晃,说话的间隙不住喘气。

看着满脸通红的高市长,程相文禁不住热泪盈眶。

"快喝吧。"高市长笑盈盈地递过玻璃杯,看着程相文捧起绿豆水大口喝了起来,脖颈间的喉结伴着咕咚声欢快地游走。

"看来……这绿豆汤……我熬得值啊。"高亚林欣慰地想道。

时间是冷酷无情的,也是公正平等的。它不会因为手表的奢侈或低廉而扭曲标准。秒针嘀嗒跳跃,时针却无声划动,程相文再次站了起来,向视频会议室走去。大家都自觉地沉默着,用眼神交流。河南农科院院长握着答辩材料的双手抑制不住地轻轻颤抖,从学校赶来的农大校长额头上也冒出了冷汗。

时间仿佛凝固下来,细密且冗长,就像电影中的慢镜头一样,他们都放慢了动作,缓缓地站起身,看着程相文转身离去,仿佛留下一个诀别的背影。

6

程相文静立在门边,脚底不觉犯了几分犹豫。偌大的房间被深绿的窗布密封地阻挡在阳光之外,阴森森的,只在窗帘下微弱地泄露着灿烂。椭圆的办公桌前,一位工作人员不时抬头望着天花板上缓慢垂落的投影幕布,仔细调试视频设备。他还剩10分钟的时间,却在门外再次紧张起来。

等工作人员调试结束,收工离开,程相文才带着众人的盼望迈进会议室,却不小心被脚底的门槛磕绊了一下,打着趔趄差点摔倒在地上。他赶忙平衡好身体,慌乱中搅乱了刚调整好的气息节奏。他来回拍打着裤子上的灰尘,无意中瞥见了桌前摆放的玉米模型。他盯着它,仿佛闻到了玉米浓郁的甜香,心中突然宁静起来,紧张也抛到了九霄云外。

"对,就把这里想象成在玉米地里的演练。"他微笑着,自我催眠。

倒计时,5,4,3,2,1,视频开始。

程相文笔挺地坐在办公桌最前面,对着正前方的屏幕微笑。他虽然盯着屏幕正襟危坐,可眼前闪现的只有玉米的幻影。即使视频中传来北京专家严肃的面孔,他依然微扬起嘴角。

"尊敬的各位评委:

"我是项目主持人程相文,代表课题组从以下八个方面进行汇报……"

程相文轻点鼠标,优雅地舒展右臂,向眼前的"玉米"讲解立项背景、主要技术内容与创新点、国内外同类技术对比、对行业科技进步推动作用等八个方面。

肢体动作转换间,程相文渐入佳境,他的眼神、语调、语速都恰到好处地表达着他对浚单20的全部热爱,语气也越发沉稳。就连千里之外的评审委员也被他的痴情追求所感动,透过冰冷的屏幕欣赏他的答辩。

宽敞的房间回荡着程相文的声音,不大却有气场。不知不觉间,程相文竟从容地站起身,更加投入到华丽精彩的解说当中。恍惚间,他感觉整个房间顿时明艳起来。他扭头瞄了一眼墙边,窗帘正随着他的答辩翻滚飘动,肆意地释放着光明,好像艳阳下一片被风吹卷的青葱玉米。

突然,程相文的语调从激情转为温柔,窗帘也默契地轻盈起来,只有唇角的水泡依然坚挺。

"2011年1月22日,温家宝总理视察鹤壁农科院,对浚单20给予高度评价,并亲笔手书'永优',勉励浚单玉米品种永远保持品质优良,在与国外种业竞争中永远保持优势。"

程相文低声轻吐,屏幕前的"玉米"也忍不住赞同地点着头。

时间随着展示的每一页幻灯片在程相文心中一点点溜走,一切都像设计好的电脑程序完美无缺,14分45秒,答辩结束。专家们嗖地消失不见,程相文眼前的幻影也慢慢淡去。他瘫坐在椅子上,任由座椅轻轻旋转,仔细回想刚才的答辩场景,好似只是一场梦境,窗帘依旧紧锁,心却扑腾扑腾地剧烈跳动起来。

接下来是专家提问,李潮海像个稳坐钓鱼台的渔者,眼神坚定,等待着解答专家的提问。两三个专家的问题像一粒粒炮弹向他打来,程相文也为李捏把汗。"我们不是全国第一,但是很多专家认可,包括我个人也认为,浚单20却是良种良法结合最好的品种,不但高产,而且稳产。另外,我们对于育种和栽培的结合,也会对后来育种事业的发展做出启发。"李潮海的话不多,却字字珠玑,只有真正俯下身子在田间搞育种的人才能真正听懂。然而这番话,却征服了在座专家们的心,鼓起了掌。

答辩结束了,程相文望着李潮海想起来第一次请李在农科院试验田搞栽培试验的场景,二话不说痛快答应。他庆幸可以有这样的帮手,有人说他们是棋逢对手,程相文却把它理解为优势互补,一个育种,一个栽培,经过通力合作,岁月打磨,创造出 $1+1>2$ 的效果。

程相文已经记不清李潮海往农科院跑了多少次,为农科院争项目、拉人才、筹资金;李潮海也记不清程相文为了一个技术问题,跟他讨论了多久。李潮海陪着程相文回住的地方,一路上聊了几句。

"老程,你看这次咱能拿个几等奖?"

"李老师,拿个二等奖我都心满意足了。你咋想的?"

"我看呐,一等奖也说不定。"

7

四十八年如一日的耕耘不算什么,长久以来的孤寂也守望成生命中的陪伴,只要不惧烦琐,洗尽铅华,一切便会如愿来临。所以,困难过后,注定会有接踵而至的惊喜等待着程相文。

2012年2月14日,在中共中央、国务院隆重召开的国家科学技术奖励大会上,程相文及其团队完成的《玉米单交种浚单20选育及配套技术研究与应用》项目获得国家科技进步一等奖。时任中共中央总书记、国家主席、中央军委主席胡锦涛等党和国家领导人亲切会见了所有获奖专家,时任中共中央政治局常委、国务院总理温家宝亲自为程相文颁奖。

晚上7点,鹤壁农科院全体员工没有回家,而是像过除夕一样聚守在电视前,等待着《新闻联播》的播出,幸福简单得像屋外的雪花洁白纯净。

当原本熟悉到麻木的旋律悠扬地环绕在耳边时,王希宝从口袋中掏出电话,伸直胳膊眯起眼睛远远地看着屏幕,费劲翻看电话本。

"老程,我们都在看中央电视台《新闻联播》呢。"

"哦,希宝,真是做梦都没想到啊。"

新闻快速播出,所有人都自然而然地瞪大了眼睛在国家科学技术奖励大会的报道上用力找着,几十双眼睛如果长了利剑,肯定会把电视戳穿。

"电视上能看到我吗?"程相文在电话那头儿问道。

这边的电话继续着,还没等王希宝回答,身边已是欢腾一片。

"看到了,看到了,在那儿!"不知哪个明眼人从密密麻麻的黑点中分辨出院长的身影,兴奋地指着电视高呼。

所有人不管看没看到,都聚焦到荧幕前那一角欢呼雀跃,电话瞬间被热烈的尖叫声淹没。

从北京载誉回来的程相文,沉浸在无比激动、幸福之中。面对辉煌的成就,年逾古稀的程相文是功成身退、安享晚年,还是……

答案是现成的:程相文一参加完国家科技奖励大会,就急忙飞往海南,他惦记着试验田里的玉米。"我们的浚单20选育及配套技术研究与应用项目能获得国家科学技术进步一等奖,党和国家这么重视,我要在有生之年为培育出'永优'种鞠躬尽瘁,甘愿为民族种业献出毕生精力,不能辜负党和人民的期望啊!"

程相文的人生坐标定位在玉米地里。当年岁滑向暮日的时候,他曾想望渐渐放慢自己生命的节奏。他不时回望来时的路,发现岁月已把过去的苦、乐、恨、念等等,杂糅发酵成经年的美酒,弥散着微醉的香醇。唇边悄然晕开一抹微笑,安稳静默。原本敬畏恐惧的生死,竟只在一呼一吸间。

呼吸间,生者身形苍老,他与逝者阴阳两相望,各自于肉体内外惦念。呼吸外,逝者容貌依旧,与他梦境诉离肠,留生者在呼吸间遗憾。

获得国家科技进步一等奖,这在程相文看来是对父母和妻子最正式的报答。他希望以这近五十年奋斗结出的硕果,向亲人聊以赎罪。

8

"河南有大品种,但缺乏大种子企业,更没有一家上市种子企业。去年育繁一体化企业全国有几十家,河南作为农业大省,小麦育种和玉米育种都处于领先地位,却没有。这在很大程度上也说明了缺失有多大。"李潮海提醒程相文,抓紧时间抢注商标。

国家科学技术进步一等奖不仅让程相文名声大噪,"永优"商标也变得炙手可热。眼前,他正为李潮海说的这件事焦头烂额。

自从2011年1月22日温总理到鹤壁农科院视察以后,次日,程相文和"永优"便成了媒体争相报道的对象。借助温总理,许多公司看到"永优"商标的注册前景,纷纷抢注,希图卖个好价钱。1月24日,便有5家单位抢注了"永优"商标,到26日达12家。作为第一批注册"永优"商标的5家企业之一,鹤壁农科院具有时间上的优势,但仍需与其他4家公司竞争。

漫漫商标注册路自此开始。鹤壁农科院想真正获得"永优"商标的所有权和使用权,收集证据是少不了的材料。媒体报道,口头相传,照片取证,跑市场,找证词……程相文在准备答辩的过程中也不曾把注册商标的事情淡忘,鹤壁市委丁书记也是热切关注商标注册的进展情况,曾不止一次在会议上询问商标一事,对于鹤壁市来说,"永优"是一张城市名片,它不仅代表鹤壁农业水平,更传递着总理的厚望。

5家公司同一天竞争一个商标,程相文倍感压力。他光在鹤壁市商标局、河南省商标局间就跑了10多趟。为了稳操胜券,他又专门跑到北京两次,到国家商标局反映情况,在河南省工商局所出具的关于"永优"商标的报告的佐证下,"永优"商标终于在2012年10月交由鹤壁农科院。程相文终于得以吐了口气,心中一直提起的石头也渐渐放了下去。

"永优"不仅是总理对浚县种业公司的期望,也是对程相文赤子之心的赞誉。鹤壁人将建立永优公司,把程相文的好种子推广出去。作为梦想,怎么允许他人抢去荣誉。获得国家科学技术进步一等奖的程相文好事接连,在2013年2月19日,他又当选2012年度"中国农村新闻人物"唯一年度杰出人物奖,短短的揭晓词浓缩了程相文一生的守望。

"半个世纪的坚守,北育南繁的迁徙,抱着'一定要培育出一种能高产的玉米种、让乡亲们都能吃上饱饭'的信念,他带领育种团队选育出39个玉米新品种,累计推广2亿多亩,增加社会经济效益150多亿元。他选育的种子,曾经获得国家科技进步一等奖,温家宝总理亲自为其命名。他把论文写在希望的田野,把效益装进农民的口袋。"

(原载《时代报告·中国报告文学》2013年10月)

放下屠刀能成佛？

董保存　丁一鹤

谁能想象得到,杭州两座名寺赫赫有名的住持"惟迪法师"徐心联,会是一个杀人逃犯!

2012年4月20日下午,笔者赶到九江县公安局时,得到一个糟糕的消息,这天上午徐心联刚在九江市中级人民法院"过堂",当庭痛哭流涕,情绪起伏很大。九江县公安局政委担忧地说:"此时采访,肯定不是时候。"

但时间不等人,为了顺利采访徐心联,笔者请九江县公安局政委,徐心联老家沙河派出所所长陈新、副所长王飞翔,第一个给徐心联戴上手铐的刑警中队长程和建,以及看守所所长等人,一起去做徐心联的工作。

而笔者在监舍外焦躁不安地等候消息,随着时间的推移,笔者有一种不祥预感。

经过将近一个小时的等待,监舍内传出来的消息是徐心联坚决拒绝采访。笔者只好硬着头皮说:"我试试,这么大老远跑来,总要见一面。"

看守所所长答应了。

跟在看守所所长身后,穿过重重铁门,进到监舍内一个管教干部的房间内,几位警方的领导满脸无奈地站成一圈儿,围着坐在沙发上的徐心联,还在苦口婆心地劝说。看到有人进来,徐心联视若无睹。头不抬,眼不睁,装作养神的样子。显然,他抵触情绪太大。

笔者将事先准备好的一袋苹果和一盒茶叶放在徐心联面前的桌子上说:"我是北京来的作家,我只跟你说三句话,如果你不同意接受采访,三句话说完我立即就走,绝不纠缠。"

徐心联抬了一下眼皮,没吭声,但他还是扫了一眼苹果。想必他已然明了,这苹果代表着平平安安,而那茶叶的名字叫"顶上春芽",这发新芽的寓意也很明显。

不等徐心联开口,笔者说:"第一,我不把你当作罪犯,也不跟你探讨犯罪,只想关注你这17年来干了什么、想了什么。"

"第二,不是我要采访你,而是组织安排采访,这是公安部的安排,也不止采访你一个人,凡是清网行动中的重要逃犯都要面对面采访。我采访过的杀人放火坑蒙拐骗的罪犯成百上千,比你杀得多、下手狠的多了去了,要采访也用不着千里迢迢来九江求你。我只是想,要是你被判死刑,你要带着全部秘密离开吗?你想不想把你的人生经历甚至痛苦、委屈和要说的话留在这个世界上?当然我还可以告诉你一个数据,我采访过的死囚犯,起码有十几个保住了性命;第三……"

还没等我说出第三条,徐心联抬起头说了一个字:"行!"

笔者大喜过望,但表面上仍装出一副无所谓的样子说:"知道你上午刚开完庭,你累了,好好休息一下。今天不采访了,明天拿出一整天咱们好好聊天。"说完扭头就走。

4月21日,从上午9点到晚上9点,笔者与徐心联在看守所绿草如茵的小院里,在高墙铁丝网下晒着日光浴,像多年老友一样促膝交谈,聊了整整12个小时。其间为了提神,戒烟多年的徐心联甚至还抽了笔者带来的几支香烟。直到看守所要熄灯了,徐心联才恋恋不舍地送笔者离开,分手前,还不忘当场挥毫为笔者写下了几幅字。

自断退路

时间回到案发时的1994年7月27日。徐心联刚满二十一岁。

徐心联家在江西九江县城郊的沙河镇杨花村,祖祖辈辈都务农。徐心联兄弟姐妹四个,一个姐姐嫁了出去,靠摆小摊生活。两个弟弟当时都还小。

徐心联初中毕业就辍学回家务农。他的老父亲在生产队当过队长,即便没有报酬,照样干得很卖力,声誉也很好。老父亲对外是个老实本分的人,他们家的地标被邻居一次次挪动、一点点蚕食。眼看家里的地慢慢变小,徐心联说:"你带我去跟他们评评理吧,把咱家的地争回来。"

父亲说了两个字:"不争。"

对外宽仁的父亲对子女却很严厉。徐心联至今刻骨铭心的是,三年级那年夏天,邻家小孩儿拿徐心联的课外书看,徐心联去要时,跟人家打了起来。闻讯赶来的父亲正好肩膀上搭着一条汗巾,当场朝徐心联抡去,抽得他身上一条条血檩子,半月方消。

徐心联的母亲是典型的农村妇女,爱唠叨,但心肠慈悲。徐心联跟母亲有个共同点是不敢杀鸡,也就不好意思吃鸡肉,只有喝汤的份儿。有一次奶奶生病,娘儿俩商议着要杀只鸡,两人大眼瞪小眼都不敢杀。最后还是徐心联动了个心眼儿,叫小时候吃过朱砂精神有点儿不大正常的叔叔杀,结果鸡脖子划出血来,那老母鸡却惨叫着跑了。老母亲说:"看它命不该死,放生吧。"

徐心联十五岁就辍了学。在庐山水泥厂当驾驶员的三叔托了熟人,把徐心联介绍到九江市庐山区汽车修理厂当学徒,学习发动机修理。

徐心联很不安分,村里有两个同伴要到少林寺那边的武术学校去学拳,问他去不去。这等好事哪能不去?徐心联偷偷跟着去了河南登封,在少林寺不远的一所武校里,只待了四五天,就风光无限地回到村上:上身穿武校的训练服,后背上印着一个龙飞凤舞的"武"字,下身是表演时才穿的黑色灯笼裤,脚上是雪白的回力鞋。

实际上,徐心联纯粹是跟着去瞎玩,没钱交学费,人家武校不要他,最后他连少林寺都没舍得花钱进去玩。但他要面子,把手头上所有的钱都买了这身行头。

当然免不了老爹的一顿狠揍!揍完之后只好还去修理厂当学徒。到1994年案发时,二十一岁的徐心联已经出徒,开始拿工资了。

案发后,有人说他在湖北的五祖寺练过武术,甚至还有人说他小时候当过和尚,其实根本没那么回事,大家这么说,只是当年见徐心联从少林寺回来,穿着那身虚张声势的行头而已。不过,徐心联身手敏捷、机警过人,在当地得了个绰号叫"徐猫"。

转眼徐心联过完了二十一岁生日。有一天趁周日回家的时候,路过九江市水泥厂,看到好友王军民宿舍门开着,他就敲门走了进去。这次偶遇,改变了他的一生。

二十四岁的王军民是九江水泥厂的工人,徐心联是通过一个同学认识他的,一来二去就成了朋友。这次敲门,徐心联还遇到了一个叫张勇的人。这个张勇自称是贵州人,刚从海南闯荡回来,跟着几个九江的朋友来玩,朋友介绍朋友,就认识了王军民,而且已经在王军民这里住了两个月。

至今无法查证这个张勇到底是哪里人,因为谁都不知道他的来历。徐心联只知道,这个张勇见多识广,把海南描绘成了可以一夜暴富的天堂。

两天后的1994年7月27日,徐心联邀上三名同伴郭劲、刘选金、廖庆力,来到王军民在厂里的单身宿舍,与王军民、张勇、郭亚兵会合,共同商讨去海南淘金的大业。

王军民说:"我们准备去海南,你们去不去?"

徐心联说:"我好不容易从徒弟熬上师傅,一个月挣八九百,我不去。"

廖庆力是徐心联的朋友,已经结婚,他也说:"我有老婆孩子,也不去。"

"看你们那点儿出息,到海南一个月能赚好几千,舍不得老婆孩子,一辈子在家受穷,我连正式工作都不要了,你们怕什么?"王军民有些不屑地说。

徐心联和廖庆力都有些动摇了。前有曾经闯荡过海南的张勇引路,后有王军民煽风点火,几个年轻人聊得热血沸腾。王军民说:"兄弟同心其利断金,我们这一去天涯海角,就要抱着混不好就不回来的决心。我们得想个法子,先把退路断了!"

灭门杀戮

"怎么断?"几个小伙子纷纷询问。

"咱们惹点儿事跑了,就不用想着回家了。我上中学时,同学徐敏踢过我一脚,落下了病根,我现在腰椎体结核,就怀疑是徐敏踢坏的,一直咽不下这口气,咱们干脆将徐敏搞掉再走。"王军民提议。

几个脑子发热的年轻人立即表示赞同,好像谁不同意就是可耻的逃兵一样,哪怕是杀人。徐心联接着话头说:"那我们去准备几根棍子吧!"

王军民说:"那个人学过武术,人少打不过,还是用刀。"

当天下午,王军民、徐心联等人买了菜刀四把、剥皮刀两把、三棱刮刀一把。随后王军民、徐心联去徐敏的住处踩点,又安排刘选金到九江市区去租来一辆红色大发牌面包出租车。

晚上踩点回来后,王军民把事先准备好的刀具放在一个蛇皮袋内。几个人到达徐敏在铁路九江南站附近的住处后,却发现徐敏家里黑着灯,人还没回来。王军民就请大家去饭店吃饭,在饭店里,刘选金用一把菜刀切完西瓜,再次上车时随手插进短裤内,谁知道这把刀之前还切过辣椒,直辣得刘选金肚皮上起了一层红疙瘩,他一边挠着一边把刀放在了车上。

1994年7月27日晚上10点,他们第二次到达徐敏家楼下,王军民顺手把这把切过辣椒的菜刀递给徐心联说:"你是生面孔,他不认识你,你第一个上去敲门,开门就砍!"

按照王军民的分工,廖庆力在楼下看车,徐心联、郭劲、刘选金持刀来到二楼徐敏房门口,王军民、郭亚兵、张勇持刀在一楼等候,敲开门后集体持刀往里面冲杀。

徐心联戴上墨镜,敲响了徐敏的家门。徐敏打开门,话还没来得及说,头上就挨了徐心联一菜刀。接下来,六个如狼似虎的年轻人展开了无情的杀戮。郭劲冲进房内将徐敏妻子按在沙发上,王军民等人持刀围攻徐敏。徐敏退到房内,随手抓起电扇抵抗,大声高喊着:"救命啊!救命啊!"

郭亚兵砍中徐敏手臂一刀后,便同郭劲、刘选金逃离现场。郭劲临走时还从徐敏妻子的脖子上抢走了金项链。屋子里只剩下王军民、徐心联、张勇三人,他们继续围攻徐敏,将徐敏杀死在阳台上。

砍倒徐敏后,徐心联跑下楼来,见王军民还不出来,连忙上去叫他赶快走。王军民夺过徐心联手里的刀,和张勇又将趴在客厅沙发旁的徐敏的妻子活活砍死。中途换刀的时候,徐心联左手中指被划破,留下了一道疤痕,至今犹在。

杀红了眼的几个年轻人根本没注意到,在他们将徐敏妻子乱刀砍死的时候,这位年轻的母亲把只有两岁的儿子紧紧护在身下,不料孩子的两条腿还是露在了外面。所以,徐敏儿子的腿部也被王军民砍了十刀,落下了终身残疾!

最后一个下楼的是手持三棱刮刀的王军民,他是徐心联下楼之后,又追上去拽下来的。

经法医鉴定:徐敏全身有五十六处刀伤,系被他人砍击头部致使颅脑损伤伴失血性休克死亡;徐敏妻子全身有十七处刀创,系他人用三棱刮刀刺破右肺引起失血性休克死亡。

下楼的时候,王军民说了一句话:"杀得过瘾!"

几个浑身是血的年轻人,坐上出租车就往九江方向跑。深夜11点左右,他们赶到九江开发区的江边,烧掉血衣,又将所有凶器扔到水塘里。他们下车扔刀的时候,出租车司机没敢要车钱,一脚油门就开车逃跑了。

七个年轻人,深夜在开发区躲了一晚上。第二天一早,他们才商议着如何逃跑。

徐心联说:"要跑一起跑,我们这就去海南!"

王军民说:"事情有没有弄大还不知道呢,要是杀死了人,哪里也去不了,还是分头跑吧,谁也别管谁了。徐猫,你跟我走!"

徐心联突然明白了,王军民根本就没想去海南,只是用这个借口让自己和无知的兄弟们当了帮凶。他突然恨上了王军民,但此时却不得不坐在一条贼船上。

"咱往哪里跑?"王军民等其他人四散逃走后,问徐心联。

"到湖北黄梅,我有个认识的老和尚在那里。"电光石火之间,徐心联突然想起一个人,就在滔滔长江对面。

二渡长江

原来,徐心联的姐姐嫁到庐山东林寺边上的一户人家,徐心联经常去姐姐家走亲戚,也顺便到东林寺里去玩,没事就烧个香、磕个头。由于徐心联年纪小又剃着光头,寺里的老和尚常文经常逗徐心联说:"小孩儿,来这边当和尚吧,给我当徒弟。"

徐心联隐约记得,常文老和尚讲自己六岁起在湖北黄梅的小庙六家庵出家,后来六家庵被焚毁,常文化缘重修了这个小庙,但香火一直不旺,小庙里只有常文老和尚一人。平时,常文都在六家庵,偶尔也到东林寺挂单修行。

等徐心联和王军民赶到六家庵时,帮着在六家庵看护的一个老爷爷告诉他们,常文外出了,几天后才回来。这天晚上,两人只好暂住在六家庵。当晚两人发生了激烈争吵,徐心联质问王军民:"我们为去海南才惹事,却没想到是去帮你杀人。对男人动手可以,你为什么连人家的老婆孩子都杀?这是灭绝人性!"

王军民的回答是:"一不做,二不休!只要报了仇就行。"

可是争吵归争吵,徐心联只能跟着王军民逃亡,原因是钱都在王军民身上,徐心联身上只有二百多块钱,没钱跑不远。

8月4日上午11点,王军民和徐心联来到了九江新桥头汽车站,准备从九江坐车逃到南昌。徐心联先去买汽水,回来要上车的时候,却看见两个联防协警直奔王军民坐的车而去。当他们拧住王军民的胳膊往车下拽的时候,王军民无助地喊着:"徐猫,上啊！救我！"

徐心联装作没有看见,任由王军民被抓走。徐心联不想救这个欺骗他的人,同时他知道,事情闹大了,要不是死人了,警察不会在案发一周后还在车站布控。

当天下午,徐心联独自跑到长江边,望着浑浊咆哮的长江,他含泪一猛子扎了进去。在湍急浑浊的江水中,徐心联一边泪水奔涌,一边奋力挥动双臂。不知道过了多久,他醒来的时候已经躺在了长江对岸的湖北黄梅,满身是水的徐心联摸了摸口袋,那二百多块钱还在。

到1994年8月4日,除徐心联、张勇在逃外,王军民等五名犯罪嫌疑人全部落网。1995年9月8日,江西省九江市中级人民法院判处王军民、郭亚兵、刘选金死刑;判处郭劲死刑,缓期两年执行;判处廖庆力有期徒刑十五年。1999年,徐心联和张勇被上网追逃。

九江灭门案轰动一时,徐心联和张勇不知所踪。身为专案组成员的陈新,至今还珍藏着一本六十四开的笔记本,记录着当年此案的办案经过,包括调查中了解到的徐心联的绰号叫"徐猫",都一一记录着。

2007年11月,陈新被任命为徐心联老家沙河镇的派出所所长。自此以后,清明、中秋、春节,只要遇到传统节日,陈新就到徐心联家里去走访。这只是明里的,暗地里,九江县公安局刑警和派出所的民警,在这些关键时间节点上,都化装去徐心联家附近蹲守,等着可能悄悄潜回家的徐心联。

可是,这一等就是十七年。十七年来,死者徐敏的父母天天以泪洗面。而徐敏受伤的儿子,当年手术后切掉了膝盖骨,走路一瘸一拐。更让人忍受不了的是,徐敏老父亲带着孙子无数次来找公安局,问什么时候能抓到那两个跑了的逃犯。老人家说:"这些人坏啊,杀了我儿子和媳妇,让我白发人送黑发人,还把我三代单传的孙子砍成了瘸子。我老了,谁给我养老送终？我死了,谁来照顾我这个残疾孙子？不抓到他们,我死也合不上眼啊。"

看着白发苍苍的老人眼含泪水,牵着孙子,一次次、一年年,一瘸一拐,抹着眼泪离开公安局,九江县公安局一茬茬民警,满是无奈和愧疚,脸上就像被抽了个大耳光,火辣辣地烫。

等了多年之后,眼看追逃无望,徐敏父母带着孙子,举家搬离九江这个伤心之地,到广东讨生活。

没有人想到,十七年前徐心联竟然游过长江,跟跟跄跄再次奔往常文老和尚的六家庵。

常文刚刚从外地回来,一见徐心联就问:"你怎么来了?"

徐心联说:"我想出家。"

藏身佛门

徐心联不敢告诉常文老和尚他杀了人,无处可逃。但常文老和尚一看就明白,徐心联遇到了难以逾越的人生障碍。但他并没有追根究底,只是淡淡地说:"我没有那么深的学问和道行,再说我都快六十了,你拜我门下,我不能教你什么,能不能出家要讲究缘分,你自己去寻求缘分吧。"

常文老和尚给徐心联指点的方向是安徽潜山的三祖寺。第二天,徐心联拜别常文,坐车去了安徽。有多远跑多远,只要能逃命,徐心联不怕远。

安徽潜山县天柱山脚下的三祖寺,藏于群山之中,是禅宗第三祖僧璨昔日的道场,禅宗六大祖庭之一。常文让徐心联去找的正是三祖寺的住持宏行法师。

来到偏僻幽静的三祖寺,徐心联买了些香烛直奔寺里去找住持。可寺庙里负责人事和外事接待的知客师告知说:"宏行法师去九华山传戒,你下个月再来吧,能不能收留你我做不了主。"

你不留我,我直接去九华山找宏行法师。徐心联心里着急,坐车直奔九华山而去。一下车才知道,九华山寺庙众多,人来人往熙熙攘攘,他四处打听宏行法师也没找到宏行法师在哪里。

但既然来了,就各个寺庙去转转,四处拜拜佛,留下一点儿香火钱,也算结个佛缘。在小天台的一个寺庙里,徐心联狠狠心捐出了几十元。因为他看到那里立了很多功德碑,只要捐钱就能把名字刻在碑上。

"在这里刻下名字,就是被抓住枪毙了,也要让人知道我在这个世界上来过一趟。"徐心联留下钱走了。多年之后,法名惟迪的徐心联再来九华山时,四处在功德碑上找自己的名字,却一直没有找到。

就这样在九华山晃荡了二十多天后,掐算着宏行法师回寺庙的日子,徐心联又回到了三祖寺。一出潜山汽车站,徐心联突然看见眼前的地上躺着一张身份证。捡起来一看,这张身份证是安徽宿松县一个叫王龙贵的人的,生于1967年,比自己大六岁,长相倒是跟自己有点儿相似。

拿着这个身份证,徐心联来到三祖寺。但宏行法师还是没有回来,徐心联哀求知客师说:"我立志出家,现在无处可去,又没有什么钱在外面住旅馆,让我住在这里行不行?我什么都能干。"

知客师见这个满面风尘的年轻人话说得诚恳,不忍拒绝,只好说:"你在寮房住下吧。"

终于有了落脚之处,徐心联满心欢喜,但却不敢懈怠。第二天一大早,徐心联就早早起来帮着砍柴、挑粪、种菜、扫地。随后,僧人们给他端来一份斋饭。捧着那碗无肉无油的素斋,徐心联的眼泪噼里啪啦地落在了饭碗里,然后大口大口地吞进肚里。这是他这辈子吃过的最香的一顿饭。

徐心联明白,想在这里留下,首先要比别人起得早、睡得晚,多干活、懂礼貌。徐心联聪明勤快,从不多言多语,面相也很周正。知客师观察了十多天,就把徐心联留下来当了带发修行的居士。

半个月后,宏行法师从九华山回来了。他把徐心联叫到跟前,问他出家的缘由。徐心联哪敢实话实说?只得编造谎言说在老家谈恋爱,双方父母反对,万念俱灰想到了出家。这是很多遭遇情感挫折的年轻人出家的普遍理由。

宏行法师当然看出徐心联没有说实话,但他不再细究,只是说:"孽障重,不怕,遇到人生劫难也不是说这辈子就没希望了,只要弘法立身,也可成佛做祖,是心即佛。但出家的清苦,你能受得了吗?"

"我能!给我剃头吧!"徐心联咬着牙含泪说。

宏行法师说:"剃度先不急,过了九九重阳节再说吧。"

过了几个月,寺庙的几个和尚见徐心联一心向佛,就悄悄劝他说:"你去求宏行法师,请他为你剃度。"

徐心联再次去祈求,宏行法师果然答应了。1995年农历二月二十九这天,三祖寺为徐心联举行了剃度仪式。这个仪式的场景,曾经在电影《少林寺》中出现,只是被剃度的不是觉远和尚,而是惟迪和尚。自此,法名"释惟迪"的徐心联皈依佛门,成为一名小沙弥,也就是初入佛门的小和尚。

受戒五祖寺

宏行法师教育徐心联说:"皈依,是学习佛法开始的第一课。苦海常作渡人舟,千处祈求千处应。你当有慈悲心怀,断恶修善!要严守杀、盗、淫、枉、酒五戒,立此身成佛之大愿。要知道,生老病死都逃不过因果,切记出家人责任,弘法立身、普渡众生!"

跪在宏行法师面前,看着头发缓缓飘落,徐心联的眼泪不停地奔涌,他无语地啜泣着,不知道自己是伤心痛苦,还是快乐欣慰,更不知道前方有什么在等着他。他只是任由泪水打湿衣襟,因为他心里清楚,这是他生命的转折点!

"因果循环"四个字,在他的脑海中生了根。杀人种下的因,什么时候结果?徐心联不知道,他只想那一天来得越晚越好。

宏行法师递给他两本书,一本是《禅门日诵》,一本是《觉海慈航》,这两本佛教念诵集是僧人早晚必修的课程,宏行法师说:"去好好研习吧,参透了你就觉悟了。"

令徐心联没想到的是,他仅用一个星期就背诵下来两千四百多字的《楞严咒》。而这部极难的佛经,一般人最少几个月甚至几年才能背诵下来。两个月后,宏行法师送给他的这两本书,他竟然也能全部背诵。

后来,几乎没有英语基础的徐心联,在浙江大学拿到土木工程学士学位,他的英语六级就是靠超常的记忆力通过的。乃至后来他被投进看守所,抓他的公安局副局长王义明让他学点儿法律,他竟然说:"你给我一本法律书,我背下来就是。"

随着对佛教的理解,徐心联内心的苦楚也越来越深。当年那血肉横飞的场景,让遁入空门的徐心联永不能忘!几乎每天晚上,回想往事他都会无缘无故流眼泪。他说不清自己的心情,不是痛苦,不是害怕,只是万千烦恼丝塞满了他的胸膛,他想哭出来,却又不敢放声。只有在白天的忙碌中,他才会暂时忘记自己做下的孽障!

每天早上4点钟,他要准时起来撞钟,然后是上山砍柴、烧水、种菜。到晚上天黑下来,他再次陷入无边无际的黑暗之中,就像被关在一间没有光亮的小屋里,一夜夜在黑暗之中左右突围,却永远冲不破心灵上笼罩的阴影。

每天晚上,他都要把一首诗背诵好几遍:罪从心起将心忏,心若灭时罪亦忘。心忘罪灭两俱空,是则名为真忏悔。

夜夜忏悔的徐心联,很想达到大彻大悟的真如世界。但只要一闭上眼,满脸是血的徐敏就会举着电扇向他冲来!在夜夜揪心的忏悔中,徐心联落下了心绞痛的病根。此后,这个病长期折磨着他。徐心联自己也知道,他的病更多来自心理问题而不仅仅是生理问题,但他一直不敢去医院,只好靠强身健体来抵御病痛。

就这样,法名惟迪的徐心联被心魔一天天折磨着。1995年3月,宏行法师把他叫到跟前说:"你有慧根,我想送你去佛学院学习,对将来有好处,你考虑一下。"

徐心联想都没想,立即说:"一切谨遵师父教诲!"

1995年4月,徐心联拜别宏行法师,来到位于福建厦门南普陀寺内的闽南佛学院。10月,正在闽南佛学院学习的惟迪接到宏行法师的通知,让他回寺办手续,受俱足戒。需要说明的是,当僧人有三个阶段:一是剃度,也就只是个小和尚,又称沙弥;第二个阶段就是受戒,即经过一定时间的培训和考核之后,合格者发放戒牒,受戒之后叫比丘,凭戒牒就可以四处云游、挂单,走到哪里都会有寺庙管吃管喝;第三个阶段是接法,也就是传承衣钵。这不是一般僧众所能达到的境界,必须修炼到一定程度才有这个资格。

这一年,经国家宗教局审批,全国五百个沙弥集中在湖北黄梅五祖寺受戒,徐心联也在其中。

受戒有一套严格的规矩,在四十五天里,每天只能睡三个小时,要把所有业障全部忏悔掉。俱足戒要受三大戒:沙弥十戒,菩萨四百戒,比丘二百五十戒,共六百六十戒。不是所有参加的沙弥都能受戒,有些功课不熟悉、缺乏慧心或者文化底子差的沙弥,是不能完成受戒的。

最后的考试,惟迪各门都排名第一,被推为五百沙弥的"沙弥头"。让惟迪为难的是,被选上沙弥头的人,按规矩要"打斋",就是要拿钱买菜请大家吃素斋。参加学习的有五百个沙弥,可宏行师傅只给了惟迪五百元戒费。惟迪只好推辞说:"我没钱,我不当沙弥头。"

四方云游

这哪里能行?此事被五祖寺的方丈昌明法师知道了,他临时改了规矩,由五祖寺出面请了这顿客。这顿饭惟迪记得很清楚,有香菇和豆腐。事后惟迪自己编了一个顺口溜:受了五祖戒,吃上雪花菜(豆腐)。

在黄梅五祖寺受训四十五天之后,五祖寺发放了戒牒。第二天,惟迪拜别昌明大和尚下山。他去的第一站是湖北黄梅的六家庵,他要拜见把他引进佛门的常文老和尚。在见到常文的那一刻,惟迪悲从中来,趴在地上大哭不止。

在六家庵住了一晚上,第二天惟迪赶回了三祖寺。在三祖寺住了一周左右,临回闽南佛学院之前,宏行住持语重心长地说:"你已经成为比丘,不要把自己当作一般人。身为佛教中人,弘法为第一要务,一定要谨记。"宏行法师还对惟迪提出要求,让他以后多多练习毛笔字,每天不少于半小时,增加文化修养。

拜别宏行法师,惟迪回到厦门闽南佛学院。三年的学习过程中,除了学习课本知识完成学业之外,惟迪把《金刚经》抄写了一百多遍。令厦门佛学院的老师和同学记忆深刻的是,这期的学员中,惟迪的唱念是最出类拔萃的,唱念就是我们俗称的"念经"。

1998年7月,惟迪从厦门佛学院毕业。同学们有的回到出家时的寺院,也有的去了一些名山古刹。惟迪却与四个同学一起结伴云游天下。从就近的福州西禅寺、涌泉寺、太姥山开始,到浙江的普陀山,上海的龙华寺、玉佛寺、静安寺等各大寺庙。

途经的很多寺庙都想留下他们,可他们头也不回地走了。这些一肚子学问的佛学院学生,都想寻找一个合适的容身之处。对惟迪而言,更是如此。也就在这期间,惟迪认识了六祖寺的一个尼姑,正是她后来帮助了惟迪。

1998年10月,惟迪云游到了河南登封少林寺,从寺庙里出来后,想去寻找当年曾经来过的武术学校,但学校已经拆掉,早已物是人非。

惟迪伤心之余,来到登封县城等车去洛阳。突然,一位老太太被摩托车撞倒在地,围观的人很多,但没有人施以援手。摩托车早已逃逸,老太太浑身是血。惟迪把老人送到当地医院。当时他身上只有一千多元,留下五百元交了医药费,他对医生说:"我是过路的,求你们帮忙救治她,赶紧联系她的家人。我要赶路,先走一步。"

医生见他是个和尚,而老人确实是被机动车撞伤的,也就没有阻拦他。实际上,惟迪怕警察,担心警察一来露了馅。后来他也做过很多好事,但都不敢留名,甚至连法名惟迪都不留。

这年冬天,惟迪又回到了三祖寺,担任"精进佛七"法会的维那,也就是念佛时的领唱、领诵。春节之后,宏行法师任命惟迪担任三祖寺的知客兼维那。但是,惟迪的想法却是趁年轻跑遍四大名山。

在1999年正月零星飘散的小雪里,宏行拉着他的手说:"我已经风烛残年,走不动了。你去朝山,要带眼睛、带耳朵,不要只顾游山玩水,要学学人家的宗风。你将来的责任很大,三祖寺要靠你弘扬佛法。"

惟迪一路辗转,在四川峨眉山、成都文殊院、重庆罗汉寺游历了两个月后,佛教的四大名山他已经去过普陀山、峨眉山、九华山三处,只剩下山西五台山。于是,他从成都直奔山西而去。

惟迪每到一座寺庙,都要为徐敏写个牌位供奉在佛前。他要在五台山为徐敏夫妇超度供奉,再去一趟五台山佛母洞,从那里"转世投胎"。

五台山佛母洞又叫千佛洞,是佛教信徒朝拜五台山的必到之地。洞体由一大一小两洞组成,外洞大,内洞小,传说出入此洞可以轮回死生、脱离凡尘。内洞为葫芦形状,可容六七人,有乳石及石笋形状如五脏脊骨,所以入洞称为"投佛母胎",出洞称为"佛母重生"。按照佛家的说法,"佛母重生"能够洗掉以往所犯的"罪过",获得"新生"。

从佛母洞出来,惟迪找了个没人的山谷,号啕大哭了一场,直哭得心里空荡荡犹如大风吹过的山谷。

苦行僧

一个月后,他又云游到了云南鸡足山、昆明竹林寺。最后,他从瑞丽到了缅甸。惟迪想学一学达摩祖师,到异域弘扬佛法。那样,应该不会有人追到缅甸了吧?

可是刚踏进缅甸的土地,一群荷枪实弹的士兵突然把独自一人的惟迪围住了。他们不由分说上来就抢他身上的佛珠。一个军官模样的人一把扯开珠串,那些士兵疯了一样趴在地上抢佛珠。一百零八颗佛珠分完之后,那些没有抢到佛珠的士兵,又冲上来搜遍了惟迪的全身。

和尚遇到兵,一样是有理说不清,何况是外国的兵。惟迪傻在了那里。除了包里几件衣服,惟迪身上什么值钱的东西都没有。接下来,更让惟迪担心的情况出现了,那些士兵把惟迪的汗衫扒下来,撕成了几十条布条,每人发了一条拴在胳膊上。士兵叽里哇啦乱喊,惟迪什么都听不懂,只有等待着最糟糕的状况出现。

"不会杀了我吧?"惟迪双手合十,闭着眼口中念念有词,反反复复只有那四个字"阿弥陀佛"。

接着,他的肩膀被拍了一下。他睁开眼一看,那个军官竟然从口袋里掏出一千元人民币,塞到惟迪随身的包里,用手指了指中国的方向,用生硬的汉语说:"快走吧,跑!"

然后,那个军官带着士兵隐入山岳丛林之中。直到那些兵消失得无影无踪,惟迪咬了咬自己的手指,才发觉这不是梦境。他撒腿就往中国方向跑。

后来他才知道,他出国的时候,正赶上缅甸政府军跟地方武装发生冲突,他遇到的不知是哪一方面的军队,把他的佛珠和身上的衣服当成了护身符。

惟迪一边跑,一边摸摸自己贴肉缝制的一个口袋,身份证还在!逃亡路上,钱包可以丢、戒牒可以丢,什么都可以丢,但他当年在三祖寺门前捡到的那个安徽宿松县王龙贵的身份证万万不敢丢。

还是自己的国家好啊!坐下来想想以往的生活,惟迪觉得经过这些年的流浪忏悔,现在应该找一个好去处安身立命了。

惟迪开始考虑自己的落脚点。其实,从佛学院毕业时,他就已经开始有意考察了。在全国范围内,惟迪选中了三个地方作为自己的落脚之处:一是自己读书的福建厦门,二是山东青岛,但他最中意的是浙江杭州,此地是天堂福地,更是寺院林立的东南佛国。

徒步去杭州！惟迪发誓要做一次苦行僧,洗清身上的罪孽！

惟迪1999年7月从云南瑞丽启程,徒步沿着云南德宏、保山、大理,四川攀枝花、宜宾、重庆,湖北恩施、宜昌、武汉、黄石,直到安徽潜山一线,足足走了四个多月。这四个多月的时间里,惟迪一路夜宿桥洞、山林、街边,不花一分钱,走到哪里化缘到哪里。很快他就变得又黑又瘦,衣衫褴褛。

有时候走得太累了,看到路边一个土堆,靠在土堆上躺下就睡,第二天一看,正睡在一座坟上。惟迪在坟前点上一支烟,道一声阿弥陀佛,继续赶路。路上遇到礼佛的居士,见他是个苦行僧,上来就给钱。惟迪摆手说,我不要,你要给就给个馒头,要是能给块咸菜就更好了。

走到巴东县一个小煤矿,煤矿老板把惟迪叫住:"和尚从哪里来?"

"云南,一路走来。"

煤老板不信,仔细一看他的破衣烂衫,信了。从腰里抽出一沓钱说:"你坐车坐船回去都够了。"

"我不要钱,我发愿不用一分钱走着去杭州。你要是愿意,给我一个馒头、一块咸菜、一碗水。"

到了宜昌,过长江要摆渡。站在滚滚长江边上,惟迪再也没有当年叫徐心联时泅渡长江的心境。他对船家说:"我没钱,你能不能带我过长江去。"

船家说:"都是路上人,上来吧。"

穿着好心人送给他的旧棉衣,惟迪终于在11月底走到了武汉。惟迪想到归元寺挂单住几天,他知道当年自己受戒时的昌明大和尚,也是这个寺庙的方丈。他想去拜谒一下昌明。可把门的看他穿得破破烂烂,又黑又瘦又脏,把他当成了神经病。

咚！咚！咚！跪在归元寺门口,惟迪磕完三个响头之后,继续向前走。赶到安徽潜山三祖寺,正巧宏行法师到北京开会去了。回到自己久别的房间,惟迪换掉那身破衣服,洗去一路风霜,倒头便睡。

这一睡就是两三天。等他醒来,师兄弟们说:"不要走了,等住持回来再说吧。"

"我不能停下来,还要继续行走!"

净慈寺消防队长

接下来,惟迪来到江苏苏州灵岩山、西园寺。在西园寺,惟迪见到了他在厦门佛学院的一位同学,当时已经升任知客。听完惟迪这一路的经历,他感慨说:"不用说如此苦行,就是能下这个决心,已经不得了了,当年如来住雪山,达摩入中土,也不过如此。"他极力挽留惟迪,"苏州这边有个庙要开光,想请一些高僧大德来,要不我推荐你去?"

"不,我想去杭州。"

接下来是常州天宁寺,这是计划中必去的一处寺庙。天宁寺是佛教禅宗的著名寺院,其"梵呗"唱诵向来为全国汉传佛教寺院公认的典范。所谓"梵呗",即佛教音乐,其主体为"唱赞"和"诵经"两大部分,还包括介于"唱"与"诵"之间的偈、咒、真言、礼佛号等。

在厦门佛学院学习时,惟迪最大的特长就是唱诵,传授他唱诵的老师就是学自天宁寺,所以他必须要来此"朝山拜祖",更想修炼他的唱诵功夫。因为对一名僧人而言,唱诵功夫如何,是至关重要的。

但天宁寺的知客一看惟迪穿得破破烂烂,拒绝惟迪挂单。惟迪只好说,你不让我挂单我就住外面,每天进来跟你们一起做功课行不行?第二天一早,天还没亮惟迪就早早进来,知客师被惟迪的真诚打动,立即给他安排挂单。

四个月后,惟迪基本掌握了天宁寺"唱诵"的风格特点。他的"唱诵"节奏沉稳扎实,唱腔悠扬潇洒,韵味古朴清雅。他的唱诵功夫大大提升了一个台阶。这鼓一声、钟一声、磬一声、木鱼一声、佛号一声……梵音千里,余音绕梁,洗净了人世间无数尘埃,止息了身体内外的一切扰攘。

此时的江南,正是草长莺飞春暖花开,惟迪又要离开了。天宁寺的僧人诚恳地挽留他,但惟迪只是淡淡地说:"我要继续拜山朝圣。"

2000年9月,惟迪站到了西湖边上的杭州净慈寺门前。

东南佛国杭州的八大名寺中,城西有灵隐,城南有净慈。净慈寺坐落在西子湖畔的南屏山下,为南宋时期佛教净宗六祖延寿禅师所建道场。这座寺庙不仅历史悠久,更富有文化底蕴。宋代诗人杨万里的名句"接天莲叶无穷碧,映日荷花别样红",就是在净慈寺门前写下的。中国历史上最富传奇色彩的和尚济公,为净慈寺第八十三代住持。近代中国最有名的和尚弘一大师李叔同,受戒于净慈寺。

净慈寺前有雷峰古塔,建于南屏山的支脉夕照山,每当夕阳西坠,塔影横空,自成一景,这就是著名的"雷峰夕照"。寺内有明洪武年间用两万斤黄铜铸造的大钟,古钟初动,山谷皆应,湖面空旷,随风飘动,这就是著名的"南屏晚钟"。

一座寺庙有如此深厚的文化底蕴,又面向西湖这天下胜景,自是绝好去处。从2000年9月开始,惟迪在净慈寺挂单。由于他唱诵功夫极好,很快开始辅助"维那"做领诵。三个月后,惟迪成为净慈寺常驻僧人,两年后成为知客。

2002年下半年,净慈寺监院妙高法师把惟迪叫到跟前说:"我认识浙江大学的一位陆教授,他是位佛教徒,浙江大学正好开了一个土木工程专业的班,我建议你去学习一下,将来寺庙的维修建设都需要人才。"

知道妙高法师这是有意栽培自己,惟迪立即报名参加了浙江大学土木工程专业的本科学习。这是一个成人继续教育班,惟迪每天晚上都要骑着自行车去上课。

尽管惟迪上过厦门佛学院,但没有人知道,他只有初中文化基础,很多高深的专业理论对惟迪来说是非常困难的,况且,他的英语只能从头学起。然而惟迪竟然将英语课本全部背诵下来。那些土木工程知识,不但被他背诵下来,还被他临时抱佛脚应用到了净慈寺的建设上。

净慈寺的消防安全工作之前每次检查排名总是靠后。在惟迪负责管理之后,他向妙高提出为寺院配备消防器材,改造电线线路,健全消防制度,划定七个片区,每个片区都有消防责任人,签订消防责任书。还不定期组织消防演习,让每个人都学会使用消防器材,甚至每个人都要学会画寺院地图,都知道消防器材在哪里。

经过这样一番建章立制,不但让净慈寺拿到了杭州市的消防奖励,其他寺院也纷纷组织来净慈寺参观学习。此举使大家都看到了惟迪的管理创新成果。

拆迁专家

2003年,惟迪又负责起了寺院的基建工作。此前净慈寺内的地面是黄土铺地,一下雨泥泞不堪。惟迪建议在地面上铺砖,但妙高是个很传统的老派人,喜欢古朴之风,加上这是一笔不小的开支,最终没有同意。这难不住聪明的惟迪,那年正巧杭州市改造南山路,惟迪带着一帮僧众,把修路时拆下来的旧路牙石全部拉进净慈寺,将寺内的地面铺好。

在浙江大学土木工程专业的学习,为惟迪提供了用武之地。当时净慈寺大雄宝殿年久失修,很多木质构件都烂掉了,一到梅雨季节就漏水。惟迪负责改造时,废弃了古建筑以前惯用的在牛毛毡、黄泥巴上加盖琉璃瓦的方式,而是在裂缝处先铺上最先进的防水材料,再用水泥砂浆找平,最后铺上琉璃瓦。对屋顶进行翻修时,惟迪采取缩小盖瓦、增大底瓦的方式,增加了雨水的流速和流量,既节省了经费,又保证了美观。

惟迪在杭州佛教界名声日隆。1952年出生的妙高和尚是净慈寺的监院,相当于行政一把手。2005年,惟迪成为了净慈寺的副寺,这是仅次于监院的实权人物,具体负责寺院基建、维修、水电、后勤、杂务、土地、房产、租赁和绿化等工作。而净慈寺当时没有住持,惟迪遂成了净慈寺的二把手。

2005年3月,千岛湖密山寺的延光法师接任净慈寺监院,惟迪仍担任副寺。也就是这一年,惟迪顺利通过英语六级考试,拿到浙江大学土木工程专业的学士学位。当然,他还通过广东韶关六祖寺那位尼姑,办理了一个叫"罗明生"的身份证。

在延光法师到来之前,净慈寺烧火做饭都是烧柴,惟迪多次跟妙高建议用煤气和锅炉。如此大动干戈,妙高当然不同意。延光法师一来,惟迪就建议说:"你要让大家看到净慈寺有所改观啊,咱们身在西湖景区,每天做饭都飘着烟影响景致。净慈寺里三十多个僧人,加上六十多个职工,近百人吃饭、喝水、洗澡,靠烧柴肯定不行啊。"

延光法师很快同意,惟迪负责改造了厨房、锅炉,还建起了浴室,甚至还搞起了健身房,只要一有空,惟迪就到健身房里健身,练出了一身腱子肉,后来他还拿到过健美证书。

徐心联之所以这样做,是担心自己生病去医院。因为到医院人家要问姓名,要用身份证,他担心自己被抓,十七年来无论大病小病,他从没去过医院。惟迪记忆中最厉害的一次是2007年,长期的心理压力和劳累,使他患上了冠心病、心绞痛,直疼得蜷缩在床上冒冷汗。那一次,他感到自己要死掉一样,甚至想到了自己的父母,疼得一脸冷汗与热泪。即便如此,他也坚持不去医院。

惟迪不但是个工程建筑方面的高手,而且在征地拆迁方面,也显示出他与众不同的一面。2006年首届世界佛教论坛在中国举办,净慈寺作为主会场之一。此时,惟迪向延光法师提出,早年政府和部队占了很多净慈寺的寺产,这时候不要,其他时候可就要不到了。延光法师全权委托惟迪出面办理。

净慈寺的隔壁,是西湖景区南线管理处以及部队驻地。惟迪借世界佛教论坛的理由,找政府找领导。惟迪的说法足够温和也足够震撼:"咱杭州是东南佛国,历代主政者都在此建寺造塔,流传后世成为杭州景点,比如苏轼、白居易在西湖上留下苏堤、白堤,吴越王钱弘俶出资建造雷峰塔、保俶塔,他的后代钱学森成为一代大科学家,这是善因善果啊!"

领导也是人啊!一听这入情入理的话,哪有不同意的道理?最后,政府出面帮助净慈寺在西湖边上腾出四十六亩地,竟然一分钱没要。而惟迪把原有的场地,经过装修做了净慈寺的接待室,用以接待世界各地来的高僧大德。

净慈寺西面有部队占地三十亩,还有家属院中住着七十九户人家。惟迪再次请求政府出面协调。政府拿出五千万元用于动迁,惟迪则一家一户去动员。到最后几家钉子户时,惟迪说:"你不能跟佛祖争地盘吧,佛祖还要保佑你家后代绵延不绝呢,你们提什么条件都行,要钱给钱,要房给房,只要你们搬走。"

这都保佑后代万世了,哪有不搬的道理?很快,这三十亩地也被惟迪完成了动迁。

2006年4月,首届世界佛教论坛在杭州举办期间,净慈寺举行了隆重的释迦牟尼佛发舍利供奉法会,国内外媒体纷纷报道,净慈寺由此愈发名闻中外。

两寺一把手

2007年,灵隐寺监院觉乘法师来净慈寺担任住持。觉乘法师只干了半年就走人了,到2007年7月,妙高法师再次回到净慈寺,但他已经不太过问寺里的事情了。而此时,惟迪的声誉越来越高,他已经不是当年惟命是从的小和尚了,况且惟迪编制的净慈寺整体建设规划已经完稿,他不但要大兴土木,还要把本不属于自己的东西想方设法要过来。惟迪想要的可是佛家的顶级圣物:释迦摩尼的佛发舍利,也就是释迦摩尼的头发。

释迦摩尼的佛发舍利也跟钱学森的祖上吴越国王钱弘俶有关。当年为保存释迦摩尼佛发舍利,他在夕照山上建起了家喻户晓的雷峰塔。1924年名闻遐迩的雷峰塔坍塌,2002年10月重建于原址。但发掘出来的释迦摩尼佛发舍利,却珍藏在浙江省博物馆。

惟迪盯上释迦摩尼佛发舍利之后,就积极争取在净慈寺建一座舍利殿,再伸手向博物馆要舍利。如此,可以在净慈寺甚至佛教史上大大地留下一笔。

2007年11月23日,净慈寺开工建设舍利殿,建成后准备将佛发舍利供奉入殿,理由是更好完成一塔(雷峰塔)一寺(净慈寺)的佛教文化呼应,恢复净慈寺这个全国重点寺院的千年品牌,形成佛教旅游"南钟北鼓"(南有净慈钟,北有灵隐鼓)的新局面。

当然,命运更是给了惟迪一个机会,使他重建了杭州八大名寺之一的香积寺,而且当上了香积寺的住持。

2008年底,当地政府准备复建香积寺,经过慎重考虑,任务落在了懂工程建设的惟迪身上。

香积寺始建于北宋,已有一千多年历史,原名兴福寺,宋真宗赐名香积寺。所谓香积,也就是寺庙伙房。香积寺把伙夫头儿作为主佛来供奉,这在我国寺庙中还是个创举。香积寺在运河及杭州佛教界拥有很高的地位,是通过运河进入杭州的第一座和离开杭州的最后一座寺庙。晚清、民国时期,南来北往的香客坐船从运河上岸,总是先到香积寺上炷香,留宿一晚,第二天再到灵隐寺、净慈寺。因此,香积寺也被称为"运河第一香"。元朝末年,香积寺被一场大火毁掉,后来屡建屡毁,清康熙年间香积寺内建了两座宝塔,1963年双塔列为杭州市重点文物保护单位。

当时政府原计划投资五千万元,惟迪说:"我算过了,光动迁费就要六千万,五千万连地都腾不出来。"

惟迪对香积寺的设想是,结合唐宋和江南风格设计,而材料方面大量采用最新科技的工程木材料,既美观又省钱,寿命更长,这也将是世界上第一次将工程木用于寺庙建设。惟迪最终说服了有关领导。于是,由惟迪主持设计施工,杭州运河集团出资四亿元的香积寺复建工程很快启动。

从拆迁到完工,惟迪一直住在工地上。2010年2月7日,新香积寺正式落成开放,由大雄宝殿、天王殿等建筑群组成,总建筑面积一万三千多平方米。新香积寺既体现了杭州传统寺庙的建筑风格,又推陈出新、独具特色。

2010年香积寺落成后,惟迪被任命为住持。2011年1月,妙高法师离开净慈寺,惟迪兼任净慈寺监院,当上了香积寺和净慈寺两个寺庙的一把手,由此开始乘坐奥迪 A6,来回奔波于两寺之间。

此时的惟迪有两大心愿:一是把香积寺从运河集团那边"要"过来,二是把释迦牟尼佛发舍利请到净慈寺舍利殿。

香积寺落成开放后不久,惟迪拿着一份 1994 年 1 月 31 日颁行的国务院关于宗教场所的管理条例找到了有关领导,这份条例的第八条明确规定:宗教活动场所的财产和收入由该场所的管理组织管理和使用,其他任何单位和个人不得占有或者无偿调用。

按照这个规定,运河集团花掉四亿多元建起来的香积寺,却不能归运河集团所有,运河集团当然不干。从此,惟迪开始请有关领导出面做工作。按照惟迪的算法,刨除土地费、管理费、拆迁费等费用,运河集团实际支出 2.75 亿元。惟迪开出的条件是,以香积寺的门票、捐赠等收入每年返还一千万元给运河集团。

惟迪之所以每年出一千万元"还债",是因为他接手香积寺之后,2010 年全年收入一千万元,到 2011 年底,预计年收入可达两千万元。

追踪十七年

如果徐心联没有被警方抓获,很多事情的结果都难以预料。

同样结果难以预料的还有净慈寺舍利殿,这座以配合政府申遗工作为由的舍利殿建成后,惟迪要做的工作就是迎来释迦牟尼佛发舍利。

当然,惟迪要做的事情还有很多,只是,连他自己都想不到,留给他的时间越来越少了。在杭州的十一年间,惟迪达到了自己人生的巅峰,成为杭州市青年联合会委员,净慈寺、香积寺的监院、住持,多次出国访问,代表净慈寺接待各路宾客名流。

但盛极必衰,其中内含深意。

2011 年清网行动大网撒开之后,十七年前制造灭门血案的徐心联成了九江县第一批被追捕的逃犯之一,局长下了死命令,活要见人,死要见尸。

这些年来,自从当上沙河派出所所长,陈新没少到徐心联家转悠,一次次动员徐心联家里人劝他投案自首。2011年6月,徐心联的老母亲跟往年一样,淡淡地对上门的陈新说:"这么多年我都没见过他,不知道他在哪儿,我找儿子还找不见呢。"

陈新耍了个心眼说:"那我们帮你采集个血样,上网查查,管他死活,估计能查到你儿子。"

一听这话,徐心联的老母亲操起扫把就把陈新往外赶,哭喊着说:"你们公安局有本事就把人抓回来,不要总是找我们的麻烦!"

徐心联母亲的反常举动,坚定了陈新的想法:徐心联还与家人有联系!

挖地三尺,也要把他抓回来!

可什么线索都没有,陈新心急如焚,连晚上睡觉都做梦抓住了徐心联。急归急,抓不到人,急也白搭。陈新冷静下来,对徐心联家庭的所有相关信息进行分类后,发现徐心联的三弟在庐山东林寺附近一个餐馆做厨师,姐姐也在东林寺那边开店,却没有什么迹象证明他们跟徐心联有联系。

而徐心联的二弟徐心湖在杭州开公司,是个大老板。按说他该衣锦还乡,经常回老家显摆一下。但徐心联的二弟不但不回家,连电话都很少打。这有点儿反常,是不是有意回避别人,让别人摸不清自己的底细?

陈新开始琢磨徐心联的二弟。他通过杭州警方排查徐心联二弟的社会关系。陈新很快发现他的社会关系中,有一个叫惟迪的人,是杭州净慈寺、香积寺两座寺庙的一把手。两人平时不怎么来往,但每逢过年、端午等传统节日,惟迪都会给徐心联的弟弟打个电话,不过每次都不会聊很久。从2011年8月2日到10月16日,徐心联的二弟跟惟迪法师通过八次话,最长通话时间一百零六秒。

一个寺庙的和尚在每逢佳节倍思亲的日子,主动打电话给徐心联的二弟,肯定非同寻常,这个和尚有疑点。

陈新把能想的东西都联想到了,他甚至还联想到另一个细节,徐心联小时候曾去少林寺练过几天武术,也经常去东林寺玩,这其中有没有联系呢?逢年过节,惟迪给徐心湖打电话,是不是给家里报平安呢?

不论如何,都要查一查。

接着,陈新调取了惟迪的户籍资料,此时他才发现,惟迪的俗名叫罗明生,户籍地为广东韶关曲江区。户籍照片上的惟迪,是一个圆头大脸戴眼镜和尚,和陈新手中从学校毕业合影照上翻拍下来的徐心联十七年前的黑白照片,完全是两码事。

陈新两只手各拿了一张照片,左看看,右看看,怎么也不敢相信这就是一个人,但他心里又坚信这是同一个人。

随后,陈新灵机一动,调取了徐心联二弟的身份证。奇怪的是,惟迪的五官与徐心联二弟非常相似。陈新把全所民警都叫来,让他们分别作出判断。沙河派出所副所长王飞翔谨慎地说:"是不是到省厅找专家给鉴定一下?"

陈新牛眼一瞪:"专家有我了解他吗?我都追了十七年了。这个惟迪法师俗名不是叫罗明生吗?王飞翔,你去广东查,查他个水落石出。"

11月27日下午,王飞翔与九江县刑警队三名民警来到广东韶关曲江区大塘派出所,在常住人口登记表上,王飞翔发现,罗明生的户籍是广东曲江,出生地是湖南耒阳,表上突然还冒出了迁入地"江西"两个字。

锁定惟迪

这是怎么回事呢?王飞翔找到罗明生父亲当年工作的铁木厂。老厂长介绍说,罗明生的爷爷是湖南耒阳搬来的,罗明生的父亲从铁木厂下岗后,总打骂儿子,罗明生九岁的时候就离家出走,至今不知所踪。

难道查错了?罗明生九岁离家,当和尚也未可知啊!

既然来了韶关,怎么也要见见这个罗明生的父亲。王飞翔他们以办户口的名义,询问罗明生的去向,可无论怎么问,罗明生的父亲就是什么也不说。王飞翔几乎把所有的道理和法律都掰开了揉碎了,春风化雨夹带着疾风暴雨,四个小时过后,罗明生的父亲才说:"是算命的老段头儿联系的,听说我儿子离家出走多年了,说是有个人在南华寺做和尚,顶我儿子的名将来为我养老送终,给了我点儿钱。我儿子没这个人帅,也不戴眼镜,现在去了哪里我都不知道。我拿了钱你们不会把我抓去蹲监狱吧?"

"你说实话,就不抓你。"王飞翔说。

"那我说了吧,那算命的老段头儿是江西赣州于都人,说是给了一万元,他留了一部分,没给我那么多。听说是韶关一个寺庙的尼姑托他办的。"罗明生的父亲说。

王飞翔当天查清,正是惟迪法师托韶关六祖寺的那个尼姑,让老段头儿假托罗明生的名义帮惟迪办理的身份证。

2011年11月27日晚上,陈新把所有的情况向九江县公安局领导汇报后,又报告给正在江苏追逃的副局长王义明。此时,分管刑侦的副局长王义明刚带队抓住江苏的一个命案逃犯,拿到九江传过来的惟迪的资料后,王义明连夜带队驱车赶到杭州市公安局,与当地警方进行了沟通。

28日凌晨,王义明和中队长程和建把从江苏抓来的逃犯送到杭州看守所后,又得到消息,惟迪的手机号先后与韶关和九江有过联系,这更增加了他们对惟迪的怀疑。但随着线索越来越多,王义明心里的疑惑却越来越大。

一是徐心联和惟迪相貌差别很大。

二是17年前,徐心联作案时只是一个初中毕业的汽车修理工,这个惟迪却有浙江大学本科文凭,是一个土木建筑工程师,投资4亿多元的香积寺就是惟迪一手复建的。他还写一手好字,他的一幅字曾拍卖过3万元,作慈善捐赠。

三是徐心联因为朋友一句话,就敢操刀杀人,连两岁的小孩也不放过。可"惟迪法师"却是两座著名寺院的一把手,汶川大地震、玉树大地震,他都组织寺院捐款,还年年义务献血,是杭州有名的大法师、大善人。血债累累的杀人犯能如此行善吗?

可是,徐心联的各项线索又都集中指向惟迪。如果惟迪不是徐心联,又怎么解释呢?

为慎重起见,王义明又安排民警偷拍了徐心联二弟的照片,发现徐心联二弟与惟迪长得出奇像,那鼻子、那眼睛,简直就是一个模子刻出来的。

王义明决心动动这个惟迪。

抓这个在杭州佛教界很有影响的大人物,那可不是说着玩的。抓不到徐心联,回局里交不了账;抓错了惟迪,王义明这个小小副局长也不用干了。佛家无小事,错抓名寺的住持毫无疑问会令全国哗然。

实际上,11月28日凌晨,惟迪就接到了广东韶关那个尼姑的电话,告诉他有警察在查他身份。惟迪一早起来,就把寺庙里的事情安排了一下,并安排人去买了一张30日从杭州到九江的火车票。他没说别的,只说自己有些私事要去处理一下。

而这一天,九江和杭州两地,陈新和王义明也分头忙活起来。

28日中午,陈新来到徐心联家,先是拉家常,接着又请徐心联老母亲到派出所走一趟,他哄着老太太说:"上级指示要给犯事逃跑的家人抽个血,上面说了,要给营养费的。"

陈新本想在徐心联老母亲家采集血样,但怕周围群众闹事,才把老太太诳到了派出所。陈新当时想,如果不行就趁老太太吐唾沫的时候搞点儿唾液,没想到老太太竟欣然答应。

采集完血样之后,陈新不但请老太太在镇上饭馆吃了一顿饭,开车把她送回家,还专门买了一箱牛奶送给老太太。

晚钟敲响

与此同时,王义明带领中队长程和建于28日下午4点赶到杭州市公安局刑侦支队请求支援。这时候王义明已经确认,惟迪法师当天跟九江联系两次,其中拨打的一部手机是徐心联姐姐的,拨打的固定电话是徐心联三弟工作单位的。

王义明带队赶到杭州市拱墅区联系当地警方。动惟迪涉及宗教部门,当地有关人员谁也拿不定主意。就是抓错了扒了这身警服,也要动动这个惟迪,王义明拍了胸脯。

事先调查时得知,不离惟迪左右的香积寺监院来自少林寺,王义明他们怀疑此人是惟迪的保镖,所以请求当地警方出动了包括十个防暴警察在内的三十多名警力协助抓捕。

净慈寺著名的南屏晚钟,在这一天依旧敲响,只是,这次是敲给本寺监院惟迪的。

28日晚上10点多,王义明他们进入净慈寺,分头把住各个路口。王义明先到车库,确认惟迪的奥迪A6还在,随后,他们以消防检查的名义敲开了惟迪的房门。

幸运的是,当程和建亮出九江警察的身份,用九江话说了一句"莫作声"后,惟迪没有反抗,很顺从地伸出手让程和建戴上手铐,跟着警察来到当地公安局。

自始至终,惟迪一言不发。

为了确认惟迪的真实身份,当晚回到拱墅区分局时,程和建拿着一根棉签,在惟迪嘴里刷了一下,扭头就走。而剩下的人也不跟惟迪说话,所有的人都在用九江话交流着这一路追逃的经历。

晚上12点,惟迪终于用九江话说:"我是徐心联。"

江西和浙江两地警方连夜进行了DNA检测,鉴定结果显示:惟迪法师就是徐心联。

王义明了解到,这些年来,成为"惟迪法师"的徐心联确实做了不少好事。自从到杭州之后,他每年都去献血。2010年7月1日,他还带领两个寺院的僧人和信众一百多人献血。他希望通过此举能救更多的人,靠自己的影响力服务社会,也平和自己的心灵。

2008年,徐心联一部手抄《金刚经》拍卖五十万元,作为善款捐助给慈善机构。汶川大地震时他个人又捐出一万元。2011

年云南大旱,惟迪义卖了一幅七十字的佛经,将三万五千元捐给灾区。按照惟迪的说法,他个人收入的一半都拿去做了善事。

不仅如此,惟迪在政治上还获得了不少荣誉。从2005年开始,他先后担任第九届、第十届杭州市青联委员,2008年又成为第九届浙江省青联委员。而在他被捕前,即将成为杭州市拱墅区政协委员。

自2005年起,他便萌生过自首的念头,但是迟迟"说服不了自己"。他先后出访过缅甸、泰国、印度、澳大利亚、新西兰、日本、韩国等很多国家,也从没想过利用出国的机会潜逃。随着净慈寺、香积寺等各方面工作的一步步推进,他想把手头的事情做完再去自首。可是事情像滚雪球一样越来越多,直到2011年11月28日早上,接到韶关那个尼姑的电话后,身背业障的惟迪自言自语说:"因果循环,如影随形。法不孤起,仗境方生。道不虚行,遇缘即应。"

惟迪被抓获后,还有一笔一百二十万元的善款打到他的账户上。但奇怪的是,很有钱的惟迪却从来没有给过父母钱,他的说法是这些钱都是修行得来的,应该拿去做善事,出家无家,不该给父母。

徐敏的老母亲无人赡养,自己的老母亲不敢赡养,但惟迪在杭州期间,一直在照料杭州市的孤寡老人孙奶奶。孙奶奶的儿子孙子早年一起出车祸去世,儿媳妇另嫁他人。2001年孙奶奶到净慈寺烧香时,被入寺不久的惟迪碰到。得知老人无依无靠,他就尽起了照顾老人的责任,年年送米送面送油,别人送给他的保健品,也都转送给了老人。

惟迪像儿子一样奉养老人十年,最后得到的回报是,当老人得知惟迪被抓起来后,她以为只有律师能救惟迪的命,在惟迪的律师面前长跪不起,请求律师一定要保住惟迪的命。

放下屠刀难成佛

送徐心联进看守所之后,王义明对徐心联说:"你们佛家讲究放下屠刀,就能立地成佛。但你不要忘了这句话,善有善报,恶有恶报,不是不报,时候未到。欠债还钱杀人偿命天经地义,你就是放下屠刀,也成不了佛,法律和正义,能放过你吗?"

在羁押期间,九江县看守所对他特别关照,腾出一间牢房让徐心联练字。徐心联写得最多的一幅字是:因果循环,如影随形。但每次在书法作品上落款,他都落上:南屏净慈寺惟迪!

在九江市中级人民法院开庭之前,徐心联用隽秀的行书写了一份悔过书,他说:"我自己种下的苦果,我知道我终须偿还。我想我在这个世上的使命可能已经结束了,我的忏悔也就结束了。"

经过17年的逃亡,佛教已是徐心联灵魂皈依之所,17年来,他每日都在为亡灵超度,并努力行善以补救过错。被捕后,看守所里的徐心联希望他的律师简武能找到徐敏的亲人,用他多年积攒下来的钱做一些补偿,可徐心联没有想到,徐家拒绝了这个请求。春节后,徐心联又提请检察官赴广东找被害人家属协调,但因积怨较深,被害人及家属并不接受民事赔偿。

2012年3月26日,九江市人民检察院以"九检刑诉〔2012〕第12号"起诉书指控徐心联犯故意杀人罪,向九江市中级人民法院提起公诉。九江市中级人民法院于2012年4月20日公开开庭审理了此案。

在法庭上,徐心联数度落泪,他在陈述那场血腥梦魇时说:"随着佛法潜修,当年的所为令我苦不堪言,至今时常被噩梦惊醒,辗转反侧,周而复始。"

在律师举证期间,徐心联几度用戴着手铐的双手擦拭泪水。

辩护中,律师并不回避案件本身带来的严重后果,他认为徐心联在年轻时的冲动之举,毁灭了一个家庭,给生者造成了无法弥补的伤痛,应依法接受惩处。但本案案犯1995年判处死刑立即执行三人,判处死缓一人,此次如再次启用极刑,确有不妥。律师希望法院在依法惩治的基础上留有余地,适度宽大处理,对徐心联能够在死刑以下量刑。

2012年6月13日,九江市中级人民法院一审以故意杀人罪判处被告人徐心联死刑,缓期两年执行。法院判决书中,肯定了"出家期间,被告人徐心联能谨持戒律,倾心佛事,积极从事社会慈善事业,在佛教界具有一定影响"。同时,法院考虑到徐心联案发后对所犯罪行有悔过表现,归案后能如实供述自己的罪行,本人及亲属主动愿意赔偿被害人亲属经济损失,具有法定、酌定从轻情节,同时本案同案犯之前已判决三人死刑、一人死缓,结合我国现行刑事政策,故对徐心联判处死刑,可不必立即执行。

听到这个判决结果,徐心联再次泪流满面,双手合十向法官深深鞠了一躬,轻轻道了一声:阿弥陀佛!

徐心联在被捕后念念不忘的是,因为他给佛家抹了黑,他一直担心因为自己影响了佛家形象。其实这种担心大可不必,佛是佛,他是他,两码事。倒是佛教度化了身背血债的徐心联,功德无量。

清网行动中,从空门中揪出的逃犯五花八门,绝不止徐心联一个。

沿着鲁智深、武松走过的路遁入空门,是逃犯隐藏的中国特色之一。佛门净地远离尘嚣,的确可以作为隐蔽之所,但他们忘了,佛家是最讲究因果报应的。还有一句俗话说得好:跑得了和尚跑不了庙。

善与恶有时候往往就是一念之差,却要用很多年去忏悔,去赎罪。

徐心联躲进寺庙当上了住持,虽然他做了很多善事,却终究难以抵消自身的罪责,最终还要被投进监狱再修炼一番。

佛祖早说过:因果报应,如影随形。

(原载《时代报告·中国报告文学》2013年9月)